U1008985

XIN SHIQI ZHONGGUO SHIGE DILI

# 新时期中国诗歌地理

○○○○

安徽卷

北卷

北魏◇主编

安徽师范大学出版社
ANHUI NORMAL UNIVERSITY PRESS

图书在版编目（CIP）数据

新时期中国诗歌地理（安徽卷）/ 北魏主编 .—芜湖：安徽师范大学出版社，2019.1
ISBN 978-7-5676-3814-3

Ⅰ. ①新… Ⅱ. ①北… Ⅲ. ①诗集 – 中国 – 当代 Ⅳ. ①I227

中国版本图书馆CIP数据核字（2018）第236289号

新时期中国诗歌地理（安徽卷） 北魏◎主编

策　　划：张奇才
责任编辑：何章艳
装帧设计：丁奕奕
出版发行：安徽师范大学出版社
　　　　　芜湖市九华南路189号安徽师范大学花津校区
网　　址：http://www.ahnupress.com/
发 行 部：0553-3883578　5910327　5910310（传真）
印　　刷：江苏凤凰数码印务有限公司
版　　次：2019年1月第1版
印　　次：2019年1月第1次印刷
规　　格：700 mm × 1000 mm　1/16
印　　张：157
字　　数：2412千字
书　　号：ISBN 978-7-5676-3814-3
定　　价：600.00元（全二册）

如发现印装质量问题，影响阅读，请与发行部联系调换。

# 新时期中国诗歌地理(安徽卷)

## 编纂委员会


**顾　问**　梁小斌　姜诗元　杨四平

**主　编**　北　魏

**编　委**（按姓氏笔画排序）

一　度　丁友星　山中子　王太贵　夭　夭　风　儿
方文竹　皮　旦　江　耶　吴　笛　吴少东　邱晓鸣
何吉发　汪　抒　沙　马　张建新　阿　尔　阿　翔
陈荣来　牧　野　秦士红　袁　魁　徐　红　崔国发
程勇军　詹成林　碧　宁　樊　子　魏文文

# 不断重临的起点、偶尔登临的高点和难以企及的顶点

## ——序《新时期中国诗歌地理(安徽卷)》

杨四平

提到中国新诗,就不能不提到胡适,因为他是中国新诗的第一个尝试者。众所周知,胡适是安徽绩溪上庄人。机缘巧合的是,李白墓在安徽当涂青山。据此,我曾戏说:青山,中国古诗终结处;上庄,中国新诗出发地。尽管中国新诗的起点,不像现代中国小说的起点(《呐喊》与《彷徨》)那样辉煌——起点即顶点,但它毕竟是包括中国新诗在内的其他现代中国文学的总起点。由此可见,以"徽骆驼"自喻的胡适,之于现代中国文学的意义非凡!也许,正是因为中国新诗的起点不是顶点,所以它才拥有不断重临的起点、无限开放的时空、大有可为的可能和众说纷纭的景观。

## 一

人类社会由现代进入后现代之后,总体论、本质论和阶级论在阐释消费时代时显得力不从心,逐渐变得过时与失效;而性别理论、民族理论、社群理论和区域理论乘虚而入,成为应对后现代或者说前现代、现代和后现代"混杂"时代的理论利器。在此背景下,地域文化与地域文学的编选和研究提上了21世纪议事日程。前几年,我牵头编著了《安徽文学史·第三卷(现当代)》。现在,北魏主编厚厚两大卷《新时期中国诗歌地理(安徽卷)》,可谓适

逢其时，具有时代必要性。

之前，有几个诗歌大省也出版过类似的以省份冠名的诗歌选本，有的是现代诗选，有的是当代诗选，有的是新时期诗选，有的是新中国成立50周年诗选，有的是新中国成立60周年诗选，还有的是百年诗选。但是，选编新时期安徽诗选，且以“地理”来标识，尚属首次。这个选本与其他省份类似选本的不同，不仅仅是省份上的简单区隔，在先决条件、丰富内涵和诗学价值等方面均存在很大差异。

## 二

安徽是新时期诗歌大省，这几乎已成为新时期中国诗歌共同体的共识。那么，安徽为什么能够成为诗歌大省？或者说，安徽成为诗歌大省的先决条件是什么？我以为，新时期安徽诗歌的发生发展，具有以下几个必不可少的“安徽基因”。第一，儒商思想。徽商“贾而好儒”，亦商亦儒，主张经世致用，重视人文精神。这种根深蒂固的儒商思想使得新时期安徽诗人在思想解放和经济大潮中游刃有余。第二，时代担当。远的不说，单就新文化运动而言，就有自由派胡适、激进派陈独秀和守成派梅光迪，他们各自代表的思想就像三条河流那样，一起推着新文化运动奔向大海。新时期之初，安徽诗歌界在“拨乱反正”方面走到了全国前列。公刘在《诗与政治及其他——答诗刊社问》里说，尽管新时期国家的中心工作已经转移到经济建设上面，但“这绝非意味着要求摆脱政治，完全摆脱政治的纯诗是没有的”。他认为，诗与政治的关系不是简单的依附或者否定关系。他既理性地认识到新时期诗歌写作的道德问题，又对此保持高度警觉。他曾大声质疑：“我们报刊上的诗的废品和赝品能不能减少一点？”第三，变革精神。20世纪70年代末，公刘撰文《新的课题——从顾城同志的几首诗谈起》，力挺以顾城为代表的朦胧诗，为它们“闪烁着一种陌生的奇异的光芒”而倍感欣喜，同时，他呼吁人们重视它们，要将其作为一个“新的课题”加以研究，而非粗暴地呵斥和无理地否定。公刘的此番言论要比“三个崛起论”早！第四，骆驼韧性。骆驼具有耐饥耐渴、顽强拼搏、坚忍不拔、默默前行的品性。这种“徽骆驼精神”不唯徽商独有，安徽诗人也有。他们埋头苦干，努力创作出更多更好的新诗。第五，桐城文脉。虽然胡适和陈独秀主导的新文化运动反对“桐城谬种，选学妖孽”，但他们反对的是“桐城派”里面的“死文学”“死思想”和“死道德”，而非全盘否定。桐城派的优良传统像血液一样在安徽诗人身上流淌。胡适提倡的“言之有物”与方苞的“古文义法”就存在渊源关系。胡适的“作诗如作文”与新时期安徽诗歌也存在传承关联。第六、江淮区位。安徽是江淮大地，位于中国中部。安徽诗人若“北上”，可成就海子神话；安徽诗人若“南下”，可与《深圳青年报》联袂推出轰动新时期诗坛的“两报诗歌大展”。

## 三

新时期安徽诗歌起点很高。新时期安徽诗歌亮点纷呈——

如果从诗歌传播的角度来看，新时期安徽诗歌之于新时期中国诗歌最大的贡献是，《诗歌报》对新时期先锋诗歌创作和传播的积极推动作用。以“青年性、探索性、公正性和信息性”为办刊宗旨的《诗歌报》在新时期全国诗歌报刊中独领风骚，很长一段时间以来，其声望远超《诗刊》和《星星》诗刊。尤其值得赞誉的是，《诗歌报》对于第三代诗的横空出世，可谓功不可没。1986年10月21日，《诗歌报》总第51期推出“中国诗坛1986现代诗群体大展”（第一辑），发表“他们”和“莽汉主义”等诗派的宣言及作品，正式揭开第三代诗运动的序幕。一大批第三代诗人、诗歌及其诗论，由此得以发表和流布。人们常常以“众声喧哗”来形容此番盛况。当然，一些思想观念保守的人，却责难《诗歌报》打开了新时期诗歌的“潘多拉盒子”，为虎作伥。但是无论如何，《诗歌报》大力促成了中国新诗从朦胧诗转向第三代诗。

如果从新时期安徽诗歌发展轨迹来看，我们可以“从公刘到梁小斌到海子到×××”的逻辑线索来梳理和描述。至于谁能接住海子，成为海子之后的×××，只有时间老人说了算！公刘是新时期“归来者”诗歌写作的代表。进入新时期，他已从一位吹叶笛和唢呐的歌者，化身为一位承担与抗争的沉思者。他的《沉思》前后反复吟咏道："既然历史在这儿沉思，/我怎能不沉思这段历史？"提出了他们那一代人痛苦而理性的质询。而他的《哎，大森林！——刻在烈士饮恨的洼地上》，以"大森林"为核心意象，揭示那种抹杀记忆、淡忘历史的可悲可恶情状。新时期公刘的诗，通过写具体历史事件，寄寓诗人对历史的思考，最后上升为对民族命运的反思，具有警世意义。难怪公刘后来告诫文学界同仁：文学不能缺钙！而青年诗人梁小斌则以《中国，我的钥匙丢了》和《雪白的墙》"二"鸣惊人，成为当年朦胧诗人6位代表之一（其他5位是北岛、顾城、舒婷、杨炼、江河）。而这两首诗常被选入新时期中国大学中文系教材。如果说海子生前以"麦地诗歌"在圈内产生了一些影响，那么死后他的声名大振，其影响远远超出了诗歌界和文学界，成为新时期的文化英雄，他的《面朝大海，春暖花开》尽人皆知。在新时期诗歌作品中，有如此广泛而持久影响的，只有海子这首诗！海子之后，新时期安徽诗歌，像新时期整个中国诗歌那样，失去了轰动效应，并迅速边缘化和专业化。这里讲的"专业化"是指20世纪90年代以来诗歌写作完全成了热爱诗歌、钟情诗歌和献身诗歌的诗人和诗评家"内部"的事；诗歌写作与交流，成为诗人和诗评家之间自娱自乐的事。因此，诗歌在诗歌圈内很热，但在诗歌圈外很冷。这种冷热强烈的对比，使诗歌圈外的社会人常常发出"诗歌已死"的感慨。毕竟隔行如隔山，诗歌内部热闹景象常人是熟视无睹的，只有作为当事人的诗人和诗评家"冷暖自知"。具体来说，海子之后新时期安徽诗歌，从专业化的角度来看，已经形成了一些小的诗歌群体，并且产生了一定的影响，如陈先发与"若缺"诗社及其诗歌论坛、余怒与"不解"诗歌论坛、杨键及其一批写现代禅诗的追随者、皮蛋与"垃圾派"等等。当然，他们的影响所及，不局限于省内，在外省乃至在海外也有很多追随者。由此可知，安徽诗歌在新时期中国诗歌版图里，不仅从来没有陷落，反而处于突出位置，且这种突出不是靠"运动"起家，而是靠"实力"说话。

我们先从获奖情况来看，在由《诗刊》社举办的"1979—1980年全国中青年诗人优秀新诗"获奖作品中，安徽获奖诗人及作品有张万舒的《八万里风云录》、公刘的《沉思》、梁如云的《湘江夜》、韩瀚的《重量》、梁小斌的《雪白的墙》

和刘祖慈的《为高举的和不举的手臂歌唱——献给五届人大三次会议的颂歌》，占17%。在由中国作家协会举办的“1979—1982年全国优秀新诗（诗集）”评选活动中，公刘的诗集《仙人掌》获一等奖。此后，安徽诗人在全国获国家级大奖的次数就很少了。这其中的原因，是多方面的。2018年，陈先发的诗集《九章》获得鲁迅文学奖。显然，我们不能以“国家级诗歌奖”来论诗歌英雄，毕竟评奖只是文学评价的一种标准和尺度。

我们还可以从入选教科书的角度来看新时期安徽诗歌的经典化。据我所知，入选大学中文系教材《中国当代文学作品选》的新时期安徽诗歌，除了上文提到的梁小斌的那两首外，还有公刘的《西盟的早晨》和《哎，大森林！——刻在烈士饮恨的洼地上》，以及海子的《亚洲铜》。而入选要求最为严苛的、教育部主持编写的中学《语文》课本的新时期安徽诗歌有梁小斌的《我热爱秋天的风光》和海子的《面朝大海，春暖花开》。以上名单与数据足可以证明新时期的安徽不但是诗歌大省，而且是诗歌强省。

## 四

那么，为什么安徽诗歌在新时期中国诗歌发展史上的地位如此显著？换言之，新时期安徽诗歌的突破点何在？原因一定是多方面的，但我觉得最重要的一条是与安徽诗人始终不歇地求新求变密切相关。众所周知，20世纪初，胡适提倡写作“白话诗”，并公布“作诗如作文”的白话新诗写作方略，由此掀起了旷日持久的新诗创作潮流，并最终使新诗成为中国诗歌写作的主潮。胡适作为“五四一代”的代表，不管是《老鸦》，还是《蝴蝶》《鸽子》，都属于詹明星所说的“第三世界的民族寓言写作”。梁小斌最初创作的朦胧诗也属于这类写作范畴，但他很快就与之“断裂”。他的组诗《断裂》是根据他1974—1984年的日记整理而成。这种“断裂”表征着梁小斌开始寻找另外一个新时期诗歌写作的新起点，也可以说是梁小斌对胡适提出的新诗起点的再认识、再发现和再实践。早在1982年，他就创作出了《为做了一件小小的事情而甜蜜》，并且在《断裂2》里开始写隐秘的身体。这些写作都比80年代中后期出现的

“生活流”和“身体写作”要早许多。1984年，梁小斌说：“必须怀疑美化自我的朦胧诗的存在价值与道德价值。”由此可见，梁小斌是朦胧诗内部最早“出走者”之一，同时也是第三代诗写作的引领者，只不过这些东西被他身上的朦胧诗光环遮蔽了，也被后来的第三代诗运动给淹没了。质言之，梁小斌当年的诗歌写作和诗学观念，构成了后来大规模的第三代诗写作的资源与“小传统”；梁小斌是第三代诗歌写作的源头性诗人。你总以为梁小斌仅仅是一个著名的朦胧诗人，但你错了，他还是第三代诗写作的开启性诗人。也就是说，你可以说他是朦胧诗人，也可以说他是第三代诗人，还可以说他是其他什么诗人（比如“片段写作”诗人）。2007年，他还撰文《我为写出〈中国，我的钥匙丢了〉而忏悔》，说他的那首诗像当年许多反思诗一样，只抓住了“坏思想”，而放走了包括作者在内的“坏人”！这种反思鞭辟入里、敲骨吸髓、掷地有声。他在批判社会的同时，也毫不留情地把解剖刀对准自己，理性认识自己应当承担的历史责任，如此一来，他的写作就达到了难得的高度，而这是许多“归来者”诗人和朦胧诗人都没能达到的理性高度。

需要特别说明的是，梁小斌早在80年代中后期就开始爆发式地写那种不分行的、不为文体所困的、话语块状呈现的、“杂语”体式的“片段写作”（他自称“断章集合”），如《独自成俑》《地主研究》《梁小斌如是说》之类的“诗散文”（残雪）。而西川那时还在写纯诗（如《在哈尔盖仰望星空》《夕阳中的蝙蝠》等）。西川要等到90年代才改写这种类似于梁小斌的“片段写作”，如影响较大的长诗《致敬》《鹰的话语》等。基于此，我曾说，在当代新诗“片段写作”方面，西川“接力”了梁小斌。但与梁小斌的构思不同，西川的“片段写作”一泻千里，大有一发不可收之气势。换言之，如果说梁小斌的每一篇“片段写作”是几个火把，那么西川的每一篇“片段写作”就是一片火海！而两者相同的，都是“片段写作”，都是通过诸多“细节”推动沉重思维，展示汉语、诗思和人格的光亮与魅力。

胡适当年不但提出了作白话新诗最起码的标准——“作诗如作文”，而且到了30年代还总结出了作新诗的好诗标准（所谓的“胡适之体”）——“说话要清楚明白”（深入浅出、言近旨远）、“用材料要剪裁”、“意境要平实”。与其说海子继承了胡适诗观，不如说海子发展了胡适诗观。在《动作（〈太阳·断头篇〉代后记）》里，海子把诗分为两种："纯诗（小诗）和唯一的真诗（大诗）"。而在其他文章里，他又反复论及"伟大的诗歌"。由是观之，在海子心目中，诗应该分为"纯诗（小诗）""唯一的真诗（大诗）"和"伟大的诗歌"三类。我赞同这种分类。因为，在我看来，诗歌至少存在三种诗意：一种是像奥登那样为争取"诗歌主权"而创造的诗意。它类似于海子所说的"纯诗（小诗）"。一种是像叶芝那样为争取"人民主权"而创造的诗意。它类似于海子所说的"唯一的真诗（大诗）"。海子说："诗人必须有力量把自己从自我中救出来，因为人民的生存和天、地是歌唱的源泉，是唯一的真诗。'人民的心'是唯一的诗人"。一种是既为争取"诗歌主权"又为争取"人民主权"而创造的诗意。我理想中的"伟诗"类似于海子所说的"伟大的诗歌"。在《诗学：一份提纲》里，海子高屋建瓴地说："伟大的诗歌，不是感性的诗歌，也不是抒情的诗歌，不是原始材料的片断流动，而是主体人类在某一瞬间突入自身的宏伟——是主体人类在原始力量中的一次性诗歌行动。这里涉及原始力量的材料（母力、天才）与诗歌本身的关系，涉及创造力化为诗歌的问题。"他还提供了创作这种令人钦羡的"伟大的诗歌"的诗学方案，那就是，"必须清算、打扫一下。对浪漫主义以来丧失诗歌意志力与诗歌一次性行动的清算，尤其要对现代主义酷爱'元素与变形'这些一大堆原始材料的清算"。他极其严苛地说："在伟大的诗歌方面，只有但丁和歌德是成功的，还有莎士比亚。这就是作为当代中国诗歌目标的成功的伟大诗歌。"由此可见，海子心目中的"伟诗"，既非人类历史上"英雄时代"出现的"正式史诗"，亦非中世纪出现的传奇色彩很浓的"英雄史诗"，而是像文艺复兴以来先后出现的神性十足的《神曲》和《浮士德》那样具有史诗般恢宏的"新史诗"。胡适心目中的好诗，只相当于海子心目中的"纯诗（小诗）"。海子还要求创作出"大诗"和"伟诗"。海子的某些长诗可以说达到了中国新诗创作的顶点。每一种新诗建设的构想和实践，都是新诗创作试图回到起点，回到常识；然后重新对标，重新出发，重新冲刺；有的已经达到了某种高点，但罕见有能够达到顶点的。

早年余怒力主歧义性的"混沌"诗学。但"混沌"到什么程度才是诗的？

或者更进一步说，“混沌”到什么程度才是好诗的？才是“大诗”的？才是“伟诗”的？这些问题需要反复追问。近年来，他换成“语言规约和言语化”的表述。他说：“当言语中的语汇、叙述和表意方式、语感等转化为一种文学规约并为普遍采用时，新一轮的言语化便即将开始。当然，我们也应该看到，就具体作品而言，并非它的言语化程度越高，它的生命力和文学意义就越大。大白话、白开水式的作品就是反证。”早在10年前，我与北魏就针对新世纪新诗写作的种种病象，明确提出“反对伪先锋”“干预周边事态”“直接叙写”和“重塑现代汉语”。近两年，北魏又提倡“平面写作”，表示要去掉那些强行附加上去的、人为包装出来的、所谓的诗意。

概言之，不停地变革，持久地超越，使得从新时期到新世纪安徽诗歌的源头活水永不枯竭，且具有“苟日新，日日新，又日新”的活力和魅力。

## 五

陶醉于新时期安徽诗歌的成就和荣光，从情感上是可以理解的。但是我们也应该看到新世纪安徽诗歌发展面临的诸多难点和痛点。当前的诗歌写作仿佛在自生自灭。对此，评论界表现出了罕见的冷漠。我想：是时候了！到了需要站出来评说诗坛写作现状的时候了！如果我们连自己身处何方都浑然不知，我们将何以为继？我们将怎样前行？我不反对网络诗和口语诗，但我也绝不盲目赞同网络诗和口语诗，关键要看是什么样的网络诗和口语诗。像其他地区的网络诗和口语诗写作那样，安徽的网络诗和口语诗写作面临的困境与挑战也十分巨大。我以为，只有当自由与创造结合在一起，才是有价值、有担当的自由。许多“网络诗”只有“网络”而无“诗”。难道我们仅仅因为网络诗能使诗人充分享有创作、发表和交流的自由，就可以在诗歌质量要求上为它们网开一面吗？优秀的网络诗人“应该使得作品具备一定的大师品相，使得网络文学成为‘作品’，而非‘产品’”（黎保荣）。

与网络诗一起“大兴”的是口语诗。口语诗最为诱人的是其鲜活生动及其变动不居的力量。口语诗原本对抗的是“书面语诗”。口语诗写作在推进新诗写作方面，战功赫赫。而新世纪已经不存在20世纪90年代所谓的“民间写作”和“知识分子写作”之抗辩了，也就是说，新世纪口语诗写作没有了对抗性，如果硬要找出其对手，在我看来，那就是它自身。自己拿自己开刀(如此一来，就有“前口语诗”“口语诗”和“后口语诗”之分)，这本是件大好事。但令人惋惜的是，新世纪口语诗人大都误把口语写作当作口语狂欢，没有“激发个人的道德反省”和“个人的伦理感觉”。也就是说，很多新世纪口语诗只有“口语”而几无“诗歌”。如果说新世纪口语诗除了关心口语外还关心点什么，那么它们还关心一点包括自己在内的平民百姓(尽管他们之中有的诗人不是平民百姓，但他们宁愿将自己“矮化”或降格为平民百姓)的细枝末节的日常生活。他们缺乏应有的气度和气象。新世纪口语诗的叙述，是一种典型的微末叙述。微末叙述本身没有错，关键要看如何微末叙述。事在人为，乃真理也！向杜甫学习、致敬！在开始“小叙事”之前，我们要扪心自问：我们学了杜甫没有？我们学得怎样？对于杜甫的名诗《北征》，古人赞不绝口：“每于忙处借以无要紧事写得极情尽态，反觉意趣无穷，此惟老杜能之”(张上若)；“叙事言情，不伦不类，拉拉杂杂，信笔直书”(查慎行)。杜甫的诗歌作为是传统意义上的意象抒情诗所无法比拟的。写“大”事不易，写“小”事更难！而在杜甫那里，小事不小、杂事不杂、闲事不闲；至关重要的是，要进行艺术转化，要用生活和诗性的光亮去照亮它们但又要了无痕迹。质言之，对作家诗人而言，写什么也许不是很重要，同样，能不能被别人接受也不重要，关键要看以什么心态写以及用什么方法写，而且要写到极致，写到极致就是好作品！

我以为，新世纪口语诗写作要辨识并处理好以下四种关系；第一，事实与真实。按雅各布森的观点，诗的真实是诗人把“对世界的独特的态度”转化为诗的艺术结构并通过文本表现出来最终被人感知到的复杂结构。一些口语诗人误把“事实”当作“真实”。他们埋头记录自己或者别人的吃喝拉撒和一地鸡毛。这种“假小空”与“假大空”一样令人生厌。一些口语诗人不明白他们乐此不倦地记下的那些“私事”与别人有何相干！别人哪里有闲心去阅读与自己毫不相干的东西！于是，他们开始责怪别人看不懂，或者他们干脆自我安慰地说他们是写给下个世纪读者看的。这是典型的自欺欺人的心态和皇帝的新装式的做派。他们不懂得审视自己的情感和提高自己的理性,更不知道去关心民生国际和生存哲学。因此,他们的写作几乎匍匐在地,站不起来,头也抬不起来,看不到远方。第二,经历与经验。许多口语诗人误把“生活材料”“生活经历”等同于“生活经验”。诗的经验“来源于诗人个人所体验到的自然、社会、现实和生活”。也就是说,诗的经验不是自然主义的、客观主义的,更非物质主义的。第三,间接与直接。一些口语诗人错把记流水账视为诗的直接性,进而使自己成为自己一个人或他人日常琐屑生活的记录员。他们沉迷于为口语而口语,为琐屑而琐屑。试想:如果没有想象、情感、隐喻、悖论、反讽,如果没有相应的修养、境界和襟怀,口语诗直抵人心的诗性将如何获取?“实”如果没有与“虚”相伴相生,口语诗写作连艺术也谈不上,更遑论诗性。第四,同质与异质。新世纪口语诗写作已由之前抗辩性的“姿态化”,发展到了当下自恋性的“风格化”。如何破解这种无节制的风格化?如何莫把絮絮叨叨的口语“喷”成了人人厌恶的口水?如何避免口语诗写作同质化而走向异质化?我想:首先,要学习鲁迅“抉心自食”的自我启蒙的卓见、胆量和修为,只有这样口语诗写作方能“知本味”(《墓碣文》),也就是要来一次彻底改造的新的“凤凰涅槃”;其次,除了关心“写”,关心诗歌本体,更要关心“人”,而且是有风骨、有风度、有风韵的现代人,要使口语诗写作达到鲁迅所期盼的“撄人心”之目标;最后,就是要使口语诗里充盈着现代的公民意识。我曾说:“新世纪诗歌有着一致的文化诉求:公民意识。”公民意识既不同于古代中国的臣民意识,也迥异于现代中国的准人民意识和人民意识,“它包含着权力意识与义务意识,具体来说,它指平等意识、独立人格、公共精神、自主理性等”。质言之,我只欣赏始终保有旺盛生命力的、有气度的、有气象的、有气质的、站起来的、真起来的、美起来的口语诗。而且,我也相信,口语诗写作能够写出好的口语诗、大的口语诗,乃至伟大的口语诗。

全球化和大IP时代,的确给新世纪诗歌写作带来了极大的自由和时空。但我们谈论自由和享受自由之前,一定先要像弗洛姆那样区分“消极自由”与“积极自由”:前者是指“摆脱束缚,获得自由”,后者是指“自由地发展”。我们只有警惕“消极自由”而发展“积极自由”,才能使新世纪诗歌写作大有可为。

这是包括安徽诗人在内的所有诗人都需要警惕的。只有意识到了并且能够克服上文所说的思维惯性和写作陈规，同时，注意处理好诗歌写作的事实与真实、经历与经验、间接与直接、同质与异质之关系，网络诗和口语诗等诗歌写作才有可能冲向诗歌高点，乃至有可能抵达诗歌顶点！

我真诚地希望，新世纪中国诗人要有气象和格局，要专心致志，起点要高，要认清难点，要竭尽所能使自己的写作到达诗歌高点，同时，让顶点之光始终照耀我们并激励我们奋力向诗歌顶点攀登。这也是新世纪安徽诗人再出发，续写辉煌的前提和基础、现实和愿景。

二〇一八年十一月于安徽师范大学

# 目　录

## 合　肥

## 淮 南



## 阜 阳

## 蚌埠

## 六安

## 宿州



## 滁州

## 亳州

## 淮北



## 芜湖

## 安庆

## 宣 城

## 马鞍山



## 铜 陵

## 黄 山



## 池 州

# 合肥

淮南
阜阳
蚌埠
六安
宿州
滁州
亳州
淮北

# 梁小斌的诗(15首)

梁小斌，1954年生，安徽合肥人。朦胧诗代表诗人，著有诗集《少女军鼓队》，随笔集《独自成俑》《地主研究》等。2005年被中央电视台评为年度桂冠诗人。

## 黄昏即景

一个少年在呼唤他喂养的鸽子
他咕咕呼唤，充满着童贞
一个少年在呼唤属于他自己的鸽子

我也学着那少年的样子
用我真诚的嗓音，但已失去圆润——
一个过路人呼唤不属于自己的鸽子

大群的神灵已在空中自由翻腾
我真想奔放地舞蹈，扭动
用我痛苦的姿态感召它

一只幼小的鸽子看着我出神
它飞向我，然后终于飞向它的主人
亲爱的小鸽子还不懂事

一个过路人想呼唤不属于自己的鸽子
一个失败的呼唤却也是一种歌声
金黄的屋顶上正栖息着黄昏

1977 年

## 少女军鼓队

以后的日子全是孩子们的节日，
全世界的大人们，
都要注意交通，
不要把孩子们阻挡。

咚咚，咚咚，咚咚！
咚咚，咚咚，咚咚！

看，大街尽头，群鸟乱飞，
走过来少女军鼓队，
雪白的衬衫上，
火苗在飘荡。

一个大眼睛的少女，
指挥这军鼓队的行进，
她伸出一只手，
鼓声刷地沉静。

然而她的头猛一高昂，
引来一阵哗哗的波浪，
有如步伐整齐的小鹿，
大踏步走到钢琴上。

咚咚，咚咚，咚咚！
咚咚，咚咚，咚咚！

鼓声啊，
你充满着什么幻想？
我的昔日的创伤，
被震得鲜血流淌。

咚咚，咚咚，咚咚！
咚咚，咚咚，咚咚！

民族的处女，
站在祖国的手心，
身上闪烁着灼灼光明，
比天上的蓝宝石还要珍贵。

但愿你们
不要像我们这一代人，
石块似的眼瞳，
盈满了辛酸的泪水。

而且，我真想亲吻你们

前额上淡淡的光辉，
你们是崭新的希望。
万岁，少女军鼓队！

咚咚，咚咚，咚咚！
咚咚，咚咚，咚咚！

1978年

## 我曾经向蓝色的天空开枪

我曾经向蓝色的天空开枪，
为了我狂暴的激情，
我曾经向蓝色的天空开枪。

但，天空，
仍然倔强地保持着
她固有的色泽，
这蓝色是她的灵魂。

现在，
天的尽头流泻出一片红光，
蓝天的嘴唇，
流泻出一片红光，
这是美丽的云吗？

我知道，

这是血液在无声流淌。
我曾经向蓝色的天空开枪,
她被杀害了吗?

只有现在
她才肯流露出巨大的痛苦,
和这玫瑰色的创伤。

中国天空,
你的创伤都是美丽的。
我的心胸如此沉痛,
我曾向蓝色的天空开枪。

1979 年

## 中国,我的钥匙丢了

中国,我的钥匙丢了。

那是十多年前,
我沿着红色大街疯狂地奔跑,
我跑到了郊外的荒野上欢叫,
后来,
我的钥匙丢了。

心灵,苦难的心灵,
不愿再流浪了,

我想回家，
打开抽屉，翻一翻我儿童时代的画片，
还看一看那夹在书页里的
翠绿的三叶草。

而且，
我还想打开书橱，
取出一本《海涅歌谣》，
我要去约会，
我向她举起这本书，
作为我向蓝天发出的
爱情的信号。
这一切，
这美好的一切都无法办到，
中国，我的钥匙丢了。

天，又开始下雨，
我的钥匙啊，
你躺在哪里？
我想风雨腐蚀了你，
你已经锈迹斑斑了。
不，我不那样认为，
我要顽强地寻找，
希望能把你重新找到。

太阳啊，
你看见了我的钥匙了吗？

愿你的光芒，
为它热烈地照耀。

我在这广大的田野上行走，
我沿着心灵的足迹寻找，
那一切丢失了的，
我都在认真思考。

1979年12月至1980年8月

## 你让我一个人走进少女的内心

你让我一个人走进少女的内心
害羞的人们，请在外面等我一会

让我大胆地走进去
去感受她那烫人的体温
和使我迷醉的喁喁私语
我还要沿着血液的河流
在她苗条的身体上旅行
我要和她拥抱得更紧
让女孩子也散发出男性气息

说吧，请告诉我
那在黑暗中孤单地徘徊的是谁
那由于痴情想奔向美丽星光的是谁

让我们一起走进少女的内心
并且别忘记带上两把火炬

让我们勇敢地走进去
去发现外面的世界还没有的珍奇
在这发源心脏的河畔
我一定会拾到一本书
这上面没有腐朽的教义
它启发我怎样和未来去亲吻
但愿我也有一颗女孩子的心

让整整一代人走进少女的内心吧
让我们再走出来
一定会感到青春充满着活力

1980 年

## 纽　扣

她为我钉好一颗
我内衣上的纽扣
她钉得那么紧
我扣了半天才扣好这颗纽扣
紧紧地关闭了我心房的大门
她是为了不让我的那颗心飞走

1980 年

## 雪白的墙

妈妈，
我看见了雪白的墙。

早晨，
我上街去买蜡笔，
看见一位工人
费了很大的力气，
在为长长的围墙粉刷。

他回头向我微笑，
他叫我
去告诉所有的小朋友：
以后不要在这墙上乱画。

妈妈，
我看见了雪白的墙。

这上面曾经那么肮脏，
写有很多粗暴的字。
妈妈，你也哭过，
就为那些辱骂的缘故，
爸爸不在了，
永远地不在了。

比我喝的牛奶还要洁白、

还要洁白的墙，
一直闪现在我的梦中，
它还站在地平线上，
在白天里闪烁着迷人的光芒。
我爱洁白的墙。

永远地不会在这墙上乱画，
不会的，
像妈妈一样温和的晴空啊，
你听到了吗？

妈妈，
我看见了雪白的墙。

1980 年

## 分　辨

整个下午
我把剃须刀刃上
陌生朋友留下的胡须
分辨出去

整个下午
我的手指划出了血迹
血，也是陌生的
我把闪亮的刀刃上

散发着陌生气味的血迹
从这里
分辨出去

1984年

## 母　语

我用我们民族的母语写诗
母语中出现土地　森林
和最简单的火
有些字令我感动
但我读不出声
我是一个见过两块大陆
和两种文字相互碰撞的诗人
为了找水
我曾经忘却了我留在沙滩上的
那些图案
母语河流中的扬子鳄
不会拖走它岸边的孩子
如今，我重新指向那些象形文字
我还在沙滩上画出水在潺潺流动的模样
我不用到另一块大陆去寻找水滴
还有太阳
我是活在我们民族母语中的
一个象形文字

我活着

我写诗

1984 年

## 胆怯之余

你们的人生，是全神贯注地做事
我的人生，是全神贯注地看你们做事

总想偷看一幢红砂石建筑悄然生长的秘密
你们在脚手架下生火煮着些什么
我也想偷听你们的语汇

甚至偷偷拾起你们丢掉的烟蒂
我关起门来捣碎火星

哪怕往门框钉上一颗钉子
或者拔下来，重新再钉，我都爱看
我偷走窗台上的风钩
为了再次领略，你把风钩往木头里旋得更紧
你四下环顾时，似乎还骂了一句

远远地看见你的那只手在窗台上休息
你把工具和手带走之后，我在那只手休息之处刻下字迹
“我爱你，有点怕你”
我想你也许并不稀罕我的爱

于是，把“我爱你”拼命刮去
在胆怯之余，仍在全神贯注回味
如何向你们接近

1985年

## 片　刻

她手握满把带有根须和枯叶的葱苗
要靠在我旁边说话
我想单独坐一会
我抽完烟
你再来

过了一会
她又靠到我旁边
我低头
她手里还是那把葱苗
再注意看时
葱苗已经洗过
正往下滴水
黄叶子也没有了

她的面容与以前略有不同
只有我

她两次看见我仍在对付

那支其实没有点燃的香烟
只不过一会儿
女人却能变幻出一种清新

1986 年

## 真实的亲吻

真实的亲吻并不像传说中的那么精彩
不过是一块粗糙肥皂去碰那另一块柔软一点的肥皂

下午三点钟，是她规定的亲吻时间
我们拥抱，我是她身上的大肿瘤
她出去上班，大肿瘤就被她切割下来用毯子包好

我唯一的缺点就是我在亲吻时心思散漫
她发现在她背后，埋在黑暗丛中的手腕在转动
“你们男人，亲嘴时还看手表”

真实的亲吻，并不像想象中的那么富有味道
神话重叠，亲吻自然黯然失色

1986 年

## 沉重之物

雨靴踏到公共汽车的踏板上

我下车时，脚跟的震动引起鼻梁上的眼镜
像休眠的爬虫
活动了一下
时至奔波了一天的晚上
眼镜也有重量

反正天已经黑了
眼镜也不再需要再戴在那儿
我把眼镜拎在手上摸索着走路

我陶醉在这无比生动的举止中
我所拎的也是沉重之物
记住这一天晚上

白天里究竟忙些什么我已经记不清了
只剩下我拎着眼镜走路的样子
我懂得我是什么样的人
我对我自己看得
很清楚

1986 年

## 一种力量

打家具的人
隔着窗户扔给我一句话
快把斧头拿过来吧

刚才我还躺在沙发上长时间不动
我的身躯只是诗歌一样
木匠师傅给了我一个指令
令我改变姿态的那么一种力量
我应该握住铁
斧柄朝上
像递礼品一样把斧头递给他
那锋利的斧锋向我扫了一眼
木匠师傅慌忙用手挡住它细细的
光芒
我听到背后传来劈木头的声音
木头像诗歌
顷刻间被劈成
两行

1986 年

## 在一条伟大河流的漩涡里

我在一条伟大河流的漩涡里喊过
救命
我已不在那声音的下面

开始我的声音只是喁喁私语
和我逐渐下沉的身体纠缠在一起
身体的旁边飘浮着木板

木板上放着默默无语的面包和盐
一声救命，是我向世界发出的心声
从太阳的舷窗里抖落出一根绳索
迫向声音，迫向这迫于灵魂的语汇
这能够在全世界流行的语言

当救生圈般的云朵向声音的发光之处
围拢过去
我已不在那声音的下面

1989年

# 陈先发的诗（14首）

陈先发，1967年生，安徽桐城人，现居合肥。著有诗集《春天的死亡之书》《前世》《写碑之心》《九章》等。曾获华语传媒文学大奖、十月诗歌奖、十月文学奖、首届袁可嘉诗歌奖、天问诗人奖、中国桂冠诗歌奖、陈子昂诗歌奖、安徽文学奖等数十种奖项。2018年获第七届鲁迅文学奖诗歌奖。

## 前　世

要逃，就干脆逃到蝴蝶的体内去
不必再咬着牙，打翻父母的阴谋和药汁
不必等到血都吐尽了。
要为敌，就干脆与整个人类为敌。
他哗地一下脱掉了蘸墨的青袍
脱掉了一层皮
脱掉了内心朝飞暮倦的长亭短亭。
脱掉了云和水
这情节确实令人震悚：他如此轻易地
又脱掉了自己的骨头！
我无限眷恋的最后一幕是：他们纵身一跃
在枝头等了亿年的蝴蝶浑身一颤
暗叫道：来了！

这一夜明月低于屋檐
碧溪潮生两岸

只有一句尚未忘记
她忍住百感交集的泪水
把左翅朝下压了压，往前一伸
说：梁兄，请了
请了——

2004年6月

## 丹青见

桤木，白松，榆树和水杉，高于接骨木，紫荆
铁皮桂和香樟。湖水被秋天挽着向上，针叶林高于
阔叶林，野杜仲高于乱蓬蓬的剑麻。如果
湖水暗涨，柞木将高于紫檀。鸟鸣，一声接一声地
溶化着。蛇的舌头如受电击，她从锁眼中窥见的桦树
高于从旋转着的玻璃中，窥见的桦树。
死人眼中的桦树，高于生者眼中的桦树。
制成棺木的桦树，高于制成提琴的桦树。

2004年10月

## 秋日会

她低挽发髻，绿裙妖娆，有时从湖水中

直接穿行而过，抵达对岸，榛树丛里的小石凳。
我造景的手段，取自魏晋：浓密要上升为疏朗
竹子取代黄杨，但相逢的场面必须是日常的
小石凳早就坐了两人，一个是红旗砂轮厂的退休职工
姓陶，左颊留着刀疤。另一个的脸看不清
垂着，一动不动，落叶踢着他的红色塑料鞋。
你就挤在他们中间吧。我必须走过漫长的湖畔小径
才能到达。你先读我刻在阴阳界上的留言吧：
你不叫虞姬，你是砂轮厂的多病女工。你真的不是
虞姬，寝前要牢记服药，一次三粒。逛街时
画淡妆。一切，要跟生前一模一样

2004 年 11 月

## 鱼篓令

那几只小鱼儿，死了么？去年夏天在色曲
雪山融解的溪水中，红色的身子一动不动。
我俯身向下，轻唤道："小翠，悟空！"他们墨绿的心脏
几近透明地猛跳了两下。哦，这宇宙核心的寂静。
如果顺流，经炉霍县，道孚县，在瓦多乡境内
遇上雅砻江，再经德巫，木里，盐源，拐个大弯
在攀枝花附近汇入长江。他们的红色将消失。
如果逆流，经色达，泥朵，从达日县直接跃进黄河
中间阻隔的巴颜喀拉群峰，需要飞越
夏日的浓荫将掩护这场秘密的飞行。如果向下
穿过淤泥中的清朝，明朝，抵达沙砾下的唐宋

再向下，只能举着骨头加速，过魏晋，汉和秦
回到赤裸裸哭泣着的半坡之顶。向下吧，鱼儿
悲悯的方向总是垂直向下。我坐在十七楼的阳台上
闷头饮酒，不时起身，揪心着千里之外的
这场死活，对住在隔壁的刽子手却浑然不知。

2004 年 11 月

## 从达摩到慧能的逻辑学研究

面壁者坐在一把尺子
和一堵墙
之间
他向哪边移动一点，哪边的木头
就会裂开

(假设这尺子是相对的
又掉下来，很难开口)

为了破壁他生得丑
为了破壁他种下了
两畦青菜

2005 年 1 月

## 两次短跑

几年前，当我读到乔治·巴塔耶，
我随即坐立不安。
一下午我牢牢地抓着椅背。
“下肢的鱼腥味”，“对立”：瞧瞧巴大爷爱用的这些词。
瞧瞧我这人间的多余之物。

脱胎换骨是不必了。
也不必玩新的色情。
这些年我被不相干的事物养活着。
——我的偶然加上她的偶然，
这相见叫人痛苦。

就像15岁第一次读到李商隐。在小喷水池边，
我全身的器官微微发烫。
有人在喊我。我几乎答不出声来——
我一口气跑到那堵
不可解释的断墙下。

2008年4月

## 孤　峰

孤峰独自旋转，在我们每日鞭打的
陀螺之上。

有一张桌子始终不动
铺着它目睹又一直被拒之于外的一切

其历练，平行于我们的膝盖。
其颜色掩之于晚霞。
称之曰孤峰
实则不能跨出这一步

向墙外唤来邋遢的早餐，
为了早已丧失的这一课。
呼之为孤峰
实则已无春色可看

大陆架在我的酒杯中退去。
荡漾掩蔽着惶恐。
桌面说峰在其孤
其实是一个人，连转身都不可能

像语言附着于一张白纸。
其实头颅过大
又无法尽废其白
今夜我在京城。一个人远行无以表达隐身之难。

2009 年 3 月

## 箜篌颂

在旋转的光束上，在他们的舞步里
从我脑中一闪而去的是些什么

是我们久居的语言的宫殿？还是
别的什么，我记得一些断断续续的句子

我记得旧时的箜篌。年轻时
也曾以邀舞之名获得一两次仓促的性爱

而我至今不会跳舞，不会唱歌
我知道她们多么需要这样的瞬间

她们的美貌需要恒定的读者，她们的舞步
需要与之契合的缄默——

而此刻，除了记忆
除了勃拉姆斯像扎入眼球的粗大砂粒

还有一些别的什么？
不，不。什么都没有了

在这个唱和听已经割裂的时代
只有听，还依然需要一颗仁心

我多么喜欢这听的缄默

香樟树下，我远古的舌头只用来告别

2010 年 7 月

## 菠菜帖

母亲从乡下捎来菠菜一捆
根上带着泥土
这泥土，被我视作礼物的一部分。
也是将要剔除的一部分：
——在乡村，泥土有
更多的用途
可用于自杀，也可用来堵住滚烫的喉咙

甚至可以用来猜谜。
南方丘陵常见的红壤，雨水
从中间剥离出砂粒
母亲仍喜欢在那上面劳作。
它又将长出什么？
我猜得中的终将消失。
我猜不到的，将统治这个乱糟糟的世界

是谁说过“事物之外、别无思想”？
一首诗的荒谬正在于
它变幻不定的容器
藏不住这一捆不能言说的菠菜。
它的青色几乎是

一种抵制——
母亲知道我对世界有着太久的怒气

我转身打电话对母亲说：
“太好吃了”。
“有一种刚出狱的涩味”。
我能看见她在晚餐中的
独饮
菠菜在小酒杯中又将成熟
而这个傍晚将依赖更深的泥土燃尽。
我对匮乏的渴求胜于被填饱的渴求

2012年1月

## 养鹤问题

在山中，我见过柱状的鹤。
液态的，或气体的鹤。
在肃穆的杜鹃花根部蜷成一团春泥的鹤。
都缓缓地敛起翅膀。
我见过这唯一为虚构而生的飞禽
因她的白色饱含了拒绝，而在
这末世，长出了更合理的形体

养鹤是垂死者才能玩下去的游戏。
同为少数人的宗教，写诗
却是另一码事：

这结句里的“鹤”完全可以被代替。
永不要问，代它到这世上一哭的是些什么事物。
当它哭着东，也哭着西。
哭着密室政治，也哭着街头政治。
就像今夜，在浴室排风机的轰鸣里
我久久地坐着
仿佛永不会离开这里一步。
我是个不曾养鹤也不曾杀鹤的俗人。
我知道时代赋予我的痛苦已结束了。
我披着纯白的浴衣，
从一个批判者正大踏步地赶至旁观者的位置上。

2012 年 4 月

## 群树婆娑

最美的旋律是雨点击打
正在枯萎的事物
一切浓淡恰到好处
时间流速得以观测

秋天风大
幻听让我筋疲力尽

而树影，仍在湖面涂抹
胜过所有丹青妙手
还有暮云低垂

令淤泥和寺顶融为一体

万事万物体内戒律如此沁凉
不容我们滚烫的泪水涌出

世间伟大的艺术早已完成
写作的耻辱为何仍循环不息……

2015 年 9 月

## 堂口观燕

自古的燕子仿佛是
同一只。在自身划下的
线条中她们转瞬即逝

那些线条消失
却并不涣散
正如我们所失去的
在杳不可知的某处
也依然滚烫而完整

檐下她搬来的春泥
闪着失传金属光泽

当燕子在
凌乱的线条中诉说

我们也在诉说，但彼此都
无力将这诉说
送入对方心里

我想起深夜书架上那无尽的
名字。一个个
正因孤立无援
才又如此密集

在那些书中，燕子哭过吗
多年前我也曾
这样问过你
而哭声，曾塑造了我们

2016 年 4 月

## 孤岛的蔚蓝

卡尔维诺说，重负之下人们
会奋不顾身扑向某种轻

成为碎片。在把自己撕成更小
碎片的快慰中认识自我

我们的力量只够在一块
碎片上固定自己

折枝。写作。频繁做梦——
围绕不幸构成短暂的暖流

感觉自己在孤岛上。
岛的四周是

很深的拒绝或很深的厌倦
才能形成的那种蔚蓝

2016 年 11 月

## 以病为师

经常地，我觉得自己的语言病了
有些是来历不明的病
凝视但不必急于治愈
因为语言的善，最终有赖它的驱动

那么，什么是语言的善呢
它是刚剖开、香未尽的柠檬
也可能并不存在这只柠檬
但我必须追踪她的不存在

2016 年 11 月

# 姜诗元的诗(11首)

姜诗元，1956年生，安徽肥东人，现居北京。1984年参与创办《诗歌报》，倡导“建立以人为核心的诗歌美学思想”。著有诗集《面对虚空面对你》《本年度潮湿》。

## 本年度潮湿(组诗六十首选十)

你有刀子，我有脖子，你屠宰累了就让我自己动手！

——题记

### 荒　城

连阴的天连阴的夜
雨，淅淅沥沥
专洗苍白的脸庞
单恋的男子
撑一把黑伞招摇过市
展示他无尽的泪行

蒿草长起来了

草芽托起石板小路
千万个非笛之孔响起来
电线杆横插路基
歪斜如根根银针
锈蚀在城市的脊梁
治不了病入膏肓的风湿症

南方之城淹没于草丛
在道路的尽头
在倾颓的残垣后面
在我惊恐的回望中
白狐、白鼠
白色的女人面孔如漆
空白而虚无
缓缓地缓缓地向我转动
白色的蛇从草尖掠过
闪电一样，如风

是谁欠债太多
是谁作孽太多
暗巷的深处
你也无言我也无言
流水悠悠漂满泪眼

## 逃 遁

装上玻璃又怎样
灰尘铺天盖地
依旧将你淹没
没有人抬起一只手
拂净尘土
求援的邮件无人拆封
整个秋天的落叶
堆积不散
青鸟被词典夹死
变作标本

道路被脚印压断
远山背后涌来人声
如沸腾的暗潮如雷鸣
世纪大预言成真
你挽着爱人无处可逃
找一棵树爬上去
小心翼翼
窃窃私语
气喘吁吁

有消息传来
天空依旧下沉
每一次做爱
都濒临最后的审判

乞求多么可笑
祈祷多么可笑
留下一颗牙齿吧
让后辈们考证

## 湿　气

在去年的雨中站一会
看记忆中一只红皮鞋
在大水里出没翻滚

今秋又是汛期
天地间滔滔一片
秋天的面孔冷酷无情
挥洒着落叶满地飘零
在城市的道路上
像死亡的纸币相互追逐

牛皮纸当伞
能支撑多久
风之手撕扯你的纽扣
要把你剥光洗净
在月光下晾干
让霉菌慢慢将你入侵

缘着水声你误入一幢空屋

孤寂的烛光守护现场
在一排排空酒瓶上
反射出求援的目光
你越是害怕
它们越是眨动不停

床上空空
你毫无睡意
让一枚图钉摁住四肢
你展示成自己的作品
每一个参观者走近
你都是嘀咕不停——
悬崖下面是大海
而大雨经年
绝没有停顿

## 旧房子

空屋无窗
电风扇径自摇摆多时
风，在这阴湿的季节
凄凄冷冷
战栗从头浇到脚

酒杯干涸
四周是水渍的印痕

不知纪年的时刻
盛宴的残局依旧
为谁摆阔

为谁?
霉菌如草一样疯长
随同呼吸的微风柔软起伏

倏然，墙上有招引的手势
指向你的眼睛——
不要回头
背后有白色身影闪过

让要来的都来吧
你无从等待
你听到无数残缺的足音
踏过荒原
穿过黑暗
向你走来，把你淹没

## 另一种死亡

奶油蛋糕霉斑点点
蜡烛点亮多时
无光又无泪
结束生命是你神往的仪式

用尽心思，你拿不准
选择哪一把刀更锋利

太阳依旧是过去模样
透过裂开的云缝如天眼
看你渺小
它在宣泄众神的狂笑

孤独之树倾斜
有消息传来
预言众山耸动
远方大雨滂沱
有洪水如雷鸣大地
大风暴在即，浩浩荡荡

一条绝望之蛇
悬挂于房梁
像一条神赐的缆绳
是索命
也是解脱

生有蚊阵
死有蚁群
最不容易的
是活得像一个动物
狗苟蝇营
最难以腐烂的

是你的灵魂和自尊

## 小心公寓

深夜两点
谁在叫我

蓝色公寓无人
一位陌生客
和我侧身而立
他并未看我
径自打开水龙头
狂喝不休
我却屏声静气
什么也没干
解开的裤子又系上
装出一副满意的样子

沿着相反方向
我们同时离开漱洗间
走廊铺着红地毯
比来时狭窄
他脚步匀称
下楼。接着是宁静

什么时候

借助伤残的灯光
他的影子爬上楼来
摇撼我的双肩
嘴里、眼里
有白色粉末如井喷
连同苏打水的气味
将我窒息

深夜两点
有人摔碎了什么
四壁起风
谁在喊我

临终的时候到了
升起纸幡
熄灭灯盏

## 你迷恋于放大的瞳孔

嗅一嗅家里的气息
你觉得有生人来过
折腾家具
沸反盈天
你在找有没有谁
扔下的加长过滤嘴
你拟想一个男性的不速之客

占用你离开的全部时间

点燃一支烟
好好想一想
把腿架在桌子上
每吐一个烟圈
你就一阵心慌
突然间脚心一阵奇痒
抓搔不及
猛回头
墙上有一只血红的手印
手指伸向五个方向
有五只眼睛看你
逼迫你后背结冰
前胸流汗

是逃跑还是叫喊
在你手足无措之间
失控的水龙头
自动打开
哗哗流淌

## 惶　恐

每一声钟响
你都有莫名的紧张
如厕

或吃饭
你总要碰到
一尾红色的蚂蟥
你摆脱不了
旧日男人的轻狂

一转眼
你依旧十一岁
是谁把你脱得精光
你两手捂胸
谁！是！我！
谁是初潮
长廊空空
一只只红色气球
从敞开的门内飘出
寻找蛛网

每年每年
总有一个夏夜
总有一个男人对你说
快些长大我要娶你
每一次
你总是津水不止
乱吃一通红色果酱

每一声钟响
你都有莫名的紧张

## 锈　桥

一个平常的日子
你斜倚铁栅栏
锈迹斑斑
阳光在水面探险
一股霉烂的气味
如同台风消息
旧报纸凭空展示肮脏的新闻
你目不忍睹
一群白菜皮
簇拥着一具球状婴孩
在油腻的旋涡中打转
向你眨眼

“孩子是坟中之坟
是两个人的一张床
是缺少抗体的种子
……
谁叫你生的
谁叫你生的
你把一切全毁了”
训斥的声音
早已离你而去
剩下的是两手的空茫

猛然间

一条铁丝从上到下
由小腹部抽出
你两头并为一头
你感到异样的悲壮
你全身痉挛
刚要呕吐
舌头又被谁咬住
或许，咬住的
又是谁的舌头

## 切　割

一棵树被汽车撞断
你为什么流泪
为什么行色匆匆
不愿多看一眼
那切割过的白色截口

你高举双手
向上天乞求
风扶起你的头发
指向虚空

一种潮湿迎面扑来
在空气中飞溅
在阳光中飞溅

你两耳呜呜作响
闹市之声沉入寂静
是什么将你裹胁而去
直到深渊

在绝望的边缘
有一条街向你挤来
有一个人向你挤来
他的左眼瞪你
右眼却离你而去
一只手抚你抱你
另一只手却推你打你
上嘴唇咬你
下嘴唇吻你
在绝望的边缘

午夜两点
你在何处
你眼镜的碎片
撒满大街
谁在为你号啕大哭

只有那棵树横卧街心
无情地疯长，枝叶茂盛

1986 年至 1987 年

## 真正的秋风自七夕吹起

真正的秋风自七夕吹起
在这说爱的日子里
我听到了些许肃杀的风声

我端详着这些树木
就像我端详这
纷扰的人群
我要看看
是哪一片树叶
率先飘零

我矢志做一个
敲钟的人

蝉声日渐稀落
仅存的力气，留给闭幕前
最后的嘶鸣

蚁群们
守着微薄的收成
它们吐出最后的黄土
关闭门洞，准备冬眠
劳累，已经摧毁了
它们消耗的一生
我不知道

当它们闭上了眼睛
明天早上
还能不能再次苏醒

2016年8月10日

# 祝凤鸣的诗(12首)

祝凤鸣，1964年生，安徽宿松人，现居合肥。1997年参加《诗刊》社第14届“青春诗会”。编辑《诗歌报月刊》《诗歌月刊》长达10年，著有诗集《枫香驿》等。

## 枫香驿

朝北的路通往京城
汗淋淋的马在这里更换
少年时我从未见过马
通过我们家乡的驿道
秋天来了　红色的叶子落满路面
枫香驿，在以往的幸福年代
稻田里捆扎干草的
农家姑娘
在一阵旋风过后
总是想象皇帝的模样
我的乡亲们都是穷人
孩子是穷人家的孩子
驿道一程又一程
没有一个人能走到底啊
夜色里飞驰而去的消息

都是官家的消息
随后是冬天，飘雪了
枫香驿便渐渐沉寂下去
在一片寒冷的白色里
很少听得见马蹄嗒嗒的声音

1988 年

## 白石坡

想起你就想起童年和祖母
小小的燕子在坡上飞舞
清明和除夕的傍晚
夕阳的光辉红红地
照着矮小的黑松
和朝南的墓地
我们把酒和茶水摆在浅浅的草上
祭奠很早以前死去的亲人
弟妹们都回家去了
我想我们的村庄是多么穷啊
炊烟从各家的屋顶升起来
我很小的时候
祖母总是很疲倦的样子
有时祖母带我去看
坡顶小庙里泥塑的菩萨
归来走在窄窄的路上
两边都是水塘

祖母晃晃悠悠地
我真想扶她一把
今年我走过很多地方
身上布满灰尘
我能扶她一下的时候
祖母却死了　埋在白石坡下
那块长满荆棘的地方
我至今还时常梦见那个地方

1988年

## 正月的美丽

河水上漂满石头　邻家的女孩
红围巾　黑衣裳　正午骑着一只凤凰飞走

坡地上残留着马的气息　没有流水
没有人知道　门户敞开
雪粒的亮光映照蓝色的厅堂

灯笼埋在地底　哑孩子哭泣
风里的葡萄藤何时结满水晶　何时

姑父们坐在屋顶上　太阳　太阳
南方红铜的镜子　满是蝙蝠和草垛的倒影

谁家有垂危的病人　檐下的玉米飞来飞去

雁　烛火　和河堤上的唢呐飞来飞去

众所周知　穷亲戚独自在树下歇息
母亲高喊　亲人呀　我的花园和前世在你那里

我是自由人　在去教堂的路上
看见田垅边缘满山白银升起火焰
村子宛如一片树叶在地上急速旋转

1989 年

## 鸟　巢

在我们乡下
最早的巢建在向阳的坡上
人们在日光里慢慢变黑

我有时深夜去井边
碰见乌鸦和鹭鸶
它们是否与我早逝的姐姐有关？

在我们乡下
每棵桐树下都有一个人
你到门外晒衣服
往往能听到大雁的叫声

几千尺花布在空中升得更高

几千盏灯笼——

多少夜我碰见观望星宿的人
在月亮下回家
喉咙里发出斑鸠的声音
他说刚才有一只鸟
朝湖北飞去

在乡下　父亲总是搓着双手
笑着对我说
房子年久失修，鸟也没有了
那些巢又有什么用

1990年

## 田　亩

山阴尚有积雪
山岗的南坡明亮
溪水低浅
田亩抖动着隐秘的梦寐

这田亩下埋葬着雷暴
人的骨头
和千百个秋天的月亮

这田亩里还埋葬着

寂寞的狮子和春霞
黎明里悄悄锈蚀的犁铧

此刻，残破的小路上
走着几个闪闪发光的
春耕的人——

他们黝黑、平实
承接天空广大无言的映照

风起在夏天
禾苗的青火呼呼逼近
乡村少女忧郁的瞳仁

秋天辽阔
大地向红砖的村子倾倒

这田亩下还埋葬着火种
难隐的幸福里
暗逝着久远的艰辛。

1992年

## 童　年

平野和大雪涌入胸怀
柿树的叶子落了

我手扶门框漫长的落寞
还有石块砌成的长墙

大地总显得虚幻
这当然包括东南的村落
梅树上新生的点点红斑

晚霞在飞舞　哦
是谁布下这无边苍茫的景象?
是怎样的恩情留下我?

童年带给我一生的衰亡
一阵哀伤的动情叫喊
还有井底仙后星座
急速地无尽坠落

……年华和井水
沉沉睡去　不管多久

水底总会传来秘密、刺耳的声音

1992年

## 归　乡

过了三十年　离别

冬日城市的奇观
我乘船归乡

哦　树叶间浮现出
久违的长着雀斑的笑脸
我的父母
双手放在膝盖上
向我叙说
我手提布鞋的黝黑童年

——那时栗树撑起
苍天和谐的蓝图
在夜晚的山后
依旧是钴蓝色的沙尘落在竹园里
依旧是知更鸟的啼鸣

炭火　鱼鳞和卵石
依然在门槛边放光
小小的蟠旗引向月亮

白蚁还在屋梁上弯腰
蒿草也留下暗影　只是
年迈的祖母已经死去

缄默的山丘下
秘密的河道不知通向哪里

我现在回到村里
一只鸡
一个银匠
一片玉米和薄荷地
以及平放的墓碑上倒影的星象
都把我紧紧纠缠

我再也不会走了
我会长久地留在夜色里

1992 年

## 白　夜

……忆及童年，芦村，三更之夜，
池塘展开
如黑色大花。

青蛙叫喊着
到处是春暮之火；
树枝间，月亮
燃烧着它的白骨。

无名小鸟
喁喁嘤鸣
噢！万类的痴迷夜。

青龙的雾霭淡了，在东方
清晨正纠缠着升起

在强光的洪流
倾泻之前
我想扑进池塘……

扑进时光碎裂的夜晚
或另一个人的躯体。

1995 年

## 流星纪事

有一次，丘岗夜色正浓，二月还未苏醒，
我踏着回家的羊肠小径，在山坡

白花花的梨树下，碰见邻村
疲惫的赤脚医生，面孔平和。

“刚从李湾回来，那个孩子怕是不行了。”
他说，药箱在他右肩闪着枣红的微光。

路边的灌丛越来越黑，细沙嗖嗖——
我们站在风中，谈起宅基，柳树，轮转的风水。

阴阳和天体在交割，无尽的秘密，使人声变冷，

“……生死由命。”这时，蓝光一闪，
话语声中，一群流星静静地布满天空；

还有一次，我和父亲走在冬月下，
旷野的一切仿佛在锡箔中颤抖。

脚下是隐形的尘土和古蟒的灰烬。
父亲拿着铁棒，问我：“你怕不怕？”

哦，我抬起头来，猎户星座在中天闪耀，
空中传来千秋的微响——
那无声垂落的，是流星，还是一道道蓝色的鞭影？

1995年

## 河湾里

枝头雀鸟纹丝不动，仿佛一团团黑泥
在阵阵压紧的空气下
河水有力地打着旋涡，千百个冬天都是这样
人们隐蔽在远处的坟茔
和山间静谧的屋脊里
鹅卵石孵不出红色小鹅
只有波涛偶尔剥下几片沙粒……我将
渐渐衰老，死去，哦！故乡，若是真的
能再转生人世
我还要回到这里，看着喜鹊和乌鸦

被杨柳的绿焰摧飞
杜鹃花的雾霭散开，一年年
田野冒着热气，泥土飞卷
在太阳炙热的炉膛里
我与兄弟们耕作着，叹息着，歌唱着
辛酸又疲惫
直到双手把锄把磨得银亮
山岗上淡淡的满月
使万物酣睡，沉落，我全部心灵的迷雾
也缕缕消失……

1996 年

## 返　回

偶尔回到小镇
百感交集　食品站前
依然蹲着五颜六色的人，
姓陈的傻子还站在小街中心，
杨树叶哗哗作响

伞厂后墙上
我屏声静息的身影
还刻在那里——少年
不可触摸的炽热迷狂

哦，黄昏，包子店冒出热气

生活回来了，
一首诗出现了，晚霞横空
电站边的竹林
正徐徐落下冰雹般的鸟群

1996年

## 耸壁寺

天窗撒下微光，厢房昏暗，
很久才瞥见师父清瘦的面庞。
我们谈起生死、圣谛，
和怎样戒除情欲的烦恼，
墙根，一只灰鼠
探出脑袋　它何时能摆脱轮回？

斋饭过后，师父掀开缸盖
让我们观看
他去年自种的稻米
这万千颗粒，尚未露出它的本义

寺外四顾空阔，一碧无际，
牛羊在坡上吃草，
拖拉机顺着谷底小路开去，
身前身后
松树绿得发亮，几乎使人痛苦

1996年

# 张岩松的诗(14首)

张岩松，1961年生，安徽无为人，现居合肥。2012年参加《诗刊》社第18届“青春诗会”。著有诗集《木雕鼻子》《劣质的人》。

## 洗手癖

出于好奇
我摸进树干新勒出的沟痕里
新鲜痕迹仍在悸动
我摸到绳索

回家后我对着镜子恐吓自己
宛如稻草人

放开水龙头冲洗
冲走一个声音
我把手洗得苍白
塞进毛巾里擦干

入夜，我掖好被角
又摸到树痕里粗犷的绳索

我溜进盥洗室
手插进滢滢的水池
我长久地浸泡
手的边缘开始浮肿

我要洗干净
这跟我毫不相干的绳索

1991年5月18日

## 过　期

你在城市与城市之间行走
怀揣过期的身份证
你自己也像刚刚过期的人

来到街头排挡
嘴伸进盛满面条的碗里
这种吃法绵延了几十年
仔细辨认
在面汤的倒影中脸上的皱纹
掩藏了什么东西

它抽动着一阵盘问，再瞧瞧吧
十年前的笑容已不属于你了
今天漂在证件外面
面孔严峻时无人与你相识

2002年2月27日

## 涂　鸦

出门
就是去涂鸦
城市原本白纸一张

肉体的单一色彩
脚步的嗒嗒声
正在形成一个疥癣

几个月
甚至几年
我一直把自己擦去
站在原地
像我一般空虚

我吮空气
舔干净
我是被“人”袭击
在舔
我的模样
我拥有肉
玩着城市的涂料

2006年7月1日

## 冷与热

雪花们因碎屑
　　而曼舞

在拥挤的冷里
　　厌倦并纷纷逃亡

她们被废话塞满
冒充重量
仪容尽力保持洁白

和阳光倾斜的月份
在盘绕
一些虫子的羽翅
脱下来
成为一滴水的
花瓣包装盒

后来
我们脸朝上
让稀落的伤疤
被数学的概率
举着

每件热
都是

背叛
身体藏在衣服里
宛如情愫的伏击手
把枪口擦黑
给羞涩的红
出卖

慢慢向前跑的日子
树的热偷吃冰激凌
渐渐捂不住
包装纸撕破
这一灿烂
成为感人的标语
一夜刷满大树小草

这没有输赢

2014年11月16日

## 胡　雀

我正在撕开方便袋
吃炸薯片
光溜溜的日子
上面没有撒盐
我发出咯吱咯吱的声音
这是2016年9月30日的下午

我铺在躺椅上
每咬一口
我就靠近一个著名的节日
薯片在指间摆好姿势
我咬的只剩下一小块
靠近黄昏
当光线暗淡时
我是日子的残羹
稀疏古怪的雨
在窗户上擦着灰尘
今天没有八月十五
没有秋分
在第一版上
我的肉松弛
被时光抱住
用力了
日子的指尖嵌进了我的肉

2016 年 9 月 30 日

## 米

米在化为稀饭之前
遭到了隔离

幸福的五常香米
用淤泥的奶水

养育的挺拔之物
想翻墙去勾引水洼

稻菽波动
匍匐着
掩藏了相思
用脊背阻挡黎明的熏烤
她的看守——
田埂说：“这无用的
囚犯
太阳出来
你拦不住的”

一锅水
炖熟了爱情
那是把匆忙剥掉
捉住一个糜烂
这时昏迷
过一会米在数落
关于运输的车轱辘们

仓库
布口袋耽误了消息
她哼哼
拥挤着
擦着屁股上的气味
以一支不成调的歌

## 合唱

水在屋外
滴落、悠长的样子
是一柄剑
往下挥舞出白光

她靠在木柱子上
又她爆裂开来

简易的滚动
啊哈哈呀
轨道是前辈们铺好的

2017年9月5日

## 咒语成长记

一句咒语
浸泡着

步子零乱的人
喝茶

咒语按下去又浮上来
符号
穿好衣服

土地故意有个斜坡
往下滑
九月的风扇叶子
生长凉意

接着树叶有孔洞
虫子的子弹
洞穿了
胖身子
变成扣动扳机的手指

每个标签
栓上
我们留守在
人类直立的姿态上
有东西掏出匕首
削去废动作
自己削
所以
我们的行走
都是干净的

一句话
拧紧发条
变为口号
我们全部

在其中奔跑
跟在缜密的括弧后面
跑成烂泥

自然界
动物们也忙碌着
接待
一个语言的喷嚏

2017年9月15日

## 体内藏着一位投降士兵

我吃了药
玫瑰色的椭圆药丸
在体内混浊后
码出一个投降士兵的媚骨
你在妓院搂着脸粉乱飞的女子
把柔媚的话儿诉说得
骨头全无
妓女已经融化为一摊水了
一声吓令:"稽查来了,天哪!"
你的手举过头顶
公认的救命动作
又演了一遍
外面的我
保持丝绸一样的生活

用工具去郊外铲除战场上遗留的块垒
喝酒后会抖
两只手不听使唤
出现机械的上和下
我注目自己被你慢慢炖化
喝下午茶
突然喊："救命!"

2017年10月16日

## 我在省会过的一夜一天

我扭了一下
这是昨夜舞蹈的余音
节拍在睡眠
我的动作成熟了
挂在身上
无人采摘

喝水的样子是个盖子

我对一个卖早点的转身着迷
昨夜舞会摊点的剩饭
今天化为漫长的序幕

正题给序幕囚禁了
我的罐头是红烧节拍

我正在用娴熟的驾驶方式开车

一会儿停停
动作的馊味
由缠绵的舞步带出

现在　我的一般行为
代表残存的位置
是人的废墟

2017年10月19日

## 蝴　蝶

一捆旧杂志
占领哺乳动物的桌子
它聚集　堆积
所载的内容相互压迫
甚至在自己的纸页上肿起来
我解开了
绳子

每本杂志举着贡品
好吧　来吧

废品知识在我的周围筑起了堤坝
让我浮躁

它们哄着我说
在里面把“人”放弃成为蝴蝶标本

我出门
一个旧书操纵的木偶
吃碗剧本需要的面条肥料
我飞到新杂志的花蕾上
一共有几十种花
我吃到腹泻即，
空泛泛
在人造的阶梯上
一次脱轨的跳步

2017 年 10 月 22 日

## 狩　猎

我踩住了鞋子
一条裤子过来帮忙逮住它

这是小区的游泳池
直立动物在储藏柜
设一个陷阱
捕捉脚的衣服
我肉质地前进
鞋子觉察不出

脚的目的是不需要情话
滑溜进鞋子的怀抱
我的脚上有陌生的力量没有撤退
鞋子的两个洞口
也有夹伤的钳子

在襁褓时代
妈妈把吞下微风的鞋子
捆在我的腿上
后来自然灾害
鞋子走了

今天我要用摁住的架势
和鞋子邂逅

2017年10月23日

## 地铁上迷浑的脸

我的脸
泡在地铁
这个泡菜坛里
稀疏
斑驳
肉在和头发告别
脚步一般
咕咚

咕咚
脸上的黑被抽走
剩下空的白点
又有些黑镶着
走得不干净
不忍
离开

一个脸贴
被岁月的图钉
钉在
扁平的
呼啸而过的
地铁的
纸上

我是给
平常枪决了
拎着包
打盹
从一个站口
驰到下一个站口
一个脸贴
其实
觉醒着
冒针一般锋芒的胡须
戳着一小片

路过
漂泊
脸的溪水之畔
女人的香
闷头闷脑的花朵
一本正经
开在帽子下面

我去上班
给学生
讲述
发生过的案例
重复又重复的话语
闻到腐蚀味
腐蚀剂
模仿空气
课堂被蚀穿
留下圆洞
我和学生
都是空气中的残留物
垃圾在身上
目前
还没有发明出打扫的工具

我继续吃　喝
从一碗饭吃到下一碗
间隙的等待

我有几个废动作：
蹓跶
衣服撤下一件
拧笔帽
坐着地铁
掩饰
我是自己的厕所
空当时
制造
我脸的疮疤

2017年11月12日

## 毛巾　絮语　对抗

我一天所做的
是摆脱洗脸毛巾所划过的痕迹
于是把它的粗糙面
在胸口磨磨
毛巾捂住脸
一声从秦代刚刚运输来的呵斥
在温热里
像个壁虎
移动着“烙印”的图案
我舍不得移开毛巾
一旦呵斥的痕迹形成
我可以从容地属于某个部族

携带“烙印”的自由
当毛巾挂在铁丝上
回到自己的冷漠
以至于不晃动
一块须须喳喳的布
擦过平民的泪和皇帝屁眼的小方块
人的排泄物
陪伴在我身边
采用印迹的方式
掀开
看见甩在我脸上的散乱印记
在一天的不知觉中
毛巾猛地爬一下
然后捂住淡淡的宁静

2017年11月25日

## 痦　子

去乡下集市
买些野湖里的水产
顺便拜访
我不认识的人
为了撩拨他的土语

下午，皮肤上路过的痦子
在夯土　安营扎寨

我一下子见了许多人
都不著名
卖鱼的身上挂几片鱼鳞
卖空筐了
吐一口痰

有些疙瘩
叫不出名字
一旦拥有者
掏出手机
它就咯咯笑

凸起
肉赘
不起眼
在和人的背影
村镇的粗路重叠

“卖珍贵的银鱼了”
一声吆喝
这么响
着

2017 年 12 月 3 日

# 管党生的诗(4首)

管党生，1963年生，安徽合肥人。著有诗集《我所认为的贵族》。

## 旷　野

那是哪一年
我走在田埂上
蛇纷纷跳进田里
经过草丛
那是哪一年
我走在大路上
迎面走来一个衣衫褴褛的少女
我突然产生拥抱的欲望
我真的热爱生命

2006年

## 香　气

她走了
她的香气还没走

其实香气也走了
只是比人慢些

2008 年

## 铺天盖地的信息对于一个人根本可有可无

甚至可以认为
这些东西只会
成为负担
对于自己没有用途的信息
就是没有关心必要的

2017 年

## 想到他我就想笑，又警醒。因为他是镜子

那个心虚膨胀大傻
先是不能说他写得不好
再是不能听见说别人好
后来你说他这首好
他会反问
我哪首不好
一生现实受排挤
在诗中幻想为皇

2017 年

# 叶匡政的诗(12首)

叶匡政，1969年生，安徽桐城人，现居北京。1986年开始发表诗歌作品，著有诗集《城市书》《思想起》，长诗《“571工程纪要”样本》，文化评论集《格外谈》《可以论》等，获得国内十多种诗歌奖，2004年参加《诗刊》社第20届“青春诗会”。

## 侍者之歌

侍者使夜晚越来越长
这不重要，对于他，快乐近在手边
而我，我的命运是他手中的小费

多么柔弱的男性，多么平静
甚至平静得有些暧昧。整洁的服饰
把他压住，把他变得抽象

此刻，一定没人摸过他湿热的手心
他的双手被淹没在他的动作中
好像已忘记那最后一刻，关键的一刻

好像他的微笑真的在欢送客人
而我，我的命运是他收下的小费

从一只手到另一只手，到一个油腻的口袋

他们心照不宣。没有人了解
那被塞进黑暗中的感觉，那揉皱的晕眩
灯光、喧哗、人脸都变得异常遥远

1995 年 12 月

## 午夜的货车司机

他是一只寒蝉，听见天空
也听见树。蛛丝浮游
这条怪异的公路。当黑暗期待着

当月亮，被这黑暗扛向美洲
那是听觉的虚空
一颗头颅，插在车窗后

那是他心中的讥笑
小镇从两边涌来，生命的空谷
他慢慢爬过。眼前枝条寂静

他把重心移向左脚
他让车灯变暗。如果真是寒蝉
他甚至没有另一棵树

只有不同的枝条，不同的凄楚

被一个陌生的地名放大
被一次到达缩小

而他不动不止。任凭单调的笛音
向四方漫开
静默，钻心

像他的本性，被这双沾满油污的手
举在胸前。那是肉体的专注
和大地有着微妙的联系

那是隔绝
是惯性推动的长夜
是他命运的下坡，越来越陡

越来越接近地平线
越来越远离地平线
一根乌有的弦，一根解脱的弦

这辆货车，像午夜爬动的寒蝉
他是它心中的寒蝉。两只不同的寒蝉
都有着无法知晓的冬天

1996 年 4 月

## 飞碟谣曲

让飞碟降临。人充满秘密
人从孤独中苏醒
夜的新娘，这是她头上的王冠
这是她怀中的渴望，今天
全都给你。是呵，这战栗
也是神圣的战栗
陌生的门槛，来自星光的呼应

让飞碟落在头顶。和它一起
飞离。天空突然静下来
像巨大的翅翼，刚刚停下
正要拍击……那沉寂的瞬间
那瞬间无形的力，一切
向那瞬间涌集

让飞碟落在心上！每一根发梢
都有一张炽热的脸
你昏睡的灵魂，你眼底的闪电
我等待飞碟逼近。让它开口吧！
否则，我会认为：生命
只是一道悬空的幻影……

1996年6月

## 黄昏小贩

为了两只活着的手
我也有不愿说出的话：
它就藏在那堆恍惚的面孔下

那被货担压弯的背影中
他们被撵过街角，撵到
马路对面……他们匆匆跑着
不停地转过惊骇的双眼

1996年9月

## 生　活

整个白天，她都在拒绝自己
洁白的厨房，她摊开鸡翅
绿色的菜心。整个白天
她一边弄脏，一边清洗
显得毫不在意

到了晚上，她停下来
黑暗泄露出陡峭的内心
整个夜晚，她的双手又空又冷
整个夜晚她把软弱的枕头
翻个不停

1996年9月

## 单身的钢筋工老胡师傅

老胡的背影，还在走廊中
孤独几乎可以看到。一间小屋
无须说话，灰尘就从四处爬起
已妨碍他感受这贫穷的宁静

即使月光，也能被他关进钢筋的笼子
他关心尺寸，好像是万物的尺寸
其实是人的，一点点楔入黑暗的缝隙
已经很久了。一座座楼房的骨头
像太阳扔掉的一个个烟蒂

腋下的铁锈味，使他漂在世间
他什么也没动。当死去的蚊子
积满床帐的角落，像真的恐惧
他半夜醒来，梦里全是蚊子
赤裸的肢体却丝毫未受侵犯

钢筋挣扎着，成了他生活的中心
甚至要这样捅入地心
他多么古怪，被女人拒绝一次
却拒绝女人一生。没有漩涡
没有抽紧的心
摇荡、爆响的钢筋，像他的白发
越来越多，越来越密

这些钢筋密密麻麻，倒映着这间小屋的孤单
似乎有更深的目的——空洞，但不惊人
……在老胡的记忆里，忧伤的万物
都这样摆动着钢筋的躯体

1997年1月

## 愿　望

让我像巨石，从倾斜的坡上
滚入生活
我将爱它的悲剧，爱它的饥饿
爱它沿河的茅舍

富人们丢失的垃圾
不断僵冷
多少焦虑，将人的胆汁变得苦涩

1997年9月

## 对　话

忘记那幢大厦
忘记它迅疾的网。人们游荡着
黑发掩盖了欲裂的头颅

把脸转向沉默的机床

忧伤消失得那么快。在这里
我的生命是磨损钢铁的野兽
是无辜又无痕的肉体
多少勤勉的白昼，我错怪了自己
错怪了自己的孤独
错怪了自己的恍惚

现在，我要闭上天空留在我体内的
那只微小的眼。现在，我要盘旋
绕着工厂这座迷狂的钢铁森林
现在，我要卸下脑内的知识，让搬运工
把它堆弃在空空的楼顶

我沉睡过
也忙碌过。顺应过，也抗拒过
我似乎朝着一个方向
多少非人的意志！每当暮色降临
在冰冷的车间里
我急不可耐地撕下两只肮脏的手套

我对自己说：你，
才是我渴望穿透的黑暗！

1997 年 10 月

## 微暗的床边

闪亮的针尖。外婆
飞针走线时安详、严肃的脸

针尖使人朴素，只缝补今日
它指向这里
指向人活着的地方

当外婆离去时
嘴里含满了茶叶
针尖使我可以忍受自己的幸福

为了亮一些，她移到窗前
一针一针地缝下去
永不复返

1999年2月

## 塑　像

我躺身在一只烧焦的电闸前
它要打开
它要对着躁动的人群打开
它要移走所有漆黑的房间

远处的巷道像一支嘈杂的练习曲
在我耳边
我站在木凳上，黑暗中，打开电筒
看到了自己年华的流失……

这只焦黑的电闸
它静默，从容
仿佛经历过真正的痛楚
像我那不愿说话的亲爱的兄弟！

1999年3月

## 葡萄藤

我三岁的女儿
她喊我哥哥，她喊我姐姐
她喊我宝贝

我都答应了
因为我渴望有更多的亲人

傍晚，坐在后院
我们一起仰起头
我们一起喊："爸爸，爸爸……"
我们喊的是邻居屋檐下
那片碧绿的葡萄藤

我们多么欣喜
我们紧紧地抱在一起
因为我们都喊对了
它是我们共同的父亲

2000年8月

## 人间世

想借一把雨伞出门
心中就动了绿意
草色好看
雨声响
外婆说，再美的人
美不过一朵莲花

那个蜻蜓是一片柳叶
那只蚂蚁是一粒种子

2006年10月

# 老巢的诗(10首)

老巢，原名杨义巢，安徽巢湖人，现居北京。著有诗集《风行大地》《老巢短诗选》。

## 我的眼前阵阵发黑

站起身
我的眼前阵阵发黑

我并不张望
像只鼠
在墙壁与粮食之间
竖立耳朵
我的脸色比思想重要

逃亡作为宿命
要求我的表情更人些
我的动作更动物些

1988年7月25日

## 你必须成为某种形状

幸福是凌晨五点的风
必须站立才能够着
你的姿势必须像一种植物
纷扬起芒刺
你眼睛里的思想

你必须纹丝不动
这又要求你是一种建筑
你必须先说明用处
然后进入人们的视野

就像　几穗稻谷
　　　一部分材料
起初你只是简单的想法
不幸在于你必须生长
你必须成为某种形状
套层结构里误认你的父亲

你与凌晨五点无关
但凌晨五点你站到窗口
风　使你幸福

1994 年 7 月 19 日

## 当绿荫从树上飞起

从被叫作树的那天起
树就死了
树的死是以大片的绿荫来定义的
我坐在树的绿荫里
我想
我可能就是夏天
或者寄生于夏天的另一种生物

当绿荫从树上飞起的时候
我去哪里

1995 年 7 月 2 日

## 春天的梦

桃花挂上枝头
是三月群发的短消息
手握桃花我们相逢何必曾相识
水面漂浮的一瓣两瓣是旧情也是新欢
桃花开在内心
我们止不住的泪水从梦里流到梦外
因为喜悦和疼

春天的梦简称春梦

睡懒觉的我们醒的正是时候
桃花遮蔽双眼
桃色里的早晨处处闻啼鸟
怎么听都有恋爱的痕迹

2006年3月17日

## 没有遥控器帮我们关掉这一场雨

北京又在下雨。黑了天
一副江南的嘴脸。没了白墙青瓦

雨，携带病情，活过来的细菌
从门窗，一些缝，甚至空调风里
打湿床，灯，和盗版盘

我们现在说床单上的斑点不是汗
泪和爱液。是雨在发芽

灯下，琐碎的死，类似粮食里
飞出的几秒钟。比灰尘还轻
电视上，我们看不到太阳的下落

没有遥控器帮我们关掉这一场雨

2006年8月10日

## 露出破绽的夜有许多盲点

露出破绽的夜有许多盲点。匿名的
针一样的光，刺痛大面积病在暗处的中秋
黑色表里如一。我们看不见什么
什么就从背后陡然发出声音。我们沉默

我们热爱的事物也沉默，这是脏东西
长出翅膀的客观原因。天还没亮
梦在半路要求我们放轻脚步，一只手相牵
形影不离。一只手捂住自己的嘴巴

2006年10月9日

## 回想那些没有到来的时光

转身，我看见你，一天一个样子
你，从来第一眼就遗忘了迎面的人

是无巧不成书。那些没有门槛的门
虚掩。每一片树叶都是最后一天

画蛇添足的夜，一盏灯扑灭另一盏
之际，耳朵像蝴蝶一样飞在身后

我背对的风水，适合住，和埋葬

到时候，你哭我，哭过一遍又一遍

2007年1月4日

## 秋天，我把爱人还给人间

你远方，我去远方
你故乡，我就回故乡

欲望，使夜晚年轻
你的影子红灯绿酒中舞蹈
某一刻甚至有了体温

无限接近梦。而梦
是危险品，通不过安检

天空很现实。云上的日子
害怕碰上一根鸟毛
没时间秋天了。你远方

我去远方，你故乡
我就回故乡。并一反常态

把你还给人间。白天
越来越短，意味着你恨我
与我为敌的希望在破灭

2009年8月24日

## 多年后的清明当我已不在人间

我爱人还在，她已宽恕我生前
所有的荒唐只剩下对我的想
她用乡音给每一片树叶讲我的故事
我的后代漫山遍野，春风吹又生
与我擦肩的岁月在我相片前伫立
酒肉朋友们冒雨赶来背诵我的诗篇
多年后的清明当我已不在人间

和我今天所追思的亲人们在一起
和爷爷奶奶外公外婆老祖宗们在一起
他们现在天上，那样看着我
看见一连几天我醒来时的泣不成声
知道我今年不能回去给他们上坟
知道我此刻写的每一个字都从泪水里
泡过，像一滴滴雨挂在半空中

多年后的清明，老巢已不在人间

2010年3月31日

## 我一个人时是美满的

——中元，写给逝去的亲人们

你们知道

我住王府井
不能深夜里去街上
烧纸钱
也没有一池水
可以张灯

一天没出门
在家烧香，磕头
念大悲咒
求菩萨保佑你们
天上，地下
都过得比活着时好

你们应该看到了
我虔诚的样子

不是做给你们看的
我想你们
经常梦见你们
能活到今天
是你们暗中保护

走在路上
或半夜醒来
某只鸟的眼神
一朵花的香
一阵风

那样地拂过肌肤
都让我相信
你们就在身边

所以，我一个人时
是美满的
孤独和寂寞
挂在嘴上
我女人至今
没有我房间的钥匙
我不想
她突然闯进来
打断我们

故乡和往事怕见
生人。你们
不止一次在我身上
留下痕迹
青一块紫一块
有时突然泪流满面

我为什么
只有你们知道

2012年8月31日

# 吴少东的诗(14首)

吴少东，1966年生，安徽合肥人。曾获2015年“中国实力诗人奖”。早期诗歌结集于《灿烂的孤独》，著有随笔《最美的江湖》、诗集《立夏书》等。

## 黎明的月亮还在清冷

月亮在我的西南方向
有些苍茫
路边的法国梧桐不知是否
以法国的姿势
摆出它浅灰色背影
这是黎明
月亮还在清冷
淤积在我的身体上的月光
经过纱窗的筛选
有些暗淡
我用左手抚摩自己的右臂
一种暴雨后马路的感觉
背靠着月光
我侧身而卧
抚视月光之外的地板

有许多的颜色
已经剥落

1988 年

## 树枝伸近窗口

无数的果实坠落眼里

树枝接近窗口
窗口接近我
隔着平整的玻璃
我远离树枝
每一个枝头都悬挂一个世界
在许多窗口
我不能触手可及

这长长的植物
甩动果实的铃铛
为谁轻轻摇摆
树枝　无论多么遥远的树枝
汁液都在迅速抽动
在返青的节气里
树枝伸进我的身体
骨头与脉络
这白色的树枝红色的树枝
伸近所有女人和男人的窗口

死亡或者新生
不同的颜色绽满枝头

在静默的倾听背后
一根长长的树枝　伸进窗口
穿过玻璃
将我深深刺透

1988 年

## 午夜的杯子

午夜的杯子
已习惯于一种倾斜
当舞伴走出暗红的背景
壁灯很轻的光线
浸入我的肌肤里
一阵温柔的痛苦
望着澄清的杯子和杯子旁
曾经同样澄清的钢笔书法
我的目光渐渐枯涩
一些花粉状的夜
飘入鼻孔
短促也深沉了我的呼吸

1990 年

## 立夏书

我必须说清楚
今夏最美的一刻
是它犹豫的瞬间

这一天，
我们宜食蔬果和粗粮
调养渐长的阳气。
这一天的清晨，风穿过青石
心中的惊雷没有响起。
这一天的午后
小麦扬花灌浆，油菜从青变黄

我们喝下第一口消暑之水
薅除满月草，打开经年的藏冰
坚硬而凛冽。南风鼓噪
坂坡渐去，你无须命名
这一白亮的现象。就像一条直线
就像平躺的春光，你无法测度它
从左到右的深度。你无须测度

这一天的夜晚充满
多重的隐喻
从欲望到担当，从水草缠绕的湖底
到裂石而生的桦树。这一日的前行
几乎颠覆我

对农历的看法

2011年

## 湖　畔

湖面上
有着我不能领悟的一面

湖水在动荡
破碎的镜子隐去
焦虑的语言

此时　路经此地
我甚至忘记了湖心
横卧着整个秋天的灵魂
有过燃烧
有过昨夜的熄灭
只是　没有触及你的火焰
我已成为灰烬

2011年

## 苹　果

儿子自小拒绝吃带皮的苹果
我百思不解。一个天然的果实排斥另一个

果实，一条在春天就开始分叉的河流。
我们只好将红色的绿色的黄色的皮
削去，这卷曲的彩色正是他
一度所热爱的。他三岁时用过这几种油彩
绘就一幅斑斓的地球。而现在，我们削去它
从极地，沿着纬度一圈一圈削去

在他的意识里，劳作、直立或旁逸的植物与
果实是分立的。苹果是孤悬于
空中的一轮朝阳或满月。“看不见它
是因为云朵，”“风吹开树叶能看见许多苹果。”
未来的理工男侃侃而谈，圆规画出的圆
处处都是起点，开普勒的星球绕行说却
没有起点，分子、原子、质子也是如此。
唯物主义于科学的贡献仅限于存在
存在是最大的苹果。
在对立、对冲、兑换的春日，充当
一个被岁月剥蚀的说教者，是乏力的。
常觉着自己站在大地的尽头，看波浪一圈圈
弹开，像正在削去的果皮，或像
滚出去的一团毛线，被抽离，被缩小。
对称、对峙、对错的核心
瞬间化为乌有

用一个苹果作喻体，说出
我的主旨是困难的。比如整体与独立，比如
平衡、方法和耐心，比如……

"足球和篮球就是两个大苹果",他轻松将
苹果与詹姆斯、梅西、科比、C罗联系起来。
划着弧线飞行的皮球,多像正削皮的苹果啊。
这两件物什,正是我和中国的缺失。
欧美人能将充满空气的苹果,轻而易举地
置于或大或小、或高或低的篮网里,我却不能
将一个洗了褪色的苹果,放在盘中
让他完整啃噬。这让我
非常懊恼。我们甚至将苹果
切成片状、盛在碟中、插上钢叉
送至他凌乱的书桌。
他用现象打败了源头。现时的我们恰恰没有
一个很好的现象。苹果
没有从预设的枝头落下,我的本领
正在恐慌。每每此时,总想起
在酒店,他用刀叉自如分离
七分熟的牛肉,剔骨无声,游刃有余。
我像一双弃用的筷子

平常、绷紧的苹果,期待的只是
一把刀子。我却在说服一只苹果
长出香蕉的模式

2013年

## 描　碑

她活着时，
我们就给她立了碑。
刻她的名字在父亲的右边，
一个黑色，一个红色。
每次给父亲上坟，她都要
盯着墓碑说，还是黑色好，红色
扎眼。父亲离开后，她的火焰
就已熄灭了。满头的灰烬。
红与黑，是天堂
幕帷的两面，是她与父亲的
界限。生死轮回，正好与我们所见相反。
她要越过。
这色变的过程，耗尽了她
一生的坚韧

清明那一天，
我用柔软的黑色覆盖她。
青石回潮，暗现条纹，仿佛
母亲曲折的来路与指引。
她的姓名，笔画平正，撇捺柔和
没有生硬的横折，像她
七十七年的态度。
每一笔都是源头，都是注视，都是
一把刀子。
将三个简单的汉字，由红

描黑，用尽了
我吃奶的力气

我怨过她的软弱。一辈子
将自己压低于别人，低于麦子，低于
水稻，低于一畦一畦的农业。而她
本不该这样。她有骄傲的山水
有出息了的儿女。
前些年，还在怨她，
将最后一升腊月的麦面，给了
拮据的邻居，让年幼的我们，观望
白雪，面粉般饥饿的白雪

她曾一次次阻拦下馆子聚餐。
围着锅台，烧一桌
我们小时候就爱吃的饭菜，在水池旁
洗涮狼藉的杯盘，笑看
我们打牌、看电视。而当
我们生气，坚持去饭馆
她屈从地坐在桌旁，小口吃着
埋怨着味道和价格，吃完
我们强加给她饭菜与意愿

母亲姓刘。
我一直将左边的文弱，当成
她的全部，而忽视她的右边——
坚韧与刚强。

她曾在呼啸的广场，冲出
人海，陪同示众的父亲。她曾在
滔滔的长江边，力排众议，倾家荡产，
救治我濒死的青春……

我不能饶恕自己
对母亲误解、高声大气说过的每句话。
而现在，唯有一哭
她已不能听见。
膝下，荒草返青，如我的后悔。
她的墓碑，
这刻有她名字的垂直的青石，
是救赎之帆，灵魂的
孤峰，高过
我的头顶

春风正擦拭着墓碑的上空，
我看到白云托起湖水
她与父亲的笑脸与昭示。
这慈祥的天象
宽慰了我

2013 年

## 给　予

昨天午后，在琥珀潭边

我投下一粒石子，细浪似
绞索，比爱情消逝得更快

傍晚时，我又向潭心掷下
一块石头。石破天惊。
泅渡的山峦，如
慌神的溺水的虎豹

天光云影散去，
没有一重浪，
能够拍及彼岸

注：琥珀潭，合肥的一片水域名。

2014年

## 孤　篇

秋后的夜雨多了起来。
我在书房里翻捡书籍
雨声让我心思缜密。
柜中，桌上，床头，凌乱的记忆
一一归位，思想如
撕裂窗帘的闪电

蓬松的《古文观止》里掉下一封信
那是父亲一辈子给我的唯一信件。

这封信我几乎遗忘，但我确定没有遗失。
就像清明时跪在他墓碑前，想起偷偷带着弟弟
到河里游泳被他罚跪在青石上。信中的每行字
都突破条格的局限，像他的坚硬，像抽打
我们的鞭痕。这种深刻如青石的条纹，如血脉。
我在被儿子激怒时，常低声喝令他跪在地板上。
那一刻我想起父亲

想起雨的鞭声。想起自己断断续续的错误，想起
时时刻刻的幸福。想起暗去的一页信纸，
若雨夜的路灯般昏黄，带有他体温的皮肤。
“吾儿，见字如面：……父字”
哦父亲，我要你的片言只语

2014 年

## 以　外

人进中年，喜穿软底鞋走路，将席梦思
翻过来，睡硬板床，一夜无梦。
闲来常想石头、湖水和井
至坚、至柔和深埋的缺陷。
不是山峰和海洋。那些高大的事物
已耗费我的半生。
不去想宇宙是闭合，还是无限伸展
这个问题曾让我发狂。
专注菜叶上的虫眼，甚于

星空中的虫洞。现实以外的东西
比现实更让我失望

这并不表明我没有想法。
我将一些词翻出来，搬到另外的地方，
给青春的骨头找一座坟墓，让墓志铭
警示我的午后。或者
划定直线或曲线，在易于识别自身的空域
飞翔，没有以外，也没有意外。
将一扇门打开，又关上
往复、启合间，每有妙意。
就像这些年来，怀抱石头爬山，
一个趔趄，石头跌下山去，然后
重新抱起、攀爬。而那些滚落的声响
我忘记了

甚至忘记了山上的塔，沉于
湖底。像井。像我抑制的性欲。
在峻峭处建庙，在灰烬里插上香骨
远离轻飘的言语、呻吟和祷告
像井壁，固守着浪，又消解着浪，
青苔模样，示人以春天。
心设慈悲道场，宽恕宿敌
无动于衷的水域，也宽恕
庸常的诗句。不指认爱与虚妄，
将一座桥横陈水面之下，抵制两岸
以保持湖的完整与骄傲

有那么一两次，想否定愿力
否定湖面的犹豫、庙宇的徘徊
将自己像钉子一样钉入大地，国土疼痛
病树上开出花来

2014 年

## 在贝子庙

青色的云在收拢
空中的草原依然浩大。
我们坐在贝子庙的台阶上
抽着烟，看阳光穿透云层。
夏风干爽，风向不定——
我的烟飘向你，你的发梢拂及我。
远处的喇嘛，在云影里
露出臂膀，摇着一串钥匙
走来

2015 年

## 天际线

曾从飞机的舷窗，观望过天际线
一道弧形的细云围住大地
湛蓝与白云的交汇处，一线白亮

没有什么出现，或消失
晚霞绵延，像一个发烫的火圈
等待老虎，跃起，钻过去

那一刻，我忽视弧线之下
被罩住的人寰。
人类生动的实践，我看不见
万物的动静，我看不见。
我甚至不去想
等待我已久的一场晚宴。
我的想法脱离实际
没有上与下，只有
里与外。没有天上人间
只有天地内外

这些年，我常在湖边绕行
累了，就伫立，或坐在石头上
察看水面推远的城市
闪烁着灯火的天际线
与我在飞机上看到的
没有什么不同
几十年来我穿梭其中
钻过一个又一个火圈
没有什么不同。
一个又一个我消失过
但跳出的，依旧是原来的我

2016年

## 悬空者 I

我曾持久观察高远的一处
寒星明灭，失之西隅
展翅的孤鹰，在气流里眩晕

我曾在20楼的阳台上眩晕。
那一刻，思之以形，而忘了具体
无视一棵栾树，花黄果红

譬如飞机腾空后，我从不虑生死
只在意一尺的人生
一架山岭，淡于另一架山岭

曾设想是一颗绝望的脱轨的卫星
在太空中一圈一圈地绕啊
无所谓叛离与接纳

我思之者大，大过海洋与陆地
我思之者小，小于立锥之地
我之思，依然是矛与盾的形态

2016 年

## 烈　日

礼拜天的下午，我进入丛林
看见一位园林工正在砍伐
一棵枯死的杨树。
每一斧子下去，都有
众多的黄叶震下。
每一斧子下去，都有
许多的光亮漏下。
最后一斧，杨树倾斜倒下
炙烈的阳光轰然砸在地上

2017 年

# 汪抒的诗(14首)

汪抒，1966年生，安徽肥东人。1986年发表处女作，有诗集若干。主编《抵达》诗刊（2008年创刊）。

## 白色箭头

火车已走

木星也远遁天边

我的怀抱在渐渐变空
我能清楚地知道，我正处于我根本
就不会知道的一个时代
一切都不明就里
青春渺茫，弦音即将散尽

谁有那一张脸
能回过头来
从遥远处向我的“此刻”看
我徒然地
在我的内墙上

画下许多反向的
白色箭头

1988 年 11 月

## 代　替

虽然身染风云，但我
一直守在屋子里。
我惊奇地发现最先消失的是
时间，我腕上的手表不翼而飞。
更让我惊讶的是桌椅也都
不知所踪。
恐惧却乘机而入，我怀疑是它
制造了这么多的失窃案件。
接着它还将我挤到屋外，那么
我就此将被什么所接纳？

我的屋子从此不空，恐惧将我代替。

1989 年 6 月

## 风雨欲来

走廊阴暗
红砖砌成的柱子与柱子之间
绳索上勒着许多件尚未干透的衣服

没有任何一件事在风雨之前发生
我从我遥远的对面
像是镜子，看到了我雾蒙蒙的肖像

电锯尖厉的声音
穿透窗子和我的耳膜，灰色的
云块压迫着一只鸟已经潮湿的鸟翼

1989年6月

## 看见冰块

看见冰块
但很模糊，——寒冷
已先期到达

也许不是冰块

在这九月二十二日的晚上
那又是什么

那巨大的几根手指
已抓到我仍然火热的身上

我的皮和肉
比我敏感

也比我脆弱，当然
也比我顽固

1989年9月

## 我再一次用伤感的语句提起你

我再一次用伤感的语句提起你
你是银质的，闪耀着银光
我怎么能与你相比

你比我更重视灵魂，轻视肉体

你就像一只银质的罐子
敞开，面向雨水、暴风和灰尘
你被梦幻不断摇荡

你怎么能不破损、不消失
你把自己破坏，向往毁灭
你像一道银光一闪从此再没有痕迹

我再一次用伤感的语句提起你
你已不存在，提起你我的伤感也不会存在
我有一双肉眼又有多大作用
你已成为我看不见的雨水、暴风和灰尘
或者就是一道银光，仅仅一闪

你倏忽间照亮我
让我的另一双眼睛突然睁开
看到我肉眼看不到的一切

1994 年 6 月

## 想　法

现在
我的想法就像
一只玻璃球
向前滚动
两尺远的地方
它撞上另一只玻璃球
清脆的一响
另一只玻璃球
飞向远方
在两丈远的老树根旁边
停下来
我的玻璃球
在高速地旋转
并且又向另一个方向
飞速滚动
那只玻璃球又被它撞飞
但它没有飞多远
就停止滚动

紧贴在地上
把自己稳住
溅起了一点灰土
我的玻璃球
向两边看看
有一只玻璃球现在离它远
有一只离它近
我的玻璃球恰巧
处于一个小洞的边缘
它在犹豫
是进洞
还是滚走

2004年11月

## 地　铁

当我想到地铁的时候
我们正在床上相拥，我的手
正抚向她的肋骨
车厢已经有些陈旧了，但在漂浮的灯光中
却像新的一样
我没有在地铁无声的穿行中将手拿开

我在愉快的轻微的震颤中，身体
仿佛已穿过十年的风雨

2010年5月

## 午夜后躯体醒来

午夜后躯体醒来。
对面是山。

有许多渺无迹象之事，在皓月中
静静压来。

我必须着手解决其中一件。
我必须让其有黑暗中的花蕾，和
将我的胆怯覆盖住的叶子

必须让其生动而潮湿
在黑暗中发言，但却从不开口

2010年10月

## 母亲正在变成灰

我知道，就在我们站在火化间外
等待的一个小时中
母亲正在变成灰。

我们也没有多少悲痛，因为
站在火化间外等待的其他丧户也很多。
送进火化间的也不止我母亲一人。

并且还不时有“民政”的车子，
送来死者。
有时有一些哭声，大部分的时间中
人群都在静静地等待。

我甚至还细心地观察了各地丧户们
披麻戴孝的装束。
样式皆有一些差异。

早晨有一丝儿薄雾，后来圆彤彤的太阳
从殡仪馆高大的烟囱旁的树丛中升出。

这都是很普通的场景，每天都在上演。

悲痛不仅仅就在此刻，它在我的内心
在以后，而且是长久的。

2013年1月

## 库 伦

不知道什么事由，我流落到了库伦。
不知道通过什么交通工具，
我流落到了库伦。

浓霜染透了我的手指。
我是一个南方单薄的幻想家，浑身悲伤。

面对纤毫毕现的九月，我一言不语。
我不能融入那绿色的或黄色的草海。
在深夜，我借助起伏的月亮
制作一面脆弱的镜子
藏在胸事无法坦然的心中。

我没有见过一匹马，但我认识所有的马匹
它们梦呓般的眼睛和耳朵
最少的泪，滚动在瞳仁的深处。
它们的皮革、温血，照耀很小的一块健忘的原野。
它们的面貌，在温带大陆性寒风里固执不散。
我见过鹰，它凛冽的嘴喙和爪子沾满粗大的雪粒。
但却从记不住任何一只鹰的样子。
我还有一面袖珍的鱼皮鼓
揣带自南方，秘藏不露
但每每黎明时分，它会自动泠泠地演奏。

我向往一块哽咽难言之处，却常常拒绝进入。
我只在纸上，留下轻风般无助的足迹。

2014 年 1 月

## 盒　子

我的手里像是有一个盒子。
初夏像是装在这个盒子中，
它的光芒源源不断。

照耀一条河流的一部分，也是
人生的一部分。

河流的线条，总是粗大而生动。
人世上风吹草动的时候很少，
更多的时候
寂静总是有着深厚的功力。

不断跃动的河面，有几条鱼与我同行。
我有时能看到
它们淡青色温和的脊背。

没有人会去研究我手中的
这个盒子。
我也没有看到它，因为我手中什么也没有。

夏日不断在我的身上
以及周围
加重它们的色彩。

2015 年 6 月

## 一九八〇年的电影

先是走过七八个人
其中五个人，手里握着手电筒

## 听马吃苹果的响声

“我看到一匹马吃苹果”
护士还没说完
就被一个医生急忙打断：
“马不可能吃苹果”

“我真的看见一匹马吃苹果
那是在一座山下
路上没有人
我吓死了
就在这时，我恰好看见一匹马
它慢悠悠地
吃树上的苹果”

白色的房间里安静极了
两个白色的身影
从桌后站起来
听马吃苹果的响声

2017年12月

# 侯卫东的诗(10首)

侯卫东，1964年生，江苏南京人，现居合肥。20世纪80年代从事文学创作，作品曾获《诗歌报》全国朗诵诗大赛一等奖。

## 面对某个窗口

下雨　日出　这是些常有的事
我的窗帘表情很难捉摸
打开窗子会不会流感说不清楚
我无话可说　面对着我的钟
停在某个时刻　无话可说
我想起昨天下午　或夜晚
应该学习上发条　那时
我兴许在抽第一支烟　或许
想抽第二支烟　我不能不抽

总之窗帘拉开很容易　但想不出
有什么借口　远方的山一定姿态不变
至于窗前的树多长了两片还是三片叶子
实在想象不出与我的联系　想往那看
往往无法看到　始终无法看到

如果遇到下雨巷口的猫会怎样
你被淋湿会不会踢它一脚
这些我无法预言

以前人们总说窗子开了好
这显然是个错误　原因之一
是过于信任窗外的空气
当然我向外可以多看几眼
这没有必要　就像孔子
没有必要去变成一只蝴蝶
多半时间我在上午揣测下午
下午的景物依然平静　一切平静
平静如前方的河　禁止扔石头的想法
无话可说
我只是感到无话可说　面对窗口
我觉得一切都写在一本书里
至于那本书我是否看过　在哪看过
或者正翻到哪页
这些变得都不很重要

1985 年

## 在上锁的门前

你的门锁着　很严肃
有些像锁上的岁月　宁可生锈
我觉得该听听屋里的声音　需要耐心

抑或有些伤感　无法判断你的行踪
据说在这种时候
猫对耗子的到来已失去了信心
许多事都由于没有信心　关于
锁怎样打开　从里还是从外
人们习惯一无所知
但没人劝我离开　我认为
锁的暗示很含糊

1987 年

## 倾听倒塌

我住的这幢楼房就要倒塌。我对你说
你并不惊慌，喝茶的动作平静如初
你只是漫不经心地问：它果真会倒吗
然而说倒了也好
依旧品茶；小心地修剪着指甲什么
我似也说倒了也好
我们坐着
默默地听倒塌前的声音。非常镇静
这时我相信纪念唐山人的正确
我们谈着正确的原因
这样坐了几个小时，以至更长的时间
我想许多机会可能就这样错过
我们本可以选择一种撤离的方式
而你推测有游云抚摸楼顶而过

可以想象它会把这楼的响声带向遥远
以后，大约采取雨的形式
这容易产生联想。我们又在判断
明天外出是否需要带伞
无法预言。像这楼的命运乃至我们的命运
一切实在是难以预言
我像是就是这种时候听说你离婚了
原因就是住不住这样的楼房。你们争执
然后分手
以后你对我说不必再坚持什么。因而
你能耐心地听
我重复从别人那里听到的消息
我住的这幢楼房就要倒塌。像默认一个真理
至于真理的意义，你不再关心

1988 年

## 芦　苇

在独木舟寻访河流之前
芦苇裸足站在水里
芦苇的根须紧攥着淤泥
芦苇灰白一片
　　飘动不息

芦苇没有屈服的时刻
它的手高高举起

发出拔节的声响
芦苇的声音不会被水窒息
　　一次次越过沉重的水面
　　齐刷刷地长在天底

愤怒着　芦苇的头发
愤怒又纷乱
阳光的手无法深入苇地
连成一片的苇地
　　一块灰或绿色的巨岩
　　庞大而孤傲

芦苇没有学习过哭泣
当弯镰的寒光包围他时
芦苇
齐刷刷地倒下
一浪又一浪的风
　　齐刷刷地倒下
空旷的岸是芦苇壮烈的战场
芦苇　在砍去头颅的地方
伤口悲壮成
　　枪管

1989 年

# 雪

雪降临　天空因飘满婴孩的脸
活跃在冬天的上方

没有雪的城市
花和玻璃里的灰尘
不知哪天　将使芬芳和窗窒息
我的心访遍北方温暖的冬天
在每一场雪里　迎接儿女的诞生

接生的手　先用雪水洗净
把孩子洁白的啼哭领到世间
我的儿女如初雪降临
他们一尘不染
我感到惊喜和不安

在雪纯净的深处
我自由呼吸
用雪中白色的空气
洗去肺叶上的尘埃
轻轻为生命而唱
唤来下一场雪
它是我的又一次诞生

1991 年

## 猎

黑夜的力量　借着夜色压进了枪管
一颗露珠　滚动的黎明
被枪口悄悄跟踪
芦苇这时　惊飞的影子溺入河水
　　水中芦苇
　　谁的头发浓密茁壮

子弹是故事的一种结局
子弹离开枪膛　沿着看不见的弹道
子弹　擦着芦苇低低地飞
　　一些被击断的苇秆　在途中
　　多少影响过子弹的速度

以后　子弹隐匿在人的头骨
头骨被芦苇掩埋
芦苇头发灰白　一浪浪波涌

在头骨率领整个身体倒下之前
子弹透过黎明　在枪管里注视着它
浓密的头发　原本
　　可以让出击的子弹退回枪膛
　　让时光留住黑发　让黑发飘出风姿

现在　枪声在另一个黎明的外围
枪声无法挽回

据说
在手搭上扳机　枪声出发前
　　每一颗子弹　都曾踌躇过

1991 年

## 树　谣

春天的欲望从一片树叶开始

树叶照亮看林人的双眼
一只眼睛守着山路
另一只眼睛藏在枪管中
伐木者就要来了　听觉超群的伐木者
一只耳收藏树叶的声音
另一只耳警惕枪栓的拉动

……他们走向春天向夏天的拐弯处
他们脚步轻轻
眼睛和耳朵越来越近
看林人和伐木者职业不同
一支枪和一柄斧头　它们职业不同

大树的南面　斧头使阳光斜斜举起
伐木者　露出洁白的牙齿
伐木者的牙齿锋利如斧刃

树的北面　看林人抬头看天
黑夜从枪管缓缓溢出
看林人　眼睛黑而发光

斧和枪的激战使黄昏降临
一片片树叶在斧光和枪弹中惊飞
直到闻声而动的四乡人赶来
直到　这片野林被四乡人砍伐一尽
　　残树枯木结晶出秋天

伐木者和看林人
他们仰面倒在伤痕累累的树间
一弯月　把斧刃高挂
子弹已尽　空中星星点点

冬天是无言的结局
四乡的炊烟飘向这片荒芜的野林
伐木者　看林人
命运使他们相依为命
枪和斧　在相依为命的岁月
比落雪的声音还静

1993年

## 布对针的回忆

属于自己的疼痛多么亲切　微小的感觉

甚于一棵大树顷刻间毁于电击
针呵
我被你刺穿时为什么没有眼泪
你的尖锐深深悸动了我的身体

不再是纯洁如初的那块布了
尽管我们相遇只有一线牵挂
尽管那些岁月短暂
当我柔软的一生随之远去
我不需要用耀眼的伤疤为往事证明

现在我被别人穿在身上
这种处境使我想起你在别人的手里
我们各自的归宿命中注定
说起来多么幸福　因为陈旧
最终我将被别人而不是被你抛弃

那时　我会和身上的纽扣在一起
它们是我们共同领养的儿女
针呵　除了你引来的一根长线
我该怎样向它们证实我们曾经的经历

1997 年

## 与鸟化石相遇雪中

一次落雪的手势

## 天空飘飞着挽留

雪花在捧雪的掌心
因为温暖而迷失　这一瞬
像一个人的初衷不堪一击
你看这鸟的幽睡
和石头一样漫长
长眠的归宿　凝固了凌空的天性

坚硬的鸟曾经比雪花更轻
像是集合太多的苦闷
要从岩石中飞出去
张开的姿态使我相信　它曾经是鸟
它是　永失羽毛的一声孤鸣

雪形成的原理早在落雪之前
鸟经历的雪　和我经历的雪
它们分属不同的冬季
有此会面　彼此一样局促
在岩石不安的层面　鸟的栖息
或者为了参与日后的相遇
这一幕久远景象的重现
需要飞雪来临　泄露天机

命中注定　人类错过了失传的鸟

奇怪的是　经历过许多次下雪的天气

我却记不清一次　雪融化的细节

2000 年

## 求　证

这天空有那只鸟飞过的痕迹
仿佛许多经历　无法得到证明

描述那只鸟曾经的飞翔需要信心
许多真诚的表白　恰恰受到真诚的怀疑

那只鸟飞过天空只是一个简单的瞬间
因为简单明了　所以缺乏根据

让另一只鸟飞一次并不难
甚至让那一只鸟重飞一次偶尔也可能实现　而

确有其事的那一只鸟的那一次飞翔
因为不能让别人确认　自己终于不再相信

2001 年

# 魏克的诗(12首)

魏克，1970年生于安徽肥东肖圩公社小魏村，诗人，作家，职业漫画家。曾获首届“中国·包公散文奖”一等奖，组织过三届现代诗画大展。

## 我喜欢坐在窗下

我喜欢坐在窗下
面对窗口就是面对一片天空
阳光从额头上流下来　流下来
一直注满面孔凹处的阴影

我喜欢坐在窗下
被书页飞翔的声音吹拂
内心的洪水逐渐退去
身上开始裸露出蔚蓝天空

我们四处走动得太久
肉体沾满了太多灰土
只有坐下来
才能感到躯体上有一种
隐秘的崩塌之声

像是寂静之斧在将我们砍伐
像是阳光在吹去我们自身的迷误

我喜欢坐在窗下
坐成一种鸟的样子
坐久了
内心就会生出一片湖
洗去骨骼深处的沙漠

1998 年

## 过于寂静的村庄

村庄过于寂静
当水桶击中井底的瞬间
我听到一种幽远的回声沿着井壁汹涌而上
随后在半空中久久回响
绵延的声波犹如一个蘑菇云
盖住了整个村庄

我还曾在村庄里呼喊
却被回声击打得踉踉跄跄

这是一个过于寂静的村庄
鸟雀们飞过时
影子也会在地面上划出一阵声响
唯一的树木已经死去

巢如铃铛震动
却无法摇醒村庄深处的灵魂
在枯树幽蓝的瞳孔里
一片开裂的大地上燃烧着一场久远的火

这是一个过于寂静的村庄
人们一走动
就能听到身体里的骨骼在嘎吱作响
这是一个过于寂静的村庄
人们只能弓着身子行走
像是无法承受

天空那弯曲而下的重量

2002年

## 我和这个世界

当我年岁渐长　躯体渐沉
我会在沙发上日益沉陷出适合我躯体的凹陷
在我狭小的屋子里
我所触碰的地方会继续触碰
未触及到的地方
以后也很少会去触及
我惯用的茶杯已经多年未换
像是我在桌子上的倒影
我也因为和这个世界的日益妥协

而被它以凹陷的方式接纳
我寄居于这个世界的残缺部分
如同已在其中溺亡
如同是它需要弥补的一种残缺

2011 年

## 不一样的世界

在我们的四周
飘动着一些线条
路边散落着一些椎体　圆柱体　或晶体
树木其实比我们看到的高
它直通天际
阳光呢
是蓝色的

有时你失踪片刻但时间并没有流逝
有时你走着可实际上中途已跌倒数次
有时你比你自己走得滞后
有时你觉得疲劳异常
那是因为你在驮着自己行走

这世界和我们看到的不一样
你对发生在自己身上的很多事
往往都一无所知

你不知为何而活
是因为有时在尘世上奔忙的只是你的躯壳
你撑船远去
而真正的自己早已溺水
你伸向倒影的手
将一直在返回你自身的遥远路途中

我们四周的椎体或圆柱体很容易损毁
它们实际上是模糊而隐匿的
树木虽高达天际
但并不阻挡什么
这世界有足够的裂缝供我们藏身
亡者们腾出的空隙
也还保留着床铺的形状

2011 年

## 大地上的椅子

我希望大地上布满了椅子
葵花般盛开的椅子

这个世界上充满了疲惫的生命
他们需要一个安坐的地方
我希望大地上的椅子手掌般盛开
希望无论走到哪里都像是回到了家里一样
都能随时坐下来拍掉身上的尘土

也拍打掉内心里
那巨大的疲惫

我希望大地上布满了不朽的椅子
无论过了多少年椅子都不变
都还在原处

我希望大地上盛开着无数张椅子
你一坐在那里便风停雨歇　万物宁静
无论风雪多么凛冽
你所安坐的椅子都温暖如火
你的内心也都平静如水

这个世界上有太多悲苦的人
有太多注定无法停止跋涉的人
他们都需要一张能消解他们人生疲惫的椅子
需要一张能将我们从波涛汹涌的大地上
高高举起的椅子

我希望大地上布满了不朽的椅子
希望大地无论经过多么剧烈的变迁
唯有椅子下的那一小块土地
永远不变

希望这些不朽的椅子上
坐满了永远也不会死去的人

2012 年

## 那悄悄逼近的……

我终于看见了
连天空都布满了细小的裂缝
连岿然不动的四周
也都布满了不知何时落下的砖石

我所安坐的椅子
总是发着一种吱吱的崩塌之声
床铺在变灰
我所能看到的一切
终有一天会化为灰尘
只有空空荡荡最耐磨
只有死去的日子最恒久

我终于能听到
寂静之中也还有一些声音
空无之中也还有一些形状
它们在朝我缓缓而来
在朝我悄悄逼近

我在我的人生里弄出的声响太大
以至于我常常听不见
那向着我悄悄逼近的
缓缓而来的东西

那狼一样

尾随了我很久的东西……

2012 年

## 死水湖

我的船就迷失在
这个死水湖里
我的四周是一场永远也不会散去的雾气
我就在这个
死水湖里四处漂移

我从死水湖的一个区域
漂流到它的另一个区域
再从另一个区域
漂往下一个区域
每个区域
都好像是一个没有出口的死区域
我就在这一个个区域里
漂移着

我也曾看到前面有过隐约的山峰
但它们都在我抵达的瞬间灰飞烟灭
我也曾看到过空中的光芒照进过死水湖
好像是一种最后的挽救

这是一个死水湖

一个由无穷多个区域构成的湖
这是一个
好像只是由一个区域自我循环而成的
一个区域的漩涡
我正从它的一个区域
漂往另一个区域

我要漂出
这片死水湖

2014年

## 我以睡眠的姿态漂流

床板是船
四肢是桨
在睡眠后的世界里
我夜夜漂流
却不得不在醒来之后
再次回到眼前的世界

我的大脑深处存留着另一个世界
如同一种创伤在睡眠之后复发
那再次敞开的空间是我历世累积下来的家园
需要我夜夜前去修补

床板是舟

四肢是篙
我夜夜泅渡
去往我自己的世界

我一次次修补
又一次次被遣返
在我的身上
沾满了来自另一个世界的泥水——
那醒来之后的昏沉和疲惫
以及指缝间怎么洗也洗不掉的尘土

我以睡眠的姿态
在我的床铺上一次次漂流
一次次地挣脱着
这现世的缰绳……

2014 年

## 好在人生还有遗忘

像是坠入万丈深渊
像是走着走着就会倒地而亡
所有的东西
都在上一次的暴风雨中遗失了

比黑更黑
比孤独更孤独

人生悲苦　世事苍凉
一切似乎已经无法抵抗

好在绝望也不是终点
甚至死亡也不是终点

好在即使所有的希望都已破灭
但至少我们还有遗忘

2016年

## 人生感怀

我因看到了太多东西而变得失明
我因忙于四处捕捞
而日益感到自己两手空空

前半生的日子里万物高耸
后半生的一切在慢慢倒塌

愿意去的地方变少了
世界也因此更为开阔

能熄灭眼中的波澜和内心火焰
并不是一件容易的事
很多时候我们把心灰意冷
视作一种安宁

伤口不再触目惊心
握紧的手
握住的也只能是我们自己

此生从来不曾有过明确的方向
唯一的方向只能是远方

双腿是桨　不曾停下
因为内心里有河流

孜孜以求的一切皆是空中绳索
你曾坚持的一切
不知何时已不再坚持

你认为那一直平直的大道
中间其实埋伏着很多弯
你所选择的每条路几乎都是单行道
一旦踏入将不能再回头

对坦途的追求
是一生中的大错

我失去了我曾经得到的
我得到的
也都是我曾经失去的

这世界给我们的东西看上去不多不少

但总有人多拿了
有人则未能得到自己该有的

你认为幸福就是能静静地停靠在巷口
结果发现巷口也是一条奔腾的河流

2017年

## 想起母亲

想起母亲我就想到了那温和的笑容
寂静得没有波纹
纯粹得没有杂音

你被岁月掏空了的身躯那么轻飘
几无还手之力
你因消瘦而显得宽大的衣服
看上去像是压在你身上的不堪重负
你踉跄的脚步下仿佛有一场隐匿的洪流
你疲弱得像是一阵风都能把你吹走

你这个样子就像母亲
你这个样子就是母亲

一百个母亲看起来都和一个母亲一样
你们都有慈爱的目光　包容万物的谦和
脸上还有一种为子女们这一生从未放下过的担忧

# 萧然的诗(6首)

萧然，1979年生，安徽巢湖人。

## 11月9日晚11点回黑暗里的屋子

风吹在耳朵上，
鼻子上一片冰凉，
整齐的碎碎的步子，落在夜间的
小路上，茅草一片惊慌。

侧身从窗户里探出头去，
望见河水无声穿流
过整个沙洲，灌木就像
今夜一样沉默，
今夜，有什么在四处奔跑。

2001年11月9日

## 冬　天

11月7日，立冬。

11月13日，我写道：在这个寻常的秋天里……
猝不及防。
不下雨，只下雪，脚印到处都是。
大部分时间在封闭的屋子里，一小部分时间在梦里，
他随便打开二楼上的一扇门，再关上，
水泥地是黑色的，墙壁是白色的。

他抱怨，鞋子有些小，夹脚。
上去三楼，空的，他们已经走了，
走了已经半年多，该轮到他了。
他其实一直在等着，
连晚上都点着蜡烛。

2001年11月29日

## 小县城

一座城荒着，
他在半夜出走。
只留下平静的湖水，
他出走时，
刚从一次梦里坐起。

他读完小学，读中学，
一边读中学，一边做梦。
湖水照着城，
他就在城中。

不光是他在城中，
张三也在，小李也在，
我也在，
大家都在，
他却已经不在。

他连夜坐火车出了城，
最初的两个月里，
他不断地传消息回来，
这是1999年。

他满了二十，
张三满了二十，
比我小四天的小李也满了二十。

城荒着，
湖上长满了草。
我想邀他回去看看，
不料，
我也溜了出来，
这是2002年，
正是一个大好的春天。

2002年4月2日

## 三个人

三个人，是欧亚、阿斐和我
三个人在老边饺子馆吃周末的晚餐
晚餐有：酱香骨头，皮蛋豆腐，蒜蓉小白菜，炖羊肉
边吃边说
说着说着，我就发现，三个人的组合是一件好玩的事情

我观察过，假如6个人一起走路
肯定会自然形成3拨，2个人一拨
而不是3个人一拨，2拨

但又避免不了三个人的场合出现
我们都知道事物大致有对立的两面
我们又不喜欢所谓的对立统一

当其中的两个人发生争执
意见相左，第三个人该怎么办
比如，我跟欧亚直接讨论阿斐
阿斐坐在我们两个人中间
成为一个符号
阿斐在，还是不在，不在，他又是在哪里
他真的就是一个符号？
阿斐给出的答案是：一厢情愿

一顿丰盛的周末晚餐
说得最多的是欧亚，其次是我

最沉默的是阿斐
阿斐甚至觉得有些尴尬
他就说：我有些尴尬，我不愿成为一个符号

2004 年 6 月 8 日

## 一群人

一群人
从门前次第走过
亚伯拉罕·林肯，克尔凯郭尔，加布里埃尔·巴蒂斯图塔
长长的一列队伍
像一辆笨重的大卡车
满载着偶像
我看着他们这样走过去
恨不得拉住谁谁
一起喝顿酒

2005 年 5 月 16 日

## 致母亲

我好像从未见过你。
仅有的一张照片，
已经被时间弄丢了。
长久以来，
我只记得，

你躺在冰凉的竹床上，
辫子垂到地上。
我要么坐在门槛上
看着你；
要么就用手弄乱你的头发。
好像我们从没说过话。
我多次跟父亲复述这个场景。
父亲说，那时你已经病了，
但我不知道。
关于你的生平，
别人知道的比我多。
村里人说你人高马大，
一手抱着我，
一手提着竹床，
在热天里四处找风。
长久以来，
我已经习惯了没有你。
长久以来，
我的心里有一座碑，
碑上刻着你的名字：王玉珍，
生于1954年，
卒于，
卒于1981年。

2016年5月8日

# 孙启泉的诗(11首)

孙启泉，1963年生，安徽肥东人，现居巢湖。著有诗集《万物多如意》。

## 一棵树被大风吹弯

那棵树
被大风吹弯了

它只是弓着腰
要把风让过去的

然而风已经吹得很远了
它还没有弹直腰身

风已吹过去很多年了
它还没有弹直腰身

它就那样弯着
弯成了风的姿势

2004年

## 我这一辈子

我是一个庸人
经常烦恼
为一个屁大的事烦恼

“针尖大的事，不值得啊”
针尖大的事
就这样从头到脚
刺痛了我的一生

2004年

## 一只冲向云霄的鸟

一只鸟冲向云霄
子弹一样
从麦地深处　射入

一只鸟只是把叫声
藏到高处
让音量尽量变得小一些

一只鸟在高处只是一个黑点
有时候它的叫声也只是一个黑点
若隐若现

2006年

## 父亲的夏天

父亲糊涂了
他固执地把医院当成了老家
认为他已故的好友
就住在一墙之隔的隔壁
他还记得他们的后院
牵牛花友好地伸过来　互致问候
一些蜜蜂们在花蕊中钻来钻去
指甲花红红的开放着旺盛
而我们置他的大好时光不顾
敷衍着他　不用轮椅推他过去探望
听他们粗声大气的吹牛
父亲仍活在他的旧时光中
他仍在灰尘扑面的乡村
杨树上的知了仍在叫着
他还躺在场地上放着的椅子上
一个夏天的黄昏　凉风习习
父亲的蒲扇
拍打着惬意
星星就要升起

2006 年

## 我为什么一再写到死亡

我一再写到死亡
只是我们每天都在死亡
那瞬间即逝的风
那落在脸上的一阵阵的雨丝
那阳光下醉人的恹恹的油菜花香
那飞过来又飞过去的
叽叽喳喳的乡村麻雀
都是我们死去的一部分
我们每天都在死去
在这一条条走来的路上
只是我们不易察觉
只是我们不愿承认
但是死亡在继续
风总是把我们
不断地往后吹

2007年

## 一车的乘客都睡着了

一车的乘客都睡着了
那些起自座位上的呼噜声
风起云涌
只有司机一个人醒着

她要把我们带到哪里？
生和死　只是一念之差
凭什么我们要相信一个陌生人
要像相信上帝一样
我们的命运攥在别人的手里
却能安然入睡
没有谁怀疑过未来

2008 年

## 那一年雪下得很大

那一年雪下得很大
我暗中喜欢上一个女孩
整个上午我都在雪中跑来跑去
一会儿从楼下跑到楼上
一会儿跑遍校园的每一条水泥路
我甚至想跑到学校的后山
爬到山峰上朝下面所有的人喊
到了晚上，我跑到办公室
仅仅只为了拨通她的电话
我说：“雪下得真大啊，好美！”
“是啊，好大的雪，真美！”
就为了她的这一句话
我度过了一个严寒、美好的冬天

2008 年

## 一个人

一个人离月亮最近
一个人离太阳最近
一个人离斜风细雨最近
一个人离大雪飘飘最近
一个人离小草上爬动的虫子最近
离拢翅屈膝在花上的蝴蝶最近
离花蕊中肥胖的小蜜蜂最近
离屁股上冰冷的岩石最近
离河水上的白云最近
离树木下的阴影最近
离大海上的浪花最近
离深潭中受惊的小鱼最近
离在水草上产卵的青蛙最近
离你如泣如诉的笛音最近
离汽车后面扬起呛人的灰尘最近
离工厂区腐蚀的气味最近
离轮渡码头集装箱最近
离开发区破土动工的挖掘机最近
离我胸腔里深埋着的秒针最近
一个人就是自己最好的亲戚
一个人就是自己最好的邻居
一个人就是自己最好的朋友和长者
一个人就是自己最好的左手和右手
一个人就是自己最好的医生
一个人就是自己夏天的阴凉

一个人就是自己夜晚的星空
一个人啊，我走在生活的边缘
是多么的小心翼翼
世界此刻在钟声里打盹
外面的阳光一片

2011 年

## 我刚刚写下你

我刚刚写下你
就像你伸过来的手
带着体温　我在抚摸
就像你香甜的鼻息
吹到我的脸上
我感到了一种暖

我刚刚写下你
就像我面对着坐下的你
然后就一整天坐在那里望你
像你挨近我坐下的那一刻
我的心在战栗
我希望一生都这样望着你
我希望时间把这一刻凝固
而不仅仅只是一　瞬
我希望从这一刻得了老年痴呆
我的记忆里只有你

傻傻的笑　流着口水

2011 年

## 花落有声

花落是有声的
就像房屋的轰然倒塌　灰尘四起
就像房梁的咔嚓断了
露出白森森的筋骨
可惜花落的声音　我们从没听见
它们在有风时　像一阵雨
在无风时　像星星似的往下坠落
这让我想到春天　地下拱出
一窝窝绿油油的草
它们在长高长大
但它们也有伤
断肠断魂的伤　泪雨倾盆而下的伤
花落是有声的
碎玉一样的声音　散落一地
让我们不忍去扫
让流水下的鱼　不忍去碰
可惜我们听不见
只能看见　三三两两　纷纷扬扬
像一朵朵雪　只能记忆
却无法将它归拢、还原

留下一串　叮当　叮当
祖父在人间大声咳嗽

1994 年

## 火车在喊叫

火车在喊叫。一定是它的鼻子
嗅到了什么，要么熟悉，要么
陌生

火车蜷着身子，在离我
不近不远的地方喊叫。我莫名其妙地
被感应

我也想喊叫
好像这列火车，晃荡晃荡地
开进了我的腹腔

2006 年

## 左撇子厨师的黄昏

左撇子厨师的黄昏
蹲在忙碌的灶间
如同　所有人的黄昏一样，
宁静　只有时间还在飞快地旋转。

就像那些进进出出的人们
腾起的火苗
不断地舔着锅底。

宽容的街市
收留了　簇拥在这家酒店的
每个人隐身的前途和来路
包括熟练而卖力的左撇子

左撇子厨师在大多数时候　都干得
比我出色
比厨房间里那把锋利的快刀更有劲
比晃荡在他头顶的白炽照明灯更专注

我注意到
时钟空空的摇摆　在大厅里
它看不见左撇子
看不见我　也不会看见它自己

2006年

## 三种颜料

在日光下，涂抹开三种颜料，柔韧的宣纸松软。
三种纯洁的，追慕真理和美德的颜料。

从植物和矿石中采集来，
就像提纯后的爱情，出落得蒸蒸日上的事业，
光头的和尚，
枯萎如花。

散开的颜料后来诉说：它，其实不可能有生命；
再怎么涂抹，也没有；
涂抹宣纸的那个人，也没有。

2008 年

## 在一阵微风里，树叶闪亮

在一阵夏天的微风里，树叶闪亮
让你看到了色彩。

千万种细微的畸变，色彩，在光线里迅速滑动。

有些微粒依然不存在，当从这里
你想回忆起人类的美学和绘画。

在想象中，这个世界此刻被你赞美，
闪亮的树叶无动于衷，除了被微风吹起。

在似与不似之间，你两手空空，头顶烈日，
缓慢地从院子里回到了房间。

2008 年

## 当我写下“朝如青丝暮成雪”

写下这一行，我使用一次性签字笔，
复述的天空中，星星莽撞地飞奔而下，溅落成为一幅大写意。

是哪个朝代的屋漏痕？朝如青丝，暮成雪，
青丝与雪花的泯合，一人最终混同于无从辨认的众人，

时光的草绳逐渐松散。

2014年

## 山下的光子

夜半时分，我们胡乱地数着头顶的星星；深山里，沸腾的
经济依然难以冷却。

植下已三年的小茶树尚隐没在草丛当中。

一个叫李云的人笑着问我，苏轼的《记承天寺夜游》
你现在还能够完整背诵吗？

我答，只能回忆个大概了，——光子在池州，
要完成一处业务的交接。如果他此刻也从梦中醒来，

会看到冷硬的群山正紧张地对峙，

焙制春茶的月色始终沉稳。
天亮之后，它们还是不得不陷入漫漫无期的彼此照料之中。

2017 年

## 复杂的叙述

复杂之处在于，事物都处于无穷的、不确定的分蘖之中，
你站立在你的岩石上，

看夕阳，看过往，蚊子和山里的爬虫，

或飞或奔，阒然无声。我的低语因此被群山屡屡抵消。倘若
理解无从可能，那么命运只能是近似的，

催促我关注身后的潭水，

它幽深的微澜已持续千年万年，依然终日里都由着你
濯足，洗头，游泳，投掷垃圾，

当终于看到山中云起，若有妖精渐渐析出你我的身骸而去，
　　你骇然于
此生的短暂与无知，多么不可恕。

2017 年

## 你被要求蜜蜂的抒情

季节逐渐枯萎。下午茶时分，一个蜂窠，孤零零地
悬挂于高架桥下。

如出自密室里的神奇酿造，不可说；蜜囊、膜翅与飞行均
　　不可描述。

拥堵实出于人的感受。嗡嗡制造出的紧张，
让群情莫名地激昂，

你可以心安理得地喝粥，吃酒，继续抒情，

当酒杯碰撞酒杯，你的皮鞋
不慎踩向一截老化的橡皮水管，

空间里爆出一阵大笑，液体般迸绽，瞬间把一些人傍晚的
　　生活

淋得透湿，
这软塌塌的、笑的声波，能够传递多远?

2017 年

离我居住的省城有800余公里远
火车、高速公路密如蛛网，一不小心一脚
踏醒三省鸡鸣
我们吃五谷杂粮，喝龙湖水，枕着长江睡
我们学鸟语，拣松球，对大地写诗
那里有我们的至爱——
萝卜青菜豇豆山芋油麦棉花西瓜板栗
那里有我们的至亲——
兄弟姐妹叔伯姑姨同窗好友妯娌连襟
他们挑一担黄水，浇出葱绿、露染的爱情
有时他们青枝绿叶地走进来
在我的纸上窗格说一通方言俚语，穿一身
蓝布工装，半夜三更喊腰酸背疼
与他们走得太近
所以我只佩叫乡土诗人
我的诗句像田里的麦子，藤上的瓜
像刚出土的秧苗，一掐就水一把
写诗的人扛着锄头，戴一顶旧麦草帽
见了我，扶肩搭背，一路谈他的东篱菊花

2012年2月

## 和泊湖的一群白鹭聊生活

自从爱上蓝色
就爱上了天空和泊湖
自从爱上泊湖

就爱上了湖面的雷电大风骤雨
和用一生来畅游的鱼儿

呵护水草、莲藕和芦苇
是这个王国不可触犯的道德底线
把窠筑在潦草的芦苇深处
可以更好地呵护爱情，繁衍幸福
对不速之客
划一道雪亮的闪电

偶尔到湖堤上踱踱步
看水中的倒影
腥风如何掀开湖滩的空旷、辽阔
听隐隐约约的虫鸣
运送粮棉的机帆船，突突地响
惊落梨花一片

2012年4月

## 望见炊烟

通往天堂的路一条条
挤满了高粱，麦子，棉花
大豆，油菜，水稻
它们把果实交给我善良的亲人
把身体交给火焰

饥饿时我们就望见它们
像云梯，一架架
那些干干净净的灵魂
把蓝天上一团墨云比下去

蓝天下，我的亲人
有的矮过麦子，有的高过高粱
他们把村庄一针一线地绣绿
把秋天绣得金黄

最后顶着一头白霜
抵达比蓝天更蓝更净的远方

2013 年 6 月

## 白杨树的村庄

那个画中的抱罐者
那个村庄里的颤音
让我想起平原，站立的白杨
归巢的鸟，逆风飞行
羊肠小路上倾斜着醉汉

月亮照着白杨
一只漆黑的陶罐，顶着霜天
村庄不语
看枣树开满米粒大淡绿色的花

看梨树挂满青果儿

白杨就是白杨
不开花，不结果
他的软肋，容易被风戳到
仰望的姐姐，偏爱来自陶罐的歌声
和杨树木质的芳香

雨水淋下来，雪霜打下来

2013 年 8 月

## 水泥厂的辊磨

树叶上积满一层灰尘，看不见叶脉了
我仿佛看见了自己的肺

路边一群蚂蚁排着长队，黑得耀眼
我对它们说：快点搬，趁早离开这个鬼地方

风吹来祖母沉闷的咳嗽
一声重，一声轻，像个将死之人

我摘下了口罩，对着辊磨机大喊：
磨吧，磨吧，干脆把我磨成一坨肉酱

2015 年 5 月

## 我的三居室

房价涨到了杨树梢上
我只能画饼充饥，我的三居室
要一楼的，贴地气
父母老了，我也患上恐高症

用春天的田野做背景墙
一条下夹河，流淌到梦境里
陈列柜摆上土豆麦穗玉米棒子黑豆荚
钉挂历的钉子，要轻些再轻些
别弄得这堵墙
满身伤口，像漂泊的我

用门前的檀树打书橱防蛀
用屋后的木梓树打床多子多福
再编几个香蒲墩儿
光碟要多买几盘
黄梅戏，那是我娘家的戏

把闹钟调到小黄狗叫
把手机铃声设置成芦花公鸡啼
院子里栽栀子花种上红豆
想家了，它们就是我的安眠药

2015 年 6 月

## 一只绵羊的宿命

怕也没用，已误入狼圈，唯有与狼共舞
退，退，退……退到无路可退
狼开始进攻，左躲，右闪

妈妈呀，我的樱桃，我的玉兰花，我的臀部
我嫩白菜一样干净的身子……灵与肉分离，皮与骨撕裂

妈妈呀，为什么有狼非要有羊

2015 年 8 月

## 河　流

江水发出沉闷的声音，吹埙的人在远方
几点如豆的渔火，站在河流上眺望，摇晃着身子

从对面楼下“老相好”酒馆里，走出一个醉汉，
摇晃着身子

在夜晚幽深的河流里，我曾试图寻找支点
与一只迷路的白狐在十字路口相遇

对岸弥漫着薄雾，小乔的雕花阁楼上，
闺灯时隐时现

她的明眸、皓齿、红唇、柳腰，她飘逸的长发，
散发出法国香水味的
毛孔，像一株幽兰

关于爱情，不光是身体的一部分
取暖的方式，不光有酒色

一条颠簸的路，流水慌慌张张走了一生，
还在路上
父亲小心翼翼走了一生，走成了星辰

你看，东吴的街市灯红酒绿，推杯换盏之后
大街上人群渐次散去，午夜的深巷，
最后只剩下埙的声音

2017 年 1 月

# 孙启放的诗(9首)

孙启放，安徽含山人，现居合肥。著有诗集《英雄、名士与美人》《皮相之惑》《伪古典》，随笔集《世界上的那点事》。

## 皮相之惑

那是乌云的金边。障眼法?
夏日的骤雨就要来了
乌云的金边，那是你的痴迷
让一地尘土卷入风的漩涡

除了骤雨，它已胀破夏日的表皮
我们总是看见皮相
古怪的皮相，装订成一册又一册履历
其他的生命怎样向我们问好?
包括妖

佛说：相由心生
乌云的金边在刷漆者脸上生辉
古希腊，圣哲们将皮相剥下来
穿戴成飘逸的长袍

爱琴海，石像被藻类一层层覆盖

直到深夜，直到梦伸出双手
摸到深切的黑
摸到深水中凝固的表情
冰冷的铁律。
哦，皮相！

2014年

## 认识论

上帝制造了我们
必有所图。

黑云抱团成一面响雷的大鼓
累积出我们的死亡
雨水的铁蹄，词句般四溅出活力
天空，曾是我们的囚禁
曾是我们的解放

所有的上帝都袖藏着蜜糖或砒霜
犯禁，只是自由之一柄
那些提吊着的呼吸带着新鲜的欢喜

是时候了。万物皆暗喻。

黄昏是一间密室
我们躲藏其中，必须
制造出自己的上帝
制造出值得我们随时原谅的神性

2015 年

## 读心术

呓语。被提示的自我阅读
犹记得小学班主任扑向我的内心

风无休止勾勒着云，勾勒空中的奇趣
惊心的闪电、秘径、黑松林里的抢掠
无休止的奔跑。
一切的法则来源于一本发黄的书
山顶之上蹲伏长犄角的人
长久注视的瞳孔收缩成针眼

小镇的拐角处，拄杖的乞丐有硕大的鼻子
将斑驳的碗长年放在地上
唱出自己的志向。
他有着奇怪的病理学知识
提供的细节让路过的人脸色煞白
一只软体的章鱼
无情的触手探入纵深。

迟到的坦然连带昨天的惊慌
我对读心术保持着一定的好奇
在一间半暗厢房
被还原的词句，影影绰绰的灰衣人
立在我的身后。

2015 年

## 秋 暮

在这个时辰，能够读我诗的人
于我，是一种博大的仁爱。

秋阳燃尽灯油，气焰已失
我不知道《诗经》里的那位歌手
是如何演奏自制的瑟
他正在河边，低头独品原始之甘美
脚下
是鹅卵般的顽石。

一望无际的原野
必然有武装到牙齿的兽，以及
快要收工回家的甲虫
它们聚集
在我尚未结痂的伤口周围虎视

悲秋的鬼魂早早来了

带着怜悯，带着消瘦至透明的问候。

天边仍有稀薄的红，迟暮美人的残妆。
草木的世界疏朗空旷如斯
最后天光的针尖，无影的暗器
正惊飞诗歌中的一些词
蝙蝠一般腾起

2016 年

## 碎　片

我所拼凑的黑夜并不完整。
忍受摧残时
作为碎片容器的仿古瓷
依附于书橱，怯怯然
和我一样
有懦弱的深刻

而破壁之人何在?
他说过:
“碎片知晓一切”
说这话时双目蓄有精光
现在，电话中的嗓音是重金属质地
免提键
闪烁性感的光泽。

终于，世界都安静了
那些散落的正是我要拾取的。
如果我轻率
幻象就会结束
天光就会侵入
巨兽的足印就会消失
我所爱的颓废
也只能是伟大的颓废。

某处，一些碎片
被某个不明真相的人连缀起来
他苦思的局部
正是我
苦寻不得的缺失部分。

2016年

## 固体的冬天

多么干燥的冬天。固体的冬天
全身心对付牙痛
口腔中塞满固体的痛
却让鼻血流下，尝到之中的铁锈味
属于少年时所磨的一柄柴刀
我仍然记得
少年院落里成堆的干柴
选择最硬的一根

将冰凌敲碎成白色的盐粒
口中喷出白色的气雾
风流动了，液体玻璃一般
这无关紧要
固体盐粒释放出液体
有一点就行
如同流下的鼻血，有铁锈味
如同柴刀有一线锋刃
冷冷地亮着
春天，你就不敢不过来

2016年

## 柳　永

无畏不需要辩护。
杨柳和残月可一把
小令、慢词仅盈盈一握；
诅咒可一把
夕阳每日一次的垂亡。
这耗而不尽的青春
这老来不分东西的飘摇。
变与不变
衰老具备的加速度
催促者的心慌。
文牍莫如心得啊
风景从来不分墙内外

什么样的心胸可配享自由？
哦，请重新发一次牌
时间，是需要我来照顾的
美人和酒
均可一试

2017年

## 致顾准

人世会有传奇吗？
一枚粒子沿既定的线路运行
无数个交汇点
相遇，却不会改变。
他的身后
有试图改变而散乱的人群；
中年时遭遇才情的埋伏
忘了年轻时的韵脚
却无碍于修建
语言和信念的玲珑塔尖。
至此尚无定论——
他确信，暗黑的煎熬
仍可将光亮消耗直至深埋
尽头的低回
思想是思想者的牢笼
死胡同。垂首
是一个人向一个整体的哀悼

2017年

# 灰　色

调色师的圆盘脸有烟缸的气息
他确信：犹大怀中的银币是低度的灰。
抹大拉的体温，圣杯的隐喻
郁山隐修会黑色的长袍有白色的点缀。
黑人政客，白人金融家
被推搡的世界是健忘的。
杰克·伦敦的野性有冰雪的凌厉
而他的欲求是黑色的。
上帝说：宽恕你
这世上，有忏悔至死的人吗?
中间地带勾连出的深浅
霾一样复杂
早期雾伦敦一样不可详尽。

2017 年

# 黄玲君的诗(8首)

黄玲君，60后，安徽宿州人，现居合肥。著有诗集《微蓝》等。

## 睡在银河水底

银河公园的夜晚，寂静空蒙
白日的喧声散去。两岸灯盏
星辰一样，彻夜闪烁，
沐照着高大楮树下的小径

平仰在石板上
耳听着蟋蟀在麦冬丛暗处浅唱
不说话，不回忆，不向往
像银河水底每一颗孤单的星星一样

如果可能，真想就这样一直睡下去
当空气湿漉漉地流过
身体，闭着的眼睛重新张开
头顶上空，枝条竭力向上攀缘，背光的叶片黝黑

它水藻一样飘浮在穹顶。天空如水

一种睡在水底的感觉。无风。不起波澜
酢浆草和麦冬近处
屏声静息。此刻

这近乎纯粹的空白，立即攫住了你
在这陌生、玄机四伏、莫名喜悦的水底
你动也不能动。子夜把斑斓的绸衣
披向你身上……

2005 年

## 梦幻之城

从S城到H城，
作为交通工具的火车，
实际上，
已成为二者的间离。

许多次，我的面前放一本书，
眼睛望向窗外，
火车奔驰，
我的思绪跑得更快更远——

事实上，我的行动更像一场涉险，
有时候，我希望前方道路永无尽头，
远方目的地，
只是一场梦幻。

我想，那些年，
我是爱上这旅程的
漫漫无尽。
仿佛滚雪球一般，
我热衷将这许多的梦幻堆积。

更大的可能——
我想，今天的H城
只是由我的执着梦幻，
堆砌而成
它更像是我随身携带的，
一件大行李。

2008年

## 对峙

停靠宿松路的
1路公交车，意外地
上来一群民工。
他们手持工具：
锹，钻，镐头
这些铁器
闪着光。立即，
他们，和车上人
形成某种对峙。

仿佛有所察觉，他们
及时地，把工具放到地上
后面上车的人，
无不小心翼翼地
绕过它们

2008 年

## 飞机何时降落

一天、两天、许多天过去了，
依然没有飞机的消息。
在本世纪，
还有比这更荒诞的吗？
只有小女儿波澜不惊，
原因是她认为现在并不是本世纪，
“现在是乱世纪。”
她说这些话的时候，
正在玩一种叫乱世纪的游戏，
“在乱世纪里，太阳
晚上落下，次日清晨并不一定
能够升起，寒冷无处不在，
一夜长过百年。”
“还有的时候，升起的太阳
并不是昨天的那一颗。”
“这不是坏事情。
真正令人恐怖的是，

昨天的、明天的和今天的，
三个太阳一起升起来了，
天地间就好像一个大火盆……”
“而好消息是，
无论多么严酷的环境，
生命种子依然会留存下来，
以等待下一个温暖的恒世纪。”
“那要等待多长时间呢？”我问。
“也许是下一秒、一天，
也许一年、一百年或者更久。”
哦，听到这里我得到如此结论：
“飞机是一枚种子，它的降落，
要等到下一个温暖的恒世纪。”
这时，耳边的声音变得不同：
“飞机固然没有降落，
你的小女儿她也远没有降生……”

2014 年

## 辟谷第三日

真的不太有饿的感觉
倒是心理上的饥饿感更强
傍晚打坐开始时，想到了米粥的香醇
打坐却比以往有大的不同
同往日一样，十几分钟时身上发热
将棉家居服脱了披在身上

天阴，室内只有十几度
先是吉祥坐三十分钟，腿隐隐地疼
改为如意坐，本来也是准备三十分钟
但三十分钟后，慢慢地头脑从先前的昏沉
转向清明，腿还有些麻，鼻窍更加通畅
快到一小时腿麻减弱到几乎没有
右膝盖因为压在下面，开始隐隐疼
但能忍受。身体慢慢从发热转为清凉
这是以前不曾注意到的事
突然就想明白了一个问题
一个难题困扰自己很久了
中午喝了一杯葡萄酒后
午休睡得很沉。这几天都是沉睡不想起来
或者身体也知晓
“人是一盘磨，睡倒就不饿”吧

2015 年

## 蛾虚拟

整个夜晚
它趴在那里，一动不动
它来自无可记忆的地方
仿佛就是你的婴儿期
人，花了几乎永恒一样长时间
一无所知躺在摇篮里
如此的不可思议

今天的你
难以理解，成长所获知识
只不过是一只蛾
所携带的金粉
你捏过翅膀的手指
有一种滑腻
随着它翅膀低低颤动
沐浴光的投影
你只能不动声色地接受
接受它的表面意义
当这不寻常的事情并没有发生过

2016 年

## 枣树虚拟

囫囵吞下的东西，会
越长越高吗？有刺
有一个共同的童年，天空直而高
曾离你很近
最终远离
留下了果实。每日清晨
你咀嚼，那香醇粘滞
令它榨不出汁水
从而锁住了腹中甜蜜
古人说，大枣皮略带辛味，含金气
一种锋锐杀伐之气

来自树皮上，刀斧乒乓作响
昔年的惠赐
蓄意地施虐
枣儿才格外甜美，皆因
枣树虚空的曼舞腾挪
能量归能量
物质归物质

2016年

## 在安庆，江水虚拟

那个江上夜晚
江轮飘摇而上
前程旧事变得迷茫
甲板上，一个纤弱女孩，正陷入
漫无涯际之中
欲哭无泪，她向江水设问：
“我是谁?”
而在白天她视而不见的
江水上游，江豚出没嬉戏
只是眼前，江水还是老样子
——不息奔流
而永无改变。或者，这
就是江水的答案，拥有
一副远古的胃肠，奔流不息
带走问题以及提问者

留下这个冬日清晨。多年后，当我
在江边旅馆醒来
匆匆爬上江堤码头
惊诧于那些赤裸的冬泳者
他们是无季节论者
参透时间的虚幻
他们用勇气实施一场冒险，同时
又似在进行一种仿效——
仿效那些多年前消失江面的江豚

2016 年

# 宇轩的诗(7首)

宇轩，70后，现居肥东。曾获首届屈原诗歌奖、《安徽文学》2016年度诗歌奖等奖项。著有诗集《与药书》《不恨集》。

## 停　驻

在雨中，邻居门前火红的彼岸花独自撑船。
在雨中，迟来的人那样干燥
仿佛我们赖着不走的世界还有一点盼头。

而村镇已经被我们活旧了。足够支撑雨伞里面体会嘲笑一词
它已经具有陀螺的外形。

我还坚信它会继续成为我们籍贯里抹不开的注脚。
坚信它会脱胎换骨
长成一只肥虫躲在词语暗暗的果壳里。
像一个功成名就的人，终于获得他的棺椁。

朋友啊，昨天我从市井带回一只苹果它躺在桌子上
并递给嗅觉一个泛着香气的侧面。

如果你来敲门，你会看出我全部的惊讶和懒散
你会读懂一只困守的虫子如何安身立命。

2017 年

## 云朵赋

第一朵像表叔脸色，带着暗暗的灰蒙。

第二朵是风景，约等于隐喻范畴
它的里面是苦楚和陷阱。

第三朵状如虚无，也像我们村里
来来往往穿着旧衣服的土著和穷亲戚。

大雨就要来了。当你抬头，天空其实是最大的癌变。
谁仰望，谁就是它落在地上的愁绪和麻烦。

2017 年

## 乡居图

果子在其内部寻找向上攀爬的旋梯
蚂蚁们长征之路似乎才刚刚开始。八月之夜，我在故乡
明月知道谁在仰望，谁的心中就有一棵无花果树

是的，从我们记事之初，

田野从来匍匐脚下闭口不谈道德论与哲学
那么我要问，
它是如何沦为我们抒情的把柄

它要如何顶住众人毒箭一样的舌根而生长粮食
生产荒芜
且敢于全球气候变暖时果敢地落下一场漂亮的大雪

河流呢，从来扮演过客角色。尽管它拥有长老的衣钵
它从不阔谈诗意地栖息，也不承载爱恨和别愁

2017 年

## 每一个村子

每一个村子里面都有一个死无葬身之地的疯子。
与其一墙之隔，
或许还有一个顶天立地的女拖拉机手。

每一个村子里面都有一棵孤苦伶仃的大树。
它在成为象征之后不忘结果，但果子不可食用，
因为有毒，致幻。

每一个村子里面都有一口当家塘。
它承载过几盏萤火，几篇鬼故事，几人寻短见。

每一个村子里面都有一个孤儿，流着鼻涕，

在村口喊妈妈，妈妈。在其旁边，
或许还有一条倔强的耕牛

被农夫手中扬起的鞭子抽打。仿佛那鞭子
是灯芯绒做的，当嫩绿的青草被咀嚼。

2017 年

## 午后，天气突变

双手发麻与栀子花香属于两种线索
在某个节点的交织。但尚未触及苦闷和疾病的谷底

翻斗车在午后穿过街角
它把行道树翻译成风的语言
只差一点就是忧伤的复调

与此同时几只多嘴的山雀仿佛在说
天气糟糕不是天空造成的
天气糟糕
不是天空造成的

那么求索呢？是否意味着运用伞形大树
以其骆驼的品格
呈现一个饥渴又立体的岛屿

2017 年

## 在马鞍山白母园

重读，意味着自找麻烦。也像放牧者擦亮火柴
照见自己。

马鞍山有钢铁的意志。但从不缺少诗的情怀和柔肠
在白母园千年银杏树下仰望青天，
我相信大地的疼痛，正是树枝和白云的语言。

我也愿意相信山民菜园里马铃薯的花瓣
是地母在发声。她或许是要告诉我们——

阅不完的江水，就如重生和自由，痛苦与绝唱。

而穿行田野的白鹭有其自身的方言。
它代表另一种可能。

2017 年

## 启发于一坛新腌制的蒜头

求变，就是如何腌制一坛蒜头
尽心讨好自己味蕾和杯盏。

无数次。这样说可能有点夸张，那就许多次
江水，棉花和白云，它们成为窗口景色

以致家主耳清目明，但也沉溺和昏醉。

矛盾啊，如同核桃那般大。像心疼那样丰富的营养。

我是穷人。
活下去，就意味着还要继续创造绝望。

我的油灯在大风横扫之夜逃过一劫
屋子里飘动一阵蒜香。

我误以为是神在吟唱他的赞美诗。
我说神是有气味的。

2017 年

# 罗亮的诗(10首)

罗亮，60后。著有诗集《密室喧哗》等，获首届安徽诗歌奖最佳诗人奖。

## 玩具房

两个玩具坐在门口
互相在玩

我立即退了出去
这不是我家，我的卧室
不是我　必经的客厅
不是笔法在句号处休息

我必须让，让开
自谦，更小心翼翼
我不该这样，推门而入
——玩具房
踮脚，弓背，你看那猫呀
我真他妈的一个讨厌鬼
总不小心闯入静悄悄的世界

总不小心看到别人门后的游戏

其实玩具的玩，就一小会

2005年

## 此　在

三点至五点，一屋子乌鸦和两只喜鹊
他在啃他嘴唇上的苦瓜。“母亲，请给我未来！”
他现在陷在淤泥里；盛开出小小的但洁白的荷花
如果他没有这阴影以下秘密之淤集，他多幸福
如果他没有开出那朵小小而洁白的荷花，他多幸福

但现在他离不开这一切；他多么想
像一缕炊烟离开那烟囱，
即便是它心爱的主妇。在一间小屋子上，屋顶上

他梦想他就是那轮明月，回顾并张望着它生活中的现实

2006年

## 纯　白

晚上，他唤她娘子，自称末将，他喜欢这样
戴着高帽子，铜盔，穿越时光隧道
白天，他在市场购物，突然想起这个故事

一个很美的故事，所以他想演下去

他用了假肢，唤来蝴蝶；跳着穿过商场的走廊
他要做完一些往事再回来
他要回来的时候，能屏住呼吸

像往常一样，拎着塑料袋，无所事事；大白天，
阳光照着第二家超市

2006年

## 成为纸人

纸人在哭泣，它那日的不哭乃是虚假
它缩小了，成为一团，捂着胃
它渴望一根竹签
使它舒展
在天上，“纸人好像鹞啊”！

纸人，一支蜡烛通透它的内心
没有骨头

它方便于叠起
方便于在轻薄的状态中销毁自己

点你的烟，上亡者的坟，把歌声缠在枯枝上

2006年

## 悲　伤

月末，无所事事。用剪刀剪去——枝叶，小说中人物的过度悲伤
几个丫鬟，长头发，衣服上起的毛茸茸的球

他在水边看楼盘，A地开公司，B地住家
被开发商分裂
他折去去年一角，用剪刀动了这逻辑，事物的左脸
三段论上的一根横梁
诸物倾斜着，像枝枝梅花

人老了，就得承认
这些存在中的坡度；而在C地，他曾留下倒影

2006年

## 复　议

在董事会室，水神留了下来
他递给我一张涂鸦，他三岁女儿的，说：“这个您看看，她三岁了。”

“很好。”我说，“请鼓风三级。”
关于公司蓝图
多年来令我忧思，殚精竭虑

我们到底需要什么
我们向何处去

感谢水神，感谢水神三岁的幼女

她用一只胖胖的熊指点了迷津
她是群英会的一员，扎上辫子，可以坐上我们这帮
　　峨冠博带的人群之主席

2007年

## 镜　面

没有人和我玩，我抚摸一灯盏，我说：你好！
李时珍。半夜来看病

我有互相矛盾的　调侃性的证词，叙述病因
你有帽子，像古代的有名医生
这就够了，这足够了

这使我今夜不得不说出真情：

我需要一个人，看着我，戴高高的李时珍的帽子

2007年

## 眼　罩

我是半夜到家的
你不开门，我说我是蝙蝠
门开了。你在练瑜伽，眼里含着泪花
翻动白身
墙上响着树影
嘴里吹吐兰气
我说，我是蝙蝠
没有眼睛
你把手给我
我一摸，说是的，是的
你说：那就别作声了
水要开了

我们一起，好像情人，直到缸里飘起了死鱼

2007 年

## 情人节

昨天，情人有节，税务部门有人找到我
她说：你做得不错。送我一束玫瑰
她说：加油，继续。税务是一种很严肃的事务。该部门，
　　我来自于此
我战战兢兢，接受鲜花，直到晚上我和C老先生夜宴，

　　亦未提及此事

既然此刻是愉悦的
我又何必提到那不可或缺的钱币和孤独
——真是享受啊

风尘之后有沐浴

当我喝下满杯琼浆的时候，我期望我体内的快乐千万别
　　碰到那些玫瑰

2009 年

## 境

昨天，我抚摸镜子，湖水起皱了
天去蓝而阴沉
我不敢，我敬畏稀饭

有时我想飞
飞中有风光
风雨
打自己的耳光，有时我想
灯笼点亮吧！我想叩问壁纸

活着做什么？
皇帝要问仆人

场坊里移魂　造梦　酿酒　也可以自杀

有时颓丧，如泥土坐地上
有时邈远，似林中藏丹房

我妈妈的手工艺术，荷花做得最好

我包裹自己，时而是赤子，可睡女人床
时而是鹤

老虎饿，人写作。

2010年

# 江不离的诗(8首)

江不离，原名江玉平，祖籍山东，1966年生于青海，1992年迁居合肥。现任《抵达》诗刊社社长。

## 青菜的性格

青菜搁在那儿
你不吃
它就会烂掉

其实
你吃了
它也会烂掉

甚至烂得更快
因为它是彻底的
唯美主义者

2015年

## 私有财产

我捡回家的石头
我捡回家的落叶
我捡回家的孩子
是我的私有财产

吹进我家的风和雪
射进我家的月光和阳光
落在我家的灰尘和鸟鸣
是我的私有财产

画在我家墙上的老虎
是我的私有财产
在我家余音绕梁的哭声和笑声
无不是我的私有财产

丑话说在前面
我的私有财产神圣不可侵犯
谁不听我就跟谁法庭上见
官司打不赢我就跟他打太极拳

2016 年

## 废话，有意味的形式

雾天不钓鱼
雪天不杀狗

吃个热乎饭
洗个冷水澡

睡个囫囵觉
谈个女朋友

诗意说有就有
说没有也没有

做男人做得理亏
做女人做得吃亏

吃了鸭舌头
说话嘎嘎嘎

祝我秃笔写春秋
祝我有个好胃口

考试不过关
吃啥啥没够

2016年

## 下　雨

雨下在双山也下在市区
雨下到世界各地
也还是雨

幼小的雨
不成熟的雨
扑簌簌坠落淅沥沥啼哭的雨

天空中飘曳镀银的雨丝
有时为了滋润
有时为了淹没

乌云不喜欢思想
它受情绪支配
它发现下雨这活儿有时也挺讲究

2017 年

## 早餐阅读

早餐运到嘴边
堵塞了航道
除飞机、火车、核潜艇
其余皆可入口

报纸卷大葱
味道就很不错
抹着小五号字的豆酱
吃到你通体透明

扯一张煎饼揩嘴
揩手
揩另一门户
被阵阵狂风夺走

2017年

## 雾

软绵绵
轻飘飘
轿子抬着我
从青藏高原下来
我幸好感冒
被银白的云雾簇拥着
从川藏公路
趸进雾都重庆
我被招待了一顿歌乐山火锅
大发其汗
女娃儿用善意的歌曲
嘲弄我

我想在云雾里筑巢
申办产权证
永久居住
不知你答应否
我保证戒烟
不久将施行起来
活得朦胧胧
何等惬意

2017 年

## 早晨醒来

早晨醒得别扭
多余的话
总说不出口

脑袋胀成旭日
冉冉抬起
昨晚酒桌上乱云飞渡

吟与不吟
等一会再看情况
做一个立地成佛的动作

咸鸭子飞走了
留下一个憨货在人世间

尴尬得腹泻不止

2017 年

## 玩　笑

我跟螃蟹开一个玩笑
秋天一到
它逢人便打招呼

嗨！我顺手逮回去一只
陪它练拳击
陪它笑

它也自报家门
“我是阳澄湖来的”
令我顿时仰慕起来

它两只毛茸茸的拳头左晃右晃
一拳打在我脸上
其实一点不疼

我怕它掐、拧、咬
我的绝招是把它捆绑起来
免费请它桑拿

通常的做法是蒸一蒸

然后请上餐桌躺下
开始卿卿我我

酒笑喷了
有电话打过来干涉
是马克·吐温先生吗

2017 年

# 何冰凌的诗(7首)

何冰凌，安徽桐城人。1990年发表作品，著有随笔集《时光沙漏》等。

## 小西天

蔷薇就开到这里。
你好吗？我轻微厌世。
却没有一个湖，
能够让我抱着去死。

2007年

## 博物馆

愿我永恒。滴水观音
好慢好美。
狠心人
连谎言也不曾与你
枯叶蝶一动不动
等它开口

好慢好美呵。
仿佛纸糊的窗格
老式婚姻
默默经受了很多年。

2007 年

## 旧　信

来的路上降了霜。
那时槐花细碎，锡麟路的两旁
树木一律高出宫墙
石榴抽出红血丝，如虹膜上的
你哭啊。

流光如流沙。美曰流沙。
你不停地哭啊。
天就黑了，鸡栖于埘
月亮上山坡。

你哭啊。
一个人在厨房里唱歌
将自来水放得哗哗地响。

2008 年

## 致合肥

让人轻度敏感的黄色粉尘，整条芜湖路都是
法梧年久失修，顶着水泥树冠。
这是我生活的合肥，少有的几十年不变的一条街
从拉芳舍的玻璃窗户望出去，绿荫如盖
行人如织，黄昏独具婴儿之美。

她在灯下，在日记里恶狠狠地写道：
合肥，你见过我的好时光
我要你，看着我死。

想起环城公园纷落的无患子果实
“九重葛缓慢开放的清晨”①。
再没有人给你写信，用东风印刷厂的白色信纸
芜湖路168号同济大厦505室
几个大字，龙飞凤舞，漫不经心
而萱草，它有另一个名字
叫忘忧

2010年

## 飞花令

黄昏的万华镜，使暮霭更轻。

①引自诗人吕布布的一句诗。

飞鸟离去，留下浅褐色的粪便和种子，
在我的长形花台上。
啊，又一颗种子发芽了。近旁的土里，
除了眉豆，我还点了蕹菜和红苋菜，
这些植物都有无比发达的根系。
人这一生，离了风花雪月，怎么能存活下去。
家务事时令我发愁，而花朵令我飞升。
我抬头，天空中也有一颗星是我的，
此刻它为我而亮，
我在风里唱的歌儿，它也听得见。
一座小花园，豢养无数形色和生灵，
我愿意把余生浪费在这里。
每当人们夸赞，我总是把布满泥垢的手指，
偷偷藏在身后。

2017年

## 听岱山慈云极乐寺净友法师说法有感

再见，蓬莱。
再见，磨心山。
再见，修建中的慈云极乐寺，
红色石榴上披挂的雨水。
海夜阴湿暗昧，生出白粉蚧，
它似乎病了。
一定是有个人在这树边愁苦过，哀告过。
在东沙角，

我接过一个儿童散给我的传单：
“图片上的首饰海岛随处有售。”
这佛法也广大，
金刚奋力化身蚁群，
那东海的水晶宫顷刻间得到拯救。
“一个儿子会把自己的心磨成血水，
拯救自己的妈妈。
砥砺石头，混合泉水，
这是菩萨对他的考验。”
真的很好啊，在海边，
每天看到天际线，海水浑黄，
心愿已足。

2017 年

## 记深夜南陵鲁班广场的一次散步

秋虫一刻也不停止鸣唱，也许它们自知时日短暂
在霜冻来临之前，拥抱和歌吟一切藤蔓枝丫，
夜晚活动着的和进入快速眼动时期的生命体，
广场上的巨型灯柱和节假日才开放的人工喷泉，
北半球广漠的土地上渐次温良的河流山脉。
假使亲人们的睡梦里出现天际线和彤云，
此刻也将有孤星微光的投注，更有这蜂鸣器
无处不在、此起彼伏的覆盖，
伴着他们的美妙小鼾。
毕竟，宏大的秋天来了。

路边花坛里的大部分花儿，在深夜，
都已随着光线关闭收拢，如酢浆草、风雨兰和牵牛花；
而另一些花儿则不，那水里的红蓼、飞廉和奶蓟草，
它们，瞪大眼睛，在等待神迹来临：
当夜露从草叶上展现并在清晨明亮的光线里
撤回的时候，
诗歌发生了。

2017 年

# 尚兵的诗(5首)

尚兵，1978年生。著有诗集《抛物线》，诗学笔记《诗之伪》，以及《回声记》《非物志》等，获首届抵达诗歌奖。

## 滚铁环

滚铁环　好主意　比砍树强
选地方　五层楼正合适
顶层有落地窗　二十四小时通风　不易感冒
一楼宽敞　铁环新　动作大　声音藏不住
传到一里外　恰遇锣鼓声　后劲不足　弹回来
明白　明白　有大户人家操办喜事　锣鼓声　底气足　惹不起

一楼和五楼　它们收起以大欺小之心　铁环滚起来　自在
累了　喝杯水　抽根烟　心情好　树影也稀疏
隔着铁环望　一楼的窗帘　不碍事儿　五楼的栏杆
　　也不扎眼
容我细细想　窗外有人躲猫猫　有人跑下立交桥
他们野心大着呢　我想笑　再忆起锣鼓声　干脆点
　　从一楼到五楼　铁环自己滚
……

2009年

## 成长之片段

牙牙学语时　橡皮筋绷得紧紧的
一发力　大人忙　目睹蛙跳
喜欢上蛙泳、仰泳、自由泳
记住那高处叫“鬼见愁”
大人们坐在岸上　四处小心
忽见天空蓝得怕人　惊叫：熟了、熟了
是的　不远处的葡萄、辣椒、长豆荚该熟了
在九月　可恶的因果论：所谓种瓜得瓜

2009 年

## 反方向

岩石、桦树、一亩地　那是你家的
称呼久了　岩石上的青苔　常留有蛇的印迹　有毒无毒
　　记在心里
找个合适的比喻　“脚底打滑”只说出一部分　不如拣起
　　枯枝一层层刮
附属物　花生香、棉花白　有地不反悔　明年接着种
小心点　岩石是岩石　父亲的原话　桦树可是自个儿
　　长出来的
效果之一　危险　树荫下歇息　又想起　去年一个人
　　荡秋千

2009 年

## 两只鸟

抬头　两只鸟躁动　行为艺术　暴露形体
一阵轻音乐　使之安静　扯远些　莫扎特
和肖邦在暗中注视　音乐的诱惑　由密到疏
从苦楝到金钱榆　在交配中分出高下　雌是雌
雄是雄　忍不住大叫　走庸俗路线　无非赞美你
你叫一声　我落一片羽毛　你叫两声　我落两片羽毛
受教育　从异性相吸开始　在兴奋中结束
一起一落　姿势是肉体　快活是心灵
现象与本质的区别　从来都依靠直觉判断
称鸟为禽类　称猴为灵长类　从飞到爬行
都是进化产物　那么飞来飞去又何妨　调情又何妨
高兴时鹦鹉学舌　不高兴时从高处一头栽下……

2014 年

## 花与花粉

花蝴蝶　花粉　花小姐　花花世界
我误闯　坚持正当理由：内心有花的欲望
是歪打正着　还是春光外泄　为了证明自己
早过了青春期　我必须声明　头发稀疏的
那个“我”　正在还原　还原成蜜蜂采花的姿势
还原成味觉对花粉的过敏　还原的速度加快
蜜蜂发出的“嗡嗡”声就强烈　“嗡嗡”声

传到蜜蜂飞不到的地方　变安静　有如钝器藏身
花粉也失去作用　或许我误闯　蜜蜂采蜜之一种
不像那个“花”呀　只会“乱花迷人眼”
只会“花丛中嬉戏”　不留情面　闯的勇气
看呀　花的世界　花开花谢　好像一边怀疑
又一边肯定　好像蜜蜂飞了又停　一再转身
我一旦主意不定　就用“嗡嗡”声来提醒
是花粉之于花的否定　是蜜蜂对周围世界的回应

2015 年

# 朱超的诗(4首)

朱超，1987年生于山东莱芜，现居合肥。著有诗集《涟漪》。

## 对鱼说

深夜想起鱼群的饥饿。
其他时候，一个人坐下思索，
对着鱼群蚕食尸体，
双眼却仿佛看向别处。

当初铺就细小的石子，
摆放贝壳，安置水草，
家的愿望如此强烈，
转瞬却消失了。

再多的事物去填补，
都已不能奏效。
黑暗总是走在前面，
而心灵总是在坠落。

2016年5月

耽于往日的大臣
怀念部落的天空，
有时孝文帝想起平城的岁月
躲在妃子的怀中哭泣。
于是春天，他让大臣们返回旧居
秋天带来平城的风沙。

2016 年 6 月

## 初　春

仿佛春天到了
一个人必须醒来。

我听到七个国家的兵马喧哗
我看见智者跨越一条条边境线。
在昏暗的清晨
我不知道故乡是否已在地图上抹去
而我自己是否犹在梦中。

这是四月
蝉的儿子在土中昏睡
鹅颈般的春天伸进湖里。
我的心跳剧烈
却仍然无法感到活着。

2016 年 6 月

# 许敏的诗(6首)

许敏，60后，现居合肥。获第二届中国红高粱诗歌奖。2007年参加《诗刊》社第23届“青春诗会”。

## 或者槐花

槐花在一条街弥漫　我嗅着
它的香气　像女儿成长中的等待
那槐花经历的　她正在经历

仿佛初吻　和它羞涩的心跳
仿佛吮吸乳汁的婴儿中的一个或
无数个　我不能轻抚绿叶中她令人心颤的闪电
和迷醉　这不同于城市枝头的呓语
那是乡村燃起生活之火的煤球炉
和它飘散的热气和饭香

跳过无数夜色的池塘　节能灯下
母亲继续劳作　巨大的阴影在时光里
颤动　有一种不易察觉的擦痕
她爱过这条街　和洁白的槐花

透过死亡的针尖　我抹不掉她的偏执和忧伤

一条街是春天尚未驶远的一列火车
它藏匿巨大的空旷
幸福　或者槐花
只不过是像我这样起伏不定的人
在季节进入两次阵痛之间的短暂喘息

2006 年

## 献　诗

风一次次地把目光，刮到树上，碰出声响
村庄，鸟巢一样。树顶的星群，像一个内心
紧抱信仰的人开始平静下来。那些白日里
穿越林梢的麻雀，斑鸠，灰喜鹊，白头翁
它们都到哪里去歇息，它们把夜晚交给了萤火虫
一粒，两粒，三粒……有着这么美而易亲近的距离
仿佛漂亮的卵石露出水面，所有的灯火都黯淡下去
而我是村庄唯一的孩子，杉树一样举着自己
手握青草，持续地高烧，把夜晚看成一垛堆高的白雪

2007 年

## 吹　送

晚风掠起屋檐下晾晒的旧衣衫

晚风在继续，旧衣衫魂魄一样，飘来荡去
仿佛父亲的劳累
在一根晾衣绳上得到舒散
屋檐低矮，远山复远山
我碰上捡柴火回家的弟弟
闷闷地不吭一声，细胳膊细腿
也是一捆柴火。
母亲佝偻着背，背着另一座山脊
内心的渴望小兽一样
挣扎一下，又归于平静
北斗七星没有任何声响
我淡忘了的风，从草尖上滑过
缓缓吹去一个人的傲慢

2007年

## 蟋　蟀

荒芜的心里。不长杂草。仅能安放一只蟋蟀。
大风一吹。它就歌唱。就像旧房子在喊我们回去；
就像一根朽了的木头在喊熟悉的朋友。
它在河沿上耕种
草枯了许多又被大风带走了许多。
蟋蟀的手中只剩下一根细线，它已经捆扎不下那些衰草了。
它看着青烟一样流走的河流
这才放弃了长夜；放弃了紧紧依恋的村庄。

2008年

## 春天降雪

下雪了，没有比槐花更纯更细的雪了
裹紧香气，一夜间堆满树梢
在天空的阴影下，你突然觉出人世的微凉
她们低垂着小小的头颅，身子再单薄
脚步也不会凌乱，就像我的姐姐或者妹妹
都是方言浓重的人，也是暗地里疼爱我的人
她们开得热烈，比天空低，但比春天高
在阳光下跌宕，颤抖着喊出内心的渴望
她们走走停停，把泉水留驻枝头，把自己悬在阳光和
　　冰雪之间
白天信奉处子的优雅，夜晚蓄满少女的期待
我把她们写进诗里，感觉被温暖地推了一把
接过月色递过来的镜子，像一枚绿叶那样久久地凝视着
这灵魂里的降雪。夜色横过来又坚硬又寂寞的礁石
一只蚂蚁，像是从地底下冒出来似的
扛着一粒米大的槐花与闪电交换
虽然我的眼中有灰尘、眼泪、病痛
我还是相信——是这棵槐树
替我呼吸，替我说出春天寒雪一样干净的言辞

2009 年

## 与落日书

秋阳的悲正在于此，风吹动这些
落叶的乔木、灌木，没有哀悼的气息
万物都在挣扎。你也在说服自己
拒绝走进冰凉的石头与文字
在粗大的篱笆中间，落日以另一种方式
存在，以一种近似神灵的方式；
生活，因此安静下来，你内心的
卑微，隐忍，疼痛——荒凉着，孤独着
你已走过金黄的盛年，细碎的光闪烁
风越来越紧，仿佛要将这尘世收走
你一个人在秋阳下谛听天籁，飘动满头白发
群山比想象中还瘦，拖着最后的烟尘来见你
舌头下的睡眠加深，河流舒缓宁静
透着优雅，而冰山是一座教堂
在远方矗立，它是世界的一只巨眼
也是你的前世，知晓所有已知事物的命运
一刹那，落日烧红了天际
彤红的圆盘，沉沉地坠下去
一直沉到你的心底，钟声撞击
雀鸟四散，你用整个一生都没有找回它们

2014 年

重复第二行和第四行所有汉字。你不用诧异，
我的重复是真心的是永远的也是迫不得已的。
但时间在我内心里最想说的，确实是第四行。

2016年4月19日

## 无家可归

一条狗自被抛弃的那一天起
就十分坚信“主人”出远门了
它总在“寓所”周围游荡
哪怕即将死去它也对此坚信不疑

2016年8月5日

## 酸

夜里，我被一股股的酸，弄醒。
为什么我体内会有这么多的酸，
只有酸从酸甜苦辣咸中单独地跳出来。

这酸一定是由多种味道变来的。
我对它的原形常常着迷，几乎在猜谜。

2016年8月6日

## 我看见的偷窃

妻子将一只鸭腿放入流浪狗食盆里
回来却发现鸡腿正在自己的宠物嘴里
妻子发怒，意欲强行夺下
它并不挣脱，仰头一摇晃一口吞下

2016 年 8 月 7 日

## 狗　事

阳台上狗吠汪汪，孙子神色肃然地跑来对我说
爷爷，我告诉你，刚才是男狗先打女狗的
我说，然后呢？孙子继续说
男狗打不过女狗。不过女狗先偷了男狗的骨头
我压住表情说，是、是，但这事有可能更复杂

2017 年 7 月 17 日

# 俞凌的诗(5首)

俞凌，笔名巫蓉、凌子，20世纪80至90年代，曾兼任《诗歌报》编辑。2016年10月7日去世。

## 那是一个未知的手势

我是一个自投罗网的女人
被诞生被收养被欺骗被埋没
一万次睁开聪颖的眼睛
黑珍珠玻璃体映现世界犹如深渊
那是一个未知的手势
我为这手势而生，也为这手势而死
未曾谋面的先知的手，圣哲的手，祖宗的手，胎儿的手
只要你们不动声色地扬起手
就有一道白色的光束射向我的眼睛
箭一样射向我的纯净的玻璃体
而我在断崖上琴弦一样等待你们的指点

1988年3月

## 你没见过这么多人体

你没见过这么多羽毛般的人体
洁白而纷乱地漂浮
你一定闭上心灵的恐怖
一定把蛆虫的联想咬断
如果你支持不住，你感到强烈的震撼
房屋离你而去，色彩离你而去
你一定要吞下一片白色镇静药片
拖着你人形的影子，小心地游过我血液的河流
不要说一句人类的语言渡过我血液的河流
上了岸不要擦去血迹
不要像人类那样毁灭作案的迹象
此时，黑夜、斜阳、绿水在断崖一目了然
在断崖你一目了然，我等待你
犹如一位老友来到都市叩我的门扉
我等待一拉门闩尖脆的女人的声音
将都市撕成无数片欢乐的纸片漫飞

1988 年 3 月

## 我怵怕未知领域它比黑暗更深一层

狂舞的翅膀从腋下失落
被一根看不见的树枝抽落
我就坐在自己的断崖之顶

握着那根看不见的树枝做的看不见的手杖
我感到没有它的支撑，我会立刻掉进深渊
那深渊的真相没有暴露
我怵怕未知领域它比黑暗更深一层

你背诵谁的诗句，沙鸥的叫声在诗句里起伏
我握着拐杖却年轻如同朝霞
我带着断崖和深渊站在诗句中那么醒目
你突然停顿雄浑的中音，向四周伸出手
你想触摸任意断句的不规则的逗号
你想在白纸上使它消失在舌尖上使它死亡

你看到我是一个忧郁的女人
黑珍珠的玻璃体折射出智慧的光芒
我断定我是一个出色的女人
一片迷茫的水中这个女人是优雅的鳕鱼
我不能把手杖丢掉，不能跟随你念完诗句
我怵怕未知领域它比黑暗更深一层

1988 年 3 月

## 我的命运不会比你们更好

人们，超脱你们的思维之外
当早晨七点钟指示你们去绿叶堆积的树下
收腹，深呼吸，鱼一样鼓动腮鳍
我第一万零一次睁开女人的眼睛

看世界蓝颜色漂浮在水气中的球体的深渊
我的命运不会比你们更好，人们
我乘上七点一刻的列车，远离你们，人们
证明什么获取什么并不重要
先知没有来，圣哲没有来，祖宗没有来，胎儿没有来
扑面而来的动魄的魅力
在我打开心灵的窗户的刹那
飞扬着无数叶片
从我的茂密生长着林木的深渊
飞到断崖之上
这种幽暗处的无穷魅力
在人们端上酱菜盘在楼层的夹缝消磨时光时
袭击着我，一个脆弱，一个伤感，一个自尊的女人

1988 年 3 月

## 十个姊妹

十个姊妹，我的姊妹
高高的山峰望不到天边
高高的树枝摇落了星辰
十个姊妹，我的姊妹
长长的江水缠不住伤悲
长长的黑发当不了黑夜

十个姊妹，我的姊妹
唱歌的人告别了春天

## 喜悦总在我身上

因为有光
有更多的鸟落在了屋顶
有更多的人爱这个窗户
鸟接纳了一个人的喜悦
因为这喜悦
光会顺着一个人的身体
一直往上爬

2016 年

## 致晓萍丽敏

我们最好不要谈及生活
不要谈及足以让我们流泪的事物

很多年以后
我们最好不要谈及孤独
不要谈及爱情
这些被我们拥有
又被我们遗弃的事物

2016 年

## 流　水

雨水落下来的时候
枯枝啊花朵啊也一并落在了水里
雨停的时候，那些枯枝啊花朵啊
留的留，去的去
太阳出来时，依然照着来的人
也照着去的人

2017 年

## 都是来享福的人

看到田里长了青草，就想当一个放牧的人
看到田里有了庄稼，就想当那个割草的人
那些牛啊羊啊我也可以像你们那样
除了吃草不要去想别的事：
看月亮就想着月亮
看世上的人都是好人，都是来享福的人

2017 年

# 闫超华的诗(6首)

闫超华，1987年生，安徽阜阳颍上县人，现居合肥。

## 心　跳

悲伤时
一头大象
躲到我的身体里
它将名字
写在我的心上

接着
一头狮子
躲了进来
它将名字
也写在我的心上

然后是老虎
白鹭、云雀、蝴蝶……
它们像我的孩子
都喜欢将名字

写在我的心上

我每心跳一下
就喊它们一下

2015年

## 黄瓜的世界

冬瓜的玩具是西瓜和南瓜
西瓜的玩具是南瓜和冬瓜
南瓜的玩具是冬瓜和西瓜

孤零零，没有玩具
一颗鲜绿的黄瓜
她刚刚学会开花
她刚刚学会开花

2015年

## 一头开花的大象

当我写下："一头开花的大象"
大象吃掉了这一行叶子

"大象的尾巴先开花"我又写道
大象又吃了尾巴上的花

“一头开花的大象结了很多果子”
接着，大象吃了最后一行的果子
所以，正如你们看到的
我从没写过这首诗

2015 年

## 蘑菇伞

小男孩在房间里
举着一把伞说
我是一朵四岁的蘑菇

小女孩在房间里
也举着一把伞说
我是一朵五岁的蘑菇

两个洁白的形体
站在一起，宛如
两个刚出生的动物
身体有点儿发绿

我多想举着伞
蹲在他们身边说
我是一朵二十九岁的蘑菇

哪怕，说完
立刻就被收起
也好啊
身上落着金黄的雨滴……

2016年

## 一个人的游戏

每个家里
都有一个孤零零的孩子
在黑暗的衣柜里
在父亲的大衣里

一个人的游戏
假装自己是哥哥
是姐姐
是弟弟和妹妹

梨子的床
只有梨叶那么大
“我困了，就睡在
自己的身体上”

每个家里
都有一个孤零零的孩子
他们的左手
和右手玩着游戏

拥抱在一起

2016 年

## 苹果问梨

苹果穿上梨衣
晃来晃去，香气四溢

苹果穿着梨鞋
揩鼻涕用梨叶

苹果像梨一样撒尿
喷出许多果汁

苹果唱着梨歌
流了许多甜泪

苹果照梨子的镜子
发现自己不是苹果

“我是谁？我在哪里？”
苹果问梨

“这也是我
想问你的问题！”

2017 年

# 雪女的诗(4首)

雪女，原名胥永珍，60后，现居合肥。著有散文集《云窗纪事》。

## 有所忆

由于遇见你，我部分地长大了。
但我从没和你说过一句话。
钻天杨在半空喧哗，无垠旷野
都随我陷入了沉寂。
冰冷的针管，两三种药片，
医治着我的疑难症。
隔壁病房的少年，再一次
违背了医生的嘱咐。
就在那年秋天，我重拾信心，
谨慎维护着对成人世界的热忱。

2008年

## 雪　人

你既是雪，也是人。

黑眼睛，蓝鼻子，红嘴唇。
小心提防，冰冷的身体
向有温度的身体无端崩溃。
既是人，也是雪。
你借用一个纯洁念头，而不是躯壳，
团聚着内心的一场齑粉。

2008 年

## 华丽的悲伤

冰雪消融。河面上倒映着秃枝。
一棵即将复活的杨柳以下垂的姿势
接受洗礼。有那么三两只鸟
站在枯槁处，歌唱枯槁本身的永不回返。
永不回返指什么？当我们
心怀悲伤又不能大声哭泣，
悲伤同样长出了叶子。阵阵暖风掠过，
一河春水，两岸蓊郁。

2008 年

## 无尽的长眠有如忍耐

整个上午，罗马新教徒墓园中的三只猫
和我一样踯躅、伫立、蹑手蹑脚。
它们比我更轻、更轻地踩向

这片虚无之地，仿佛为我探路。
男人在睡觉。女人在睡觉。小孩在睡觉。
被雕的天使也垂敛了羽翼，引颈入梦。
这无尽的长眠呵，有如忍耐
清晨幡然醒来的万物。
云雀清亮，乌鸦喑哑，
新的一天它们各有表述。
鲜花开得哀而不伤，松树
覆于其上，高展静穆之姿。
我前来拜谒的诗人——济慈和雪莱
已化身为崭新的蕨类植物，随风摆动。

2015年

# 杨沐子的诗(2首)

杨沐子，字兮，号南么，小字爱，别号果，1973年生，安徽合肥人。著有《并非诗》《杨沐子画册》《油棒画技法》《结构与解构》等，曾获深圳读书月十大好诗奖、基诺艺术家奖等。

## 如此在月下

院子里，一个老人在讲：
人死了魂还在。夜晚，天空那个幕
从一个方向穿越，成为
他说的东西。没有经验和舞台背景

猫跑出来，触到的事物
意味着某种可能——
我将把白天的事物放进茶杯里
连15岁的孩子都知道，一个人
决不会因打趣而畅谈：人死了
而死正伸长脖子用一只脚把世界运转

一只老鼠跑出来
一片落叶飞起来
这个结构，不含有冷的和暖的色调

如附近的菜园，我觉得沉闷，而另一种静
如倒数第二个妇女的白裙子
唤起我的联想
但这只不过是从色觉而触摸

从听觉上来讲，我颤抖过
但，这事例不表明我能用联想论
论证月亮也有取暖的作用

2014 年 7 月

## 从 8 层楼往下看逐渐形成

教堂、pick and pay 大型超市
缺少一种厚重感
在一个立体的马来波卡普
因日照时间太长，凤蝶都飞走了
从这个意义上，我看见吉娜塔
转身，把门牌号颠来倒去
最近，她制造了一种秩序
在白米和白面两种交易之间
她不肯回来，如一头倔驴
痛苦的、联邦的驴走失了多久?

我不确定。活动头和脖子
我的神经好像出了问题，都 21 世纪了
我拒绝心理医生，和她乱舞的手

正冲洗它，暗淡玻璃窗里映现出的自己

从这个意义上，我听见阿姆大婶
在敲隔壁的门，为了催租
难道不是吗？
然而，大概可以说
那些被金钱染指的家伙们
他们的手臂都长满浓密的毛，无可避免

太阳落在屋后，一道光
遮住警察的脸和肌肤，都是古铜色
不，别挤进来看，大街上
抢劫犯，不只两人
惊慌的眼睛撅起它厚厚的嘴唇
如此，自行车
把所有可能的疲惫包裹在空白里

2015 年 9 月

# 许洁的诗(3首)

许洁，1971年生，安徽宿松人，现居合肥。著有诗集《玻璃那边的风》。

## 农庄抒怀

一切都在路上。车子饱含情绪奔跑
受了寒的树带动秋风，节疤挤出明珠
娘啊，不知道此刻我比您暖和多少

光阴平静。痛与爱彼此相扶
有尘土和笛鸣默默起舞，有筑路工
穿过池塘，铺设着明年的铁路新闻

鱼儿已不知晓乡村的巨变
塘水已经很混了，有一个风干的缺口
跟着举累了的荷，一起控诉晚秋的夕阳

栾树林依然在壮大，它们巨大的阴影
覆盖着一些有爱的动物。而秋风不问
一夜间让农庄的红灯笼七零八落

拾起它们。与整理竹架上的咸鸭子多么相似
在这片举行颜色革命的田野，在朝南的院子里
谁也无法掩盖母性生生不息的萌动与凸现

2016 年

## 小院即景

树木和阳光都很安静，有几只鸟鸣
落入大院和缸底。缸有陈年的釉彩
依然光泽细腻。它们都是远道而来
和拆迁有关，和满头大汗的我有关
和我的酱香和炊烟有关

东南风实实在在，引来许多闻香人
喝茶，聊天，打坐，唱歌……消磨在
好时光里。有人想阻止南瓜的成熟
阻止一杯酒水痛痛快快地沁入心脾
但谁又能阻止得了一心想晒你的日光呢

酱香依然，把守后院门的小黄狗依然
我很惊讶，当它调戏一只蚂蚱时
似乎比我醉酒有趣。这是下午三时
无人忧郁，无影子在院子里晃动
无梦中的追赶，走失，或缠绵……

在清洁的水泥地板上，有两条车辙
被黄泥暴露了，它们始终如一的距离
足以够你猜想半天。此时院门大开
顶上的探照灯深睡不醒。再看看那些
覆盖南瓜的大叶子啊，遍地的大叶子
哪一片不都得等到晚间才会抬头呢……

2016 年

## 小药丸

小药丸从瓶口滑出，又从掌心逃离
这些天生的小蝌蚪，注定与水相关
与一条河流的单纯、清澈和活泼相关

我很费解。相关的存在、躲避与消解
会是一种怎样的结果？小药丸五彩斑斓
总有释放不尽的分离和破碎的意义

寻找并捡拾信任。得失总在怀疑之中
这些带毒的小药丸，是否可以挽回
一个人的失忆，或者偶尔泣血的纪念

治愈系的星座，在黑夜中不断闪烁孤寂
药丸是它的孩子。在春天里害病的两个人
一定要等秋天才能拥抱彼此的欢愉吗

2016 年

# 方华的诗(3首)

方华，笔名泥人。《巢》诗刊主编。著有散文集《攀在树上的童年》《折叠的时光》，诗集《蓝——泥人诗选》《虚拟的村庄》等。

## 身陷春天

这不是我的春天
花开过了我的妒忌
风柔过了我的仇恨
它美过了
我的青春

太美的春天　不是我的
它比一场完美的性事
更让我战栗　酥软
沉沦

迷失　让我失去方向的春天
不是我的
就像一个沉溺芳香的人
向花朵问路

再也走不出

一朵小小的色情
不是我的　多么绝望的呼喊
我已身陷
春天
庞大而赤裸的乳怀

2010 年 3 月

## 传　说

一江绿水
一片桃花浮起狡黠的表情
穿白裙的水蛇在烟雨中泅渡
埋首黄卷的书生被一声春雷惊醒

心形的叶片上写满小楷
说书人在章回中穿越江南
时间的掩盖下　花窗边
晃动偷欢的男女

湿漉漉的青石板上
一次次滑倒乡愁
锦衣华服的浪子走过之后
春天空空荡荡

2015 年 4 月

一朵一朵地装饰心灯
如果一盏不够温暖，再点一盏
如果再有一次爱情，我依然会
选择相信，就如同相信这个春天

2015年3月

## 在雪花尚未飘落之前

在雪花尚未飘落之前
我一直远避人群，独居斗室
那时星星还在梦乡
那时种子挂在树梢

这么多年，我总是固执地
用一勺月光和一缕清风
来飨养青草、绿树
飨养一塘蛙鸣和一树蝉音

春去秋又来，那些止于唇齿
还未来得及表达的云朵与月光
开始在我的怀里安营扎寨
守护心底翠绿的水声和静默的幽萍

在雪花即将飘落之际
那些单纯的目光开始坠跌
连同植物上的果实

连同骨头里的芬芳，准备悄然出走

在雪花尚未飘落之前，我决定盛开——
为这疼痛且纯情的拥有
为这迷人的瞬间和无数消逝的昼夜
哪怕每一根骨头都将被驱逐和流放

2015 年 12 月

## 雨　夜

冬夜，风息
雾状的雨丝轻扣窗玻璃
一盏老台灯，忽明忽暗
仅够照亮一页书稿
友人来信息：如此雨夜，何以消遣？
回复：静安。他哪知
这几年我日益疏懒
心里长满了蘑菇
想就着这雨夜
让它长得更茂盛些

2017 年 9 月

## 清晨的雨

清晨，被雨声唤醒

这五月的雨，又下了一夜
从梦里漫到梦外
试图调和由春过渡到夏的不适
试图冲洗一次次争执留下的阴影
世间万物，唯雨最真实
每一滴纯净的雨都裹挟一粒尘埃
就如同每一个干净的灵魂
总有光照不到的角落
就如同我对你的爱
总是忧喜参半爱恨交织

2017 年 9 月

## 大　寒

抱紧这最后的寒冷取暖
这比你更暖一点的冷

某些事，就像节气的变化
由初始的萌发到最终衰竭
直至寒意浸入骨髓

光阴能煮雪成水
却不能抹灭所有的伤痕
如同这彻骨之寒
最终在身体里将它认领

2017 年 12 月

# 蓼青的诗(2首)

蓼青，原名张传怀，1971年生，安徽肥东人。中学时出版诗集《红雨》（与蓝戈等合著），曾在《诗歌月刊》做过编辑，创办并主编《行走》诗刊。

## 骨　灰

在肥东殡仪馆里
我村著名精神病人张传道的骨灰早已冰冷
他活着时打死了我的堂叔
堂叔成了灰烬
二十多年前的秋天
母亲一口气喝完了夏天剩下的农药
她将面部浸在秋天里
我一生都在想她，写她，哭她。无所事事
所以，故乡殡仪馆的天空下面
尽是些湿漉漉的面庞
这种场景每天都在上演
他们正将骨灰越堆越高

2013年11月3日

## 埋

这个春天
画家榆木把他的父亲埋了
他很失落，也很伤感

今天早晨
很多人在春光里挖坑
他们把一棵棵树埋了
希望就被种在大地上

我很后悔
很多年前
我母亲也是被村人们埋在大地上的
是不是埋得太深了
至今没长出枝叶来

2014 年 3 月 12 日

# 秦学祥的诗(2首)

秦学祥，60后，安徽巢湖人。著有诗集《微醺》。

## 上帝允许人间虚构

终于，你来了
推开我的柴扉
为了这一天，我准备了
野风、青草、道路、一轮圆月
篱笆墙上缠绕的藤蔓
为了这一天，我准备了
泪水、深渊、峰巅、一场豪雨
燃烧的火焰
夏日蝉噪，土地深沉
这是重逢更像告别
你从天上下来了你是仙女
为了这一天，我准备了
人间

2016年8月9日

## 我们遇见的每一个人都很偶然

朋友从铜陵来已近黄昏
茶叙，酒欢。烦心的事居多
岁月的打气筒总不饶人
将彼此走型的肉身充得肿胀
此刻我们斜依宽大的躺椅
半斤五粮春已将情绪调至盎然
双脚插入滚烫的木桶
朋友说这是一天中最解乏的一刻
我们无言。昏暗的灯光
晃动着两张年轻的脸，如此陌生
我感到一丝悸动
朋友呼呼睡去
每天都有许多人打我面前走过
我并不在意
就像朋友常常不请自来
如此平常的一天
我从没有想过我遇见的每一个人
其实都很偶然

2016 年 10 月 26 日

# 韩新东的诗(2首)

韩新东，1963年生于山东海阳，现居合肥。著有诗集《一支竹笛七个孔》，散文诗集《另一种恋歌》等。

## 和苹果有关的回忆

铺满阳光的林子很温暖
一条小路静静走来
一直走到静止不动的脚下
面前的塑料布上
放着一只苹果
一口一口地残缺下去
这种吃法确实缺乏味道
一只苹果分成四瓣
似乎吃每一瓣时
便有每一瓣的味道

吃第一瓣时我想起儿时
母亲是如何均匀地把一只苹果
分成四瓣
把母爱均匀地分给四个孩子

母亲是一只苹果
嚼了半辈子
依然觉得那味很甜很甜

吃第二瓣时
想起和第一个女朋友的交往
总把苹果一分为二
一点不差
两人共一个心呢
其实苹果还是苹果
虽然共着一个心
(后来那半只苹果被我呕吐出来)

吃第三瓣时
阳光晴朗
我想我的妻我的孩子
苹果还是切成两瓣
孩子一半
另一半又被分成两瓣
一瓣大　一瓣小
妻捡了块小的
妻像这苹果
除了给孩子给我之外
所剩无几呀

吃第四瓣时想起自己
尚未品尝

我和苹果却浸泡在阳光里
还不知是甜是苦是涩

我站起来
向林子外走去
路仍停在原处
正像一只被切开的苹果
再也无法合成一个
回忆总是在某一片生活的林子
不会出来
因为路停在原处
难道还要我走回去

1989 年 5 月

## 桃

它不是开花的树
可它却一样地开花。结果
好多树都开花
可没有都结果的好多树
可能就是长在自家小院的角落
你根本没有多看过它
该开花的时候
它默默地自己绽放。不舍昼夜
该结果的时候
它可劲地长。释放出最大的地力

然后。风吹动时
它躲在桃叶间闪闪烁烁
然后。快成熟时
它躲在桃叶间羞羞涩涩
捧着它。毛臊的香气爆发在鼻尖
咬开它。通红的甜蜜震颤在齿间
也不知是谁摘下的你
从枝头到心头
更不知是谁种下的你
从昨天到今天
桃。中国式最古老的甜蜜
结在自家的院子里
结在种桃人每一年的希望中

2016 年 6 月

# 许泽夫的诗(2首)

许泽夫。著有诗集《深沉的男中音》，散文诗集《断弦之韵》《牧人吟》及长篇小说《信仰》等10部，获冰心散文奖、安徽散文奖、中国天马散文诗奖等。

## 八百里

我测算过了　亲爱的
我们之间的距离是八百里
等于四千千米
也就是四万个一米
也就是四千万厘米

我不需要
马踏飞燕八百里加急
我只需在这爱情隧道上
爱你
让我一厘米一厘米爱你
让我一厘米一厘米想你
一年蚕食一厘米
四千万年后
我们就可以深情接吻了

我知道
八百里之外
你在等我　并谋划
四千万年之后
我们的幸福生活

2012年9月

## 其　实

其实我俩的心
只隔着一层皮囊了
一张薄薄的窗户纸

我真的担忧啊
挨得这么近
抱得这么紧
爱得这么亲
两颗年轻气盛的心啊
会不会慌不择路
穿破纸窗

2012年9月

# 俞昌文的诗(4首)

俞昌文，网名7伯，安徽六安人，现居合肥。

## 早晨，我写了一首诗

从床到阳台有3步的距离
到卫生间有7步
要是走到另一个卧室的窗下
要走十几步

我做了一个起床的姿势
很不标准
甚至这只是一个假想的动作

这样的一个早晨
没听到下雨的声音
天的颜色会不会很晦涩
或者闷热

只是记起
荆轲刺秦王前也像这般

精准地计算过步数

我在想
一年后　我会不会也变成一个诗人

2017 年 8 月

## 狼崽子

和 3 岁的儿子练对打
儿子不敌
再战
儿子换个战术

我钻心地痛
捂住裆部使劲地跳
儿子很得意

我拉儿子到卫生间
儿子看到鸡鸡出血了
儿子说不对起

我说
以后再打架不准咬人了
我说
以后再咬人也不准咬人家鸡鸡了

儿子不知道他老爸二十年前就是特警

2017 年 8 月

## 老王说

2007 年
那一年老王写了一首诗
拿给李二狗看
李二狗是师大文学系诗社社长
二狗说，你写的是什么玩意儿
狗屁不通

就在今年的前些日子
老王写的那首诗获了诗坛金奖
署名李二狗
二狗发表获奖感言时说
“我做得很不够，今后还将加倍努力”

别人谈起这件事
老王很开心地笑着说
谁叫俺是二狗他爹呢

2017 年 9 月

## 老　兵

他说昨晚他又喝多了
今天睡了一天
他说都这个年纪了平时很少喝酒
可是老伙伴聚在一块就不能少喝

参加对越反击战那一年
他还是个毛头小子
7个月的猫耳洞
他还算是幸运的
很多小伙伴们一下就没了
可他一个部件都没少
只是落下了失眠这个毛病

他说
和这些老伙伴们聚到一块儿
我能少喝吗

2017年9月

# 邬云的诗(2首)

邬云，笔名安子、路漫等，70后女诗人，大学期间参与创办白鲸诗社。

## 门

身后就是破碎的声音
绕过玻璃的陷阱

门平时就高高在上
在阳光底下
明晃晃地
拒我于千里之外

总是刻意地对自己说
这些高举的意志
这些坚实的道路和条条框框
限制不了什么

想说　又怕说出就不见
因此这么多年

总是格外沉默

进进出出的门
不染一丝纤尘

毁灭的一日
来得这么迅捷
脆弱的灵魂
来不及出逃

一块玻璃猛烈追逐
撞破一扇门又一扇门
终于　回到早晨

又一块玻璃滑落，粉身碎骨
这是门的爱情
玻璃的仇恨
一切与伤口无关

2012 年春

## 谶　语

微微开启的边缘什么也看不见
唯一飞奔不停的只剩下时间
黄钟毁弃，瓦釜雷鸣
少女躺在乌桕树下
矢车菊开得正旺

麦茬掠过窸窣的裙裾
荒草野藤，压倒了石碑
错觉没得到修改转瞬即逝

一边是疯狂克制一边是平静温暖
在一个世界受伤害
到另一个世界去疗伤
自由好像一种弧度，弯起来
其他一切微小又好看的弧度
嘴角上扬的弧度
脊背线条的弧度
天空蓝起来，山脉稍淡
起伏着抽动着
随梦流进了蓝色的深处

纯粹的蓝，微微有层次感
能分辨出高低深浅远近和强弱
其余部分都暗进去，想象得到和想象不到的景致
台词是活的，布景不变

普林斯顿的冬夜很静
雪覆盖着积木似的房子
夜　很年轻
落叶是故乡的日记
所有词语都生锈

2017 年 12 月 28 日

# 余子昧的诗(3首)

余子昧，80后，安徽合肥人。安徽师范大学江南诗社第26届社长，淬剑十大女诗人之一。

## 没人写信的年代

在没人写信的年代
收到一封信
就像听见一声燕子叫
信从江北来
秋天傍晚，送信的人个子不高
他骑摩托离去
让我想起好几部老电影
信里无大事，只有离家的亲戚
生二胎的堂姐
开了一半的油菜花
我突然记起一个村庄
许多条田埂伸向它
小时候，很想给我梳头的小子
已经联系不上了
今夜我多想举起一把木梳

给小时候的我梳头
可这是没有木梳的年代
我只能找到针线，把信中的句号
一个一个缝上
江北的天气快要凉了
在快要绝迹的秋天拆开一封信
真的有一只燕子
穿过信纸
碰痛我的手臂

2009年

## 桃　园

四月，桃园尚好
我从金陵出发，途径弋江
足下的尘土
脆弱、矮小，落入小径
断脚的鸟，走走停停
一味乞求
像临河远眺的人
一看见五月
就病入膏肓
每每我想起，凹陷的断桥
落满灰白的鸟雀
漫漫江面
倾入玻璃的，平整的房间

我半截的身子是绚烂的
它从树丛里，射出光来
抵达暗处

2012 年

## 雪

大雪
雪，密谋而来，在江南的石阶上迷了路
昨夜它的气息，从纸上飘来
一跃而上，贴到月亮的梳柄子上
起床的时候，他试着召回
逝去的事物
叫醒君子兰，它酣眠，冻僵
又睥睨人世
如果你还叫君子？
他薄荷的眼睛点了四杯茶
嫩香的爪，专挑新雪的水汲
有鸟伏在来年茶树上，透过庭院的褐绿
教人洗手，开窗，注视熟悉的雪水
一枝梅壮着酒胆、火香
沿着木楼雪痕，爬入他的书柜

2017 年

# 墨娘的诗(2首)

墨娘，原名王琤。出生于南京，现居合肥。抵达诗派成员。著有诗集《城市的另一半在下雨》。

## 口香糖

当欲望被剥开　急忙用舌尖去感觉
咀嚼的过程前往天堂
最完美的内容不时咽进胃部
陶醉的表达偶尔在口外张扬地炸开
眼前散发的气味很像常见的爱情
唉　一辈子嚼也嚼不完的少年结
直到牙关疲劳的刹那
最后吐出的部分不是原来的名称
剩下的口感
也不再是初始的味道

2004年3月

## 城市的另一半在下雨

城市的另一半在下雨，而城市的另一半
尘土飞扬。没有人相信
城市另一半的真相
没有多少人会在同一个时间
经过城市的两个另一半
同时发现完整真想的人
常常是为另一半伤心的人
城市的另一半在下雨、穿过另一半时
雨区的尘土味更浓
夹杂着腥味

2005 年 8 月

# 力夫的诗(1首)

力夫，原名杨飙，1966年生，安徽金寨人，现居合肥。

## 正　午

两个风琴手，
背靠背，轰响
立于河水中央。

天空云堆聚集，
坠落，两个哑巴琴师
奋力演奏。

音响森林，
撑住了下陷的正午，
他们不能停下来。

风起青萍之末，
乐手浑然不觉，
云块在高处崩散。

天空，空了。
风琴澎湃浩瀚，
河道骤起狂澜。

两个路过的异乡人，
从孤竹皇廷音阶中叛逃，
曾誓言余生不置一词。

但是，这途中一劫，
他们高调出演，
破了首阳山魔咒。

崩山大乐洋洋如江河，
据说他们被巨浪卷走时，
还在拼命演奏。

伯牙临终长叹，
天下乐事，没有
一只真正安静的休止符。

1996年8月6日

# 冰马的诗(2首)

冰马，1967年生，湖北公安人，现居合肥。著有诗集《雪地上的血迹》《修辞》《挽歌的另一种形式》《冰马诗选》等。

## 欢愉辞

假设另有三个中产阶级从乐府里出来
各自走进袁世凯和黎元洪官邸
抱得美人，再穿过陕西南路
一路上有人挖坑，有汽车撞上路灯

假设另有搞油画的、搞摄影的和告密者
互相搂肩搭背，在秋色里打量阳光
他们看着楼价疯涨，又被釜底抽薪
然后把纸笔兑换成电脑，装了个有BUG的输入法软件

服务生一遍遍续水，茶汁慢慢淡下来
假设邻座那个老外名叫笛卡尔，或者康德
刚刚从和平饭店归来
安置西装的时候，一刀人民币落在地面

但是。
但是这么一个下午正在消逝
三个四十好几的男人，胖的、瘦的、刚刚好的
正在接近深秋的黄昏，正结账走人

1992 年

## 开口说话

她们打着手势，间或蹙眉，间或微笑。
我也听不见自己的声音

两个哑巴在我的某个身位里行走，交流
不是在地下，就是在出口

我不止一次地奢望她们
突然开口和我说话

1996 年

# 詹用伦的诗(2首)

詹用伦，60后，安徽合肥人。诗歌入选《中国新诗百年大系（安徽卷）》。

## 出警日记

出警时间：2017年3月18日19时19分
地点：安福食堂　天气：多云
死者：女，51岁

你“飞羽”的名字
把你看得很轻

现在，你买的芹菜
豆腐，安静地躺在更衣室
你只相信锅灶，相信热量
相信狭小空间里煮熟的饭菜

请捡起地上的血和脑浆
退回十八楼
请从十八楼退回同事面前

请从同事面前退回熙熙攘攘的菜市场
请从菜市场退回热气腾腾的家中

2017 年 5 月 7 日

## 野　火

弯曲光
就可以看到月亮的背面

我走直线
在铁轨的半边，另半边留给影子

可我心中有
旋涡，稻草弯曲的靶心

谁在放火？田野里青烟随风

我看到了火舌，结结巴巴：
“小，小，小……”
火势很大，是“小心的小”

2017 年 10 月 10 日

# 秦芳的诗(2首)

秦芳，又名银河望，70后。著有诗集《岸边柳》。

## 风吹故乡

狗蛋猫子二丫小妹翠儿
都外出打工了

小耗子在常熟当小老板了
二犟子在延吉做包工头了

猫子在城里买房了
琴子住镇上陪读了

西孤山被矿老板挖空了
村后千亩桃林砍光建水泥厂了

一阵西南风，一阵
东北风，吹过故乡

吹过故乡没顶的蒿草

老树上的鸟窝，摇摇晃晃

2015年7月10日

## 那好像也是我所看到的

我跟儿子聊天，聊阳光，春天
聊山川，河流，雨水
聊到，那年的那一天傍晚
雨住天未晴，等候公交车的站牌下
挤满了，下班的放学的
儿子的目光被人群中的一阵哄笑
牵向对面马路——
一个头发蓬乱、衣衫褴褛的人
正从路面上一处小小的积水洼
捧雨水，而饮
又一阵哄笑声中，他再转向
另一处，小小的积水洼……
初中生的儿子，从人群中走出去
从路边店铺里买了一瓶纯净水，送给
那个干渴的人，那个
只是人群中一个
混沌的人

2017年4月11日

# 凡非子的诗(4首)

凡非子，原名李劲松，1969年生，安徽巢湖人。著有诗集《大虎与蝴蝶》。

## 闪　电

没有谁！能看见我的动作
就像闪电
你看到的　它刚刚死亡

其实　我激烈地运动
在你尚未发现时
速度　内心的速度
已将裂痕贯满我的周身

现在　我把最后一个动作
摆在天上
之后　是黑夜和
比黑夜更黑的眼睛

光　聚集在运动里　紧紧地

让星辰出现前
人　影　显　现

1989 年 8 月

## 瞬　间

一滴水珠　就这么一滴水珠
挂在屋檐下

谁也不清楚它能不能落下来。

在它未落下来之前
九头牛　对！九头牛
也拉不下来
随你怎么拉

现在它就要落下来
正在落下来
我同样知道
九头牛也拉不回去

1990 年 9 月

## 现在，我所看到和认识的树

荷兰人凡·黑丁在诗中写道

“树把不重要的都露出地面
并且举向半空”

而现在　我所看到的恰恰相反
在林场砍伐木材的
日子里
根越扎越深
意志　精血　气力
一同在山石与山石之间隐藏
在山坡的向阳处　露出
新的头发　眼睛　和面庞

那样的情景令人群诧异。

原来的树　手高高地举着
托住
风暴　疾雪　黑暗
坐在集材场的木头们中间
我和伙伴们　凝神不语
向阳的坡地上　那一片树的大手
搅动天空　发出
闪电和海水的声音

1992 年 9 月

## 杭州半山安贤园，读司徒雷登

燕园草木长，他乡即故乡

我听见，他正在卸下象征[①]的枷锁
回到杭州耶稣弄堂，银杏和榉树下的异国童年

在花岗岩里安身的人
终于把13年的半身不遂和失语症还给了这个沸腾的世界

因为他　已不屑于奔波和言辞
——甚至母语

2016年6月

①毛泽东在《别了，司徒雷登》一文中把他作为“美国侵略政策彻底失败的象征”。

# 陆新生的诗(3首)

陆新生，1969年生，农民，草根级诗歌写作者、摄影爱好者。

## 小妹从田埂上走过

小妹总是微笑着
从田埂上走过

小妹从田埂上走过
花就开了　麦子也青了
她那满头青丝在风中飘摆
像成熟的玉米棒上
一束威武的缨穗

丢下锄头就拿起镰刀
丢下镰刀又拿起锄头
在镰刀与锄头的碰撞声里
小妹晶亮的眼睛和柴瘦的双手
仍在渴望　握一握
书包

小妹还是微笑着
从田埂上走过
花儿谢了　麦子也割尽了
她单薄的身子和手背上
一道道田埂似的裂痕
一直抽打着我的心

我的小妹微笑着　从田埂上
走过去了……

1990年3月

## 在麦苗地里教中学生锄草

苗草不分的孩子们
不要急于挥动手中的锄头
在麦苗地里锄草
你的眼睛切勿左顾右盼
那些极善伪装的家伙
狡猾得比你们教科书上的
狐狸、鬼子、汉奸
还要敌人
你要一只手在前一只手在后
牢牢地握紧锄柄
两只眼睛
紧紧地扼住杂草
连同它们负隅顽抗的根

并且　在有风的时候
你须格外小心
杂草们总会顺着风势
钻进麦苗怀里
叫你欲锄不能欲罢不忍
要知道　稍有不慎
就会有麦苗流血牺牲

在麦苗地里锄草
记住　最重要的是
要有
明亮的眼和心

1991 年 4 月

## 用铁锅做饭

用铁锅做饭
这是我们乡下人
绝不更改的老传统
这使我们乡下人
血液里从不缺铁
并且　慢慢地
我们就养成了一种坚强的性格
和战天斗地的精神

我们把白米倒进铁锅

把田野里风风雨雨
把从种子到大米的全过程
倒进去
木质锅盖下面
我们农人最深的心愿和最重的叹息
就任铁锅酝酿了
铁锅总会缕缕不绝地捧出
那种直钻肺腑
蕴藉心灵的情意

用铁锅做饭
的确很香
城里人也这么说
可他们却品尝不尽
苦尽甜来的正宗滋味

常常在我们用铁锅做饭的时候
屋顶上一柱柱炊烟扩散而去
让我们远在城市的兄妹们
远远地瞭望

1992 年 4 月

# 李远波的诗(1首)

李远波，1963年生。著有诗集《8的自白》。

## 观察麻雀的十种方式

### 一

麻雀很小
整日在天空忙碌
除了生计
好像还在忙些别的什么
飞呀　飞
就像我在人生途中
追赶一个又一个泡影

### 二

麻雀
啄着田野上散落的稻粒
啄着这一颗
想着那一颗

类似于我有一段时期的心境

三

麻雀飞快地落入草丛
像一块从天空砸下来的石头
跑过去寻找
连鸟的影儿也没有
由此而生的种种失望
统治着我

四

一只麻雀飞过
渐渐缩小
眼睛里一粒灰尘

五

青霜锁道
人迹稀少
而我此刻走在寒冷上
凉意从脚心到内心
此刻一般不会有麻雀飞动
一只只麻雀
仿佛身后足印……

六

麻雀没看见
乌黑的枪口此刻正指向它们
一声枪响
一个同伴应声而倒
其余哗啦惊飞
黑压压一片
遮住阳光

七

我亲眼看见
一个穿白大褂的家伙
剖开一只麻雀的胸膛
他熟练地解剖麻雀
如同解剖自己

八

人类有一种理想
永远不可能实现
除非地球上
只剩下麻雀

九

陈涉早就在
西汉的田野上感叹过

燕雀安知鸿鹄之志
可麻雀深领其意
不再想量一量
天有多高
地有多远
我如今也如同麻雀
无论怎样在天空飞翔
最终还要落在地上

十

将一切置之度外
连同麻雀

1993 年

# 时红军的诗(2首)

时红军，江苏睢宁县人，现居合肥。主要作品有《黎明的红帆》《蓝雪》《爱的小岛》《花示》《乐土之碑》《天之眼》《擦痕》《为了明天的太阳》等。

## 虞姬墓前，祭辞迟到

### 女人与军歌

一个女人。一个女人用她仅有的最后一曲
怆凉呜咽
为一支行将覆灭的军队谱写一支
悲壮军歌

将士们，兵卒们。步伐如崩泻的陨石雨
敲打曲折的旋律敲打张良玉箫的节拍
义无反顾地朝着普鲁东的疆域
庄严进发

地狱之金门哐啷坠地
一十八座城头一十八面霸王旗

飘扬，飘扬

乌骓马傲立船头仰天长嘶
军歌的余威疯狂拍打乌江大堤
一束马尾折断如战旗。给后人
做一万根弦。把一堆零乱历史
组装成司马迁幽悠的胡琴。于是
刀枪撞击出美妙的和谐
哀号与呻吟悦耳如婴啼
封缸酒醉倒一代代诗人
眼镜片与瞳孔朦胧为一体

呵，一个女人。一个女人最后一曲呜咽
谱写的一支男人的军歌

**无花的坟头**

这座坟头，竟没有花
冬天没有花夏天没有花秋天没有花春天
也没有花。啊！花呢

最美的一朵野蔷薇猝然凋谢。凋谢在
不该凋谢的季节。凋谢了
两千多年。两千多年后
依然没有哪一朵花敢在她面前
卖俏

她美。她美让血肉横飞的战争而绚丽多彩

她美。她美让霉烂的历史也芳香可餐
她美。致使刘邦终没能够
用一统江山换一分灵魂之乐土
《大风歌》主旋易辙

这座坟头没有花。没有花的坟头依然有
蜂翩翩蝶翩翩

**微笑的青龙剑**

她的手轻盈。轻盈只能
摘取琴弦上悬挂的果实
霸王的方天画戟常与蚊蝇们浴血拼杀

她的手温柔。温柔抹不掉眼泪
泪珠泡馊了脂粉而成晶莹琥珀
霸王唯自己去舔战袍上的血渍。舌头麻木

忽然在那一个黄昏。她的手
特别有力地卡住历史的脖子
为冗长的战争打一个句号
为英雄们史略打一个句号
为狞笑为咒骂为嚎叫为呻吟为誓言为哀求
为烦躁的失眠为喧嚣的鼾声为善意的唠叨
统统打上句号

严肃的青龙剑终于微笑。微笑的青龙剑
沉稳地拥抱粉白娇羞的喉管

女人伟大。伟大之于力
力潜藏于弹性的丰满

**虞兮奈何　姬耶安在**

虞兮奈何。你我之祖先
不是亚当夏娃
孕育不出罗丹雕塑不出东方断头的维纳斯
土里土气的神农
只会翻耕土地只会栽插秧苗只会堆砌坟墓
坟墓星罗棋布图案精美成
八卦阵龙门阵天门阵阴阳七星阵
坟墓丰腴如母猿的乳房
日月因吸吮过多而光辉凄冷
既然你不愿攀缘生活之藤
就只好去拥抱地下之根
你我之祖先不是亚当夏娃而是神农

姬耶安在。乡亲不识教堂
故乡遍布庙宇
庙宇拒不收留蒙娜丽莎
四壁皆为钟馗之包厢
皇帝尊为万民之父却强颜去捋钟馗的虬髯
唯钟馗能对付阎王训练有素的鬼军
鬼以惑人为业钟馗以鬼为食
达·芬奇，安格尔，徒劳排队
缺少领取一份施粥的资历与功勋
故乡多鬼多庙宇而无教堂

虞兮奈何。姬耶安在

**帐篷里**

我的头顶坟的头顶忽然停留一片云
云，宽大而浑厚
风的利爪抓得太阳泪流满面却撕不破
这云

于是，荒原上竖起一座帐篷
帐篷里牛粪马粪热烈絮语
借火的光亮我为她缝合颈上的伤口
伤口
渗着殷红如盛开的黄山杜鹃

是谁立于门外。山岳的躯体饿成一架柴
乌骓马瘦成一条狗
戟也锈了。一条鳝鱼的脊椎在衰草里打抖
唯铮铮虬髯依然哗哗作响混杂嫉妒与感激

我不忍揪他嶙峋的肩头
这暴发户为什么没顾上
在夺得千百座碧绿城池的空隙为情人
搭一座小小的帐篷
垓下之土不仅仅能筑战壕与墓道

他走了。许是去摆新的鸿门宴

我留下。任妒恨与诅咒随云而去
她醒来不再孤独
她醒来不再孤独

1989 年 5 月

## 走　路

小时候，
我用膝盖走路，
整个世界
都对我微笑。

长大后，
我用腿和脚走路，
人间啊！
这么拥挤，
让我常常难以立足。

而现在，
我用心走路，
路，很宽很宽，
可我，却十分孤独！

2005 年 7 月

# 蓝角的诗(7首)

蓝角，1964年生，安徽和县人，现居合肥。1985年开始诗歌和其他文体写作。公开出版了诗集、随笔集和散文集等。

## 鬣狗传

门前的流水。有多少数不尽的伤心事
楝树。刺槐。六月弯曲的梨木之手
因为遗忘，更加模糊。十七号是它的忌日
在第三座桥的石墩下。而它是无语的
庐州与北上的路标也是无语的。鬣狗
卷成了一团。千年只是一梦。隐秘的呼吸
少为人知。城郊结合的边缘——吸烟汉。贩鱼客
怀着孕的新娘。他们突然出现在
沙颍河发涩的波纹里。水越来越可疑
如同不远处的淮河。有人在经堂里颂咏母亲
“呵，俺娘！俺娘!!” 那夜吐出的血已经发白
它学会面无惧色。一条路通向已知的黄昏
花鼓灯。剪纸刀。咚咚作响的送葬锣鼓
——刀刃上的江淮景色。就像故乡一字排开的
无端盛宴。被涂抹着陈年的气味。表情

和悲喜交替的不同颜料。谁的脸
是乌鸦的脸。蟾蜍的脸。或者就是它的脸
多少谎言与真理。倾倒在河中
没有声息。也计算不出承受与反抗的长度
八里河小学。生物书在水里泡了三天
一场暴雨带来陌生人的中年。它可逆的履历
被反复验证。却毫无根据。一辆无牌照的农用车
停在初夏的北方。锄头雪亮。上面直立着再生的麦季

2006 年 4 月

## 蚯蚓本记

为时尚早。天刚擦黑。灶火尚未冷去
此刻。一个段落。紧跟另一个段落
一生如此写成？它问它的左眼。左眼的
另一只眼。世界混沌不堪
但可能是全部。一根断裂的铁链就是它的全部
夹裹着路上的清明。线装的古籍。翻来覆去的股市
黏稠不清的地方——风雨在涌动
仿佛新世界的心脏。外出的人群在落荒的井中
却镇定自若。纹丝不动。所以不只是一只手
不只是一只手里噼啪作响的雪白刀刃
日历在时间里发黄。沦陷。江山一夜如新
无法涂改。不需政变。泛着隔世的薄荷味道
重复与生俱来。星期一不许田螺回头
这便是风水。缔造一切又任由它毁灭

疼痛那么细小。微不足道。七八回撕裂后它重新
长出了性命。肉体通红——再美的宫廷
不过是梦之监牢。受虐者。迎面黑漆漆的嚣张枪管
伸出的目光。被卸去眼瞳。周遭布满蜘蛛网
生长的声音比泉水沉重。四月。雨中的白雾
一泄万里。群山长出不同的蝴蝶与翠绿
也可能长出一条无法预知的通往黎明的河流

2006 年 4 月

## 麻雀殇

专制者。活在自足且虚荣的地方
乌鸦的争吵　落满屋檐边拥挤的阳台。
一只麻雀飞来了　很快会有第二只
更有可能出现第三只。
质问的时间太过长久。它们板起的面孔
犹如人间铁幕。心底有太多的无辜
看不见对存在的疑问和赠予世道的悔恨。
它看着他慢慢晨起　更衣　不停地洗漱。
全部的过程。如同一只麻雀飞来了
接着会有第二只　再飞来第三只 。
严丝合缝。环环紧扣。无须另外的纪录者
也不必证明过程中呈现的颜色与温度。
有谁说　他是被无意破碎的咖啡杯。或者是
空白屋里拉直的一根实心绳子。
而聚集的乌鸦　一生注定荣耀的事业

理所当然的狂欢。发出声声尖叫。
它。它。还有它——被鄙视的麻雀
仅因为他　又一次站在虚空的位置上。
风轻轻吹动窗帘。也吹过玻璃窗。苹果梨
风轻轻吹动空荡荡的北国春天。

2006 年 11 月

## 空蝉说

一条河流的诗学是模糊的。晃动的话语
近似无知者苍白的辩论。在淮河的入口处
满枝的梅子忽然没了恩怨。突如其来的暴雨
仿佛白头翁的前世。路边猜疑的叫声
正一点点发黑。一个人缥缈的出生无须对证
世界——许多个不知姓名的码头。因为心跳
重装待发。透明的仲秋夜。玻璃瓶上浮现出
苍狗的双眼。婴儿噎住的哭有着惊世之美
在十月的晚上。有一种遗忘被反复想起
啊动物们。快一点起床。快捡起愤世的抓挠撕咬
拿起你们的木棍和充满腥味的青春
啊动物们。披上兽性的尖叫。咬紧灰牙齿
和亡灵一样救赎充满妄想的沉醉国度
一切原是空的。一切原是散发腐味的千年棺木
孤零零地悬挂。被侵蚀。没有一只手
能够得上去雕琢和装饰。也没有一只手
像水车一样吱吱呀呀唱歌。一只蝉。像一群蝉

蜂拥而至。密密麻麻。无穷无尽
它们就是全部的河流。看不到起点
不愿诉求另外的终结。一只蝉。像一群蝉
来了。全部来了。月亏时节　小雨纷纷
它们出发了。在无名桥上。在灯火熄灭的蜘蛛网中

2007 年 1 月

## 鲸　色

它遭遇着它应过的生活——悲伤的
昏迷不醒的太平洋。乌贼正变味
珊瑚已毁灭。它遭遇着秋日的雷雨。闪电
比生更快的速度。鸥鸟哭喊连天
海水波澜不惊。死亡是新的——沉默的海沟
犹如四季的天伦。它一直遭遇着未知的开始
在万物的欢场。海豹步步紧逼
鲨鱼挥舞斧头。那么多的壮士
只是大海的暗器。来一个。不见一个
看不见岸边的礁石。也没有生命恒久的坟场
它遭遇着没有结局的喜剧
脸孔是昨天的脸孔。但履历一页页撕去
——它，遭遇着辽阔的无声世界
有什么存在。就会有什么毁灭
蓝色深不见底。苍凉的云朵。过往
一阵阵列队行走的飞鱼。大海的前生
只不过此刻眼底四处逃散的雨滴

2007 年 6 月

## 虎狼行

没有终点的出发。就在黎明逃遁的雾霭里
沉默。呼吸。发黑的血色执着于自己的沦陷
短暂的光明里　谁的绝望与生俱来
而一切如此生动。不需记忆便可回想身体里的
千吨愤怒。多少祷告和梦语。就有多少
野蛮诗歌的第一行。流淌的液体
可能是水。可能是腐朽的尸具。或者是忘乡的
稚拙的盲语。地址被反复涂改
山峦倾覆。盖着同质的落叶和花蕊
一声声叹息让匕首呈现出末日之美
出发。出发——从淮河向着城的方向
途经废弃的宅基地。甘蔗林。失控的林荫大道
出发。出发——遍地的田野与矿山
吞咽着眼底下冰铁的冬季。也吞咽着
虎狼伤口溃疡的这一刻。一次次没有终点的抵达
一场场预知的阴谋。无与伦比盛大的屠杀

2008 年 9 月

## 黄鹂:元年

经历几个中年。他才不让黄鹂
飞进渐渐发白的胡须？在安徽的某地
河水逆流而上。陌生的来者

被弃婴当作爹娘。一张脸有无数个面孔
有时它叫流放。有时也叫作
故乡。茅草屋一排排的。路边泛灰的土菜馆
里面摆放着青椒。草鱼。不再司晨的公鸡
公路一直向南。仿佛命中注定
不远处的湿地。满坡的白鹭一如天空的发屑
道路因是道路。总是危机四伏
他不想移步。就像鼓楼里雪藏的经书
挣脱开必然的元年。每一天的黎明像在重生
五月的栀子花。一点点白。开放着善良
也开放一个个苍凉的绝望与虚情
卖番茄的老人有着不变的叹息
这是又一天的开始。人群黑漆
遮掩着没有答案的哀求与众生的宿命
另一个自己在独自鸣叫。仿佛父亲手中的老玉米
一瞬间有了相反的归属——金光闪亮
坚硬如铁。来去无踪。你我不可逾越

2009 年 2 月

# 袁超的诗(5首)

袁超，1964年生，安徽巢湖人，现居合肥。中学时代开始发表诗歌，1981年至1985年在安徽师范大学读书期间，曾担任江南诗社社长。

## 一种理解

这是台阶
存在于感知的院围
在门前
在矛盾中显现

将黑白显现
把性格显现出来
那白的是刀子
黑的是吞吐刀子的鞘

这时月光伸来
用手握住一切
这时夜的隐身人
从墙上飘下来

一场自身的决斗
谁能调解
是风
还是平静

台阶无法回答
一条路
在杂草丛生的目光外
走出来

1983 年 9 月

## 青弋江铁桥

用粗犷有力的臂膀，拉紧
南
北
两岸，列车载沉沉的重量
来往、来往……
就这样，你一动不动
任岁月
　　在桥下流淌

不会沉沦，当
一切进入寒冷的夜色
咬——紧——牙——关
明净的月光刺激着

你不屈的筋骨，仍
铮铮作响

呵，白昼终于来临
为你镀一层神圣的曙光
你，便以特殊的
性格和结构
在茫茫的生命之河上
架一个字：钢！

注：青弋江系长江的一条支流，源于皖南山区，从安徽芜湖注入长江。

1983 年 12 月

## 面对飞驰而来的世界（三首）

### 新世界交响曲

这声音是强大的、有吸附力的
像年轻英俊的男性嗓子里发出来的

这声音能喷出红色
像我们寄以希望的太阳那样
这声音能吐出绿色
像我们寄以渴盼的草坪那样

这声音能造出
钢的颜色、铜的颜色、水泥的颜色
乃至我们寄以幻想的天空的颜色
这声音能碰撞出我们所需要的一切颜色

它在我们的瞳孔里久久地发亮
它在我们的鼻腔里发出浓香
它在我们的唇边寻找着知己
它在我们高耸的前额和头发上
回响，像嘹亮的歌

这声音是点、线和色块
组合的立体
一个永远运动永不衰竭的立体
这声音是圆号、黑管、定音鼓
是吹奏乐是打击乐是它们汇成的浑然天成的
交响乐，使麻木的心灵震撼、苏醒
这声音以其天性
扫荡那拽住我们腿脚的沉重的阴影

呵，二十岁！二十岁的我们
是一群稚气未脱而虎虎有生气的男性
是一群温柔恬静、柔中带刚的女性
是一群富于叛逆富于牺牲精神的青年
乐于让未有的事物
在我们的躯体上得到充分的验证

来吧！来吧！
旋转的、直射的、尖角形的、椭圆形的
带有建筑的结构与因素的
带有破坏力与创造力的
神圣的声音，什么也不能把你隔绝
一切都是短暂的
而真正永恒的使我们耳目一新的
只能是你
我们从未聆听过
又日夜在聆听着的你的声音

## 天使号

这小小的球体上掀起的一层层浪潮预示着
预示着天使号
就——要——到——来

谁也没有见过
因此能任意地设想
它正在它的航线上向我们
驶来，日夜兼程
它会带着令人惊骇的外表到来
它会带着无比美好的智慧到来
像一位天使
不是从发黄残损的古代神话里可以找到的
不是从单调复沓的现存事物里可以寻得的

它就是它自己
谁也没有见过

但不代表没有
在它没有到来之前谁都不会承认
但它在另一个地方悄悄地和我们并存着
开始是一束光的放射
然后成为星辰成为一颗遥远的生命体运动体
闯入我们的太阳系

欢迎你，兄弟
我们的星球震撼着
用它海水的掌声高山的敬礼和森林的瞩目
欢迎你，天使
让成千上万、成群结队的人们
像孩子般蹦跳着
到天空去迎接你，迎接一片
向我们飞驰而来的新域

天使号，就——要——到——来
其实，它早已在我们的大脑里航行

## 摩登时代

厂房林立、机器轰鸣
黎明，一群群白鸽子在建筑群中穿行

每条街道每辆行车甚至每个步子
在这计算机控制的时代，成为
流——水——线

世界像一台巨大的机器
运转，吞噬时间也创造时间

打上你们最喜爱的领结
穿上你们最美妙的花裙
姑娘们，小伙子们
你们，这钢铁骨骼、水泥肌体城市结构中的
一片绿荫，用辛勤的汗水
浇灌你们脸上
那永远盛开着的花朵

这摩登的时代，让我们制造的工具
替代我们的双手表达我们的意志
从繁重的劳作中
解脱出来
人呵！该献出自身的才智与时间了
去不息地探索去不息地创造
去不停地革新去不停地发明
这摩登的时代，并不遥远
让我们成为速度
撞破过去
让我们成为速度
冲向未来

这摩登的时代就在眼前
让我们用不衰的精力，去战胜
这成百上千台钢铁和混凝土的巨兽
像主人一样驯养、指挥它们
而不是它的零件、齿轮，也绝不会
是自己没有灵魂的复制品

厂房林立、机器轰鸣
流水线。一群群白鸽贯穿在黎明的上空

1984年7月

# 查结联的诗(6首)

查结联，1963年生，安徽怀宁人，1985年毕业于安徽师范大学中文系，是20世纪80年代大学生代表诗人之一。著有诗集《赠你一块蓝天》《时光渡口》。

## 搁浅的船

悲哀的不是我
是支撑我的绝望

昨夜的风暴
掳去了我的帆桅
掳去了我远航的夙愿
我成为悲苦的残者
平素和我相依的鱼儿
今天也远离了我
真羡慕它们
羡慕那个可以自由驰骋的世界
我所有的一切
现已全部丢失
丢失在我辛勤了一生的领地
海浪的召唤不能拽走我

海风的温情不能安抚我
我是一个无用的残者

一个被风暴击败了的昔日的勇士
然而我仍向往
那惊心动魄的搏斗
那胜利者的兴奋
那只要经历过一次
就永远不能忘却的苦难

1985年10月

## 晚　夜

想哭就紧紧地咬住被角
既然自诩是男子汉
就该永远和哭泣绝缘
如果无法忍受
这样的夜晚是最好的时机
被子会隐藏所有的秘密
天明昂首挺胸走上街头
别人不会知晓这一切
“叭嗒”“叭嗒”皮革的声响
仍旧证明青春气魄
声调高低抑扬起伏跌宕
依然掷地有声显示刚劲
晚夜真好难耐也变得美丽

晚夜属于你我同样属于他
晚夜属于每一真实而亲切的世界

1985年10月

## 孤　独

墙壁真可恶
你直想推倒它
可除了打碎窗上
脆弱单薄的玻璃
其他一切你无能为力
将门一甩
大街的噪音即刻包围了你
只得掏出钥匙
重新进入那可恶的
墙壁合拢成的肚皮
无可奈何地叹口气
继续和香烟亲吻
这老朋友还够哥们
时刻都会亲近你
在烟雾的淡蓝中
你和台灯对话
台灯却毫无道理地
狠狠咒骂你一顿

1987年6月

## 病

语言仿佛也历经过漂白
和墙和床单和蠕动的人的形体
甚至容纳针头针管的器皿
毫无二致
白嫩的手指弹跳着
于我发霉的肚皮
感受那看不见的征候
病历更是苍白得一尘不染
墨黑的横杠粗暴伸展
将我无法辨认的秘密
交付同伙
剩给我的只有刻骨的憎恨
没有他们，也许
我不会沦落如此
走出令人窒息的白色之门
我没有回首
听诊器是什么玩意

1988 年 6 月

## 偶然效果

观你背影的悠闲
我记取某部电影或某部小说的某一细节

毛瑟枪那巨大的威力
使我很想现场一试
几步悄声上前忽高喊
不许动举起手来
你索索抖动的双腿
令人怀疑这脆弱地壳
是否正进行某种衍变
连你头发的梢头
也在显示那彻骨的慌乱
其实毛瑟枪锃亮的扳机
离我不知尚有多少里程
你脊背上的强硬
只是我一时精力充沛的拇指
为使效应淋漓尽致
这家伙此刻大气凛然

1988 年 12 月

## 时　间

没有起源也无终结
仿佛一把锈迹斑斓的大锁
将所有陈旧或新鲜的记忆
统统封存
任何万能的钥匙
全都无法开启
些许意识的游丝

偶尔透过门槛的缝隙
游弋到潮湿的空气
使嗅觉灵敏者
略感不适
现实的或臆想的一切
在这锈味十足的窒息里
全都封冻成
一块僵硬的冰坨
千年万年不得风化

1990年12月

# 蒋维扬的诗(2首)

蒋维扬，安徽涡阳人，现居合肥。曾任《诗歌报》编辑部主任、主编。著有诗集《有情系我》《黄金国度》，散文集《北窗琐记》，诗论集《盗火者说》。

## 泥土的孩子

在另一个家里，
你也许正被保姆带着；
在又一个家里，
你也许还没断奶；
而在这个家里，
萝卜头一样小的你，
却要领起比萝卜头还小的弟弟。

谁知道是小妹还是小弟？
你们不分女孩男孩，
都有一样的童音，
一样的穿戴，
一样的发式。

欢喜地对坐在泥土的村道上，

玩着砂礓头、碗碴、陶片。
哭时，泪痕中粘着泥土，
笑时，口水中合着泥土，
呵，我可怜的泥土的孩子！

碗碴割破了指头，小弟哭了，
你捏起一撮泥土敷上，
还鼓起腮帮吹了口气，
然后拖着他到别处玩去了，
泥土里尽有你们的乐趣。

好，泥土的孩子，
你们暂且去吧，
我要给人民政府写封信，
为你们申请阿姨和玩具。

1981 年

## 顶荷叶的小男孩

顶荷叶的小男孩，
顶着一个火烫火烫的七月；
七月的太阳是个火蛋蛋，
灼不透一柄亭亭的小伞。

信手撑起一片阴凉的天，
罩着一个赤裸着的童年。

伞上的世界，他不去想，
伞下的世界，他便是王。

夏天，他的心老忘在水塘里，
娘的心老碎在水塘里，
一抹眼睛扎个猛子，
把娘的心又深深带进水底。

“又下水了？”“没，割草哩！”
肚脐眼露出一疙瘩泥！
大巴掌扇得屁股凉哟，
伞儿笑着，抖撒一路珍珠粒！

谁没有一个拖着鼻涕的童年？
再淘气，酿进母亲心里都是蜜。
谁在劝：“庄户人的孩子还是皮点儿好，
长大了，一准是个棒劳力！”

1982 年

# 韩瀚的诗(1首)

韩瀚，1935生，山东苍山人。著有诗集《寸草集》《阳春的白雪》《写在祖国的江河和土地上》，其诗歌作品《重量》获1979—1980年全国中青年诗人优秀新诗奖。

## 重　量

她把带血的头颅，
放在生命的天平上，
让所有苟活者，
都失去了
——重量。

1979年

# 刘祖慈的诗(1首)

刘祖慈，又名刘祖祺，1939年生，安徽肥西人。《安徽文学》编辑部编辑、编辑组长，《诗歌报》执行编委兼编辑部主任。959年开始发表作品。著有诗集《年轮》《我们是大运河的子孙》《五彩梦》《问云集》等。其诗歌作品《为高举的和不举的手臂歌唱——献给五届人大三次会议的颂歌》获1979—1980年全国中青年诗人优秀新诗奖。

## 为高举的和不举的手臂歌唱

——献给五届人大三次会议的颂歌

一

为扬旗般高举的手臂歌唱
为路障般不举的手臂歌唱

我的歌是一只云雀
从秋天的太阳下飞过
从高粱染红的田野上飞过
从人声喧哗的广场上飞过
穿过红色柱础的大理石柱廊

国徽笑了，通红的脸膛
闪动汗光和泪光

大会堂门窗洞开
八面来风
一齐在高举和不举的手臂间喧嚷
这是人民意志在喧嚷
这是人的尊严在喧嚷
这是庄严的道德在喧嚷
这是历史责任感在喧嚷
“同意！拥护！通过！”
或者果断地说
“不！我不赞成这样！”

我歌唱这不和谐中的和谐
歌唱面红耳赤的争论
歌唱肝胆相照的商量
歌唱义正辞严的质询
歌唱大胆睿智的设想
该说的就说，该讲的就讲
让党和国家的中枢
从善如流，择善而行
汇集人民的智慧和力量
这是一部新的交响曲
翻开了第一乐章

二

为扬旗般高举的手臂歌唱
为路障般不举的手臂歌唱

从前我们干过多少蠢事
想起来真够荒唐
例行公事，走走过场
在照例加印的地方
按上红色的圆形图章
一个永远说不透的象形文字
把阴谋家当成领袖
写进庄严的宪法和党章
在历史的胸膛上
烙下难以抚平的创伤

这不是有意耸人听闻
昨天，我们确曾这样
只瞅着天空的脸色
度测阴晴晦明雨雾风霜
我们好像生活在暮春的北方
穿棉太热，穿单又凉
灰黄的纱幔直立着
从天空和地上掠过
尘土遮昏了明亮的门窗
一张大字报，十年大浩劫
留下了穷困、慵懒、幻灭感
和特权与私欲的肮脏
群山啊，群山也沉默着
把自己为什么存在——遗忘

当然，我不是说

昨天一切都是弊端都是丑恶
我只是想说
今天实在比昨天强
因为我们有高举的和不举的手臂
出现在中国的风景线上

三

为扬旗般高举的手臂歌唱
为路障般不举的手臂歌唱

人民在讨论中大声说话
人民在会场上批评部长
“赞成”和“反对”这两个词
今天真正显示出分量

例如我们早就这样
我们就不会
在“放卫星”的年月，一夜间
把家乡的榆树皮全部剥光
我们就不会
遍地燃起冶炼的烈火
把希望和财富填进无效的炉膛

假如我们早就这样
我们就不会
看着彭老总遭受诬陷
却不敢拍案而起把正义伸张

我们就不会
容忍三千六百五十个阴暗的晨昏
无数优秀儿女残废和死亡

假如我们早就这样
我们就不会
听任我们的国家主席
赤条条被囚进幽暗的牢房
我们就不会
任刽子手割断张志新的歌喉
鲜血浇得大洼的野草疯长

我们好痛心啊
但不埋怨、不沮丧
更不焦躁和孟浪
我们要踏着民主和改革的鼓点
在大地上写下壮丽的诗行

**四**

为扬旗般高举的手臂歌唱
为路障般不举的手臂歌唱

人民有权利说同意
人民也有权利说
“不！我不赞成这样！”
我们鄙视肩着空空的头颅
等待别人来充填思想

我们也不容许在公文上“滚铁环”
让官僚主义者躺在卷宗堆里
把呼噜打得山响
我们不容许再出现范熊熊的死亡
不容许再出现渤海二号的翻沉
不容许再出现西水东调的荒唐
不容许盲从、吹牛和撒谎

赤字算得了什么
可怕的是对人民赖账
可怕的是听任封建的幽灵游荡
可怕的是僵化、僵化、僵化
僵化了，就一点也没有希望

相信我们的人民吧
这就是——相信我们的党
人民的呼吸会刮来春风
人民的心声会震醒黄河长江
有了人民
就有粮食，就有蔬菜
就有布匹，就有钢
就有电视机和洗衣机
就有汽车和电冰箱
我们就能消灭赤字
我们将永远年富力强

为扬旗般高举的手臂歌唱

为路障般不举的手臂歌唱
人民，是土地的主人
人民，是国家的脊梁
人民，是真正的太阳
让我们肩起人民民主的犁铧
去耕耘我们的每一寸土壤

1980 年

# 公刘的诗(1首)

公刘(1927—2003),原名刘仁勇,又名刘耿直,江西南昌人。主要作品有《仙人掌》《上海夜歌(一)》《神圣的岗位》《白花·红花》等。其中,《仙人掌》获1979—1982年全国优秀新诗(诗集)一等奖。

## 哎,大森林!

——刻在烈士饮恨的洼地上

哎,大森林!我爱你,绿色的海!
为何你喧嚣的波浪总是将沉默的止水覆盖?
总是不停地不停地洗刷!
总是匆忙地匆忙地掩盖!
难道这就是海?!这就是我之所爱?!
哺育希望的摇篮哟,封闭记忆的棺材!
分明是富有弹性的纸条呀,
分明是包含养分的叶脉!
一旦竟也会竟也会枯朽?
一旦竟也会竟也会腐败?
我痛苦,因为我渴望了解,
我痛苦,因为我终于明白——
海底有声音说:这儿明天肯定要化作尘埃,
假如,啄木鸟今天拒绝飞来。

1979年8月12日

# 淮南

合肥 阜阳 蚌埠 六安 宿州 滁州 亳州 淮北

# 曹汉俊的诗(2首)

曹汉俊，1956年生，安徽淮南人，现居海南，病房意识代表诗人。

## 老 鼠

你听见一种声音
知道不妙
细细地在四周搜寻了一遍
什么也没发现
你失望地看着墙角
墙角上有一个圆洞
这是老鼠啃东西的声音
很轻
但很脆
一点一点地啃
一点一点地吞食着
毫不厌倦
你疲惫地坐在那儿
听声音来自你的体内
你无可奈何
弄不清今天是何年何月何日

你回忆着
回忆着是哪一次的疏忽
让老鼠得空钻了进来
你把衣裳脱光
肌肉饱满结实
皮肤光洁明亮
没有漏洞
老鼠从哪里进去的呢
你想把自己翻过来
像一件衣服
翻过来抖抖
可是很难
只好不住地叹气
听老鼠在轻轻地细嚼慢咽

1986年4月14日

## 病　房

天花板很白
而你的身子
却如雨水浸泡过了的纸张
你有点不好意思
把身子紧紧地蜷缩
床头柜上放着几粒白药片
你随手丢入白色的痰盂内
然后听药片在里面叮叮咚咚地叫唤

你干这样的事已经第七次了
你不愿向医生说明
自己是一位诗人
白色的门晃来晃去
像女人不甘寂寞的屁股
一回
你误入了女厕所
被一群白色屁股臭骂了一顿
那以后你就一直心神不安
躲避着什么
上个礼拜四下午六点零一分
你骑着自行车
突然迎面一辆卡车
当时你就悟到了
这是不可避免的
你没有一点慌乱
甚至还想微笑一下
你再也不愿
提心吊胆地一天挤一天地躲下去了
你见到了上帝
上帝肚子受凉
正在吃力地拉稀
你一惊慌
与大便一块
从云缝间漏了下去
你看到床边斜竖着的氧气瓶
病房里气味符合你的思想

你第一次真正感到了安全
你不再想写诗
并且感到艺术
充其量不过是索密痛
它在叮叮咚咚地叫唤
你想睡觉
但一时又无法睡着
五号病床的那位年轻漂亮的女人
正在白色的被单下面小便
那阵叮叮咚咚悦耳的声响
让你难眠

1986 年 7 月 28 日

# 孙淮田的诗(11首)

孙淮田，原名孙怀田，参加过全煤系统第四届高级作家班培训。

## 习　惯

摸黑的路走习惯了
心里是亮堂的
从来没有过什么闪失
突然就这么亮起了路灯
眼前白花花的
什么也看不见
有人撞到白墙上
有人掉入臭水沟
很多人于是就骂
好好的装个鸟灯干啥

2003年

## 一根细钢筋穿透了苹果

一场暴雨

小街涨了大水

和我扯上关系的
是一根细钢筋，一只苹果

它顺水而下，穿上了货笆上的细钢筋
一只被人咬了一口，扔掉的苹果

大水退去了
它还在我的钢筋网笆上，我没有把它拔去
没有其他原因，我也没有多想

当时我只当它，又回到
苹果树上

2010年

## 风雪中的小雀

刀子从石头上划过
棉絮压弯了松
白茫茫的森林里，寂静得
仿若无边仙境，哪里还有一点儿
生灵的痕迹
连枝桠上的一只小雀
也一动不动：
“漫长的冬日里，又浮起了一个生命句号……”

我刚说出口
就被抖动在空中的翅膀
惊呆了

2011 年

## 挖荠菜

蜕去阴影
从冬日的楼群里出来
辽阔的蓝天、郊区、果园
果枝泛青，花蕾啪、啪、啪
打开润肺的香气，三五位乡村少女
低头、弯腰，单膝或双膝跪地
挖荠菜，也是一种膜拜
与不远处两只低头吃草的羊，没啥两样
羊抬头望了望，花丛里的笑声
天空有鸟飞过，它也是
在寻找，在回归

2012 年

## 苹果花开

画布上泼洒春光
青草是幸福的，暖风藏入绿波
蝴蝶是溅飞的浪花，快乐在果园

在旷野无边寂静的泥土里
泄露出村庄、河水、苹果树的心
一圈圈摆动，泛青，顶出花蕾
毛茸茸的嫩叶，白里透红的细碎粉花
一颗颗怀春的少女之心，她的印花布褂子
盘发上的插花，画布上的灵魂
清澈的微笑，天空
一抹愁云在飘

2012 年

## 寺

一棵松，是一座塔寺
一枚松果，是一只木鱼
一只松鼠在敲：梆，梆，梆
佛不在寺院，在松林里
夕阳是熟透的因果，也是
一枚舍利，大山早已修好暗道，和地宫
夜色漫上来，鸟雀有短暂的迷失，随后便放下了自己
我也找到了，布衣种菜、浇水的幽径

2013 年

## 野菊，抑或是我

——同题

草地，或坡上，独自醒着

对着月光，独自举起一盏盏酒杯

蛙声入泥，溪水清澈
落叶铺开画布，果树的呼吸舒朗
舒展的不只是天空的雁，我内心的光亮，正在打开

可以想象，来自季节深处的
酒香，在这寂静的一隅，是多么的纯净，多么的浓烈

喝下吧，远方的亲人
喝下吧，棉朵和桑地里的劳动
喝下吧，这深夜，银丝的钟摆，金丝的钟摆

喝下吧，我独自过小桥
漫步到千盏万盏久违的野气，喝下吧，大地的杯盏

2014 年

## 小菜贩

那个管理市场的临时工
一上午
拿了她两次菜
第一次是早晨，她赔着笑脸
第二次快到中午，她同样看着他
青菜、辣椒、黄瓜、西红柿……，装了满满一包
同样赔着笑脸，然后

一直到他的影子消失
才转过身，又正好一残疾乞丐
伸手拿了她一根葱
她的火气“腾”地一下，在一个更弱者面前
爆发了
她本能地指着乞丐吼道：
“滚！”

2017 年

## 一朵小黄花

她在黑丝绒布上绣星星、月亮
她也绣小黄花，她穿
黄马甲
她低头、弯腰，她的劳动
必须躲开车与行人，在昏暗的路边，一朵小黄花
不需要香气迷人，不需要大绣
她小绣，或者不叫绣
叫扫，她也没必要
把一朵朵夜来香，从她身旁扫开
开在比夜更黑暗的舞厅

2017 年

## 梨花开爆了

一朵梨花炸开了
又一朵梨花，被一根细枝举到了天空
一棵粗梨树举着众多的枝条，春光明媚，土地里炸开的
还有蒲公英、苦菜花……

一朵梨花炸开了
又一朵梨花是一颗小炸弹，溅飞了蜜蜂、蝴蝶、小蚂蚱
扔炸弹的就是那个农妇，梨花纷纷里，她若无其事地蹲在树下
弯着腰，拔草

2017 年

## 落日余晖里的一块碳

一块块矸石是一块块燃烧后的骨头
落日的余晖里，他从废墟中，扒出来一块碳

无非是为了三个小和尚头，退休后
他下到小井里，又被黑暗埋藏了十年，后小井也关闭了

无非是，他上来了，闲不下来
他还在刨自己的晚年，刨晚年的一小片私密空间

于是就有了新的发现，也无非是绿油油蔬菜连成了一大片

他像一块碳在里面，格外刺眼

亿万年深埋的谜啊，一双手一伸出
燃烧，就有了黑答案

2017 年

# 叶臻的诗(9首)

叶臻，原名叶有贵，1963年生，安徽宿松人。著有诗集《拾穗的王子》《开春大典》。

## 门 神

按照乡俗，我们把父亲抬到了门板上
父亲是躺在门板上咽下最后一口气的

门是桑木的料子，每年梅雨前
父亲都要给木门刷一次桐油

父亲下葬后，我们又把门板安装到
原来的位置，让门板恢复了门的用途

门板站起来的时候，好像父亲扶着门框
也站了起来。只是母亲在门里时
父亲却永远站在了门外

只是每次开门，门总要“吱呀”一声
好像在和母亲说着什么；只是每次关门

母亲总要摸一摸门框门闩
好像摸着父亲的五官

父亲去世十八年了，愈发陈旧的木门上
已被母亲的双手摸出了光滑的人形

去年清明回家，我替父亲给木门
又刷了一次桐油。月光之下
我看见光滑的人形，像一尊门神
还在守护着老家失眠的长夜

2013 年

## 一个人的麻将

第一圈：他摸到了一饼
他摸到了一颗化疗后的脑袋
第二圈：他摸到了三条
他摸到了三个夜间出没的影子
像钉子一样，钉在了指间
第三圈：他摸到了红中
一柄长剑，已穿喉而过
第四圈：他摸到了三万
三万白骨，戍守一个消失的边塞
第五圈：他摸到了白板
他摸到了波平如镜的快感
他用白板，将自己的牌

依次划倒，对三个影子说
对不起，我和牌了
不是清一色
是一条龙

2014 年

## 小区轶事

朱剑说他那儿的一个菜市场
曾经是刑场

我这儿的一个住宅小区
曾经也是刑场

他那儿行刑用刀
我这儿行刑用枪

他那儿“咔嚓”一声头落地
我这儿“啪”的一声脑开花

他抬手摸脑后的脖子
我抬手拍前额的天庭

他可以不去那个菜市场
我不行

我所有的积蓄
买的就是千分之一个刑场

2014年

## 羊　眼

这家烧烤店
最有味道的烧烤
是烤羊眼
她要了四串
每串
穿四只眼
四串
就是八只羊的眼
如果这八只羊
还在草原
她穿着白裙
又正好站在
八只羊中间
九朵白云的草原
该是一幅
多美的画面
现在
八只羊眼
依次经过
她朱红的唇

洁白的齿
猩红的舌
进入喉管
进入食道
进入胃
她用纸巾
擦了擦朱唇
打了个饱嗝
似有八声羊咩
随饱嗝一起
奔出深喉
呼唤草原

2014 年

## 漂亮脸蛋

上世纪70年代
老刘服兵役期间
曾枪毙过
一个漂亮的女人
(据说是毒死了
花心的丈夫)
法医的验尸报告都证明
这个女人死了
老刘却说
这个女人没死

老刘结婚的时候
这个女人说
你老婆的脸蛋
没我的漂亮
老刘有了女儿后
这个女人说
你女儿的脸蛋
没我小时候漂亮
就在昨天晚上
老刘半梦半醒
这个女人又说
你可以把我打死
但你没有权利
剥夺我的漂亮
你那颗子弹
往哪里打不行
为什么要穿过
我漂亮的脸蛋

2014 年

## 刺

那时候
只是感觉扎了一下
有点疼
不知道扎进肉里的

是刺
后来，刺长大了
在肉外
还长出了一个
与刺相连的把柄
我捏着把柄
很轻松地就把刺
拔了出来
一同拔出来的
还有扎进肉里的
尖锐的堵塞
现在，我的身上
多了一个小孔
就像比别人
多了一个通气的
器官

2014 年

## 瞬息之间

就在瞬息之间
人们立马改变了对他的说辞
他的面容叫遗容
他的身体叫遗体
他的照片叫遗照
他刚说过的话叫遗言

他立下的字据叫遗嘱
他的妻子叫遗孀
他的情人肚子里的孩子
叫遗腹子
他的房子、车子、票子
叫遗产
而他送给二奶的钻石
小三的宝马
以及结婚时放在妻子首饰盒里的
他的一小撮头发
叫遗物

2015 年

## 钻　戒

商场丢失
一枚钻戒
怀疑是内盗
员工们一个个
接受保安搜身
保安恪尽职守
将员工们
从头摸到脚
摸到小莲时
小莲有些异样
保安令她

解带脱衣
小莲拼死不从
保安如剥狐皮
剥了她的上衣
拽了她的文胸
小莲双手护胸
还是没有护住
左边的真乳
右边的假乳

2015年

## 镇静剂

康大夫死后
依然坚持每晚出诊
一个月黑风高夜
他感觉背后
似有人眼盯梢
就越发害怕
撒腿就跑
边跑边扔东西
先把生前收的红包
一个一个往后扔
接着把死后收的冥币
一张一张往后扔
随后扔听诊器

扔药箱
扔白帽子白褂子
扔外衣内衣
扔得一丝不挂了
才气喘吁吁
魂不守舍地
蹲在墓穴里
给自己的骨灰
打了一针镇静剂

2015 年

# 丁一的诗(9首)

丁一，原名窦勇，60后，20世纪90年代初写诗，崇尚极简写作，主编民刊《八公山诗刊》。

## 飘

天空中飘着一张纸
纸的两面都是空白

如果上面写满了字
它一定飞不起来

1994年9月5日

## 拉风箱的向秀

竹林下饮酒
阮籍醉了
阮成醉了刘邻也醉了

嵇康起身走回铁匠铺

向秀紧跟其后
他知道
铁匠铺里的炉火
需要人的一口真气
需要不停地拉风箱

炉火越烧越旺
民间的一块废铁
铸成了一把宝刀

自从嵇康被司马昭杀了
铁匠铺的炉火也熄灭了
向秀无事可干
无处可去
只能托山涛向司马昭求情
低下高贵的头颅
讨个小官
终老

1998年11月3日

## 靠　山

他们对我说
人活着
得找一座山靠
得让自己的小肩膀

有松弛的地方
我认为有理
就在自家的院子里
垒了一座假山

1999年5月17日

## 感　激

不要怨恨
我们应当心存感激
感激刽子手
是他一刀
将我的头砍下
没有头
我在人面前
再也不会低头

即使在别人的房下
也不低头

1999年5月17日

## 致　M

——写在结婚二十周年

一加一等于爱

这是我二十年前
向你交的试卷

在蜜做的小巢里
我们还没缓过来神
一加一就等于三了

我们的儿子出世啦
这个小强盗
生硬地夺去了我对你的爱
好在时间过得飞快
一转眼
儿子就上大学了
我两又回到了从前
一加一又等于爱了

可我总觉得
现在的爱不是过去的爱
得在爱的前面加上亲
亲人的亲

经过二十年的磨砺交融
我俩早已骨肉相连

2014年6月9日

## 胖　子

别人喊我胖子我能忍
因为我确实比一般人胖些
比如汪抒老大喊我胖子
不离兄喊我胖子
凡墨　淡墨　足音美女喊我胖子
我都咬牙认了
我最不能忍受的是
后主　他喊我胖子
你们都瞧瞧
他可比我胖多了
头比我大
肚子也比我大
就连眼珠子都比我肥
让我愤怒的是
他竟然叫我丁三胖
而我　刚好在家行老三

我要反击他
喊他李三胖
胖头鱼
他都认了
并且嘿嘿地笑
就如同
我一拳擂在棉花上
有气　无力

2015年9月23日

## 大昭寺前的跪伏者

他们
都在向
天堂
挤

2016年4月8日

## 私　粪

小时候去舅舅家
突然肚子疼
就跑到他家的房后面
拉屎
舅舅大惊
不能拉
得到生产队的场地上拉
在这拉屎
是私粪

2016年7月6日

## 刁　民

在大表哥的葬礼上

我听见
二表嫂　三表嫂　四表嫂
在小声嘀咕
她们说
大表哥一家最刁

大表嫂死时
占了我大舅的棺材
大表哥死时
占了我大舅妈的棺材
两口棺材
都是她们几家凑的钱

大表嫂
十年前因肝病
在自家门前的老槐树下
喝农药死了
大表哥
三天前因糖尿病
在自家门前的老槐树上
上吊死了

2017年9月18日

# 高峰的诗(9首)

高峰，1965年生，安徽肥西人，现居寿州。“寿州诗群”发起人，著有诗集《水泊寿州》。

## 小学校

小学校坐落在不远的斜坡上
门坎低矮
大人们领着黝黑的孩子
捐出粮囤里镇邪的砖头

先生站在亮堂处
站在国学的土墩子上
时光在尘埃里追逼
他们翻穿着脏兮兮的白衬衫

娃娃们也是脏的，口中含铅
三年级练习作文
“如果提到父母，我会哭泣。
如果提到自己，我感到有力”

2013年3月

## 低矮的春天

瓦埠湖上梢，陡涧河下游
幽谷里现出野趣
现出了今年低矮的春天

那水边白的、红的、紫的
花，她们的寂寞也是我的寂寞
河水一天涨一厘米
托着花骨朵的嫩茎也在长
芳香不会淹着，也不会受凉

坡上的屋檐是老宅
门楣下是低矮的世俗的生活
春天就有一股人的气味，动植物的气味

南墙上现出忙碌的身影和语录
现出薄暮中的一条大板凳
现出一个青青的脑壳和一册卷皱的课本

2016年3月

## 体育课

薄雾淡出飞鸟
高冈捧出两排红砖的校舍

迎着晨风在湖堤上奔跑
传来钟声，钟声在柳桩上磕碰了一下
又剜痛了刚刚发芽的脚指甲

教室是空的
隔着溪，油菜花抱紧小操场
还汪着一地的碎玻璃
少年们在阳光下伸臂、踢腿、展开胸膛
风送来骨骼生长的好消息
三个赤脚的少年在拍皮球
两个小姑娘在扑蝶
一只野蜂蹲在篮球筐上
像一滴水锈

空着肚子，我翻着孤独的空心跟头
一个跟头，又一个跟头
翻第三个跟头的时候
没人发现，上衣小口袋里悄悄滑落
一枚温热的亮晶晶的镍币

2016年3月

## 操　场

暴雨冲刷了昨夜的泥浆
干净的沙土路上
上学的孩子们按下小小的脚模

黑板是黑的
粉笔是白的
旗杆上起了一层水锈
仍然笔直地举着飘扬的祖国

稻子说黄就黄了
哑巴秸田里出没伶牙俐齿的孩子
咽下甜汁，吐出渣子
然后发出琅琅的书声

2017 年 6 月

## 家　访

一大早，塑料凉鞋就碰着了露水
年轻的女教师在田埂上提着裙角
有起舞的蝴蝶，她不会晕

现在，她来到湖边
抹一把细汗，抄水洗脸
如果我没看错的话
她还对着湖水的镜子理了云鬓

接着往前走，猛一抬头
两条鲜艳的小裤衩挑在柳枝
两个吃惊的光屁股的捞虾少年

快速用双手捂住下身
蹲在浅水里，瑟瑟发抖

2017年6月

## 油菜花

天空如此之蓝
油菜花如此之黄
倒塌在大地的寺庙的围墙

村庄、绿树、池塘
哪个坟头不长出青草
它们暂时各自安稳着

初一晴朗
十五也不要下雨
母亲在等着毘庐佛开光之日

此刻，油菜花是一尊菩萨
矮松和溪涧，都有一副好心肠
春天叫青葱和欢愉
秋天叫硬朗和哀鸣

2017年6月

## 堂 屋

一束光从门缝里投进来
堂屋里挂着两幅像
一幅祖父的像
一幅老虎的像

天暖和了，燕子飞进堂屋
而麻雀却不能
虽然它们从冬天就没离开过一步

绸缎包扎的一小撮胎毛
像门闩上一团干花
脱落的乳牙
已没有一丝乳汁的醇香

乡下的事，就这样简单又奇怪
迷信又不迷信
那一束光还在墙壁上游走
祖父和老虎
一个威风凛凛，一个垂死挣扎

2017年11月

## 孵　化

这一年的倒春寒
并没有冷却春天的情欲
一只母鸡在草堆旁哭泣
它刚丢了一枚蛋

春色紧笼山脚下的村庄
却笼不住年轻女人
为了男孩，她们在停经之后随风四散

只有母鸡守着草窝
守着一场虚假的孕情
投怀送抱的
既不是桃，也不是李
是母亲设计的一场骗局

那时候，我不理解母鸡的悲伤
就像不理解母亲的残酷
把它发烫的身子投到冰凉的池塘里
一次又一次，它轻飘
仍然冒着热气

2017 年 11 月

## 麻雀下

一只麻雀从地上弹起来
在村口柔弱地飞

底下渺小的母亲
从草垛拽一把稻草回到屋里
稻草上还留有一粒秕谷

屋里是一头牛
它从田里回来就躺下了
泥水裹住的牛毛里藏有一只虱子

小时候，我也想到过飞
但我没有这样好的眼神
挨饿的时候
我看到祖国广大，庭院清冷
挨揍的时候
我说过死、仇恨、一走了之

2017年11月

# 樊子的诗(9首)

樊子，1967年生，安徽寿县人，现居深圳。著有诗集《怀孕的纸》等。

## 旧　物

我翻看过祖父留在尘世上的衣领和袖口
土墙上破烂的棉絮里
死亡的虱子是暗红色的

锄头、木锨、马灯和酒壶，它们没有了温度
你知道，在这个冬季，我一一拿起它们又放下
没有放在它们固有的位置上
我显得多么的无知

有一些时光是注定不能重复的
我接着去掏祖父曾经的衣兜
这个无常的世界啊
我去年就这样掏着祖父破旧的衣兜
摸到僵硬的东西拿出来看看
是一个镍币和四粒豌豆

2006年

## 赶尸人

赶尸人是对的，他的方向不会出现偏错
他有一条鞭子，鞭子常落在靠近他的那具尸体上
我们在黑夜里的田野上走着
一群尸体在黑夜里
被赶尸人当成数字，一具，二具，三具——
但我们不是畜生

断了脖子或掉了一条手臂，我们死后肉体还在腐烂
我们忘记不了人世间
直至我们露出了白骨

死后不能像泥土一样躺下。

2008 年

## 怀孕的纸

怀孕的纸，它明明知道
月光是污秽的，群山变得猥琐
一支碳素笔轻易就在它心底留下预谋

我在另一张纸上写着老虎、月光、蛇
纸有疼痛
我是块锈迹斑斑的烙铁

我是纸之外的骗子

怀孕的纸它涵盖一个山冈
一条河流
它相信美好，它对每一颗石头都展开身体
我看见藤蔓在纸张上就是我邪恶之蛇

在月光下
在另一张纸里我还是君子
我写下过多的红楼
写下我早年灭绝的社稷
写下我众多私奔而逃的妃子

怀孕的纸
被一些文字留下尖叫声
它那么洁白
它在一点点展开自己美好的身子
我不敢靠近
月光之外，我有硕大的阴影

2008 年

## 绿皮火车

绿皮火车在榛莽未除的山坡上发出咔嚓咔嚓的摩擦声
枕木最早铺在藏有星光的山洞里
时间慢慢蠕动

如夜鸟惺惺地叫着
它的喧闹，它的地平线，它拉风的胃
它把臃肿和肝病涂上颜色，像
羊吃完最后一株青草时嘴角的绿色唾液
它没有盐分
它是一条失去冬眠习惯的蟒蛇
它是一个手握烂苹果和麦芽糖的起义者
它还不懂得转过身子来
我在它相反的时间里铺着枕木，从老年
铺到少年
它一生都在听我的肋骨和颧骨从不间断的塌陷声

2009 年

## 失　眠

花开的时辰
星光被露水打湿的时辰
不，这些不够准确，不能够说在黎明
一些关于时间的结论往往是错误的
我童年从黑夜开始失眠，中年的黎明来临，我依旧在失眠
睡在荒冈上，我不敢肯定苦楝树不是来自月亮
说不清楚墓穴里的赤链蛇何以游动在天堂的池水中
你们可以来到荒冈上走走
那些过往的苦难留下多少痕迹，那些骄傲的岁月又留下多少荣光
干净的，龌龊的，悲悯的和憎恨的
我都拿手去抚摸过

就像你们的到来，我把河水捧给你，把麦穗递给你
把墓碑扛给你
你们仅仅会得到这些东西，如果你们失望了
我会睡在散落一地的云的阴影里，我的失眠让你们紧张、急促
我胡话连篇，语无伦次，口无遮拦
而我却是第一个抓住闪电心脏的人，是啊，这显得多么不可思议
一个有深度失眠的人
说河水、麦穗和墓碑是他灵魂的人
说自己是出卖河水、麦穗和墓碑的人
说他是你们在睡眠中活着的人
说你们是他失眠中死去的人
我就是这样胡话连篇，语无伦次，口无遮拦
抚摸闪电粗糙的皮肤、捏紧它粗犷的骨骼，抓住它的心脏
它的心脏那么鲜活
像红蚂蚁的呼吸，像你们能理解的一朵玫瑰花的名字

2014年

## 流　水

流水三千里不算长，它的势头可喜，从东至西，从低处
要爬上万米的山崖上，然后分开势头，一股向北
一股向南
另外一股朝着天空最黯淡的方向
如同一个伟大的起义者脑颅被砍下，从脚跟涌出的
血液那么急促而有力量，四处迸溅
我是流水唯一的围观者，我敢打赌，流水流到

最西端，它会稍稍安静片刻
这一路逆势而上，它不会去翻开脚踝和额头上的伤疤
我手头有它挣扎、哭泣的影像，也有它微笑和舒缓的影像
与其说出它的悲壮
不如说我有过多苦难的记忆
我不敢过多靠近流水，怕泪水流进它的波涛里
但我必须早流水一步抵达万米的山崖上，然后随它
朝着天空最黯淡的方向疾走
这么多年来
流水叛逆、冒失，却从来没有想过我有如此大的认真和勇气

2015 年

## 障　碍

你把世界的影像停留在肠镜上好不好，从肠镜中
你分析我的身体结构出于你的好奇，光着身子，我有什么
羞耻感呢?
没有，绝对没有
你把世界的影像停留在我光着的身子上也好
我蠕动的盲肠，不瞒你说，比世间任何一条道路快乐不到哪里去
世间到处为繁华之景
你比我熟悉一块铁的虚伪，一棵花楸树蒙受的苦难
要是你依旧觉得我值得你去热爱，请不要继续把灯光聚焦在我的额头
那样，人民路和解放路就会拥挤、塞车、吵闹；就会有土地
裂开，露出不祥的呻吟声
是的，我早年承诺捐建的疯人院，趁机会你用肠镜照一下它的结构吧：

噪音、疾病和谎言，你看着它们有些障碍
咦，远眺一会，或者花费更长的精力，你一定得看看
山峰，河流和人群，像我的盲肠一样
黝黑而不净

2015 年

## 膝盖上有血

大地上总有一些事物在由绿变红，由红变得漆黑
没有一种事物能够逃脱漆黑的颜色
山峦的黛绿也是河流的，河流的橙黄也是平原的
平原的紫蓝也是阳光的，阳光的铁红也是月光的
月光用银白色照着我
我变得漆黑
我用手摸过自己的膝盖，生硬、迟疑，我一跪苍天有什么用
我膝盖上有血，苍天苍茫
二跪大地有什么用，我膝盖上有血，大地苍茫
三跪什么，跪父母，他们膝盖上有血
他们膝盖上的血是漆黑的

2015 年

## 光　泽

我喉咙里有马蹄的声响，天空变暗，漫天的黄土压来
我喜欢这种气势，如果可以，喉咙里放进几头猛兽，它们

赤面獠牙，如果再可以，喉咙里倾泻着滔滔洪水

我喉咙里还有绳索和铁锤
我多么挚爱这片土地，我必须连说三声，要泪流满面
要坦诚
要像一尘不染的孩子对母亲说话的样子
我生怕我满口假话，那些猛兽和洪水会撬开我的牙齿

2015年

# 江耶的诗（10首）

江耶，原名蒋华刚，安徽定远人，现居淮南。获安徽文学奖、全国煤矿文学乌金奖等，著有散文集《天在远方弯下腰来》《墙后面有人》，诗集《大地苍茫》。

## 他在大地深处却感觉不到母亲的温暖

下到井下八百米深处
他进入了一个地质年代
水从头顶上淋下来却不是雨
灰尘在脚下飞扬却不是土
在早上的八九点吧，他的眼前
都是黑，需要一盏灯来帮助

这是煤矿，他的周围
都是黑黢黢的煤，都是大地
慢慢积累下来的变迁

他伸手，摸到了时间沉积下来的坚硬
他抬脚，踩上的是刚刚采下煤块的光滑
他睁大眼，看到了地层时光里的往事
在无常的变动中一层压着一层

多少辉煌的表象埋藏在这里
被炭化为黑。多少参天的事件
埋没了，在众多的压迫下苦苦支撑
多少翻手为云覆手为雨的力量交织
徒劳地挣扎，挣脱不了埋深了的
神话一样的定律

他穿过一个又一个巷道
风热了又凉，世间季节里的气温
在几步之内沧海桑田
让他血肉身体来不及适应
他的嘴里触到了一滴淋水
多么酸涩啊，多少个年代走过来的
经历和苦痛，在他的味觉中荡漾、蔓延

大地孕育了一切
他在大地深处，却感觉不到
母亲的柔软、温暖

2006年

## 强　子

好死不如赖活着，
反正有国家养着你
这是大家劝说强子的话

强子已经死过好几回了
两次在井下，分别被掉落的矸子
埋住，所幸的是他只被砸伤了
腰和腿，负责任的大夫先后
切去了他的大半个脾和半个身子
不下井了挣不到更多钱的他
又自杀了两次，被救下后
他接受了现在的命运
白天晒太阳，晚上看电视

也有的时候，强子的大眼
盯住一个地方半天不动
病友们开玩笑说，强子这么年轻
在想女人吧。强子嘿嘿一笑说：
女人是衣服。我的身体都没有了
还要衣服干什么？

2006年

## 他就是一座报废的矿井

在煤矿井下
劳作了一辈子的他
手臂麻木了
挥动不了一把手镐
腿不灵便了

跟不上一趟慢跑的矿车
眼珠转不动了
怕光，怕见到人
怕见到白花花的阳光

他就是一座报废的矿井
人往哪儿一站，呆呆的
像那个大绞车提不出一两煤的井眼
灰暗得如同一个影子
他早就从内心开始垮塌
肺里都是煤尘，不能正常通风
好不容易呼进一口新鲜空气
像是刮了一场大风
使身体的内部更黑更乱
他的肠胃在或饥或饱中变形
仿佛一个采空区
里面都是溃疡或者炎症
他的骨头在潮湿中疏松变软
已经没有力气支撑起
他还很高大的身子
他的肉里渗入了过多的石粉
他的命因此很硬
硬到面对一炉煤火时
再也生不出任何表情

2006年

## 一切仿佛都不是真的

后半夜了，世界多么安静
轰轰的矿车穿行，像巷道沉睡中的
一个梦，使这个深夜更像一个夜

这轰轰里进入睡眠的还有，轨道上
一个拿着工具的工人，电机车头上
扶着方向盘的司机，昏暗中的
一切仿佛都不是真的，我撕裂嗓子的呼喊
淹没在车轮与轨道亲近的巨大声响里

列车分开了工人和他手里的工具
工具落在司机的头上，工人贴上了
还在飞奔的列车。我的眼睛和嘴巴
都张得大大的，仿佛也在睡梦之中
我不能自由地收它们回来

多少年了，那列矿车从深夜里
走进了我的梦里，在每一个夜晚
重演一次

2006 年

## 这一次，不算是一场矿难

大地深处，我走过
斜井，巷道，采煤工作面
采去煤的采空区
它们一律空出场地
比一个母亲的腹腔大出了无数倍
容纳下成年的我，绰绰有余

我无法知道，我如此地
上上下下，进进出出
还有，用镐挖，用炸药爆破
开动机器，成块块地采掘
这一块空了的大地深处
是否也有一阵阵疼痛

很多时候，我独自一人坐在某处
关上矿灯，体验大地内心空旷的孤独
我真的想，就这样待下去
把自己填充进去，让大地精神深处
不再空虚、寂寞

我必须声明，这一次不算是一场矿难。而是
一个无限索取的人，对曾经无休止的破坏
心甘情愿地进行的一次心灵救赎

2007年

## 时间在幽深的巷道里变得漫长

时光在亿万年的沉淀面前
被一次黑掉，工人们慢慢被同化
时间计量的方法被改变
两顿饭相隔十几个小时
一切都在缓慢，拉长
只有脚下的路、手里的活在加快
那些煤，那么长的时间里
长错了位置，埋葬
一切都是短暂者，相对于煤
压在大地深处的时光一变再变
它冷，它硬，它黑，它重
它没有任何表情，唯有我知道
它有一处没有改变，有一个火种
它就能点燃自己，释放出来的
还是亿万年收集下来的光和热
不管世道如何变迁
真正地隐下去，一门心思地修炼
这一块煤肩上是云，那一块煤背上有雨
还有一块煤的手上攥紧着鸟的歌声
那些地面的事情，也只不过是一瞬
哪能算得上时间呢

2007 年

## 标　本

翅膀形状的叶子
在煤壁上，安静得
像守着一个梦
他用手指轻轻抚摩
那些凹凸像在动
曾经的经历在他的抚摩中
慢慢地活了过来

他听到雨水轻轻滴落声
听到阳光照晒、水汽袅袅声
听到了蝴蝶低飞翅膀扇动的呜咽声
甚至听到叶子舒展身子的滋滋声
唯独没有听见，从上方飞奔向他的矿车
哐当哐当的剧烈撞击声

现场的人都惊呆了：
他是典型，缺少自保意识典型
“美从来不是抽象的，虚无的。”
现实里，他年轻、俊美的脸
被漫画虚拟，连同文字说明
在井口的橱窗里展示
成为反面教育的违章标本

2016 年

## 突　围

抽象的比喻一层一层围拢：
他是煤矿工人，他开采光明和温暖
像一根支柱，用采上来的能量
支撑、建设这越来越高的大厦
他走向高处，本身就是光亮
让更多的人内心有了方向

早晨的太阳还没有升起
他突出象征的重围
从巨大的虚无中还原回来
起床、洗漱、早餐，骑十分钟自行车进矿
班前会上领下活计，更衣，下井，穿大巷爬斜井
采煤面上都是黑黢黢的影子
他加入他们，成为影子的一个部分

有两个人低低地说着什么
声音闷闷的，在支架之间打着转
他抬头看了看，那些人躲进煤壁
就是一块一块黑乎乎的煤
把大地深处的空档，完全填满

——这又是一个比喻
他笑了笑，露出雪白的牙齿
在这个千米之下昏暗的矿井中
他再次突围出来，成为具体的人

用几个动作，使这个混沌一样的地方
无比生动起来

2016年

## 聆　听

瓦斯爆炸之后
死去的八十八个矿工撤走了
抢险人员已经对险情进行清算
互不相容的水与火都失去了力度
地面吹过来的清风，微弱，混浊，像是没有
只有这条巷道，还在煤矿的井下坚挺
在听取，喑哑的风声、黑洞洞的时间
直到这个夜晚，直到我来到这里
聆听最后的秘密：多少个人世像我
不悲伤，不欢喜，像又一次死去
突然之间，把某一刻，活成了永远

2017年

## 坐井观天

只有我
能把这天，安到地下来
在大地深处，在煤矿井下，在煤峒里
我伸出手，向上，很快就能触摸到

这片叫“顶板”的地方，是真正的“天”
它坚硬，与我对应，与我对抗
把一直虚空的天，变为强大的现实

这井下的天，像地上的天一样
高高在上，对我的命运进行决定
我委曲求全于，一方坚实“天下”
谨慎地走出一条狭窄的通途
我“看云识天气”，分析，判断
这天底下有没有煤，会不会安全
有时还要烧上几炷高香祈祷
要在这风调雨顺的气候里
从煤层中耕耘出一亩三分之地

我在这里“坐井观天”
天有异象，人世必有大事
如果“天气”明朗，我能平安作业
让采煤机组碾过丰腴的煤场
煤灰四起，巷道里又是一处凡间
被纷纷扬扬覆盖，像在红尘
我仰望上苍，发出一声叹息
不停地庆幸，丰收在望了
苍天保佑，我又得到一个好年成

2017 年

# 雪鹰的诗(10首)

雪鹰，1966年生，安徽淮南人。《长淮诗典》主编。著有诗集《雪鹰之歌》《白露之下》《穿膛的风声》。

## 风

*我是刮在黑暗中又消失的风*
*我是去了不再回来的风*

——米沃什

我从你身边过去
过去了，没再回头
你肯定有些感觉
一丝清爽　一缕幽香
一阵激荡。或者
一股扑面的热浪
一层霜一样的冰凉
是的，我是那路过的风
从你的耳畔你的眼前
或者你心间的密林里
飘过去，没有惊动花草
斑鸠和老鸹继续比着黑翅膀
我没有带走黑白

没有留下一束蚕丝般的光亮
我在茫茫黑夜里游荡
匆忙中与你擦肩，相望
甚至掠过你的发际
抚过你的脸庞
唱过那曲离别的悲伤
或者，也曾刺痛过你的脸面
吹疼你的心房。刮走了
一段情义，一世交往
我曾摇晃喝醉了的酒旗
曾为高祖击节，送郑和远航
为易水吹皱悲壮
为草堂掀开秋日的鬼脸
为无知的人,送去漫天黄汤
“我是去了不再回来的风”
冷也好，暖也罢，不再重要
死去的季节,藏不住痛苦与喜悦
“任何我曾遭受的不幸，
我都已忘记。”
我只在虚无中游走
在黑暗中消亡。之前
会将一把火吹旺

2012年9月21日

## 黑　板

完全可以在你面前，继续

讲解一笔一画，黑白分明的道理
直到你老了，听不见预设的空洞

但是，我犯了一生中最大的错误
没能与你白头偕老

2012年10月18日

## 锯子的声音

记忆里的锯木声是温柔的
锯末细细的，散发木香
按中医原理
这声音是暖性的

锯铁的声音很急躁
火星喷溅
像泼妇骂街，嘴丫唾沫纷飞
总让人恶心
又像无数箭簇射过来
火光带着寒意
劈头盖脸，无处可躲
它的分贝，是对高音喇叭的复制
一些人隐身其中
怀念残暴的颜色

锯骨声，听之不易
医生，或者不吃麻醉的人

有时能听到别人
甚至自己骨骼锯蚀的吱吱声
有时抽搐几下
但不至于，碰翻关羽的棋盘

锯灵魂的声音
伴有焦枯味
有的听着听着，就睡着了
或者魄散了
疯了，癫了，狂了
有的就上吊了，撞墙了，投井了
还有卧轨的，吞金的，饮弹的

每一个灵魂总会被锯上几次
甚至反复拉锯
被锯蚀终生。有的
把头缩紧，躲进锯子的声音里
挨过一个连一个的冬天
有的，把锯子藏在心里
用左手和右手
一来一往，认为
反正不到外人

2015年5月27日

## 隐　喻

列车拖着有限的速度

在传统的声音里，翻过
班道口阻止了我的前行
我终于可以停下脚步
顾盼左右

烟尘在嘈杂的摩擦声里
雷电在古今通道里，来回拖曳时间
我的半个身子，被照亮，像佛之金身
半个身子是临时的仓库
迟早，我将拂袖而去
带着我心爱的女人
行到水穷处。库房空空
轨道上切下诗人的头颅
和他身后不绝的风声

2015年9月8日

## 活　着

所有的烟云，风声
都被称为过去
太阳的污染一直没能洗净
染在我的皮肤上

我看到的，仅是一瞬
你的苦与乐哭与笑

是的，不能把所有都交出去

今晨这口白气
不知要消耗我多少元素

前半生，风声灌耳
鬼主意遍地闪着磷火
滑稽又无稽的理论
耳膜几近穿孔
笑话哭笑不得

我被动地躲了三年半
从巨人的裆下
看到了后半生。一条路
我的小路，虽然天黑

2015年11月15日

## 沧州的玉米

要在大雪之前
用最后的颜色，与大地一起
颤抖。巢在身旁摇晃
树叶与鸟鸣，已飞往他乡
乳房献给了爱你的人
只有墓碑和你并肩，西风扬起
白衣或者乱发

我以三百公里的时速
针一样穿透深秋的厚度

我们的姿态不同
生与死的观念
却惊人地相似

2015年11月16日

## 门

朝前或朝后
面山与向水
都不是问题

成功或失败，要看朝向
你为我拉开的，那一束光
直照到最深处

没有一一拜过
是因荒草封住了路口
欲望，开合无度

在哪里只进未出
或者只出未进
才知道，天堂与地狱
是同一归宿

2015年12月8日

## 老龙眼的冬天

芦苇是怀旧的，古典的
照片一样的水，也是沉静的

我与钓者心态一致
转了一圈又转一圈
等待想要的东西，慢慢上钩

动与静的表象掩盖不了
我们相同的企图
透过斑斓的树叶
阳光柔柔地涂上曲桥
像是金身过了年月

苇喳子，围着水中的苇林
伪诗者一般，为冬天的意象
争吵不休。此刻的闹腾
为老龙眼的傍晚
荡开了一小片，幸福的涟漪

一直未见泉眼在何处
小山脚下，一座城市
楼群染上芦苇的苍茫
汽车响起归巢的叫声

2015年12月12日

## 虚　无

想到词的时候，其实
它已经存在
我常常想着，该如何踏进去
包括语词，在烈日里
白花花的语词

如果说那是虚无
或者大暑的缘故
那么温度为何会散发
从里向外，那是一种需要
真的会与大暑无关
与你无关吗？

甚至，连喷血的心
连温度也公开宣称虚无
是幻觉，抑或瞬间的
真实？

2016年7月23日

## 凛　冽

所有刀，不杀人的时候
都是安静的。那嚯嚯的声响
是磨刀石，在虚张声势

而此刻，你的沉默
就躺在鞘里，霜落在眉宇
安静地等着
一颗心，往上蹭

2016年11月11日

# 老井的诗(10首)

老井，原名张克良，煤矿井下工人。获得过首届“诗探索·中国新诗发现奖”、第五届全国煤矿文学乌金奖等。

## 鲜嫩的尖叫

八百米地心深处的巷底上
密布着一些吞吐黑暗的放煤眼
这是工业粮食的集合地和中转站
是黑色鲤鱼们跨越地平线龙门前的短暂搁浅

直肠子的放煤大眼出现在脚下的岩体中
像九十度爬行的蚯蚓只露出
一个没有脑盖骨的头，连上没有内脏的黑洞洞腔体
被一种讳莫如深的神秘所填满

在经过离干活处五十米开外的
那口放煤大眼时，老窑夫心底的瓷器已经
抖得像秋风中感冒的筛糠
新工人毫不在乎地扔入一块矸石
在我心底溅起的却是一个女人化冻的尖叫

三十年前就失足掉入大眼的年轻女工
如今那声音水灵得依旧可以拧出一条地心里的
潺潺淮河。死亡的铁锁锁住了一个女人的二十年
地心的黑暗为她易逝的青春裹上了好多层
保鲜膜。不敢多想，我赶忙拉着徒弟
踩着她溅出眼口的青春余温飞快地离去

1999 年 8 月

## 活在伤口中

放炮过后，我探头望去
见前方狭小低矮的巷道
太像大地内心深处的一道鲜嫩的伤口
活在长长的伤口中，像它的疼痛
我小心翼翼地弯腰前行
每一步都把它的神经扯长几百厘米
感到了大地的抽搐
地心摇摇晃晃，头顶哗哗掉了几块碎石
我止住脚步，松开大地的神经

片刻，却发现栖身的这道伤口正悄悄愈合
狭小的巷道正悄悄收拢

2001 年 1 月

## 逼　视

这块脸盆大小的矸石
推开钢梁和钢丝防护网的支撑，窜下顶板
砸中了一颗忙碌的头颅
他猝然倒地

人们都已经抬着担架上井
只有我还留在这刚死过人的巷道里
死盯着那块肇事的矸石看
虽然它的浑身已经沾满别人的鲜血
但是目光依旧凶顽傲慢

我非要等它流出眼泪才挪步
我非要等它哭出声音才离开

2001年5月

## 重见天日

总算是升到了久违的地面
这些重见天日的煤炭们直起腰身
敲打着痒痒的关节，想从那里
驱赶出盘踞亿年的苔藓
温暖的东风吹拂着他们脸上的
沧海桑田。清脆的鸟鸣擦去它们心尖上的

淤泥。每一块大炭都想纵情呐喊
但每一块大炭都怕自己口中喷出的
长长火焰烧漏了蓝天
太阳，这盏陈旧的矿灯继续擦亮宇宙的
脊梁。以前作为参天古木时，它们都管它叫
父亲！现在每块大炭都想跳起来
拍着它的肩膀叫兄弟

2005 年 11 月

## 通风机

对着巨大的井筒，借一缕汹涌的电力
它翕动钢铁的肺叶不停地吹气
强劲的气团沿深深的黑洞往八百米以下走
地心大大小小的数百条巷道
充溢着它清香悠长的口腔气息
众多的煤粉、岩尘、瓦斯
被风的大手推搡着剥去乌黑的衣服
赤条条地怒骂着，逃向阴暗潮湿的回风巷

矿山的通风机
它喘息的声音扩充着大平原的辽阔
其中沾满了，麦子的笑语、人间的炎凉
周遭几十个县市的悲喜，直达在八百米地心
暮春时分，在井下的透过它深深浅浅的呼吸
我看见了有穿黄稠衫的花香正在其中

跑来跑去。听出了两个在花间偷情者喘息中的欢快

劳作不息的通风机
也有生病之时，那天它偶感风寒
用生锈的肺吃力工作。井下十几个采掘工作面
数千个工人皆憋得汗流满面
像是被黑暗的铁钉钉进了喉管

2008年4月

## 借　力

在地心
扛着一百多斤重的U型棚腿东倒西歪地
爬着一条百把米长的斜巷，
像一只小蚂蚁，背着沉重的面包圈
往上走。那被疲惫所攻占的身躯

已经变得棉桃一样柔软
使劲拽了前面站立的人一把
像一根稻草，他瘦弱的身躯轻轻地晃了晃
而我也借着这跟稻草反弹的神力
居然向前跨了一大步
在他坐在巷底小憩时
我抓了一把周围浓稠的黑暗
然后又借力向前挪了一粒米远

2009年2月

## 再也不会有人来了

我的步伐很快，时间过得真慢
抬起手腕，已是深夜两点
大片的黑暗和沉寂沿羊肠瞎逛
在巷道的最深处
坐在一根废弃的木料上，关上矿灯
“再也不会有人来了！”
我刚念出这首诗，片刻之后便听见了
响在寂静内心深处的惊雷，森林倒塌的巨响
大海滚开时的轰鸣。片刻之后便看见了
前方浓稠缓慢的黑暗，逐渐地收拢成
一个男性人猿或女性人猿的身形，
正踩着时间的慢，无声地向我走来

2011 年 10 月

## 地心的浪漫

煤层松软一些，瓦斯的含量就会大一点
如此多的亘古动植物灵魂，争先恐后地往外涌
肯定会携带一些其他的东西
比如说煤尘、比如说焦灼、比如说愤怒
没有谁的灵魂可以帮助呼吸
在地心狭小的巷道里劳作
我们只感到被一种沧桑和悲怆压低海拔

当动植物们的灵魂多一片在体内悸动之时
我们就会脱去一层外衣
没过多久，男人们的身上仅剩下一片树叶

“我是否需要捡起一根杂木棒，
去抵挡煤体内猝醒的虎豹。
我是否需要捡起一块石灰岩，
去敲打炭堆内迸出的坚果。”停工的时候
一个诗人的浪漫就以一朵桃花的绰约身态
就在这乌黑，蛮荒的矿洞内通红地膨胀开

2012 年 6 月

## 地心小憩

男人们疲劳过度后
骨头里的白就会渗到躯壳表面闪烁
小憩时我们随便扯下一片地心的
黑暗擦去大汗，讨论一下肌肤上冒出的盐
是否发源于远海的咸
此时刻炸药和雷管都已经闭口不言
像是被闪电的订书机
封住了口。我掂着手镐躲在一边
想着如何把名字刻在它的钢铁部分上

2014 年 8 月

## 走进去，爬出来

累极了，瘫在煤堆内
半天爬不起来，那不算进入它的体内
在煤壁中，刨出一个狭长的洞子
大小，高矮太像棺材
人躺进去睡一觉，也只能算是小住吧
只有当“轰隆”作响的一大块煤
从顶板上脱落，紧紧抱着一个人的身躯
并用自己生命的色彩，在他的头像和姓名四周
钉上黑框时，终于进入了煤的体内
进入和走出煤体都不是件容易的事啊
某一天大难不死的我就掀开了合围的黑框
从一堆坍塌的碎煤中
爬出来，总算做到了以上两点

2015 年 8 月

# 纪开芹的诗(9首)

纪开芹，安徽寿县人。著有随笔集《柔而刚的老舍》《忧伤而坚韧的曹禺》和诗集《虫鸣向晚》《修得一颗柔软之心》。2017年参加《诗刊》社第33届“青春诗会”。

## 敬拜一棵国槐

马路边，沿台阶向下八九级，过草坪
有一棵国槐
没有锋芒和尖锐
一身轻松地站在滨河公园内
如果没有看到它面前的灰烬，没有这些香客
我可能不知道
一棵槐树就是一尊佛

周围堆满灰烬
木鱼声从枝桠间落下来
许愿的，还愿的都怀揣虔诚
跪拜，叩首。挂在树上的丝绸灼灼其华
他们看一眼红绸，再看一眼槐树
觉得这就是整座庙宇
诸神已来到跟前

2014年4月

## 一棵树在冬天

一棵树不停地删除自己，就像
一个人不停地消瘦
最后，只活在剩下的一小部分命里
在冬天，活着就足够美好
一副枯萎的身体，不需要再和别人争夺阳光
小剂量的活力就能维持一冬

如果，想生动一点
就从大片陈腐中探出头，望一望原野——
那儿有许多细节可以被描绘
倘若还有一池清水，用它来照见颓废或衰败
从中发现一丁点生机
可虚拟姹紫嫣红
在脸上安置春天，身上长出虚假的叶子
也可学一滴水，冬夜里固执地醒着

所有自以为是的物种都觉得冬天是减法
比如我，一直在不停地减
直到形销骨立，身上再也没有
一片新鲜的叶子
我站在那里，目光中长出海市蜃楼
长出青花瓷一样的孤绝和脆弱

2015年12月

## 我从一条蛇身上轧过去

它是扁平的，像一张纸
躺在路中心
第一个轧过去的人一定还能感受到震颤
——它用自己小小的身体
给车子以颠簸，以警醒
第二个轧过去的人
一定还能感受到无言的存在
第三个，第四个……许多车辆轧过去
等到我来时，它仿佛是光的影子
我从它身上轧过去
从我自己的身体上轧过去
“啊”的一声
我终于代替它喊出了疼

2016年6月

## 荒寒的春天

没有麦子的春天是马北村罪人
大片田地闲置着
原野贫瘠，我对春天的幻想就会破灭
麦子不长，所有景物都是虚构

我的马北村，母亲怀中的婴儿

没有乳汁，嗷嗷待哺的它
脸色青黄
嘴唇颤抖，叶子悲伤地哗啦啦响

文家老坟慢慢矮下去——新鬼旧鬼们
也打点行李另谋出路了，只有满坡灌木
还是那么野
麻雀们一代代还在繁衍

2017年3月

## 通往春天的路

下了寿六省道，就看见一根细线
穿过原野，向马北村延伸
村庄周围白色、四通八达的，通往春天深处的路
多么漫长啊！

像是刚刚获得自由
路，一下子随心所欲了，鬓角前插满野花
耳朵上挂着鸟鸣
它在奔跑，临水照影
它是快乐的，用香樟打扮自己

四月，醒来的路对村庄怀着大爱
背上驮着布谷声声
在原野上爬行，招摇，嬉闹

喊我去它身边，用风拽着我的衣角
于晚霞满天里

路通了，马北村就从冬天走出来
边走边融化。就愈发显得柔软，精神，干净
目光闪烁
像我终生依恋的那个人
带着春天来寻我

2017 年 3 月

## 河　流

为什么不说出这些年，你们越来越
认命
渐堆渐高的淤泥
就要埋没头顶。你们把丰盈，明媚和波澜
弄丢了

为什么不说出，曾经长年怀抱的水草
无家可归。村庄成了块岩石
盘踞在旷野
天空用干旱和洪涝
一遍遍抽打，一群麻木的机器

甘于寂寞的土地，爬行的蛇，在暴风雨中
熟睡的神经

不能再用波涛呼唤我了
我收集雷霆，闪电，深情的文字
也找不回河流丢失的嗓音

2017 年 4 月

## 那个戴草帽的人

那个戴着破草帽的人从田野深处
走过来
像一只土拨鼠
灰头灰脑
那个走过来的，是一块泥巴
一段残垣断壁
身体中蓄满潦倒和杂乱
荆棘丛生

他走过来，递给扶贫的人一支劣质烟
颤巍巍的手指间
藏着一万种悲苦，十万种无奈
一千万种欲言又止的询问

那个戴着破草帽的人，从村庄阴影处
走过来
像一截被风雨折断的枯枝
一个稻草人
瘦削、空无、轻

他把自己固定在植物上
摇晃，抖落
眼神呈现出木质的僵硬

2017年4月

## 湃河，湃河

马北村以西，湃河决堤了
你说，那是天在发怒

夏夜，常常有人聚集谈论
湃河的末路
整改河道，筑坝拦截，开沙塘搞黑市……
雷电触碰自然的底线
没有同情者，只有风在撕扯

马北村忐忑不安，像等待一场宣判
更远的校园，学生流失严重——
只有十几个孩子了
你说，人与动物一样
有敏感的嗅觉，有望风而逃的本能

湃河奉献出所有，清凌凌的河水
大面积沙子
有人在加紧偷运
有人在湃河失去姓氏

有人将黑夜作为一生的表情

风雨平息。淠河终于安静下来
黎明的马北村满脸倦容
迟缓，衰老
浸泡一夜的狗尾巴草
浑身泥水。只有它觉得倍感羞愧

2017年7月

## 那一天

那一天，一个人走在旷野
三五只羊对我充满戒备
我知道
它们内心柔软而温良
在马北村，小心翼翼地生活

少小离家。这里的麻雀已更名改姓
我叫不出其中一只
姓孙还是姓许。它们有的老去
有的像候鸟两栖，有的忽略掉出身
看守着老屋的空寂

这里的植物还和以前一样
淳朴，卑微
看不到粗壮，雄浑，厚重和高大

更多的是杂草与灌木
它们亲如手足，相依为命

几个孩子衣衫破旧
围着一部手机
——他们在玩“植物大战僵尸”游戏
一拨拨向日葵吐出太阳
而种子，正在抵御外来入侵

2017 年 7 月

# 杨启运的诗(10首)

杨启运，安徽临泉人，现居淮南。著有诗集《在途中》。曾获《诗探索》优秀诗歌奖。

## 冬天的坟墓

冬天，在乡村广阔的原野上
更醒目的
是那些低矮的坟墓
一座，又一座
每一座，仿佛都是一座寺庙
走向它们
我就把自己当作一炷香点燃
在把那扇门敲开之前
我须在身后留下足够的灰烬

2014 年

## 在教堂高大的围墙之下

由一条脏污的小路

我抵达了这里
教堂的围墙，身躯硬朗而高大
紧锁的钢铁之门，有着冷峻而威严的面容
更引人注目的是插在墙头的许多玻璃碴子
它们大多都有着尖利的锐角，就像那教堂的尖顶
在灰暗的天空下
也静静地闪着寒光
在仰望尖顶和十字架之时
我无法绕过它们

2015 年

## 小区里的一位老人

浮世莫测呵
而她又熬过了一个冬季，或者说
继续幸运地蒙着苍天之爱
多少次了
在这小区的路边，我看见她坐在一个小板凳上
平静安详得像一座寺庙
从眼前经过的，她似乎都想多看一眼
一切，仿佛都是她无法割舍的亲人
一天，又一天
她爱过一遍又一遍
每当经过她时
我就觉得自己为一种光所照彻

2015 年

## 雨后老街

似曾相识啊
犹如前世
古旧和颓败之物
令人迷恋
仿佛每一处都附着沧桑而永恒的灵魂
被损坏的
不仅仅是眼前的青石板路
其中，还有一对
在风暴中
被砸烂的精美石狮子
但，尚有不能被砸烂的
比如，时间和雨水
雨后老街，湿漉漉的
好像从远方赶来的历史在我们面前又痛哭了一次

2016 年

## 故乡的路

我是故乡的一部分
而有时候
我就是整个故乡
故乡的多条道路
就像我身上一条条敏感而脆弱的神经

这么多年来
它们正在一条条断掉
且永远无法愈合
自从五十九岁的三叔去世之后
我的身上就又多了一道伤口
有时候，我就觉得
所谓故乡
就是伤口在身上不断增多的地方

2016年

## 鸽　子

多少次了
它们从那里快活地起飞
又快活地飞回去
那原本是一个更大的鸽子笼
时间长了
它们就把它当成了房子
有时，就觉得
不是它们在飞，而是笼子在飞

2017年

## 诺日朗瀑布

我从不相信，水会垮塌

而这一次，我信了
地震之后
众多细流，变成了一股急流
悬挂的帘子消失了
帘子那边的世界消失了
一股急流
正在悲伤地运着自己垮塌的身体
我说不出来
那里埋葬着多少东西

2017 年

## 雪　水

冬天
有人，把洁净的雪装进罐子
为温度所感动
雪以水的柔和来报答
夏天
有人以雪水疗疾
受难的肉体，悦纳神恩
把雪装进罐子的
有多少
已经离开了人世
空空的罐子
抱着空
像抱着永恒的雪

像抱着水的骨灰

2017年

## 江　水

酒楼临江
因而水汽淋漓
如果高歌
江水则赐以深沉浑厚的喉咙
如果痛饮
江水则举起几千公里的酒杯
当我们散去
谁被江水带走了更多
谁又带走了更多的江水
谁的江水里有更多的泥沙
如命定的瑕疵
给灵魂以更多的摩擦

2017年

## 江　边

再一次来到这里
二十多年已经过去
江风寒凉
令灵魂战栗

但浅浅的眼眶
足可守住一条大江
有一根针
需要它
要把滚滚的江水搓成细细的棉线
穿过小小的针眼
把崭新的爱
缝进生活

2017 年

# 臧全秀的诗(7首)

臧全秀，1969年生，中学教师。

## 我要说的是最小的事情

亲爱的，你突然来到
突然离开，就像腐烂的果子
就像六安南站的桃子
经过处理后
一夜之间，就烂掉
我还能
说什么呢
这么小的事情
这么小
一些人喜欢
去掉真实的部分
掺一点假
也许这样才算真实，也许这样
才放心

2017年

## 人在山中

他的秋天就是山上的柿子
没有别的女人，从山坳里靠近他
他往往
一出场就是惊艳
丛林外面
那片亮光里
所有的事物都涌向他
茫茫雾气中，好像他是唯一
来过的人
整个山间，唯有晨露
还在向着土壤深处走去，执着，忠诚
义无反顾
没有什么可以触动那几粒种子
那个挥刀的人
将曾经有过
或许没有的爱情斩断
而他身旁
那几株
枯了的树，立在高处的风景里
将干净的天空
呈现

2017 年

## 可能的变数

没有什么不好的
空气中被剪断的青草味
十分新鲜
可能有点拥挤
可能还有更多的刀锋
从头顶上经过
被叠加的夕阳落入城门之外
可能活得
更久远一些
还要配上飞鸟、蜻蜓
流言，蜚语
还要走来一群孩子，他们奔跑在一片草地上
后面尾随着爷爷、奶奶
妈妈、爸爸
小姑很少，在那样人群中
小叔也消失了
一阵。孩子有了自己的王国
可能更幸福一点
也可能更
沉默

2017 年

## 雨　中

这个星期的最后
这个星期的许多人，走出去
在伞的上面
雨啪嗒啪嗒地下着
下垂的蜀葵
凤仙花，躲在叶子后面
一个人走过去
一辆车
溅起雪白的水花
雨水按照正常的角度倾斜
每个高度
都倾泻
它们不断布局，不断将污浊的部分
冲去

2017 年

## 地耳之外

仿佛此刻就可以进入
在一个几百人的会场，陆续到来的人
微笑，点头
将身体可能的语言
无声地打开

也许就这么一点，也许更多
他们将心仪的方向
注视
然后任由一个人发言
一个人
点燃许多人
他们的心
互相撞击，有时闪出莲花
有时闪出槭葵，也许还有箭叶
卵叶
他们将生存的技艺
发挥到极致
仿佛在雨后的地菜皮上，踩了一脚
仿佛更多的地菜皮
将人间的藻类
罗列

2017 年

## 父亲的船只

问及流水
流水也会沉船的，父亲
你的船没有沉
你只是在五月之初
离开一个海面
在你七十五年的岁月中

你陈述过
锄头，石磙，老井
夭折的初恋
目光所及之处
都是麦子，稻子
庄稼忠实的陪伴了你一生
它们总是默默地
跟在你身后
哪怕一杆旱烟袋已经熄灭
哪怕那些麻绳
捆绑的叶子
还留在墙上。倒塌的那一面，冒出许多树
你还是喜欢安静地读书，安静地
睡在某一隅
将屋顶抛光的部分，再涂抹一遍
你已经不那么
说话了，有时在梦里
才说两句

2017 年

## 不尽的山野

致自己最小的一部分
致早晨的山野
钟声给了其他人，我在安静的屋子内
画地为牢

紫薇花照样开放
并将各自的光芒收敛
还是永生
永恒，在互相转换的时光里
一滴水进入肉体
成为我
扁豆花再次疯狂，一片白
一片紫，一片黄
泥土之上，更多的草木低附
十里荷花进入秋天
我的村庄
和许多人的村庄，开着鸡冠花、水仙花
百日草
还有无边的瓠子、丝瓜
冬瓜，它们都在辣椒之侧蔓延
在秋天的茄子地里
吸引一个人
一群人

2017 年

# 严正的诗（10首）

严正，1984年生，安徽寿县人，现居广东清远。2009年获首届“在南方诗歌奖”，主要作品有长诗《迷钝》《终点》等。

## 自由度

剥成裸体，坐在椅子上
栅栏不高
木桩上挂着衣服

可以禁止的东西：言语、钟摆
颜色、逻辑、签名和手
杯子是空的
苹果锈了
你熟睡成橘红色

2007年2月5日

## 所有故事

我坐在地面上，很久以来

太阳。
骤雨。
冰霜。

很久以来
你不见了，野花照旧开在盖子上
有黄昏的苦楝树。
也有头顶飞过鸟的孩子。

2008年5月26日

## 卿卿如晤

啤酒的嘈杂声中，往事越谈越远
我是个不完全的东西：
普蓝。
有瘀伤的星期天和所有语言。

后来她来了，外面下着雨
墙上什么也没有
除了潮湿的水滴
和她给我讲的小妮娣的非命之死。

2008年6月5日

## 恋曲二〇〇九

抑制，梦幻，一毫米，一分钟，静止不动的瞬间
从关上窗户到一扇门仍然开着，从这里
到我们以前去过那里
用自己的杯子喝自己的水
用自己的双手搂抱自己的情人

结果，因为，所以，但是，
现在我说一句极悲伤的话，我说什么呢？
我说再见，哦我说再见我是再见我是被再见的再见
在地铁站在广告牌下在攥紧的拳头里
在我是不再等待不再仰望夜晚的晴朗的夜晚

原谅我众所周知的两只胳臂，两条腿
原谅我思考人类的思考
原谅我嘴上的名字和你身上的黑痣
原谅我上我的床进入我的梦乡
原谅我路途遥远我累了，用一个鼻孔说着话。

2009年9月11日

## 是　她

从头顶到脚底
从休耕的大地到熄灭的行星

我缝在黎明尽头同一个湖泊的呼吸
图像是清晰的
脑子是空的
我记得清发生些什么:
豌豆和蚕豆和人类的家庭
甚至我单方面地要求它们一秒钟。

2010年9月5日

## 传　记

结尾与结尾之间夹杂的是墓地
旁边是麦田，再旁边是海
一些时差缩小了
一些时差在扩大
我接受了茅草伸长的部分
我接受各种鸟类的口音
如果你站在我的面前
合上课本，上了岸，在你的视野之外
请你沿着这个下午关掉我的世界

2010年9月27日

## 火焰的涂

这一夜贴着下一夜，你能记得什么

椭圆的碎片，熔化的灯丝
闭上眼睛，你认出我从遗像上滴
下时的形象，我手的喊声隐匿
在皮肤下。在你动作的太平洋
你醒着，像爆炸的闹钟
像发育结束不了，我坐着
这一夜贴着下一夜，这一夜也是你过的。

2011 年 2 月 3 日

## 我是一个属于自然的孩子

我是一个属于自然的孩子
我流着自然的血和人的血——
发情期，睡眠，腹语和阴影
这些变化一个
接着一个：职业病，诊疗卡，雨伞
和旅行手册的使用
因为两条腿，铁轨上碰撞的声音
我迷上庞大的木柴
我想做一次幸福的旅行
我，没有名字
也没有自己的身体
我在你们的体内静静地流出
在每一次黎明集合时：
我与一颗星星为伴

像地球上遥远的木星和月亮。

2013年4月23日

## 冥想的内核

早晨地平线渐渐打开你的双眼
像切开一分钟带给你的无限
世界被勒令返回它熟知的过去
你开始回溯：沿着住址
你像一本书时刻被阅读着
你站在旷野眺望
阳光下具有某种广度的麦浪
它如同你蓝色的淋巴网络
如同这首诗
远远地在你的记忆中燃烧

2016年12月8日

## 第二夜晚

暗夜：
当神瞬息间熄灭了祂一天的光
梦的特权领空上
行星如乌托邦一样的微生物
在碰撞后的灰尘中产生
夜晚是有力量的

平原静静地长着它的麦子
豆荚在收集全世界的眼泪
此刻，在布满星星的地平线上
你遥远得像一粒带有咸味的饥饿的细胞

2017 年 12 月 25 日

# 木乔的诗(9首)

木乔，原名陈德轩，安徽寿县人。著有诗集《蓝羽》。

## 理　想

我的祖国太大了
走不完她的城

我要嫁到瑞士去
给一位钟表匠做女婿

边学习制作钟表
边修正内心

门前堆满冰雪
后院铺遍阳光

走进摩根银行前台
查询一个月收入

我的女儿公主一样简约

我的儿子王子一样自律

他们并肩站在迪奥大迪别墅窗前
指向阿尔卑斯山雪峰

时常走出国门
我只推销钟表

即使到了天堂
决不谈论政治

2014年

## 疑　问

一直待在房间
码放一堆木材
分拣出过去，现在，未来的词汇
是开裂，蛀空，腐朽的内容
窗户堵得严实
打不开房门
他只好动手
把长的木头锯短
短的木头剖开
在方的木料上凿眼
圆的木料上开榫
根据年龄弹线

铆紧时间的碎片
花费更多精力
在图纸上钉牢柜门
从血液内分解汗水和盐分
爬上质疑的长梯
因为自身失重而折断
梦境破碎后
惊飞一群蝙蝠

2015 年

## 空中花园

捡来的石槽扛不上去
你只好把它送回老家
请人抬放院子中央
长年守护香樟树荫
变成赭红色一簇胎记

父亲每次离开都要锁好院门
哪怕是他肩上扛着锄头
告诫两岁儿子
不要采摘紫杨梅和天竺的果实
疼痛会让它们停下生长的脚步

把它们开花的样子
当作校对万物时的案例

植物都有别名
灯芯草叫蛤蟆胡
小鬼蒜叫春天荷
蒲公英叫娘娘苔

卫矛枝的形状
戳进小狗牙紫色花朵的中心
照片中蹲在马来西亚银色海滩
戏水的少女
被公司派往海外后
成为琢磨透家乡植物脾气的专家

金雀开出麻雀叫声一样黄色的碎花
贵妃躲进老鼠刺的浓荫
每一株植物都有一副好性格
等她回家时
愈加怀念
那些站在村头喊过你乳名的乡亲

2015年

## 故　乡

故乡是张棋盘
奶奶老将一样坐镇灶前
一双小脚
终身迈不出

陈家老郢这块田

梨花再白一截
牛背驮满老鸹
下到牛角河滩
我趴在梨树丫杈上
钓栀子花香

向西五十里
淠河分不开麦浪
向东五十里
瓦埠湖望不穿荒年
向南五十里
坐在槐店街头

一板车黄梨旁边
父亲挑烂梨充饥，我吃好梨
梨核抛向街心
黄狗冲破热浪
陷进名词方阵
撵着节气转圈

向北一百里
传说有座都城
如果骑牛路过
我只瞟她一眼
如果进城卖梨

定把城砖摸遍

2015年

## 天气预报

淠河跑出大山
骑自行车少年撕开梦
颍河穿越麦田
洗衣服少女低下头
淮河在天气预报里划清两岸
三公里宽河面测量出两度温差

左岸秧苗
右岸大豆
牛贩驱赶黄牛
挤满船头
河水习惯众人惊呼
渡口摇晃成一块巨大调色板

标语爬上城楼
走进城门
就能和现实打声招呼
铁匠铺炉火已被压实
担水哑巴晃过街心捡起瓦片
把倒进水缸里井水数量划在墙面

拄杖老者避让街拐
仰脸看天
记不清准确时间
不是清晨也不是荒年
三条河流从容交汇
记忆一直被雾霭绕遍

2015年

## 和父亲并肩站在一株乌桕树下

父亲说这棵树
从你叫响它名字的
那一天起
才开花结果

它被闪电击中
你刚好出生
发现树洞可以容身
你开始隐瞒真相

第一次摸遍池塘也没捞到你
第二次
你爱在里面藏到什么时候
随便你自己

2017年

## 生命起源

“地球上，
所有参与生命构建的氨基酸，
都是向左旋转的。”

我把这一类有机化合物
当作本。当作末。当作鸡翅膀
当作经，雏燕雨中飞。当作纬，烟岚湖畔生

当作爷爷辫梢上拴的毛线红头绳
一九七三年，石匠在他的墓碑上刻好碑文后
提来一桶桶井水反反复复冲洗

2017 年

## 小男孩

隔着一层窗帘
我能看清光明代表着的时间
在众多噪音中间
钻进来钻出去
小男孩被太多想法纵容的四肢
阖上眼皮后
静止成为一份礼物
像平静河水

柔顺无骨

我拿起一本放在床头
南非作家纳丁·戈迪默的小说
《我儿子的故事》
书中描述在种族隔离政策下
黑人小男孩的成长经历
威尔陪伴在母亲身旁
保守父亲的秘密
仿佛他父亲从金发情人那里得到的礼物
都有他的一份

2017年

## 乌桕树

记忆的边缘
刀裁一样整齐
只有雕塑才能如此清晰
初升弦月挑高树梢
供往事自由出没
和夜晚隆重降临

父母商量大事
像田野中央水声
鸡叫头遍
鸡叫二遍，鸡叫三遍

水声越来越谨慎
上学路上

我看清流水
钻进秧亩
向低洼处汇聚
乌桕树枝繁叶茂
站在村头描述
一段关于白头翁筑巢的经历

白头翁两短一长的叫声
是乌桕树结出的果实
我用弹弓把快乐一粒粒射向天空
看到那些白色籽粒
在降落的过程中
重新垒成凌晨鸟鸣

2017 年

# 苏传道的诗(4首)

苏传道，1966年生，安徽淮南人。获《诗歌月刊》第十一届“桃园杯”全国诗歌大赛二等奖等。

## 父 亲

自留地上三间青砖红瓦房
让父亲欠下第一笔债
后来瓦房成了二弟的新房
父亲欠下第二笔
我毕业那年奶奶卧床不起
我把小妹送到师范门前便匆匆返回
路上远远就听到了父亲的哭
从此父亲债台高筑
滚雪球一样的日子
把父亲满头乌发滚成稀疏的银白

欠债的日子父亲是抬不起头的
欠债的日子把父亲拉成了一张弓

父亲再也没有力气把这张弓拉得更满

不远的地方我们各自都有了
为生活奔忙的理由
2006年3月12日
一个星期天的上午兄妹五人
凑齐了足够的钱交到父亲手里
我们的父亲老泪纵横　双手颤抖
哭得像个孩子

2006年5月

## 一大早我就看到了煤

土生土长的煤矿人，一大早
就看到了煤，我走在行人便桥上
一辆拉煤的车正好从脚下经过
喘着粗气，火车皮一样的拉煤王
我听到了煤在脚下吼叫与嘶鸣
迎着朝阳冒着热气左摇右晃
一路上它始终把自己收得紧紧的
不让内心的火轻易地烧出来

一定是搭上生活的快车了
奔忙着从一个早上到达
另一个早上

2007年12月

## 这些树把自己站成了风景

所有的叶子都留下了　还有
土里的体温和几十年的牵挂
鸟巢　它随身携带的乡情
一路颠簸割舍不下

这些树是从乡下运来的
它们有着相同的经历
它们都经过了认真的挑选
身上用红漆标上记号
脖子上系着红布条
它们身上多数有残疾
内心的沧桑一览无余

颈椎病　引起了歪脖子
营养不良造成的罗锅腰佝偻病
活了几十年没被人看重
木匠眼里的残废　老了
进城了　还百里挑一

树坑早已挖好了
身边是名贵的花草簇拥
出身卑微　这些树
站成矿山名贵的风景

2008 年 10 月

## 第二场雪

如果再下一场雪
我就会把它当作插页
第一场雪已经装饰了
一个季节的封面

多么热烈啊　纷纷扬扬
天地开始摇摆
我无法说出此时的感受
一种巨大的包容由脚下升起
袅袅的　就像一粒雪
从空中缓缓飘下
轻轻地躺在温暖的大地

2010 年 7 月

# 许敏的诗(5首)

许敏，笔名大放。有作品发表在《诗选刊》《诗歌月刊》《阳光》《安徽文学》等刊物上。

## 我的村庄

我的内心只剩下膜拜
这西北来的风夹杂着黄土苦难的气息
我看见一株麦穗跌倒的村庄，从天际走来
古老的飘着焊烟香气的村庄，瘦成一匹马的村庄
纯净如水的村庄，几堵矮墙遮风，几处茅草避雨的村庄
我必须饱含泪水才能仰望的我的村庄
请允许我匍匐大地，成为它贫瘠的一部分

2011年10月29日

## 暮　色

大地渐渐褪去苍茫
树木抽去绿色，一根柳笛无垠的空旷
雄鹰背上的落日，山川与河流的伤口

孩童和羊群隐去，河流背负着漂泊的歌声
我和一群石头扑倒在地，倾听
一匹马嘶鸣的辽阔

2011 年 10 月 31 日

## 云　朵

阳光是一种虔诚
还有雪山、湖泊，只有面对它们
内心的漂泊，才能像久违的云朵那样
让我们丢失的纯净，比一株草更加柔软
比一片雪更白
被牧羊女歌声润湿的灵魂，被放逐的风
散落在地上的群山、羊群以及那些马背上的苦难
能让我们安静下来，都能以云朵圣洁的高度
抚摸大地不很坚强的脊梁
还有它身后远去的风尘

2011 年 11 月 5 日

## 许庄村这一夜的风

这一夜
风里有狗叫，有嘶鸣，有破碎
风里有豪气，有划拳酒令，有江湖
风里有孩子的眼睛，有庄稼，有明早的饭食

有叹息，有焦虑
除此之外
风里的天空有雪，屋檐上有成排倒挂的冰凌子
风里有外姓王寡妇喷火的眼睛和滚烫的身体

2017年3月20日

## 土瀑布

离城八十里，狂奔的黄土一个闪身
一头栽倒下去
每一个颗粒都在哀号
它们张扬着身体撕裂的疼痛
它们在这四分五裂
把肢体研磨成嘶鸣
它们一泻千里，追赶着水
千百个土的漩涡，弥漫的血液
听得见怒吼的厮杀
把自己龟裂成皮肤，思索的皱纹
它们起伏，跳跃
它们冲击，摔打自己的灵魂
起身的是泥土，落下的还是泥土
它们四散开来
漫无目的地弥漫
偶尔打湿路过人们的衣角
叫作尘土

2017年3月24日

# 王运超的诗(5首)

王运超，《八公山诗刊》总策划，《长淮诗典》编委。著有诗集《心灵的绿地》《诗意淮南》等。

## 凤台面筋

我们应当为北宋名相吕夷简
颁发一块科技发明奖匾
小麦蛋白质是名相在北宋年间
用双手揉洗出的科技成果
不是在实验室
也没有使用过精密仪器
名相回乡休养之际
礼贤下士帮厨师揉面
竟揉洗出了小麦蛋白质
这种软绵绵肉筋筋的东西
把它冠名吕氏面筋
该是多好的奖赏
在凤台在桂集
名相吕夷简的科技发明
吕氏面筋

成了居民的家常手艺
一代代把它发扬光大
还做成了鸡鸭鹅鱼等素荤
增添了大众饮食的乐趣
而当初，名相竟疏忽了商标登记
他的科技成果
早被家乡的群众亲切地称为
凤台面筋

2012年7月

## 在马店喝羊肉汤

我只想听听旷野里引颈长啸的马嘶声
我只想嗅嗅栅栏中腥臊的马汗味
我只想见见石板街上深陷的马蹄印
这些，我都没实现
在淮河北岸，在一个叫马店的小集镇上
一家紧挨一家的羊肉汤招牌
将我对这个集镇
因地名而产生的遐想
生硬地截断
随便走进一家羊肉汤店
店老板敦厚的话语
像汤底的佐料朴素而又热烈
服务员脆生生的招呼
让我的耳畔总是萦绕着羔羊的咩咩

喝一口椒红酒味的美汤吧
香辣鲜美　口舌生津
让我的味觉也展开了遐想呵
敢情当年四处奔波的马倌
原是放牧羊群的啊
夜晚，羊儿进圈
马倌们赶到店里
煨上一锅羊肉汤暖暖身
顺便再小酌一杯
打听打听早市羊肉的价跌
一不小心
让子孙后代们喝出了地方名吃

2012 年 7 月

## 吃喝曹集

这是一个名不见经传的小集
从凤台县城开车过去
得颠簸半个多小时
为了做一回狗肉朋友
我和几个同事一路打的
奔往淮河岸边
这个靠吃喝扬名的小集镇
时代发展的浪潮
已淘去了曹集固有的交通优越
石板街上早淡去了商贾往来的热闹

狗肉馆倒很正宗
匾牌一家连着一家
冷拌、红烧、烩汤、火锅
狗肉的香味总是满街飘荡
店老板的厨艺绝对祖传
他还告诉我们
在曹集吃了狗肉
就不再是狗肉朋友
吃完狗肉少不了要喝茶
茶馆的摆设尤其简单
长条木凳　大花碗茶
同事端起茶水接打着电话
我们戏谑地说他
左手端着古代礼仪
右手举着现代信息
在曹集，我受到两种文明的冲击
呵呵，在曹集
做一回狗肉朋友
做一回吃喝朋友
很轻松
很实在

2012 年 7 月

## 淮王鱼

就连硖山口到黑龙潭石缝里的鱼

也硬要沾些“王”气
它们长得像戈牙一样
它们喜欢躲在石缝里
它们没有大快朵颐的肉身
它们缺乏坚挺的鱼刺
想想哪一样也不具备“王”的霸气啊
是谁将它们唤作回王鱼
是谁又将它们正名为淮王鱼
是峡山口的渔民
想呈奉它们于汉王宫
还是沿淮的厨师
鉴定出这种鱼的肉细鲜嫩
想必是王公贵族偏爱的美味

2012 年 7 月

## 印象曹庵

这许多词语无法表述的意境
是明媚的春光
是春光里妖娆的桃花
是桃花掩映下古老的曹庵
还有此刻，我背依一枝桃叶
品尝着的这枚艳若红唇的草莓
要是有一壶花间酒该多好
我可以去邀约那些
优秀的　器宇轩昂的男诗人们

美丽的　才情不凡的女诗人们
我们就在这春风缭绕下的桃林间
席地而坐　慢慢啜饮
我们谈古老谈年轻的话题
我们笑人生笑成长的痕迹
我们看桃花看春光的眼神
我们盼发展盼前行的光明
我们就这样
让酒香飘出思想的古庵
让双指间这枚红艳的草莓
定格成曹庵的记忆
春天的记忆

2016 年 4 月

# 潘建设的诗(7首)

潘建设，1985年生，安徽淮南人，现居北京。与诗人黄运丰创办玄鸟诗社。

## 修剪后的坡坪

再走就到前面的坡坪了
我们上上下下
我们的脚在它的脊背上移动
希望把它们永远搁在上面
我们欢笑，却没有激情奔跑
嬉闹。阳光洒在水面上
想唤起我们隐藏的欲望
却让我们矜持地站着
就像这坡地上的草
因为修整，所以不能疯长
关注的太多而丧失了它的美好

2009年1月

## 拒绝想象

光阴与我对视
对面是一堵灰色的墙,
地上堆放着杂物,
几只苍蝇不知生死为何物,
东飞西飞,无所事事。
我写下一些并不优美的句子
呼吸也不均匀,
崇高被消磨成一些鸡毛蒜皮。
这不就是真实吗,
你却总认为它虚假。
到底谁欺骗了你,
你活在怎样的梦境当中?
是否该拒绝想象:
她像莲花一样圣洁?
是否该拒绝置换:
我之外的他人
不过像一个单词,一个音符。
隔壁小孩的死,
像一个词语的删除。
鲜血流在意念之中,
而不感到疼痛。
复活也变得轻而易举,
你说活他便活了,
像死亡之树又重新发芽。
怎样才不为欺骗?

我摆脱我，
写一首破碎而五音不全的诗，
避免优雅的字句，
这破碎像流逝的光阴，
悄无声息，默然无语。
真实又好像不真实。
我的心跳，我并不能完全知晓，
它走着，并不按人的想象。
它以某种并不为人知的方式自存在着，
然而到达你眼睛的，
就是天空的蓝，
草地的绿和蓝天的广阔。

2011年9月

## 别无他路

光阴不衰不减
但我的昨日过去了
一万个昨日过去了
今天荒废到了黄昏
我的明天呢
要给你多少个明日才够用
才能实现你的美好愿望

我们站在即将走失的奔马面前
试图拽紧缰绳
成排的白杨哗哗作响

陌生的林场只有我们俩边走边谈
树木高长，冷森
让我们觉得没有尽头

天空是天空的色彩
天空永不曾改变什么
它一直心怀悲悯，泪水明亮
却难为你所知
有几声鸟鸣，滴在屋檐上
我想告诉人们我的方向
人们也企图告诉我他们的方向
你固执地选择向相反方向
因为它确确实实也是一个方向
并且在阳光下或废墟中
看起来和其他方向并无两样
你可以沿着它走下去
并且它一样没有尽头

睡醒时分，他细白的首颈伸向窗外
透过明晃晃的玻璃
看见自己的浅淡容颜
坐在凋零的时光深处，容颜衰败
再也不能抽身而回
唯有向下一秒走去
心无措得像田间地头上的杂草
怎样表达都将深入一场恶疾

2012年1月

## 泉　眼

泉眼这样细细无声地流着
并不想证明什么
他们满溢之后自然就会显露出来
如果我们相爱
也不用刻意向世人宣告什么
在焦躁的脚步声中
我们只需慢慢地走着
回到爱的初心
有些东西就会像泉水一样流淌出来
四处散溢
涟漪成绮丽的花纹
又有一些东西在深处集聚起来逆流
将我们满溢。只要你那里
蓄满了足够的水，它总会
见到光明，碰撞石块，发出流响
成为我们生命中的一部分

2015 年 10 月

## 栅栏之外，再无世界

总是一点一点向前
靠近靠近再靠近
犹如前面有光

犹如你在我眼前
你总是后退后退再后退
离我一步之遥的距离
铁栅栏上，爬着红花、黄花
蓝花、白花和紫花
你踯躅而又痛苦地踱来踱去
总想要到栅栏之外去
我怎么忍心告诉你
栅栏之外再无世界
你将虚妄的爱给了
外面一望无际的风和黑暗

2016 年 4 月

## 空中飞人

狂风暴雨追赶而来
茫茫雨幕中
独我在高飞低飞
脚尖踩着树，然后一跃而起
踩到另一棵树，双臂平伸
一只脚抬起，另一只脚寻找
落脚的去处。在漫长的河面上
我扑动双翅。借着悬崖顶之力
在半空中腾挪走动
在塔楼上，我们和敌人
负隅顽抗。为什么我会飞

而芸芸众生不飞
我试图告诉人们飞翔的诀窍
比如该怎样张开双臂，怎样运气
怎样御风而行，防止摔落
狮子和大象在森林中逃奔
人们也惊慌失措地躲避着枪炮
我飞在最前方，呼喊着方向
不停地跳跃，炫耀着我
于重重危机中拼命冒险
而又泰然自若悬空的技艺

2016 年 9 月

## 器皿中的人偶

时间是用流水编织的
美人是用玉瓷雕铸的
在欲望的沼泽里
你我都无处栖身
因此在梦里我遇见了
陌生的靠墙而立的女主角
我拥抱她，准备脱掉她
白色棉袜，不小心露出了
她白玉般冰凉的双脚
我从来没见过
那样清清白白的脚
仿佛从没有在尘世间走过

她面色冷峻，庄严
令我厌恶自己的亵渎

2017年9月

# 黄丹丹的诗(3首)

黄丹丹，著有散文集《一脉花香》《清欢》《应知不染心》，诗集《白话集》。

## 错　过

无数次与人提及一座桥
以及桥上的偶遇
喋喋不休，不厌其烦
也诉不尽我内心的感念

2006年至2017年
若是写简历　可以一句话概括
简明的人生没有任何要义
除了错过，再没有别的可记

像常开车走错道一样
错过　错过　错过
错过一朵花开
错过一个未来

习惯错过的人对一切疏淡
却为与那座桥的重逢欣喜若狂
十一年时光淬度
石桥已成彩虹横跨时空

2017 年

## 在濮塘

在濮塘，千年的银杏苍枝翠叶
阳光炽烈，舞着江山
斩断岁月布满的纠葛
移一地碎了的旧时光

李太白老了，日子也老了
诗不抵歌，酒不沽名
采石矶上的太白楼摇着星辰
也摇晃着我的青春
一轮江月，弄碎了向晚

静谧的心湖上
舟横着，紫藤长廊横着
木栈道也横着，抵向湖心。
湖水也是碎的

在竹林里，新叶划过手指
恍然地微颤于湖水，手机跌落

这光洁破碎的内屏，抚过掠影
那一帧帧闯入记忆的碎影
裹紧，凝集，裂变，隐匿而去

我在濮塘里逐渐扩大，大于破碎

2017 年

## 相　忘

夜宿宣城
想到不远处的敬亭山
泊在泛滥的诗句里
便不免惆怅

打开窗，不见半点星光
一丝夜风侵入
倍感凉薄

月光淡极了
夜却开始不安
李白的酒意
恣意地潜入梦

我看见了
万千的鸟影
俯向低矮的山峦

供人静坐怀古的亭
落满尘埃

在千军万马的厮杀声里
惊醒。诗卷依旧紧抱在手
心跳清晰，脉搏温热
那首诗也如流水般顺畅
——“相看两不厌，只有敬亭山”

2017 年

# 东方煜晓的诗(2首)

东方煜晓，原名徐沛喜，诗人、作家、词作家。

## 枸　橘

《淮南子》曰：故橘树之江北
则化而为枳。《晏子春秋》云
橘生淮南则为橘，橘生淮北则为枳
其实是，橘为橘，枳为枳
淮河以北不生橘，只生枳
或生于沟沟坎坎，或种之为藩篱
荆棘丛中，幽深着许多暗道
左右贯通，一些贼眉鼠眼的家伙
以鄙夷的目光向家猫挑衅
家猫也拿它们没有一点办法
偶尔捉只麻雀，锲而不舍地戏耍
戏耍只是为了戏耍
枳的梢头，展览着奇香的果实
红兜肚儿的男孩，手持一根小竹竿
爬上懵懂的石碌，努力够那金黄的诱惑
却因此跌入血淋淋的教训中

大人闻声而出，丝毫也不心疼
反在他屁股上拍出五条血色的记性
他告诉儿子，那不是什么柑橘
俚语叫狗嚼蛋刺

2017年6月6日

## 儿童节

假日在公园撒野，五彩缤纷的小风车
在花海里快乐地旋转。棕榈丛中
有人在过分亲昵，明目张胆，旁若无人
虞美人开得正艳，彩蝶迎风飞舞
一条黑影突然窜出，闪出一道白刃的凶光
毒牙刺破童稚，鲜血滴落成桃花朵朵
母亲的尖叫划过有霾的天空
父亲高举的半块青砖，晚了一步
这是一个灰色的儿童节。一颗花蕾
无忧无虑的花蕾，惊恐地排队在防疫站前
等待注射疫苗。她的母亲一遍一遍地问
你这里的疫苗，是不是过期的疫苗？
晚报的嗅觉灵敏，还有社会频道
都是一个声音：各位家长同志们
可得一定看管好自家的孩子啊

2017年7月16日

# 高常亮的诗(2首)

高常亮，笔名竹篱，安徽凤台人。著有《竹篱诗选》、《根系》(合著)。

## 种

扎好篱笆　一棵秧苗才能
安身立命　扎好篱笆
才能围住乡间亲情
母亲种豆　种瓜　把希望种进
汗水里　她一生忙忙碌碌
春种　夏种　把南瓜
种在秋光里　一年又一年
花开花落　她死后
在她的坟沿上　没扎篱笆的
扁豆秧　也开得花繁匝地

2015年10月26日

## 父 亲

在城里工作了许多年
有人一再问起我的父亲
有人以为我父亲的名字一定显赫
有人以为我的父亲一定超凡不俗
有人直接让我说出他老人家的名字
也有人非让我把他的名字写进方格内不可
有时　我的确没有办法
有时　我只想告诉他（她）
我的父亲　曾经被土匪打掉过牙齿
曾经被铡刀削掉半个指头
曾经言论极“右”被无情揪斗
曾经因一只母羊难产摔断一根肋骨
曾经在一次翻船事故中救了三条人命……
他就是个正派朴素的农民
而且已经去世了很多年

2016年1月9日

# 阜阳

合肥
淮南
蚌埠
六安
宿州
滁州
亳州
淮北

# 梁如云的诗(1首)

梁如云，1945年生，安徽阜阳人。著有诗集《永恒的情笛》《爱之海》《野雨》《恋痕》等。叙事诗《湘江夜》获全国首届中青年优秀新诗奖，《千手观音》获国际石韵第二届优秀诗歌创作奖。

## 湘江夜

湘江夜，夜茫茫，
荻苇萧瑟雨洒江。
江头独坐谁家女？
楠竹架起罾鱼网。

屏住气，听水响，
且喜雨急江水涨。
“但愿网出湘江鲤，
鲜葱活鱼喷喷香。

“三年前，亲人救我病床上，
到如今，鱼汤捧给亲人尝，
亲人昨日到乌石，
说是戴罪回故乡。

"山珍海味渔家少，
家乡土味味道长。
亲人为民遭大罪，
难道说，不该喝碗鲜鱼汤？"

忽觉网动忙搬罾，
一网二网空荡荡。
三网空，叹口气，
四网空，心惆怅。

五网六网不见鱼，
心似油煎泪汪汪：
恨鱼儿，鱼儿无踪藏江底！
怨江水，江水东去浪打浪。

纵使十网不见鱼，
渔女有志下百网；
百网若是无红鲤，
一直网到大天亮。

不是亲人爱吃鱼，
不是伢妹逞刚强。
亲人如今返故里，
不似当年在台上。

台上官高人奉承，
下台反目冷如霜。

世间多少势利人，
投石下井丑模样。

自古民心不可辱，
亲人遭难家家想。
说么子“戴罪”回家园，
为民下台本荣光。

家乡水，甜如蜜，
家乡鱼，鲜又香，
家乡人儿心贴心，
家乡山柴烧火旺。

亲人哒，莫嫌江水土滋味，
家乡水土润愁肠，
一碗鱼汤暖肺腑，
多少情意碗里藏。

雨丝儿飘，
水波儿漾，
落凫儿啼，
秋风儿凉。

雨打蓑衣人不知，
痴情伢妹呆呆想；
“今夜晚，要是网到红鲤鱼，
待来年，亲人定能申冤枉。

“今夜要是网不得……
不！除非江水往西淌。
你听这江水拍岸‘彭彭彭’，
莫不也在把亲人想！

“草鱼鲟鱼我不要，
鲫鱼鲥鱼扔一旁，
鲢鱼虽美不中意，
湘江红鲤最吉祥。”

江水知情暂息波，
秋风会意不吹浪。
出水鱼儿泼剌剌，
呼唤姑娘快起网。

紧拉杆，急收网，
乐得姑娘跳进江，
双手拎起红鲤鱼，
东方发白现曙光。

江岸屉谁脚步沉？
又听声如闷雷响：
“路漫漫其修远兮，
吾将上下而求索……”
——一位老者逆风上。

面向滔滔湘江水，
背对乌峰天苍苍，
黑色衣服打补丁，
二目炯炯瘦模样。

“伢妹子，深夜捕鱼多辛苦。”
“老倌子，清晨风寒莫涉江。”

渔女细把老者看，
老者威武又慈祥，
银发丝丝风吹动，
皱纹条条经严霜。

“伢妹子，鱼儿摇尾活鲜鲜，
可惜哒，弄湿一身花衣裳。
快回家去更寒衣，
当心感冒受风凉。”

“渔家伢妹江边客，
常着湿衣张网忙，
亲人能吃到湘江鲤，
感冒一场心也畅。”

“不知亲人是哪个？
难得伢妹热心肠。”
“亲人本是彭老总，
家住乌石彭家庄。”

"哒！他今回乡成罪人，
伢妹可知这情况？"

"说实话未必犯王法，
讲真情又犯罪哪桩？
吹牛说假走官运，
真言真语遭祸殃。

"人民胸中自有秤，
谁是谁非心头量，
湘江两岸人千家，
革命老帅万民仰。

"我迎亲人无美酒，
亲手捕鱼做鲜汤，
一碗清汤淡如水，
渔家深情似水长。"

老者拉过渔家女，
老泪纵横口儿张。
——莫非他是彭元帅？
莫非亲人到身旁？

"伢妹子吵——！
我穿人民衣，
我吃人民粮，

我办人民事，
我为人民想。

“我为人民鼓与呼，
一朝获罪返故乡。
我有何功有何德，
难为你雨夜寒江捕鱼忙!”

“彭元帅，彭部长，
谁个不知你冤枉。
你为人民讲真话，
人民把你挂心上。

“三年前，你回乡，
渔家伢妹躺病床。
半为疾病半为饿，
全身浮肿脸色黄。

“那时节，‘火箭’‘卫星’天天放，
社员们，饥肠辘辘时时响。
公共食堂大锅饭，
‘病号’顿顿红薯汤。

“干部送你几尾鱼，
人民受饿你不尝，
你知群众苦滋味，
硬把鲜鱼送病房。

“人到饿极食为贵，
鱼汤强似人参汤。
没得你老送鲜鱼，
伢妹难活人世上。

“鱼汤救出渔家女，
活命大恩怎能忘？
知你京城交厄运，
多少人为你担忧把你想。

“彭元帅哒彭部长，
你老没得崽和女，
年迈回乡更凄凉。
你若不嫌伢妹笨，
拜你干爹莫辞让，
女儿侍奉你身旁。”

渔女三揖深深拜，
扑通一声跪地上。
老帅颤手搀伢妹，
泪珠滚滚流出眶：

“收下伢妹好姑娘，
心头暖似春水涨。
爹爹我两袖清风无重礼，
女儿切莫挂心上。”

“万两黄金女不求，
爹爹吵，只求你老心宽放。
莫学屈原老夫子，
千年沉冤汨罗江。
快随女儿回家去，
鲜鱼下酒驱风霜。”

“三年时光不算长，
今非昔比感沧桑。
共产党人真理在，
岂效屈子投大江!

“路漫漫，吾求索，
追求真理为吾党。
获罪免职终不悔，
下情上达党中央。
万事不如公论久，
乌云散尽太阳亮。”

彭总仰天放声笑，
乌石峰上铺霞光。
湘江夜尽晨雾退，
白帆点点正启航!

1979年5月

# 皮旦的诗(13首)

皮旦，原名支峰，网名皮旦、老头子，1962年生，安徽阜阳人。垃圾派创立人，现主办以发表先锋诗歌及其理论为主的“北京评论”(公众号)。著有诗集《老头子作品总集》《我想知道鸟类的理想》。

## 诗人皮旦纪念日

你要到大路上去
碰到谁，就把谁请回家吃饭
碰到穷人就请穷人
碰到富人就请富人

而且不论善恶
不论性别、年龄和种族
碰到瞎子
你要亲自牵着他的手往家走

邀请之前
你得先问一声你好
碰到傻子
你也得先问一声你好

假如你的餐桌
能坐八个人
那你至少得请来七个

但你认识的人不能算数
不过仇人算数
碰到仇人
你更得先问一声你好

要是你请来了瘸子
你得放慢脚步
你得让瘸子走在前头

2003年

## 大 树

这就是它：附近没有比它更大的树，它是大树
它是这里最大的树
有比它高的树，河这边就有一棵
它在河那边。河那边它不远的地方也有一棵
但仅仅比它高不行，高不等于大
与它们相比它从来也没有小过，它一直大
一直作为大树存在
这是事实。附近没有哪一棵树大到可以取代这个事实
远一些的地方不知道有没有
反正附近没有，反正方圆三千里以内没有

方圆三千里以内都算附近
方圆三千里也就是往南三千里，往北三千里
往东三千里，往西三千里
不用说有比它粗的树，虽然不多，但不是没有
一直往西，距离它三百里零三尺就有一棵
从底到上都比它粗
仅仅比它粗同样不行，粗也不等于大
它是大树，它在那里站着
它仿佛在说，大就是大，大才等于大
老也不等于大。比它老的树数也数不清，远近都有
仅仅比它老也不行。老甚至更不等于大

2004 年

## 小纸人

下了整整一夜的雨。天快亮时，雨还在下
是大雨，是很难停下来的那种大雨
路只有一条。天亮到不能再亮时，路也宽到比它的长度还宽
天只能这么亮了，再亮要靠太阳出来
雨越下，路就越宽；路越宽，行人越少
猛一看行人好像一个也没有了
不过这不是事实。在这场雨里，在这样的路上，行人至少
还有一个。行人终于少到只剩下这一个了
他很小，居然是纸的：穿戴是纸的
脑袋是纸的，头发是纸的，脖子是纸的
胸脯是纸的肚子是纸的脊梁是纸的

腿是纸的胳膊是纸的，脚是纸的手是纸的
他是一个不折不扣的纸人，一个
很小的纸人。构成他的除了纸还是纸
脚移动后，发现从烂开的纸鞋子里露出的趾甲也是纸的
不是我，是小纸人自己发现的
其实连脑袋里的脑子和心脏里的血也是纸的
终于走到下一块路碑时，小纸人的鼻子
突然没有了。构成鼻子的纸被大雨泡烂后垮掉下来
这之前，鼻子疼得厉害，一阵阵地疼。小纸人当然也有疼痛
两只眼球也疼起来，其中一只
显然已被泡烂。但小纸人还能看见路
小纸人张了张嘴，他要喊一些什么
哦，舌头也没有了！小纸人一时不知道
怎样才能清楚地表达他此刻的心情
小纸人抬起戴着手表的左手，他想看一下时间
手表也是纸的。看得出，时间正陷入崩溃

2006年

## 看见一头驴跑过胡桥我想起了杜甫

今天看见一头驴跑过胡桥
我想起了杜甫
如果它不是那么瘦
我不会想起杜甫
如果它身上骑了人
或驮了东西

或拉了什么车子
我也不会想起杜甫
今天看见一条瘦驴毫无负担地跑过胡桥
我想起了杜甫
如果它不是一边跑
一边尖声嚎叫
我也不会想起杜甫
这有什么道理呢
这当然没有什么道理
我想的更多的
其实还不是杜甫
而是这条驴
不过看见这条驴我确实
想起了杜甫
我还想起其他诗人
我想的更多的
其实还不是这条驴
而是其他诗人
包括现在的诗人
包括我认识的
这当然也没有什么道理

2006年

## 乌鸦就是乌鸦

乌鸦不在草尖上和虚无中站立

乌鸦不是露水也不是蝴蝶
乌鸦不在花朵与花朵之间来回俯冲
乌鸦曾尝试过换一种方式发言
但很快又恢复到粗暴
乌鸦就是乌鸦
乌鸦是天生的
乌鸦嘴里叼了烂肉
乌鸦飞了起来
乌鸦！乌鸦虽然飞了起来但并不打算飞得太高
乌鸦特意把它的高度
安排得不超出你越来越近视的目光
乌鸦！乌鸦！乌鸦又飞了回来
乌鸦认为它的影响是向下，是深入骨髓

2007 年

## 治　病

刘春林今天遇到一个医生
突然想请他给病死的亲人看病
第一个亲人病死时
刘春林无师自通
学会了号啕大哭
把亲人埋葬后
他又试着大哭几次
感觉确实挺好
第二个亲人病死时
刘春林又学会了一样

学会了哑口无言
而且也是无师自通
而且就像一个爱好
代替另一个爱好
哑口无言完全代替了号啕大哭
今天首先让他为难的是
应该先给哪位死者看病
刘春林最后决定
谁先病死的就先给谁看吧
这样带上请的医生
刘春林就往西走
因为先病死的亲人埋在城西
每走几步
刘春林弯腰抓一把自己的影子
抓到第三把他就不抓了
医生跟在他的身后
医生说，抓三把就够了
这么说来那影子就成了中药
那医生说的话
除了刘春林谁也听不见
那医生一定派头不小
但那派头
除了刘春林谁也看不见
大约走了将近三里
最让刘春林为难的事情出现了
他想我这是干吗呢
我是要重温大哭吗

哑口无言又有什么不好

2016年

## 在席殊书屋

翻开一本新版的《百年孤独》时
想起当年与我一起
阅读这部小说盗版本的王先生
他说这部书有点儿像《周易》
可以用来预测命运
方法是任意翻到某页
第一眼看见的内容
就是断辞
我试着为一个得了绝症的
某大奖获得者
预测了一下
我翻到是第103页
我看见的内容是:
"他带来了坏消息
据他说
自由派的最后几个
抵抗据点
全都危在旦夕"

2017年

## 今夜失眠

零点了
还睡不着
快一点了
还睡不着
于是开始逛群
逛到异象联盟
雪公子说
我吵醒了她
叫我发个专包
只好发一个
发了以后
还是睡不着
于是开始蹓圈
看见好多朋友
都在转一个消息
某人
今晚可能病危
见古河也转了
我就点开
看见一张照片上
几个穿着
白大褂的家伙
正围着一个
尸体状的人
我好像突然明白了

他们的工作
他们不过想让
一场失眠
尽可能地延长

2017年

## 酒　后

“酒终于醒了。”我说这话时
已走在坝子上
“你不该让我喝这么多”
又说一句时
我已看见那棵死掉的树
死了它还站着
所有的叶子都离开那棵树了
最高的树杈上
一直盘着一条蛇
所有的蚂蚁也都从那棵树上
排着队撤退了
这条蛇却从不离开
我的话就是说给这条蛇的

2017年

## 霍　金

现在的霍金
就是一具尸体
真正的霍金
早就死了
你能看见的
是瘫痪在
轮椅上的霍金
你看不见的
是浸泡在
福尔马林里的霍金
专门有人
负责把霍金
从福尔马林
架到轮椅上
再从轮椅
架到福尔马林里
不厌其烦
其乐无比

2017 年

## 我想遇上一个大鬼

小鬼没什么稀罕的

最小的小鬼
比一粒细微的尘埃还小
就是附在身上
你也看不见
有时候你身上
某个地方痒了
比如裤裆里
你伸手去抓
抓了半天，除了痒还是痒
这就是小鬼上身了
褪下裤子你看见一片红
把肉抓烂
你也抓不住小鬼
他笑得格格的你也听不见

2017 年

## 亲爱的

亲爱的北方的公马和母驴
亲爱的北方的骡子
亲爱的北方的大雪和暴风
亲爱的
让我们穿过北方的这个冬季
我们不骑马
天底下就剩这一匹马了
我们不骑驴

天底下就剩这一条驴了
我们也不骑骡子
天底下的骡子全都死光了
亲爱的
你为什么这样固执
为什么非要骑上它们
应对北方的严寒
亲爱的
要骑就骑骡子吧
马和驴正在交配
亲爱的
我们的骡子还没生下来
让我们祈祷吧
祈祷这个冬季再长一点
好让骡子长大
亲爱的
我们的祈祷必须继续
不能停下来
让我们祈祷这个冬季
更长一点
好再生一个骡子
亲爱的
我们的祈祷必须坚持
还不能停下来
让我们祈祷这个冬季
比更长还长

好再生一个骡子

2017年

## 木头人

木头人看见的第一个人是伐木工
木头人看见伐木工扛着工具远远走来
站在大树第99圈年轮的内侧
木头人大喊：快一点！再快一点
木头人看见的第二个人还是伐木工
木头人看见的第二个人
也是第三个人和第四个人
木头人这次看见的不是一个
而是好多个人
他们说着笑着挤作一团往前走
木头人很激动
木头人知道只有伐木工
才能把他从大树里解放出来
木头人激动地几乎哭了
整个少年时代木头人都没哭过
整个童年时代
木头人好像也没哭过几回
很多人奇怪木头人为什么不哭
为什么没有眼泪

但木头人不奇怪

木头人知道自己是木头人

2017 年

# 丁友星的诗(9首)

丁友星，笔名丁醒，网名中国先生，1965年生，安徽无为人，现居阜阳。《清颍》文学杂志主编。

## 活一个人

活一个人比活一棵树困难
树可以歪生斜长，可以旁曳斜出
让人正之

尘嚣间每一件事情上
都结满着鞋子的紧缩
穿上它的大小才能行走
迈出去的叫遥远
迈不出去的叫咫尺

活一个人比活一棵树困难
但是，人仍不愿活树
活树的日子阳光稀少
活人的日子雨露充沛

活一个人与活一棵树的最大区别
就在于人要活出人味
树要活出树意。其实
活一个人活一棵树
都是在活头顶上那块天空的蔚蓝与辽阔

1989 年

## 沉淀朋友

二十八滴雨水熄灭了
一个男人的硝烟
我才知道雨水的肥瘦
我才想起拉开窗帘
沉淀朋友

逝者如斯，逝者如斯
健康的土地营养丰富水分充足
我的身旁种植着许多朋友
现在活着或者死去的
都有我送去的一份真诚的祝福

朋友可有忌无；但
可多可少
沉淀下去的是朋友
漂浮上来的也是朋友
朋友与朋友不同

朋友有厚薄深浅亲近远疏之分
有轻重缓急贵贱贫富之别

感谢你们做我的朋友
感谢生活教会我
沉淀朋友

1990 年

## 秘书科

秘书科是一只固定在天花板上的笼子
里面圈养着一群鸟儿　名字都叫秘书
只有领导够得着给他们每天喂食
方针政策　逻辑思维　政治术语
秘书们吃饱了拍打着翅膀　将
拿手好戏一段一段地唱给电脑小姐
电脑小姐打印成篇一行一行地送请领导审阅
领导不时地皱眉蹙额　不时地眉宇舒展
最后秘书得到同意弟兄俩的通过认可　才
圆圆嘴唇将满腹的紧张气氛吹出去一点不剩　然后
一身轻松　浑身舒畅

最好的秘书是学什么唱什么　而且能够
唱得字迹工整　连篇累牍　不厌其烦
让每一位听众入耳就能消化
这样领导一定会在他的额头

点上一颗红痣的奖赏
他就成为秘书科长或者副科长
领着笼中其他的鸟儿更加起劲地继续歌唱

秘书科的笼门经常关闭　偶尔
启开的时候　肯定有鸟儿飞出去
也肯定有鸟儿飞进来
飞出去的鸟儿　或者因为不愿老调重弹
或者因为另有高枝可攀　反正
飞出去的鸟儿就再也不会飞回来了
只有刚飞进笼子的鸟儿活蹦乱跳
不可思议笼中剩余的鸟儿　如此
老气横秋　一肚子墨水

秘书科就是秘书科
秘书科不与其他科往来密切
秘书科高高在上　也牢牢固定
秘书科埋在崭新的故纸堆里
哗啦啦地马不停蹄地不知倦地
吃透精神　信手涂鸦

1997 年

## 位　子

上车是所有人的欲望
所有人汇集一起形成一股洪流

他们的拥挤冲决车门冲进车厢
先淹好位子再淹差位子
最后没有位子可淹了
他们的无计可施无可奈何便淹中间的过道

好位子人人都想得到
差位子也得要人去坐
想想那些没有位子的人
差位子也是好位子

其实，好位子差位子都一样
都能把他们的旅程送到终点
就像我们的生活
活得好活得坏都能活完
我们短暂的一生

好位子上的人不一定好过
差位子没有位子对他们的既得位子构成压力
而且他们的侥幸幸运未必每趟车都能坐到好位子
或者下一趟
或者下一趟的下一趟
好位子可能变成差位子
差位子可能没有位子
因此，位子的占有拥有应该居安思危
位子不是一成不变永远不改的
位子变化叵测变幻无常

最后，终点的目的地到达打开了车门
把车里的人都吐在道旁的灰尘里
好位子差位子都没有位子

1998 年

## 休

一棵树的高大矮小粗细肥瘦空不出世界与自然
只好让人的无往不前有所不为反填了起来

一个人的深入浅出进退自由空不出繁华与喧嚣
只好让树的毅然挺立风雨如磐反填了起来

反填不起来的虚空
只好让人与树并列而立互为支撑
最后站成永无休止无休无止

1999 年

## 有时真不想做人

有时我的欲哭无泪悲痛欲绝真不想做人
做什么都比做人轻松愉快心情舒畅
比如：做猪
我的饥不择食狼吞虎咽只要埋头吃食
快速地长肉

让人的贪得无厌欲壑难填杀到一个高价钱
我的志得意满尽善尽美就是一头功成名就的好猪
比如：做狗
我的心理强大口无障碍只要喷香地吃屎
见到主人摇尾乞怜趋炎附势
见到富人奴颜婢膝低三下四
见到穷人拼命撕咬恶意追赶
我的忠于职守尽职尽责就是一只深得宠信的好狗
但是，做人
我的八面玲珑综合素质不仅要懂得经济
还要懂得政治；不然
出门就会撞上南墙
被人颐指气使盛气凌人
不仅要懂得政治
还要懂得文化；不然
一开口就会被人用心良苦煞费苦心
因此，人的习惯用语恶毒诅咒经常骂人
猪狗不如

有时真不想做人；但是
我的六道轮回觉海慈航已经来不急了
因为我的肉体凡胎血肉之躯已经做人四十多年
因此，我的既来之则安之
只能老老实实勤勤恳恳安心做人
避免被万劫不复抓去六道轮回

2004 年

## 柳　絮

都知道柳絮的常识轻；但却
很少有人知道柳絮的常识为什么轻
你的不学无术自以为是知道吗？反正
我的聪明睿智知道
柳絮开在柳枝的婀娜多姿柔弱无骨上
微风徐来，它便漫天飞舞遍地散花
托在手掌的温情蜜意宽厚缠绵上
一呼百应，它便纷纷扬扬飘飘荡荡
浮在水面的随波逐流顺风而下上
风起云涌，它便腾空飞升跃然飞旋
落在大地的平坦开阔莽无边际上
裤腿生风，它便绝尘而起超逸而飞
嗨！
愚昧无知玩世不恭知道为什么吗
柳絮惯于天性习于物性爱于飞翔乐于飞舞

2005 年 5 月

## 秋　天

我的主观意愿从未刻意给秋天的客观存在设置过
丝毫麻烦或者障碍，总是秋天的飞扬跋扈
为我的被动等待制造出重重困厄或者烦恼。比如

夏天的白昼被秋天的寒意抽走了漫长
一天短暂一天；比如夏天的葱茏被秋天的枯黄抽取了碧绿
一天枯黄一天；比如夏天的炎热被秋天的寒冷抽尽了温暖
一天寒冷一天；比如夏天的茂盛被秋天的凋零抽去了繁荣
一天凋零一天；比如夏天的东南风被秋天的西北风抽转了
　　方向
一天西北一天；比如夏天的暴雨被秋天的干燥抽干了水分
一天干旱一天；比如现在，我的激情澎湃豪情满怀
就站立在满目萧瑟的秋深里
却怎么也感受不到秋天伸出手来的温暖鼓舞；相反
感受到的却是秋天的勒紧收缩对我的包裹变得越来越厚
这就是秋天。它还用一种力量的随心所欲轻而易举
将我故乡巢湖的凝心聚力团结一心肢解为三
一份归于合肥，一份归于芜湖
一份归于马鞍山。但是
我们的理性充分感性充满还不能就此确定秋天的判断
是否客观科学，抑或主观臆断。不过
我的耳闻目睹言行一致已经看到了
秋天的真实情怀正在田间地头驱赶着辽阔广袤的土地
走向金黄灿烂硕果累累的成熟。同时
也走进了我们的高谈阔论夸夸其谈，抑或不劳而获坐享其成

2012 年

## 一只鸟儿正在朝大树飞翔

大树的高耸入云就生长在一片森林的浩瀚无际中
而一只鸟儿的归心似箭正在朝大树飞翔
快得让我迟钝的思绪来不及反应，就越过了
高山的连绵起伏峰峦叠嶂，越过了
大海的波浪滔天惊涛骇浪，越过了
平原的沃野千里河湖交错，越过了
绿地的芳草萋萋与风吹草低见牛羊
勇敢地将大风的不甘示弱统统丢在疾风知劲草上
一直飞进我深邃的想象
此刻，太阳的日薄西山正在逐渐陨落
大树的大叶粗枝也开始摇曳起它的浓荫蔽日
指挥着万树千林招摇呼唤着鸟儿的迷途忘返；同时
还将地面的大路朝天留予行色匆匆去自相践踏
惹得整座森林都在摇晃着它的翩翩起舞
招讨起鸟儿飞翔的天空，然后
拉开一道全方位的伤口让宿鸟归飞急
于是，我深不可测的困惑便展开了鸟儿的思索
猛然醒悟：森林是树的家，树是鸟儿的家
鸟儿和树都生长在森林的故乡
鸟儿的飞出飞入飞上飞下飞远飞近
总是飞不出大树森林的宿命
这只有鸟儿的心底知道。但是
我宽厚的换位思考明白
在鸟儿的飞短流长里一定装着一个永恒的上帝

或其大无外，其小无内；或神圣无比，平凡无及
或高尚无上，低俗无下。反正
鸟之归，归之当归无归不归所归必归

2015 年

# 刘坤的诗（10首）

刘坤，80后，安徽临泉人。著有诗集《小丑》。

## 麒麟镇

棉花见不得落叶
她躲在尚存的五颜六色后面
看着叶子下的影子拼命挣扎
如同从这个镇子走出去的
一根根棍子

棍子听不得狗吠
吠声让棍子热血沸腾，蠢蠢欲动
他们不是天敌
是天生的一对冤家

2016年

## 过　年

越来越讨厌新年

总认为她是前世的婆娘
七年之痒，痒了十几年
总也挠不到痒的地方

小核桃却认为
新年是他唯一的女性小伙伴
就高兴地分配给她
植物大战僵尸里的葵花
这个唯一的女性角色

2016年

## 狗　吠

二楼顶的铁皮棚
关着一只狗
狗叫，另外三面墙
也就跟着叫
仿佛四只狗在叫
这就有些奇怪

楼下的或者路过的
狗，却不知道这些
以为棚子里真的有四只狗

所以，楼下的或者路过的
狗，从这座楼下经过时

都很拘谨
往往闭上嘴，一溜小跑
很快离开

2016 年

## 碎　片

经阜阳发往长春的火车晚点了
与我没有什么关系
我关注着左边
阜阳至上海的时间
跳秒跳得很慢
一个小男孩说
我要去大城市喽
他爸爸点点头
暑假是该让孩子
与自己待在一起的
虽然还待不到两个月时间
但是却能证明
他是我生的

2016 年

## 当我老了

家里的座钟又慢了

它这次没有喝酒
在这所打上拆字的老房子里
阳光一点一点把它的影子拉长
我很生气
阳光把空气中的各种琐碎
放得那么大
让我去哪里找你

海棠花把这条街上的
姑娘们都送了一遍
自己要走了
却没有人来送

喝点酒也好
趁着这股劲送送海棠花
再去葡萄藤下凑凑热闹
劝劝这两口子
孩子都这么大了
还做什么情人

2016 年

## 凌晨鸡叫

刚写完一首破诗
鸡就叫了
看看手机，刚凌晨十二点

我真佩服这只鸡的勇气
在现在的居民区里
都是狗的天下
各种关系都要打通
才能在小区里
有个立脚之地
况且晚上只有狗才能叫
还是按顺序地叫

这个时候突然有这么一声鸡叫
让边牧怎么想
让藏獒怎么想
让路边那只瘸腿的野狗怎么想
让写诗的我怎么想

娟子醒了，摸到手机
在朋友圈里留言
十二点有一件奇怪的事
鸡，居然叫了

2016 年

## 火　车

刚打春，他就跑了
春寒在后面追着
平原上的野狗跟着狂吠

河里的砂子无精打采
江里的生物活过来
忙着自己的生计

过了大桥
春寒落下了
他停下来看看身后
脚下的花，开在他来之前

他哆嗦一下
在绿盒子旁边僻静的地方
平生第一次
将肥水浇在了别人家的地里

2016 年

## 野

屋后那株野葡萄
还没长成就死了

它在听了前辈
对那晚美景
声情并茂的描述后
就有了这种想法

它终于想通了

在一股大风经过的时候
把自己挂在了树杈上
好像出生的时候
母亲也曾经这样挂过

它很欣慰这种死法
因为它知道
野的
永远入不了那个男人的
红皮本子

2016年

## 烂尾楼

楼中住着一位老者
二楼刚封顶的时候
他就在这住着
二十一层的楼盖了十一层
他仍在这住着

上面十层停了
两年后
交了钱的业主们
终于等不及了
二十一人代表
挂起横幅，打起旗帜

静坐，游行
都无济于事

寒露过后，天凉了
老者拿出从院子中捡到的
那几条红红的横幅
围在自己的周围
挡挡风
横幅上那百十位业主的签字
在风中抖着
仿佛与老者一起
激动地住上了新房

2016 年

## 暮　晚

桌上为你冷的那杯水
打了八次结的渔网
河面
遇黑即亮的照明灯

岸上丛林里的妻儿
渔市
屋梁下晒干的鱼骨
沾了河水无法点燃的烟叶

鱼，躲在水草里看着船上
暮晚的人

或者另一只鱼

2017 年

# 依耳的诗(10首)

依耳，原名岳金友，1964年生于安徽临泉。

## 某年某月某日过人民路，看见A坐一男人车后向东走

某年某月某日
整个世界阴沉着
我心情不好
就去街上看风景

街上梧桐叶一片片地老
从树枝上掉下来
打个旋儿　然后
了无声息地落
很像春天　我的爱情
凋零时的模样

走到人民路
很多人在涌动
摸奖　存款　叫卖　吵嘴
也有没事干的

就漫无目的地走
目光很粗糙
许多姑娘低了头

穿过人民路
猛发现A在不远处
坐一男人车后向东走
交通警察痔疮又犯了
没有人来罚款
逆行　载人皆无事
那个男人真幸运

A还是原来的样子
小脸白净
穿一件宽松的棒针衫
长发披肩　身材瘦削

看见A坐一男人车后向东走
我很平静地笑一笑
其实心里不好受
但我确实笑了笑

听说A夏天割了副双眼皮
一定比以前更漂亮
我没看清那男人
但我想应该还不错
对

这哥儿们一定很不错
一定是个大麻子

1988年10月6日

## 走　进

设法走进我
你说

都知道不可能
可是你还说

走进　走不近
我啊
知道也不说

2003年5月11日

## 失　眠

两百只老虎撕咬
月亮冷眼看着

对门的二妮又在梦游
手拍墙壁　啪啪啪
她屋后水塘里

## 一群小蝌蚪在找爸爸

呜哇　呜哇
怀春的猫叫
最让人恼火
赶不走　停不下
你妹你妹
两百只老虎都不说话

2003 年 12 月 6 日

## 管与不管

漂亮邻居进来时
我正练写字
她看我立于案前
悬腕行笔
很是好奇　并
翘起兰花指
摸了摸笔上的毛
临走时说了句
大哥你真管①

晚上我说给老婆听
老婆背转身　说
那是她没见你

①“管”是安徽淮河沿岸方言，意同“行”“棒”“好”等。

不管的时候

2007年6月12日

## 枪

爱人摸你口袋时
你其实没入睡
里面有没有枪
你也不知道

最好有一只德国造
黑暗里发出幽冷的光
保险盖已打开
枪口正好
对着你

2011年2月5日

## 画　鸡

画鸡的是我好兄弟
不对　应该是
我一兄弟擅长画鸡

多年来
他用那些鸡

养活一个老婆　两个孩子　还有
一些其他的人
还有一个四合院　以及
位于别处的四套房子

我的兄弟很会画鸡
但他不善画鸡蛋
和
像鸡一样长脖子的
女人

2012年8月27日

## 听　歌

唱机呻吟
谁的眼泪在飞
飞过了十万八千里
但是飞不出
一个人的掌心

穿插不少故事
颤抖　摸索　碾压　拉升
光明与黑暗
入地或上天
谁在噘着嘴

唱词里
汗水不停地旋转
纠缠的哀伤
曲折迂回

啊啊啊
快看
窗外是谁
飞出的腿

2010年10月10日

## 南京杀戮

玛丽娅那会儿不在中国
玛丽也走了

一衣带水说的不是你
你只带狼心和狼性
斜挎一把军刀
幽魂样四处里游荡
咪西咪西
花姑娘地

曾经的冬天定格
遁不去的70年
石头城最冷最冷的冬天

30万人头落地
仅用40天

我一直在想
纵然是杀猪
40天30万
那握刀的鬼手
会不会累断

2014年4月19日

## 水浒传

一记老拳捣来
他横空跃起
半道上突然想到
潘金莲的金莲
不止三寸

唱碟此刻正走B面
武松和老虎
在21回的午后
懒洋洋
打盹

2016年1月17日

## 三月梨花

雨打梨花深闭门
门楣里有啥子？

梨花是古早的梨花
墙外青杏那年的闺蜜
一脸的幸福
至今不老

有心无心的故事
再激越
终　抵不过
雨停
门开
梨花白

2017 年 3 月 26 日

# 彭晓杨的诗(10首)

彭晓杨，1996年生，安徽颍上人。唾沫诗群发起人之一。

## 墙头草

我骂它
无耻
没骨头
但又不敢
替它
站在风口

2015年2月23日

## 麻　雀

我想写写
日常见到的鸟
不一定
就是麻雀
只是我分不清

又喜欢叫它们麻雀
就像它们
歪着脑袋
一只眼
分不清
该害怕哪个人
就害怕
所有的人

2015年12月29日

## 父　亲

不知从何时开始
我不穿的旧鞋
父亲一定会
再穿一遍
就像他小时候
一定会穿
他哥哥的旧衣裳
不知道
父亲有没有对他哥哥
说过穿着舒服
总对我说
穿我的旧运动鞋
干活很得劲
现在父亲

开始穿我的旧衣服
我替他说
合身

2016 年 3 月 11 日

## 佛　像

在返程中
遇见一家石雕厂
门口乱摆着
几尊佛像
它们没机会
被供在
高高的山上
受人跪拜
却恣意
在这山下
淋着春雨
长着青苔

2016 年 4 月 6 日

## 自　由

因为战争
主人公饱受各种羞辱

和饥饿的折磨
当他踉踉跄跄
躲进一片废墟里的时候
使我心酸的是一条弹幕
“坚持住
还有三十五分钟
你就自由了”

2016年10月28日

## 灵岩山

一步一步
辛辛苦苦
爬到山顶
还没来得及
看白云
看青松
看众生渺小
便看见
大石头上写着
11位数字与
“办证”
在山下常见
在这灵岩山上
突然感觉
这两行字和

“南无阿弥陀佛”
一样神圣

2017年2月11日

## 精品活动

一个高校文学社
发出申明
他们在海子祭日
去海子故居的活动
已有22年的历史
一直都被认可与赞扬
并数次被媒体报道
是文学社的精品活动
可现在某社团
将举办一样的活动
用一样的名称
于是他们申明
版权所有
严禁抄袭

2017年3月19日

## 生　机

绿皮车驶入

丘陵地带
土坡上的瓦房
陆续映入眼帘
如果有人
在里面做爱
那么它们
就跟周围的树木一样
生机勃勃

2017年5月26日

## 替父亲为他的父亲写首诗

每逢佳节爷爷坟头爸爸哭
好日子来得太晚他父亲走得太早
其实好日子并没有来给爷爷烧的烟酒
都是最廉价的他自己抽的烟喝的酒
是廉价的爸爸哭了整个世纪初
现在好像哭不出来了我若是在家就让我
独自去上坟他省下一天多挣一天的钱
爸爸不是长子也不是小儿子说分家的时候
只有几件农具连一头牲口都没有分到
穷啊穷啊但他也很自豪他的父亲
写隶书很厉害附近几个村子都知晓
在农村算是个知识分子有面子
谁能料到那个晚上没有药了
打算第二天就去买的呀一个晚上

那晚凌晨就差几个时辰
以至于亲人劝爸爸爱惜身体的时候
他说能活到他父亲的年纪就行了

2017年6月18日

## 密　码

在外打拼十年
结婚生子
有车有房
没回过几次家乡
我这个刚出来打拼的同乡人
在他新房子里连无线网
才发现密码是
老家的邮编

2017年7月9日

# 张抱岩的诗(9首)

张抱岩，笔名火岩，1982年生，安徽阜南人。著有诗集《蓝色月光》《挤压在时间里的伤》《王家坝书》《一个人赏月》等。

## 我脑子里的怪东西

你好，奥尔罕·帕慕克，
为了写好这首诗，
我盗用了你小说的名字。
对不起，伊斯坦布尔，我写下的句子，
惊扰了你的国民，你的贫穷，你的私奔，
你的　钵扎。
我还未翻开第一页，我的脑子里开始
生长怪东西。
命运是个难以琢磨的词，它属于哪个科目？
雄雌难辨？
麦夫鲁特，你很好玩，
花二年时间给一个仅见一次面的女孩写情书，
却意外地娶到了她的姐姐。
这个意外就像你的钵扎一样有味。
这本书很是引起了我的好奇，

我迫不及待想知道你的爱和恨如何交织在一起，
我还想知道一个小市民的人生，在那片国土上，
如何迎雪飘摇？
你的冒险是把多么锈迹斑斑但又锋利无比的剑？
你的幻想是一只多么奇特的鸟？
可以不用翅膀飞翔？
可以不发出声音说话？
麦夫鲁特，我在中国写诗和你
在伊斯坦布尔吆喝钵扎是一样的，
我们都有相同的卑微、草根、疼痛和愤怒。
你怀念　安纳托利亚和我
怀念老淮河是一样的。
你的生和我的生是一样的，
你的活和我的活是一样的。
当我写下：回忆是灵魂给现实所拍摄的影片的怪东西后，
我的脑子里又开始生长另外一些怪东西。

2014 年

## 孤独的城

将我放至一个陌生的地方
让我认识我身体上陌生的人群
生活的主意，有时潜伏着幸福和凶险
水面上的人和鱼都有焦急的心情
不言语，身体上的气息不会外散
产生孤独。最近几年兴起的高层森林

总和郊外林立的碑林产生错觉
不过，这些石碑是打开的
人们来回穿梭，各行其是
他们在人间从事着死亡的活动
他们即使在白天相遇，也依然散发着
晚间死人的气息

2014 年

## 独处术

一个人也可能是几个人，
和更多的人。
我通常是把几个我，更多的我，
变成一个我。
和自己说话，是很危险的，
就是在和安静制造冲突和矛盾。
和自己喝酒，更危险，
很容易被孤独干倒。
我见到四门楼寨的铁匠，不说话，
把头埋进铁里。
只管抡起百斤的锤子，
从铁里打出一个新铁匠。
埋在地里城的外婆，
9年在坟墓，抱住虚无的假身。
她的骨头生前没有安静过，
现在是否还认识并适应安静？

2014 年

## 淮河的源头

带着女友乘车回老家
车靠近村子五里
他开始指着窗外的坟墓云
这是喊姥爷的，在58年，瞎过一只右眼
那座是喊二舅的，死于一场车祸
这个，我就不知道了，印象中没有
看来是新死的，女友点头
车至村口。下车。他没认出
拄着竹竿的那位老妇，竟是母亲
他喊妈，然后，让女友喊妈
妈这个词把老妇从梦境中推醒，她哭喊
儿啊，这么多年，没音信，想着你死在外面了
他们的拥抱，像两座靠近认亲的坟墓
太阳的余晖把他们紧紧穿在一起

2015年

## 密　道

我住在一个很好的位置
可以看见市民中心的牌子
那些打官司、买卖房子、办结婚离婚证的
交通的、旅游的、签证的、火化的、求学的
各色人等，皆在我的脑海里过滤一遍

我自认为我觅寻到窥视生活的窗口或密道
我越来越不能承受这些密集的场景
一遍遍附加在我的脑海里
让我无法喘息，好像我每天都在经历成百上千
个人生
又好像我的一个人的身体里
每天穿梭着成百上千个忙碌疲惫的灵魂

2015 年

## 饲养记

我的身体里每天都会传出老虎的暴怒
狮子的吼叫
马匹的奔腾
我写下一首诗，才能让它们暂时安静
我已经习惯，每天取一些东西
来喂养它们
直到我的身体里传出一只猫的喵喵
羊群的咩咩
淮河潺潺
我知道，它们此刻温驯了，听从了管教

2015 年

## 这群人死在高速团雾的车祸中

团雾遮挡了车的眼睛
势必遮挡生命的眼睛
高速上极速的命运在团雾中紧急刹车
在那出乎预料的一秒钟，死神朦胧到来
他或许一直带着面纱隐身在我们的周遭
想一想那个三十岁的、二十来岁的生命
在高速上突然的急刹，他们的命运卡在那一秒的车速上
今天，我从此地经过，未遇团雾
也未遇见他们生命遗留的痕迹

2015 年

## 起　草

突然地改变行程
从新起草归去的计划
接着，所发生的事情
和计划中的肯定是两种结果

我有多少次，在人生的路口
也曾如此地改变行程
但我还未有出现两种结果

我每天都在为我起草新计划

但我确实有时会在轨道外行走
我常做出令我吃惊的事情

2015 年

## 乱想帖

距离是个什么东西
远方又是个什么东西
当我看不见你
当你看不见我
我们视对方已死
在一种安静中，无须语言
也可完成和万物的交流
心为何一次次向我投射万物的影像
我读李白的诗歌，我和李白见面
我看到老妇，我念起死去经年的外婆
我照镜子，但看不见过去的我

2016 年

# 张耀月的诗(10首)

张耀月，笔名指尖沙，1978年生，安徽颍上人，《逍遥文艺》主编。

## 秋令引

顺着老屋，斩钉截铁地剔去壁垒的尘灰
它覆盖多年，谁都没敢将它轻易拂去
挨着跌出的屋檐，蛛网结满虚度的空巢
这一阵拂声，惊动了沉睡的父亲
在稍稍站立不稳的两脚之间
每移动一步，黄昏就暗去几分

他背着手数着屋中之物，一件、两件
从屋梁上的干椒到墙角处的犁瓦
犁瓦锈迹斑斑，伸手摸一次
就能触摸到田地的秋蝉，再摸一次
就能摸到母亲的骨灰，发白如光
照着我胃部的痛处，捂住的双手
只怕一放，身体就会含混不清

总把秋阳视若拱璧，不骄不冷
它温和地照着大地，仓鼠闻风而逃
我直立立地站在人间，等风来雨急
等踉跄地倒下，那时谁又孤独在世

2016年

## 暗补的光亮

从西马庄到石家庄，从颍州到庐州
以一个庄到另一庄的距离丈量过悲悯
以一个州到另一州的时间解构过荒凉
我越来越忽视一些村庄的存在
越来越增加对一些历史的理解
一些必要消失和不必要挽留的情节
一些在清风里吹过的漂泊影子
一些被赶出家门找不到庙宇的人们
一些居住在废墟上吃着口香糖的乞丐
我总会混迹于这些剧情之间

我越来越会提及一些人和事
越来越会想起我的一些疾病
越来越觉得西马庄比石家庄大
越来越体会到亲人们的渐远
越来越感受到庐州比颍州小
越来越体会到腹部的隐痛

我的居所越来越小，无法盛满
这些年暗补的光亮，一些填了坑洼的废墟
一些逃离了，去修补切断的距离
我需要割舍一些怀念和甜蜜
我需要用最短的时间斩断腰际的劣根
一些剧情需要优质的演绎
一些光亮需要照进落幕后的残骸

2017 年

## 梅花的速度

又接近冬季，梅的盛开
我在阳台上，找一个枯萎的花盆
种植一枝嫁接的、根茎粗壮的梅花树苗
这样当年就可能长出花儿
我给土质的轻松肥沃
我给田泥风化的腐叶土
我给苗儿不干不浇、浇则要透的水分
我不想过多施肥，不想任何一次的修剪
给它任何一次肆意茂盛的机会

我曾对一朵梅花恨之入骨
它曾漫无目的地长进我的单人间
惊扰了我已纷纷拆裂的暗昧
我对任何的傲慢，都会有鄙意
但它的盛开，让我有一种危险的欢喜

不管它的盆、不管它的根
不管它的泥土和水分
不管它最终会长到哪里

而今，我一样有着憎恨
这种憎恨是一种极限的美
我可以选择抛弃，选择折枝
选择大于我生长的速度
我愿意用它来耗费我的精力和欲望
一朵朵挨着我枯萎下去

2017年

## 失眠记

继发性、共病性和无辜者
灯光控制漫长的一夜，倒下去
对呼吸过度关注，对耳鸣轻度误解

与孤夜对立，与无为争夺话语权
歧视性、创造性和认同感
红酒置于酒杯的速度
等同于底层苦难的遗产

片段式拼贴，断片式结束
谁忧谁患，谁在举起贪婪
醒着的时候，可以成为解构主义者

沉睡就是怀疑、虚无、颠覆和摧毁

在夜里，才是真正的在场者

2017 年

## 结　冰

每个人都可以是一个太阳
早出晚归，行走于江湖
那些夜守的人，定是躲在月亮的背后
日日知非改过，这不因循的一生
人们总当空而念，待魍魉潜消

我也有热度，也有魑魅的恍惚
高过盗卖的人间和单薄的月光
常常趁着太阳落下山来，背靠着黑夜
想我的亲人，解析不惑的年代
逃亡、诱捕于生活的神秘

单单是光不能解决我矮下来的思索
单单是非与过不能审讯我高贵的头颅
我的眼睛有缺陷，我的内脏有缺陷
我的精神也一定有缺陷
这都是我需要忏悔的温度
并一度一度降低了下来

水生的芦苇在呜咽，水生的你也在呜咽
它的根部和你一起医治我的阵痛
力驱这些年来多余的水分
日子被荡漾，我被你招募

世界冷下来，太阳也会结冰

2017年

## 那一场雨

淮河泛滥时，我正蹚过齐腰的水
蹚过草荒，蹚过麻地
路过野外看雨的唯我一人
那时，你一定在镇上听轰隆的雷声
乡村与集镇，是二十年的距离

我从北方归来，匍匐于淮河
村庄已老，小镇褪去羞涩
我把自己搁浅在西公路
用雨后足够的月光把自己抬高
以其庄重弥撒的高度看你

后来我用身子抵押，借大雨一场
拨开逃散的人群，期许那么一张
从淮水边浮现的脸。你逃离之时
我正在广场、候车室、站台上等你

如果说彼此的配比是一种误会
天丢下了雨，我丢了你

再多的雨水都是造次
我大瓢饮去，饮掉十年窖藏
饮掉淮河和泉河，在那一场雨里
与你痛饮、狂歌、空度

江山有多少雨，我们的河床就有多美

2017 年

## 向物生

我要肢解万物的美
擅自寂寞，在长坡的高处溶解
欢喜着误入自造的危险
比如天色和浮云的对撞
比如泥土和河水的彼此孤立
比如多年以后的各归其位
我要听懂鸟鸣的缘由，在起点退回
用土生土长的时间简化生辰

开始坚信各种存在的方式
在覆盖的一支物种中裂变和重生
从南坡上长到亲人中来
跟着一块铁复述，用尽苍穹

没有一把刀可以把光亮砍死
没有一种鸟类在天亮之前就迷茫
没有一个族群能阻止浩荡的凸凹
与淮水争流，看阳光倾泻而下
只生一波，便耗尽了半生

以耕牛的不羁，换过妥协的镰刀
将大野无垠的庄稼顺势割了个精光
从空白中归位，削去细碎的茬子
凭着积蓄的金黄，生命一天天填满凭据

我必须将亮铮铮的月光分拣出来
这是对我命运庞大的奖赏
向死、向生，可以，可以

2017年

## 母　亲

柿子绿了，每天从我头上掠过
我总习惯伸手一摸，那些枝丫摇晃
母亲也会摇晃地走过来，给我一巴掌
我从没有在柿子树下，向巴掌低过头
确切地说，柿子树也从未低过头
柿子又大又红，而我常摸的那个
小小地坚硬，紧挨着我曾经的倔强
母亲把所有的柿子捂熟，等着我回家

巴掌再没落下，我开始向家的方向低头

母亲把几个柿子放到过年，柿子躺在那里
她就心安，就有所盼，就符合院子的错落
只有我回来的时候，柿子才是最红的
我走了之后，谁能分得清绿和红
并准确地捂住母亲额头上的微凉
我一次次发誓将母亲带出乡村
她眼中的祖国，是多么壮丽无边
大海，在远方丰满无骨
母亲，在近处骨瘦如柴
同一棵柿子树躺在一起，就是整个夏天

从来都没有能力抱起母亲
当我抱起她的时候，她在镜框里
镜中的世界很大，祖国的江山很红

2017 年

## 像铁活着

他出门就是一块铁
适宜碰撞和锻造，以强有力的重构
装饰重复。有一种荣耀列为后置符
推动一块铁就是签订绝对的条约
必须忠诚，将格外轻重的形式结合

他必须像铁活着，拒绝生锈、拒绝融化
拒绝长亭短亭的诱惑
他有速度、有长啸，有大抵如此的奔头
这些年，没有时间来得及意识
慢慢地想象自己变成一个小号手
在一切的轰鸣中，演奏另一个节奏
以独特的方式存在，是铁的理由
铁中铮铮的人，也因此佐着土地

他立说著书，铁证如山
将一块铁焊接到另一块铁上

2017 年

## 左　边

大年三十，我走进父亲的右边
紧贴着废墟的斜坡，置换角色
门庭已经冷落，父亲也要贴满春联
他使尽指头上的力气，从右到左
这移动的过程，令我找不到回去的路
多年未尽的偶然，将孤独还于孤独
他已不能独自贴起春联，纸的轻薄
消耗了父亲曾托起我十年的力量
我分明看到父亲颤抖的左手
这是我多年缺席的左边，如同月光
缺席的播种期

2017 年

# 张雷的诗(9首)

张雷，60后，安徽阜阳人。媒体工作者。

## 去看看牵牛吧

已过白露
风越来越凉了

去看看牵牛吧
在晴朗或者微雨的早晨

去辽阔的田野
或者寂寥的篱旁

看牵牛美丽
且微笑

2012年

## 孩子的眼睛是雪亮的

一看到绒球花
我就会想起外甥女卡卡

我曾经领着卡卡
在绒球花前玩耍

卡卡和我在一起的时候
总喊我幼稚

我都满脸褶子了
怎么会是幼稚呢

也许我真的是幼稚
孩子的眼睛是雪亮的

我那三岁半的卡卡
现在应该在幼稚园里上课吧

2012年

## 在一棵树下坐坐

在一棵树下坐坐
想想心事

柿子树
香樟树
都行
安静就行
随便坐坐
想想心事
让烦躁的心平静成
一池秋水
让孤寂的心丰盈成
一坡春草
或者什么都不想
就是坐坐
听风吹树叶的声音
沙沙地响

2013 年

## 只想做一个古典主义诗人

只想做一个古典主义诗人
不再写诗
坐在光溜溜的山石上
让风吹来
让树上的花朵跌落
覆盖住我的双脚

只想做一个古典主义诗人

不再写诗
坐在池塘边的草地上
慢慢地上饵
慢慢地等着鱼儿上钩
慢慢地闻厌了荷香

只想做一个古典主义诗人
不再写诗
与心爱的人住在草庐里
种菜到夕阳西下
做饭到炊烟袅袅
让大黄狗卧在篱笆旁打盹

2013年

## 合欢树的距离

合欢树站在路边
路很长
距离很短

合欢树的春季
就是合欢树的春季
不是路的春季

合欢树的距离
不是花与花的距离

也不是叶与叶的距离

合欢树的羞涩
既是花的羞涩
也是叶的羞涩

2013年

## 茶树为何生长在南方的山上

山上生长的植物
并不一定都是好东西
比如毒蘑菇
但茶绝对是好东西
而且生长在南方的山上

茶树为何生长在南方的山上
我不知道
黄帝一定知道
黄帝姓姬名茶
黄帝是根
我们是须
须是无法走到根那里去的
所以无从得知

茶水是一定要凉的
因为那是茶水

什么东西掺了水都是要凉的
茶叶不会凉

我们坐在一起
摆的不是乌龙而是乌龙茶
谈一些与茶有关的事情
比如手与足

2014年

## 碎了才会知道不碎的珍贵

荣荣是个硬朗的南方女子
诗写得很好
虽然长得有点粗犷
追求的却是柔弱无骨的诗风

什么是柔弱无骨呢
只那么一次不经意地一握
青山绿水便翻转开来
云雀从记忆的竹林里惊起

椰子树在海风中倾斜
鱼香在街头微光里氤氲
松塔轻轻落到了地上
松鼠轻盈地一跃

月光在小溪里静静流淌
桂花的疏影里
月光你不要碎
碎了才会知道不碎的珍贵

2014 年

## 就想起走进田里的农民

天空还是阴沉沉的
小区里一派寂静
沿小径慢慢走
就看到这株天竺
花开得很是稠密
花朵上
缀满了晶莹的雨滴

一只只蝴蝶、蜜蜂
从这朵花出来
又钻进那朵花
慌里慌张
好像这些花们
马上就会扇起翅膀
飞掉一样

就想起勤劳二字
就想起

刚停了雨
穿着雨鞋
匆匆忙忙
沿着泥泞田埂
走进田里的农人

2014年

## 谈话时不经意提到一个名字

谈话时不经意提到一个名字
对方迟疑片刻
便把话题叉往别处
就像正走在宽广的大道上
突然就拐到一条小路上

小路窄而迷茫
两旁流水潺潺
花木葳蕤
那名字就像一簇蔷薇
被一闪而过

蔷薇曾经开过
开在曾经被遗忘的小路边
随风摇曳
远远地芬芳
远远地凋零

偶尔被别人提起
也只是默不作声
让记忆从那条小路上走过
看一眼那蔷薇
或者故意不看

2014 年

# 王双霞的诗(9首)

王双霞，又名老七，70后，安徽阜阳人。

## 重　生

药汁是苦的
它治不了我的病

喝下了，你说的
按时按量
像极了，
一条吃掉自己的蛇

将所有，都归罪于
一个正在褪色的夜
我尝试着看到了
自己的死亡
又看到自己重生

一次又一次

多像那些在冬季死去的花朵
到了春季复活
剥落一身的痛楚和泥泞
当它接受第一次光照时

刚好，有钟鸣

2016 年

## 相　貌

小时候
外婆说我长得像妈妈小的时候
长大了
爸爸说我长得像妈妈年轻的时候
现在我从来不敢化妆
怕自己一不小心
就会变成其他女人的样子

2016 年

## 邻　居

我家左边的邻居是做门窗的
切割机声音刺耳
是噪音的制造者

他养育了三个幼子
最小的是女儿
不到一岁
偶尔会听到娃娃的哭声

他工作的时候总爱唱歌
唱得不好
声音很高

我家右边的邻居是传说中的拆迁户
有一双上中学的儿女
两口子出双入对
是两个大嗓门

他俩三天两头吵架
叫声半条街都能听到
吵完就好
好了就在一起说笑
笑的声音也很高

不像我家
总是很安静
什么声音都没有

2016 年

## 那　火

没有燃烧
也没有熄灭
那火，像一颗桃子
身体饱满
里面装满了汁液

当我拿起桃子的时候
就想到了你

想到了两粒阿司匹林

突然特别讨厌成熟
以及逐渐成熟的过程

讨厌着一个果子的秋天

2016 年

## 给　你

确定你是一个坏人
我的江河
我的铠甲
我体内的热

都是你的

我们霸占了
整个宇宙
神鬼殊途
你是统治者
任性地将我装满
又把我掏空

2016 年

## 忏　悔

在这个月份
泡桐树长满了粉色的喇叭
春风和煦，喇叭微张着嘴
它一定有许多想说的话

越来越苍白的光
万物被照得更加迷茫
青瓷茶碗，反复经历着茶与水
缠绵之后的分离

一个人，在读圣经
并为把它当作一本书
和一些故事去读而忏悔

2017 年

## 诗人都是疯子

为什么
总有一些诗人
想把自己
变成疯子

妈的

2017 年

## 聚　会

聚会的气氛
能把整个包厢烧热
空气里
男人的笑声
和女人的笑声相撞
变成一种新的声音
叫噪音
他们在酝酿一些祸端
时间太早
还需要更多的酒精

2017 年

## 妈妈是富翁

借用
过年的名义
来到这里
院子好老
里面装着
年迈的妈妈
我痛恨自己
忘记了她们
年轻貌美时的样子
今天
妈妈是富翁
她将我装满

2017 年

# 诗一的诗(3首)

诗一，90后，安徽界首人。

## 可不可以

可不可以告诉你
我又想你了
可不可以告诉你
不是我的心在想你

2017年1月

## 钓　鱼

上了好几次鱼饵
等了很久终于钓上一条
我用力攥着鱼身
白闪闪的鱼鳞
眼珠子圆溜溜
嘴巴一张一张地
我突然想到几年前

舅姥姥去世时
嘴巴也是一张一张的

2017年4月

## 谈买房

他终于鼓足了勇气
拨通父亲的电话
“爸，我想买房，
不然我女朋友就和我分手！”
父亲脱掉沾满泥灰的手套
从50米的楼层向下望去
“儿啊，等我把这座楼盖好
明年发了工钱，
就在老家给你盖几层！”
话未落音
他脚下一滑
身体像砖头一样
砰的一声
砸向地面

2017年6月

# 轩扬的诗(6首)

轩扬，原名曹浩，1975年生于安徽临泉，现居北京。《今日诗人诗选》主编。主要作品有《最后的门》《一脚门里一脚门外》《水样年华》《赢在心态与智慧》《极度领悟》《轩扬诗选》等。

## 穿红衣衫的女人

那个迎面走来的女人
穿一件红衣衫

她在桥上望天
我在水中耍玩

秋风漫过湖面
红扑扑的
是衣衫还是脸蛋

我一路向北北京以北的北面
她孤意南行江南之南的春天

这擦肩而过的瞬间
雨水打湿了衣衫

那个穿红衣衫的女子
划一道弧线，镶嵌于西山

2016年7月8日

## 河　水

河水。极度安静
安静的河水
诱使我
捉一只蜻蜓
当你

2016年8月10日

## 我只在乎你

把春全部给你
我只留个秋
看着自己的心
被季节荒芜

2016年9月8日

## 挣　扎

一只趴在枯枝上的蝉

提着嘶哑的嗓门
叫嚷。秋，慢慢地醒了
死亡，已离自己
越来越近了

2016年10月6日

## 暗　恋

已经可以沉默
让死。在冬天里发芽
让春天的阳光。风和雨露
都交给宇宙
我只是一颗
你触摸不到
又无法被岁月赶走的星

2016年12月3日

## 空

在水上画一张大床
你躺在上面
海鸥在飞翔
风一来，浪花替代了
所有的想象

2017年10月8日

# 祝宝玉的诗(7首)

祝宝玉，80后，有作品散见于《诗刊》《诗选刊》《扬子江》《星星》《安徽文学》等刊物。

## 众多无眠时刻的一夜

一只、两只、三只……无数只，竖行的蠕虫
汇成庞大的群体
侵占绵绵春水，在美人的迟暮里作怪
村庄遭到殃及。很多个夜都是如此，村外刀鸣马嘶
进行着一场场流血的战争

我把自己装在母亲的针眼里。那是一个暖和的午后
母亲手捏银针，跪在草席上
那根银针穿过秋天的棉花
牵引一床被母亲浆洗多次的红色被单
(母亲的随嫁什物里的一件)，此时，覆盖在我的身上
而我却是无眠的。很多个夜都是如此

按下复读键，尘世的日夜开启循环模式
很多虫豸懂得死而复生之道

可以躲在黑暗里隐蛰百年。今夜，如水温凉，风贴在窗
　　玻璃上
污渍点点，那些都是我所干的食肉人间的愚蠢勾当

很多个夜都是如此
我掉进巨大的漩涡里。挣扎了，又挣扎了，再挣扎了
然后放弃挣扎，向下沉沦

2015 年

## 夏夜，耕作在田野里

大地在降温，从树梢开始
然后是树干，屋脊，院墙，柴堆，杂草
从村外到村里
再从村里到村外。我在整理菜园
将近子时

有蛐蛐鸣叫，有野鸡散步，有安静的风在吹
有菜蔬在呼吸，有池塘在消化一日的尘埃
万物紧靠大地，赖以为生
我打算把菜园里的野草都薅除，所有的养分都留给
辣子、茄子、豆角、马铃薯
最终供给我和我的家人。日子循环不息，一天，一天……

妻突然出现，说，该歇息了
我说，村里太热，没这儿舒服

于是她坐在我旁边的田埂上，默默地等着我
她说满天的星星很美
我回答她一声——嗯

她睡着了，我背着她回家。夜凉如水
露水润泽我赤裸的双脚
——时间的河，我慢慢地蹚，我背负的是我一生的事业
我享受着这个过程

2015 年

## 毛边玻璃渗透出的光芒

在乡下，我有一栋三层的小楼
南北墙的窗子上都安装了翠绿色的毛边玻璃
我把书房设在二楼靠南的一面
伏案读书的时候，绿色的阳光照在书桌上
我喜欢发怔一会，仿佛回到上世纪的80年代
树是绿的，水是清的，天是蓝的
爱恋的男女也保持着纯真的距离，偷偷地拉着手
走在原野间的小路上

2017 年

## 苍老的篱笆

今年，一群南瓜彻底压垮了那道篱笆

是深秋的某一个下午
我目睹了这惨烈的一幕
我没有把这一切通过微信上传朋友圈
我不想让已经死去的它再被人拿来唏嘘调侃
虽然也会有我儿时的玩伴怀恋着它
那我就不能那样做了
痛失亲人的异乡游子是什么傻事都会做出来的
万一他在他乡为非作歹，那我岂不成了
始作俑者的罪人？

2017 年

## 蜉蝣帖

漂泊的虫，短命的虫
池塘广阔且狭窄
注定了一切。那些远走的人，终还要归来
这也是注定
这片土地诞生了你，也给你预留了一片
土地埋葬你
你是悲哀的，也是幸福的
倏忽的光阴之河里，你游啊游
母亲的子宫

2017 年

## 皓月当空的夜晚

有闲情，虫子拉着二胡
像瞎子阿炳，流浪到那儿，歌唱到那儿
这晴朗的秋夜，我约来它们
一年中就数今夜我的小院是热闹的
我的妻子也不再抱怨乡下的无聊
她放下手机，哄睡了孩子
和我一起坐在院中的藤椅上。皓月当空
照亮彼此的心事
是啊，多年来，她恨着我，我耽误了她的青春
而现在她也变老了
这恨也淡了
一阵寒风吹过，我像年轻人那样搂紧她的肩
她却说我老不正经
这个女人啊

2017 年

## 密集恐惧症

小麦成熟的时候
黄豆成熟的时候
玉米成熟的时候
群燕飞过的时候
落叶纷飞的时候

大雪飘飘的时候
浪子归来的时候……
我惧怕着这样的无原则的附和
然而，小麦必须成熟
黄豆必须成熟
玉米必须成熟
群燕也将飞过
落叶也将凋谢
大雪也将纷飞
浪子也将归来……
他们都是这无趣尘世的一部分，附和是
一种不可挡拒的潮流

2017 年

# 李东的诗(6首)

李东，安徽颍上人，80后诗人，现居合肥。逍遥文艺沙龙创始人。

## 光　棍

在北方
阔叶林落尽黄绿
村庄露出了它的寒酸
棉柴围不住低矮瓦房的萧索
光棍反穿着羊皮袄　站在阳光里
风从八面吹来　阴风最为厉害
从裤管钻进裤裆　带着刀子
人们忍着笑传递眼色
有太多光秃秃的东西让人联想到火

旷野的火
沿着河岸烧去
一直烧向村庄
倒到水里的苇子
在溺死前　看清了白头的自己
光棍叼着苇叶卷

解开裤带　长长地撒了泡尿
野火被切断了后路
棉柴叹了口气　开出了一朵白花
穿红围裙的村妇
看了看光棍　又看了看棉花
吐了口吐沫
抱起一捆棉柴　走回灶屋

2014 年

## 良宵饮

如果饮酒还需要借口
活着是多么的苦累
今夜不谈诗歌
聊一聊这反复无常的春
和平淡无奇的生活

有一个女人操持厨房
这是多么大的恩惠
窝在沙发里抽烟的安逸
带着一丝丝过意不去
和久违的安稳

良宵禁不住杯量
饮过三春也还想着初夏的微凉
复又筛取的诗情

在深夜从南到北地游走
这个城市的可爱之处
被清醒的人
洞悉一二

2015 年

## 夜深沉

水鸟藏在夜晚的岸边
城市渐次安静
高楼懒懒地躺在河面
之于人类的熟睡
大体还能看出些具象

流动的风以及水草
推送一个假设
我正巧路过
成为地水风的同谋

树上探出猫头眼睛点亮星子
许多人掌着油灯飘过
看也不看便灭掉了夜游者
等城市拼命挣脱深沉
天大体亮了

人们陆陆续续醒来

神在每个人的枕头边
放一张碟片
记录自在的全过程
醒来就披上人皮的大多数
昏沉沉赶着上班
倒是赤裸着身体和灵魂的少数人
盯着天花板看出了神谕

2015 年

## 在旧货市场

一只茶盘躺在旧桌上
阳光异常锋利
刺透每一件遭受遗弃的东西
多么可笑的公平
原本并不曾思量
尤其享受繁华的那一刻
在这里唯一衡量它们身价的
是有没有用处

此时从脚底升腾的悲凉
淹没失落的旧物件
想想丢在人世间的身心
不如那只茶盘
尚能承载岁月静好
百无一用的诗情

搁置也是占用空间

我带走五幅字画
没有还价　因为已经低到几无价格
至于那些等待重生的
并不知道会不会再次遭受遗弃
躺在旧沙发里的小伙子
正在出卖自己的青春

2015 年

## 野　性

最先收敛野性的人类
疲惫不堪地前进
那些毫无美感的小园
藏着无数的敌人
在精神崩溃之前
骑上他的马匹去找一件可手的兵器

畜牲吃人的样子
好看极了不像人类吃人的样子
含蓄或者嚣张
不能在食物里吃出神的滋味
再美丽的星星也不过是填不满欲望的球

在决定趋附生活之前

我和我的猫谈了许久
我们都不太善于隐藏爪子
因为我们都不会在心里设置机关
想想发呆的光阴
我在静静地等待那些捕捉到的诗句
不需要挂在风里成为图腾
他们所说的“人性”最经不住岁月扒皮
夜晚那么长　适宜野性的人睡到天明

2015 年

## 龙舟不在水

我穷尽英语词汇　还是无法
向俄罗斯女诗人解释什么是龙舟
我也穷尽母语词汇
去修饰这腐朽的　破败的一切

我说old这古老的龙舟
古老的村落　古老的国度
唐朝也不过是一个诗意的承转
而那一声声捣衣　曾温暖过长安月空
现如今燕子在挂　渡口依旧

万村的子孙都去了哪里?
龙舟不在水　像干瘪的诗意
没有桃花潭的绿酒　没有汪伦的真情

也没有扶风豪士北望中原的疼痛

我曾经用力地离开只剩下耕读传家匾额的村庄
我在枯舟边看到一群人的干瘪
也看到一个民族　浪漫主义的萎亡
渡口依旧　会有谁携我手踏歌
暂且止一止马达的轰鸣

2017 年

# 范醒华的诗(5首)

范醒华，1949年生，祖籍阜阳口孜镇。著有诗集《多梦的河流》。

## 麦秸多

麦秸上垛
日子便定砣了

定砣的日子很舒坦
庄稼人总爱枕着你
晒闲

清苦的季节
你一定是很清瘦的
挡不住的风
总将村人的梦
吹得很凉

黄鹂子唱歌时
村人们就眼跳了
姑娘小伙都看着你笑呢

盼能上个大垛
垛小压不住
馋嘴的媒婆

作为富有的象征
你确实统治过小村的昨天
那么多年
村人的眼光
竟越不过你的脊梁

1985年

## 麦仁糟

麦　仁　糟
一声悠长的新韵
便从五月的乡村
忽闪闪
喊出一弯小挑

麦仁糟不挑杏黄旗
麦仁糟不做桃色广告
醇香自会留你脚步
酒歌年轻且又古老
来一碗吧
大哥，大嫂
吃一碗解你暑热

麦是头场新打
药是隔年陈曲
家传的小手艺
全凭凑凑五月的热闹
来一碗吧
姑娘，小伙
不吃麦仁糟
怎能说
刚从平原走过

麦仁糟
一声长长的叫卖
醉了半个中国

1985 年

## 村　路

把小村比作瓜儿
你便是亲亲的藤儿了

七弯八叉的藤儿
难叫出名字
可是村人们熟悉
就像熟悉悄悄爬上额头的
丝丝纹路

跟着你
猪啊，羊啊
也能找到自己的家

不知可还记得
当初
是怎地
走出这么个阵势
怎地默默送走游子
悄悄引回乡愁

有时候你很短很短
学生的书包
一天就能数你三趟
有时候你又很长很长
跑断多少牛腿
竟出不了庄

多风多雨的日子
瓜儿或苦或甜
你固守着自己的位置
任岁月
青青黄黄
禁不住的是隆隆的铁牛阵
虽左躲右闪
还是改了模样

1985 年

## 十八岁的秘密最玫瑰

从黄土中拱出来
还是戏水的春鸭红掌拨出
爆竹激昂热烈的演说
也无法回答——
十八岁是个秘密

当十八岁悄悄偎近
老人心温暖如一滩春泥
软软的，酥酥的
可是父亲的慈祥
打不开天蓝色的月牙包
母亲的唠叨
越不过上锁的抽屉
书桌上摊开的格格纸哟
只接受灯光的注目礼
十八岁是一方小小的天地
父母的追光只能远远近近地抚摸

秘密的十八岁最有魅力
所有的歌声都婀娜
所有的眸子都流蜜
走进十八岁便走进盛开的花期
夕阳泼一盆胭脂水
红蝙蝠便扑棱棱
在大街上飘逸

花言叶语便蓬蓬勃勃
争说风流

十八岁是成熟的季节
十八岁是公开的秘密
十八岁的裙子都旋转
十八岁的胡子都浪漫
十八岁挂在枝头
是红红硕硕的苹果
十八岁流出梦乡
点点滴滴都甘甜
十八岁是奋斗歌
十八岁是畅想曲
十八岁的秘密
风也向往，雨也癫狂
走过来的人
悄悄回头一望
心也痒痒

十八岁的日子都发芽
十八岁的火花啊
让全世界都玫瑰

1990 年

## 想起了“令牌”

那时候，奶奶常说
“令牌”一摔酒肉都来
馋嘴的故事让人想呆
梦中口水也浸红了腮

浸红了腮哟，人想呆
神灵在哪，“令牌”何在
虔诚的香火年年不断
缕缕都诉着苦唉

奶奶过早地去了
带着她的故事去了
一滴清泪含在眼角
牙缝里还噙着昨日的苦菜

于是我渐渐懂得
饥饿的年代
神灵尚填不饱肚子
哪有白面馍馍手里塞

清明，我扑倒青青坟头
弯腰，供一壶老酒四盘小菜
快来端盅吧，奶奶
好政策总算找到您的后代

馋嘴的年代早已过去
锅碗瓢勺盛满喷香的色彩
梦中常有野菊的微笑
微笑着奶奶甜甜的苦涩

1991 年

# 黄显龙的诗(4首)

黄显龙，网名邪人疯，1987年生，安徽颍上人，现居重庆。

## 砖窑厂

那是离家五里外，荒郊的一处坟
黑暗中的煤火，是一群生命在燃烧
比鬼火还轻。一群男人
在那里，把不能种粮食的土地
烧成一排排火红的砖
像出笼的馒头
是全村人的希望与绝望

母亲总是在门口张望着
在每个清晨和日落，等父亲归来
她的心焦，我一直无法深切感受了
年少的我，总把砖窑厂当作乐园
在上面快乐地烤着红苕
直到一天，刚从砖窑厂回来的父亲
一身黢黑，家中的老狗没能认出来，不停地叫
我才第一次，仔细打量起，面前的这个男人

明白，子女长大时，父亲苍老日

从此无数个夜晚，像钉子
扎在自己的脑海里
生长并疼痛着
吃过晚饭后，父亲总是提着一床比自己还破旧的被子，
一盏马灯，告别我们，走向砖窑厂
父亲孱弱的背影，像马灯的光
在黑暗中，一点点微弱，消失

在外地读书的日子，带着钉子的痛
时常会对父亲辛苦地供读，不理解
直到一天，村庄传来了噩耗
一群塌方下的人们，被砸成血肉
像捣烂的砖泥一样，回到生养他们的土地
我才忽然明白
我也是那砖窑厂的一块砖
为了在人生道路，不重走父辈的路
父亲。用血！用泪！用一生锻造

2008 年 2 月 26 日

## 如　今

如今，高山流水
这修行的道路
没有了你和你的影子

如今，春花秋月
这回家的道路
只有鸟雀和草木

如今，我手敲木鱼
心中诵经
手是牵过你的手
心是住过你的心

2011年5月31日

## 每到南坪南路，我便不停地抽烟

在南坪南路车站
我送你离开
你用转身，一再地告诉我
不要再想起你

这么多天就过去了，在这个城市
我一想起你，便陷入沉默
你不是我手中燃烧的一支支黄山
可以点燃后，再熄灭

2013年7月27日

## 这个冬天

乞讨者一无所获
凌晨三点
从楼顶一跃而下
在这个冬天
城市是一口乞讨用的碗
他在风中
丢出一枚硬币的声音

2013 年 12 月 11 日

# 万文义的诗(4首)

万文义，笔名老马，1944年生，安徽颍上人。著有《万文义诗抄》《龙之歌》。

## 鼠　趣

实在难以揣度，好端端的墙
竟然出现了一个“窟”；
简直神使鬼差，好端端的窟
又偏偏住进了一“窝”鼠。

声吱吱，情真意切的乐音，
影幢幢，轻捷细碎的舞步；
在背阴里逗乐撒欢，
在墙角处昂首阔步……

缓解着“我”的寂廖，
洞察着“诗”的凄苦；
但千不该，万不该哟，
竟咬毁了咬毁了我的一箱书。

## 蚊　谑

摊它自由飞翔的地方，
就不应奢望它自行绝迹；
但不要悲观，也不必妒忌，
蚊声嗡嗡倒能增添几分诗意。

既然如此，那就咬吧，
咬吧，充其量不过热血几滴；
待到它吃饱喝足嗡嗡唱起，
录入诗中兴许就是绝妙的诗句。

1980年

## 猴之歌

小引：因为我属猴．所以我唱“猴之歌”。

### 一、瘦歌

是因为我属猴？
所以，我才瘦；
还是因为我瘦？
所以才说我属猴。

唉！真是甚情由，
无奈，难说透；

猴，总是连着瘦，
而瘦，又总是属于猴。

所以尽管到了“不惑”后，
我仍说不出个真缘由——
究竟是谁因谁果？
到底是孰先孰后？
到底是因为攀缘需要轻捷？
还是因为遍吃草果
　营养不够？……

啊！是讲不清，说不透；
只要诗书保持缄默，
只要香烟免开尊口；
只要老天未将我重造，
除非凡“路”均高悬
　不准——你走！

**二、九歌**

尽管还属猴，
也发誓不谈瘦；
只是习性难改——
我仍要气冲斗牛。
是啊！为什么？
为什么？为什么？
偏我是“老九”！

不是吗?
龙在我前，我服，
虎嘛！自然不应在我后；
至于羊马牛，与人友，
摆哪，我都能接受。

可又真是甚情由，
鼠免均在我前面走！
小老鼠，还为首，
真是让人气气气
着实叫人羞羞羞。

因为，不是我太讲究，
请回首，那年头——
只有老九，臭臭臭!
挨批，挨斗——
现在，想一想啊，
想一想，还发抖……

啊，我可怜的猴！
真不知那时你是怎样挺过来，
更不知那时节，
你是怎样做到
　　心不虚，气不喘，
　　语——不——谬！

## 三、变歌

其实，真是昏了头。
小看猴，臭老九!
全不知，俺祖上，
　　齐天大圣多风流；
不说闹龙宫，闹天庭，
　　闹斗牛……
也不说，保唐僧，
西天取经，降妖拿怪
　　大显身手……
单说俺七十二般变化，
也真真是
　　世上罕见，
　　古今难有！

变麦、变米、变豆，
变盐、变油、变酒；
变勾股定理，
变$H_2O$，
变火车变火箭变飞船，
飘飘荡荡访月球，
　　向宇宙……

咻，咻！
但也莫让我太夸口，
　　免得出纰漏；

这不是因为我怕，
怕杨戬比我多一变；
也不是因为怕，
怕他那专会背后咬人的
　　哮——天——狗!

而是因为啊——
我总是学不会，
学不会——变，
变“国母娘娘”专要的
那粗粗犷犷的
　　小——面——首!
因之，活该去挨斗!
于是，一笑。
一笑后——
三十六计取其上：走!

但，请莫留!
更莫咒，因为——
我不是去西天福地，
尽管那里有仙山琼楼……
而是回——
回我那花果山旧地
　　在水帘洞洞口；
去教！去教
　　我那可爱的众小猴!

长记：莫走！
因为，因为啊！
热，热不过家乡的沃土，
美，美不过故国的珍馐……

1981 年

## 秦淮河·夫子庙

说来是有点滑稽、可笑，
极风流的秦淮河
　　竟对着极严肃的夫子庙；
不知夫子庙这千古圣贤的神圣殿堂，
怎能忍听那致乱的靡靡调。

想来也又有点有根有苗，
孔圣人的门徒本来就太多风骚；
何况秦淮边从不乏国才烈女，
一时间倒能为夫子庙
　　平添几分热闹。

1986 年

# 田恒强的诗(3首)

田恒强，60后，安徽阜阳市人，现居上海。

## 吸　烟

### 一

早晨起床以后
吸到第一支烟
有一件事情
在你脑子里待了一会
之后，开始刷牙
嘴唇和第二支烟相遇是在沙发上
又想起刚才那件事情
你狠吸一口
看见烟灰掉在身上
像掉在远方，那件事情上
你没有搭理烟灰
直接和那件事情见面了

二

咳咳20多年
每天都会有一盒香烟
从肺里路过，你知道
它们应该留下一点痕迹
严重了，会制造一些事故
但你也无所谓
就像你路过的这红尘
对你也不在乎一样

三

那些灰
你厌倦了向往或者美好
但没有讨厌过吸烟
鼻孔里，劣质香烟的味道
正在提醒你：把财产
留给家人，去陌生的城市
拾一些不再燃烧的烟头
以配合内心
不再冒烟的死灰

四

烟
唇边的尤物
肺的伴侣

直到我没心没肺的时候

——那时候
还真的不能拥有你了

五

裤子上的烟洞是我故意烧的
它以颓废为圆心
向外燃烧时
我的肉抖一下
嘴里发出一串声音

你的名字在声音里出现你那里是否冒出一缕
多余的烟

2014 年

## 喝　茶

一杯汤色不错的茶和挂在杯沿的
那一滴多余的水一样
没有一点想象

沉在杯底的茶叶，它们
被采断，揉捻，烘干之后
不能再退回到枝头

它们显得肥厚，好像还站在
枝头。对于此
我面无表情，像挂在杯沿的
那一滴水一样，我们都没有一点
想象

2014 年

## 夜深人静

想到我能作用的事情很少
比如我扶不起倒在寿宁路的感情

散了就散吧
我不能把一个句号
拉成通向你的直线
我又想起我是小人

苦从内向外作用
作用到喉我咳一下
作用到鼻子有点塞
作用到眼睛泪腺打开

2016 年

# 蒋世贵的诗(4首)

蒋世贵，网名有事无事，60后，阜阳市临泉人。

## 博尔赫斯

一

人们认为我应该写各种各样的事物
事实是我剩下的只有记忆
还有我的面庞
我的相貌。我是说
我只有这三样东西了

二

我已经68岁了
已经找到自己的声音
和位置

三

《阿芙莱》？别再问了行吗
我都忘了写些什么。你看
我的眼睛瞎了
我的记忆也瞎了

四

我的意思是
我可以写简单明了的东西
我的限制是
我不能脱离我自己

五

我想避开迷宫、镜子、匕首、马匹、
塔楼、老虎、游鱼等一类的词
我开始有些厌倦了

六

或者“我认为”
或者“也许吧”
或者“可能”
或者“不是不可能”
或者：“或者”。有时
我需要这样的混杂着说

七

再说。我常常用迷宫这个形象
那是活的迷宫
会生长的迷宫
不是吗?

八

我反对纳粹分子
反对我们的独裁者
我从不让它们干扰我的写作

九

有一年之久
我推三阻四赖着不看牙医
我是懦弱的人。而我的祖父和曾祖父却是勇敢的人
他们死于战场

十

他死了。死在医院里
虽然是个梦
却是他希望的死亡
在草原上，手里握着一把匕首
被人刺死

十一

当我写那头老虎时
又一头老虎出来了。你看
有了两只老虎
或者更多的老虎

十二

我的意思是说
假如你赞赏拿破仑
赞赏克伦威尔
赞赏任何暴力的形式。那你
为什么不赞赏希特勒呢？
那些人做的
他都做了

十三

《武士和女俘的故事》中的两个人物
一个野蛮人被文明吸引来到罗马
一个英国姑娘转向巫术，去了潘帕斯草原。随后
他们发现他们是同一个人
一个男人和一个女人
一对向逆而行的人

十四

假如我们活了100年、1000年

或者更长的时间，那么
所有的人必然遭遇所有的事
成为杀人犯、赌徒、通奸者、吸毒者、
革命者、独裁者、强奸犯……

### 十五

我看过一个名叫达米安的神学家的故事
此人认为除了撤销之外上帝是无所不能的
关于撤销，我的理解是说如果你干了错事而得到了宽恕
那错事已一笔勾销。哦，《另一种死亡》讲了什么
就不说了吧！

### 十六

不错。至少有两个博尔赫斯
那位博尔赫斯是位作家和诗人
我（他）们两个水火不容
谁也证明不了谁
谁也不是谁的引号。那位活得闪闪发光
我确常常失眠和被梦魇折磨

### 十七

有一位叫埃内斯托·庞西奥的人对我说
他坐过好几次牢，罪名都是杀人
我明白他的意思。他是说
他不干小偷小摸
不干小混混

不算恶棍
只是杀人犯而已

十八

我的脸色发白
失明的眼睛发亮
我的左脚的鞋带没有系好
你们看见的可能比这更多。那么
不管这些，你们发问吧
我想好了我的结束语

十九

我是胆小者
时常梦到自己死亡
我不要每天早晨都有人喊我起床
一觉不醒
不就没有了博尔赫斯

二十

失眠不仅是睡不着的问题
不仅是蚊虫叮咬、辗转反侧和把枕头翻来调去的问题
是时钟的问题。你会说：
现在是两点。现在是两点一刻。现在是两点半
现在是三点。天亮了……
天真的比你想象的还亮

## 二十一

不错。我说过有两个博尔赫斯
这并不深奥
还可能有更多的博尔赫斯
你也可以做到。镜子镜子
镜子的事情

## 二十二

出维亚蒙特
朝埃尔巴霍走去
在圣马丁街和
一向称为七月大道之间
如今叫着阿莱姆街。不管怎么说
那里是妓院区

## 二十三

那是我在圣安娜利弗门托小镇上看到的一幕
在酒吧，只有几英尺远
一个黑人，省长儿子的保镖
又进来一个赶牛的，乌拉圭人
我认为保镖醉了
醉得很厉害。他没有理由杀人
他杀了
开了两枪

## 二十四

莎士比亚把哈姆雷特安排在一个墓地里
他让哈姆雷特穿着黑衣
手捧一个骷髅，一个白色的骷髅
哈姆雷特是默默地捧着骷髅
还是应该说些什么？

## 二十五

迷宫、写字和镜子
我梦魇里
出现最多的三个事境

2010 年 5 月 14 日

# M 的脸

M说
我的脸烂掉了
妻子抬起右手
朝 M 的左脸
唰的一记耳光
妻子再抬起左手
朝 M 的右脸
又唰的一记耳光
M似有所悟

从口袋里摸索出一本皱巴巴的红皮本子
记上：我的脸还在脸上

2012年6月8日

## 习　惯

我生病时
我往南走着
我很冷时
我到处寻找
在风中
旋着的叶子
洗净它们
然后收藏
我做过的事
我不承认
在一篇文章里
我描述过
一位老太太
丑恶的面孔
之后
就假装忘记了

2016年12月23日

## 午收季节

看他的着装
不是农民
他凝望土地
一片刚刚
收割了的麦地
只要他
稍稍抬头
就会看到村庄
夏天的村庄
楼房已高出了树尖
这个男人
局促得
像一扇窗户

2017年6月6日

# 李芳的诗(2首)

李芳，50后，安徽阜阳人。

## 乡　愁

穿上母亲纳制的粗布鞋，
垫高了我心底里思乡的高度，
踩着儿时的那片月光，
一串串熟悉的虫鸣挂在了我衣襟。
我顺手摘下一粒，
一不小心，
砸痛了我的脚面。
弯腰拾起，
枕在了我的床前，
今晚的梦境，
飘来了一阵阵苦楝花的清香。

鞋底的针脚有多密，
我的乡愁就有多稠。
虽然我已经习惯了穿那双露出脚趾旧布鞋，
从鞋窠里磕出那一小撮褐色的泥土，

那就是栽植我野性的土壤啊，
让它疯长的顽皮，
掠过豆荚爆响后，
捉一只蝈蝈唱在深秋。
到了中年后的我，
收获的是一片片乡愁。

如今，我把乡愁沏成立一杯浓浓的茶水，
每天啜上一小口，
在城市的灯火里，
寻找乡村的那条开满蒺藜花的路口……

2007 年

## 眼前飘过的炊烟

点一下抽油烟机的开关，
往往会点中我思乡的命穴。
拧开液化灶的旋钮，
那一簇蓝幽幽的火苗，
燃起我对故乡炊烟的眷恋，
时时会有一缕炊烟从我的心底升起，
尔后，飘过眼前。

炊烟是故乡的花朵，
每天的清晨都在鸡鸣犬吠中盛开，
飘过屋顶攀上门前的那棵老皂角树，

把藤蔓缠绕在村头。
一年又一年,
眼前飘过的那一缕缕的炊烟啊,
茂盛出母亲手擀面的馨香,
珍藏在我的心底,
思乡时,我一个人独自品尝。
哦,那间只有低下头才能走进的厨房,
烟熏火燎的土墙壁,
夕阳的温暖弥漫着。
灶膛里的那簇火苗,
在风箱的絮语里,
一会儿缩短,一会儿拉长,
一把柴草从灶门口塞进去,
吐出的炊烟开始蠕动,
爬上烟囱牵动我儿时的目光!

2010 年

# 应连新的诗(2首)

应连新，1963年生，安徽界首人。

## 失 眠

月光林立
对视着两盏血红的雄灯
闪闪烁烁的爱　闪闪烁烁的恨
闪闪烁烁一曲无声的奏鸣

不是因为风　不是因为树
思绪飞成七色的蝙蝠
于是　夜被搅翻了
不知是月光刺破了痛苦
还是痛苦烫伤了灰暗
烟头引燃
鲜血蒸发袅袅的苍白
死灰纷纷飘落
空气中充满刺鼻的怪味

现实躺在我身边无理纠缠

幻想的翅膀飞不起来
美梦芬芳阵阵
可隔一道莫名篱笆无法逾越
只能自言自语着无可奈何
漫无边际地浏览

不知夜的尾巴究竟有多长
星星为什么总爱用眼睛说话
道路像是白绫
行人自杀用的吗

可怜啊　飞蛾
可叹啊　流星
可恨啊　耗子
可气啊　猫咪
难道你们都受贿了吗
莫要说耗子是贵族家养的
莫要说耗子有疯狂的繁殖力

邻居家的宴席散了
可猜拳行令似乎还在进行
迪斯科走出舞曲
走进夜来香的隐私里
我想象着我已睡着了
但我又分明听到了别人的梦呓

一只手伸进窗口

一声凄厉的尖叫撕破夜幕
有纷沓的脚步追赶着什么
我该起床了
可我真想冬眠

1998 年

## 梆子戏

梆子戏是男人的形象
是位来自北方的男人
粗粗的喉结大胡子
瓢一样的嘴巴吐着粗犷

梆子戏美在他的阳刚之气
最适宜站在高坡上对着空旷喊
高亢的一声叫板
热血立刻沸腾
遍野的庄稼激动在一片拔节声中

唱梆子戏底气要足
最好是能吃辣能喝烈酒
能唱得云开雾散
能把三九天唱得浑身冒汗

梆子戏秋天听起来韵味更浓
在田间地头喊几声

劳作的疲倦顿时消失
丰收和喜悦充盈有板有眼的生活
顺着羊肠小道能传几里甚至十几里

农人喜欢一边劳作一边唱
不知不觉把梆子戏种到地里
庄稼成熟后自然长出
许多脸谱的故事
而且较生动鲜艳

梆子戏的根扎在土地的深处
他常从金属的碰撞声中产生灵感
常从动物的嘶鸣中得到启发
他的营养来自艰辛的劳动
以及对劳动的深刻体验

梆子戏　走到哪里
欢歌笑语就跟随到哪里
在季节的缝隙间
在农人的空白处
在庄稼未停止生长的同时
梆子戏在人们心中开满了花

1998 年

# 汤少雪的诗(2首)

汤少雪，又名汤继林，70后，安徽颍上人。

## 看农妇嗑瓜子

锅碗瓢盆的协奏曲终了后
在一片冬日的暖阳里
几个凳子面对面坐着
一把把瓜子
于残留食物的唇间
次第发言
清脆的声音
引得几只鸡前来探视

她们嗑着彼此羽绒或棉袄的长短、厚薄、颜色和保暖度
她们嗑着在外打工的孩子爹的辛苦、收入和归期
她们嗑着孩子们的身高、膀瘦、成绩和秘密
她们嗑着公公婆婆、娘家父母的长长短短、非非是是
当然，她们更忘不了悄悄嗑着，邻家的花边新闻
什么打工的闺女做了广东老板的小老婆，孩子都多大了
儿子在外面吸什么摇头的药，天旋地转的也不怕得脑震荡，

　　结果进班房了

一簸箕的瓜子越来越瘦
她们嗑得津津有味，眉飞色舞
时而一声叹息
时而嘎嘎一阵大笑
让也埋头嗑瓜子的鸡们，猝不及防，拍翅遁逃

太阳被从东嗑到南
孩子们也被嗑得放了学
“我的孩哟
到晌午了
快做饭”
花花绿绿惊呼的娘们
扔下一地的闲言碎语
又奏起了锅碗瓢勺协奏曲

2015年

## 60根火柴

一夜的厮杀
昨晚的困倦
紧追至课堂上
攻击我的双眼　思维　和语言
深秋的凉意驾着淫雨邪风
完成了对我的包围

能抵御的只有半杯温热的开水
半杯　显然不够
它还挡不住昨夜五篇作文的进攻

60个同学
60根干燥　新鲜的火柴
琅琅的书声一起
便点燃了一室的温度
暖暖的　一个手势　一声响亮
围袭我的寒意
溃不成军

2016年

# 陈迟恩的诗(3首)

陈迟恩，1987年生，安徽临泉人。著有诗集《城堡与迷宫》、寓言集《敏感词》。

## 城市慢

火车即将开动，陌生人
要哼出熟悉的曲调；
误入他人的狂欢，
从内部构筑的灰色的梦。

午夜的脚踩中楼层的天花板，
强装的梦呓从裂缝里传来，
以躲过先前的冒犯。
并不虚空的敲门声成为新的侵扰。

饥饿令我狂傲，
可以一口把世界吞吃
纵然此刻躺在孤寂破碎的床上，
只有满腹想象。

让我们继续研究生活
不知道黑夜与白天互换了身份；
让我们倾向于长久的缄口
不知道一场通话因对方的沉默而告结。

寺院的山门锁上了漆，
写满字的标志牌无言地楔进院墙，
谁醉酒时听到有人打听：
哪里可以出去？

通道改开向东方。
童稚的声音在读书或歌唱。
还有一棵树顽抗在旧寺边，
叶子凋至零而天空并未变得寥廓。

2017 年

## 礼拜天的早上

白色粒子朦胧住窗户，霾重新侵占了
我们的殖民地，并逐渐侵蚀我。礼拜天的早上
唤我出离疼痛与不祥梦境的不是闹钟，
而是去年冬天堵住的墙洞那头啄纸的
灰褐色春鸟。我曾见过它，
扇着比这啄纸声更密集的小翅膀
飞过窗前的芦荟（它一直在生长）。
雨又被推迟，梦中的不洁暂安自己的领地；

一场重度污染跨过天气记录者的笔，
由外向内把我浸透。白色粒子抖动着
折射光晕，使日头的存在飘忽不定。
礼拜天的早上，春鸟不停地啄，
像忧郁的人迟迟未醒，做巢还是充饥？
暂安的我，充饥的是欲想，是触不可及的
爱，是在城市里做一个合格的觅食者。
当我走过因修建地铁而临时搭建的工地，
柳絮迷入眼睛，眼睛迷入一群晨跑者
喊着过时的号子，身体怪异地扭动，
而他们是礼拜天的早上唯一快速移动的人。
四环的边上等待着人群，人群等待着
车辆，车辆等待着红绿灯。在这条环城
高速上，车辆滚滚地越过我，并将我甩在身后，
甩在霾与烟与尘与光中。我曾在天桥上
看它们像代码一样快速滚入或
滚出天桥，如一场不止息的电影
我暂时逃离出来成为观众。

2017 年

## 起初，她斜坐窗边

起初，她斜坐窗边，边上昏暗甚久，
陡然明亮。她的目光穿过纱的眼。
她说，要有雨。就下起雨。她的
表情阴晴不定，仿佛思绪在寻找平衡。

这轻易被结束，搁放物品的声音成为凶器
而她轻巧地眨动睫毛，让思绪搁置；
低垂脑袋熟练地操纵着手指，一声不吭
仿佛淋雨的甲虫藏身湿沉沉的叶子下。

雨仍在下。等雨停是观察与被观察者
这对角色出现的最好掩饰。面对她，
谁能申辩自己的无辜，尤其是
夏天暴涨的海水，令她失去了亲人。

若能再见面，就是熟人了，可以安慰，
可是把生活建筑在尴尬泥潭中的人
无法代她看护窗外雨中的遐想。沙沙声
对过去轻率的解释，换不来真正的交流。

有什么可以释解言语的屏障？我
该如何动作，才能不给她带去困扰？
虚幻的叶子接受这场实雨在窗边，
想象的马匹跃跃欲飞，展开蹄子。

2017 年

# 石泉的诗（2首）

石泉，原名刘颖，60后，安徽阜阳人。中国火种文学网主编。著有散文集《忆念的清晨》。

## 想念石榴

我的石榴还挂在中秋的枝头
红红的。意象里有雨
躲藏着欢乐
不舍与欣赏

想让你悬挂一季风景
月圆里有你
清晨湿雾里有你

一天出远门
会突然惦记

2014年

## 沉　醉

那日，我们烧香，蒲团上跪拜
秋在庙外站着，适宜心情的表达

而河心洲上，苍苔浸径
藤蔓如丝，脚前的豆荚，一片金黄

无疑，这是世外了
无疑，就不想走了

不想走了，就面对灿灿的秋景陶醉
困了，枕一池荷香入睡

就这样，睡进了一首清香里
一幅暖意里

2014 年

# 王雅静的诗(2首)

王雅静，1992年生，安徽阜阳颍州人。著有诗集《爱的仰望》。

## 我喜欢雷声

如果你不在闪电之后
熄灭我写诗的灯
我就会全心全意地喜欢你
在局部的阴霾里
听你那近乎呻吟的低音
那是梦中，爱的呢喃

我全心全意地喜欢你
可今天是晴
我只能在凝视阳光的间隙
想象你在世界的某处
为满脸惊恐的兔子
讲温馨的小故事

只要你不熄灭我的灯
亲爱的，你就会得到一首诗

它是一个容器。你本没有轮廓
那就进入它吧
就像进入一颗安静的心
此时，我逆光面对一扇窗
窗前有个寂静的玻璃瓶

2012 年 10 月

## 哼　唱

今日，阴
童年放出的彩色泡泡
从黑白相片里回来
每一颗都形似一滴泪
我并不悲伤，我在等待
男高音的嗓子
一阵阵刺破它们的完整

今日，阴
太阳在北半球的小城上
隐形。人们
习以为常地爱着
喧哗着各自的喧哗
我突然不想唱有词句的歌
就像风突然不想在平坦处逗留

轻轻地

我想起了什么呢?
今日阴，雨优雅地路过手掌
一切都那么平凡
我想象着不属于自己的剧情
等待玫瑰的刺
刺穿发黄的历史

2012年10月

# 风和的诗（2首）

风和，原名张震，60后，安徽阜阳人。

## 一把手

妈生了我们三兄弟
爸说，老大叫学武
老二叫学文
老三就叫狗蛋
我妈说，三儿名字不好听
爸说，娘们人家，叽歪啥
咱家谁是一把手？

哥哥膀大腰圆，一身赘肉
我倒是成了半个文化人
三弟小时候的机灵，被爸埋在院子里
现在长成了狗尾草

2017年

## 人工降雨

那年我上小学
老家来了一群炮兵
几门大炮排列整齐
昂首向天
当官的手一挥
几枚炮弹暴怒在云间

乡亲们说
庄稼都枯了
热风还一个劲儿刮
大太阳站那么高
眼睛瞪那么圆
竟看不到土地比百姓嘴张得还大
轰他狗日的

2017年

# 蚌埠

合肥
淮南
阜阳
六安
宿州
滁州
亳州
淮北

# 姚国建的诗(3首)

姚国建，1955年生，安徽桐城人，现居蚌埠。有诗作入选《安徽文学50年·诗歌卷》《中国新时期20年诗选》等。

## 告　别

把最后一支香烟
点燃又掐灭
猛地推开窗户
让冬夜的寒风
抚摸你燃烧的前额
你愤怒地摔碎一只玻璃杯
像摔碎一个精致的谎言
被黑夜锻打过的灵魂
变得石头一般坚硬
翻开抽屉　翻出所有昨天的记录
点一把熊熊的烈火
让乌鸦编织的阴影
在你的明眸中化为灰烬
跳跃的火苗　深情地
为你唱起一支再生的歌

唤起你脸上淡淡的一笑
美丽的笑自信的笑

1979年11月

## 我擦亮了我的笔

我擦亮了我的笔
那支在一个风横雨冷的夜晚
跌进了泥泞的路上
变得锈迹斑斑的笔

我擦去了笔尖上的锈迹
擦去了锈迹般发黄的记忆
擦去了我受台风的蛊惑
在夜间写下的谎言
擦去了我重重叠叠的悔恨
和悔恨后落叶般的失望

我怀着从未有过的激动
紧紧拿起我擦得闪闪发亮的笔
让它吸足我青春的热血
挥写生命最美丽的诗篇

1980年3月

## 等待病理分析报告

经过医护人员的一番忙碌
手术后的你　安静地躺在病床上
麻药还没有失效　导血管中还流淌着
你手术后的鲜血　心脏监护仪上
跳动着各种变换的数字
我们目光相遇
你竟给了我一个鼓励的眼神

我紧绷的心并没有放松
在焦急地等待着你的病理分析
望着你惨白的脸　我在内心一遍遍祈祷
祈祷你切下的肿瘤是良性的
时间在一点一点地流逝
我像在黑暗中等待一线光明

我的手机突然响了
在医院工作的妻妹打来电话
告诉我肿瘤是恶性的……
像一阵电击　我的每一根神经都剧烈地颤抖
脚步变得铅一般沉重

躲进病房的卫生间
我失声哽咽着　泪水喷涌而出
为了不让你看出　我慌忙用毛巾洗脸
让泪水顺着毛巾使劲地流——

亲爱的　我没有照顾好你
让你遭受这突降的大罪
我该怎样面对你
怎样告诉你这可怕的消息？……

2014年5月

# 陈安伟的诗(3首)

陈安伟，笔名安伟，安徽五河县人。

## 果　园

一条土路，隐蔽在大片的庄稼地里
当我们走进去，忽然卸去了心灵的枷锁
仿佛什么也不记得了
烦恼或者忧伤

农妇在果园里施肥，她笑语盈盈
对我们说葡萄的故事
她还告诉我们梨树结的梨叫黄金梨，别看树小
果子可大了。她说你们看
这就是梨子，现在还没长成金黄的颜色

顺着她手指的方向
傍晚，落下的霞光在她脸上织就一片金色
她幸福的样子，和她描摹的黄金梨颜色
刚好吻合

2015年9月20日

## 在县政府大厅读诗的农民

早晨，八点
太阳比大楼矮，人群三三两两
拎包的，穿名贵大衣的
坐电梯不坐电梯，都得穿过大厅
毛泽东的那首词
就刻在红木，或者比红木更好的木质屏风上

人们已经不读诗了，更别提词了
平仄押韵、词牌词尾的，谁还懂呢？
红木是好木材
诗歌是好诗歌。只是每天
路过的人从来都不当一回事

偶尔有一天，一个进城办事的农民
穿着黄大衣，手拢在袖子里
神情无比庄严。站在屏风前
大声朗诵，那首《沁园春·雪》
别人，都视若无睹的毛泽东诗词

我再也不能自以为是地
从他身旁走过。
诗，真是好诗。读诗的农民
把我带进了飘雪的北国

2016年11月2日

## 残 雪

这个世界的谎言一定是她内心的孤独
她抱着夜晚熟睡。残雪在暖阳中消融
一束透明的光，抵达环顾左右
春天般欣欣向荣。她渴望大地披上洁白
一切无比干净，童年栽下的树
结满苹果，和雪一样甜美

她想唱歌，在雪地里奔跑
炊烟飘啊飘啊吹，裹着香味
树林里的鸟儿跟着她唱歌
她有些羞愧，为自己的嗓音粗俗
慌里慌张。难道自己就不能安静一会?

哦，大地真安静
她躺在雪地上听雪寂静的心跳
落叶继续落，风继续吹
埋在雪里的枯草一点一点探出头
在向阳的山坡。

2017 年 1 月 20 日

# 陈忠村的诗(6首)

陈忠村，原名陈忠强，1977年生，现居蚌埠。著有诗集《城市的暂居者》《短夜》等，2011年参加《诗刊》社第27届“青春诗会”。

## 今夜在初冬　窗被雨打

今夜在初冬　窗被雨打
我的睡意还坐在灯下书房
一些遮蔽的记忆　开始乎现再显
坚持几分钟　窗户可能会说话

雨珠的走向带有一丝丝暖意
它在努力侵入玻璃身体里去
就像路灯的光把黑夜撬开
今夜的诗意并不是因为有雨

你创造冬天　雪花却孕育出你
一些思念是长雪花上的翅膀
到了人间就融化成水珠
虽然没有腿脚　照样在窗前行走

夜，真的要被一道光冲淡
雨在打窗　也在温暖着窗内的人

2016 年 3 月 2 日

## 树完全静止，雨却停不下来

雨天，让时间的声响落在地上
远走的都是留不住的赶路者

我想表达的，就是文字消失的那些光
打磨它的人一代又一代地离开
这不是一把利器，但见血封喉
树完全静止，雨却停不下来

我没有理由休息，雨还在落
幸存的那朵花瓣站在枝头开放
今年第一次听到雷鸣，闪电被堵在路上
我在等，在等风带来的温暖

这些雨是你丢下密码的液体
天空，一个不能破解的网缓缓开启

2016 年 3 月 8 日

## 石头低着头试探着大地的温度

夕阳不在所以风也不来
一层一层的灯光扑在路上煞风景
我呀，失意者请举起双手
带有迎接你归来时的洒脱

不想再行走，昨天的温暖还在
背上的远方在路口辨识方向
归来后再集合能出发
今夜的文字漂浮着却不苍白

石头低着头试探着大地的温度
花开是岁月落叶也是年华
请记住，会有一颗星星亮着
在远方，在车轮压过的地方站着

风来了，虽然很低调
我已经嗅到了大地的温度

2016年5月23日

## 呼吸　这个字的“点”还在

午夜，已经把自己降至最底了
躺在废品篓中碎纸上　活着

就只有一个“点”的笔画在呼吸
仰着头，默默地数着天空中的星星

你是我循环血液中的暖
就这样醒着　双手合在一起
生活不同于有病毒的游戏
随时把版本格式化　重新下载

失眠真的需要一个理由
时间一秒秒地从身体上剥离
合实双手　闭上眼睛
鸟儿要飞翔　朝向它的天空

2017年7月19日

## 蓝虽然很短但天空永恒

真的，我没有见过树林的阴森
只是那条河水失去鱼的欢乐
碎心的事是这霾，后天又来
89度蓝的呈现暗示天空的纯洁

鸟儿是在　距离已经变得遥远
我为你的时间开辟一条道路
虽然鲜花很少　小树已有绿荫
风沉默的地方摆放一把椅子，为你

为了时光像往昔，我们还要牺牲什么
预留一块干净的地方，伤心时可以哭涕
有清风无抱怨更有草籽落地的声音
要万物随我　就像我随你一样

贪吃的鱼把河草啃露出骨头
水中的蓝虽然很短，但天空永恒

2017 年 8 月 27 日

## 往北，无辜的落叶

当夜亮起来　行人的脚步开始消失
梦是软软的丝绸　蜂拥而至
我离开了故乡　但没有忘记方言
这真是第一次在梦里睡到自然醒来

再往南　高楼的灯火变得透明
偶尔和拥挤的汽车声纠缠在一起
你讲要来看我　红灯一直亮着
距离，永远是一条马路的宽度

错后再错　已经算不了什么
场和景都不是闪电的路过

再往北　落叶是无辜的
已经被车轮碾过一百次

只能祈祷，不敢眺望

2017 年 12 月 31 日

# 范仁豪的诗(2首)

范仁豪，1957年生，安徽天长人，现居蚌埠。

## 欣　慰

遐想，在电闪雷鸣之后
那种平静，让我欣慰
那是一种感觉
来自心灵深处，来自对未来的向往
也来自一种平淡和自由
那是心宇一只雄鹰的自由
广袤大地再也不是一片荒，
啊，我绝非为了显示自己的荣耀
才缀满枝头叶间迎风摇晃

我不愿恋抱着暴雨淋落的辛酸
只是报告我为秋天挂满熠熠金黄
与阳光热吻，我欣慰我自豪
因为，我想留下一串串成熟的歌唱
因为想，我才真的留下了一串串成熟的歌唱

1980年11月

## 穿行在阿尔卑斯山的冬季里

隆冬踩着阿尔卑斯山四处游荡
我踏着隆冬穿越环行
阳光倾泻，洗濯万里蓝天
而铁力士峰却苍白袭人
忽遇飞雪漫不经心地流来散去
冻蔫了无垠的田园风光
松树披着寒色，成了冰雪卫士
警戒着浑身发紫的橄榄林
而一片片紧挨着的枯黑的葡萄园
却缄默地蔑视着风卷雪的傲慢
这里的冬季并不见百花灿烂
夏季也早已褪去枝繁叶茂

威尼斯浮漾在亚得里亚海湾
海风已把她的笑容吹得僵硬
但她还是美过斗兽场，它衰老黯然
蹲在凉风中接受太阳的审视
浓云冷着脸，赖在巴黎空中不走
埃菲尔铁塔冷眼监视着所有行踪
巴黎圣母院的钟声战栗着
为直打寒战的塞纳河祈祷
冬雨一路尾随，却淋透了日内瓦
激起万国宫门前的万国旗瑟瑟声讨

这里的冬季并没有春天的暖
同样是铺天盖地彻骨的寒

2017 年 12 月

# 何吉发的诗(4首)

何吉发，多次获得诗歌大赛奖，有诗作入选各种诗选。

## 乡关何处

我出生的地方，我更愿意叫它
芦山村。东西芦山，像母亲一样
把七个自然村，抱在怀里

我的骨骼里挺拔着芦山坚硬的性格
我的血脉中汹涌着涧弯水细腻的柔情
多年以来，我都想回乡隐居
早晨看日出东山，傍晚观云烧西岭
其间侍弄薄田两亩，种花养草
终老此生
但高铁有力的臂膀穿村而过
侵占了多少亩土地的肥沃
城市的触角掠过西芦山的墓地
惊破多少人长眠的梦境
落叶无法归根，青山无法埋骨
我的魂，该归向何处？

怀揣乡愁上路，故乡只能是一枚蛋
随时都有可能被撞出胸口
破碎在风里

2011年3月5日

## 忏悔录

这么多年来，我愧对家乡的养育之恩
愧对伴随我成长的山山水水和亲人
我吟诵过很多赞歌，大到祖国
小至我路遇的蜜蜂和蚂蚁
甚至用别人的嗓子，唱出了许许多多的歌子
却在字里行间，很少提起你

但我时刻不敢忘记你
当我写下“故乡”两字
我百感交集，不知从何下笔
我觉得我就是吃了上百斤黄连的哑子
被万吨巨锁封住喉管的黄莺

故乡啊，我并不是忘恩负义
我熟悉你每一寸的土地
和每一寸土地上的花花草草和粮食
就算蒙上眼睛围绕地球转上N次圈
我也能准确摸回你的怀抱，闻出你的气息

向阳的山坡上，已经埋葬了
爷爷奶奶和爸爸，无论我跑到哪里
最终的结局，还是要魂归故里
并和你的沟沟坎坎融为一体

2012年4月15日

## 清　明

这一天，你从黄土里
站出来，用溪水奔跑，用松涛
说话，我们走过的山路旁
桃花里开出你的影子
李花里开出你的芬芳
野丁香如烟笼罩，仿佛你
沉思的模样

十几个春秋过去了，每年
我都带领清明节
来看望你，我敬你一碗酒
也敬山一碗酒
微醺中，山耸动双肩
这个与草打了一辈子交道的人
浑身长满的青草起起伏伏

岁月抹平了心里的伤痛

但我的祭祀依然如旧
我活着你就活着
青山不老，绿水长流
你身边的一草一木、滴水微尘
都宛如我血脉相连的亲人

2016年4月5日

## 一把斧子

一把斧子隐藏在
角落里，我看它一眼的
时候，它正看着我
目光和刀口一样闪亮

我坐在它的对面
无论我看它或者不看它
它都目不转睛地
盯着我，我的后背
发凉，心里战栗

我抱着平常心走动
我不惹它，它也不会惹我
再说了，再锋利的斧子
都留有把柄
我随时都可以把它
拎起来，丢弃在风里

但我舍不得，我留着它
用来劈柴，或者壮胆
甚至做不平的事

我把刀口换了位置
它宽厚的脊背对着我
我的心稍微安稳些
那面端坐它对面的墙
是否也会像我一样
惴惴不安，惶恐不可终日

2016年4月10日

# 李星涛的诗(5首)

李星涛，1966年生，蚌埠五河人。

## 油菜花开

大地就是皇宫
不然　她怎能捧出如此的龙袍
大地就是太阳的债主
不然　她又怎能偿还这么多的阳光

倒完了相机里的桃花
倒净了胸膛里所有的浮躁和喧嚣
我要装进这个波涛汹涌的大海

2015年4月

## 泥土说话

能说出五谷和流水更好
即便说出的是盐碱
也还有希望

最怕说出漫天灰尘
每一粒打进眼里
都要用十几滴泪水
才能洗干净

2015 年 6 月

## 发信息

山中信号不好
可我依然在不停发信息

你接收不到又有什么关系呢
就让我们的爱情在山中自由飞翔
让绿叶间宛转的百灵收去一条
让山坡上微笑的迎春花收去三条
剩下的五条就让青石上新润的青苔收去吧
让它们也来分享我们青春的纯真

身处在青山碧水之间
我用红润的手指不停击打着
透明的泉水
直到水上的阳光溅湿了我的双眼

2016 年 8 月

## 华阴老腔

抽出自身的经脉当成琴弦
摘下大秦的月亮当成琴箱
把踩着骨头奔涌的黄河吼出来
华阴啊华阴！

把屁股下的大板凳当成叩头虫
啪啪叩响八百里秦川
一声声惊雷打开了兵马俑墓穴的大门
华阴啊华阴！

把星星当成钟玲系在战马的脖子上
一路杀进楚汉相争的古战场
“赳赳老秦，复我河山，血不流干，死不休战”
老腔啊老腔！

一座高原被陕秦大地一把抓住
作为她苍凉的嗓子
吼出了壶口瀑布
吼出兵马俑沉默了千年的呐喊
老腔啊老腔！

2016年8月

## 像花一样说话

世界太吵了　从今天起
我要像花一样　小声说话

用花瓣作为词汇
花香作为声波
花的容颜作为缤纷的音色
我要用少女怦然心动的春梦
露水停泊花蕊的足音
阳光拍动空气的力度
对着世界说出芬芳的话语

不会惊动每一个路过的人
包括地下安眠的亡灵
如同一阵微风　或者一瞥眼神
我要让声音
远离闪电、雷霆、口号和枪声
我要让声音融进我的目光
融进我干净的心跳
让那些被吵闹烧红的人
沐浴声波　渐渐心静如水

2017 年 4 月

# 罗利民的诗(12首)

罗利民，1962年生，安徽怀远人。

## 置身其中

很清晰
许多相似而又陌生的二十六岁
糊里糊涂的每一个黄昏
睡梦里许多许多异族的同辈

真的很清晰
预示像一张永远无法兑现的支票
只有一条影子颀长
那天太阳在你头顶的正上方
很清晰
糊里糊涂中牙牙学语
眼睁睁地看灵魂出窍

真的很清晰
亡友的墓前今天你还在祈祷
明天墓旁就呆立你无字的新碑

很清晰
在一个死寂寂的夜晚你从墓中爬出来
用残指抠一行墓志铭
　　来　去　无　牵　挂
来去无牵无挂吗

真的很清晰
你像流萤一样窜回墓穴里
等母亲给那行字涂上釉
等未亡的战友放一把雏菊

1987年4月1日

## 想起一棵笨槐

二十几年的路程
猝然相聚在今晚八点零五分
还好吗
笨槐

记得那时我还很小
经常顶着你稀疏的叶片筛漏的阳光
看蚂蚁从你的脚底下
往身上爬

记得那时你也不大
经常拉着我的手跟风低语

我问大人你为何不开花
大人说你是笨槐
于是
你经常用泪水浇我
在下雨的时候

后来我长大了
有许多功课要做
很少再去看你
再后来举家乔迁
因为那里要建一座很高很大的楼
我甚至遗忘了
与你诀别

风风雨雨追赶着阳光
阳光拍打着风风雨雨

就这样
二十几年以后
我们邂逅在今晚八点零五分
你在哪里
笨槐

1988年3月16日

## 火

火渐渐远离我们　那种紫禾带给我们的
温柔的火　在渐渐远离我们

它迫使你怀念　低矮的灶边
土墙宁静　土墙上晃动着你的影子
你的影子跟火劈劈啪啪交谈
这个时候　你在火与土墙之间
成了火手中的工具　深深的恐惧中
你还是怀念　火自由的精灵

蜂窝煤的孔眼里　很难钻出火自由的
身姿　经常在电饭煲里低声倾诉的
是火掩藏了很久的声音

你肯定有无处可去的时候
特别是在冬夜里　这个时候
火就会伸温暖的手　抚摸你冻伤的
往事　火目睹你和情人成了
横陈的干柴　灵魂在它的摇曳中
款款上升　你怀念野外的那堆
春天的篝火　因你无孔的生命
无法燃烧

愤怒的火　经常于森林里召唤
召唤远离了它的人类

1989年12月3日

## 汲水的人

我知道　我要感谢克莱德曼的手指
这些手指上的神谕
在今晚的月光下　把你带至水边

我的马车在水边疲惫不堪
梦中的少女　汲水的人
作为驿站　你手中的竹篮
把月亮一次一次打捞上来
我和我的马在竹篮里相依为命

生命中碰不得的音符
你在水面舞蹈　汲水的人
沉默的伤口在夜晚最需要水
你来的时候　我看见
你肩上倾斜的陶罐　有生命流下来
我知道　那是我的灵
忧郁的紫箫　在离开我多年以后
又回到我的唇边

多少次　我在瞬间的水中与你相遇
汲水的人呵　梦中的玫瑰
作为水中的王和妃
多少次　我们以水为酒
以月光为杯　我像时间的片断
被玫瑰一一挥洒凋零

我知道　只有在你的水中
我才能永恒

1991年8月5日

## 喊醒打盹的猫

伸伸两条前腿它看了看
眼前镜子里的女贞
窗外寂静的街道和匆匆的行人

然后又沉沉地睡去
没有谁惊动它下午两点的梦
我在镜子的不远处注视着

我下定决心把它叫醒
我用手指轻轻弹了一下镜框
它看见一只警觉的虎伏在镜子的里面

我看见它眼睛里的两把空蒙的刀
行走在另一个梦里
防盗窗外女贞树上的叶子在轻轻地飘动

它仅仅是看了看
在时间和迷宫的外面又沉沉地睡去

2002年7月2日

## 琴

一只修长的手抚过　一阵柔情四起
宁静的水在弦上流过　不知它要流向哪里

向高处流的水呀　向低处走的你
你回头看见一片秋天的竹林

那个叫琴的女孩被你轻轻抚过
一千年的流水被你抚过

琴临风而立　秋天的高山和流水
这伤心的景象掠过谁的心

你站在下游　千年后传来的回音
有谁能懂　有谁能懂

不争先的流水呀　一直流在弦上
你命若琴弦　弦断了才知道是绝唱

2002 年 9 月 13 日

## 开花的蒲棒

厂房边的湿地里
长着一大片蒲草

一直到今天
我才知道蒲棒也开花
不是我们经常在春天里
看见的那些花
甚至不是在这腊月里
提前开放的
看见的那些花

什么都不是
就是这深冬干燥的风
越过厂房边高高的
围墙
吹开了蒲棒胀满的身体

2017年1月4日

## 一棵野苋菜

那时
后院的野地里
长满了野菜

接近晌午
擀着面条的母亲喊着：利民
去后面揪一把苋菜回来
炸锅子

有时正赶上尿急的时候
总是会胡乱地对着野地
随意地挥洒

次数多了
看见有一棵更加茁壮
对它也多了一份眷顾

后来它竟然和我一般高

再后来
就是你现在在纸上看见的
这棵野苋菜

2017 年 7 月 19 日

## 牌　位

在我书橱的拐角深处
藏着几块木头
是祖父的堂弟
二十多年前
交给我的

这几块木头黝黑发亮
木质不是非常名贵的那种

在我们老家俗称
硬木

今年中秋连续阴雨
我拿出来
看见上面有很多虫蛀的
孔洞

2017年10月9日

## 癫痫狗

要不了几分钟
它就会抽搐一次
从尾巴到头
再到四足

这病折磨它有半年了
闲下来的时候
它还能和同伴一起嬉闹
但很快又会
浑身抽搐

就在昨天下午
我看见它用了全身力气
在一只母狗体内
留下它的精种

2017年10月16日

## 七月十四接儿子下晚自习

去地下车库推电瓶车
听到下水道“哗哗”地流水
从楼上一直向下淌着

再往下
就是负二层了

刚把钥匙插进钥匙孔里
很长时间不亮的大灯
突然亮了

我闻到一股很浓的狗尿的味道
回过头
一只棕色的狗
趴在下水道的边上
一动不动

刚出车库门
那只大灯灭了

在路上
大灯一会亮一会灭

在校门口
没有等到儿子

看见他教室的灯还亮着
我爬了四层楼上去
教室的灯灭了

回到校门口
儿子从黑影里冒出来
他说去吃面了

一路上
我一直调弄着大灯按钮
一直没亮
刚到车库门口
又亮了

注：七月十四又称中元节、鬼节。

2017年8月15日

## 车　窗

大冷的天
车窗上结满水汽
一个小女孩
用手指在玻璃上
画草地
画我读不懂的一些什么东西

指尖后面不断变幻的街景
行人和车辆
她看不见

一个车窗不够
在身后的玻璃上
她又画了一个长发女孩
写下路漓两个字
她环视着两扇窗子
自己笑着

两站路以后
她下车了

2017年12月6日

# 吕维东的诗(3首)

吕维东，1987年学习写作并发表作品。

## 九月的标签，或浅唱低吟

蟋蟀。在野、在宇
如今在户

路线千年未易
一如千年的寒气一路相逼

书生夜半，或凌晨醒来，难再入眠
岁月不居岁月又老

鸣声越来越凄清。怅惘始浓终淡
才发觉，人间万籁俱寂

2016年9月2日

## 角 色

一本吉语玺印印制精良。
一方方清晰的印蜕，背后的影子
如此尊贵。背负多少羡慕的眼神和渴望，
谁能知晓？

流落民间之前
角色已暗中转换。

艺术品不仅需要一双慧眼。
“敬上”。“宜有千万”
其中的暧昧，几千年来
一以贯之

早已被看出。它们却以毫无瓜葛
无辜的样子，邻里一般，
相安无事。

2016 年 9 月 23 日

## 这一步跨出去，便是冬

荷塘。隐于一处湿地
在不冷不热的九月
多云的天空下，表情复杂

花已成前世，叶在每况愈下
黑铁一样的莲蓬
凹陷空洞，恍若不甘。即便水位也在下滑
距离一幅残荷只一步之遥

这一步跨出去，便是冬
一切彻底终结
一个轮回的青春、风雨与梦想
冰封之后，了无痕迹

2016年9月25日

# 秦士红的诗(8首)

秦士红，1981年生，安徽怀远人，现居蚌埠。获得安徽省诗歌学会蚌埠分会2016年度诗歌大奖赛一等奖。

## 雨雪来袭

在我仓促间买下的
一所房子里
我用目光和心境
静静抵挡着雨雪来袭

纷纷扬扬的寒冷
与我仅一墙之隔
室内的空调热气
不断蒸蔚玻璃上
变幻不停的画面

银杏来不及褪尽绿
就死了心
柿子只管闭目修行
而葡萄架上的枯藤

虔诚接纳白雪礼遇

一切安详舒畅
只有我对突降严寒
有些介意
骨骼里的一些暖
被生硬挤出去

我还是不敢相信
面目已今非昔比

2009年11月

## 一小时路过三列火车

先是一列货车
不久又过来两列客车
一小时路过三列

想象中经过多少萧瑟丛林
又惊动多少轻灵飞舞的翅膀

在这忙碌一年的最后几天
我第一次开始认真打量
路基，铁轨，和生锈的轮子
伴着火车呼啸来去
不仅有石子们的集体震动

还有阳光剩下的一些梦想

有几年没坐火车了
想起每次下车的那种激动
困住我的那节车厢
一下子被远远甩到身后

当一个人的心魂
终于抵达故乡
所有的旅程，都不再困顿

2011 年 12 月

## 夜合欢

一线一线阳光
总是在不同时间从各种角度
照耀庭院中的合欢树
朝朝暮暮，不见鸟的影子
只听到头状花序吐艳的啁啾

确信她的灵魂也是粉红的
在入夏清幽的绿荫里
她树冠一样开阔的内心
不时掠过，淡淡的香气
初遇时的那场微雨和震颤

羽状复叶就这样昼开夜合
一树合欢的光焰灿灿呵
而这样生动的身体，我总觉得
曾被荒芜
如今的它欢乐已随如梦的光影
被保存了下来
传递到我的心头

2012 年 9 月

## 林间的风

林间刮过来的风，并不冷
灰蒙蒙的天空下
有人在山坳开辟了几块菜地
看不到人影，偶尔几声狗吠
像从闲置已久的地下室传过来
又像孤零零地挂于枯枝败叶

一只猫不露声色着地
用它瘦骨嶙峋的身子
面对我，穿着长款黑色羽绒服的
便衣警察
有几秒钟的时间，山风
和远处高铁穿行的声音
几乎混淆视听

很快，那只雪白的猫掉转头
踩着密密层层的松针落叶走开
若隐若现的身躯
我随手，捏开了
一些树枝上的果壳
让漆黑的种子落下来
到它要去的地方

2014 年 12 月

## 波斯猫

突然发现这白猫
一只黄眼珠，一只蓝眼珠
有点喜欢它了
之前差点让母亲把它扔掉
我一直不喜欢猫狗
畜牲身上那种气味

秋日连绵的雨水
把故乡的房屋
以及屋顶上的大树
树下攀爬的紫豆荚
一一浇透
往日清浅的离愁
在波斯猫的琉璃眼中
似曾相识

雨水把大家都困在屋里
猫儿懒洋洋地走来走去
母亲的小外孙眼疾脚快
寻到机会就
狠狠踩住猫尾巴
让它喵喵直叫

2016 年 9 月

## 丽娜的情人

说起前男友
小护士丽娜一派云淡风轻
“闵已经不是我的男人了”
他订婚的传言她定有所闻

十几年前隔壁宿舍的丽娜
常拿给我看闵为她买的
品牌衣服，戒指，项链等等
“刚开始只想找个依靠
却渐渐有了感情”

我看了看她忽闪的大眼睛
黑白分明但不可能有泪滴
她和她不安分的母亲一样虚荣
一次闵痛苦地抓起一把钉子

砸向了自己的额头……
尽人皆知

尽管不舍孤身在西安的母亲
她还是跟随了早已转业
回山东的团长父亲，继母
和同父异母的弟弟
“法院是把我判给我爸的”

临别喝下一碗西凤烈酒后
她说起，高中时父母离异
赌气出走，在夜总会
稀里糊涂遭遇了第一个男人
她甚至不知道他的名字
他甚至也不能算是她的情人

2017 年 7 月

## 垓　下

如果再来，只一人
那样可能就不会
从陡坡上
往下急急地摔倒
都在忙着拍照，捡汉砖
只有我在摄氏十八度的秋阳下
轻轻拍打身上的尘土

沱河水温驯，不像是
吞下过那么多血腥
萧瑟丛林，日光投下
一些散淡的影子
前前后后，一两点新绿
就像胜败，不算个事

在固镇，我总想着
满头银发的小脚外婆
和她种的朵朵棉花
如今当了外婆的母亲
每次回娘家只能带回
舅舅种的花生

2017年10月

## 老舍茶馆

忽略了门口长袍马褂的小伙子，和大碗茶
忽略了老舍先生端严的雕塑和他的小泥人儿
也忽略了台上唱白蛇传的青衣和她眼里的泪水
我只想着，这里离家近
喝完了方便回家去取好酒
兄弟，我只想多陪你们一会！

2017年10月

# 宋艳梅的诗(9首)

宋艳梅，笔名秋窗无雨，1970年生，2013年习诗，现居蚌埠。

## 雨　记

背负着凋零的春色
风雨突至午后
叶子抖动着身上的铃声跌入雨帘
小花伞下面，性感的丝袜出没在飘逸的裙摆里
她踮着脚尖，像只走在林间的小鹿
滑过空蒙的雨中

卷在沙发上，我有猫的慵懒
家被风雨画地为牢
鱼缸只剩一条鱼了。我们
沉默在沉默之中
它在寻找七秒之外的记忆
和水中的眼泪，而我随时要拧干
潮湿的心。现在
我理解它难过时哭不出来的样子

2014年4月

## 林中小教堂

叶子落尽
风雨剥蚀的陈旧，低矮
慢慢呈现出来

四周楼宇不停地拔起，逼近
祈祷的人群
举着苦难的十字架

婆婆曾是这虔诚的教徒
去世后
里面传出的赞美诗

与我在上海沪西礼拜堂
听到的一样——
想伏在上帝的怀里，哭

2017 年 1 月

## 草

割草机轰鸣了 下午
满地草的
头颅、碎骨头、血

伤口喑哑，沁香杂乱的黄昏
终于整齐划一了

这些给把火
能把秋野烧成灰烬的草
记下了割草的人

将在他死后，让他所有的纸钱
化作黑蝴蝶飞走

2017 年 2 月

## 雨中羊群

雨猛地扑向微微亮着的大地
沟坡上的羊群
被鞭子撵上窄窄的田埂

夹杂一阵骚乱
咩咩叫声群汇成一根
长长的白线条

放羊人跟在后面
湿透的红衣裳变得鲜亮
雨太大
她和羊都眯上了眼睛

2017 年 3 月

## 两只麻雀

四爪相扣的两麻雀
空中没头没脸地啄着对方
这是气温逐渐回暖
枝上开了零星花朵的上午

如果我不是用水管冲洗
百叶帘上一冬天滞留的灰尘
就看不到它们打斗之后
并排在樱桃树上，整理羽毛
长一声短一声地和解

我惯常见的画面——
丈夫摔门而出，妻子独自伤心

2017 年 3 月

## 一棵树

春天开花的樱树死了
那些树下打牌，带孩子，摘菜的人
依旧在树下打牌，带孩子，摘菜

一棵死了的树，慢慢凋零
不像人死了

急于入土为安
满枝头的叶子，由青绿
成了锈红、褐黄
风来了它唱，雨来了它哭

2017 年 7 月

## 草 原

牛群奔向远处的栅栏
地平线上的余晖细成发丝

大地上流散的浓墨
像兽群出没，四处推进

被落下的母牛岔开后肢
安静地让小牛犊吮吸着乳汁

暮色中的草原，重新获得
神的恩赐，亮了起来

2017 年 7 月

## 交 集

有时刚走出楼道
就收到她送来的幽香

我走过她跟前
轻轻地喊：小桂、桂儿

她扑簌簌落一些花瓣
这份交集

把枝头当作屋檐的麻雀
当然也知道

2017 年 9 月

## 黄昏，芦苇荡

船笛带走天空所剩的光亮
落日沉浸到水中
得到了丝绸一样的黑夜

泊下来的浪花冲上岸
交出旅途积攒的焦虑，倦怠
钻进草丛的水鸟
闻到了秋风在河面上磨刀

白了头的芦苇
与从没走出村庄的外婆一样
哪里也不去，哪里也去不了

明年滩涂依旧碧绿葱茏
外婆坟上的草
也迎来第十二个春天

2017 年 11 月

# 石林的诗（10首）

石林，笔名沙漠之蓝，1976年生，安徽宿州人，现居蚌埠。

## 时光书

整个下午，我都在翻看旧照片
并试图把它们分类——
童年的。少年的。青年的。
长发如瀑的。齐耳短发的。
纤纤而舞的，身怀六甲的。
微笑的。悲哀的。
矜持的。放肆的。真诚的。虚假的。
素面朝天的。浓妆艳抹的。
和亲人反目的，和仇人握手言欢的。
和我爱的人在一起的，和
爱我的人在一起的
茫然的。神采奕奕的。
坚强的。闪烁不定的。
焦躁的。平静的。
愤世嫉俗的。随波浮沉的。
在姥姥灵柩前号啕大哭的，穿着洁白嫁衣羞涩如花的。

深夜独对一江灯火辗转无眠的。因恐惧而蜷缩如鼠的。
面目全非的。完好无损的。
被微缩的。被放大的……
越来越多的我，越来越复杂的我，变幻着，纠缠着
在左手右手间穿梭
一时间。我难以辨认。哪个
才是真正的自己
为了验证，我两手空空
站到镜子前。却发现
雪白通透的玻璃后
只剩下一副，蓝底碎花

2013 年 4 月

## 小事件

这是一个失败的午后
雨从玻璃上滚落，一颗
连着一颗

十步之外。毛毛虫在茧里持续翻身
皱巴巴的墨绿床单，因一把
无法交流的手术刀
昏昏欲睡

除了小女儿草莓般鲜嫩的脸庞
浅灰色光线囚禁着：

书桌。吊兰。一根暴脾气的火柴和整整两百页
布满隐喻的诗集
它们集体缄默，作为局外人
谁也不准备开口
并接受，“笃笃”敲门声里
迂回的歉意

2013年5月

## 规　矩

天亮时，跟自己打了声招呼
当然。姓在前
名，紧随其后
我是一个按规矩做事的人
按规矩发声
按规矩吃饭
按规矩过马路
按规矩，在霸王条约上签字
在人群中，辨别、揣摩、占卜光怪陆离神色各异的脸
我按规矩在佛堂前叩首作揖
也按规矩，接受墙角阴冷处射来的暗箭
每天。我按规矩踱着并不规矩的方步
却越来越像啄木鸟，怠于展翅
尖硬的喙，时刻对准生活的树洞

现在，我如此忐忑

当我热忱、殷切地喊出自己的名字
它却不肯回头
甚至不愿像从前那样，
拍拍我的肩膀，说一声
“兄弟呵，兄弟……”

2015 年 7 月

## 太平街

没错。稍一分神
我又把它听成了——
太平间
塞满车厢的，是一群义无反顾的
赴死之人
母亲逗笑着婴孩，
僧人与窃贼，背靠着背
——我们都是
被收缴了身份的亡灵
不远处，淮河沉默着穿过斜拉大桥
阳光
安抚了花俏的广告牌，又落在
广告牌下盲者清冷的琴弦上
是的。一拐弯
就进入太平街了
幼儿园里，孩子们正扎着纸马
墙外，新植的玫瑰复活，递给他们

未来的尖刺
溺水者紧紧抓住头顶的吊环
穿过中医院的枯萎
遗香如天国，护送者我们：
亲爱的乘客
终点站到了，请配合排队
依次从后门下车

2015 年 10 月

## 午后，与一只苍蝇偶遇

风很大。我刚在木椅上坐好
它就轻轻落了下来
屏气，凝神，两只前爪快速摩擦
这小可爱，一定飞累了
才迫降于这片陌生的蓝
它哪里知道，平静的湖水下面
我的膝盖是弯曲的，膝盖里的酸痛和伤寒
也是弯曲的
当大风中，有翅膀的事物正在消失
而不明飞行物越来越多
我原谅了它的莽撞
也原谅了它，无需猜疑
就把我漏洞百出的牛仔裤，当成了
一马平川的飞机场
我甚至想端正坐姿，忏悔

弯曲的脚掌，曾经的不义
它却倏地飞走
空荡荡的阳台，只剩下一副
长满辩解的嘴巴

2015 年 10 月

## 三个坟茔

终于平静了
终于不用踮起脚尖，以最小的圆心
支撑魂魄
终于躲开了生活的软鞭子，停止
攀爬。较量。进取。旋转
终于可以，板直身子
与草坡，麦香，野花一起伫守田间
这三个倒置的泥陀螺
一个。孤独地坐着
一个。隔着袅袅升起的纸烟，嘘寒问暖
另一个。还沉浸在激动的涟漪里——
刚刚修葺一新的门脸
雕梁画栋，豪华气派
清明的风，冷一阵。暖一阵
吹向尘世
那些，正在经过和靠近的人们
有的，眼里的荒草更加葳蕤

有的，眼里仍长满了尊卑
与贵贱

2017年4月

## 真相或对峙

这个秋天
你反复提到一个词——真相
事物的真相，爱情的真相，生活的真相
你从一棵稻谷说起，一片一片
剖析它的根，茎，叶和
饱经风霜的果实
仿佛一位智者，又仿佛一位
与规则背道而驰的
魔术师
你不断地从身体里掏出
箴言，解药与谜底
你俨然忘却，与一座山峰对峙
有多么危险——
无论哪股风吹来
都会让沉默已久的岩浆
突然崩裂
你语速沉缓，声音坚定
暗涌的波涛撞击着蓝色的体温
你多么希望
每块石头，都能像从前那样

纹理清晰
棱角分明
你不知道的真相是：
每一颗星子出现，都会让破碎的天空
再一次破碎
绝望的小孩，只是在仰望的同时
虚构了它的翅膀
与光辉

2017年9月

## 空巢穴

现在好了
没有了遮蔽和隐藏
这些黑痣
在高昂的视线里
已一览无余

一处、两处、三处……
我数着，数着
越数，越触目惊心

仿佛一步跌回那个夏日
水泥墙砌成的巢穴
被空酒杯和输液瓶，以
玻璃碴的形式

替换后

一如此时的林子
除了光秃秃的枝丫
向天空勾销着对错
很久了，也不见一只鸟
扑棱棱飞过……

2017年10月

## 豆　豆

两天后
我们已经很熟悉了按照辈分
它应该叫我婶婶它常扳直身子
用黑溜溜的眼睛望着我如果我跷起二郎腿
它就会撅起后背，蹭拱我的鞋底
为了知道它的鼻子有多灵
我关了所有的灯，跟它躲猫猫
它从未输过，总能
迅速接住我抛出去的花生
当我手里的水果刀无意中掉落
它依然欢快地，扑了过去

2017年11月

# 跨　年

对于这个词
母亲很是陌生
在她看来　今天
不过是昨天的重复
重复吃饭　重复睡觉　重复
陪着老年痴呆的父亲
慢慢地散步
当然　她还会替父亲
重复擦掉嘴角的米粒
重复掖被子
重复给他收放马扎
也会指着自己
重复提出她的问题：
你这会能认出我吗？
在父亲呆滞的微笑中
她总是一边摇头
一边跟在父亲身后
小步小步地
朝前去

2017 年 12 月

# 王青的诗(2首)

王青，1962年生，著有散文随笔集《女儿藤》。

## 他代言了这风的名字

秋风渐寒时
他随风而逝

这个季节万物归仓
候鸟开始南迁
野蜂漫天飞舞
喧闹之中
有一只歌喉忽然喑哑
天空以寂静以寥廓
接纳了一个诗人的返程

此时，伴随他的依然是诗
它们排成诗的队列
展开巨大的羽翼
载他御风而行

这诗歌的奴仆
这诗歌的圣徒
他仅有的一切
都是押给岁月的赌注
他用诗歌点起灯盏
照亮我们曾经的迷茫
以及他自己最后的路途

秋风过耳
该吹散的吹散
该铭记的铭记
在这个善于遗忘的时代
只要还热爱诗
就有人不会忘记他
不会忘记他创办的
《淮风》的名字

淮风啊淮风
这个老人用他的一生
代言了这风的名字

2013年11月

## 雄黄酒

躲过这盏雄黄酒
就躲过了这个端午

许仙不疑
素贞不惧
于是美人还是美人
与妖毫无干系

有点毒性的酒
以毒攻毒
当一盏雄黄酒
被当成试金石
果然就成了照妖镜
果然就现了原形
尽管照形不照心

躲过一个端午
躲过这盏雄黄酒
就躲过真相
就躲过传奇
男人不疑
女人不惧
凡夫俗妇们
得过且过吧

2017年5月

# 于邦的诗（10首）

于邦，1952年生，安徽五河人。20世纪80年代开始诗歌写作。

## 红色拖拉机

昨天才下了一场大雨
树木们一夜间张开了嘴唇
土道两旁
大片大片的油菜花汹涌着
一台拖拉机
像只红色甲虫
在十亩花香里沉浮
当我一下子看不到时
我担心它再也不会出来

土道很宽，但很泥泞
道上的坑坑洼洼
积水闪着诡秘的眼睛
遇到这样的地方，拖拉机
就加大油门
像个粗壮的汉子，干重活时

发出大声的喊叫

在三月的一个下午
我听到春天沉重的心跳

1998年3月

## 双目失明的人也能观赏梅花

山上蠕动着几只虫子
他们一冬天没出门了
梅花山上的梅花开了
蜜蜂是志愿者，为他们引路
两男一女。这么大的春天里
蠕动着三只惊蛰的虫子

观赏不一定非用眼睛
两个闻出梅花是红色的
另一个则认为是白色
双目失明的虫子
拉紧春天的衣襟
他们是春天心疼的三个孩子

2013年11月

## 火车披着雪

车顶的雪发光
有些刺眼
开始，怀疑那是不是雪
这列从内蒙古开往上海的火车
跑了那么远的路
披在身上的雪
还没化完
也没来得及停下，掸掉
火车披着雪，一路奔跑
沿途
一定有许多人看到了
他们会不会和我一样说
看！那火车跑得多快
披着雪

2016 年 9 月

## 遇　见

无意中
碰到了田鼠，山鸡和野兔
这正是我想遇见的
好像会要它们命似的
都一下子逃了
这些小东西，早学会躲人

见了人就绕道走
水稻遮蔽的田埂上
一只黄鼠狼正在酣睡
我悄然躲开了
我遇见了一些小动物
没遇见人

2016 年 11 月

## 忧　伤

一连几天
瓦盆里的菜叶和玉米，几乎没动。
十月最后的几天，正是候鸟南迁的日子。
天上飞过的鸟群中
当然也有大雁和天鹅。
每当听到叫声，我家的鹅就会歪着头
骨碌碌转动眼睛。然后用长脖子把头塞进翅膀底下
重新把自己盖好。

2016 年 12 月

## 在大海里变咸

淮河流经洪泽湖进入长江，奔向东海
淮河不是一个人去的
带着浍河漴河潼河沱河一起走

兄弟当中，沱河最小
这一去
他们回不来了
他们在大海里慢慢变咸
三岁的时候
父亲就对我说过

2017 年 3 月

## 回到家就换上家常衣裳

街上，路灯亮了
家里的灯也亮了
妻在厨房。儿子在写作业
老母看电视怕影响孙子
把音量调到最小
西服，领带
公文包和包里的文件
进门，就用不着了
雨下在昨天夜里
此刻正下在郊外
换上粗布条纹的睡衣
对自己说
你已经回家了

2017 年 10 月

## 泗州戏

泗洲戏
也叫拉魂腔
手机下载的音乐
是泗洲戏《摘棉花》
主角李宝凤
李宝凤生于1934年
是表演艺术家
和我奶奶同岁
回想11岁那年
我们不上课了
我和同学押她游过街

2017年11月

## 1962年出生

我的同事和朋友中
1962年出生的居多
生于1960年的
一个也没有
是的
许多人都没有
1960年的哥哥或弟弟
也没有1960年的

父亲和母亲
据说，这一年
中国人口出生率极低
几乎为零

2017 年 12 月

## 采摘园

草莓，葡萄
有机蔬菜，草鸡蛋
这些都是我们想要的

采摘园四周还是庄稼地
没有人要去看看
那些小麦和玉米

肚子吃饱了
不再在意粮食
见到粮食，似乎不那么亲了

2017 年 12 月

# 张传彪的诗(2首)

张传彪，笔名叶落之吻，蚌埠怀远人，著有诗集《繁花时光》。

## 河　流

故事说到最后，变成了事实
一条河流流着流着
就变成镜子中另一个虚无的自己

说故事的人愈发苍老
走着走着就停住了脚步，时间凝固
北风吹不动杨树上的鸟窝

河流一夜封冻，结局埋伏在故事的
中部，回忆灯火照亮窗台
灯下的人挑了挑灯芯，大雪落满庭院

遮蔽了孤独。如果你在今夜归来
请绕开故事中的那片河流
一辆马车深陷暴雪，北风吹亮了归途

2017 年 7 月 29 日

## 陈　述

白色的天空上没有鸟儿飞过
这个秋天有点燥热
我们早晨出门黑夜里回家
半夜起床关窗户，孩子病了好久
夜里发烧，每咳嗽一声
小区里的树叶就落下几片
每一次惊醒，都听见涡河水流动
又比昨夜迅疾了几分
清晨的风吹着我们踏叶而过
哗啦哗啦，有小雨从天边落下来
这个秋天过于漫长
我们跌跌撞撞的脚步跟不上
秋风的节奏，至于远方和天空
想要陈述的都已被落叶说出

2017年9月17日

# 武稚的诗(10首)

武稚，安徽五河人。获冰心散文奖、安徽文学奖、孙犁散文奖、全国鲁藜诗歌奖、首届曹植诗歌奖等。著有诗集《在光里奔跑》《我在寻找一种瓷》《另一座城》，散文集《看见即热爱》。

## 有到五河去的吗

有到五河去的吗?
有到五河去的吗?
穿着油皮夹克的男子，站在路边，
沙哑着嗓子，一遍又一遍地在喊。

旧包裹、蛇皮袋，也许还有油纸伞，
低腰裤、披肩发，或者还有背包客。
他们顶着梦幻般表情，
世界似乎只剩下走动、走动。

滔滔江水，似乎想载他而去，
而那个人一次又一次切入水中。
衰老的皮囊里，有着不可移的坚定，
坚固的牙床，
咀嚼草根似的咀嚼着那句话，

有到五河去的吗？
有到五河去的吗？

日落时分，这个城市开始煮咖啡，
这个城市开始蒸馏生活。
那个男子还站在那里，他只会说这一句话，
有到五河去的吗？
有到五河去的吗？
像一个农夫，
坚定不移地把最后一个穗子喊回去。

我这一生，可能走在路途上，
可能死在路途上，
可是为什么挡不住，这一声，
来自最低处的呼唤？

2012年7月8日

## 唇上的花朵

微醉，天地间一片摇曳。
那是谁的红唇呢，是风吧，
在唐河岸，它想吻谁？

最美的花，飞身在最丑的枝丫上，
以一千种无言，一千种淡定，
去完成一千种心愿。

怎么会有这么多的花呢，
是今冬的风太凄太苦，
还是枝上的伤口，太深太重?

桃花太美了，
甚至连桃树下的那座荒坟，
都有了一丝温暖的红晕。

看桃花的人，总是走走停停，
桃花肯定也是小心翼翼的。
唇上的花朵，
是多么容易凋零啊。

2013年4月4日

## 梨　花

一群黑树。
侏儒、丑陋的家伙。
一群老光棍。

一开春，
它们一下缚住一群透明的花朵，
它们用钢铁般的黑，
掠住流动在太阳光线里那些隐秘的白。

不让一朵花错过，
用枝丫堆，用末枝揽，
用手捧，用肩挑。

老树不堪重负，
老树又矮了三分，
春天一下舒展开来。

让每一朵花，端坐枝头，
成为春天巅峰之作，
是老树毕生的心愿。

2014年5月8日

## 开锁人

开锁人专心开锁，
世界在他身边已经空掉。

开锁人的工具，像野兽的牙齿，
它正在咬另外一块铁。

深入一些，再深入一些，
便可听到咬动的声音。
便可听到一块铁，
敞开心扉的声音。

一千次赞美门的忠贞、牢靠，
不如一次毁灭来得痛彻心扉，
也更为快活。

以动制静，与世无争，忘我工作，
开锁人内心，纯净开阔。

整个冬天，
整个灰色调想把什么都封锁起来，
开锁人似乎可以打开冬天，
打开整个世界。

2014年10月8日

## 雕　塑

从石头里裸身而出，
它就不再行走。

在群楼的夹缝里，渺小地存在，
一个人，握紧拳头。

大风刮来的时候，
山河也不会在它的内心晃动。

它应该不会人前人后，玩不同的把戏，
它应该不会为钱，东躲西藏。

它只需抬起受凉的胸脯，
不断地变幻着泥地上的影子。

2015年8月7日

## 铁　轨

我相信，它是爱着那枚浑圆落日，
才沦落风尘的。

长长的句子，不是呼喊，只是低语。
并且发自内心。

像一帧民国时期的黑白照，
如果再有一个暗淡的身影，
并且背着一把竖琴。

火车在的时候，让火车行走。
火车不在的时候，让自己行走。

自由、缓慢，具有某种张力，
甚至远志，
虽然火车的轨道，经常是斜的。

光打在上面，像脸颊。
黑的、白的，
纯色有纯色的厚度，
纯色有纯色的质量。

总归要走完，这不长不短的一生，
一生的千难万险
也不过如此。

2015年11月2日

## 影　子

影子被拴住了，
它只能跟着人跑，
没有主人的影子，只能躲在暗处哭。

我们无法拉长影子，
也无法缩短影子，
蚂蚁也不能将影子咬一个洞。
我们看不透影子，
就像看不透那个人。

雪地里的影子，更黑些还是更白些？
泥水里的影子，是卑微还是高贵？
水泥路上的影子，一生都在向前滚，
草丛里的影子，一生都找到了什么？

你看，那个人是多么地高傲，
可是他的影子，
和我们一样贴着地面。
他早已忘记了低头，

他的影子里，没有一只蝈蝈叫。

我最喜欢大树的影子，
花斑豹一样，给人纳凉，
为什么我的影子，
只是一件摆设？

2015 年 12 月 1 日

## 卓　玛

她紧贴大地，用身体行走。

此消彼长，此起彼伏。
这个女子，
在今世和来世之间来回摩擦。

似乎只有这样，
才能从旗语般的起伏里，
倒出一小杯欢乐和希望。

其实她早就知道，
土地并不理解她的孤独，
但是丈量，
只有丈量才是拜见先知最好的礼物。

转经筒是信物，玛尼堆是信物，

青灰的天空下，她步步叩出莲花。

我看不清她的面容，
但我知道她的名字叫卓玛。

这个女子走在追溯的路途上，
她想在源头上，稳稳站住脚跟。

2016年8月1日

## 提着鸟笼的人

他腾空一个鸟笼，让它歌唱。

他需要一声鸟鸣
来抚慰胸口。

它一年四季滔滔不绝，
它在倾吐光明?
还是在歌唱鲜花?

一个囚徒，一个乞丐，一个拾荒者，
不知道它的歌声，
能不能比一只蜜蜂的嗡郁，
更为干净。

它的眼神像水洗过，

锐利、透明，
其实，它更像蛇，
它的唾液里有毒。

提着鸟笼的人，
在钟声里，总爱聚在一起，
他们在回忆人生的辉煌，
在感慨道德的沦丧。

他已放下余生的所有念头，
一幅闯过上海滩的样子，
他以为天籁的声音，
荡气回肠。

2017 年 5 月 4 日

## 一个人站在山坡上

一个人站在山坡上，
瞬间感觉面前松软，
并且相信这个地方适合陷落。
衰败的、虚脱的事，此刻重新获得生命，
草原上所有的河流，都向我奔涌。
我甚至看见一列火车，在漆黑地晃动。

杂乱的斧子与脚步，
似乎还没有毁坏山河。

此刻，水在水里流着，
风在风里吹着。
还没经历过这番景象的人，
请不要谈论爱与生死。

海阔天空，那是鹰的高度，
鹰在那里复活，
也被那里的黑暗吞没，
辽阔的一生，得抖开多少风暴。

站在下午的这个高度，
我把自己随意地交给一阵风，
加固、维修、开启、打坐，
并且开始怀念，瓦片一样的日子。

并且我相信，在这某个地方，
应该会有人像佛陀一样，
拈花微笑。

风越吹越凉，我终将隐入万物，
我对那个即将沉落谷底的我说，
你一定要余烟袅袅。

2017年10月9日

# 张子磊的诗(4首)

张子磊，1968年生，现居蚌埠。著有诗集《第一号松碑》。

## 第一号松碑

正是暮中
我头顶穹窿
穿一身洁白礼服
经过大山

鸦群的舞蹈穿过山腰
草原　大地
最后几滴阳光
落入山涧
没有音乐

我就是一棵松
在人群中生长
风来时歌唱雨来时流泪
只有一种松针的眼光
直线的张望

很多年了　很累
还是最初的姿势
周身遍布起
无数干扁的伤痕

春天在我心口
夏天在我手心
秋天在我肩头
冬天在我脚底

正是暮中
人群都走向小屋
而我走在大山
走在旷野　走在河旁

我头顶穹窿
从水面却看不到痕迹

在人群中　一棵松
在身体内部很深的地方
刻写文字　还有符号

看不见地
看见了太阳
看不见鱼
看见了波浪

在大山正面
一棵松　永远的松
并不打算说出
昨夜张望的真正含义

1989 年 12 月

## 雨季·梨

中夜　还在缓缓地用黑土地的故事覆盖我们
我们额前幻梦的眼神张着燃出微光

许多雨季
就像那一排排水果摊上鲜黄诱人的梨
在反反复复的雨季反反复复的梨之变化中
一群黄皮肤的孩子走散后又走到了一起
相互看着雨季里手指刚燃起的希望又被打湿
于是他们只剩下了每年每年吃不完的梨
父辈们在那块向阳的山坡从来也没有留下什么
他们只好在削剥梨皮的过程中选择人生的一些事情
在每个中夜那不尽的中夜谱上灿烂的笑
在每个雨季那再次打湿烟头的雨季谱上灿烂的笑
在每个鲜梨那每个鲜梨剥下的软皮谱上灿烂的笑
在每次无泪水那忘了泪水味道的岩石谱上灿烂的笑

雨季倥偬

雨季不尽
此时黎明的村庄传来了几声狗叫
我们额前幻梦的眼神张着燃出微光
残夜
继续用黑土地的故事覆盖我们覆盖我们仰着的头

1990年3月

## 珍　品

那是一幅至高的裸画
四周的腐冢
淹没着古时的水草
无数绿色的眼睛
张成饥兽的嘴
我们携手的笑声
游过这里
惊起一片尸虫之鸣
蛮荒的月华水光
瑰丽的言语和手臂
告诉谁
我们的脸孔面向苍天
我们的四肢举向苍天
我们的影子指向苍天
无数支银圈
镶满十指
我们携手负天的笑声

穿透黑夜
我们的爱情
磨出银的光泽
是一幅至高的裸画
遗落人间

1990 年 6 月

## 秋　天

我们开始搬家
像大雨来临前
低处的那队蚂蚁
我们搬啊搬

整整一季
我们从一片树叶
搬到另一片树叶上

2016 年 9 月

# 张义和的诗(8首)

张义和，笔名梧桐树，1964年生，现居固镇县。著有诗集《梧桐树》。

## 捡 拾

在16楼
我看到下面的人和物
都矮小了许多
窗外
拾荒的男子
走到一处建筑工地
把香烟递给两位拆除院墙的工人
我们听不见他们如何寒暄
拾荒者与打工者各自忙着
阳光就毫无遮拦地倾泻下来
妻子说
能在城市生活都不是死心眼的

2015年8月8日

## 简

白天就自顾光亮好了
夜晚也就只安静地休息
有时
连天空的星星都是可有可无的
只要我们的心中装着温暖与光明

季节从不繁琐
他们只做自己的事情
春萌　夏发　秋收　冬藏
院子里的白马球现在
又悄悄地开了一次
也就是在你一眨眼的工夫

2015 年 9 月 17 日

## 春天的马蹄声

首先请允许我
在心底虚构一个草原
虚构一段桃花流水
浅草从来都是按捺不住的
他们不会只安静地听雪
听风
昨夜的雪很小

今天还是覆盖了我门前的路面
留下一截冬天的影子
早起的妻子说
要留下一块落雪的地面
给你清扫吗
我知道心中的那匹马
早就敲响了春天的马蹄

2016年1月23日

## 等

可以等待是幸福的
枝头的嫩芽
雨露
目光可以向前或者向后
雏鸟
有时就蹲坐在春风里
成为爱的明镜

2017年3月8日

## 听　风

在春天听风
杏花、桃花、梨花
都成为风的种子

花朵都是春天的眼睛
草木们只安静地绿着

车前草作为聆听者
昂起了好奇的耳朵

2017年4月22日

## 高　处

去灵谷寺登高
同伴在塔下拍照
我朝下望去
那一刻
头脑里一片轰响
空白
那以后无论是石人山青龙背
还是黄山莲花峰光明顶
高度对我来说
好像都退隐了
我站在了自己的高处

2017年9月14日

## 浮　白

浮白这样的景象
我想起了童年的大水
大水边上漂浮着的鱼
它们肚皮朝上
不过没有腐败
肤白
与滚动的水波及水草
很接近
那些可以捡起用水煮的鱼
至今还难以抹掉它们的颜色及滋味

2017年9月14日

## 简　书

坐在正午的阳光里
凳子上的父亲
歪斜着身躯
有些光阴是无法搀扶的

2017年12月26日

# 刘文书的诗(5首)

刘文书，《皖风文学》杂志主编等。著有诗集《寻找生命的版本》。

## 只要一朵

天很小
地很小
山很小
海很小
村庄很小
我的二亩六分地更小
那是掩埋我的地方
我在那里开花
只要一朵

2012年5月

## 手的地图

我的手
有十座山，九条河

有许许多多弯弯的小路
都记载着我的血痕我的汗水
我的喜怒哀乐以及我的影子

当我的手苍老成天空的颜色
这里的小路将更加明朗
这里的石头更加晶亮
这里的水像淮河一样汹涌
这里的山站在
另一座峰巅上歌唱

有一天
当我成了一片云朵
看着我没有做完的事情
遗憾地交出
手上的地图和未了的心愿

2013 年 8 月

## 泥 哨

在一个城市
我忘不了那个村庄
我忘不了曾经贫穷的家
能守望我们的父母
早已不在人世了

想家的时候

我就将自己变成
一个小小泥哨
先轻轻地吹
然后用力地吹
用生命的颜色吹
用血吹用泪吹
直到老井出现
治沙地上
治沙的故事出现
还有，还有
我上不起学
照着生产队工分本写的
父辈们的名字出现

泥哨湿了
我吹不下去了
我还要吹用更大的力气吹

我泥哨的声音啊
一定能吹醒小时候
那轮圆圆的月亮

当我转身
雪痛成的孤烟
是我的诗歌
有忧伤也有欢乐

2013年12月

## 请别打扰这里的“村庄”

这个冬天
在老鼋窝的翻沙地里
我看见了许许多多的心
每颗心都是沉默的
像老鼋窝的石头
我轻轻将他们捧起

每颗心都有与
洪水奋战的场景
每颗心都有与
沙魔搏斗的印痕
每颗心都有生命律动的回声
大地上的草水里生长的草
都是他们的粮食与生命

他们是蚂蚁
他们将两米深的
原生黄土搬上来
将沙魔埋在两米深的坑里
搬着搬着将自己
也搬到了这里
用卑微的身体
拥抱着行洪区的土地

我是行洪区的草民

我是他们的后代
我不会忘记草
然后回到草中间
读他们生命的颜色和
颜色里的生命　一直读到
他们升入天空变成满天星斗
照耀着丰饶大地和美丽乡村
朋友　请别打扰这里的“村庄”

2014年2月

## 汗有多咸　血有多红

我在田间播种
周围的每个坟墓
都掩埋着曾经播种的人

这些食地上草的播种人
这些食水里草的播种人
这些与洪魔搏斗的播种人
这些将万亩沙漠
变成万亩良田的播种人

他们的故事不需要剪辑
更不需要谁记住他们
他们有一个
共同名字——长淮儿女

我在田间播种
汗水从每个毛孔中流出
能够播种多么幸福
但谁能知道，谁能知道啊
汗有多咸血有多红

2015 年 2 月

# 王学军的诗(2首)

王学军，网名淮畔耕读，1981年生，现居怀远。著有诗文集《风吹开纸上的春天》。

## 王大郢，我生命的最后归依

微笑，或者沉默，与霓虹无关
一盏白炽灯的光晕，昏昧了痴痴遥望的瞳仁
以麦子的姿态，在林立的楼群间游走
灯火辉煌，照亮一条河流的真面

月色染白芦苇的发梢，微风奏响百年传唱的歌谣
羊群酣睡，犬吠悠远，屋脊上
狸猫骚动发情时的暧昧，风霜斑驳了木窗姜黄的油彩
一星烟火明灭，点燃轮回岁月中的劫

远离了庄稼才发现，葱郁的颜色是思念的绿
远离了土地才体悟，耕作是生命浑然天成的律动
父亲用绳鞭抽打黄牛的肥臀，每一道印痕
都是深深藏匿在掌纹里的宿命

当夜色深浓成一种隐喻，漂泊栖息
当岁月开启漂泊的终结，脚步回归到起点
那个叫“王大郢”的村庄，将用一席黄土
容纳我的爱与幸福，容纳我骨子里的漂泊与沧桑
成为我生命最后的归宿

2009年7月22日

## 暮·鸟

夕阳卸下光芒，田野便氤氲进
暮色。那些羊群，老牛，还有民谣
锄头，与或缓或急的脚步
被驱赶进几声虫鸣

风翻动起欲凝的绿，以证明自己的
存在。一条瘦瘦的河
收敛着残余的暖。卸下掌心里的汗
和筋骨上的痛，我的乡亲们
把剩余的时光，放在火上
烤成飘摇的蓝烟，烤成今夕的
安逸，和此生的平静

天空是块大画布，鸟以飞翔的姿势
恣意地描摹夜的形态，初露的几点星光
是它不小心，洒落的染料

2012年2月19日

# 王治林的诗(6首)

王治林，笔名凝望，60后，中学教师。

## 在皇藏峪

穿灰衣的老人
手里端着一碗汤
上几步台阶
慢慢喝一口

老人背影消失
他转过脸呆呆地说
我管他叫舅舅
娘说
他和村西的丫头没成
就到这里出家了
一辈子
没有过女人

阴雪天的寺庙
幽阒寂静

腊梅花和痒痒树
都结着一层冰

2015 年 1 月

## 看磨刀人

这手艺像磨刀人的脸
前景越来越黑
仿佛他们每天都离不开
触摸人间的饭香
石头一天天钝下去
他们一天天佝偻
别人的利刃吹发可断
自己的银发却风吹白雪

尘世有无数种刀锋
从他手上走过的
无非是血刃一只鸡一头牛
那些看不到锋刃的刀
一直磨在人世间
不知道在哪块矮小的石头上
把自己蹭得雪亮
让低身的人们白发丛生

2015 年 4 月

## 异教徒

很多人奔向青藏高原
拍下蓝天及雪峰
说那里的湖水
能洗涤污秽的灵魂
说那里远离尘世
布达拉宫离天堂最近

我是不信教的人
分不清朋友圈谁是教徒
我在想天堂之路
有没有小路和捷径
升天和天葬
是否相聚同一个晚宴大厅

于是，我百度天堂
看来我是永远都去不了啦
再百度佛教
原来天堂关联着欢喜佛
百度欢喜佛
通天的路真是令人神往

2015 年 4 月

## 冬至日

喜鹊巢穴建在村庄树梢
它常在村外坟头起落
高速路分隔民居和墓地
田鼠和家鼠还是近亲
与朋友的遗像隔着火盆
隔着他跪叩的幼子
我有野生动物的寒冷
与父亲隔着堆土
生死都牢牢抱紧地面

2015 年 12 月

## 早安，蚂蚁

苍蝇睡着，蜗牛在拉慢光阴
两只团抱的鼠妇交配正憨
像一粒石子，无视昼夜交替
蚂蚁总是慌忙，即使晨光熹微
外面的汽笛尚未响起，它们
成群结队从砖缝和台阶下
匆匆奔走，它们总是慌不择路
没有目标，一旦遇到障碍
就瞬间转身。它们顶着粮食
急切赶路，更多的蚂蚁

却永远双手空空，无端奔忙
夏天的阳光还没有点亮
晨间清凉，也不能送来安宁
早安蚂蚁，早安，送晨报的女人
她一闪而过的车轮，碾碎
几只奔跑着的蚂蚁，无声无息

2016 年 8 月

## 红黑墓碑

给父亲选好石材
刻碑师傅说
从古到今
孝子们都要把在世的先人刻上
用朱笔写字
到那一天再描上黑漆

墓碑安放坟前
母亲朱红色的名字
并排在父亲黑色名字的右边
阴阳相隔几十年的父母
靠着一块石头
又肩挨肩站到了一起

2017 年 5 月

# 六安

合肥 淮南 阜阳 蚌埠 宿州 滁州 亳州 淮北

# 柳冬妩的诗(3首)

柳冬妩，原名刘定富，1973年生于安徽霍邱县。著有诗集《梦中的鸟巢》。

## 盲　流

被命运所推
我们的走动
改变了路的形状
铁栏与我们构不成秩序
胀裂的背包泄露出
无数有声有色的遭遇
陌生的面孔一闪而过
幻想如一些红红绿绿的气球
那么容易嘭的一声
破碎
我们的脸都很憔悴
踮起的脚跟起起伏伏
转过身去并不意味着撤退

后来

我们在别人的城市各就各位
依旧是当初的心境
睁开总是睁不大的眼睛
看不见一片云
其实我们也想到天上飞
体验崇高和伟大的感觉
看地上的人像蚂蚁
不过我们的翅膀太嫩
一阵风或者什么雨
便可以使我们摔下去

在异乡
我们注定是一群睁眼瞎子
反复推敲人生占卜命运
所有的去向都是试探
移动的脚不得不小心翼翼
生命的岔路上总生出某种开始某种结局

1994 年 8 月

## 端盘子的少女

盘子在冥冥的情绪里
记得那首关于盘中餐的古诗
亭亭娇美成一株青禾时
在即将举起锄子的春天
一阵风把她连根拔起

远离了故乡的日头
以及和风细雨

盘子在城市的宴席上保持沉默
接纳何种味道
身不由己
端盘子的少女
与盘子时远时近
在欢声笑语里成为多余

端盘子的少女后来被盘子端起
刀叉从一个个日子伸过来
许多场景在寒光中成为过去
残存的时光化为果汁
覆盖不住盘子冰凉的躯体

盘子以外
云在天空飘来飘去
田野的桌面上
锄子东张西望
在青草高高低低的期盼里
等待弯腰的动作
和重逢的温情

盘子滚动
倒掉城市的酒气
载着少女回到村庄

盘子明亮如镜
少女在镜中无声地逼视自己

1996 年 9 月

## 住在出租屋里的人

城市定型了
高楼毫无表情地站立
街道无可奈何地躺倒
出租屋踏着自己短短的身影
害怕同夜晚一起降临
陋小的空间缺少阳光和水
来源于疾病之外的呻吟
对一个人一生持久的袭击
增加了砖墙的诡谲

一只蚂蚁
犹如褐色的饱经风霜的眼睛
踏过苍白的墙壁
回顾春天及其生长的假设语气
沉默是最后的屋顶
烟头比租来的月光更为孤寂

住在出租屋里的人
被房间囚禁
只能静坐在陈旧的窗前

只能在窗前变幻着腐败的思绪
可他伸手揉一揉双眼
依然没有看见蚂蚁的存在、去向
和窗外一片错落的风景

幸福遥远
夜晚的望远镜几乎嵌透墙壁
住在出租屋里的人
他的头颅是座空荡荡的房子
等待着把自己租出去
或者再租来一点什么东西

1998 年 12 月

# 陈巨飞的诗(10首)

陈巨飞，安徽六安人，80后。安徽文学院第四届签约作家。

## 冬风定

再一次来到河边，看碎在人世的落日。
看颤巍巍的流水，
看麻雀在枝头演绎出，青山依旧的淡定。
看河床空荡荡的内心。
看冬风，默默地打扫着
通向淤泥的路径。
可我能看见什么呢？
我们又能看见什么呢？
一个妇人击碎河边的薄冰，她的篮子
暂居着不谙世事的青菜。
她的老骨头，还有着不可屈服的争斗。
她浑浊的眼睛，
还傲视着不可一世的冬风。

2010年1月

## 清晨颂

一个瞎子挑着一篮韭菜走进菜市场，
一个哑巴在讨价还价。
我醒来，听见窗外有辩论之声：
袭一件黄衫，在枝头上跳跃的苏格拉底，
认为时间只是硬币的魔术。
孔子不同意了，他站在一棵香樟树上，
生有黑脸、尖嘴；
他喝了一口露水，不屑地飞走了。

在蔬菜进城的路上，我遇见一截蕹菜、一粒豌豆，
一颗遗落的花生。
他们对生活的热爱胜过一切空谈。

2011年9月

## 郊　外

在郊外仍然可以看到远方的灯火。
一条明亮的河流，
依然可以听见喧嚣之声。
蜘蛛在苇丛中结网，那是幻象。
三年前的春天历历在目，几个孩子顺流而下，
我手中的绳索，
还不能丈量他们一生的长短。

有时我也会无端地走一遭，
看看灯光犁开的黑暗有多么不真实。

2011年9月

## 喊　山

清明回乡，未通知老家的母亲。
待到家时，一把锁挂在门上，
田野还是那么安静。
我估计母亲是在后冲摘茶，
于是我站在稻场边，双手围住嘴巴，
对着后冲使劲喊了一声“妈——”
我几乎用尽了所有的力气，
我怀疑后冲的每棵茶树都听得清清楚楚。
几只白鹭也被惊起，它们在山间盘旋，
是不是在帮我寻找母亲？
整个山谷回荡着我呼唤母亲的声音。
我的声音从山坡上滚落，
经岩石的碰撞、山涧的洗涤，
已然变成了一棵竹笋呼唤泥土的声音，
一滴露珠呼唤生命的声音，
一朵生活在别处的白云呼唤炊烟的声音，
一个不再提起的鬼故事，
呼唤传说的声音。
仿佛山谷里的一切，都在呼唤自己的母亲。
我们这群找不到母亲的孩子，

都在浩大的春天里惶恐不安。

2014年9月

## 告　别

细雨中的雏菊，湿漉漉的台阶
我即将挥手告别
作为炊烟中绝望的一缕，远走他乡
哦，迎面走来的人
她那么苍老
当你老了，会不会像她一样
像什么也没有发生似的
经过一畦青菜
我也要向她告别。我坚信当你老了
我已不属于这个世界
对于它本身，我怀着热爱，怀着厌倦
像一块废铁
向被锻打的幸福告别
在漫长的时光中，就这么生锈

2014年11月

## 春　夜

雨声哗哗，像旧年灶膛的火苗
想起油菜在郊外

攥紧的，不过是一把灰烬
晴日里疯子坐在草地上
突然悲喜交加，仰起头咒骂着什么
今夜，他不需要避雨
他只要张开双臂
就可以飞翔。我又开始想你了
用一棵柳树来获得慰藉
比不上用雨滴去敲大地的鼓
一日未见，淠河水涨
一株玉兰，伴着路灯

2015年3月

## 从此窗望去

春天来得很慢，她的耐心
可以使一滴雨水从淠河走到大海
少年忧伤了
他采来油菜，却没有黄色蜡笔
他乱糟糟的头发
指涉他没有获得过爱情
一个少妇和一位老者
他们手中的莴笋没有什么不同
他们对生活的态度
和我并无二致
柳树使我学会了宽容，她的教诲
使我放弃了旋转

与其等待桃花盛开，不如
在桃树下埋葬死者
一只蜜蜂在和蓝天交谈
我们心中的秘密，可否借云朵装满
田野上有人掐青菜的苔
他体内的荷尔蒙
可否匀我一半

2015 年 3 月

## 小情诗

采来野花送你
不如捧一把泥土到你的窗台
这个春天
你安心做你的花农
我越来越像个园丁
春雨下了
种子渐渐发芽
寒风远了
江山就此放下

2015 年 3 月

## 潭柘寺的钟声

我以飞旋的秋意，化为银杏叶和北方响晴的蓝天

多么丰盈：精神上有一座祈福的碉堡，肉体上
有人间的烟火和露水
然而这钟声，它隐隐而来，不似惊雷扑入怀中
而似狮子吼，似面壁者的墙壁，似空谷里
一片柘树叶子落在历史的针脚里——
我看见天子狩猎的马蹄越来越远了
枯草上住着热爱生活的人，需要钟声
我是浑浊的，需要沐浴；需要把语言的沙子
换成击钟者的头颅
需要在钟声里种一棵菩提树，光秃秃的
发不出枝叶，长不出果实
当它击中我，我只能化为一缕回声……

2017 年 6 月

## 碣石村记事

荒芜是刻意隐藏的一小部分：炊烟消失，春日茂盛
一些瓦片学会了飞翔，变成了燕子
而枣树是我开花的屋顶，用来筛碎阳光

72 眼古井，这些善良的张着嘴却不说话的邻居
日渐干涸。蛛网被春风吹破
《井说》在石磨的背后模糊，但足以解我的渴
辘轳的柄长满了铁锈——
当它停止运转，人就转动了起来
这转动节奏太快了。我仿佛听见了井绳绞断

## 木桶“哐当”落到深渊的声音

碣石村一个汪姓老人告诉我，他72岁了
一个人在村里转转，像是皇上在巡视大好河山

2017年6月

# 孙苜蓿的诗（10首）

孙苜蓿，原名孙婷，1987年生，安徽舒城人。2009年获北京大学未名高校诗歌奖。

## 在夏日的暮晚中唱歌

如今我可以在夏日的暮晚里唱歌
不说话不恋爱也不写诗
我就站在自家的青菜地中
放声地随便唱一首什么歌

暮归的人吓坏了
“完了，这个人一定疯了”
嗡嗡的声音越过栅栏
但丝毫不能影响我的好心情

我现在就要告诉你们
我就是要站在菜园里唱歌
唱着唱着天就黑了
我就要变成一只鬼
灵魂毫无障碍地穿行在

你们永远也看不见、越不过的地方

2006年

## 读经诗

我们聚会的那座楼上
有好些灯烛
有一个少年，名叫犹推古
坐在窗台上睡着了

2007年

## 四　月

我热爱光秃秃的个体。
头发长出来，剪掉
指甲长出来，削掉
星期一忍不住伸出来触碰你的触角，砍掉。

我爱这山核桃一样的生活
坚硬的，不开口的，守着
真理一般的内核，去生活。

2008年

## 多年后你是一个回家的女王

多年后你是一个回家的女王
慢慢收起裙裾和臂上的胎记
放下背篓
那里有五月新鲜的蘑菇
小甲虫刚刚停留
多年后你不再急于抱怨
自己无法渡过的河
你只是在河边走走
捡一些漂亮的石子
河边有风轻轻吹来
你手中的蒿子已溢出竹篮
你的头发湿了

多年后你是一个回家的乞丐
你曾是自己的女儿
是自己的恋人
你带上她们流浪
如今归向故里
我们放心地把它交给日子收留
多么值得，多么美好

2009年

## 我和你

常常会遇到鬼。我毫不怀疑,
我总是携带着它们,来到生命的
每一个细小的阴暗的角落。晚上
我躺在床上,无法停止害怕,
更无法停止的是那种
要与它面对面撞见的期盼与窃喜。
鬼故事已经复述过许多遍了,我在歌声里
听到过它们的笑声。
你害怕吗?这一次,它们真的
就要来了。超过三人以上的酒杯间
就端坐一个没有言语的鬼魂
它不是王尔德,不是雅辛托斯
他们死去多年,他们如何相爱,如何来到我们身边
我无法向你描述,但你感觉得到
你已经感觉到了,这鬼魂
毫无疑问,在你和我之间
来回游荡。至少,我常常撞见,
我突然抬头,我转身,我一个人
在令人窒息的淤泥和迷雾里
我宁愿被附体,宁愿神经病一样
喊出什么东西。

2009 年

## 忽然而至的小船

想起从前，最爱幻想的事情就是
远方。
坐火车去远方。坐汽车去远方。
坐酒瓶去远方。坐什么去远方。
远方。方远。

而如今，最让我沉迷的事情只是
整理东西与唱歌
虽然我一遍遍地整理东西
让你觉得我即将离开
而我在顶楼唱歌时
习惯打开双臂
让你以为我要飞
我这样的癖好让你误以为
我执着于飞和死
其实不是
其实我只是沉迷于
打算飞和等死
我有没有告诉过你
这是步入中年的值得庆贺的
一个标志。它们
好过于其他标志。

2010 年

## 夜晚的散步

我们一路走来都有风紧随
我们任何一个停顿的地方都是风口
在寒冷的夜晚散步
有时是和小小唐和陈巨飞
有时是和另外一个人
其实和谁在一起走路并不重要
因为可以交谈的人都更适合沉默
因为这漆黑的冰冷的小路
并不因为说话而变得温暖

所以我们，通常不说太多话
我们走完了它，就很好

2010年

## 向上的耶路撒冷

暮晚下这一群拖拉机载着的小菊花。
这一群匆忙地赶着去装饰节日的
金黄的小姐妹。
为什么不把它们倒置着放。
为什么不让它们头朝下。

暮晚下这个匆忙地爬着旋梯的人。

这个一心想挣脱自己骨头向上的人。
为什么。

暮晚下这些正在抬头的我的兄弟。
越向上，越苦痛。

2010 年

## 我要买一张没有终点站的车票

亲爱的　如果这列火车不知道它要驶向的终点
如果我们没有明确的要得到的概念
我们一生所路过的
从来都是陌生的风景
我们除了彼此不再有额外的牵挂
不用考虑远方的忧虑
尚未到来的告别

是的我多么想买到一张没有终点站的车票
把我的一辈子都交给一次永不停歇的旅途
爱上我从不熟识的乘客　相伴终老
再也不用下车
不用停靠在新的旅店中
我要死在车上不会有人注意
列车继续行驶在它自己都不明白的道路上

2011 年

## 你的墙壁

柠檬是新生的。发呆时的表情
微酸。今天下午，对于柠檬
我有一塑料盆的发言权。
我说我要在低处表演飞行，
最好就表演原地踏步踏的那种飞行。我要在
楼顶放火。它听着。
一马路的流行歌都不够热烈，
柠檬水还不沸腾，它平静地
让人愤怒。
为什么不假思索地就沉入杯底，并发表
幸福的宣言。
我沉迷于多少个夜晚的小酒馆情歌
爱上将机动车开到我饭桌上的国旗手。
一个少年。多年了。
他时常漏电。这是事实。
我没有领受到更酸更涩的酒水。暮色下
毫无缘由的人工柠檬，跃上我缩小的窗台
激动地读着告别书。

2011年

# 王太贵的诗(7首)

王太贵，笔名王十二，1983年生，安徽金寨人。著有诗集《数山》《我的城堡》。

## 新春帖

收垃圾的人，一大早打电话告诉我
他用废弃的昨日，建成一个秩序井然的王国
言下之意，我出卖的文字和地图
或许成为另一个国度的神祗或者教谕
身名俱灭啊，不废江河万古流
我日渐吞噬着故土、祖国和亲人
却成就了另一个故土、祖国和亲人

他有蹩脚的秤杆、轰鸣的三轮摩托和一柄
用来撑起命运的白色钢管，物质的独裁者
带着青光眼的妻子和沉默不语的女儿
在一堆旧报纸和纸箱囤积的城堡里
躬身劳作，脸上的幸福，疏散了深冬的雾霾
我的空键盘和黑色水笔，还在桌子上睡着
从此处搬往别处，除了命运和时间

还留在原处，翠柏站在窗口
红色衣服的女孩，她的目光久久停在树冠上
雪尚未落下，新的一天，即将来临

2016 年 3 月

## 牙科诊所

秩序有所松动，世界出现腐朽
亲爱的口腔，话语权你暂时保留，词语的根系
腐烂的部分，将成为俗世生活中的油盐酱醋茶
而茁壮的牙床，则诞生了诗句和情语
请原谅镊子、口腔镜、消毒液及振动磨牙器
在一个幼稚孩童的口腔里，翻寻真理、理想
和皇帝的新装，给谎言消毒，替谗语开光
在一个老者的口腔深处，探视晚年的苍凉
他的表情木讷，痛苦，危险的词语已经彻底剔除
影像单模糊，甲硝唑口颊片，这坚硬的白色子弹
是外部世界，给你的一次婉约回击

2016 年 3 月

## 春日语录

窗口外的梨花与我齐眉，礼拜四下午的细雨
弥合了受伤的脸庞，在布告栏，街角和镜子里

臃肿的中医，肥胖的白大褂，类似虚妄的隐喻
蓝色水笔，写出的不是药方，是对白纸的告密

走廊上斑驳的裂痕，一丝静止的心电图像
适宜临摹一幅春夜喜雨图，麻雀的叮咛

在梨花丛中，像一个乞丐，捧着一盒硬币
摇摇晃晃，在春光与鲜花之间，只有贫穷永恒

2016 年 3 月

## 草莓园记事

在草莓园，先知们渐次醒来
嫩绿的叶子为真理重新洗牌
鲜红欲滴的草莓和腐烂的草莓
是青年走向暮年的一种标志

而青涩的草莓呢，躲在暗处的卑微
像焦躁且缺乏营养的时代
为了迎接流血的祭奠
我们准备了板凳、竹篮和称电子秤的幼女

世界是一件充满想象力的祭品
艺术家们别出心裁，在重量和形体之间
制造了蚊虫、哭声以及硬币
我们更像是黑色的草莓，被找零和遗忘

2016 年 3 月

## 大雪记

大雪下了整整一夜
山岚、树枝、村庄和道路
提前消失在昨夜的风雪里
打谷场上，一双打着补丁的胶靴
在雪地里，深一脚，浅一脚地腾挪着
小奶揣着盛米的升，向母亲
借了一升白米，她循着来时的脚印
又深一脚，浅一脚地挪回去

打谷场上，白得只剩下两行
黑乎乎的窟窿，从远处看去
像一根锁链，将两户人家拴在一块
不至于在冰冷的大雪里，走散

2017 年 7 月

## 大轿人

生前享受不到的福分，死后如愿以偿
在故乡，安葬亡人，抬棺时需要八个人
俗称大轿人，一副棺椁，被长短不一
的木杠，粗细不均的麻绳，捆绑起来
是一门很讲究的学问，最长的木杠
与短木杠之间，用一节节麻绳连接起来

大轿人不仅力气大，而且深谙力学的均衡分配
按照个头高矮，在棺椁的前后安插好合适人员
鞭炮和哭泣，像是伴奏，八个人同时起身
踉踉跄跄，翻山越岭，轻重缓急自有把握
不中途停歇，不走乡邻人家堂前路
也不允许亡者的子嗣摸棺，领路的往往是长子
手捧小缸盆，披麻戴孝，泪流满面
这种规格和待遇，让我感到很揪心
因为，在老家的村子，几乎已经找不到
八个会抬棺材的长者了，手艺失传
更多的人，只能是潦草而生，潦草而去

2017年9月

## 证　件

布满油渍的方桌上
很快就被大大小小的图片
和各式各样的证件覆盖了
我找了好一会儿
才从医保卡、住院清单、转院记录
出院小结、X光片、核磁共振图、CT片
B超单、心电图、低保本、医疗救助证下
扒出老余的户口本
在这本封面破碎
内页发黄的户籍登记簿上
除了老余和他妻子外

还有一个生于1968年的儿子
当我翻到这一页时
老余又颤巍巍地递给我
一本精神病残疾证

2017年9月

# 彭杰的诗(7首)

彭杰，1999年生于安徽六安，现就读于安徽大学。

## 荷尔德林的晚年

窗户很小
里面能看见下方的护城河
与远处暗色的山峦
晚饭过后，他躺在吊床上
那么多的尘埃，透过光线
一粒一粒地向他落下
广场上橡树结出果实又枯萎
走过去的人又会走回来
而他只想看着此刻的天空
就这样和晚霞慢慢地消散

2017年3月2日

## 海　棠

姑娘十八岁时突然患了病

整个春天
她都待在屋子里

姑娘的窗外也就是一株海棠
有时她会朝着海棠说几句话
海棠听不懂
就像许多个傍晚
海棠的叶子在无风时响起
但没有人注意

姑娘是在一个深夜死的
海棠还在沉睡中
天亮的时候窗户没有打开
此后的每天夜里
它都在梦中听见了海棠花落的声音

2017年5月2日

## 斯大林的照片

1925年一次会议后
苏维埃的创始人们
拍下了最后一张合照
往后的十三年
他们一个接着一个
从照片上消失
于是今天我们再看到这张照片时
主席台上

只坐着一个斯大林
和他头上的一顶灰毡帽
这顶帽子
是托洛茨基担心斯大林着凉
从头上脱下递给他的
托洛茨基还不知道
再过三年
自己就要被流放
但那时斯大林并没有拒绝
他接过帽子
用那只十五年后
签署刺杀托洛茨基文件的手
拍了拍托洛茨基的肩膀

2017年5月10日

## 时　间

白昼有如急促的鸟鸣，驻留
他胃中的桃核，带有稳定的情绪。
空气如琥珀，教习他睁眼休憩的技艺
而他怀念起那个午后，那些跳动的棋子。
石头落入水面所引申出的波纹，将向体内扩散，直至
封闭他的所有路径。而故事将在立方体的另一面滑行——
但并不向某侧倾斜：冰冻的河流，
或是跳跃中被击中的鹿群。此刻他看着前方的钟表
时针悬挂，从他所能追溯到一根枝条后

最粗壮的根须开始，就已如分钟般发现新的方式。

2017年6月19日

## 玻璃公园

他见过众多死者的倒影，其中一次
是他自己。长椅上
来往之人穿梭于他广袤的身体
露水模糊。男人怀念起那次坠落
向明镜，发起沉重的进攻。
忠告也最终如墓园中迅猛生长的草地
变得让人费解。新的聚会中
到来者们相互搀扶，交换了
各自身体中的仅余的湿润，而后萎缩为那些
久远的故事，逐渐风干。
他终于习惯脚趾
落在干燥地面上的感觉，如树上走下的猿猴
放下对天空最后的拥有权。

2017年6月30日

## 长　廊

死亡并不带来沉默，它凹陷的本身
就不必声张。惯例的行走
充满夜晚的走廊是缺乏终点的过程

当已经四散的回忆

如鸟群般穿过你的身体。翠树在沿途
缓慢旋转，视觉上轻巧的疲惫。类于黄昏花园中的行走
并不能带来多次落日的体验，
在反复咀嚼中从胃部抵达嘴唇。

而言语生长于触手中，布满裂纹的瓷器上
圆润或尖锐的矛盾。十七岁树下的血迹
尚未干枯，并试图作出更多的辩解：
一个行走中趋向于圆的回答。

2017 年 7 月 10 日

## 大雨之夜

云层短暂的明亮过后，古柏树
陷入凉意与不安
便落了满地的叶子。行走在
水银中的少年

没有掌纹的陌生者之间
像隔着玻璃。醒来的人
变得越来越清晰
他打开窗户，直到
成为雨夜的边缘。

2017 年 8 月 21 日

# 抹园的诗(7首)

抹园，原名姚庆林，1988年生，安徽六安人。著有诗集《惘事记》。

## 中午在人民广场

接近十一点的时候，抵达
人民广场，没有多少人在这儿
只有一对年老的夫妇，手拉着手
坐在花坛的壁檐
许多灯饰现在都没有亮
躺在那里晒太阳
唯一活动的，是不远处的
两个巨大的风车
跟着风一起跑个不停
此时，我身旁花坛里的月季
早已盛开，颜色鲜红
有几株甚至已经
开始衰败

2006年11月

## 一种可能

你“啊”的一声，玻璃破碎
一只青蛙匆匆逃离。
“你并非死于恶毒的婆姨
而是溺死酒中”

这样多好啊，这样多美妙
砒霜，一种丹药，成于年前
服用可长生不死。

一只黑色的猫吓坏了你
尖叫，抓狂，歇斯底里
梦见头顶小帽的术士，
火中取栗的是山中年老的狸猫。

2007 年 3 月

## 一种悖论

三岁以前学会走路，哭闹
但你忘记了说话。
老虎的名字叫“老虎”
在有的时候叫“被捆在笼子里的老虎”。

老虎，老虎，爱吃蔬菜的

食肉动物，西红柿红彤彤
味道鲜美，多汁液。
你在八月产下一子，名叫“老虎”。

说话，说话，说话，叫
词语，喊叫，老虎，一种全身皮毛的猫
猫儿喵喵，性，交配
产下老虎，三岁以前学会说话。

2007 年 5 月

## 晚饭小饮后于夜里写下的长短句

暮色渐浓，灯火稀疏
红烧鲤鱼，姜、蒜、酒、醋为辅料
亲自下厨，珍藏多年的小酒。

咸淡适宜，尚需文火煮若干时辰
红辣椒、青葱苗搭配调色，酱油为底色
层次分明。

对饮的小弟，年刚十七，胡须尚稀
自古圣贤皆贫贱，何况我辈孤且直，我说道
如在唐朝，手执长剑，畅游天下
十步杀一人，血溅七丈外。

2007 年 6 月

## 一个陌生女人的故事

你不说话，你很安静。
你端坐着，像一个
未经世事的处女。
你会害羞，你会脸红
你会唱一些小戏的词句。

这些就足够了。它们可以成为
许多年后的一个下午
你消磨时光的成分。

阳光明晃晃的，将你包裹
其中。你的身边围了许多小兔子，
远处是一棵槐树。
你用几近干瘪的嘴，说着
前些年闹匪患的故事。

2007年11月

## 自语书

雨正在落下，不是吗？
雨正在落下。
其中或许夹杂着其他什么
一些干燥的沉闷的事物。

你不得不承认这个事实：
雨正在落下。包括我
即，我们都必须承认这点。

雨不是一起落下的
(这点也必须承认)
地面不是终点，
它真实的目的是落地后
反弹的一瞬
——一种快感油然而生
从体内传遍全身。
一种无法言说的快感。

2008年3月

## 一人书

雨水只是落下，
但或许并不落下
只停留在我的上方
慢慢地汇集。

此时，许多和我有关系的人
都保持着和我不同的状态。
父亲披着雨衣，在田埂上
透过雾气，远望。

而母亲，正随着炊烟
逐渐弯曲。
呈弓形。

现在，雨水沉积
但未至膝盖。未，
淹没麦苗。

2008 年 6 月

# 阿洋的诗(6首)

阿洋，原名汪光华，安徽霍山人。著有诗集《亲爱的汗水》《云开雾散》等。

## 乌云很白

点燃百年孤独。
一把利刃，指向高处。

乌云很白。

在冬天
雨打芭蕉，自乱阵脚。

谁能挤尽一头奶牛最后的乳汁，
谁愿用一根发丝掀翻地狱的屋顶。

抽不出筋骨的呼吸，
不如深入泥土的蚯蚓。

2014年10月2日

## 落　叶

被限制的落叶，
仍在落着……

秋雨乱了梦的密语，
桂花的香气落入悬崖。

芦苇丛中
一只落单的鹭鸶
雪白的羽毛比它深褐色的细长腿
令人印象深刻。

冬未降临。
落叶啊！
你慢点儿落慢点儿黄……

2014 年 12 月 13 日

## 想到了黑及其他

霾，一点点地蔓延
遮掩了好多事物的本来面目。
面对白，想到了黑及其他
想到一堵年轻的墙体上灰色的缝隙，
想到灰色的缝隙被阳光插入的颤音。

想到一只苍鹰贯穿天地的迅疾，
想到春天的号角封锁地狱之门。
想到蒙古包前被一束玫瑰劫持的黄昏，
想到起死回生的幸福，
想到黑与白的相互覆盖
一个真实的世界。

2016年3月9日

## 屋顶上的鸟

屋顶上的鸟
看风在阳光的手心徘徊。
一片乌云，尝试着和阳光角力。
一棵树的顶端，一声鸟鸣悬浮的瞬间。
浪涛起伏，触及蓝色的天宇。
屋顶上的鸟
轻轻地起飞
追逐对面楼台飘出的琴音。

2016年3月23日

## 纸飞机

纸飞机想飞上蓝天。
它想挣脱儿子的手心。
它想摆脱一对男女争执的口水。

它想越过昨日的记忆今天的风雨。
它想探寻明天的太阳在谁的啼哭声中升起。

2016 年 3 月 23 日

## 如今的一层霜花

一层霜花铺满玻璃面墙。
一种冷峭的高度
被春天的哨音抛弃。
对面楼宇的窗幔一如既往
于不远处的废墟，形成重重隐喻。
从接受到认可到一种惯性思维
如今，她需要一层霜花
让她对昔日的冰冻三尺
情意绵绵，充满敬畏。

2017 年 1 月 25 日

# 苏紫竹的诗(8首)

苏紫竹，原名王娟，1975年生，安徽六安人，现居苏州。

## 某一部分

下雨的时候
有一只鸟飞来
落在高架上，对着灰色的窗口
整个下午，它都没有鸣叫过

它像一个标点，在等待一个句子
一个沉默的句子
一个无聊的句子
一个不能为之招来陌生的同类
也不能使之鸣叫的句子
这样的雨天
它用羽毛护住了身体的其他部分，只有长长的嘴喙
久久地暴露在雨中

这是唯一不能收回的部分

2014年1月

## 每一天

每一天都是满的
每一天都有些什物跑到时间的缝隙里
拥挤你的身体
路会再一次伸直，香樟重新翠绿了一次
落下的灰尘又一次地扬起

是谁说的，蜂巢也是满的，填满了蛹

只有爱来告别
只有爱来将你的身体空置
并留下临别的赠语：
感受死亡远比死亡本身更可信

2014 年 2 月

## 此诗献给一个“不”的人

在大道寻找影子的人
不在深山打开地图的人
不在衣服里藏匿灵魂的人
不在眼泪里品尝咸涩的人

不在房间里摸索瓷器的人
不在高塔上咽下鸟鸣的人

不认识我，却在远方，深深爱着我的人

他只对死亡说：是
他只对身体说：厌恶

2014年5月

## 春之恨

只有你还在接纳我
教给我，起死回生的句子
和厚黑学的技能

这个春天，人们都生着口腔溃疡的病
我站在西风的窗口，独自将口臭排净
只有你闻到我呼出的词，带着口香糖的清晰

为什么，天使身上会有那么多迷人的花粉
我的喉咙，敏感，发不出声音

你听见了吗？我体内的这个
病入膏肓的早春

2014年9月

## 10号57车厢

眼下，心不在焉
有了更多的理由和解释
比如此刻，你错误地登上这列车
穿过狭窄而拥挤的过道，就像穿过漫长的中国发展史一样
你的座位就在前方，却被别人占着
而那人并不知这座位终究不属于自己，正悠闲地品着小酒
烟和不劳而获的安逸

跋涉过去，实在不易
你要穿过泥泞的山路，再到偏僻的村庄
来到城镇，也许你要面对的更多，不友善的眼神
因富裕而横起来的臀部和肚子
没有一处不在翻山越岭，每一脚都得深浅得体

而你确定的位置
是否还是你原先想要得到的
丢失了省份，方言的大都市
你的存在就像火车上的座位号：10车厢57号
谁都可以拥有它，买了票的和买不到票的

2014年9月

## 旁观者

火已经越来越远
尽管它曾那么热烈，执着地
把自己推向死亡的边缘
尽管那个过程曾让我们痴心迷醉过

现在我们谈论它，谈论一个过去
谈论它的纯粹让我们感到自身的羞愧

遗忘给予我们快乐，只有耶稣宁肯背负十字
做个轻描淡写的人，随意释放嘲笑和轻蔑
旁观者，多么无辜和幸运

火已经选择远离
生活的中心，已经被占据
迟钝的面部堆满冰霜和皱纹
甚至连“你的一瞥”也不会收到什么反应

2014 年 11 月

## 春日迟

还有多少春日可以高枕

白纸上涓写的人生一如空庭里

啾啾的鸟鸣，余音惆怅，落地无声
仿佛那些活在阴影里，却用意念来完成逃亡之人

白日里，我总是惯于这样的冷幽默
来温暖光阴，来躲避迎面而来的翩跹少年
唯恐我正是他极力摆脱的宿命

而诅咒总有可信的成分，犹如春梦里的泪痕
即使醒来，体内也仿佛痛失一位恋人
只留下想象的离恨，混在这终日的迟钝里

2015 年 4 月

## 苍蝇的愚蠢

很快，我又恢复了力气
偏执和疯狂给了我短暂的疲惫
再一次我打开了真相的瞳孔
可是我没有看到真相
我没有找到任何源发于我的物件

现实在变态中发展
它让我不快，有人说要走向快乐
如果诗歌让你不快
你可以舍弃，同样现实也让我不快
而它却可以将我消灭

你知道一扇透明的玻璃
可以诱使一只苍蝇激情地撞击
这是那只苍蝇的愚蠢
可是，苍蝇是多么热爱自己的愚蠢

2015年7月

# 廖江的诗(4首)

廖江，笔名碎笔，1991年生，安徽金寨人。

## 窗　口

距落日还差三分
季节中的杂色除了白绝无他物

借来了流水从入笔开始对白
关于一网打尽的飞鸟只字未提

在黄昏之前许诺一个月亮出没
窗口被晚来的风打乱

2015年7月

## 白月光

都是满满的余味
一个被夸大的失语，流失

所有的秋天都指向天空
随机出没的鲜花，九月

未满，季节的风向开始落差
白月光从逃亡的语调中走失

2015 年 7 月

## 一种死去的叫雪

一种季节努力绽放的花朵
关于飞鸟不曾许过的结果

石头，冰冷的比喻
放养的红花和将要凝结的月亮

一双翅膀穿不过夜幕低垂的秋天
一种死去的叫雪，纷纷而下

2015 年 12 月

## 落　幕

只因为秋天一个落叶开始渐退的日子
从早到晚，飞鸟游不过天幕

炊烟乱涂着麦地背向的高地

河流涨过几次，关于随水而逝的土地

父亲提过锄头立在秋天之下
月亮满了又满了，从不退却

2016年3月

# 许多余的诗(3首)

许多余，1983年生，安徽金寨人。著有诗文集《远方》《笔尖的舞蹈》等。

## 秩　序

摊开手指
让人们踩上去
微笑着
雨滴自由可爱

那些树在奔跑　后退
在公园里郁闷

我躺在草丛里
掰开手指：亲人
朋友　陌生人
神　偶像……
井然有序
——又过了一年

2005年10月

## 河

为何突然想起了你
可除你之外
我却什么都想不起来

这样的天气
我理该奔跑
把自己的身体
扔进你的身体

如果僵硬了的
是我
那脆弱的
谁在端庄

我喜欢收藏
那些晶莹剔透的
想象

2005 年 11 月

## 废墟里的安魂曲

——写在汶川地震一周年

我听见废墟里传来你清脆的歌谣
亲爱的孩子　整座高楼将你压迫　让你窒息

你被无尽的黑暗困绕　死亡对你虎视眈眈
你的伙伴们哭喊着　妈妈妈妈
谁也不知道妈妈现在哪里　或许已阴阳相隔
忽然你唱起歌来　你要伙伴们不要害怕
他们喊疼　你说：听我唱歌　就不疼了
于是有人带着你的歌声　去了另一个世界
有人在你的歌声中愈发坚强
亲爱的孩子　你的歌声在我的脑海里整整回荡了一年
一年来我几乎听不见任何声音

2009 年 4 月

# 雅歌的诗(3首)

雅歌，原名曹家伟，80后，安徽霍邱人。著有诗集《清香落》。

## 茧

睡眠进行到一半时，我听见
风吹叶落的声音，就起来
把门窗关紧。曾经拥有
和失去的，一并沉睡星辰之下
我耽于纯白色的梦境，并不急于
寻找出口

你看到的一切都是假象
静止是假象，圆满
是假象，堆积的雪
是假象，飞出的蝴蝶
(我的挣扎不可用海水斗量)
是假象——

我只不过厌倦了守口如瓶
藉着一双翅膀

轻轻试探了一下
光明的重量

2014 年 1 月

## 妹　妹

为了偷生一个弟弟，父母决定
把满月的妹妹送去姥姥家
那是一段蜿蜒曲折
长满野花和杂草的小路
要从下午一点走到傍晚
甚至天黑。但姥爷不怕
他找来扁担和笆斗，一头装着米
一头装着妹妹，头也不回
那笆斗晃晃悠悠，晃晃悠悠
妹妹一声不吭，仿佛含着命运
赐给她的一滴乳

2014 年 5 月

## 窗

这一次是真的
窗前那抹玫红色的身影
消失了。她不再出现
朝我挥手

今天有些阴沉，若有若无的雪花
从我的心中下到门前的台阶
看起来有些凌乱，其实恪守规则
我想起昏黄的路灯下，她走了几步
又转过身，对我喊
嗨——
一种不舍的语气，又凄凉无畏
如今却唯有雪，在窗前
落啊落啊，傻傻的
像是她在冬天
战战兢兢地开花

2015 年 7 月

# 凡墨的诗(3首)

凡墨，安徽霍山人。《八公山诗刊》副主编，《诗黎明》副主编。著有诗集《紫笺上的呼吸》《半指月光》《一笑如禅》。

## 念奴娇

前世
我是你绝美的红粉知己
我们写诗，饮桂花酒，唱高山流水
我醉了，醉倒在江湖的酒窝里
你涉水而来，沿一轮江月找到我
从肩上取下蝴蝶，从眉间卸下霜花
你仍是赤壁的周郎
轻唤一声“小乔”，我就乖乖地交出
生死契阔

2010年7月21日

## 静

我记不清，这首长诗写了多少页

哪一句写柳，哪一行咏月，哪一页
又藏着彩色的蝶

云从巷口游来，又游出巷口
花儿在体内，浓烈地绽放或凋落
我的眼睛，也疼痛了很多年

苔藓深深，阳光细细
锁住了山重和水复，锁住泥土和空气里
那些嘈杂、寂寞、潮湿的声音

我试图将自己，高挂在廊檐上，
檐角一抹摇曳的绿枝，只等风来
轻轻弹唱

2013年12月29日

## 从一株稗草说起

从一株稗草说起
我们说到了晨与暮
枯与荣、爱与恨、生与死
以及人的一生：
高处的繁华与低处的贫瘠

说到江湖退隐，说到
山野辽阔，适合万物生长

说到人到中年，不愠不火
须发，藏匿多少霜花和雪影

一株草站成一株绿色的火
一片草站成一片燃烧的火
风吹开风，绿收紧绿
我体内深浅不一的疼痛
正逐渐荒凉

从一株稗草说起
旧时光，从根部开始泛青
一首情歌倒回老唱片里
一场雪退至喧嚣的枝头
一朵花开进上一个春天

2017年2月5日

# 金从华的诗(4首)

金从华，网名丛林，1963年生，安徽霍山人。《淠河》杂志副主编。

## 握　手

我很想握住你的手
可是我和你是陌生的
转过身来
我感到你有正常体温
于是
我们亲切了

我也想握住他的手
可是我和他也是陌生的
伸出另一只手
我感到他也有正常的体温
于是
我和他火热了

我还想握住自己的手

可是我对自己是熟悉的
双手相叉
一冷一烫
我对自己陌生了

1983年9月24日

## 无主题协奏曲

醒来
我发现整个世界都在哭泣
满天的泪花都在互相埋怨
清风下有阵翰墨的味道
为它们作出公正的裁决

听一段无主题协奏曲
这混账的调子
我又心安理得地入眠
一个不明物体浸入了我的肉体
提醒我那段美妙的姻缘
可我忘记了心胸
这保险柜的密码
封死了许多无辜的秘密

世界本无黑白之分
只有滚动的星球
才道出了阴阳之别

让孔夫子浪费了许多竹简

1984年6月1日

## 正　午

正午
没了影子
我怀疑自己的存在
看着面前这些黄男绿女
我真想问
是否你们把我糟蹋了

我脚下踩着一团黑色
能是我自己吗
于是
我对着太阳大吼一声
这个世界
我哪去了

1985年11月6日

## 我死不瞑目

你的呼唤
如这雨季般电闪雷鸣
让我不寒而栗

于是我驱车前往
看到你没有笑容的面颊
我想可能是我错了
可是我究竟错在哪儿

失眠的夜晚
我无奈的思绪顺流而下
淌过深潭和险滩
涉过梦幻和诱惑
我的心平仄不匀地跳跃
我预感将面临着什么
我号啕不已

是什么能让我如此伤心欲绝
我们曾立下爱的誓言
真担心那叶方舟有灭顶之灾
而倾覆的过程又会特别惨烈
我死不瞑目

1989年6月9日

# 程东斌的诗(2首)

程东斌，安徽六安人，20世纪90年代初开始诗歌创作。

## 折　叠

您躺在医院的床上，白色的
可以折叠的。你直起身的角度
靠床下的弹簧和几个螺丝
您咳嗽一声，它们都会响动

您刚过完生日，七十二年的
生命，在折叠床上战栗
富农不富，必须戴着帽子
成为真正的农民后，又是一位红斑狼疮患者
不治而愈后，您跟我一起成了流浪者
如今，我给您一面宽阔的窗台
却不见您的身影

父亲，您每一次的折叠
我都没看见您的眼泪，只看见
您白森森的骨头

2009年8月

## 兄长留在尘世的一顶帽子

一九九八年的夏天，酷暑难当。刚来上海三天的兄长
死了，死在一个黄昏，死在
一辆白色面包车强烈的撞击。他用死亡
换来了五万块钱
这是他生前从未见过的大笔钱财
他也用死亡换来了一种责任，十分之六的事故责任

一九九八年的夏天，也是最冷的夏天
前去认尸的我在抽开冰柜的抽屉时，铺面而来的
寒气，冻得我至今还瑟瑟发抖
事后，我捧着兄长的骨灰回到家乡
回来的还有兄长留在事故现场的一顶帽子

帽子挂在老屋的墙壁上，一年后，有一个男人
将它戴在头上
这个男人，侄儿侄女喊他爸爸，我喊他大哥
我的父母喊他儿子，大嫂喊她老公

所有的称呼都指着帽子下的一个男人
除了大嫂之外，我听见每一个人的语调
都绵软软的毫无底气
像是反复辨认着一个久居他乡
如今突然回来的故人

一顶帽子，跟着太阳和月亮在旋转，一片沉重的石磨

堵住我家的漏洞，漩涡还在
漩涡之上的那顶帽子，需要我一家人
用一生的眼光和泪水，将它辨认，将它托起

2016 年 6 月

# 小芹的诗(5首)

小芹，原名韩芹，安徽六安人，现居上海。著有诗集《碎时光》。

## 等我变老

会有一些沧桑
那时，时光变得很慢
镜子打开很慢

装扮很随意
发髻盘起和垂下很随意
清晨，向窗外张望很随意

远方的那个人也老了
时间过去那么久
有时想起
有时忘记

想必不会再有喧哗声
想必不会再有气恼

你安静
我安静

2014 年 11 月 11 日

## 在他乡

一个恍惚，好多年过去了
好多年是多少年
你只要想想，从故乡返回时的急切
你只要想想，在高楼、地铁、人流中穿梭的坦然
有时，依然有几分的兴奋

一个恍惚，挺拔的身子低了，又低了
手指的呢喃经不住现实以外
我爱的词语在这座城市，生根，开花，甚至结果
仿佛，又重生了一次

开始接纳一些人，也被人接纳
开始盘算着扩张
以此为中心，老的、小的，侄儿们、外甥们
哥哥嫂嫂们，一一围拢来

建立一个王国，一条血脉
二间房屋，三张床榻，简单的柜子、桌子、椅子
多年以后，我的后代以此地祭奠
就像我从来只记住出生地

那是我的离开地，也是父辈们的打拼地

普通话里一直夹杂着乡音
是情感的密码
随时开启经年累积的乡情，这越来越多的
储蓄啊，会在垂暮时一次性取出
选一个返乡好时节，在面向异乡的风水上，立一个墓碑

2015年6月7日

## 才 懂

关于节气，我从来懵懂
现在知道了秋分，才知道黑白可以均等
知道秋凉
才是真正的开始

平分秋色，是有深意的
然而，我过度的阳，忘记了本质的柔美
以致常常词不达意

现在，我要取出女红
取出耀眼的服饰，去装饰刚刚到来的落寞
好像这才是我的本分
且风姿绰约

2015年9月24日

## 老照片

日复一日，忘记了存在
好像是毫不相干的他们
长久不擦拭，灰尘遮蔽了靓丽和帅气
用布带过时，也没想多看
仿佛他们是主人
我是他们的仆人

日复一日，我们做想做的事情
也做不想做的事情
我们拌嘴，也冷战
我们真的忘了他们的存在
时间在流淌，他们不指责，不生气
做不折不扣的见证人

今晚，我们突然很在乎
并听命于他们

2016年2月2日

## 卑躬屈膝的另外含义

一整天我都在卑躬屈膝
我的脖子扛着头颅，眼睛很重，鼻子很重，嘴巴很轻
因为倾斜

我的头发也很重，几乎到了灶台

往返于餐厅与厨房之间
蹲下立起于地面与灶台、水池之间
我的腿支撑着腰
支撑着上身，上肢以及头颅

年夜饭吃完，又轮回一次
好在春晚正点时返回于观众席
那时，一面欣赏
一面得意，沙发承载着整个身体
很重的在上面的身体，哎呀，这真是一种享受

2017年1月28日

# 木子的诗(2首)

木子，原名鲍德英。著有诗集《让梦醒着》。

## 时　光

天暗下来
院子里只有一棵银杏
风一吹叶子就飘落
风一吹，它们就颤抖
看一眼远山，绿色的光环
瞬间便退居幕后

2013年10月21日

## 拿枪的人

昨天，翻看相册
突然发现有一张
朋友端着枪
始终做着瞄准状态的照片
训练场前后左右都立着
他的靶子。看完

小心翼翼放回原处
再压上一本佛经
生怕他一不小心走火
我就是那个中枪的人

2016年5月3日

# 桑叶儿的诗(2首)

桑叶儿，原名蔡金华，1962年生，安徽六安人。著有文集《桑叶儿诗文集》，诗集《传说集》《我的淠河没有岸》。

## 白马寺

白马寺流落民间
被造船队围在中央

一棵孤独的栗树
紧贴着地气
插入寺的心脏

院里有口老井
夏天　造船厂那些女人
拎着男人打造的木桶
饮着稀薄的梵音
前来寺院汲水

躲在墙脚下蟋蟀
啃食着泥土，繁衍香火

2007年11月5日

## 一河渭水都开花了

云朵在天空绽放着，横卧的枝蔓
相拥或撕裂，在细碎阳光下盘根交错
盈盈渭水清澈。这个冬天你一出手
就扼断了雨季，风及冰雪丰沛的情结

溢出室外的灯火清丽而温暖，每个夜晚
躲在厚厚夜色里，凭空虚构一些事物
静静地安坐在冰冷的时光里
如同一个闲人，孤独地想象曾经的温暖
而骨子里潜隐的挫伤，言无不尽

霜层层降下，一河渭水都开花了
城池未央，你落座的宅院大门微启
等你一次一次，路过此地

2010年7月2日

# 碧宇的诗(5首)

碧宇，原名陶群，1970年生，安徽六安人。《大别山》诗刊主编。著有诗集《碧宇短诗选》(英汉对照)、《绿色书》等6部。

## 把冬季攥在手心

摇头甩掉你跟在心头的影子
压下想给你说的话
就这样
我把整个冬季攥在手心

1988年12月6日

## 家庭书

亲爱的，你不是我的封面
我也不是你的扉页，我们是共同的内容
包括封面、扉页、目录、插图、内页、情节和书面语言
在这本书里，你是主人翁，我也是
因此，在故事的发展中
你不能成为我的主人，也不能成为我的家佣

2009年4月25日

## 童年抵达棉花

故乡，在月光中。童年抵达棉花
外婆的影子，恍恍惚惚。流水，早将
旧渍洗净，童年随风而回

窗外，霓虹闪烁。月光
被逼后退。记忆里，石榴熟了
外婆笑着，站在廊前

板栗，藏于刺中。生命
注定淡于轻烟，外婆在天上洗月
这皎洁的光，是我灵魂的歌

头发随风而长，玉米在绿中捋着胡须
偷秋了。月光下
影子晃动，外婆搂我在怀中
一晃，又是一年中秋

2010年9月19日

## 从一丛秋菊开始

绕开田园，绕开东篱，却绕不开一丛菊
亲爱的，这个中午，我在想，我们就从一丛秋菊开始
寻找理想的日子

我们从一朵菊花的香气里寻找一条韧黄的丝带，绵长
延展到远方，延展过我们的一生

这个中午，我的生命里只有你我的跋涉以及一丛菊的开放
我们从一朵菊花的金黄里向外看，我们的心也金黄着
我们的目光越过栅栏，被一片菜园地锁住
那手执蚕丝的女人静坐在篱下
这个时刻，我有些许的醋意，些许的冷血，些许的敌意

菊花的一声轻咳，让我们明白眼前没有陷阱
连一道小沟也没有
面对一丛菊，我多像一只涉世不深的小蜻蜓
亲爱的，此刻你正在午睡
我们从梦开始，履历了一段理想的日子

2011年9月5日

## 王茜的梦

王茜是我高研班
同宿舍的同学
昨夜，王茜又在梦中骂：
黄鼠狼——
可恶的黄鼠狼
小人，赃官，垃圾人
王茜
在梦中恨得咬牙切齿

这黄鼠狼是谁
有同学猜测
可能是她的同事
或者领导
要么是骚扰者
……
可是这些都不是关键
关键的是
怎样的一种恨
才能让王茜恨到梦里面

后来王茜跳槽了
听说
她以前的领导就姓黄

2012年5月14日

# 张宏雷的诗(2首)

张宏雷，笔名远山谷雨，1960年生，现居霍山。著有诗集《让面孔呈现面孔》(合集)、《在看不见的地方，看您》。曾获全国“正东杯”。

## 嘴巴的理由

兄弟相残已不是新鲜事
嘴一直占据总统的位置
对不服者扬言
有理由可以说嘛
不说就没有理由叫我让位

耳朵听了想说却不能发音
就叫鼻子说
鼻子哼了几下却说不清楚
嘴巴一连说出一百个理由
剩下没说的只有眼睛了
眼睛面对嘴巴只能流泪

以后耳朵不听
眼睛不看鼻子不闻

你嘴巴还能说出什么来
无非是牛头不对马嘴
还是占据最高的位置
自诩代表你们是默许的
哪让你们不说的呢
谁让你们不是嘴巴的呢

2016年2月1日

## 当你从梦中消失

桃子已经红了
花从绿叶中隐退
春随了流水

满目的绿
盖了河滩漫上了群山
剩下的是寻找夏菊
不论是否转身
路有多长野花就有多长
往那个方向也只能回到
荒芜与空旷

风一阵阵吹过斜坡
低矮的燕麦舞得那么得意
它不乞求肥沃的土壤
不苛求长成大树

自然才是不辜负一春的幸事

只是那个角落往日的脚印不再
心就这样不舍即散
多年后路遇
面熟却叫不响名字
未想经历了那么多风刀霜剑
柏杨还挺立在路上

2017 年 5 月 23 日

# 黄运丰的诗(8首)

黄运丰，1987年生，安徽金寨人，现居广州。与诗人潘建设创办玄鸟诗社。

## 自天空回家

九千米以上就是天堂
而在那里我四处流浪
我终于偷了鹰的翅膀
借以飞回久违的故乡

大地展示着无限风光
你却看不见我的脸庞
冬天雪花漫天飞舞时
我将不再为你而悲伤

九千米以上就是天堂
而在那里我四处流浪
我终于等来天空晴朗
用一天回家是否太长

大地展示着无限风光
你却看不见我的脸庞
冬天雪花漫天飞舞时
我将不再为你而悲伤

2006 年

## 我的文学史

我希望时间停止，不再重复
单调的生活，像一把
刷子，没有任何言语地
来回摩擦。我希望

残缺的月光为我，送来
一个情人妩媚的眼神
躺在一棵树的根部，盘点
春去秋来，那些被遗失的

疼痛和美好。宛如梦境
宛如一场风花雪月，不再忧伤
不再掏空自己一贫如洗的寂寞。
为青春献祭，献出血、流淌

和五月的时光；献出赞美
风流倜傥和一生艰难的窥望。
当岁月如逝，百花齐放，夏催春老

我希望能被一本书总结、概括并陈放。

2007年

## 苏格拉底之死

公元前399年的一个日子
在我被关押的监狱里
陪审团终于除去我的镣铐
告诉我今天应该如何死去

我坐在床上，伸展四肢
生活还是真实的
朋友们围着我不停地询问
关切的口吻
似乎把我当作一个刚出生的孩子

我欣慰地看着他们
每个人脸上浮现的不祥之兆
在我其实早已释然
用一句中国话来概况我此时的心境
即：视死如归

而在这阴森的四壁之内
真正等待死亡的却不是我
我告诉我的朋友们，欢乐和痛苦同时降临
表明我的离去并非一文不值

我即将与我敬畏的神灵们相聚
这是欢乐的
我即将离你们而去不再回来
这是痛苦的
但总有一天我们会重逢

我不能再抓住这生命企图苟活
我不能在最后连我自己也瞧不起自己

如果毒酒准备好了
就让他们把它拿来吧
如果还没准备
就让他们快些！

我必须欣然地喝下毒酒
按照陪审团的指示
毒酒的量只够我一人独享
敬爱的神灵们，在黄泉路上
我再为你们捎些小酒吧

我坐在床上，伸展四肢
生活还是真实的
朋友们，让你们的哭泣止住吧
给我一片沉默让我投入精神去死

我来回走着，在朋友们面前
显得有些焦灼

终于，我感到双腿铅一般沉重
只有躺下来，脸朝着监狱高高的房顶
监督死刑的朋友你过来看看
为何我还醒着

“你体内的寒气已经上升
等那寒气到达你心脏的时刻
你才会停止呼吸”

哦……生活还是真实的
苏格拉底！

2007年

## 痰

我开始恶心
一口痰酝酿结束
便被吐了出去
与普降的雨水一同坠落
我想计算它可能的着陆点和
坠落所消耗的时间
但26楼太高了

一口不配有思想的痰
不会想到自由落体运动
——从“理论上说”

那时间是与高度有关的
包括风向、风速，甚至
空气的湿度

在前5秒
痰坠落的速度很快
我还想着伸手去
抓住它
5秒后我就看不清了——
它已混同雨水
从同样的高度坠落
不再有特殊性

2009年

## 中学生

上下班时总会见到他们
三三两两，年轻的面孔
有如当年的自己，杏子般青涩
我极少直视他们的眼与笑
也许是因我多出的年龄
而羞怯。只是猥琐地养成习惯
从背后去偷看他们，无忧的
成长之椎，欢愉笑声的余音……
思及自己或曾有过的韶华
竟都作了镜花水月，不如

放肆的路灯璀璨，不如车水马龙
惹我动容，不如一路的繁华
叫我黯然……我必须不断确认
自己结实的呼吸，尚在——
再与暂无忧虑的他们相比
看我是否有胜利的暗喜
在他们看来，我的强大一面
是什么呢？我的软肋又是什么？
他们保以胜算的筹码一定是
我正远去的青春，涟漪荡尽。

2010 年

## 你选择什么时候回六安

你选择什么时候回六安
回家，回到只有母亲一人留守的两间门面房
你只身在外一年，别无所得，两手空空
没有人要求你载誉而归，还乡时必须穿金戴银
你知道即使有一个充裕的十年你也无法
那般风光。你是一个小青年
缺少理想、斗志和放弃一切的决心
目前你不甘寂然的现状却又无所奢望
千百遍幻想之后，你仍是不一而足的求生者
你的奔走了无意义，贪黑起早必须成为本能
你在一个无法感觉的城市里感觉到了什么？
一成不变的迷蒙的天空让你忘记仰望

森严庞大的高架桥带给你不可名状的孤单
你登上一辆公交车又从另一辆挤下来
你的一天就这样结束，新的一天继续重复
你选择什么时候回六安，回家
也许太早，你知道这个问题并不陌生却很突然
所以你心有不甘，但本质上你并非是
一个出门闯荡的信誓旦旦的有野心的外乡人
你在身处其间的城市中你觉得这不过是生活

2010 年

## 假设我是一头饥饿的虎

我不渴望自己是个善言者
以一些巧饰的词语诱出
你的绯的腮，你的红的唇
即便我终日无话，在我心底
你亦如艳阳一片，下有万花绽开
我恰是丛中的一只蝶，采着你
细细的粉，拥着你娇俏的蕊
假设我是一头饥饿的虎
因迷恋一路花香，闯进你的园地
你须知我并无恶意，肉食的我
也是懂风情的兽，无意归去
我将坐守这万里碧园
以嘶吼震慑一切侵略

2010 年

## 渡:你听见水声

你看这婉转夜色中
南北向的大马路艳如巨龙
思念砰然满地
蛙声四起:

群山摇晃着十里松风
似人潮,似梦非梦
你那经不起盘点的记忆
陌生而拥挤

你听见水声
你听见水底
不舍昼夜的秘密

你爱一切人
和一切人的疼
以及所有遥远的呼吸

2016 年

# 宿州

合肥
淮南
阜阳
蚌埠
六安
滁州
亳州
淮北

# 阿尔的诗(14首)

阿尔，原名杨永振，1969年生。现为“平面写作诗歌小组”核心成员，强调个人气场和非诗意化写作。

## 这口井，那口井

从这口井跳下去
从那口井升起来
两口井隔着一道矮矮的墙头
从这口井跳下去之前
那么多人阻拦你
你犹豫了一阵
但还是跳了下去
当你从那一口井升起来
那么多人都对着你
跪了下去

我到来时
这口井在荒草丛中
已经被盖上一块青石板
我翻过矮矮的墙头

趴在那口井的井沿上——
下面黑洞洞的什么也看不见
我冲着下面喊了几嗓子
声音没有撞到井壁上，直接就
落了下去
听不到一点回声

2011年12月14日

## 老公鸡

一只老公鸡的头终于被剁去，红鸡冠跳跃一下
飞上了蓝天

无头公鸡迈方步，甚至还想奔跑，不，是已经在奔跑
无头公鸡还想打鸣，噗噜噗噜的橡皮管，飞溅着血沫子

后面的朝阳，有如落日
前面的鸡舍，仿佛墓地

蓝天是那么蓝
蓝天呦，是那么蓝

左边的翅膀划动如船桨，右边的翅膀旋转似车轮
它始终不是舞动干戚的刑天

不是不肯接受到来的死亡，而是它还没

完全准备好

一根旧竹竿在它脚下轻轻使个绊子
它轻轻一跃就跳了过去

2012年11月4日

## 做　梦

昨天我做了一个梦
梦中我没有翅膀
却能飞
我知道飞对于我来讲
是不能长久的
可是我飞了那么久
也不曾有一次
真的落在地上

醒来我去了一趟厕所
回到床上
我又做了一个梦
这个梦是对上一个梦的补充
因为我知道
没有爱情的梦
做了也白做

梦中我还是在天上飞
地上走的那个人

我爱着她
却一点不担心她不爱我
对着她吹气
冲着她比手画脚
绕到她身后
在她突然转脸的时候
扮一副鬼脸

嘻嘻哈哈回到
不黑不白的半空
就这样看着她
撅着屁股捡起一块石子
砸向我
我佯装躲闪
却故意让她的石子
击中我

看着她的恐慌我有点幸灾乐祸
可这一次
我也没有真的
落在地上
嘶叫着，下落
翻滚着，下落
我抓起床头柜上的闹钟
一下子摔在地上

2017 年 7 月 31 日

## 鱼

你见过鱼在空中游吗
记得很小的时候
一个上了年纪的人
对我说
鱼游在头顶
我们就得死
我不知道我是死了
还是正在死
我看见它确实在我的头顶
摆动着身子
它的每一次摆动
都是一个好看的“S”形
鳞片一闪一闪的
却一点不刺眼
鱼为什么游在空中
而不是水中
我不知道它会不会像鸟儿一样
落在树枝上
落在庄稼地里
落在小高层的楼顶上
发出画眉
或者其他一些什么鸟的叫声
会不会中枪
一头栽在地上
不断地翻转着身子

我始终认为
拍打地面的鱼儿才是鱼儿
水中的，空中的
都不是真实的
为了证实不是在做梦
在妻子的腿
放到我的肚子上之前
我耐心地等待那一刻:
它从空中一头栽落地上
不断地翻转着嘶叫的身子
鳞片一闪一闪的
像阳光下的金属亮片

2017 年 8 月 11 日

## 武晓荷在厨房里差点哭了出来

为什么好好的南瓜
一削就成了坏的
一刀一刀地削
不停地削
削去坏的
还是坏的
削去坏的
好的也变坏了
胖大嫂
拍着胸脯说

我的南瓜是好南瓜
可好好的南瓜
一削怎么就成了坏的
武晓荷又开始削南瓜的另一头
南瓜的另一头
也是坏的
坏了的南瓜
应该砸在什么地方
客厅里的男女
勾着头
不知在说些什么
武晓荷
看着他们
一刀一刀地削南瓜
发了疯似的削南瓜
可削去坏的
还是坏的
削去坏的
好的也变坏了

2017 年 10 月 28 日

## 赵雅兰不叫赵雅兰已经很多年了

赵雅兰在掏钥匙的时候
听见有人喊，赵雅兰。
赵雅兰回头看了一眼，

两个警察推开车门从警车上下来。
她不知道他们是在喊她，
她扭回头想把钥匙插进锁孔
可反复插了几下都没插进去。
其中一个警察
在明晃晃的太阳下
又喊了声，赵雅兰。
赵雅兰的手猛地一抖，
钥匙啪的一下掉在地上。
两个警察加快了脚步，
接着又一阵小跑，
他们把赵雅兰堵在了门口。
当警察扭住她的手臂
她突然想起，很多年前
她把捡到的身份证
装到衣兜里。而自己的身份证
被握在手里，
咔哒，咔哒，咔哒，咔哒……

2017 年 11 月 5 日

## 小　说

武晓荷死了
没人知道
武晓荷躺在麦地里
没人知道她是武晓荷

只有一个正在写小说的人
手指突然一颤
打出一片
谁也认不出的乱码
一列火车从南边开过来
却消失在北边

2017年11月8日

## 看望一个诗人

一个人从车上下来
向这边走过来
在他身后，关上的车门又打开
又一个人从车上下来
准确地说，那不是一个人
而是三个人
他们从车上依次下来
向这边走过来
在刚出苗的麦地里
紧走几步赶上前面那个人
他们有说有笑
他们在看到一个新堆起的土堆时
突然严肃了起来
刚才走在前面的那个人
揉了揉眼睛差点哭出来
他们放下一束玫瑰

和一本新出的诗歌杂志
他们站了一会儿
又回到车上
消失在扬起的烟尘中
一页页被撕开的诗歌杂志
在还没燃尽的火中
就像树叶，翻卷着

2017年11月11日

## 一把刀

一把刀在我胸口上扎了一下
但我不知道那是一把刀
我以为是一支钢笔或半截木棍
甚或是一只手指
直到我看见武晓荷
武晓荷弯腰捡起一把刀——
捡起，又惊叫着，抛开
然后，又捡起
又惊叫着，抛开
刀上滴着的血
我敢确定那是我的血
同时也敢确定
那是我第一次见到武晓荷
可是后来，她一再纠正说
不是第八次，就是第九次

就算是第九次吧
之后，她经常把两根手指并在一起
当作那把刀，在隆起的刀口上
狠狠地往下一扎

2017年11月14日

## 麻　雀

一只麻雀不知道
从什么地方飞过来
落在窗前的大树上
树枝在它的爪子下面
一下一下把它弹起又落下
它喳喳地叫着
另一只麻雀不知是看见了
还是听见了
向它飞过来
它抖了抖身子
拍了拍翅膀
飞走了
另一只麻雀飞过来
落在它刚才落的地方
从这个树枝跳到那个树枝
然后又呆头呆脑地
一动不动
我坐在阳台的藤椅上看着它

没有注意到
它是什么时候飞走的
我看到的只是窗前的
这棵大树
我不知道它是什么树
不久之前，还有很多麻雀落在上面
喳喳地叫着

2017年11月16日

## 偶　见

去芜湖的路上
我看见一条狗追逐另一条狗
回来已是第二天
再次经过那里时
它们已不在
可是不知为什么
我还是看见了它们
它们在庄稼地里
一跃一跃地相互追逐着

2017年11月22日

## 那天下着雪

我给她打电话说
有件事要告诉你

电话中不能说吗
我说必须当面告诉你
这是冬天的早上
我在她家楼下
看见一只麻雀在啄食一块踩碎的饼干
当我看到她从楼道里出来
却怎么也不想起来
我要告诉她的是什么事
那天我带着她
去看冬天的小麦和落叶
顺便也看看河流
安静地流淌
她捡起一个石子扔进去
野鸭子踩着水拼了命似的
扑棱着翅膀
芦苇低着头
一条红尾巴鱼
撅了一下屁股又沉到水底
回来路上她又问我
我指着薄冰一样的月亮发誓说
我确实想不起来了
她没再问
一路沉默着
当我想起的时候
已经是好多天以后的事了
那天下着雪

我们走在咔嚓咔嚓的雪地上
什么都没说

2017年11月27日

## 传　说

她从东边走过来
她从南边走过来
她从西边走过来
她从北边走过来
她有时
也从地底下冒出来
也从天上掉下来
一个男人
拿掉头上的帽子
伸出手来说，你好
又一个男人走上前，说
有什么可以效劳的吗
一个孩子骑着一辆破旧的自行车
跟了一条街又一条街
她的身上
好像闪着光
他痴迷那光，追着那光
车链子掉了
他就把自行车扔到了街边
她走过的地方

牙科医生露出雪白的牙
打铁师傅
抡起的锤子停在半空
女人们的浓痰
憋回喉头
又啐在地上
据那个后来成为老人的孩子说
没有她
我就不会长大
没有她，这个小镇
和死了没啥两样
她显然没想过这些
拐进一个胡同就不见了

注：以上部分素材取自意大利电影《西西里的美丽传说》。

2017年12月11日

## 两条狗

一条狗从电梯里出来
又一条狗从电梯里出来
紧接着出来的是一个稍胖的中年男人
接下来我还可以这样说
一条狗从楼道里出来
又一条狗从楼道里出来
紧接着出来的是一个稍胖的中年男人

我知道如果这样下去
就不可能有个尽头
尽头，以我的经验应该是
黑和白糅和成的一个点
就像这两条狗
一条是黑色的
一条是白色的
最终消失在阿黄的视线里
阿黄不是它们后面的中年男人
中年男人叫什么无关紧要
只是大家不知道
他为什么管那条黑色的狗叫白雪
管那条白色的狗叫黑蛋
白雪追赶黑蛋
黑蛋扭头看着
它们的步子都是一颠一颠的
不慌也不乱
阿黄是中途出现的
阿黄闪到一边
阿黄真的是一条黄狗
中年男人以为它要
加入到它们中间
就猛地挥了挥手
又跺了跺脚
阿黄又往旁边闪了闪
它看着它们
它们追赶了一会儿就看不见了

连带着那个稍胖的中年男人
也看不见了
阿黄懒懒地扭回头
走了几步
也开始了一颠一颠的小跑
可突然被脚下的一块砖头绊了一下

2017 年 12 月 13 日

# 八零的诗(11首)

八零，原名杨飞，1980年生，安徽宿州人。著有诗集《忧伤的南瓜》。

## 海底磷虾是一种会发光的软体动物

太阳用完了
我们用日光灯
日光灯坏了
用台灯
台灯也不亮了
我们躲在被窝里
打手电筒
手电筒
没电了
一片漆黑
我们都是怕黑的人呀我们抱得紧紧的
骨头磨着骨头
世界
又亮起来
我看见

两粒贴在一块的磷虾
满屋子跳
它们不在乎周围黑似人世

2009 年

## 两块墓碑

那一年我们相爱
我们有一段惊心动魄的经历
那一天趁夜色
踩着露水，我们终于回到家
沿路经过一块坟场
亲爱的，晚上我们拥抱
亲爱的，在人世的坟场上
我们也是两块柔软的
相拥着哭泣的墓碑啊……

2011 年

## 大婚之日

那么多人
围着我们
这真叫我紧张
在白天。

那么多星星
围着我们
这真叫我紧张
在夜晚
那么多只眼

我突然想到数年之后
那些曾围着我们的人
全站到了天上
看着我们

这真叫我紧张

2012 年

## 忧伤的南瓜

我的外婆多么悲伤为她种下的那些南瓜。
“长得太高，爬过了墙头，
秧子拖得那么长……”
她开始抹眼，她想哭。

“一下子结那么多，而我那么老，跟不上
这可叫我如何是好……”
哦，她是为了她那长疯了的南瓜
而我们都不愿带一只回家

满院子挂的到处是
那些忧伤的开始腐烂的老南瓜
我的外婆围着它们转了一圈又一圈
她太老太矮啦一个也摘不下来
怎么办，怎么办?
我们都不愿带一只回家

她想哭，但是她没有眼泪
我们都很着急，多急呀我们跟在她的空屁股后转圈
多绝望呀我们在我们之外
还有一个更大的圈儿，挂着无数颗不说话
毫无主意的大南瓜……

2013年

## 劳动节记

我一眼就看出
那个来自张楼村卖樱桃的黑脸男人
内心的焦躁
与不安。
一个人，蹲在人群里
像个人贩子，
目光卑怯怯。
五一节这天在热闹的大街上
我注意到这个乡下的卖主
头始终朝脚，

目光无处躲闪。
那满篮子初长成的小儿女
仿佛非他婚生乃是由于偷欢所得
仿佛，那不是出于光荣而本分的劳动
使他感到有愧于这人民的
节日气氛

2013 年

## 墓屋檐下

为了上坟我们来到山脚
西北的天空
突然飘下雨丝。

我们面临选择：朝下
是烟火正浓的人世，朝上
乃故人聚居之所

为尽快躲避将至的大雨
我们走了近路
肩并肩竹排一样
逆流而上

如今想来，那可真是一次奇妙的经历啊——
在迷蒙空旷的山腰地带
主客向着微晃的空气

笑谈生活
雨点，打在墓屋檐下。

2013 年

## 每个早晨……

每个早晨
都像出征
你在镜前理发犹如检查枪弹
我在沙发里喝水看几分钟新闻，
像查最新战报
晨光中，没有言语
出了门朝两个方向
晚上，我们重新相聚了
我们为生之重逢喝了一杯
我们仍然没有说话
我们使用哑语和手势
我们认为一个少尉一个上校保持适当沉默
是必需的
就像片刻之前我们没有拥抱没有握手
我们互致军礼
然后我们上床我们上床犹如
翻身进战壕

2014 年

## 饭桌上的幽默

“这是我第二次见到这个疯婆子…”
酒过数巡他大笑道，饭菜几乎全喷出来

“她竟然来报案，你们猜是啥案？
抢劫案！你们猜她被抢去了什么？”
我们全举箸遐想，被他一一否定

“她说，她妈的，她竟说——
她的眼泪被人抢去了！”
“我们咋办？还用问？我们自然是立了案
毕竟她也是这个国家的人民嘛……

“你问当时我在干啥？
还用问吗？我自然是认认真真在白纸上笔录
最后还在她面前抖了抖
说，你的冤屈都在这上面啦！

“嘿，那瞎婆子呦，竟然将一大颗泪
滴在了空无一字的白纸上
毕竟，她也是这个国家的人民嘛
我就安慰说：瞧，你的眼泪又回来啦……”

2014 年

## 门　童

每次经过棺材铺
总被那几只小棺材吸引
长不过一米多点
摆在店铺门侧
有一次我想
如果把它们竖起来
也就是一个八岁的孩子那么高吧？
一小群　围在一块
像叽叽喳喳的小学生
无所事事的时候
我数了又数：上一回是六个
（没错儿，其中一个更小的躲在另一个后面
直到绕过去才发现）
今天再数还剩四个
四个黑孩子
正门童一样站在声色犬马的人世门侧
脸上都有一种
被领养的渴望

2014 年

## 烧锅谣

我爱烧锅非常爱——

我爱把带钉子的木柴缓慢放进灶里
我爱把熟钉子扒出来扔进冷水里
因为我爱生铁的气味

我爱烧锅我爱用烧火棍在地面上写写画画：
写我的姓，写一部家谱
然后用脚涂掉　黑炭灰四散
“这就是历史，从未被改变……”
我爱这样胡思乱想

我爱烧锅我爱一下放进去一整把柴火
好几只，一根压一根，
“吧嗒”一声，大厦倾倒，呼声四起
火星如火灾中四散的人群，
灾难有灾难的魅力
让我们有时间悲怆片刻

我爱烧锅我爱烧着烧着忽然转身离开一会
到院子里换一口气
然后返回将溜出的木柴用手指扔进去
生活是火热的熔炉
我不容许开小差，这是责任。
而责任，是灰烬

我爱烧锅我爱闻到熟肉的香气
类似情欲的味道——我爱。
我爱一边烧锅一边想一段爱情往事

肥嘟嘟香喷喷的爱
用于满足胃，而非内心
我爱把我爱过的人刻成木偶
上好的燃料。我爱品咂他们的温度
香气迷人使我爱意绵绵

我爱烧锅非常爱它很有意思
总是能叫我温暖感觉还在活着
我爱，我爱把亲手烧出来的食物端给我的亲人们吃
因为，我也爱他们。

2014年

## 我问阿尔蒿沟的芍药开了没有

他说大概过了花期
因为自家的那盆已近凋落
我又问潘广兰，
(她是那地方的人)
说还没大开，尚需一周。
阿尔是位诗人，想必
同他那盆芍药一样孤独
潘广兰是位老师
她手下有一大帮拒绝长大的孩子；
我呢，我既偶尔写诗
也做老师

我想我要是养上一盆芍药
它对我会是怎样的态度。

2016年

# 曹大臣的诗(8首)

曹大臣，1964年生，安徽泗县人。

## 把我接到外国去

我的孩子
现在我让你好好学外语
将来要把你送到外国去

你在外国学物理
你在外国学地理
你在外国学历史
你在外国学小提琴

你在外国找工作
你在外国买汽车
你在外国买房子
最好能买一块地

到时把我接到外国去
到时把我接到外国去

2017年1月10日

## 一棵树

一棵树
历经整个春天
长出一身羽毛

我们看到，它
立地未动
它只想证明
自己也能飞

2017 年 1 月 10 日

## 钉　子

我是一枚小小的钉子
世间却有无数只锤

一天傍晚，锤子把我放进工具箱带回家
锤子的妻子温柔贤惠
主要任务是培养小锤
小锤天真活泼
看样子还未学会敲打
它在玩具间跑来跑去
大了，还这么可爱吗

锤子晚上请客
来了几个铁锤
来了剪刀和布
还来了一个仪表堂堂的钉子
一个锤子问，为什么请钉子
“没有钉子，就没有我们
没有钉子，我们就只剩下破坏”

晚饭时一起游戏
锤子砸剪刀
剪刀剪布
布包锤
布说，兄弟，我赢了你
只为请你喝一杯

第二天，锤子把我带进工场
一下一下把我砸进木头里
没想到一块布有如此境界
我深深爱上了她
并且不能自拔

2017 年 1 月 14 日

## 我的姐姐

姐姐两岁时
得了脑膜炎后遗症

整天笑嘻嘻的
在别人眼里
她是个傻子

懂事以后
觉得这样的姐姐很丢人
不和她一起玩
同伴取笑她时
总是躲得远远的

一年冬天
她烧锅做饭
烧着了草屋
看着救火的人
她还是笑嘻嘻的

25岁时她出了嫁
我在外地求学
妈妈说，当时姐姐哭成了泪人
一直念着我这个“大兄弟”

逢年过节姊妹们回家
妈妈都要把姐姐接来
妈妈说，不要看你姐这样
你们都是她带大的

现在，我把她写进诗里

不是说她有多了不起
我只想让别人知道
我有这样一个姐姐

2017年1月20日

## 筷　子

洗筷子的时候
我听见筷子在抱怨

一只看得见的手在把弄我们
筷子之间的结合
完全听命于偶然
我们的爱情
一顿饭就完了

我说，筷子兄弟
两只手套，可能不是
天生一对
一双鞋子，未必能在
一条道上走到黑
我以手套里戒指下面皮肤上一道微弱的光轮起誓
我以鞋子内穿透袜子的沉痛的趾甲起誓
我羡慕你们合夹一块青菜的样子
嫉妒你们饭后躺在桌上晒太阳的神情
恨你们轮番敲击瓷碗发出的空灵乐声

一顿饭尝尽万般滋味
下一顿，即为来世

2017 年 2 月 13 日

## 鸟

我顺着闪电滑下来
落在五楼阳台上

我冒着风险来告诉你一件事
先生，她爱你

请把酒杯摔碎
再也不要为往事干杯

2017 年 2 月 17 日

## 姑　妈

现在的年轻人，姑妈话题一转
要么一辈子不出门
要么整天嚷嚷还有远方
要我说，教室就不应该有窗户
卫生间也不应该有
他们总能找到机会走神

他们能把一支笔变成螺旋桨
从一个指尖弹到另一个指尖
他妈的，姑妈忍不住爆了句粗口
一节课，起码有十几架直升机坠落
课堂上尽是啪嗒啪嗒的噪音

他们渴望泛滥，一条牛仔裤
这里露一个洞，那里破一个窟窿
好像肉体决堤，不像我们
总是要把肉体堵住，最后只有补丁是新的
他们写作文，不像我们
擦了又擦
他们错了，刺啦一下
把纸撕下来，揉成一团
或者把纸撕成碎片
一点一点吹到女生脸上去
他们总是把文字写到格子外面
课桌上，操场上，食堂里
胆大一点的，还写到了校外的小树林

我站在讲台上，头顶悬着一块黑土地
人常说，白纸黑字
我却要写白字
要让白字在一小时内变成真理
死在那些脑袋里，这可不易
三个手指捏着一根粉笔
两个手指捏，那是抽烟

我觉得男人吸烟就像嘴里含着粉笔
你可不要多想，粉笔里没有尼古丁，不会燃烧
不要把粉笔想象成白衣少女
不要多想，我是为你好
否则你会被我的话吓一跳
我三个手指捏着一根粉笔
正在考虑如何让它去死

2017 年 3 月 12 日

## 一条小河

这是一条小河
夹在田野中间
它的源头不是高山雪水
而是一条与它差不多的小河
它的流向不是大海
也是一条与它差不多的小河
如果你从高处看它
就像一根毛细血管
如果你从远处看它
就像一丝白发
它的模样，像村里走出的农民
如果不是本地人
你叫不出它的名字

它的两岸，是田野的尽头

岸边小树投下几朵阴影
人们在它的下面谈论收成
如果有人渴了，就跪下来
吹吹水面的草末，喝几口
再擦干嘴角，退回树荫中

天旱时，它扭头流向庄稼地
湿润的嘴唇亲吻干枯的禾苗
满腹的话儿说完
就见了底，或者说
它失去了自身

再过一段时间
波浪变成沙石、花草
板结的河床，潮湿的缝隙
成了小虫子的天地

人们没去管那滋生的野物
也没拿起犁耙在低洼之处种植庄稼
它的荒芜是短暂的
只需静静等待雨季的来临

2017年5月18日

# 高红艳的诗(7诗)

高红艳，安徽泗县人。

## 走在咯吱作响的冰面上

多年前，冬天
太阳都穿了棉袄
一座破旧的小石桥
浑浊的河水结了冰
结了冰的水面仍是浑浊
我拉你从桥下走
我拉你从冰上过
冷的空气冷的手
冰面发出咯吱吱的响声
我本能地想用手扶住什么
但很快镇定下来，放轻了脚步
是慢慢走过还是快速逃离
我记不清了
我是不是仍牵着你的手
我也记不清了

2016年3月10

## 返老还童

我的额头滚烫
妈妈的唇温润清凉
我听到妈妈的担忧
从天上传来：
这孩子烧糊涂了
我在迷糊中偷笑
当我活到一百岁
我将返老还童
今年一百，明年九十九
所以，请不要叫我一百岁
即使这样啊
我也活不成精
一样的四季轮回
一样的人世悲欢
所有的秘密通过眼睛生长
当我白发转眼青丝
对镜梳妆
我的孤独和欢乐
都将成倍增长
而当我回到孩提
妈妈，我是否
还拥有你的怀抱和微笑

2016年3月16日

## 俄罗斯方块新玩法

今晚的月亮
呈昏黄的暖色调
家常如人间的一盏灯
我想把她挪动到
两颗星之间，这样
它们就消掉了
坐在我对面的你
咕咕哝哝地在说着什么
我想把你的鼻子挪到
两眼之间
把你的嘴巴挪到
两条眉毛之间
你的毛茸茸脑袋和
你衬衫上的纽扣
正好在一条线上，这样
它们就消掉了
这是，最近玩俄罗斯方块的
后遗症，想想有些可怕
我使劲眨眨眼
看看月亮，又看看你
还好还好
他们，哦，你们
都老老实实地待在原处

2016年8月17日

## 连环梦

她在梦中
风拍打着门
拽她出来
反复挣扎、较量
风，赢了
迷糊中，她下床
关上所有的窗
发了一会儿呆
听了一会儿风
读了几页书
接着睡
又进入梦中
梦里
她给我讲述
上一个梦
一开始，我
听得专注，有兴味
渐渐地
我走神了
她的梦也就被冲散了

2016年9月30日

## 打招呼

踏上最后一个台阶
进入宽敞的大厅
迎面走来一人，面熟
我调整好表情，微笑
正准备打招呼
发现前面是块大镜子
微笑黯然变了颜色
转头，又发现一人笑着走来
“哼，别骗我
你只是我的影子
我才懒得理你”
这人已到我身边
拍了一下我的肩膀，说：
发什么呆呢，你

2016 年 10 月 16 日

## 白帆点点

有人在几个房间走来走去
门开了关，关了又开
乒乒乓乓，哐当哐当
你的目光触到我又跳开
若有若无，没有温度

说些话，说些话
把升起的寒意覆盖
空气弯曲，空气碰撞
空气隆起，空气爆炸
在房间里造就
高山、峡谷、河流、大海
说些话说些话说些话
说些隔着山隔着海的话
撞到崖壁，会有回声吗?
落到海里，会变成点点白帆吗?

2017年10月9日

## 冬　日

树木们褪去华服
在冬日的阳光下
光秃秃地站立成了
一排排，一片片的荒莽
不落叶的香樟树绿成了
——少数派，绿成了
——局促不安
一列火车，从我头顶上
——隆隆而过
我面前的灰蓝色汴河水
内部律动的变化，消解于
——清波荡漾

2017年12月25日

# 侯四明的诗(2首)

侯四明，安徽宿州人。著有文集《蝴蝶，回家的花》等。

## 那　儿

这就是它：落叶是河流
最古老的姿势。在那儿，寄居蟹
当了不相称的主人。阴谋烟囱般
注射，白云有软软的承受

这就是它：他看着手术台上的
自己。纸化成灰，梦魇般地
轻松。随白大褂淡远成
那一片友善的花光，以及少年某时

这就是它：滴水迟疑，像受到了
拽曳。它平生有多少次像地里的
萝卜。药性坐在暗疾上
桌面有胶着的谈判，突然挣脱了时光

这就是它了：他不觉间已经

替换了送他的人。茶早就凉了
那儿，山轻盈成绵延的云
云，正浸润于越来越重的绥靖

2002年9月

## 其实有些骨头没人认领

当然，我不是说那些黄土中的
螺壳。老庭院不在了
句号一样的磨盘，埂在路口

蝴蝶一再像从外地来的
样子，落花一样，
落在花中。像
光阴，下落不明

雪被阳光拆迁了。裸露
漆黑的乱枝。死也是娩出的
被伐的树，鸟娩出一声尖叫

到处都是遗址：羊活在
狼的嘴里。它的腔肠
让事物，从上半身到下半身

还有啊，毒瘤是肉体的
部分哗变。它摆脱了惯性

它最终凸起了自己的绝望

没人知道，这对蝴蝶的
来历，没人认领的时光
坐在田埂，我的脚伸在
多年前，直到坐成出生的样子

2009 年 8 月

# 朝兰的诗(3首)

朝兰，原名刘朝兰，1935年生，安徽宿州人，宿州市红杏诗社创始人。著有诗集《火鱼》、诗词集《天鸟》。

## 野　孩

月黑。风吼
山，瑟瑟颤抖
荒草。乱石
为我堆起的眠床
就放在峡谷虎口
妈妈，您在哪里
为什么要丢弃
自己心头的血肉
尽管我幼小
幼小得不会说话
但我有一颗跳动的心
一条尚未冻僵的舌头

1987年

## 金　矿

一座不毛的山冈
滚走多少乱坟
浸过血
染过泪
一根根饿殍的白骨
曾将日月叩响
今天才发现
竟是它历尽风雨
掩埋着
一座富饶的金矿

1989 年

## 火　鱼

地心
岩浆翻滚着
黑嘟嘟的
一条火鱼
慢慢蠕动
寻找到火山口
窜上碧空
洗一个露水澡
去咀嚼月中桂子

品尝玉宇的清凉
然后，将一腔热血
铸成鲜红的太阳

1991年

# 非心的诗(12首)

非心，原名毛振宇，安徽萧县人。

## 经常的事情

走过一棵树的时候
我总是低着头
垂下的枝柯
宁静而安详

这是经常的事情

有时也驻足
斜靠着，右脚抬起
我没有呼吸
前面是生锈的栏杆

2003年6月11日

## 墙

墙也是一面镜子
剥落下一层
就再也看不到自己

墙外是一处
陈旧的院落
有残垣和断壁
这个时候
我在里面坐着

如果剥落下
第二层
你就会知道
这是一个
和我很协调的地方

2003年6月12日

## 栅栏中的羊

栅栏中的一只羊
叙述着自己
吃下第一根草
吃完最后一根草

也想把栅栏的白色
把灰色的天空
转化成语言
可是，只有一些断续的
吃草的动作

冬天结束的时候
穿着它的皮囊
以相同的姿势
我接着叙述下去

2003 年 6 月 15 日

## 路　口

——给冷眼

我想穿过
对面的一条马路
周围是安静的

最近走得总是很慢

车辆在不远处
停了下来
会有短暂的沉默

然后是马达
一些是背影

2003年8月22日

## 祝　福

有这样的一棵树
麻雀啄去了仅有的几片树叶
光秃的枝桠上
它们肆虐着

水在不到一米的地方
它的根茎已经腐烂
就是这样死去了

南来北往的人
有的欲把它做成手杖
有的欲把它劈成柴火

多少次了
这样走过去
忘了说一些祝福的话
现在我想说
祝福你安然度过这一个冬天

2003年10月1日

## 草　垛

阳光下的草垛
仿佛一座坟
这唯一让我感动的地方

男人把它堆在一起
女人把它抽空
注定要抽去致命的一根

有的时候
一只很老的鸡钻了进去
产下一个蛋
要不了多久
孩子们会发现它
并且把它拿去

2003 年 10 月 3 日

## 堆　积

年龄不断地堆积
以至于升温到了可以燃烧的程度
类似库房里的
滞销商品，引发火灾

父亲在信上说
邻居的阿婶生下了第四个孩子
在他们中间
阿婶倒下去了
儿女们长大，把她淹没

这个下去
我目睹了一座房子的坍塌
墙上长满了青苔

父亲在信上还说
祖母又病了

2003年10月5日

## 老照片

既然已经是老照片
它一定泛黄了

老照片是一棵槐树
据说是唐朝栽下的
它的心空了
常常从这里爬上去
在依然青的一边想着事情
想的什么不清楚了
也许和一个女孩有关

喜欢注视着它
打水的村妇和半个村庄
这样的画面
在一座坟墓里

2003 年 10 月 8 日

## 镜子的背后

当我还是婴儿
我的确像一个婴儿
喜欢把头伸向镜子的后面
寻找那个
和自己十分相似的人
用手，也用眼睛

二十年后的现在
我知道这样做很傻
镜子的背后只是一面墙
或许还有一只壁虎

无数次走出
在玻璃长时间的挤压之后
用婴儿的脚走了出来
仿佛一张剪纸
你知道吗

剪纸似的人可以穿过门的缝隙
走进大人们
不允许的房间

我没有找到
这样的一只壁虎

2003年10月8日

## 汀　棠

一条路通向一个下午
另一条通向汀棠
汀棠是一座公园的名字
我去过很多次
常坐的那条长凳
在一棵不大的柳树下
人们可以看到
我的侧身和背影
可是看不到
我想走入水里
丝毫也不会挣扎

白色的女人
在水的中央
永远地用右手拭着额角
很想把她带回家

和她谈情说爱
让她为我
洗衣做饭生孩子

这里本可以坐两个人
枝条上的麻雀在我的眼里
接着是我的心里
我情愿做这样的窠巢

2003年10月8日

## 布娃娃

老裁缝说出了我的身世
他说我的身体
由许多的碎布拼凑而成
至于心脏和其他的器官
用的是破旧的棉絮
所以，你是一个杂种
说得好听一点，你是一个混血儿

我本来完全可以
把你拆开，当作抹布
这样会更节省
所以，你没有选择
我就是你的父亲

你也不能够有感情
对任何的人
包括对你的父亲，也就是我

2003年11月8日

## 半

醒来的时候
我的手表停在下午十四点
我在蚊帐里
过道的灯光从门窗射了进来
我看见桌子
也看见了上面的一杯水
已经是凉的
拖鞋一只在阳台上
一只不见了
我在半夜的时候醒来
能够想起
许多和半有关的成语
半生不死
半梦半醒
还有窗外的半个月亮
在半个梦里
我梦到自己娶妻生子
梦是反解的

一想到这儿
我就再也睡不着

2004 年 2 月 26 日

# 李成恩的诗(6首)

李成恩，80后，现居北京。著有诗集《汴河，汴河》《酥油灯》等。2009年参加《诗刊》社第25届“青春诗会”。曾获海子青年诗歌奖、李白诗歌奖等。

## 端午的雨

隔着晚餐的玻璃在灯光中像某人的脸
传统，传统在今天统治了你的快乐
当然足球并不是远在南非
就像战国也是我的国
屈原也是今天的诗人
电视机里奔跑的球队与啤酒的混战
南方河流上屈原的子孙
完全不同的欢乐与忧伤
挤在同一张餐桌上

一道闪电划破了你的脸
因为兴奋，因为焦急，因为热爱
一场雨等待降落
一个球队等待战胜另一个球队
一个屈原等待更多的屈原

但显然这是幻想
我隔着玻璃
看见行人走得更急了
好像被传统所统治
好像被大雨所驱赶

一道闪电割破了天空
一道闪电割破了传统的咽喉
一道闪电割破了黑暗
一道闪电让焦急的球队一拥而上
他们扑向同一个球
他们扑向同一场雨
持续十分钟的细雨
持续十分钟的球队
突然加快了速度
突然变得更加焦虑
我怀疑传统在分割
传统中的屈原与传统中的诗人
在一场持续十分钟的细雨里
正在变得更猛烈

大雨最终追上了屈原
大雨最终也追上了足球
被传统所统治的屈原
与被你所踢飞的足球
都淋湿了
就像黑暗中的那一道闪电

或许还有另一道闪电
都被淋湿了

2010年

## 睡袍赋格曲

秋虫脱下睡袍，她们集体逃脱了
来自夏天的纠缠，夜里她们在郊外开会
先是众声齐鸣，欢呼秋高气爽天人合一
然后集体在月光下暴露鲜嫩的身体
噢秋虫鲜嫩，仿如天人合一

鬼魂脱下睡袍，他们集体逃脱了
来自人世的黑暗，夜里他们在郊外开会
先是众声哭泣，倾诉秋高气爽天人合一
然后集体在月光下暴露乌黑的身体
噢鬼魂乌黑，仿如天人合一

毒蛇脱下睡袍，他们集体逃脱了
来自道德的打击，夜里他们在郊外开会
先是众声传唱，歌颂秋高气爽天人合一
然后集体在月光下暴露赤褐的身体
噢毒蛇赤褐，仿如天人合一

嘶嘶怒放的蛇信子，仿如婴儿的哭泣
秋虫厌恶哭泣，她们披薄薄的睡袍

挤在一起讲述天人合一
鬼魂混迹其中，一看便是鬼魂
脸面模糊，泪痕也是天人合一
毒蛇翘起后尾，露出私有的器官
噢那是毒蛇的睡袍，天人合一的私有的器官

2010 年

## 明末清初

土地因为一场杀戮而重新分配
夜晚因为朝代的更替，而更加漆黑
我回忆明末清初的高楼镇
黑灯瞎火的乡间与明镜高悬的官府
都写着小王国。我还得在强盗们的脸上
写上囚徒，写上英雄与草莽
流氓与贵族则分得更清楚，就像饥饿与绸缎
瓷器与瓦罐，摆在统治者的心里
他明镜似的清楚，但视而不见

土地上写满了皇帝的姓氏
这是最保守的做法，子民在夜里唱歌
荷叶上端坐一个和尚，端坐一个腐朽的朝代
阵阵晚风吹拂虚无的和尚
他是清醒的，怀揣高楼镇
逃向荒凉的内心，隐居的不是知识分子
就是目不识丁的苦命人

我回忆绸缎的历史，我更要回忆土地上的马蹄
绸缎的脖子缠住了美人，美人是可怜的
马蹄踩住了统治者的衣袍，你休想卷走金银财宝
我回忆难产的妇人一声声的哭叫，在明末清初的
高楼镇，在黑暗的朝代，紧紧捂住了嘴
她嘴里咬着一块破布，抓着统治者的手腕

我回忆中的帝王来过，他趾高气扬，说一口难听的
方言，他额头上的汗珠滴在禾苗上，禾苗枯萎
土地上写着他的名字，江湖上写着他的名字
但墓碑上写着咒语，仙人的布袋上写着咒语
弯曲的白鹅，笔直的柏桦，都是虚无主义的隐士
造反的人骑在高楼镇的墙头，兵器落后
脑袋像榆木疙瘩，智商却像白鹅：高贵中透着灵性
身材普遍偏瘦，但柏桦站立在通往后院的小路旁

明末清初的一场细雨，淋湿了哥哥的马匹
他在赶考的路上得到通知，要改朝换代了
强盗做了考官，江湖恩怨成了新的逻辑
学问再好也得洗心革面，先割下舌头
在城门上晾一晾，与游学的外省青年碰面
辩论赛上妖术占了上风，而底下的小动作
却赢得了持久的掌声

高楼镇呀我的回忆加深了妖术的流行
有人死于一声叹息，有人死于一堆路边的野火

更有人穿蓑衣，腰身系一根红绸躺在明朝的棺椁里
他口含夜明珠，脸上描得像个小人儿
这样的回忆已经要了他的命，他的命抵不了猫的九条命
我拿刀在明末清初的门后捅他，他只是一个劲地叫
但气息尚存，还回头咬我，咬那根捅死他的小铁棒

2010 年

## 招魂歌咒

我在旅馆的梦里
隐隐听到了招魂歌咒——

“我把肉体寄存给泥土
要的时候你可得还啊

我把骨头寄存给石头
要的时候你可得还啊

我把鲜血寄存给江水
要的时候你可得还啊

我把脑浆寄存给雪山
要的时候你可得还啊

我把眼睛寄存给日月
要的时候你可得还啊

我把体温寄存给炉火
要的时候你可得还啊

只有心我得自己带走……”

——我醒来后
推开窗户
看见雪山缓缓移动
一条薄薄的河流
像是从我的梦里流出

我的魂魄
游走了？
还是回来了？

我守住了
一颗沾满灰尘的心
但我的魂魄
寄存在哪里？
谁又能还我？

2011 年

## 春天鸟在叫

自行车在叫，生锈的铃铛在叫

春天在叫，人类绿色的心脏在叫
枯萎的老牛转动发呆的脑袋，它弯曲的
牛角在叫，它乌黑的尾巴在叫
洞里的蛇在叫
像婴儿想念妈妈一样的叫
儿子在叫，衰老的父亲在叫
躺在墓地里的外公在叫，他坚硬的骨头在叫

石桥在叫
蹲在石桥上的鬼魂在叫
一到夜里满天的星光在叫
仿佛满天的鬼魂扑向春天
春天抱着散步的庄子在叫
庄子抱着一捆干柴在叫
陶渊明抱着南山在叫

我经过操场
邹静之的话剧在叫
操场在叫，学生奔跑
他们绿色的心脏在叫
整个校园都在叫——
小丑在叫，网络在叫
惟有天上的鸟静止不动
它不叫，但吐出一颗绿宝石的心脏
看啊！沉默的人低头默默经过操场
脚后跟在叫
明亮的脸上留下自行车跑过的线条

春天骑在自行车上
一边跑一边叫——
呵嘀我要摔下来了呀

2012年

## 称多县

我进入称多县境内
我进入了神与鹰的故乡
我的心跳每一秒都在加快
好像要跳出我的心脏

当我的镜头里出现她
还有她与她的小伙伴
身披绛红的火焰
向我飘来
与世无争的美呀
让我顿悟

如果我生在称多县
我一定会与她一样
在高山上
白云下，经幡围绕的寺院
做一个80后尼姑

寺院里的云朵

有着粉红的脸
她的羞怯
属于称多县
她鲜红的嘴唇
属于称多县

而我的羞怯
留在了故乡
我挣扎的灵魂
大部分丢在了北京城
只有一小部分
跟随我来到了称多县

我小部分的灵魂啊
在称多县的山上
飘浮
像失去了重量的白云
也就不需要
再苦苦地挣扎了

2013 年

# 李美贞的诗(5首)

李美贞，安徽宿州灵璧人，现居北京。

## 谎　言

爸爸说
他的人生
只流过两次泪
一次是奶奶去世
一次是妈妈去世

在我离家那年
的夜里
分明听到
老屋里传来
男人的哭泣声

2017年1月

## 流浪狗

夏日的街头
我和一只狗博弈着
它像是一个跟踪狂
跟踪我两条街

我跑，它也跑
我停，它也停
我注视它，它回避我
像是告诉我
它并没有跟着我

它的高情商
让我毛骨悚然
有一刻　甚至怀疑
它并不是一只狗

我必须摆脱它
在它逃避我视线的
一瞬间
火速躲进一家商店

原谅我不能带你回家
因为我也是一只流浪狗

2017年2月

## 外　婆

外婆家有个
哆啦A梦百宝箱
去她家的孩子
都会得到
各种糖果

昨天
我去了外婆家
她炒了我爱吃的
小炒螺蛳肉
风卷残云之后
我拿起纸笔
要为外婆写诗
她慈祥地
坐在一旁等我
听完为她写的诗
她兴奋不已
要拿走保存

当我醒来
她已经带着诗走了

2017年3月

## 鸭　子

一只瘸腿的小鸭子
被鸭贩子遗弃
我小心翼翼地
将其颤抖的身体捧在手心
带它回家

我用竹筐为它
搭建一座房子
它睡在棉花铺垫的床上
像依偎在妈妈的怀抱
温顺而美好

我教它走路
教它玩耍
轻声对它说
我会永远保护你
它的伤在快乐中痊愈

它消失的那天
任凭我的哭声再大
也没能融化鸭贩子的心

爸爸说他们是把小鸭子
带回鸭妈妈身边了
我信了

那年，我5岁

2017年7月

## 胡茬大叔

这一刻
屋内诡异般安静
七星瓢虫在我脚上
悠闲爬动着
我躲在门后
隐藏着恐惧
隐藏着快要吐出的心脏
他进来了
嘴里哼着小曲
那是魔鬼的咒语
我紧闭双眼
来不及调整呼吸
啊！胡茬大叔抓住了我
带着恶魔般笑声
把我拖到人群中
用那利剑般坚硬的胡茬
毁灭我的脸
我在声嘶力竭的哭喊中
看见妈妈在人群中嬉笑着
我知道她不会救我
脑海中回想妈妈说过的话

那是叔叔在逗你玩啊
可是妈妈
这一点都不好玩啊

2017 年 6 月

# 史红山的诗(4首)

史红山，1964年生，安徽宿州人。著有诗集《风和阳光的声音》等。

## 妻子的抒情方式

在妻子面前
我写诗的姿势总是那么笨拙
一些美妙的词语　像酸甜的杏儿
哽咽我的喉咙
而这时　她开始削第二个苹果

很多个白天和夜晚
写诗的朋友们来和我气味相投
喝很辣的酒　谈跟酒一样的诗
也总有个别家伙　为所谓的爱情
一喝就醉　不思茶饭
做好饭菜　妻子就安静地坐在桌边
在她看来
跟诗有关的人都是长不大的孩子
需要宽容和爱怜

天气好的时候　心情也好
我们就出门外面走走
她问我能不能教她写诗
我称　写诗可不是一件容易的事
而她竟说　其实写诗就跟洗菜一样
简单
比如把盆里的水说成大海
一片叶子说是春天

跟平和的妻子度着平和的日子
这使我与诗歌若即若离
面对妻子真实而独特的抒情方式
我写不出更好的诗来

1991 年 7 月

## 病　中

现在　我觉得没什么重要了
荣誉、利益以及奢侈的欲望
像死亡的鱼　沉入心底

直直地躺在病榻之上
平时那些杂乱无章的想法　变成
医院床单的颜色
每生一次病

我都会想到好好珍惜
每生一次病
我就能纯净一次

妻携着儿子　就站在身边
病痛使我们彼此更加需要
别碰爸爸的手　孩子
你还小　还不懂死亡意味着什么
温度和生命究竟有什么联系
你们就静静地站在那儿吧
用跟平时一样的目光看着我
你们是最好的药　最好的医生
我怎么会没有足够的信心　把自己
挽留?

在昏迷过去的那一瞬间
我感到爱、健康连同生命本身
像一枚闪亮的银针
深深地捻入了我的病痛

1994 年 12 月

## 母亲和烟

打记事起，我就看见母亲吸烟
那时父亲在南方当兵，糖尿病天天要着
他的命。病痛把他留在遥远的医院

其余的丢给母亲。我是长子，个子还没
长高，军号声中昂起头也看不见
父亲的手势和容颜。只盼着母亲
从纺织车间早点回家，吸烟歇歇
给我们做饭（尽管有时迟了，尽管
常常不能吃饱）
日日月月年年，母亲的烟总是吸不完
混合烟丝是我和妹妹们捡来烟头
拨的呀，味道亦苦亦甜
您别发愁啊母亲，只要这个世界上
人家吸烟，我们就能让您如愿

几十年光阴明灭，父亲活到今天
我们也都长得够大了，母亲的烟
依旧萦绕不散。母亲早已吸成品了
一天一包，只是质价低廉
我对母亲说：健康重要，吸烟不好
母亲说：怎么不好，没它我早就死了！
母亲的话像燃着的烟头，烫得我
心里发颤，眼皮直跳

母亲，烟想吸你就吸吧，现在
用不着捡烟头拨烟丝了，我给您买好的
其实我也知道，在母亲的心目中
好的和不好的没什么区别
就像我们的日子，过去和现在

没什么区别

2008年11月

## 来历不明的喵小姐

她静卧在楼下的草坪上，像一枚
变形的树叶，小小的栅栏和阳光围住。
她的装扮看上去很美，我无法确定是黑
灰，或栗色（反正不是绅士、先生）
她几乎一动不动，打着盹儿，没有声息，
在这冬日懒洋洋的午后，她的样子
让我想起一支待放的睡莲，襁褓中的婴儿
一个我笔下走脱的形容词。
大半天，我在居家的三楼上，凭空
设想她的来历，甚至去向
想着如何才能把她抓住，拥为己有
——尽管我知道我做不到。
她和梦寐在一起，享受着可贵的阳光和自由，
我做不到。
饥饿吗，喵小姐？孤独落寞吗？也许。
好在她和迷醉在一起，和放纵的自己在一起
这个有家不回，或无家可归的马路天使。
一块飞地，萧瑟中，你梦见了些什么？
假如是我，只会说满院的樱花、桃花、蔷薇
玉兰们就要开了，香艳而高贵，
还有草本的芸芸丛生的美人蕉……唉

天色已晚，神秘的喵小姐，你何时离开？
瞄着这片落叶，我黯淡的目光像轻声的
雪绒，一遍遍地将她覆盖，好比
冗长的恋物描写。

2013 年 12 月

# 汪倩的诗（10首）

汪倩，1986年生，安徽宿州砀山人。

## 太阳帽

爷爷推着刚做完白内障手术的奶奶
走在七月的大街上
那么多戴太阳帽的少女散落在人民路上
在一家帽子店门口爷爷要给奶奶也买一顶
“我要那个蓝色的吧”
爷爷看了看蓝的又拿起一顶
今年最流行的白底红花帽子说
“你戴这个红的好看些”
一顶绣着花边宽沿儿的遮阳帽
轻轻戴在奶奶花白头发上
“太花了”
奶奶用舌头舔着没牙的嘴唇
害羞得笑成一朵菊花
这一对老人从未在我们面前提过
爱情

2011年8月

## 爷爷奶奶

又要返校了
老去许多的祖父
专门来看我
其实昨晚我才看望过他
这个寒假祖父让我理解了
一种别样的亲情与爱情
当晚饭后
他盯着电视看新闻
把音量调得震耳欲聋
祖母则坐在他身边
居然那么安详地和大狸猫一起
眯眼瞌睡
被取暖器烤得发红的皱纹上
平铺一生的喜悦

2012 年 2 月

## 拆　迁

冬天以后忘记了太阳的模样
从小巷到院子都是铝合金、阳光板
细细的阳光一点儿也舍不得进来
燕子窝也被包在里面
早晨和中午都变成晚上

灯光代替阳光
多一平方米见不到太阳
将来就多一平方米新住房
谁家越见不到太阳
谁家就越开心

2012 年 7 月

## 坟　墓

铁路沿线经常会出现
墓地或者坟茔
小时候我是害怕的
但现在不会了
尤其是亲身经历
送走最疼爱我的祖父母
我觉得墓地也有了亲情
如果所有墓地里面的人
都能复活就好了
各自回到各自家
找自己的儿孙重孙玄孙
大家站成一排排
前面是父辈
后面是子辈
那样的话我的祖父母
也能回来了
我想拉着他们说说话

说很多最近发生的事
看他们满足慈祥的笑容

2016 年 11 月

## 我们走着来时的路

那时我们还小
其实现在也不老
亲爱的
从十四岁到现在
我们相爱十七年
在初吻的草地上再次接吻
风和阳光都没有变
只是当初的羞怯
变得正大光明起来

2017 年 9 月

## 秋

六岁时的阳光我还记着
是抱着一大塑料瓶温开水
走过细长细长两旁是树的路
给城河里挖莲藕的父亲送去
卖莲藕的钱给母亲买了一条连衣裙
十岁时的阳光是这样的

吃着煮红薯听院子里
晒满的豆棵发出暴烈声
二十岁的阳光有了小秘密
写长长的信并偷偷流泪
现在我和父亲在安庆看秋
这小心翼翼的三十年
细数都有阳光的陪伴
就像这串吊坠叫景泰蓝

2017 年 10 月

## 时间都去哪了

晚饭后和母亲视频
她像往常一样告诉我有关宝宝的事情
“宝宝今天说姥姥你的牙掉了”
“是的姥姥的牙掉了”
“牙掉了就老了”
“那我老了怎么办”
“你老了我可以扶着你呀”
今天的故事还没有叙述完
母亲就哽咽了
要知道她曾是很美的一位女子

2017 年 11 月

## 企　图

每晚睡前
你放在我床头柜上
一杯温开水
我都感觉你是有企图的
你说就当我有企图吧
你的笑容也色眯眯的
早上你又准备好
一杯温开水
问我这不是企图吧
我白了你一眼
往松软被子里
陷得更深一些

2017 年 11 月

## 霜降夜里

奶奶从老家来了
让我给她洗一个大黄桃
我蹲在水池边洗着洗着
桃就碎得捏不住
我就再洗一个
依然碎
奶奶又走到我旁边告诉我

他们吃的东西多么有趣
灯光忽明忽暗照着奶奶的衣衫
衣衫有些旧也有些单薄
在梦里我也记起了十个月前她躺在棺材里
奶奶一定是想我了
在梦里和以前一样
找我聊聊天

2017年12月

## 两地分居(组诗)

### 一

傍晚七点开始洗漱
有点累了
准备早早躺下听窗外下雪
想着一天的工作和
另一个城市的你
睡意就没了
看新闻和想你
让时间很快过去
想想下午看大龙山顶上的云
有点神秘
我也不知道为什么

二

我一个人在这个城市
找不到家
你们在另一个城市
慌着来我这儿
也没有好好享受家
看来房子的意义并不是很大
有亲人有牵挂
比房子要温暖得多
因为冬季里
你不是单独对抗寒冷
那些柴米油盐的画面
让忙碌变得闲暇

三

十几岁时我们想长大
抱着结婚的想法
二十几岁希望早点毕业
不用坐火车才能相见
三十岁时居然还没改变
这种一起吃饭
都是掰着指头算日子的生活
要怪就怪你
谁让你二十岁时
穿着蓝色牛仔裤白色衬衫
在送我的一本书上写着：

两情若是长久时
又岂在朝朝暮暮
的鬼话

## 四

来回三四百里
行程五六个小时
就为了几个钟头的并肩呼吸
我的右手和你的左手
交叉在一起
胳膊不知放上放下
右腿搭在你身上
醒来后看着你
又踏实睡去

## 五

夜很长
床很大

2017年12月

# 王爱菏的诗(2首)

王爱菏，高级农艺师，现居宿州砀山。《草根诗刊》执行主编。

## 过年那天

带一瓶酒，太少了
带一箱去
他约我，兴致勃勃

酒，倒一杯，再一杯
手开始发热，身体也在发热
此刻，酒的热度颤抖了神经

抬头望，窗外的天空开满花
洁白的像草书，凌乱而不失绝妙的章法

两个人，二斤酒，不够
谈及岁月背后的污垢
和去年受冻的果树
如此生活，一种痛
源自于大地，凛冽的是风

可能是冰，也可能是一个游走的灵魂

再来一杯，仰望天空
喝吧，门后还有一把铁锹
喝碎心肝之后
就把我埋在老屋后的梨树下

2014年2月1日

## 在老家

在沙土地里栽植果树
在淤土地里种植庄稼
在河沟的边缘培育一些花花草草
如此规划他的地盘
即便是一粒微小的种子
也是他的一片良田
他说他本无心思在这里
神使鬼差。他是个路痴
每一次出远门都找不到回家的路
多可怜的孩子。父亲说
种在这里吧
一年、五年、十年、二十年、三十年
终将把所有的斑斓都呈现出来

父亲总夸这个没有出过门的孩子

2017年4月10日

# 武春燕的诗（13首）

武春燕，1975年生，安徽宿州人，中学教师。2017年9月5日凌晨突发脑出血，13天后离世。

## 豆（叙事）

一个个有故事的主角
跳动在我指尖
一瓣瓣绿色的身体
努力挣脱束缚，却又跳入碗内
泪珠一样
在日光灯下闪烁
高压锅吱吱作响
窗外谁在聒噪，我的手一抖
它们滚落了一地
好似纷纷逃跑

2016年4月

## 恐　慌

一只蚂蚁
越过一根树枝
被无知孩子用手按压
死去。它的同伴
爬来爬去，用触角碰触
又离去

2016 年 5 月

## 睡觉，让世界安静

黑在窗外敲击键盘
屏幕上落满灰尘
如五月的腹肌
不停跳动
刺破长空的肌肤
在房间的心脏处疼痛

黑把舌头卷成一把利刀
舔食我的大脑
如宇宙混沌的样子
把黑色设计、裁剪、缝制
一件外套
我的每一块骨头

在外套包裹下
咯吱咯吱作响

你，站在黑暗处
一直模糊不清
我挥舞着手中的黑色长鞭
触不到你的位置
恶狠狠地抽打
谁把我的力量掏空
我越是使劲越是没有力量
我的哭泣声，淹没在鞭子下

我穿透梦境
拉开帷幕，一切才刚刚开始
黑色和白色一直难以分辨
一半白，一半黑
来来回回穿梭梦境与现实之间
偶尔看到血迹斑驳
陆离在古希腊的神话里

我用长鞭书写传记
每一页都落下了血迹
是希腊故事？还是我的传说？
上上锁，睡觉
你说，让世界安静

2016年5月

## 我在寻找一个梯子

我在寻找一个梯子
梯子上爬满了人
他们上不去，下不来
我站在梯子前
寻找梯子
眼睛透过藤萝叶子
滴下的眼泪
甲壳虫蹒跚着
几只蝉失去了声音
想扯下藤条做梯子
蚂蚁、蚊子叮咬我的手指
只好等待梯子上的人下来
或者上去
他们依旧原地不动
月亮下来
他们无动于衷
被时间定住
我无辜注视他们
仿佛整个世界只有我一人
他们无视我
或者他们根本没看到我
我是隐匿在树叶上
大雨淹没了我的巢穴

2016年7月

## 舞　者

我是一位舞者
旋转在现实与梦想之间
一脚踏在空中
一脚踏在窗台
凌空的瞬间我看见天地裂开
极速旋转的
不是木马
我拽住山巅的一根树枝
防止堕落下去
脚尖触到的是黑暗之门
指尖朵朵罂粟
有如迷雾
我衣袂飘飘，为你旋舞
你背对着我
千万只火焰的眼睛
使我浑身赤红，头晕目眩
千万只手臂环绕着我
我依旧旋转，闭口不言
天地成了我的木马
木马，木马
我们就这样旋转

注：此诗又名《舞者与阎王》。

2016年9月

## 办公室

电风扇的噪音
把我的头颅砍去
无头的我
随着它不停旋转
没有痛苦
有的是眩晕和低沉的声线
在无弦琴上
撕裂，吆喝
脚尖一直在舞蹈
莫名的旋律
穿过窗在尖尖的屋顶
随着我一起旋转
大街上都是流浪的人
骑车呼啸而过

2016年9月

## 夜间的推土机

今晚没有月亮
星星无法照亮窗子
微弱的光闪烁不定
废墟上
推土机工作着

“一人巷”在哪里
翻开一片瓦砾
一株小草弯着腰
分明听到
废墟上的声音
很微弱微弱
又一片瓦砾下
残存血痕
蝴蝶没了翅膀
你曳着我的衣襟
有送葬的悲伤
推土机演奏一曲离歌
一位老者
在废墟上扒拉着
她的背影和废墟一个颜色
“我的儿呢？”
喃喃自语
大脑被刺了洞
星星点点
无法点亮废墟
夜还很深，翻来覆去
亲爱的
我失眠了

2016 年 10 月

## 访　友

顺着河岸朝着什么方向
我没有弄清楚
但确定是向一位友人的庄园
收割过的豆茬、玉米地
咯吱咯吱地说着
我们不懂的话
坟头墓地
假装很不在意
却似乎想曳着谁的衣襟
两声犬吠，几声鸡鸣
草堂茅庐，有豆角
探出身子
曼陀罗绕过门楣
石板在脚下是江南的烟雨味
友人的女人
升起炊烟
打破了寂寞的河岸
摇摆的腰肢
把门前的柿子催红了
几碟小菜
有鱼，有蟹
还有女人特做的
蒸南瓜
一小杯陈酿
微醺的小猫窝在沙发上

眯着眼睛
名叫“迪克”的狗
伸着舌头舔小猫的眼睛
汉子们在酒里
天南地北
女人们倾听河水的声音
敲响南瓜的枯藤
小孩说着游戏

2016 年 10 月

## 搁　浅

午后，只有我一个人
躺着看几米漫画
世界是倒立的
鱼儿在天空游
鸟儿在水中衔泥筑巢
蝴蝶停在我的脚边
头发扎根泥土
笑一笑，我的世界
抖了抖

2017 年 3 月

## “我只是削尖了铅笔等待着。”

多数时候，我的笔没有削
比如春天突然来了
樱花开了又落
比如你突然的表白
震落一地的
樱花瓣
没有来得及拾起
又如何葬它
在清明节前细雨纷纷
又比如，昨天还寒冷如冬日
今天猝不及防的温暖
桃花一夜开尽

注：“我只是削尖了铅笔等待着。”——玛丽·奥利弗语

2017 年 3 月

## 厨房惨案

曳住鳝鱼的脑袋
防止它看见我手中
作案工具
一个扭动，滑进水池
再次曳住它

一个快剪刀下去
血溅在砧板上
一滴上溅，立刻
看不到它扭动的身躯
此刻我听到
躲在客厅的同伙
发出一声叹息
“最毒妇人心”
“啪啪”——
砧板上尸体横陈
退后三尺，剪刀落地

我们嚼着美食
仿佛什么也不曾发生

2017 年 4 月

## 魔术师

午后把自己囚在卧室
闭上眼睛假寐
以为可以骗过所有人
我是安静的
我的脑袋开始疼痛
你像一位魔术师
从我裂开的脑袋缝里
不断地抽出

三十年前的一个受了伤的鸽子
一支折了的扁担
甚至二十年前的一封没有拆的情书
……
我不断阻止你的魔术
你出神入化的演技
折服了所有的观众
掌声淹没我疼痛的呼喊
你一个漂亮的手势
我从舞台一端
被拉到另一端
我的肢体被你魔幻般地
肢解得七零八落
我的脑袋离开了我的身躯
我睁大的眼睛被你的魔棒蒙蔽
看不到我的脚在哪里
我已身不由己

2017年5月

## 一个上午一个人……

从来没有梦到自己死去
有人说，人不会死去
只是肉体归为尘土

那会不会，天空中到处

飘荡着尘埃一样密集的人

翻一个身，好多人飘起来
我占据它们的领地
还是它们占据了我的领地

一个上午，一个人
纠结几处
我想用文字的打开方式
探一探虚与实

过去的人，未来的人
他们在我们的另一个世界存在着
我试图扒开一个缝隙

2017年7月

# 李玲的诗(9首)

李玲，又名雨夜听荷。诗歌散见于《诗歌月刊》《绿风诗刊》《诗选刊》《新诗》《南方诗人》等刊物，偶有获奖。

## 庄稼地

庄稼地。
盐碱的庄稼地，
肥沃的庄稼地。
祖父种在这里，
祖母种在这里。

庄稼地。
父亲种下一担担种子。
东风顺手一抖，
便抖出蓝天上白白的云。
再一抖，抖出波涛万顷。
翡翠的波涛，黄金的波涛，
都是他指尖绝美的画。

他又把梦想种下去，汗水种下去，

干涸的土地上涌起一条条溢香的河流。
麦子的河流，玉米的河流，
都流入喜悦的海。

最后，
他弯下去，弯下去……
把自己种下地，
长成一颗山丘似的土豆。

2011年8月12日

## 掌心之上的故乡

这些年，早已习惯了落叶、马蹄
蹄声里平仄之痛。习惯了
把金子和利器暗藏于虚妄
把所有逆向的风称作秋风

低处的生活向来如此
秋天的原野虚怀若谷，深藏天机

星星草捧出漫天的星星，我们不说
却已蒙受了照耀，那微弱之光，就像
最初抚摸过我的手掌，不避天堂
一条河流顺势而下，再下
总有梦诱引我躺在你的手掌之中

野杜鹃上岸开花，下岸凋零
面对余生，我不得不借一首诗
说出爱，说出敬畏，说出一个另投他处的人
走得越远，越渴望接近一双手的温暖

2012年3月24日

## 一小片褐色的伤疤

庄稼们回到院子后
田野翻了个身
就松弛了

远远地，河滩和沟楞上
一丛丛野草紧闭着嘴唇
头顶落满了灰色的雪

秋风走过
有时，会轻轻地拽她们一把
有时，会把她们狠狠地踩在脚下
她们顺从地匍匐在地
偶尔露出的一小片土地
多像那年你生我时
留下的，一小片
褐色的伤疤

2012年6月26日

## 母亲的黄昏

这是白天和晚上交换内心的
重要时刻。母亲刚从南洼地里
归来。铡草，汲水，安置好鸡鸭和牛羊

灶台和碗瓢们清心寡欲
母亲花费了太多的心思
才带领它们，熬过了青黄不接的窘迫
她经常盯着它们，一盯就是好一阵子

晚饭后，她会从筐子里捧出一把青麦
小心地揉搓，揉搓，凑到嘴边吹去糠皮
芒种已伸手可及
青而瓷实的麦粒，躺在她粗糙的掌心
像一张张
嗷嗷待哺的嘴唇

2013年4月16日

## 我一直简单地爱着过去

我一直简单地爱着过去
用最随意的方式。像爱着一碗手擀面
一只鸡毛毽子，一个不能痊愈的伤疤

在阳光明丽的午后，我会一次次
往返童年。靠南窗，闲置的旧犁铧
我爱它身子上越来越厚的锈迹
爱它木质的柄，还残存着一双手的汗渍
我爱竹椅们的沉稳和粗粝，它们记下
所有的独白，在某一刻，会一一复原

我爱屋顶上漏下的碎光阴
年轻的母亲，正坐在光阴里
缝补欣喜和疼痛。她的泪，她的笑
都是越磨越亮的快刀子

我爱着老房子，爱它阳光的一面
也爱它阴影的部分，那一声尖叫

我简单地，执着地，爱！
没有人，能从我的爱里，抽身而走

我也爱着现在，一天天用旧的身体里
最后的鸟鸣

2013年8月23日

## 我想在枫树下小坐一会儿

此时阳光正好
晓风正好

山道上的游人正好
此情。此景。正好

我只想小坐一会儿
不说生死
不说禅
不妄语
不说我爱的那个人
在去远方的路上，遇到了更好的

我只想小坐一会儿
就一小会
虽然我知道
即便打坐一生
也洞悉不了，一片叶子的秘密

2015 年 7 月 11 日

## 地图上的鹊桥

喏，这条弯弯曲曲的叫潘家河
潘家河怀里的村子叫潘家湾
俺的家，就坐在潘家河的
肚脐眼上

傍晚，在织女庙附近散步时
遇到从工地上收工回来的老潘

顺口调笑了一句，今晚牛郎都要
会织女了，你不想念家里的老伴?

他指着浅灰色的确良褂子上
花花道道的汗碱
狡黠地笑了笑，不用想
你看，俺已经把整个村子
都穿在了身上

说着，他用粗短毛糙的
右手食指，沿着衣领向下
划了一条曲线
一直划到潘家河的肚脐眼上

他专注的样子
仿佛，真的在大半个中国上
架了一座叽叽
喳喳的鹊桥

2015年7月28日

## 月色如酒

此刻，我头顶清白
前进或后退一步
都可能误入歧途

曾一度被岁月模糊了的远方
被远方模糊了的村子
被村子模糊了的木格窗
被木格窗模糊了的
正在老去的人
在这一刹那，纤毫毕现

汹涌的白开在无尽的黑里
像晨雾，像炊烟，像远在天涯的人
在天涯的路上，摁不住的一声叹息

此刻，记忆就像一株含羞草
轻轻一碰，每片叶子都会因为羞愧而颤抖
此刻，微微转身
头顶思乡的碎瓷
就会哗啦一声落下来

2016 年 4 月 24 日

## 无所谓了

这块地，和其他的两块
因为人间的包抄
麦子们溺死于芒种
稻谷们烂于秋分

如果还算收获的话

那就是这一季
从地心深处钻出来的稗子
这绿得不能再绿的绿啊
这春天的荒芜

不远处，塔吊像个
手臂长长的入侵者
但这已经无所谓了
老刘说。几年后
这里将会被一座叫作名流的
欧式庄园替代
老刘是幸福村的村长
代表着全村两千两百二十二口人的民意

我突然担心起来
老刘啊，如果你也成了
那些名流中的一员
某个深夜，在异域风情的卧室里
你是否会突然会听到
一株麦子或一棵稻谷
无法返乡时
低低的
哭泣

2016年9月8日

# 许光的诗(10首)

许光，70后，安徽宿州泗县人。曾用网名淮水一尘。

## 八月为什么要赶集

不买笤帚不买扫把
不买筢子不买锹不买一把石刀和镰刀
八月里来了你为什么要赶集

不剃头不光脸
不买烟卷烟叶子不打二斤酱油一包盐
八月明个初四日你为个什么去赶集

不买葫芦不买瓢不买丝瓜和苦瓜
不买半折子大麦和荞麦不买三斤豇豆绿豆红小豆
八月昨天是初六你为了个什么去赶集

不买红糖不买花不买三尺红绫子布
不买篦子梳子银钗子不买水粉胭脂脸上擦
八月的日子两丈高，初九那天她为个什么要赶集

不买苹果不买梨不买柿子红枣子
小秫秸倒了大秫秸矮了芝麻梭子就要结到堂屋顶了
八月里她身上揣五月，为了个什么还要去赶集

不买黄牛不买驴不买骡子不买马
村东头老结巴子死了那么多年了还有小歪子掐日子算命的谢广义
一夜大雨又断了路
嗳八月今个是十四，你们两个啊为什么去赶集

注：这里的八月为农历八月。

2010年9月

## 部　分

在藤蔓漫长的白天和女婴
小脚趾赤裸的微凉之间
六月稍歇，它经过的黑浆果
开一朵白色的小花
它牵绊一株蓖麻
一丛半熟苍耳
它止步下的黄昏
是一碗逆光的饥饿
不是一群灰喜鹊
是一只鸟
像它飞着离开的小山斜坡，做为从整体

过渡到具象的一部分
而做为，从具象到意识
过渡的另一部分
就那么一小块
像羽毛落下的一条溪河
缓慢地淤积
作一盆火
密植于半个人的体内
是那匍匐于陶罐缝隙的地锦草

2012 年 6 月

## 我　说

我说李丙。我说黄承乙。
我说周登。我说刘洪。
我说的不是
你在安徽省边远的北部而再又偏东
一座废弃良久的州城，
居住的几家邻居。
其中一个在街头摆摊卖菜的，
一个月初刚瘸了腿骑车的，
一个年前高速路上正开跑车的，
再一个是酒桌上刚刚喝醉而转脸呕吐的。
我说的是诸神。
祂们值年，
祂们值月，

祂们值日，
祂们值时。
祂们站在今天傍晚，
新鲜的水泥刚刚补在缝上，
一台挂壁式空调六点钟的高处。
注视我，打量我，亦为我摇头，拂袖而怒。
而容我轻轻打开
轻轻拧紧。
祂们亦同对我那样，对待着你。

2012 年 9 月

## 把这个人锁在屋里

“把这个人锁在屋里，只有
一扇门还开着”
看到此处
他用原子笔在底下画个印痕
也就是有人在拆掉的旧屋原址上画了个线
临时施工队全员早已报到
一辆拖拉机打茶山运来青条石
另一辆运来蟠龙山的白石灰
显然他这里不是用一种不确定，来框定
一个根本就不存在的边界
地基石再早几个集市前已经完工
金色的芦苇正躺在
钉着一块红布的杉木脊梁上

几只落在红色屋瓦上
不知名的飞鸟煽动着赶去远方
只是长了一个世纪的杏子还没有熟
只是开了一个世纪的杏花还在开
那扇崭新的杏木的木门
一直还是老样子，还没有完工
木匠年轻的妻子锁紧她的门
年轻的妻子正抱紧一个村庄的木匠
这几天她一直在发烧
走起路来小步小步的好看
看见所有的男人和女人她的脸都会红
看见所有的家畜她的脸都会红
手里拿着筷子
看着它放进碗里，她的脸腾的又红了起来
在干部们发放那一些物什和证件前
在她的房子拆掉前
她只想要怀上一个村庄的孩子

2012 年 11 月

## 何　时

何时你在我心里种满了麦子？
何时又种上六个六月？
何时又种上几十亩、几百亩、几千亩、几万亩、几亿亩
　　已经熟透的黑阴雨？
何时你发芽，你发霉，

何时一阵一阵，一阵一阵狠命的大风吹?

2014 年 5 月

## 演三台大戏的事

在俺家老屋，祖父和克宽大爷说起跑鬼子反的事
俺许家庄只剩下穿长袍留辫子的三个老头了
三个前清的老人捋着胡须对天地道:
这一回只要日本人不进俺许家庄
俺姓许庄老少爷们就挨家挨户起钱
就连演他三台大戏
奶奶说日本人打屏山集过路时
曾住过她娘家，第二天一早就离开
还送给她大一钵子猪油
——说起这件事，那个送信的人早已逝去
说故事的人也都已死了多年
日本人也没有到过一箭之地西面的许家庄
那应下的三台大戏一直也没有演
鬼子到了东面的邓庄
用东洋刀
把邓庄家西头的一片桑林齐腰砍断

2014 年 8 月

## 打着花骨朵的茶花

做饭的年轻女人
是小姜的媳妇
小姜是姜老板的侄子
她上午九点钟
没去英雄镇
去了三公里外的横港
买白菜，买豆腐
买一块脂肪丰富的猪肉
再从塑料盆里拿出
前天晚上腌渍的鲢鱼
用绳子吊上
再用筷子
熟练地给破了膛的鱼肚子
撑开
等上一小段日子
慢慢地风干
她问我：
你怎么能
一口就说出，它就是茶花

2015 年 1 月

## 马厩里回响着白色响鼻声

小雪下了整一夜，雪还在下
大雪落在小雪的小路上
雪落在黑色的椿树上
雪落在乌菜上
黑色的长睫毛扑闪扑闪几下大眼睛
乌菜叶更黑
梅树上还能看见
红色的花骨朵儿
雪落在白马身上
雪落在前面那只白狗身上
雪落在一只乌鸦上
白乌鸦惊得飞上树梢
雪落在劈柴上
斧头上冒着烟
烟囱像狗一样不停地吐着红色的长火舌
马厩里回响着白色的响鼻声

2015 年 12 月

## 去往白湖的路

听玲君对鱼儿和康凯说起诗社的事
如要成了，名字叫白湖诗社
在白湖镇子边上

还应该有个白湖农场
多年前，白湖出产的排污阀和减压阀
是我们那个国有企业锅炉房的首要选项
那里出来的东西质量就是好
当年我的锅炉工同事都是这么说
当然还有车间维修工
有一回折回巢湖康凯那里
之前去了趟长江边
那里有那么一个码头
远处的长江水面上浓雾弥漫
什么也看不见
不时传来的只有低沉的几声汽笛声
码头上到处码放着
都是剥了皮的圆圆溜溜的木头
橘黄色的白炽灯刚刚点亮
我一手拿着卷尺
一边翻着一本新买的木方材积表，算计着
来往码头的途中
有条去往西南方向的岔路
就是那条去往白湖的路

2017 年 9 月

## 路一头是十字路口

没有水的旧玻璃鱼缸
长出苔藓

远山一般的暗色
如山中清晨的半醒半睡
如你冰凉的耳垂
如夏日河溪转弯处
植下的一株宋代古墓
每一块青砖上空
雕下的都是无名无姓之人
那之前的分别
金人？还是契丹人
镜子里突然定格的眼神
映照不停坠落的盗墓人
这深陷漩涡中的暴风的墓室
这一百公里没有限速的高速公路边上
桃花水母疯长了整个三月
像你的心慌手乱
抑或是千年前后赤足踏过水晶之城
空中花园里有微黄的乌蔹梅。一亿光年
心状殷红的丝棉木
是谁？
夜空中闪耀灰白色的尖锐声
是谁的鳞甲？是谁回缩中的触须？
我这里的一夜大雪
我这里正在循环崩坏的盗洞
何止惊异了你
张着大口的极速喘息。下山的尽头
是另一个十字路口

2017 年 12 月

# 张影的诗(6首)

张影，安徽泗县人。著有诗集《掌心的痣》。

## 衣　服

有一种叫作线的东西
团结起来后　我们
称之为布
布在我们手中
重新组合后
就成了衣服
这是一种简单而又漫长的
过程
我们　很执着

事实上衣服的原料很多
大都来自于土地
穿上衣服
就像覆盖了一层泥土
所以　衣服的气息
影响我们并且令我们不安

使我们不能不经常清洗

每一次清洗衣服
就是清洗我们自己

尽管日子如同魔鬼
使我们的衣服
不再崭新
但是我们从不敢大意
我们知道
没有了衣服　没有了衣服
我们将无法走出去

1993年2月

## 天地娘亲
——雕像母亲

天气晴好的日子
我扶着母亲
走在回家的路上
肩头自然地靠在一起
没有任何言语

我们不用说话
长时间的生活
已使我们习惯

就像习惯这美好的阳光

母亲的头发
像三月里的雪
而母亲脸上的皱纹
是我一生不能铺平的沟壑

阳光晴好的日子
我扶着母亲
就这么走着
熟悉的人都肃然起敬
雕像　母亲
会心地笑着
在这条熟悉而又平常的街道

1994 年 9 月

## 在寒冷的冬天，我们想起了炉子

在寒冷的冬天
我们想起了炉子
想象着　我们坐在炉子旁边
伸出双手
和炉子亲密地交流
想象着　温暖这种物质
在我们周围四溢的情景

炉中的火苗
是无数面旗子
向我们阐述
辉煌的含义
我们的眼睛
因此而明亮

落雪如鸟
纷扬于四穹
远处星星点点的灯火
都使我们感到格外的亲切
我们迈动双脚
默不作声
我们的脚印
逐渐深刻

我们踏雪的声音
和天空中传来的声音　一样

在寒冷的冬天
我们想起了炉子
想起了许多和炉子一样
珍贵的东西

1994 年 11 月

## 城市列车

火车从城市边缘开过

一列火车穿行在大平原上
从城市边缘开过

一列火车从城市边缘开过
车厢里很纷杂

一列火车穿行在大平原上
从城市边缘开过
大平原上
城市　真小

1996年7月

## 城市管道

人口集中的城市
管道名称各异
各有用处
人口集中的城市
管道交叉纵横
悄无声息

人口集中的城市
管道　我们自掘的坑
让我们防不胜防

人口集中的城市
多少人掉入
揭去盖子的坑里

1996 年 7 月

## 城市盲人

城市的十字街道
齿轮声喇叭声此起彼伏

城市的十字街道
人们表情严肃匆匆忙忙

城市的十字街道
一个盲人
手执棍子
指指点点

城市的十字街道
一个盲人走过
人们绕开他
习以为常

1996 年 7 月

# 赵东的诗(12首)

赵东，1971年生，安徽省泗县人。曾在安徽宿州与诗友阿尔等人倡导新乐府诗歌创作理念，推崇漩涡主义。

## 表　叔

表叔用一个指头拿起棋子
轻轻向前推了一步
我抬起头看看他
车在马口呢
没注意吧
表叔好像没听见
学过拳击吗很有用的
十年前在阜阳三监狱
我用飞踹把一个打拳击的撂倒
趁年轻学学拳击
我嗯了一声　表叔自幼在山东习武
三五个人不能近身
练就一身红砂掌的绝学秘不示人
那匹倒霉的马蹦跳着走开
表叔的炮口正对着我的老巢

炮也在马口呢危险
表叔没有抬头拿起另外一匹马
漫不经心地放在河界
出拳如闪电回拳似火烧
上个月在集市上
三个年轻人被我打倒
没看见我怎么出拳
现在的年轻人啊

2011年8月1日

## 老　潘

老潘吸烟有功夫
一支烟吸半个钟头不灭
他常笑嘻嘻地对我说
这叫功夫年轻人学着点
更绝的是老潘只吸半支烟
剩下半截直挺挺地插在花盆里
我说老潘别人种花你种烟啊
老潘笑而不答好像充满玄机
行将凋残的花朵和吸了一半的香烟站在一起
像一群被腰斩之后的尸首
“潘海波同志　因病去世　享年73岁……”
以前在车库值班室里
他喜欢把自己站成一根木桩
呼吸匀长　沉肩坠肘　松腰圆臀

现在站在车库的公告栏里
双臂抱圆　十指相对　两腿微微开立

2011年9月20日

## 树　桩

两道河汊的交汇处
树桩夹杂在大片灌木丛里
它本来是一株树
一场突如其来的风暴把它变成树桩
这一点从它折断后留下的新鲜伤口可以看出来
如果再早几天你还能看到它原先的那大半截
像一条粗壮的大辫子耷拉在旁边
猛一看好像一个人被砍了头脑袋却不掉下来
前天一个过路的老农把那半截扯下来拿回家当柴火
树桩现在看上去很矮小
一副默默无闻的样子
其实不然　毕竟它曾经是一株伟岸高耸的树
鹤立鸡群地俯视众生这么多年
它知道怎样一览众山小
它知道这些草啊花啊荆棘啊
成不了大气候
只要一阵风一场雨
就要了它们的命
树桩表面上和它们混在一起
其实它根子不在这里

你要是戴上眼镜仔细观察
风雨剥蚀后树根已经裸露出一部分
那些树根像一团扭曲的蛇盘结在一起
有的粗如手臂有的细如麻线
那些树根不是平贴在地面上
而是拔地而起像一只凌空展翅的鹰
这些大小不一的根茎坚硬如铁交相呼应
有的地方特意留下空白
大概恰好能放下一只脚或一颗脑袋
既可以作为风景留给风骚之士审美
还可以让不怀好意之人自入陷阱
很少有人知道
其实这些根系动辄绵延数百里
大口吸食保存了上万年的新鲜空气
不管是风　沙　涝　还是大旱泥石流
地震海啸山崩地裂都毫发无损
就算一场野火烧到这里
一阵春风吹过
它们又会兴高采烈地活过来

2012年3月31日

## 地　窖

越往后越黑
路越来越窄
父亲慢慢弯下腰

我低下头
我的蜡烛举得很高
父亲的油灯放得很低
最后父亲趴下来
我猫着腰跟在后面
我们几乎是匍匐前进
每挪动一下都听见父亲粗重的喘气
现在灯灭了
两双手在地下摸索
一团湿乎乎的软东西缠在我手上
我猛地跳起来
脑袋咚的一声撞在墙上
父亲骂了一句
塑料薄膜
我再次把手伸进土里
忽然一个坚硬的东西戳了我一下
我心头一喜
连忙用力拔起来
父亲在黑暗中对我笑笑
石头

2012 年 4 月 16 日

## 苍　蝇

门口坐吧　凉快
哥哥蹒跚着要去搬板凳

不用　蹲一会就走
我膝盖弯了一下
在他面前矮下来
不争气的屁股却向后翘着
他斜着身子在石墙边坐下来
小心地从鞋里拿出双脚
长长伸直
家里还好吧
今年阴天多
他盯着发炎的脚趾说
几只苍蝇在他脚边盘旋
不时有几只降落在伤口上
孩子的事情办好了吗
他漫无目的地挥着双手
好像在赶苍蝇

2012年9月20日

## 雁南飞

不是从极寒的北方赶来　他们生于南方　飞向南方
他们的迁徙只限于华东　华南　从不出圈
因为飞行高度不够　从远处看
更像一群排列整齐的燕子和麻雀
从不飞得过高　因为害怕高空缺氧
偶尔一阵气流掠过　就把脑袋缩进腹腔
紧闭双眼　屏住呼吸　他们知道只要憋住气

一会儿风头就会过去　大家又可以愉快地飞翔
越飞越低　你可以清晰地辨认出羽毛的颜色
每一根都梳理得极仔细　有的脑后潇洒地飘着几绺小辫子
一看就是出自名师之手　当他们俯冲下来
你可以嗅到他们身上古龙香水和沙宣洗发水的味道
他们的头始终仰得高高的　当飞过别人的头顶时
有的还会从胸部挤出一丝鹤唳
他们的体型略显肥胖　这让队伍更像是迟缓的游行
有时候你会误以为是一群烤鸭或者烧鹅从哪家餐厅里飞出来
集体展示厨师的好手艺
其实他们就在你的眼前飞舞　稍微留意一下
你会发现他们中间有很多并非家禽
有些猪啊羊啊狗啊猫啊也混在其中
组成一支浩浩荡荡的南行大军
当天气晴朗的时候　你一抬头
就会看到他们在不远处盘旋

2012年11月3日

## 一　生

4秒是小刘节目的长度，小刘的戏份不到1秒
他夹在两个刑警中间，像一个猥琐的奸细
可是他刮了胡子，剃了光头，显得比平时干净

女神般的播音员，嗓音像飘荡的鹅毛
“该犯用绳索将女友捆绑，企图实施虐奸，被女房东撞见，

因害怕事情败露，将女房东当场掐死并将尸体埋在
租住房的床下。”

镜头转换，是小刘的卤菜摊和出事的那间租住房
我早晨跑完步就会在小刘那里买上半只板鸭或几根鸭翅
刘记无为板鸭远近闻名，小刘一看见我就喊
“赵哥早，今儿吃点啥?”“半只鸭子，不要头。”
“半只鸭子，再送您两根鸭翅。”

小刘是南方人，善于经营，一分钱不嫌少，一百万不嫌多
卖水果的水莲说“刘哥的生意真是太好了，好崇拜哦”
小刘的菜刀舞得更欢，“跟了哥，钱都是你的”

镜头再次转换，小刘的女友一身纱布和石膏
她的眼里很空洞，“要他别碰那个，他偏不听。”
女神播音员的那根鹅毛还在飘：
“据法医鉴定，遇害的女房东死前也遭受性侵害，
该犯对犯罪事实供认不讳，当庭判处死刑立即执行，剥夺
政治权利终身。”

2013年5月31日

## 对 弈

老王和老张在一张八仙桌两边对坐
(旁边有一个博古架，上面放着一些古董)
老王：今儿天气不错，哈哈哈

老张：屏风马对中炮顺河车，稳赢的棋
老王：你的风湿病又犯了吧
老张：顶多也就是边炮下底，形成天地炮，马换炮就解开了，
　　　还是我占优啊
老王：你家孙子高考怎么样啊
老张：一寸短一寸险，明车暗马偷吃饱，看你的炮再乱跑
老王：我们都老了……

小李端着茶杯上，站在桌旁，
（一边喝茶，一边观看）
老王：年轻人，学着点
小李：观棋不语真君子
老张：听说昨天在西郊挖出一个汉代古墓
小李：先补一手，做活左下角的地盘，然后再点杀腹地大龙
老王：金边银角草肚皮，年轻人，学着点
小李：王车易位，成败之势异
老张：听说三家都在争这个古墓
小李：马现在可以飞田了，马别腿也取消了
老王：那兵是不是也可以见空就跳
小李：无招胜有招
老张：当地政府、市文化部门、江湖盗墓贼都在斗呢
小李：做成双三　上下左右连成一体　防不胜防啊
老张：小雨加霜夹雪

保安穿着制服上来，手里拿着哨子
医生哪里去了，到休息时间了，快回屋睡觉
一边吹哨子，一边大声喊：午休时间到，回屋睡觉

医生端着一盆药上
排好队，一个一个按照秩序来，别拿错了
老张还在对着棋盘看，保安掏出警棍
再看我抽你，快回屋睡觉
保安一把拂去棋子，顺手把棋盘揉成一团
正好要上厕所　困了就来个枕头啊
（保安下，剩下空荡荡的八仙桌和博古架）

2013 年 6 月 4 日

## 相　遇

冬未必冷
春未必暖
冬与春相遇在墓地
我们常在这里相遇
有人声称在这里见过鲁迅

冬行夏令
或是四季混乱
你的穿着看不出季节

我在墓地等候已久
你跑过来
大口喘气
一见面就脱衣服
脱了一层又一层

棉袄马甲衬衫T恤背心
棉裤秋裤衬裤内裤
她通体透明
原来身体便是衣服

她拿起一把铁锹
用力挖起来
我拿起一枝敦实的铁杵
在洞穴上雕刻

她又拿起一把铁锤
叮叮当当敲打一块巨石
我换了一枝尖利的铁笔
在石头上写字

清晨的阳光照过来
洞穴上的壁画活了
游龙走兽鱼精花妖
千万匹烈马驰骋草原
她的身体越发澄澈晶莹
我在她身上写字
在她体内雕刻

千万条河流从她体内涌出
千万座高山从她身上长出
风吹过来
雷雨升腾

于是我在石壁上刻下
某年某月某日
风雨大作

2015 年 12 月 24 日

## 烦　恼

我不吸烟哥哥顿了一下说
你嫂子
他抬头看了我一眼
我没有看他脸侧向一边
哥哥就不说了
小孩哪天结婚
十一　国庆
来哪些人
以前的战友同事
还有老家人
哥哥下岗二十多年没回过老家
战友能证明你的情况吗
哥哥摇摇头
我没有看他
哥哥参加过对越战争后勤工作
卖过馒头
搞过电焊
扛过水泥

哥哥顿了一下说
你嫂子

2016年12月22日

## 歌师黄老牛

黄老牛是我见过最老的歌师
我听他唱过亚鲁王
歌词关于亚鲁祖先征战迁徙的历险过程
我听不懂古苗语
金戈铁马的场景却历历在目
早在十年前黄老牛已经备下骏马
准备在百年之后骑着它
手持长刀头戴铁盔
冲破天地束缚
回到祖先的家园
神奇的是黄老牛和那匹战马
战马却不断老去
黄老牛越活越年轻

黄老牛不得已换了坐骑
如今已是他的第三匹宝马良驹
黄老牛还是那个威风凛凛的将军
唱着那首古老的亚鲁王

2017年3月4日

## 教室晚餐

空空的教室没有一张课桌
中间摆着一口大锅
煮着杂烩
估计是日式或韩式料理
教授扯下一页教科书扔进去
大概是鲁迅或是莎士比亚
这气味混合在一起
闻起来相当难受
学生们似乎吃得很香
他们摇头晃脑的样子有点滑稽
教授的肠胃不好
有些老骨头还要拿出来再煮一次
皮肉早就被啃光了
要加点佐料
艾略特过于坚硬
叶芝有些滑腻
中国当代诗人细胳膊细腿的
还上不了桌
好了
圆桌摆好了
七个学生和教授系好餐巾
餐具自带
没有筷子和刀叉
只好用手撕着吃
总有那么一两个不听话的

悄悄扔进去一只白居易
或是庞德的翅膀
教授的胃液流光了
消化不了鹰肉
大家双手合十共同祈祷
让暴风雨来得更猛烈些吧

2017年12月23日

# 赵新的诗(6首)

赵新，网名赵新君哲、君哲博尔，1966年生，安徽宿州人。

## 纸　刀

能够打倒我的
只有你　只有让我万般渴慕的
纸刀

只有你　低着倾城倾国的蛾眉
用温柔的锋芒　看我
用泪水浸酥的叶子和凝脂
拦截　我一泻万里的矜持

只有你　朝我　和盘托出
玉洁冰清的美与羞涩
躺在纸的光辉中　像一首
丝帕紧拥的诗歌　像一枚
妖艳欲滴的浆果

只有你　用尽春梦般的心思

逼迫我　追杀我
令我在被颠覆之前　在鲜血疯狂地
跳动之前
扼断一生的暗恋
一生的渴慕

1995 年

## 世界玻璃瓶

把玻璃片放在眼睛上
我看到红纽扣般明亮的太阳
轻纱似的风擦洗过的
蔚蓝蔚蓝的天
银亮亮的铃铛敲响
清澈的叮当声
江河里升起鲜艳的帆

我用每块玻璃观察世界
世界便透明得像每一块玻璃

把手里的玻璃片粘合在一起
一盏精美轻巧的银花瓶
注入透明的泉水
泉水有一张破碎的皮肤
我把一切放在玻璃瓶里
一切都被击得破烂不堪

1996 年

## 纸　令

在我走过的地方　必须有
无限的玻璃和鲜血
生长出来　必须有
打扮得很好看的水晶
洗刷前方的路程
所有的鲜花　所有的女孩
你们必须在我的心外
停下来
你们必须掏出　你们的美
掏出一年四季的香气
像露水与脂粉
洗净我的面颊和掌心
然后　列队离开

所有的人　所有的爱发脾气的武器
你们必须低下头　把仇恨
像垃圾一样　倒出身体
让它们沿着尘埃滴落的方向
摔碎在地球的脚下

世界　你要空出一片净土　一片洁白
你要让我的拥抱　最后一个赤子的血
在那里　全面盛开
或　全面凋谢
最后的王

缴枪真的可以不杀吗？
我最后一支玻璃手枪
我最后一次精美的晚餐
已化成无数道强光
正被我的好胃口消化
你们可以拿走我的王冠　我的宝血
你们可以踩在我大理石一样骨骼的宫殿
贪婪地淫乱、饮酒、分赃
纵使你们占领了全世界的
黄金、酒店、美人和阳光
你们也休想成为土地上
梦想的王　天真的王

1996 年

## 退着行走的玻璃瓶或姐姐坏蛋

我以天真的方式活在世界中央，并被同胞伤害。

——题记

一

退着行走的四岁，姐姐把我狠狠甩给大后方
她欠脚步入人群拥挤的前线，炫耀自己的花裙子和白球鞋
退着行走的我，
把脸蛋的方向保持得与她正好相反，举起大瓶子

看被捉住的蝴蝶一样灿烂的世界
而不看她在人群中间臭美的模样

这时有人把她准备的栗暴
漂亮地安排在我光亮如玻璃的脑袋上
这时我欢快地对瓶子说：
姐姐坏蛋

二

姐姐是三好学生，从不干坏事
但允许我干，她命令我把美丽的玻璃瓶
用墨汁一样的酱油弄脏
一路上我背诵着酱油酱油酱油
让自己退进怪味横行的商店
当我重新退回原来的地方，酱油纯洁成了
白醋的面孔

这时有人把事先握紧的栗暴
唯美地安排在我春草萌芽的脑袋上
这时我欢快地对白醋说：
姐姐坏蛋坏蛋

三

退着行走的日子，我结识了两个顽皮的伙伴
它们是太阳和月亮，紧紧跟在我的后面
我总是把眼睛放在玻璃瓶里，跟它们捉迷藏

或者把玻璃瓶对准它们水银一样的脑袋
收集迷人的温暖和光芒
没有灯火或寒冷的白昼与夜晚
我把四岁的玻璃瓶，摔碎在道路中央
让太阳和月亮的温暖与光芒，贴着地表飞翔
掰开撞架的钢铁和人类

这时有人照顾我两个栗暴
陶醉地安排在我像长发小兽一样的脑袋上
这时我欢快地对跑上蓝天的太阳和月亮说：
姐姐坏蛋坏蛋坏蛋

1996 年

## 雨中的苹果花

你紧紧捏着那枝苹果花
这样它就无需再流浪街头
这时路上开始下雨
这时雨仅在你出现的路段上下
你沿着所有的墙根朝家走
像踩在悬空的钢丝上　小心翼翼
雨紧贴着你暖和的衣衫
很惊险地下
你谨慎地和雨　并肩而行

那枝苹果花跟着你向家走去

或许这是它第一次拥有一个家
它走在你的里侧
和你身外的雨肩并着肩
但它不必担心被雨水打湿长发
我看到它走在你温柔的关怀里
白嫩的脸颊泛出潮红

在雨中我是唯一与你们同行的雨滴
在雨中我看见两枝秀丽的苹果花
并排走在湿淋淋的雨中
并排走进我们内心深处
共同的温柔的家

1997 年

## 一种怀念

——给逝去的老保姆

我哭泣时，你用小银勺
敲响美丽的紫花瓶
我哭泣时，你端起蒲松龄的黑陶罐
盛给我响亮的泪珠
我哭泣时，你给我把玩
你最珍爱的古铜镜
我哭泣时，你脱下银镯子
为我换一把月亮色的长命玉锁
我再哭泣时，你用冰冷的白床单

蒙上自己变凉的面孔
再也不讲我最爱听的
小狐仙的故事
我要唱一支怀念的古歌
古歌里飘着你慈爱的黑方巾

1998 年

# 滁州

合肥 淮南 阜阳 蚌埠 六安 宿州 亳州 淮北

# 叶世斌的诗(10首)

叶世斌，1958年生，安徽天长人。著有诗集《门神》《倾听与言说》《在途中》《存在与象征》《叶世斌诗选》等。2008年，获安徽省人民政府“安徽文学奖”“中国诗潮奖”；2009年，获“宝石文学奖”。

## 偶然的时刻

总会有这样的时刻。我们
被一幅画或一个眼神所击中
泪水满盈。在暗示深处

我们靠近城墙，点燃
苍老的篝火。这是全部意志的核心
我们看着潮湿的夜晚和食物
在焚烧，断枝上残剩的
果实，某个远在的女人
在火中令人感动

在真实的海滩遗址，这一切
并不存在。我们制造着这一切
并置身其中。倾听海水的声音
月光，夜气在佛寺的远影

飘浮。我们残烬般死去
占据一部分废墟

这是一个偶然的时刻。仿佛
一堵颓废的墙被流星击穿，到达
自己的全部历史和根底
到达事物潜在深刻的
意境，哑口无言

这种时候，我弄清自己是一个
独坐长夜的诗人，苍凉的诗人
泪水使我懂事
语言使我痛苦

1989 年 6 月

## 所有实在的东西使你满含泪水

所有的死亡相互模仿
如在世的日子

最后的时刻，我的手掌
松开。疲倦的果实闭拢伤口
像一片灯火，脱落下来
在雨水垂挂的窗前
老树深黯
芭蕉的擦痕，经过

## 流萤的一生

我一生信奉死亡
死亡的哀伤使你的妻子多么美丽
那些带露的花朵和翅膀
在月光下收拢
楚楚动人

亲爱的人，你爱上他们的那一刻
就心如刀绞
那些弱不禁风的雨滴
和花朵威胁你
所有实在的东西
使你满含泪水

当那些疲劳的地鼠，那些
粗胳膊的掘墓人
回到他们低矮的茅棚
他们诅咒生活
也诅咒死亡。我听到
锋利的铁锹
在暗夜收集光芒

1990年6月

## 有一种白耀眼得使人羞惭

——再看《白毛女》

当我们失去一切以后
要么变鬼，要么成神

破衣烂履，在悬崖间攀缘
狼群，蛇和病魔
并不比这个世界危险
人一样活着，有一把野果
就足够了。但是谁曾抵抗
我勇敢的妹妹，你留在山上
我被领回了人间

你的长发飘起一场大雪
当一切变黑的时候
有一种白耀眼得使人羞惭
在逃的是我。贫穷，邪恶
和愤怒对你的跟踪
远不如你对我闪电般的追击
月光如水的女人

苦难的神！今夜我的庙门
响动，我头不敢抬

1993 年 10 月

## 那时秋天被雁群抬得多高

那个迎着秋光准备走向
湖边的人是我吗?他站在
我走来的路口，手臂
扬起虚构的帆影，被风
张开的衣袖，就要把他掠走

他的眼睛摇晃着湖光
头顶的大雁升起两支长角
那时，秋天被雁群抬得多高
一串串雁声水漂似的
从湖面上划过。那个人

心里淌着表妹的眼泪
耳边环绕兄弟的呼唤
临行前母亲为他缝上那颗
扣住风的纽扣!而那是
我吗?还是他隔着一片叶子

离秋天越来越远?他在
持续的大风中穿起灰尘
湖边的草丛抹去他的来路
那个人是我。或者不是
他站在二十年前的秋天

湖水般清高，秋草般

清瘦。被他站得那么
深的凉意呵！他至今在我
那个缥缈的位置上站着
使我觉得，似乎生活在别处

2004 年 9 月

## 我们都从故居的石阶上走来

故居的石阶次第坐落
苍老而凄凉。我远道而来
坐在台阶上，像一个
伤逝的情人。拂去灰尘
青苔和暮色，我看到了石阶
岁月的真相。那时候我们

多么年轻，贫穷和骄傲
早上出门，晚上关窗
阳光和雨水把石阶和我们的
鞋印一天天擦亮。事实上
故居的石阶知道我的鞋码
不知道我出门后的走向

今晚，门开着等谁和风
一起归来？是谁带伤的
跛足把阶石踩痛？我们
都从故居的石阶上走来

被时间的层次，坚定不移的
过程一节节传递和接送

仿佛是我们停在某个
台阶上被谁推向深处和远方
故居的石阶寂寞而荒凉
我跨出门，一步步走下
石阶，像一颗出眶的眼泪
一去不回的眼泪经过鼻梁

2006 年 3 月

## 夕阳荡漾着河流和山岗

秋天到来的时候，我正在
山脚下仰望。山岗把天空
变得高大。几只白鸟像提前
飘临的雪花，在林中闪烁
墓碑，山顶一批石头提拔
起来：似乎只有死亡

和松柏才能到达那么高的
地方！入秋之前，谁天顶的
云朵被闪电抽打？被风暴
提着？谁卑微的灵魂需要
安顿和景仰？祖父的田垄
围着山腰，被我精耕

细作，泥土翻开的情景
像一阵灰鸽扑在田亩上
夕阳，荡漾着河流和山岗
风中飘动的农舍，一支炊烟
把一种温度输入天堂。我的
敬畏和惊惶！也许阳光

只有降得很低才能够着
我，我无法承受巨大的
事情和神圣的景象！置身
崇高之境，我似乎被谁按了
一下：像秋风底部的一棵
草，像细向草尖的一抹亮

2007 年 9 月

## 听　雨

一群人在窗前交谈
一群来到尽头的人开始
生命最后的言说。长远的
行程，所有事情已被生命

隐瞒。一生讲说沉默
而此刻讲说的是一种不忍
和不舍；一种生命的低落

和没落！雨声通过窗帘

离我越来越近。我相信
我一直在其中发言，一直
在夜深人静，诵读暮年的

诗篇！否则谁能说出
泪水的声音，死亡的声音
并让听着的人，想哭——

2012年9月

## 藕

那些荷叶，浮萍和鱼
全漂上去了，像我们看到的
样子。肤浅的时节，只有
一支藕探向深度！藕

安静地深入和围住自己
一寸寸地为这个池塘的浮动
扎下根。一支藕能把鸭趾
和风拖走的波浪拖住

藕在我的诗歌里经受
围困和歪曲。深刻的
孤独！我们和藕只能呼吸

自己，并在心里一阵阵发空

2011 年 8 月

## 我盛大的土地

——捧读《诗经》

我的土地一日千里
村庄，稼穑，和我的先人
漫过我被征服的荒芜。栽桑
养蚕。种麻织布。流火

垂向七月。鱼鹰开在
河洲。向神灵祈祷。向人民
祝福。哦！我盛大的土地
我的血液，飘着土腥味
我的方言单纯而质朴

土地生长我们。被我们
负担和挽留。我像先人那样
胡须上沾着酒气和泥土
在五更初醒。在三月

早恋。我的鸡鸭，牛羊
和诗歌，在土地深处归宿
至今，那场雨还和庄稼一起
站在田垄上。那伐檀者的

吆喝。狩猎者的沉默

而那些引吭高歌，带着
土地和我行走的人。土地
因为他们没有边。我的背影
因为他们，远得模糊

2014 年 4 月

## 老城墙

城池早已打开。家园早已
陷落。老城墙呵！你还在

守护着什么？激荡的
人潮一次次漫过城门，高耸的
城市一再把城堞压低。可是

老城墙，依然失败地
站在那里，悲怆地站在那里
老城墙呵！你还在守护着什么

——这队忠诚的砖头
英勇的砖头，至今不肯投降

2016 年 12 月

# 王国强的诗(2首)

王国强，安徽全椒人。

## 我们遇到脚下的石头

下午　我们遇到脚下的石头
多年前的大海　明亮如镜
照耀着鱼群　海草　以及珊瑚的汁液

船从后来的历史中驶出
它撞到海中的礁
在这块石头的左角有明显的痕迹

关于风雨
今天我们有太多的谨慎
只是那时是一个晴天
今天下午也一样

阳光让我们疏忽了
海底深邃的阴影
在时间面前

石头渐渐老去
它清冷的光正团团被此刻大地的
泥土所践踏

无话可说　多么安静
在这块石头的内心
我们都是局外人
即使更多的船驶来
也无法阻止　大海远离我们

1999年2月

## 在马厂的葡萄架下

在马厂的葡萄架下
我用诗歌做了个勺子
以每个词句的属性和悬念喂养自己
想象自己——
鱼儿一样在铜井游泳
苍鹰一样飞过龙王山
年轻时
在酒肆和莽夫斗酒　在乡野同村姑拍拖
也曾在中年到来之际
赶赴过玉屏侄儿的婚宴
在连绵的秋雨夜为岗杨的李兄守灵

想象也罢　真实也罢

时光就这么爱恨情仇着、生生灭灭着……
“做一个饥饿的人，我会继续垂涎这饱满的生活！”

2017年6月

# 徐红的诗（10首）

徐红，笔名白雪，1965年生，安徽天长人。曾获台湾《联合报》文学奖新诗奖、台湾叶红女性诗歌奖首奖以及安徽省政府社科文艺奖等奖项，著有《水的唇语》。

## 喜　悦

在春天，做一个幸福的人，
是一件多么幸福的事。
一草，一木，一山一水，
在天长地久的地方。
简单爱，心在爱。就会觉得安心。
春天很温暖，幸福很平实。

清澈的流水经过我的村庄，
五谷丰登的村庄。
没有什么能令我烦忧。
我对田野劳动的人们心怀敬意，
我对庄稼的茂盛和辽阔无限依恋。
在春天，温厚就是幸福。

今天是一轮满月。我走在回家的路上，

满月照着我，也照着我的亲人。

2014 年

## 日　常

深陷在新茶和松木的香气里，
青青的，仿佛情爱和人生的苍茫。
细雨和鸟鸣，落满了空山。
鱼游清溪，月下洗棉。
我们安卧于青瓦之屋。
我们感恩于每日碗里的米饭。
爱着这尘世的烟火气息。
光阴闲过，日子清美。寂夜挑落灯花。
青果子压弯枝条，我记得所有的好。
朴素的小镇，静美了浮世悲欢。

2017 年

## 我想这样爱着尘世

慢时光最是妥帖安稳。
我习惯用每日泡茶的杯子喝水。
旧年里容易想起旧友，
年关将近，
几只麻雀在雪地觅食。
我穿着棉衣在窗上贴红福字。

光阴满是花瓣。
旧妆奁在小木桌上。
旧事如雪落细草。
一碟果子，三两枝梅。
米饭在炉火上煮着。
旧物件如安静的白银。

慢下来的时光，
我们又可以回到童年，
和父亲在灶间炒花生，
做糖葫芦，蒸年糕。
故乡盛着旧时光的暖。
暮色凉雪纷纷。

2017 年

## 暮　春

时光寂寂，在石桥上清泉边。
听夜晚酒吧里人声喧哗。
多美啊，黑暗中
我们只是一直静悄悄地坐在外面。
淡看星月、流水、浮华。
多美啊，我们只是像鸟儿轻轻，栖息在人间枝头。
街灯把影子慢慢拉长。
风在吹，快乐长出了叶子，

繁花落在地上，洁白又干净。

2017 年

## 小　镇

光阴闲过。水清浅。
院子里晾晒着笋干，火腿。
门前是几个洗衣的妇女。
暮春的傍晚，炊烟袅袅，
有人在灶间做饭，蒸腊肉。
青砖黛瓦的小镇人家，
木门里有温暖的灯光。

晚上沿着青石板的小径漫步，
可以遇见炒茶的妇人。
我们衣着朴素，
我们轻声地交谈。
身边的炉火倾泻着暗淡的暖。

2017 年

## 盛　夏

八月木槿开花，
豆角和丝瓜相望。
情人的小手接住雨和蜜糖。

雨落在了乌桕树。
雨呀，欢喜又寂寥。

雨落在灰喜鹊的小嘴上，
雨沾在小耳垂沁凉。
她的鳞片因此挂满了水滴。

多像尘世的爱啊！
果子在你的盛夏里熟透。
眼儿清，水光温厚。

2017 年

## 慢时光

门前的河水清凉。
繁花轻覆在旧巷。
杏花白，落满小镇的人家。
老街走过卖竹笋的老人，
竹筐里新笋散发春天的香。

老宅的破旧和新园的茂盛，
暗含悲悯和素朴的小光芒。
总有颓败和盛放之美，
让人身陷其中。我别无所求，
像一只蝴蝶收敛翅膀。

春光白，远山长。
一切都可以慢下来。
一切都可以慢下来爱着。
当夜色降临小镇，
梅子青的碗，盛着雪白的月光。

2017 年

## 小　雪

雪落无声。小雪，
一只麻雀落在电线上。
雪落在故乡，
雪落在新贴着红窗花的旧年，
又落在我的脸上。
雪落在老屋前
那棵梅树上。
时光清浅，有人从梅树下经过。
风吹着雪，像爱。

2017 年

## 光阴帖

有一种美叫遇见。
午后静得让人心生欢喜。

红灯笼悬挂于街坊茶肆。
抬头可见旧木窗。

我们安于这人间草木之爱。吃青团子。
青青的，像吃烟火红尘的记忆。
像一只猫，
咬破了另外半只甜蜜的果。

2017年

## 青　杏

胡同口挂着几串红灯笼。
青藤爬上了篱笆。
有人在晒笋干，洗果蔬。
用清泉水，让日子甜白。
剥笋的手珍惜着每一叶时光。

枇杷已开始挂果，
河水也清冽。
青草的味道真好闻。
在乡下，我遇见一棵青杏树，
它干净的枝条，要结满更多的果子。

2017年

## 天天的诗（10首）

天天，1976年生，祖籍安徽明光，现居滁州。2012年参加《诗刊》社第28届“青春诗会”。曾获安徽文学奖，滁州市文学奖一等奖。著有诗集《炼巫婆术》《时光站台》。

### 回　首

其实早已沧海桑田，
路边的花影　残月，我挽留过的
海棠树下那张年轻的脸……
很多年了，
土地和天空一直在老地方，
我还是我，只是多了一副尘世的嘴脸。
在信仰的悬崖边，
会有野生的风和波浪，
使爱与慈悲裸露出荒凉的前额。

这么多年，我总是这样，
把旧时光拆开又合上，
把内心幼小的悸动当成一次盛大的成长。

我总是这样，把秋天从原野搬到枝头，
又从枝头搬到渐凉的词语里。

如果还有什么来不及，
请替我去爱、去恨，
如果金黄的草垛边没有了五岁和八岁，
会不会还有人沿着月明星稀往回走?
在一束中年的火焰边，
那是我和回忆在纠缠，
在均匀地打磨着过去的光景。

2009年1月10日

## 另一张脸

我需要一些颜色，
比如任性的红、狂放的紫、
动荡的宝石蓝……
我需要它们来渲染我这张
藏在生活背面的脸。
我停靠在这张脸上很多年了，
吃饭、穿衣、苏醒又睡去，
我这张脸啊，隐在阳光的后头。
那么多虚构的洞眼敞开着，
我究竟为谁生了这张不该有的脸?
为谁把它藏得这么深、这么好。
短暂又漫长的一生，

我把白霜当作刀子，
把月光当作夜晚的呼吸……
被缝补过的生离死别、一片破碎的水面
让我的心酸楚难言。
肯定是那张脸，
是那段模糊的被安排过的片段，
把一个人隐忍的内心弄得千转百回。
走了那么多弯路，
省下了那么多情仇爱恨，
我还要回来，用我并不富裕的年代，
来抚养我这张藏在生活后头的脸。

2009年6月20日

## 水面上停了一只船

它孤独很久了，水草缠着它，
也缠着它破旧的光阴。
岸上的青石正忘掉前生粗糙的痛苦，
风浪有时会扑到夜的怀里哭，
像哭一个失散多年的亲人。
撑船人去了哪里？
风浪夹裹着无尽的道路在寻找。

停泊的只是一个影子？
或是我们看不见的令人生畏的存在。
雨落在水面上，

缓缓地，仿佛要告慰什么。
一只孤独已久的船在默默倾倒心底的烛火，
小路上走来医生、工人、寡欢的妇人、
骑单车的少年……
但都不是，青石依然不停地忘却。
一只船的话语在燃烧，
灰烬里住着风，住着促膝交谈的长夜。

2015年7月23日

## 闲置的木窗

此时是夜晚，木窗的喉舌还未冷却，
风已经吹过一遍了。
看上去，只是一个黑漆漆的洞口，
没有光，光在更早的时候吞噬了自己，
没有火，火已经燃烧过了，
——在它还是一棵树，还不懂得江河日下的年代。

对面，几个孩子在嬉戏，
它朝着他们，它想呕出一片新生的深林。
因为曾经和一把锯子挨得太近，
这些年，它拒绝了所有冰凉又坚硬的想法。

2016年3月14日

## 沉　默

所有的命名我都不要。
日落之前，我提着祭坛上抛却畏惧的躯体，
我想去看你。

天黑了，天地间的小勺
还在一点一点喂我喝下命运的汤汁。
我想，这一生就送你到此。
潮水推开尚未腐烂的夏天，
星星独自闪耀时，
我几乎要把来世也捣成悲欣交集的碎末。

或者，大海和雪我都不爱。
我舀去言语的泡沫，夜空恍如昨日。
我写下一行诗，
在千疮百孔的命运的路上。

2016 年 11 月 15 日

## 中药店

每一场病都是被无端拆毁的庙宇。
在一间心软的中药店，
你迟疑着，把没有年龄的荒野递过来。
我穿梭其间，淌着汁液的傍晚，

想到它们的生死，
像灰烬中的一点星火，犹了未了。
当归　元胡　沉香　九里明……
我想带着它们，投奔你和你的小院，
我们靠近炉火，
来吧，由爱生恨吧。

南方和北方，带着道德的毒药
和人性的装卸工，
都来吧，
我们在这里，借草木之眼，
去看望世间的沉郁之身。

2016年12月23日

## 又一年

又一年，我爬上高高的塔台，
我看见死者眼里的日月依然耸立。

作为过来人，我饥饿的手总想抓住点什么。
我去过乌有之乡，在黄昏，
晚霞烧尽鸽子眼里荒凉的时候。

永远不可能了，人们吐出的大街
再也不能解释退却的意义。

还是你吗？我的粮食一样的情人，
此时，我多想饶恕，
饶恕一切无法终止的灵与肉的关系。

2017年1月5日

## 再　见

还有可能吗？晨光中，
两辆背道而驰的火车露出了孤坟般的身子。

枯草的舌根下，压着整个冬天的欲言又止。
二月的眼，已将铁轨深埋。
如果去路艰险，雪会蹒跚着把北风送出去，
送到杳无音信的地方。

某个路口，苍茫的诘问截住你。
黄昏吐出的旧物，叫人无限感伤。
你说吧，那是什么时候，
为了替罪，羔羊和羔羊啃食了一座山的荒芜。

2017年2月18日

## 悲　伤

夜晚，我站在楼顶，
最先令我消失不见的是那些烟花。

对于一个习惯黑暗的人，它的美过于模糊。
像花花世界口齿中含住的那一点苦。

我总想，与自己相依为命，
或者到更远的地方下一场大雪。
是啊，我终日碌碌无为，
我有一颗羞耻之心，供于寡情的案头。

这些年，我只有一首没写完的诗，
每一个词都是衣带渐宽的大海。
它朝我涌来的那一刻，
我几乎要把自己深深地放弃。

2017 年 3 月 28 日

## 讣　告

白纸黑字，已经把一切显露出来了。
想到人间的生死，还有什么不能放下。
此刻，它在墙上，
被几行字压着，被字里的悲伤压着。
它不动，任读它的人掀起了不幸的一角。

喧闹的街还没交出惊涛骇浪。
一切还在继续，
没有眼泪，下午的阳光把万物照的刚刚好。

多么平常的日子，
巷子里，放学的孩子跳得不能再高了。

2017 年 5 月 19 日

# 柴发华的诗(3首)

柴发华，1969年生，安徽全椒人。

## 家　谱

我看见了自己伫立在昨日的风霜里，背影飘忽
像一片秋天的树叶，落在族谱的扉页上
油墨香味的纸张次第翻开，祖辈们伸展出
粗糙的或者细腻的手掌，于漫滩遍涂的蒹葭深处
挥舞着许多色彩斑斓的凤鸟羽尾

我知道，他们活在朴素的名字后面
陈年的往事里。他们勤劳，爱上了简单的起居
和路边的野花。饲养着家畜，结网捕鱼
打铁铸犁并且生儿育女。闲暇之时
他们还会手捧着《诗经》
端坐在秦汉明亮宽敞的庠序里
大声地诵读着一些优美的词句——
七月流火，九月授衣
我更无法模仿出他们幸福的样子
用蓍草算卦，先知先觉。斟酌着家酿的米曲

然后酒意浓浓地说着卜辞里的将来

夜色朦胧，长长的河堤，月上柳梢头
我是柴姓的一个裔孙，身上流淌着没落的贵族血液
我手握长剑，嘬口而啸
驾驭着驷马的车舆，行进在迎亲的路上
爱人头插桃花，高耸着云髻
妩媚的目光，采摘下一朵又一朵的星星
她想和我一起，回到那个刀耕火种的午后
披荆斩棘，春耕夏耘，秋收冬藏
真实地生活在厚实的生命页码里
温暖的文字有时令人感动

2010年3月15日

## 乡居生活

在全椒县城，其实我形同虚设
每天都要遵守交通规则。缺乏思想的身躯
穿过广电大厦和汽车站之间的斑马线
身心疲惫。304路公交车满载着家乡人
他们的脸谱上写着村庄的名字：
瓦屋庄，岗李村，孙潭村……当然还有
几个是程家市的，那儿离濮集不远

我必须在春天消失之前
赶到那里，和年迈的父亲一起

坐在院子里。煮好的茶水漂浮着香气
等待时光平缓流逝。那些被我忽略的生活情节
陆续地到来：井边汲水或村外打柴，河堤上放牛
闲时修理损坏的农具，尤其是
点燃具有诗意的炊烟
虽然是苦竹绕宅，死去的和活着的亲人
散落在村庄的周围，他们曾经
坚强地过着环保的日子，一生都在守望
善良、勤劳和朴素以及绿色的家园

本不想复制父亲衰老的岁月，可我在存放
儿童时代的乡下，找到了滋养爱情的物品
重新发出新芽，这种破茧的疼痛，将会
一直延续至我心神不定的残生
和丘陵地区的一条河流来一场旷世私奔
顺便带上花朵、蝴蝶，即使是一只蜻蜓
请不要说为时已晚。事实上，我已经
在燕子筑巢之时，把多年流放在外的灵魂
召唤回来。那时，可以看见棠梨花开
群鸟云集，村庄的上空布满彩色的霞光

2014年10月20日

## 错　位

隔着夜色，我忽然抬起头
看到南屏山上那些被催开的花朵

慌乱中。掏出身份证
对着固执和包藏祸心的世俗
验明正身，以为是打开契机的密码
给感动和颤抖预留一些想象的空间
我知道，谦卑的足迹可以走得更远
一根硬骨头显得万般无奈
在全椒的冬季里，学会隐忍
学会在梦想的暖服下继续冬眠

通向地理学的梯子，已经是风烛残年
我很想在北纬31°51′
东经118°01′的河谷里，和我的封建时代
交换五谷杂粮。在旧时的光阴里
和羞涩的女人，交换轻度颓靡的眼神
暴雪即将来临，还需要什么安慰？
只有潜下心来给梯子打上绷带
还要把来年春天的初稿写好
并且署上善良者的名字
我会在偏僻的阳台上，对楼下的
一个穿着讲究的面具人说——
“关掉所有的灯光，找回美学意义上的黑
也不要放纵你的内疚和比喻，回到南方
故乡的原野上，风清气正，遍地鸟语花香”

2017年12月24日

# 应文浩的诗(8首)

应文浩，1965年生，安徽天长人。曾获《诗选刊》2016年度诗人奖等，著有诗集《雪，弄停了时间》《永远的美丽》。

## 桂花开了

桂花开了
报告消息的人
是早起在院子里忙碌的妻子

我跑出来时
妻子的秀发上，落了一朵
就像她年轻那会恰巧落在我家
她此刻的一粒笑
却是不小心落在兰花上的
然而，这一切并非属于完全的巧合
我闻出来了——
她们都有成熟女性的体香

你说什么？我还不算幸福？
哦，忘了告诉你

我一直只想做个简单的幸福人
因为我知道，在这个世上
一定有许多地方，桂花开了
却无人报告消息

2014 年 2 月

## 帘微漾

谁的眼睛，给予了世界美。

——题记

我见过很多安静的窗帘
青绿的、紫红的、洁白的
我可以确信，一定有些什么
和它的背影并肩站着

当阳光缓缓地洒在绿叶上
我看出来了
窗帘就是生长的叶子
正面是鲜润的微笑
早晨静若处子
傍晚时，像一个新娘
想自己掀起盖头

最迷人的时刻是微微荡漾
它像我们这个世界
常常嘴唇微微一动

什么也不说

2015年4月

## 仰　望

不知道哪一天会离开这个世界
死亡变得遥远，不怎么可怕
一直有个明天，也一直有个仰望

你仰望月亮
直到发现它已填满古老的哀愁
你仰望星光
直到发现它知道世上所有的隐私

现在，你开始仰望一棵香樟树
一棵比你高，比你年轻的树
你是怀着崇敬的
一股香气冲鼻
你猜香气是向下的
是的，向下
你找到适合气息碰撞的位置
像一只燕子在窝边盘旋
在一棵又一棵年轻的香樟树下
让叶片亲抚你的脸
让花枝从手中划出伤口

你没去闻，你笑了
你猜伤口也是香的

2015 年 6 月

## 熊熊的炉火没有熄灭

熊熊的炉火
映红司炉工师傅的脸庞

他的身体被猛地推进炉膛
像一个逃学的孩子被推进教室
咣的一声，炉门关上了
呜呜呜，鼓风机加大了风声

出来时，他已是它
白碎片，白粉末，红火星——
白粉笔，红墨水
“把里面的杂质挑出来”
把里面的错，挑出来
一把火钳扔过来

熊熊的炉火
映红司炉工师傅的白手套
“不哭，不哭
它成了尘埃
会永远活着”

2016 年 12 月

## 我们的未来

那日我和一棵树、一只小鸟
站成一排
我们用走，用驻，用飞
披金蓑衣

那棵树成为木头的时候
我还在世上

我不在世上的时候
一只相似的小鸟飞来
在枝头叽叽喳喳

是的，稍后你也将离开
像花儿被一一唤入轻梦
一个深爱我们的人
召唤我们聚集
逐个抚摸每一张脸
给我们添一身新衣
又送我们出发

2016年3月

## 修　正

这是个午后
许多人被围困在春晕里

我的悔过像天空的一缕白云
结中有结

天空下的世界大吗？
可阳光盛下了它
这个世界善良和罪恶一样多吗？
可你看这里的阳光
多暖、多浓、多匀

也许是见着父辈们生命之灯
一一熄灭的缘故
这个春天，我的宽容浩大起来
仿佛整个春天尽是洗礼的水
阳光下，我突然感觉鲜亮起来
我散发着光芒
瞧，我的影子，多么明亮——
它像我反复修正的过错

2016 年 3 月

## 一枚硬币

一枚硬币
在空中旋转
你看到了
世界是模糊的

假如硬币不会落下
世界会是圆的

现硬币落下了
像一面笑压着一面哭
又像一个他托举着另一个她
它们仅隔着
一枚硬币的厚度

2016 年 4 月

## 上帝的胡须

椭圆形黄叶、碎纸片、绒毛球
泥颗粒、涂料屑、枯草秆
你写下这些，它们有了名字

现在你看到的场景是个大院子
接下来，扫帚要出场了

它们或被一一请入簸箕
谁先，谁后
或谁被遗漏
会被称着命运

至于怎么来的
会到哪里去
都已不重要
扫帚来过了
像上帝的胡须
触摸过一个人的存在

2017 年 5 月

# 孙善鸿的诗(8首)

孙善鸿，60后，安徽定远人。著有诗集《我们的村庄》。

## 采　菊

是谁用那黄金的嗓子
把秋天吟唱

南山已很遥远
东篱的架上
爬满了扁豆的青藤

我在青藤下写诗
陪我幼小的女儿玩耍
菊花就在秋风中
很消瘦地香着

妻子正在采菊
她不知陶潜也是一位诗人
更不知靖节先生采菊的姿势
比她的优雅

她只知熏干的菊花
可以换成钞票
维持全家的生活

在教女儿背诵陶潜的那首诗时
我不知怎样教女儿
去认知菊花……

1998 年 9 月 23 日

## 回归村庄

我知道这就是我的村庄了
庄稼们在土地上顽强地生长着
有许多不知名的鸟雀
在山林中甜甜地啼唤村庄的乳名
我的乡人扛着犁耙
走向那荒芜的山岗
而这时我就站在村头
看那株古槐的姿势
雨水使得天空的感情丰富充沛
我不知道该走向何方
那朵白云在村庄的上空停留
秋天使一些叶子回归土地
荒坟前从没有一块墓碑
就像我的村庄
从土地里悄悄地发芽生长

又被土地悄悄地掩埋
因此土地总是沉默
因此村庄总是悲伤
我站在村头的古槐下
静静地凝视着遥远的山岗
眼泪静静地洒落在土地上

1998年12月12日

## 土　灶

茅草屋顶的炊烟
在天空写意着乡韵
我年迈的母亲
坐在灶下
幸福的麦秸
在灶塘里舞蹈

火光闪耀
母亲苍老的脸上
刻满了艰辛

残酷的泥土啊
我年轻美丽的母亲
因你
而一生埋名

1999年10月16日

## 出逃的土地

现在，当我写下土地这个词时
我的心中充满了苦涩和无奈
那曾被我们视为生命的土地
是什么时候匆匆地
从我们的手中逃离
逃归到年迈的父母手中
逃归到野草与野兔结盟的领地

当我们在城市的角落
感受到霓虹灯的奚落
当我们的布鞋
在穿越城市的街道而犹豫时
当我们年轻的梦
被城市一次又一次地删改
土地落泪了
它为我们对它的不忠而伤悲
它为总是兑付不了我们心血的付出而羞愧
它只好匆匆而又无奈地
逃离出我们的视线

而我像一个失恋者
在城市黄昏的仓皇中
感受到一种锥心的痛

2003年4月12日

## 我喜欢在田野中眯盹一会儿

逐渐地矮下去　软下去
柔顺得像一颗俯向大地的小草
在田野中走着走着
我会突然蹲下去　躺下去
我喜欢在田野中眯盹一会儿
有时在青翠的麦苗间
有时在金黄的油菜花旁
我静静地躺着　闭上眼睛
听麦苗拔节的声音
闻油菜花浓浓的香味
麦子与油菜的梦　就是我的梦
当然还有远处欢鸣的青蛙的梦
还有天空中云雀宛转悠扬的梦
我的梦悄悄地伸出根须
一点一点地扎进温热的泥土中

有时我也会躺在村前的山坡上
这时我就是一个顽皮的婴孩
抚摸着大地饱满的乳房

2003年4月17日

## 在春天

麦苗青翠，春天在那块坡地上越长越高

鸟雀的鸣叫声轻盈地翻过屋脊
一溜烟不见了踪影
村前河堤下的那片油菜地
一天天地黄肿了起来
小雨时断时续，如一只倾斜的油瓶
池塘清透，那颗柳树左摇右扭梳妆照镜
小草喊痛，双脚溅满了春天绿莹莹的血液

2004年3月22日

## 春天的午后

春天的午后，我一个人
静静地躺在村前的山坡上
让春风、阳光、天空中的飞鸟
让油菜花、麦苗、远处的蛙鸣
一起汹涌地将我埋葬

我多想在这一刻幸福地死去
好把这美好的一切都独自带走

2006年4月9日

## 隐　痛

我无法让那些庄稼
活在虚伪的文字里

这些缺乏真情的诗篇
是贫瘠板结的土地
结不出甜美的果实
此刻　我只想让笔管
吸满乡村咸涩的汗水
用它写出
充满汗腥味的诗句
就像村头那株杜梨的果实
透露着酸涩的滋味
让风调雨顺的祈愿
随第一片绿叶萌生

土地是我们
一生也无法翻阅完的大书
太多重复的情节中
隐伏着道不尽的玄机
当忧伤的目光
最终被大雪覆盖
谁能给我指出
村庄的方向

2013 年 8 月 6 日

# 张平的诗(8首)

张平，安徽全椒人，《笔峰》文学杂志主编。

## 自画像

这质感的镜子，劣质的镜子
将井壁的苔藓吞没
和一个人的青春

向日葵背着光线，转过来看着你
你一眼就看出了
毡帽和剃胡须有什么区别
算了，工具箱里的锋刃和色彩
已经坦白，装饰春天的
仅仅是你的背影
越来越矮的一小截木头

一路的抬头和低头
你看，拐过那么多道弯的玻璃碎片
怎么都印着蓝天的影子

2011 年 9 月

## 黑色能不能再深一些

就像雪，再白一点就好了
白得分不清天地，妩媚得像
女人干净的脸，笑和不笑
你都不知道她想什么

在墙角，垃圾躲闪在阴影里
天还没有暗下来，黑衣的飞行者
叫蝙蝠，叫乌鸦，叫夜莺
“黑色能不能再深一些”
这适合捕食适合伪装适合
歇斯底里的颜色，有多好

是适合闭眼睡觉的时候了
你所看不见的
尘世有多美

2015 年 12 月

## 暮　色

像渔火和未点亮的路灯
寂寥的人端坐暮色
他打开书本高声诵读
他惊到了树叶和落地的尘埃

惊到了回巢的蚂蚁
“这不是夏天”，蝉说
它把衣服挂到树上
吹着口哨离开了

2015年12月

## 是　夜

是夜，山药、莲子和
何首乌素不相识
他们躲在一起，让饱满的风
绕过萧条的指尖

咳嗽打亮了灯
起夜的人，从病房挪到走廊
文火正舔着药罐的底部
他们说的香茶，挤出裂痕
顺着劳损的腰和疼痛的颈椎
安抚过来，体内的植物
像月色一样安静下来

是夜，滁菊松开紧握的手掌
用朴素的手指等待黎明
是夜，鼾声气通血畅

2015年12月

## 在南屏山偶遇一只鸟

不得不打量满山的树梢
多年前被挂住的一截旧时光
如今想卸下

像一束光从笔峰塔顶泻下，那鸟
俯视石头上的青苔
梅雨的天披着白头发
怎么看都是未干的羽翼

从碧云湖飞来的水肯定与你有关
石碑上文字斑驳，洗吧
谁能把南屏山洗成当初的模样

笔峰尖真的歇脚了
和那只鸟对峙的下午
木栈道上莺歌燕舞，人来人往

2016年7月

## 神山古井

夏天。空寂。
很多树木怀抱一条山路
就像一个女人领着一群孩子

佛说：这里不许有女人

井壁上倒挂的水
极像千年前的雨滴
柴王井，和某个帝王相关
身世更早的神山，被一首唐诗
放大了很多倍

“神山曾经亲眼看过三个皇帝”
寺顶檐角的铃声四起
香火旺了又旺

2016 年 7 月

## 碧云湖看水

这么多的水挤在黄栗树周围
一棵树，结那么多果
水做的果子，是刚落下的雨

没有同伴的碧云湖，内心孤独
山是远亲，唯一的近邻
到碧云湖看风景，其实是去探望水
其实是打量天上辽阔的蓝

如同雪夜照亮灯火，打开的文字
是书案上的舞蹈者

他说，热气腾腾的枣叶茶
该怎么去温暖那一湖的空旷

2016年7月

## 陈浅老街

这雅致的名词择水而居
最初到达的先人结绳记事
一间，两间，三间
这些草居极像古风的韵脚
顺着滁河的走向转弯轮回

翻开线装的陈浅
青石板、马头墙盘踞在地脚天头
商铺和酒肆褪去喧嚣
在往事的墙角歇息隐忍
唯一场暮雨穿东街过西巷
为古渡的封面钤下一枚旧痕

车马慢不过流水
原谅我的迟缓和情怯
我只能在断垣和瓦砾下
卑微成河岸边的一棵草
仰视你，从青砖小瓦
坍塌成一地残阳

2017年11月

# 薛暮冬的诗(7首)

薛暮冬，著有诗集《存在的脸》。

## 雪　鸿

夜来风雨。还有虚无，还有雪鸿，在冰冷的
树杈上栖居。如同孤零零的一点灯火
在自己制造的梦境里明明，灭灭
当一只雪鸿在梦里飞得如此遥远，如此孤单
当他许多年后又歇息在同样的树杈上
那些寂寞的花朵，却正在乘着风雨来此团聚
或者一只雪鸿在虚构的风雨中逃跑得如此遥远
以至于他的余生哗变成那些病歪歪的秋风，秋雨
到处都是半生不死的生活，枯叶又深了一层
雪鸿高昂着头颅，变幻着锐利的目光直视余生
还有风雨，还有渐次熄灭的灯火，还有虚无

2011年10月9日

## 埋　没

走在山路上，我一寸寸被树木埋没
还好，我还能时隐时现
还好，隔着众树，我还能看到时间在山花簇拥下潜滋暗长
有罪的人，一遍遍温习热爱
还好，我手握一束莲花。它苍翠的孤独，一再响彻群山
然后扩散成满山的簌簌风声
然后我晾晒很轻很轻的忧伤，经年的露水，和有生的日子
然后，我必须是那负荆请罪的罪人
我怀中放生的鹧鸪，拒绝转身，拒绝与我合影留念
然后，我孤零零一人，被树木彻底埋没

2013 年 6 月 5 日

## 白　鹭

众草喧哗，与我听到的许多鸟语
没有什么两样。山头上掀起
慈悲的波浪。一只意外失足的白鹭
突然向我兜售山龟的隐私。我们一见
如故。她向我请求在我肋骨刻下
她的归途。青山连绵没有恶毒的影子
我们默默地挤在同一座山头上
清风徐来。无形。却有浩大的愉悦
我们还在一块生长的山石上山盟海誓

山龟笨拙地为我们击掌。我们成了
天地之间的神仙眷侣。当山月驱散了
我内心的黑暗。听着白鹭亮晶晶的呼吸
额上的露水为我们打开花园的栅栏
我们在一个美妙的远方用爱情涂抹余生
我们在时间中栽下一棵树，在树下
两个生灵雀跃着结为夫妻，此欢彼爱
高悬树上的月亮，流淌下唯一的光

2017年5月6日

## 逝　者

其实，她们一直都在，在天空飘浮
所有的逝者都在，只是她们的肉体不在
白蚁洁净的脸庞还在
夜猫锋利的哭声还在
寒蝉的梦呓是被岁月磨碎了的一地月光
喜鹊不带半根杂草的心是漫天璀璨的星斗
那杜鹃正悠闲地对灾难背过脸去
那啄木鸟或许听到了屠刀哗变成钻石的扑通声
是的，她们有她们的去处。她们始终都在
只是缄默不语，只是平静的继续航行
只是在另一片我们陌生的森林中寻找幸福
岁月是阻断她们回家的岩壁，我认得出她们
因为我爱她们，尽管模糊不清
在荆棘丛中，我的爱遮蔽住我的痛苦

2017年5月12日

## 蝼　蚁

在山路两边总是会发生不为人知的动乱
秋风仍在不厌其烦地打击着柿子和秋菊
树根旁边两只斗志昂扬的山兔捉对厮杀
落叶携带着一生的重量，湿漉漉地坠落

星宇沉沉入睡，把群山带入众生的梦乡
蝼蚁在路上，抵达不知道有多远的远方
有时，她把周身的疲惫脱下，大踏步地
从自己的脚步中走出来。她爱上了流浪

夜色大作。黑暗沉重遮蔽了惊恐的眼睑
她跑着穿过今生，穿过星星虚无的粪便
世界是一口古旧的棺材，天空早已熄灯
在这里。在过去的昨天，山路蜿蜒不绝

而她仍在荒芜的山路上，这里没有别人
她听见树梢上，鸟的心脏仍在顽强跳动

2017年6月6日

## 落　叶

秋风阴着脸。叶子们瑟瑟发抖，然后
次第坠落，陷溺于泥土冰冷的肉体中

我已别无选择。落叶颤抖，我就叹息

那些落叶之中，一定有我前世的兄弟
我两肋间生出疼痛。我不断自我批评
为什么不能阻止秋风这粗暴的施虐者

现在，尘世间的每棵树上都落英缤纷
落叶们集体低吟着疲惫和忧伤的谣曲
灵魂正被活生生的拧走，却无力改变

我们如何在冰凉的人世间诗意地栖居
塑料袋，各色垃圾，粪便，到处都是
污染这世界。我们是这一切的制造者

落叶没穿衣服。它们带着失意的死亡
不仅仅是自身的死亡。蟑螂从粪堆里
爬出来。死神盯着众生，大口呼吸着

2017 年 6 月 13 日

## 山　枣

为什么将自己悬挂在那棵衰老的枣树上
当虚拟的梯子变得疲软无力，隔断
上树的路。为什么对星星举起双手
自从陨星将你砸晕。毫无理由的
那么多的老鼠，长得跟细菌一模一样

除了风雨交加的日子，它们瞻仰你的生活

它们把睫毛撕成碎片，制造成一面面旗帜
它们云集在你的麾下，为过冬收集青草
它们的尾巴扫过一颗颗悸动的心，睁着双眼
细长而白皙的泪水，滋润着枣树的根
那么多的隐私把这个黄昏压迫得支离破碎
它们不甘心　为什么会在梯子上犯了错误

谁溘然长逝？谁在冬天到来之前寂然死去
虚无蔓延开来，用鸟语喋喋不休地说着
谁怀揣着最后的希望，傲慢地倒下了
而许多年后这里既没有山枣，又没有老鼠

2017 年 7 月 5 日

# 李潇的诗(4首)

李潇，安徽全椒人，现居上海。著有诗集《幸福如尘》《理想主义的暖》《深呼吸》。

## 驾鱼而歌，走在大水的内部

鱼在呼喊
在这远离城市的边缘　这子夜

我不赴约还能有谁

紧急启程放弃语言和衣裳
飞过高山低谷以及各种高度
我深入平面以下大水的内部
脱胎换骨　重整旗鼓
伏鲸前行并且穿插如梭

遨游大水的底部　惊心动魄
地形以阳光的方式企图诱我攀越
时间与浓雾难以诞生和占领地盘
没有昼夜的家族温柔如水

真实的鱼群呵　真正的生命

壮若初民
作为裸身勇士
我放牧一群善歌的鱼群
操起如桨的牧鞭　习惯自如
亘古的律动邀我共舞

鱼群忘记送别以及哀悼
力大无比　鲜嫩可口

盘坐鲸脊
率领子民我寻启该入的门
构置骨架且填补血肉
佩带长剑
我驾鱼而歌　走在大水的内部
寻找溺水的先人

1992年4月

## 一棵洋葱头与半块砖头

垫了半块砖头
我才看到了音乐上面的事物
从夜晚到天明
那块历史上的残砖
陪了我整整一个晚上

音乐上面有一所房子
我在那间暂时黑着的房子里
借助外面灿烂的余光
剥一棵洋葱　由表及里
它的白渐渐把我的视线拉长
我看不见它原先的羞红

剥洋葱的过程中
我的泪水一直没有止住
凌乱的洋葱衣子　终于
被我一一抹平　叠放

赤裸的洋葱用它的自带的光
映照着房间和我
把它装进贴近胸口的口袋里后
房子依然被外面的光掩盖着

泄露房间秘密的那个方洞
我已经做好打算了
等音乐结束的时候
我　争取把那块残砖
放回到它原来的位置和朝代

2009 年 3 月

## 又一次走进那间屋子

又一次走进那间屋子
我把自己准备得很充分
衣着鲜亮　步伐端正

先是碰到门后面的蜘蛛网
又踢倒一把还没来得及撤退的椅子
只能半蹲着地把它扶了起来

一阵文字或数字符号
从眼前一晃而过
站直身子　准备仔细端详
它们只剩下一些烧焦的尾巴
迅速拿出事先准备好的笔和纸
试图填完那个图表
怎么也找不到电灯的开关

一只蝙蝠从面前飞过
又一只蝙蝠从面前飞过
沿着它们提供的路线图　我
终于走出了那间屋子
两手空空而且头发凌乱

“转身”这个动作　到底
在哪里完成的
走出那间屋子以后

这个问题就一直困扰着我

2009 年 3 月

## 终　于

看惯了地面，看惯了花草树木
我终于敢下水了
可以探查水底生命与暗藏的秘密
“这是一个不小的进步”
终于从水底探出头来
我吸进第一口满满的幸福
水面阔大，空气灵动
浮在水面的感觉像在飞
终于赶在年底之前
把下水、游动和浮出水面连贯地做完了
沉浸和浮出岁月之河的感觉大致如此
终于没有把岁月轻易参透，我庆幸

2017 年 1 月

# 大收的诗(5首)

大收，原名梅道文，1973年生，安徽定远县人，现居滁州。

## 黑　光

有黑光就有白夜
黑光是个患病的不幸的诗人
但是他用安静和死拒绝了自己的不幸
白夜是诗人的聚会点，还在成都
但是这个国家似乎已经没有诗人
说人生是做了一场梦，还不如说是害了一场病
说性格即命运，还不如说语言即命运
说桌子会有的椅子会有的酒会有的，果然就有了
果然围坐了一帮朋友们
当说出撤，世间就此空无一人

2016年6月

## 水酒辞

大雨打翻了虚张的河流，大雨覆盖了

一座又一座没有记忆的城镇
田野里，我们的父亲
像是与死神已经谈好

在新编的家谱中，小心地
辨认旧祖宗。雨水，为他举着半截蜡烛

在地上在纸上，低头寻找安息日。不再
拿身体和声音说话

只把同样的一杯水酒一饮而尽
再一饮而尽

2016年10月

## 春江花月夜已惊

容许我，再吃一杯不可吃的烈酒
容许我，再喝一遍不可救药之药
容许春江搭上鹊巢，一夜过千山
证实春夜的力量就是虚空的力量。
离开的都在掉头回来，但容许我
不再以肉身的速度与你相见，
容许春月半残，散作千万双翅羽
压着树枝低低飞行。容许我此时
从麦田里带回一手泥，必须，
容许我，长出颜色，再把它交还

2017年4月

## 为催眠也为唤醒

为金鱼总在湖中溺水而道歉
为大雨中漂浮的田野和自闭的阳台
为你发梢最后一个撤退的早晨
为麻雀口中的粮食带出来血
为中年洒落的糊涂账单
为晴空出没而雾在空中长出根

为虫子，青菜年年抽出新叶
为吃亏，老实人来到世上
为承担正在犯下和
将要犯的过错与罪，旗帜落下又升起
为同行而不是拯救，神一直陪在我们身边。

2017 年 8 月

## 我们之间有一段即兴的黑暗

匍匐在地上的草，匍匐在纸上的草稿
春风会，清明会
泄露它们两者之间的关系　有多么重要
喜鹊绕着滁州有限的油菜田
一会儿跳起，一会儿藏匿
嘴角沾着惺忪的泥土。菜花强忍
强忍住，不说出。我，我们

平凡事物啊，曾经　闪现过各自的光彩和逻辑
但你的消失让我背着自己重回黑暗中。
在词语生锈的湖面写着什么，念着什么
人间，刑与罚，却治不了一棵桃树的皮痒和一个人的肉烂。
　　治不了，阳历四月
人在他的床铺上一夜白头但是
不要放弃啊，每年四月我们都要活在
人群中，热血沸腾又安静地。可能还
交换过明亮的眼神和嘴唇，那一瞬间我们之间
有过一段即兴的黑暗，那一瞬间我们之间碰撞出一段随意的
　　寂静。

2017 年 11 月

# 蒋林的诗(5首)

蒋林，1964年生。著有诗集《创造风景》《西门大街》。

## 到撂荒之地小坐

想必喜鹊和八哥如见稻草人
便三三两两落下来。别处光线
也被它们迁移过来

一丛一丛的光线，从收拢的双翅
卸下，我担心过多的光线
覆盖荒地，会不会在此造成沉降
我在想一个稻草人的问题
它们的喙突挑挑拣拣，是不是
要把什么珍宝带回到天上

它们说飞就飞了，光线也就淡了
我也该离开这空旷之地。“啪嗒”
我想我听到了身后关门的声音

2015年12月2日

## 与妇女儿童一起挑荠菜

肤浅也产生美，铲子的感觉好极了
日前，荠菜还蒙在厚土里沉睡
转眼它就浮出地面，就像印染一样

你听到惊喜的声音，随散漫的荠菜
波及开去。你忽视的闲暇之美
也如同深沉和冷峻，存在于大地

天使和女神就降落在附近
我想，俗世中笑意盈盈的妇女儿童
大概已经无限接近圣洁的裙裾

2015年12月2日

## 工地即景

天地间，这条汉子着实叫人羡慕
从十八层楼的脚手架往下撒尿
这场景看起来着实显得粗鄙
但是粗鄙，说实话我们心里都有

此时，大地正在余晖下收工
星空也即将在黄昏后形成旋转

若从超越天地的更高处，看
自转的星球，这个粗鄙就是壮举
——余晖下，球体缓缓转动
那条淅沥的金线仿佛从世外切入

仿佛上帝从一盘斑斓的真理中
抽出一条，送给无限接近的俗人

2016年5月2日

## 碑聚

两个人，在碑上相聚了，定是夫妻
那时，隶书深深一按，石头心窝一紧
他们就算是相聚了。后来的这位
名字上红漆剥落，就像欣逢的泪水
而先在的那位，名字上已经显出
久候的疲惫。他们相聚了，然后转脸
用照片对着我们。他们微笑
他们深藏和展示的幸福，我们
有些能懂，有些不懂。我们还在悲伤中
焚香、敬酒、献祭品，念念有词
说给自己听。我们不舍，但我们清楚
风雨终将侵蚀石碑，一层层揭走
石头的面容，直到名字与我们
一起在世上消失。但我现在
可以肯定的是，相爱的人，会一直

向石头的心里归隐，向时空永在的虚无
归隐。那么，请允许我现在的触摸
请允许我，将体温留在笔画上
就像多年前，我无忧依偎在他们怀里

2016年5月16日

## 慈　航

人间有多少迷津，黄昏
就会落下多少道光线

温厚的枯叶堆上存多少鸟粪
就有多少次接引从天而降

耕地的汉子，你动过多少善念
水牛都会用巨眼眨给我看

而我在心里杀了多少颗贵贱的头
想必天神都一一记录在案

2016年6月9日

# 秦骏的诗(3首)

秦骏，70后，祖籍江苏高邮，现居天长。

## 一枚苹果

战栗，叶片在漩涡里
打转，不愿，与秋风暂别
一枚苹果，仰着脸
同叶片交换着密码与轨迹
苹果，直立，喃喃自语
天大地大，还原不到一朵花

循着自己的童音，幻想着
后来，自己，腾空而起
千树万树，枝干
稳坐的姿势，逐渐失控
叶片飘零，苹果
惊愕，枝干骚动
卸下装束，苹果拒绝苦难
一袭青衣，痛饮人间万般忧愁

2010年8月

## 咆哮的光

踩着你的痛处　一泻千里
数以万计的真爱追随我

这种欲念牢牢占据你的心灵
远离我　只为提炼笔底的波涛
摘取我　泪湿罗衾的你
为何总与我相拥而泣
狂吻我一次
加剧了我稍纵即逝的速度

你可知道
为何不紧握我
我想你是犯了方向性的错误
我画印的下一次行踪图形
我选择不再走漏半点风声

2014 年 5 月

## 平安路的合欢花

王和妃只是角色
而你才是剧情，绝唱
这洒脱的破碎，这扇状的红颜
占据我的心灵，将我与路径合而为一

惊艳，来过这里，再熟悉不过
1路、2路、6路、8路的车
从此经过，这伞一样的庇护
从早到晚，这来来往往的车流
如同这树，叶儿轻轻
花儿正艳，我不说我倾心于谁

路的名字叫平安
树的名字叫合欢
最初，我也在站台驻足凝眸
季节里有许多剽悍和狂野
那些，凌乱的脚步，离乡的背影
撕裂的创伤，这疼痛的借口
泼出去的水，复原已成奢望
波光粼粼，明镜高悬

平安路，很普通，很平常
如同一条数轴，抑或避风港
就像这叶片、花瓣停留在空中
莫问谁是谁的王，莫问谁是谁的妃
不乞求剧情和结局有何改变
张开羽翼，我就是天使
滞留于某个繁华的街口
下沉的微笑，撑起这尘世的大幕

2015年10月

# 王长柱的诗(2首)

王长柱，笔名胡马，1971年生。

## 叙 旧

叙旧的人，用落叶做下酒菜
喝一口，隔岸的晚风就会吹过来了

交缠的粉臂，让我们欲拒还迎
复述总是多余，无声不一定是沉默

趁夜风，再温一壶酒
让世俗从指尖滑走

煽情的腿上，纹着一朵花
咽喉含着汹涌的浪潮

叙旧的人，正击石取火
嘴唇间充满日出的光芒

往事的陈香溢出肌肤，酒杯里

江山，整夜响彻马蹄声

2017 年 8 月 24 日

## 河边即景

太悠闲了，颅顶上一块自留地
四周是枯草，中间是荒漠

祖传耕、耙、锄的农技不知不觉生疏了
所以，夜间还有野猫跳在上面喊春

白塔河滩一对母女正在洼地收拾
被秋雨浸泡过的芝麻

河边钓鱼的老者，时而收杆
时而放料，不紧不慢

忽间，阳光跃到头顶
似乎我被母女和老者，瞬间击败

他们已满载而归
除了落下一地麻叶和鱼鳞
我羞于说出这一切
中年的苍凉

2017 年 9 月 29 日

# 邓琍的诗(2首)

邓琍，安徽滁州人。

## 悬而未决

一片叶子的突兀，被推到
风口浪尖，深处的江湖
摆出带血的风刀，任凭你选择
生命的起落，美和沧桑
都将有一个最终飘零的结果

它能去哪儿，奔赴的故乡在那里
风无定性，乱石横空
曲终人散后的化蝶，永不能确信的
眷顾。绝处逢生
似乎是风的迂回，才遗留下的一种
怪诞的幻象

走失的人，充满惊惧的目光
心有魔杖，始终保持一种疑虑
表达和宣泄，一再地使它

在秋风中起起落落，似乎还想
在困惑中坚守，和继续……

2017年8月16日

## 妥　协

母亲一直在向我哭诉，一个下午
都在数落父亲的种种不是：贪酒
冷落她、家务事不听从她的安排
还时不时地冲着她发火，说到动情处
委屈的，像个不被宠爱的小女生

父亲端着他的酒杯，也积极地
为自己辩解：你妈太难伺候
做饭、浆洗，茶水、吃药
甚至洗脚水，那样不是他亲力亲为
说着，一仰而尽手中端了很长时间的酒

过了金婚之年的父母，我不确信
他们心中道不完的所谓苦楚，只是一辈子
好强的母亲，做惯甩手掌柜的父亲
他们都在向着对方，作出妥协、低首

2017年11月19日

# 蒋卫的诗(7首)

蒋卫，原名蒋家昌，祖籍浙江余姚，现居皖东。著有诗集《遥远的天堂》。

## 枯草帖

从乡间小径的这头，到那一头
你从未目睹过的枯草
它毕生在饥饿的喉咙里，没有缺席过

虫豸蛰伏，多么安静啊！像是多年蜕掉的壳
从中冲出来。在垂直的明月下
万物羞于见证一切

而三叔说："这些该死的枯草"
他不知道的是，他终将会
随着这些被咒骂过的枯草，而被深埋

仿佛惟有如此看到的
才不是真相。雨点打翻了瓦片上的因果
还有我自身悬挂着的，多余的亭榭

在夜深时，枯草会突然涌入我俯身的窗口
这狂欢的沉重
像是赶赴一场断头的盛宴

2016 年

## 昆虫帖

夏日夜晚，昆虫的鸣叫
似是布满长堤的藤蔓，猛击湖水中的亭子

老宅的墙角与檐下蛛网彼连
一只硕大的蜘蛛盘踞着，它如凶狠的弓

而废墟上新生的桑树茫然不觉
月光在桑葚清凉的耳鸣中，将逐渐——烂掉

远处几座荒坟久已失修
它们的垮掉，和雨中枯枝折断的声响一致

这扑面而来的人间是多么偶然
这柳枝上的古塔，有多少出口荒僻地跑动?

每一个清晨，对着一面镜子
我的面孔像空了的旷野，像昆虫成群的诀别

2016 年

## 过乡间

过乡间，万木的骨骼
似要从稀落的村庄里挣脱出来

啃草的老牛
脊背上的乌鸦，以及荒废的良田
有更多瞬间，一一裂开
像是闪烁的雷击

杨柳树顶的鸟窝
这刺目的破败，在夕光中
有庙宇一般的怜悯
远处，池塘边的小屋
柴门倒在一旁
它的阴影部分，仿佛发出了轻叫

我们终于抛弃了朴素的炊烟
我们终于在麦芒的牢狱上一跃而下

落日西坠
油菜花发出惊心的、鼓点一般的滚动声

2016 年

## 山中帖

茅草占山为匪
一进入山林就被无数群匪团团围困

众山空腹
发出饥饿的吞噬的声响
满山的石头乱跑
鸟鸣随着
连绵的林木快速移动，仿佛要将
“一切外来的异端洗劫一空”

菊花失控，夕阳翻山越岭而来
它巨大的影子——
是我旧日的捆绑与
一棵被砍伐的树桩的深陷
在寺顶
白云不过是一个喻体。香火鼎盛
大于它脱口而出的溃败

为了记录年年破土的新竹
在山中的夜晚
许多条别离的小径一起涌来
短松冈在典籍里
与明月发出线装的遮蔽之美

我画下远山的叩首

鱼一次次跃出修辞的湖面。它绷得紧紧的
似从未来过山中

2017 年

## 松下帖

神秘的事物：对于肉身的爱
是松下滚烫的松果

“你去往哪里”？
采药的人，我看到了身下不同的脸孔

还有什么可以打动我们
羞耻和死亡没有了，带上了明亮的东西

额头上的茅舍，俯下身子
俯下这生活万般的不敬

它过多承受了得到的一切
它过少承受了，一棵枯松给予的捶打

——神秘的事物：有什么不可丢弃？
一座古刹在青峰里梗住

2017 年

## 落日帖

落日如同被人从高空拉下
在山峰上
松柏阵阵，归鸟在风中噼啪作响

谁能说与草坡的一场遭遇
和黄昏无关？多年来我无法从良知的五官里
重新找回人间这巨大容器

一只蝴蝶的阴影部分，在暮色掩护下
产生不可抑的弯曲。它偶尔的振翅恍在昨日的
凉亭，以旁观者姿态而轰然倒塌

没人能言述白云本身的惊惧
它一片一片地卷曲，它清澈无比的屋顶
瞬间会消失于野草饱满的泪水中

我们更多在那不存在的
梯子上，与落日耿耿于怀
我们如蚁如塔顶如溪流映照下的绳索不能挣脱

2017 年

## 柳枝　兼致一场暴雨

河两岸的柳枝
像是一场瀑布
它们有着春风奔腾的野心

一只蝙蝠在水面上
时而仓皇，时而喜悦。满目山河
持有春草的炼丹术，与遁世的修辞

暴雨来临前
柳枝疯长，星光熄灭
不可见万物
不可见滚烫决绝的麦谷之地

大风吹得山岗乱响
帝国的背影，夸张而又犀利

2017 年

# 徐世清的诗(5首)

徐世清，安徽定远人。著有诗集《田野的风》《城里的乡下人》。

## 古刹钟声

一个寂寞的人
从一口大钟的肚子里
敲醒的一群蝴蝶
它们一睁开眼便惊慌失措地四处逃窜
撞进一只只躲闪不及的耳朵
就再也不愿出来

2016年4月17日

## 父亲的影子

那是父亲的
一条行囊
里面装满了父亲生活的经历
他一直坚持带在身边
不离左右

直到他彻底垮塌的那一天
他的影子才站了起来
也学着父亲的样子
在身边拖着一条行囊

2016年5月14日

## 一把刀子脱下一只梨的衣服之后

从前面转到后面
从左边绕到右边
一只梨的衣服被一把刀子很有耐心地
脱完　就在这一刻
一张顾及不了形象流着口水很久的嘴
突然扑上来贪婪地啃起刚被脱完衣服的梨
这让盯了很长时间的两只眼睛措手不及
待在旁边只能干瞪着
当脱完衣服的梨只剩下一点骨头的时候
和一把刀子一样被抛扔开
一张嘴用水反复漱洗自己
再用毛巾认真擦了又擦
直到谁也看不出之前发生的事
把伪装的形象重新树立在生活面前

2016年11月26日

## 一位老人的眼中只有远方

每天很早，他就扯着个凳子
把自己安置在安静的角落
安静地坐着
他盯住远方死死地看着
目光像一条绳索紧紧拴住远方
一心想把远方拉到近前
太阳在他身边绕来绕去的
他也不看一眼
他，只看着远方
远方到底有什么
我从他的眼中没能看出来

2017 年 5 月 25 日

## 我被一株遗落田间的稻穗拒绝

回到我皖东丘陵上的家收秋已经结束
整个田野十分空旷。我游移的目光
终于在一处田畴的埂边停下
并产生一种温暖的欣喜和兴奋
一株稻穗孤零零站着
显得非常恐惧，浑身颤动不停
时而起伏的身体像在一次次声嘶力竭地呼喊
我伸出手亲切抓住它我要带它回家

就在我用力拉它的瞬间
它精细的身材深深勒进我的中指关节
一阵钻心的痛让我立刻松开了它
我没有愤怒它的拒绝。在我们陌生的相望中

2017年10月15日

# 贾志礼的诗(2首)

贾志礼，安徽定远人。2000年获“华龙杯”全国精短诗文大赛一等奖。

## 在现场的辩证者

独坐者面壁
面朝夹角　阴影
和一世的斑斑劣迹
他独坐在镜子后面
从月光的角度看不到沧桑
随之
他压低栗色的肩胛骨　让出头颅
他荒唐地一笑　这一笑有些幽暗
没有目击者在现场

他夹裹着青襄
打算从一朵
升腾的花朵开始找到归途
他坚持着　充斥着烟氲
嘴角闪过邪恶的意念

随之
他唏嘘　仿佛遁世的患者

他暗自忖道："去吧　我不是辩证者
我不是檐下决意的秋风　数遍过落叶"

2015 年

## 观井无语者的镜中术

劫持者夹在青苔和薄暮之间
看云中鸟儿失败的隐身术
天空有更多的寓意
他稍作鼓噪

山川四散溃逃
他忍住杂念　作壁上观
一根绳子的两极是垂直的
月光是从深井里捞取的
他感慨多年　终难两全

因为怀疑他趺坐佛像
因为久坐　他心头生了须眉

雀儿答曰：是迁徙一程又一程如浩劫
是阴影跌落　似一记重物
嵌进夜色

2015 年

# 亳州

合肥 淮南 阜阳 蚌埠 六安 宿州 滁州 淮北

# 牧野的诗(13首)

牧野，60后，安徽涡阳人，现居北京。获《诗歌月刊》首届全国实验性、探索性诗歌大赛大奖，新浪诗歌大赛最先锋诗歌奖，2006中国十大风云诗人称号。

## 在现场

他的旅行在那人看来
总是盲目、乐观与冲动
他的左手或右手
始终打着一盏灯笼
漫步城市街头
他多次表示反艺术
反行为，反对和藐视
不可见的藐视行动
他以此向那人具体说明
一副傲慢的面具，正在
通往悲剧彩排的现场

## 明天的早晨

他想到他们
会在早晨的阳光里
划破一个美人的粉腮
碰碎一个玻璃酒杯
他就十二分开心
不为别的，他
一想到了他们
正在一起开会讨论
他就能确认
新的一天开始了
谁也抵挡不住

## 让他假装神圣

冬至到了
会有一个神人
跑过来说：
“我来晚了，对不起大家！”
如果等不到神人
他和他们，用雪花
也会捏造出一个神人
让他神圣
让他假装着
正在神圣

## 孤　儿

明天他会路过
天安门广场
会遇见一个北京女孩
追着他
喊他爸爸
他会羞愧地低下头
悄悄加快脚步
他会边逃边说
我没资格
做你的爸爸
我们这代人啊
谁也不配
做你的爸爸

## 坐　忘

明天，他会
和孩子们一起玩
向孩子们学习
如何向一只愤怒的蚂蚁
诚恳道歉，说声“对不起!”
他会尝试着遗忘
现在的生活
听从孩子们的建议

“这世上除了善良的蚂蚁
从来就没出现过
比蚂蚁更大的大象”

## 他没见过大海

那人是个笨蛋
为了看见诗从一种语言
翻译成另一语言
他扑通跳进河里
试图顺流而不是
拣起鹅卵石浑圆的表面
他在岸上对着对岸喊
他会淹死的
他没见过大海
是啊，见过大海的诗人
都在飓风必经的路上
将词语折叠成了
方尖碑纸船

## “我只要一个理由”

“我只要一个理由”
他说道，像是自言自语
他有充分的意念
可以将现在

从现实中摘除
他叉开剪刀
任凭手指有节奏地松紧
莫扎特、贝多芬
仅是现成的两条线索
接下来他捉住时间胶片
安装的探头，挑出一个又一个
国家伙同他们的历史
打一个比喻吧，他嘿嘿笑出声来
仿佛，就仿佛眼泪喷涌而出——

## 等待沉没的礁石

那跑得快的人，都在路上
那孤单的人，也在
无所在的回家的路上
他看着他和他们
想起从前的往事
他走出家门，扔掉钥匙
大包小包塞满海上的落日
季风、绳索、风帆、海啸
与沉重的铁锚……他想这样好了
他在海上漂流，寻找航海的日记
以便于将来（不同于未来）
他以正在沉没的礁石
等待他和他们的尸体，从眼前漂过

## 简体拼音

一开始，他把他看作
流浪他乡的牧羊犬
他喂他，养他
给他洗澡，讲究卫生
他全都积极配合
如果一开始把他
看作一条啮齿类动物
接下来的一切事故
都将不会发生
他的确需要一本
如何与野生动物交朋友
标注简体中文拼音的教科书

## 佛　光

那天他遇见了禅师
从庙里回到北京
他给他带来
一个圆形面具
看上去和镜子里的那人
一个模样
他喜欢镜子和镜子
照亮的佛光

## 弥塞亚阴影

他在手术，基督在他的手术台上
他在无影灯下一丝不苟
任意挑剔耶稣的弥赛亚阴影
他所从事的工作
看上去纯粹、圣洁
像是红十字修女的沉默
但是不是，他有不为人知的隐私
就像他发誓效忠
以神的名义政治正确
用于保证耶稣醒来，不会走上邪路

## 不在之在

他又跑了。这个可恶的家伙
随时随地，他和你见面
说话，聊天，喝酒
他都在盘算
一个恰如的理由
他要离席，走开，溜掉
他要跑出一箭之地
他要转过一个街角
他要闪进闹市的人群之中
他哼着小曲
吹起了口哨

## 水　鬼

河里有看不见的水
早晨醒来
他沿着光线
追赶一个陌生人
和一只吃草的兔子
他在兔子耳朵上
取下一枚别针
下河洗脸的时候
他看见了阳光
这下放心了
今天一天
不会遇见鬼

以上诗文写于2017年5月27日至8月29日

# 东娃的诗(6首)

东娃，原名张国民，安徽太和县肖口镇人。

## 在皖西北

每年外出打工
我都把皖西北折叠折叠披在身上
把小谭庄捆巴捆巴扛在肩上
还有那条东西的村路，南北的工业大道
我也卷巴卷巴，掂在手里
把全村男女老少的名字，也数罗数罗，装在兜里
每天，像翻书一样，翻看几回
南地那一片黄土，我不能不看
百草覆盖的坟茔下，埋葬着我的父母
沟南沿的老宅，我也要去看上一遍
现在，那里长满了修竹
煤油灯下，那个苦读的少年，如今去了哪里
村西小桥的南头，站着一个中年妇女
她一会忐忑地望望自家的楼房
一会不安地望望那棵枝繁叶茂的白杨……
看后，我把这些浓缩的图片全部发给了我的儿女

也不知道她们看后，会想起什么

2017年1月9日

## 年三十，在老宅上砍摇钱树

站在最前面，领头的那棵
膀大腰圆，顶天立地的。能起到
模范带头作用
是当了一辈子生产队长的父亲
——不能砍

这一棵，不声不响，纤纤弱弱。待在一边
是怕惹是生非心慈手软的母亲
成天系着老蓝布围裙。挑水做饭，洗衣喂猪
纺线织布，下地干活……
一辈子没想过一天福
——不能砍

这一棵，矮矮小小，骨瘦如柴。脸青黄青黄的
是爷爷。六〇年饿死的
——不能砍

奶奶一辈子争强好胜，俩人活着的时候
成天打铁磨明的
这一棵，是奶奶。盛气凌人的
——不能砍

“爸，这棵呢?”儿子跑到竹林深处喊
“不能砍!”你看
他集中继承了她们全部的优点

2017年2月9日

## 小　满

现在称得上是一年里最富裕的季节
天气温热。绿树浓荫。蓝天白云
寂静铺满村庄，树林，田野，沟塘
“黄鹂来，拔蒜薹。黄鹂走，出蒜头”
眼下，正是老农们闷着头抓紧刨蒜头的季节
向田野上一望：麦秆儿黄亮黄亮；麦穗蜡黄蜡黄
麦芒，像一根根金针，闪烁着光芒
白天，偶尔有一只布谷鸟，突然间
啼叫。吓得地上的胆小鬼一阵狂吠
忽闪忽闪的翅膀刺破苍穹
喝糊喝糊的叫声穿破云霄
黎明，布谷鸟旋转着。一声声的啼叫打破好梦
五月的阳光，似一瓢瓢的金水
哗啦啦泼向齐刷刷黄澄澄的万亩麦田
偶尔，有个老农。打地头走过，掐一穗小麦
用手揉揉。用嘴吹吹。小声数数：60粒!
不多不少，整整好好——
“谷三千，麦六十，豌豆痛收八个籽”

看来，今年的光景，丰收已成定局
“小满饱满，忙种打完”

2017年5月21日

## 等收割机的中年人

他骑着那辆吱吱儿叫的老摩托
一天三趟五趟往北地跑
可马站立的收割机，像一头雄狮
老实在塘北沿儿那一片麦地里奔突，吼叫
这是第三天了，他内心犹如火燎
家里，上有卧床不起的老父老母需要照料
下有妻子跟人私奔后撇下的儿女需要呵护
还有神经病的弟弟需要安慰
原先，他就是一束麦穗。锋芒毕露
而现在，他是从收割机里喷吐出来的沉甸甸的麦粒
蜡黄的皮肤里储满了洁白，忍耐和仁慈
那原本的尖锐和锋利，已荡然无存
日子，削去了他的棱角；岁月，磨平了他的凸凹
烈日，锻打了他的钢口；风雨，洗涤了他的浮华
幸好，有一种奇异的鸟，吸引了他的目光
那种鸟，身材修长，颜色金黄
有如一支麦穗，从他头顶上飞过
有如一支离弦的箭，射向深远的蓝天
那只尖叫的鸟，有如他那辆吱吱儿叫的老摩托
他好像一路在等收割机，一路吹着清闲的口哨

田野里，跟他打招呼的人很多很多

2017 年 6 月 4 日

## 画父亲

把画笔从书包里掏出来
赤橙黄绿青蓝紫，我都比试了一遍
哪一种颜料用在父亲的身上，都觉得刺眼
最后根据父亲的肤色，我选定了土色
因为父亲
成年累月给我们一家人在土里刨食
可是父亲的身高我无法企及
因为那时，父亲在我的眼里
就像《岳飞传》里的高崇
可以一口气力挑金兀术一百零八辆铁滑车
他像高崇一样英勇无畏
一张小小的白纸，怎能画下
身高丈二，膀阔三尺的父亲
我更不敢画出他的声音
因为他一喊
我家那两间岌岌可危的土屋，就会
摇摇欲坠，就会哗啦啦落下一阵小雨

2017 年 8 月 16 日

## 一朵白云微笑着跨进秋天的门槛

雨水一次次摁住了酷暑的脖颈
从此以后，它再也没能抬起发狂的头颅
阳光的手臂柔软了；天空的脸色柔美了
一座座钢筋铁骨的楼房，烫手的面孔
也温顺了许多
瓦蓝的天空中飘荡着一片片云朵
她们一个个低头欣赏着下面黄绿相间的画卷
其中有一朵微笑着，正路过我家门口
我望着她的笑脸，跟她打了声招呼
一抬脚
就跟在她们的后面，跨过了秋天的门槛
在天空，她们有信马由缰的快乐
在尘世，我有马不停蹄的忧伤
一转眼，那一片片云朵，变成了一张张
小小的创可贴
贴在了我被夏季烫伤的蓝色伤口上

2017 年 9 月 10 日

# 刘剑的诗（9首）

刘剑，60后，安徽涡阳人，现居北京。著有诗集《徽蓝》《短歌行》《海石花》等。

## 波士顿的天空

波士顿的天空蓝得让人心痛
白桦树也被打动了
在刚刚过去的中国的春节
树根的嫩芽就开始萌动
后庭的树林里有微风荡漾
微风里有腊梅的冷香
小松鼠不怕人　当你经过它时
它会用一种若无其事的目光盯着你
在这么一个安静祥和的节日
我想买点中国白酒庆贺一番
跑遍了这里的所有的超市
竟然一瓶也没有买到
幸好朋友蔡耀民家还储存了一瓶茅台
我一连干了三大杯　在酒意正酣的海岸
在当年约翰·温斯洛普上岸的地方

我看到人头攒动　似一朵朵涌向沙滩的
浪花

2016 年

## 过海关

川普刚刚宣誓就职
我就空降而来
元月二十五日　这个日子可以记住
也可以忘掉
过波士顿洛根机场海关
我看到的美国人　无论男女面部依然是
那么陡峭　心里不禁咚咚地打鼓
我能否顺利过关　包括包内的那两袋酱
牛肉　我得悄悄将它扔掉

2017 年

## 列克星顿小镇

一夜零星的冷雨敲打在玻璃窗上
天明　玻璃窗上并未留下一丝痕迹
241 年前那声枪响　却给整个世界
留下了不可磨灭的痕迹
我是在第二天天亮才知道
我来到美国的第一夜

竟然是在列克星顿小镇度过的
这一夜是那么的寂静
除了冷雨敲打在玻璃窗上的滴答声
我没有听到任何声响
一个多么典雅多么安详的小镇
那场因印花税引起的战争
说久远也不久远
却在我睡着与醒着的一瞬间
世界的天平发生了根本性的转变

2017 年

## 列克星顿第二天

在列克星顿的第二天　我必须要到那位
民兵的雕塑下照一张照片
你看他双手提枪　神色凝重注视远方
仿佛要把冬天的白云用目光射下来
如今它们都已变成美国的一座座城市
和村镇　请看那路边堆积的残雪
我曾深深的祝福它们
这里的大地空旷不远处就是大西洋海岸
那些从大洋上漂泊而来的人
都是脚下有奔马内心有猛虎的人
船儿很轻　稍不留神就会在风浪中陨坠
变成被世界抛弃的人　被世界抛弃或者抛弃世界
在这里已变得无足轻重

我似乎感到一种永恒的东西在闪耀
目光所及之处已无法辨认方向
身体在云卷云舒之间被徐徐打开

2017 年

## 康科德小城

一座活跃的文学之城
这里有作家纳撒尼尔·霍桑的旧北桥住处
有拉尔夫·沃尔多·爱默生的宅第
还有路易莎·奥尔科特的果园
瓦尔登湖畔亨利·大卫·梭罗的小木屋
我在小木屋静坐沉吟
然后环绕那个著名的池塘走了一周
向着飞鸟向着森林向着小船头飘向远方的笛音和尘埃中出
　　没的蝼蚁
找寻那本关于《瓦尔登湖》的书

2017 年

## 在纽约遭遇暴风雪

凌晨开始的一场暴风雪
把今天要去的所有的景点全淹没了
在纽约近郊的罗曼达大酒店的大堂
游客们团团围住导游

我听到了来自四川　来自东北　来自河南
口音的牢骚
而我却躲在一旁暗暗自喜
那些景点如帝国大厦、自由女神像、
纽约大都会博物馆好找
而这场不期而至的暴风雪不好找

我见过北京的雪喜马拉雅的雪呼伦贝尔和博格达峰的雪
却从未见过纽约的雪　曼哈顿的雪　哈德逊河上的雪

我静坐在宾馆温暖的房间里
望着窗外飘飞迷乱的雪花
我想让它下得大一些　更大一些
把窗外停在空地上的日本车、德国车
美国车全部覆盖
所有的标志也全都看不到
正好我可以把它们想象成那是中国一汽的车　二汽的车
　　奇瑞的车比亚迪的车

那高速公路去往新泽西　去往马里兰
去往华盛顿的路标也全部被覆盖
正好我可以想象那是去往北京　去往河北
去往安徽的高速公路

我想让这场暴风雪下上一天　再下上一天
正好我可以在这里思考　在这里写诗

最后让这场雪在我的诗歌里停止
雪过即晴　并见到灿烂的阳光

2017 年

## 波托马克河畔

建国初期的领袖们一眼就将国家的中心钉在了这里
南北自然分界线的波托马克河畔
其实是原先印第安人的荒野沼泽地
来的时候　一场暴风雪刚刚过去
整个城市布满了纪念碑纪念堂和雕像
相对于白宫和国会山来说
这里的一切都是那么宁静
就连那曲《星条旗永不落》也是在宁静中演奏的
有许多比鸽子还大的飞鸟　它们激荡地
飞翔
它们飞越城市最高的建筑华盛顿纪念碑
当地人习惯性称之为“方尖碑”
但是无论它们飞得多高
最终总会滑翔降落在波托马克河畔的
低处　我的目光寻来寻去
忽然感到鸟儿飞翔的激荡竟来自
波托马克河最深处的宁静

2017 年

## 古老的玻璃

——访纽约州康宁玻璃博物馆

在这里　我见到了所有的现代的玻璃
更见到3500年前的玻璃
那是一尊古埃及法老的玻璃模型
我见到那么多现代的东西
但当我的目光与这尊古老的玻璃相遇时
我的心中不禁一阵惊悚
时光仿佛一下子停了下来
天空停了下来　飞鸟停了下来
所有的事物都停了下来
像一座迅速凝固的大海
当所有的人的脚步渐渐远去时
我看到了这尊古老的玻璃里即将透出的春风　和那双紧握
　　春风的手臂
它并没有将我们紧紧地拴死在那个时代

2017年

## 在暴风雪中飘摇的大巴

——从尼亚加拉瀑布回波士顿途遇暴风雪

是风吹散了雪花　还是雪花追着风飞舞
从尼亚加拉瀑布到波士顿的高速路上
一辆大巴也被风吹成了一朵飞舞的雪花
刚刚看过那飞流激荡的瀑布

刚刚体验过那惊心动魄的雷神的传说
又在这满天飞舞的暴风雪中来一次酣畅淋漓的漂流
这北美暮冬时节的暴风雪
使我在这里的日子所剩无多
并竭力缩短着我整个人生的旅程
时间像一根无形的绳子
八个小时的车程又被紧紧地拉长了两个小时
借着雪光可以看到前方就是波士顿了
——一个年轻国家的摇篮
我正在默默地计算着从她诞生
到这场暴风雪之间的距离

2017 年

# 王全安的诗（3首）

王全安，70后，安徽省涡阳人。著有诗集《雪白的温暖》。

## 王　庄

沿着水泥路，一排贴着白瓷砖的楼房
大铁门或卷帘门大都紧锁着
有院子的，拴着一只大狼狗
一有人过，狗就挣着铁链子叫唤

往庄里走，大多是红砖青瓦老房
一些老人住在里面
堂屋中央放一个长条几，条几中央供着遗像
一张红漆方桌，几把掉漆木椅子
走进一家，喊很久，也没人应
原来大娘聋了，坐在屋檐下就睡着了
旁边的小黑猫喵呜一声窜上屋顶

有人考上大学
村里热闹了几天
有人陷入传销

大家叹息着，议论着
很快又恢复往日寂静

这是我的故乡
每次都想回来
每次回来又想尽快离开

2017 年

## 秋风里

秋水远走他乡
不知在哪里停下流浪的脚步

天空飘满雾霾与谎言
被洗过的脑子传销着黄金梦

村庄里找不到一头老黄牛
老槐树下的石磨，落满了灰尘
留守老人的叹息淹没在秋虫唧唧里

许多人漂泊在一个叫城市的秋岛
拥挤着，孤独
微笑着，面面相觑

秋风越来越迷茫
“我是个没有故乡的人

哪里才能安葬我的灵魂?”

2017 年

## 白　露

土路长满野草
被雾濡湿的落叶随风飘零
庄稼散发腐朽的味
太阳惨白着脸，冷冷的
像个忧伤的留守妇女

鸭子似乎不知道越来越深的凉意
三五只在一起嬉戏，扑棱翅膀
呱呱呱地叫，扇起一圈又一圈
污浊的涟漪

走进拥挤的人群，互为隐者
擦肩而过，也感觉不到彼此的温暖
秋爬上心的穹顶

那是谁站在桂花树下自言自语
是吟诗，还是忏悔?

2017 年

# 王净的诗(1首)

王净，生于安徽蒙城，现居浙江桐乡。著有《乌镇诗草》。

## 《乌镇诗草》(节选)

### 一

孤独抱着你的小腰入睡，
你不反抗，因为你知道
这是纯属多余，你反抗
也不过是因为你想被它
深深啜饮：一饮而尽。
我在这里拨弄着指头，
计算时间，无法安稳。
在你的睡眠上雕刻着
黎明的花纹，目光落处
太阳挥舞着光线，绘出
雪的残影，一阵风捉住
清凉，往我的怀里投掷，
冬天给我现实主义的考验。
我不能装作无所谓，我冷。

我不需要你的眼睛——
燃起的火把，照不到的。
我是耳朵，请你化作声音。

二

时间迈动双脚，于钟上
来回踱步：一把交叉的剪刀，
裁出生命的锐角和钝角——

我们，背靠背住在
硬币的两边，互为美好的
邻居，择日点头致意，
相赠微笑的花朵。

你泛着银光的寒冷的身躯，
遗我以精美的雕花护栏——
阻隔寒冷的攀爬，
留与温暖的美背呵。

你不知，暖意相赠之际，
我意外收获了光线里
你背身时阴影的黑暗呢。

三

恋爱使我们充满力气，搬动
一块云，砸向你的眼之湖，

扑通一声，开出静谧花：
黑睫毛上晃着露。

你唇上的曲线，雕刻着
甜蜜的模样——
它的小身子上飞泻着圆弧。

我渴望着做它的邻居，在
你的下巴上置田土——
筑一座供眠后细窥的楼。

你的鼻与我争宠，居高临下
敌意满怀，喷洒兰花的气息：
挫我意志抑或是别样意图？

**四**

悲伤相赠我们勇气，向美好
渴求良药，于低处发出邀请：
爱情，请给我开一剂速效药。

爱情大声训斥：“宁可高贵地
发霉，也不可委屈地恋爱。”

宗教般严肃的面孔，铅球似
沉重的语粒，石头可曾——
开出花来？我心举起问号的

小旗，摇晃着找寻空气的手掌，
为摩擦的欢快——“曾，土壤
造就的石头的身子。”天呐

是你的嘴巴调皮，还是我的
耳朵灵犀，抑或是石头感念我意？

五

与道德，我们缺乏争辩的力量
借助诗歌，我获得虚妄的强大
特别在夜里，虚妄举起酒杯，
向孤独敬酒，贿赂它高傲的内心，
敏感也变得疲乏，于警惕的
岗位上渎职，转身拥抱
它的静寂，睡出一身蓝来

我多半是患了忧郁症，孤独
指责我对生活缺乏信心，对
爱情过分渴望且难有实际行动。
难道不应该么——对于爱情
我只想伸出孩子的双手，你管我呢！

而姑娘，你的话十分对头：
“爱情像咳嗽，来了挡也挡不住”
我的担心多少有点浅薄：
“如果不来呢，不来呢，不来呢？”

“那就等呗，就等”——“呵，
你倒说得好听，你来等等看看”
我知道我有点忧郁，但我不过是为了爱情。

六

隔窗，黄昏缠绕着万物：
富态的银行、未消尽的雪、
突枝丫的细长的树上
猥琐的鸟雀……

我瞥见明月屏住呼吸，
蹑着脚，轻推黑夜之门，
生怕惊动游戏的群星
聚会的欢乐……

星星：时间走过的脚窝——
黄昏与黑夜联手播下的
记忆的地雷，炸痛了
多少清瘦的怀远者？

七

我又想起了孤独，近日来
那纠缠不清的债主，我想起
了它的姊妹——忧郁，
将我堵在了我安静的小屋。

我为何这样赤贫，竟
落到如此地步？如果，
这不是虚幻，真实也不会
拍案做主，难道我是
它们畸形婚恋的私生子？

姑娘，我不得不告诉你
我的痛楚：有一次，我
瞥见了你动人的照片，
我的心猛然紧缩，
仿佛忧郁突然抱紧孤独……

八

你的声音裹着大理石的光泽，
我喜欢的轻盈胜过于
棉花的软柔，只有白云的
自在，我曾投给过热爱的一票。

作为落日的拥趸，我为眼睛
订购过无数斑斓的门票。
我有幸瞧见过色彩聚合的盛宴，
壮观的美撞伤了我的右眼。
可我希望里面蹦出声音来，
这种想法显得多么荒谬。

我喜欢你真理般的腔调：
一把秀气的水果刀，将我

脑袋溢出的混乱的枝条砍削。

## 九

黄昏经营着忧伤的店铺：
落日伤了身子，飞鸟
羽毛零乱，暗淡的光线
捆住一个人思念的瘦腰。

月亮接下太阳邮递过来的
光明，揣度着怎样将它
发扬光大，低估了薄雾的
能力，以至于怨恨溅得
到处都是——哦，
这漫天的星子是上帝的
梦遗从月光中滴落吗？

我合上书本，把文字
关进坟墓，举步涉入
这月色如水的光华，
冬天的气温异常寒冷，
连清辉都是颤抖着簌簌落下，
还好，它远远低于思念的温度。

## 十

黎明时我醒来，太阳递来一把光线，
我思量着它的美妙，如能捆在你身上

这该有多好！既温暖又牢固，
伤不到身子，也能将你紧紧地挽留。

可这想法多么不合时宜，你听呀
鸟儿弹出的翠珠轻敲耳膜的锣鼓，

你看啊，清晨有一张美好的脸庞
——鲜花，也只是让她变得更美。

树叶抱着风，一阵一阵地波浪似的
颤抖，面对美谁人能将静默保留？

我也拒绝成为例外，想把眼前的
良辰美景紧搂，可是呢——

无望这颗铅球，密度过高，不宜作
迅速抛投，我也需必要的技术储备，

为弧线的圆满担负优美的责任，
我也要向这窗前的薄雾学习——

在玻璃上绘下花纹的美丽，
尽量——把事情干得完美。

姑娘，我又复习了你薄荷的眼神，
趁你熟睡，我测试了我的听力，

为何声音模糊不清，给我心上撒下
浓雾的委屈——忧郁在拍手笑我呢！

我碰壁于这辽阔的空间，你也不能
自由穿梭于时间，这剪刀的两把利刃

讨厌的罪恶的刽子手，剪开你我
还嫌不够，却将我扔到黎明，

把你投进黑暗的井口，希望举步开溜，
赠我无望的黑眼圈，在它转身离去后。

2008 年

# 高家村的诗(6首)

高家村，原名高健，安徽涡阳人。著有诗集《柔情如伤》《一场薄命的爱情叹息》。

## 柔弱之水

真情的深处
是一些柔弱之水

刻骨的痛楚之后
黑夜降临
谁能看见真情的碎片

刻意的淡泊
总在擦肩过后消失
为一个日子流泪
我们种下的合欢花
为什么长不成玫瑰?!

一个人的名字成为语言
一个雨夜成为余生

这是一次绝望的爱情
你带走洁净的身体
和玫瑰的碎片
只给我留下
握别的余温

1989 年 6 月

## 寒 笺

苔霜履痕，素绠牵扯的碎玉
跌落井台。你薄薄的红裳
是否能阻隔春寒

三月的烟花不至
淡淡烛火，长发难理的凌晨
无寄的情梦总是枉然
昨夜薄醉，滴檐下你流连的
容颜，远在关山

昔日楼台已成断垣
残卷中，我只是守着岁月
一截空空的枝柯，憔悴着
青春

1989 年 12 月

## 在涡之阳

涡水东逝，水鸟在一月迁徙他乡
这个冬天因而特别漫长

对岸的女子漂洗衣衫
与梅相似的身影令人心颤
一河之水，隔断了一厢深情
有水无萍，风景蚀骨之痛

柔情的季节总很寒冷
在往事的温暖中
醉卧异乡，是否
这个城市与梦有关

哪一扇窗下
伊人曾临街守望
寒暮中，斜阳递过来一只温暖的手
我握住它
就像握住梅憔悴的枝柄

1990 年 12 月

## 梅或者枫:殉或者殇

在一场被季节错过的雪中

我想起你伤痛的名字
想起那一份
苦守千年的缘

打开蒙尘的诗书
犹闻你弥留的清香和痴怨
咯血朱楷，你曾经种下的
九百九十九朵如火玫瑰
仍暖不了
我孤枕无眠的寒愁

当焚寄的诗稿
在凄绝的风中
纷纷逃离
谁能让厚厚的黄土隔断红尘
隔断一场刻骨铭心的爱情
而了无痕迹？！

只为一世痴痴的期许
无由坠落风尘
那一轮清辉下
送别的长路，踏不完
满心满怀的爱恋
却踏碎了我一生积蓄的幸福
千年的情愫
留不住薄命的红颜和爱情

宿命的姻缘
就像一场无法重温的红楼春梦
在世人的演义中
我或者默念你的名字
随风而逝
或者入土为陶
静候来生

1990年10月

## 鸳鸯剑

从一场经典的音乐中醒来
废都已谢尽万里繁华
你走了以后，烟花零落
疼痛的利刃时时逼近
青春的伤口

十里新柳青青　一缕乌丝如雨
红酥手挥别的季节
谁的清泪　养育着一对
从不分离的水鸟?!

剑影中的玫瑰
从心脏穿过
身后的风景逐渐退缩
这是第几个沧桑的轮回

杯中的残酒依旧清香
案上的冷香依旧氤氲
我平平仄仄的心事
依旧踱满柴扉虚掩的书屋
只不知你似雪的罗衣
在哪一个小桥流水的村庄绽放

朝代的青冢年久失修
一段落满尘埃的故事
高过岁月匆匆的倒影
古典的纤步中
一种幽冷的光芒
渐渐洞穿我薄若蝉翼的一生

1994 年 6 月

## 宿　缘

如梦的季节我该如何向你诉说
三月的花事已过
痴候一生的人尚在梦中

这是最易伤痛的日子
枫红如诉
少女的心不再是一枝待绽的花朵
前生之约
无由地错过

比生命更沉重的是爱情
无法错过的泪水
一个人的名字从此成为一种伤害

弦断之时你是否仍在倾听
孤蝶残红
苍茫时刻我该向谁诉说

恋赠的辞章已成经典
青丝成灰
我在已涸的溪边想起你前世的容颜
无缘今生
你不再是我的红粉佳人

青砖埋在黄土下
铁钉锈在木头里
千年的情结，衷情走过的岁月
深藏于故冢
回首经年
是你我相恋的尸骨

1994 年 6 月

# 葛亚夫的诗(2首)

葛亚夫，笔名洛水、麦垄等，80后，安徽蒙城人。

## 我放下爱情，却没有立地成佛

做梦年龄，白马银枪，四海为家
汉的民族胎记，标识着咸阳游侠的禀性
萍水相逢情浅，美酒一斗义深
三杯入怀千金诺，五岳覆掌谈笑间
眼眸生花，耳根旖旎，三千心事素霓生

你绣口一吐，翩然了一阕汉唐
眼波闪，花影乱，一缕青丝系不住流年
青春微醺，满山梨花解不开一场醉
你眉一扬：纵死侠骨香，不惭世上英
我手一挥：谁能书阁下，白首太玄经

我们用一场梨花约定。望眼处，入时无
你我打马而去，把背影搭于月弦上
上弦月射中我，下弦月射中你
骄阳、明月都是一盏灯火，奔走半生

我才明白，你是我命中注定的锦绣山河

放下皆尘烟。我放马南山，候你归来
沉默入酒几壶，情思烧喉片语
你梨花遮面，牵我的掌纹喃喃卜算：
彼不杂，此不恋。旧事入画，年华入禅
爱情披上袈裟，立地成佛也成了痴念

2017 年

## 半生归来，只若初见

篱笆是新扎的，春天会长出纤细的枝叶
挽着落花，一个人相谈甚欢
草房是新建的，梨花的瓦片，每年
都会重新粉刷一遍。你离开后
我把家收拾得窗明几净，除了我自己

我要住下来，学会耕种、煮饭、浣洗
学会用眼里的水煮茶，用心跳点火
阳光灼烫，月光冰凉。我还是住了下来
你说窖藏的酒醺开梨花时，就会回来
春天的温度正好，酒坛里的天空正好蔚蓝

你来时，我醉了，还以为是个梦境
只若如初见。你端坐在我的木凳，满酒
我醉卧在你的竹椅，不知归路

你低眉：纵死梨花香，不惭人世一遭
我牵手：吾能耕南山，白首采花两悦

江山如画。整个天下的大好河山
凝缩为两盏的心跳，执手相望
扇头空白处，少年提笔，少女题词
梨花落在当年，年华停在当初
不谈功名，只在一场梨花上临摹今生

2017 年

# 绿鱼的诗(10首)

绿鱼，原名程逊，1990年生，安徽涡阳人。著有诗集《2017唾沫诗选》（合集）等。

## 坏毛病

在路上走
你不得不步伐加快
其实也没有什么要紧的事
就是停不下来
或者说
是慢不下来
这是我在北京养成的坏毛病
当然了
有时候是想尽快赶上前面的人
看一看那女的
相貌如何

2015年

## 人口普查

乱糟糟的一群人
在走廊说话
不多会儿听见敲门声
人口普查员来了
一个男的跟一个女的

通过他们的询问
我知道了隔壁
是一对甘肃来的夫妻
从事餐厅娱乐业
再往里边的女邻居

是一名幼儿园老师
还有一位是外卖送餐员
我是个怎么说呢，做传媒的？
那男的在职业栏里写上12

我们都是农业户口
到该做饭的时候了
我没好意思端着菜
像往常一样去水池边
等会吧，等他们上了3楼

2016年

## 坐

仰躺在沙发上
女人站在前面
背对我
她的臀部肉而有致
午后的时光
容易叫人睡眼惺忪
我闭了目
想
要是她坐下来
该有多好

2016 年

## 梅 花

我爸爱喝酒，尤其爱喝啤酒
他以前喝啤酒时
都是直接用大牙咬开
具体做法是
把啤酒瓶口塞到嘴里
利用杠杆的巧劲，啪！
一枚盖子便滚落在地

要是我肯用点心

收集
他喝过的啤酒的盖儿
并把它们一一摁在地上
如今，那得是多么大的
一片梅花啊

2016 年

## 一个小贩

在地铁口拉一
三轮车菠萝的
那个下巴长胡子
个头没我高的小贩
我认识他
他就住在安家楼
是个精明的外地人
冬天卖麦芽糖
春天卖菠萝
夏天卖西瓜
秋天，秋天卖什么
我说不好
不过我倒是见过
他用灰单子在车上
罩了一堆狗崽子

2017 年

## 那是我第一次面对这个世界感到孤立无助

妻子怀孕了
但又流产了
没有保住
断断续续流血
冬天的北京
风冷得要命
何况，她又是
这样的一个孕妇
她告诉我
不行
还得去趟医院
我就知道
大事不妙了
我们原本打算
去我明天将要
工作的现场
他们安排了宾馆
……
但是现在
她一步都不能走
腿脚缚了铁链
躲在背风处
她打电话
给她的姐姐
要她来照顾她

在路边
我向每一个
出租车招手
没有一个停的
平常十分钟
公交的路程
堵成了汪洋大海

2017年

## 女人是男人的未来

下午三点，拍摄需要转场
同事叫来了两个学生
加上我们总共五个人
一开始，我走在最前头
没多久就被同事W超过了
他两个肩膀各扛了一支三脚架
太阳光照在他瘦弱的身上
我忽然想起几分钟前
无意中听到他的微信语音
一个女孩说“好想你啊!”
同事K落在最后
他在跟那两个学生说话
他的手机屏保是一个
白白胖胖的婴儿写真
……

真他妈好！我被一种无法言说的
愉悦之情所萦绕，因为我也时常
想念着我的妻子

2017 年

## 夏　天

记得以前有过一段时间
爸只穿三角裤，弟弟也是
我也是，连妈也是，只不过
另加短T恤。那是家乡最热的
夏季，但我又想不起来
是哪一年，印象中那似乎是
我们一家人最悠闲的时光

2017 年

## 儿子的恐龙

我返城北京时
儿子还在熟睡
我没有惊动他
等出了地铁，在路上
我给妻子打电话
我问你儿可找我吗
咋没找？找了你一晚上

我们就说你上集
给他买好吃的去了
挨睡了又问
爸爸该回来了
爸爸咋还没回来？
我说你别这样讲啊
就告诉他我去北京了
妻子没说话
却把电话给了儿子
没想到，他扯嗓就问
爸爸你干啥去了？
我反应了一下
爸爸去北京
找你的恐龙去了呀！
爸爸你可找着吗？
我差点流出泪来
找着了啊！等下次回去
给你牵回家可好？
——好！

2017 年

## 时间深处

如果我能走到时间深处
……
我想去亲临我的出生现场

亲吻那位生我三天而不出的母亲
我还想拦住那辆由年轻男孩骑着的摩托车
它载着穿红色衣服的新娘
我请他们开得慢些，稳些，再留神些

我更想在还没放学时就紧盯着天边
时刻准备着识别到底哪一处火烧云像猪八戒?

如果还能再往前？啊——
我太想跟着那位年轻的女孩身后跑一段儿了
哪怕变成蝴蝶呢?
你知道
她正孤身一人从家中徒步走到集市上
去见我未来的父亲
这个概率极小极小的偶发事件
太惊险，又太迷人!

2017 年

# 苏玉明的诗(6首)

苏玉明，60后，安徽利辛人。

## 二爷的哮喘

整个冬天都住在二爷的咳嗽里
胸闷气短哮喘
把个二爷的脸憋得通红
一个早晨就这样被二爷使劲
咯了出去
啥药都没作用
二爷习惯了用他的那杆旱烟袋
帮他透气

每年这个时刻对二爷都是一道坎
爬过这个坎
二爷粗重的喘气一年就匀称了
接下来的任务就是
积攒足够的力气
酝酿明年冬天的哮喘

2017年

## 父亲的鞭子

父亲的鞭子
从不落在牛身上
它只响在牛上方
父亲知道打没有吓起作用
打疲沓了
牛劲上来
别说鞭子
就是拿刀子捅
牛都不会动
偶尔打一下
父亲也会心痛得要命
晚上回去
悄悄地
给牛加草加料
来弥补
自己白天的愧疚
和冲动

2017年

## 母亲唤猪

打从把小猪抱回家
就当爷养

小猪是全家的宝
吃稠的　喝稀的
一天三顿　一顿不差
大人孩子和猪一口锅
喂啥指望啥
侍候一个不会说话的东西
比孩子还要操心
我经常看见母亲给小猪挠痒
眯着眼的小猪躺在地上
晒着暖烘烘的太阳
小猪长得比我还快
一眨眼
变成了大猪
大猪偶尔挣断链子
父亲崇尚暴力
结果把父亲累得比大猪还喘
母亲一声
轻轻的呼唤
——咾咾咾咾大猪大猪回家
撒野的大猪
就会乖乖地回圈
大猪被杀猪人拉走的那会儿
手拿着猪链的母亲
站在村口
敲着猪盆　眼里噙满泪花

2017 年

## 种棉花的母亲

白花花的棉花开了一地
母亲头顶是最大的一朵
整个秋天
母亲都陷在棉田里
一筐筐的棉花运出棉地
母亲坐在地头
不住地喘气　毕竟
一岁年纪一岁人

棉花还没种下地
母亲就打好了算盘
头喷棉花一朵不卖
今年给大媳妇明年二媳妇后年三媳妇
不偏不倚
再后来
给孙子孙女

累死累活一辈子
也没给子女置过像样的家当
儿女们的房子是自己买的
母亲总觉得亏欠他们
老了没有啥本事
就拾几筐棉花
置几床被子

给孩子们留个念想

2017 年

## 哑巴舅

哑巴舅老爷一个
一人吃饱全家不饿
没有面了没有米了
就去拾掇他那垛苇子

哑巴舅不种庄稼
只种芦苇
芦苇不用侍弄好打理
和它交流不要语言只要手势和力气

哑巴舅用他的芦苇把一年四季
编成茓子和席子卖出去
坐在地上编席子的哑巴舅很好看
像一尊佛坐在莲花上

很听话的芦苇在哑巴舅的手里
魔术般地幻化成各式各样的小玩意
——小响、蚱蜢、蜻蜓、蝴蝶、花筐
送给邻居送给我们

小时候只要见到哑巴舅

家里有好吃的他总是啊呜啊呜比划
我和我的哥们就跟屁虫似的跟着
一大阵撵狼样浩浩荡荡

还学着他的样子
不说话　只打手势
吹他给的小响　摇他送的花筐
村里人说：疯了

其实我最喜欢哑巴舅送我的
挂在墙上的苇编小花筐
里面的铃铛　哑巴舅在与不在
白天黑夜还时不时地响

2017 年

## 三大爷

自打县医院转回来
躺在病床上粒米未进的
三大爷
就不时地朝院子里张望

院子里还是那样
只不过多了一垛秫秸

小哥就问三大爷：

找什么
三大爷说：
东头王三的“房子”已经建了
想去看看

小哥知道三大爷在想什么
找人三下五除二
扒开秫秸
一口高大气派的红漆棺材
露了出来

三大爷点点头
三天后
三大爷平静地走了

2017 年

# 谭飚的诗(3首)

谭飚，60后，安徽涡阳人。著有诗集《独居一室》《边弹边唱》。

## 删

秒针正把分针删掉
分针正把时针唤回　河底的淤泥
把波浪删掉　书
把书页删掉

删。无处不在
我的呼正把吸删掉　我的吸
正翻过墙头
把呼赶跑

晚霞搂抱山野
山野正把夕阳删掉　山与野
互相删掉

比如秋天删掉叶子　阳光
穿透积雪

我们总有一天
把我们删掉

2017 年

## 蜗牛与蜘蛛

在疏空的细雨中
懒散的蜗牛艰难地爬行
时而将细小的触角伸出来
飞吻一下青草的气息　然后
把头缩进背上的钟表
在自己的圈中打转

似乎习惯于这种沦落
似乎习惯于这种节奏
似乎习惯于这种孤独

而在远处　一座弃置的阁楼上
穿梭一样忙碌的蜘蛛
在灰暗的布满尘土的屋顶
不停地吐丝、织造　不停地修补
不问蜘蛛网怎样残破　怎样
悬挂着虫子的尸身

似乎习惯于这种捕捉
似乎习惯于这种节奏

似乎习惯于这种孤独
寂寞着　回到昙花中间

2017年

## 潜　水

屏住呼吸　一点点下沉　下沉
触摸流水的脉象

手指压住耳根　减轻
加重的水压　从灰暗的楼梯口
四处漫延　我

闭上双眼　潜入河水的腹腔
憋住内心的话语权　我不看
不等于心中没有

我摸不到河的底部　幽深的源头
没有谁能够攥住　只能

捏紧鼻翼的翅膀　让飞跃的想法
点到为止　一点点下沉

黑夜逼近　我不知道
什么时候冒泡

2017年

# 向晚的诗(2首)

向晚，原名李唯伟，1993年生，安徽亳州人。

## 倾　诉

破旧的窗台没人说话，咳嗽
是你最后的语言
爱情属于虫鸣，忧愁属于高度的白酒
在亳州
偶有大雨，偶有风寒
扯不清的生活
就像着了火一样见风就长
你在一大堆干柴中——看着太阳
在水一样的夜晚中品尝朝阳
睡醒了，就写几句
自由的诗
有时，你也像路牌一样
等待每一只麻雀停在你的右肩
你也曾对着杜甫倾诉着你野草的风格
如风声，如倒空的酒瓶
没人说话的时候

咳嗽——
就是你一再痛苦，丢在深巷的语言

2017 年

## 衰 老

后来，你所认识的植物都衰老了
它们低着头
想着南方的未来
只有弯下的脊梁那么长，曾经
挥舞大刀的手
一到夜晚就长满皱纹
就连星辰看起来都没有那么亮了
它们各个孤独
它们承受着前所未有的荒凉
眼睛——
像一个巨大黑夜
容忍寒凉，容忍死去的爱情
容忍身在异地
而每逢圆月又不得不想起的乡愁
老了
就像一件穿旧的衬衫
被晾在秋末的衣架上感受渐渐响起的风琴

2017 年

# 淮北

合肥 淮南 阜阳 蚌埠 六安 宿州 滁州 亳州

# 张云波的诗(5首)

张云波，笔名芳博、梦晓，1964年生，安徽濉溪人。

## 我拿起了笔

我的眼睛再也不能洗涤食物上的尘埃
我的面孔再也承受不了岁月的刻痕
我的耳朵再也听不到轻薄的呼唤
我的嗓子再也唱不出醉人的歌声
我的心再也听不懂高山流水的私语
我的灵魂再也无法与玉米黄豆为友
我的梦再也走不了太远的距离
我的思想再也概括不了蚂蚁的精神
我的枕头变得坚硬
我的被子遭遇了风雨
我的鞋磨出了孔洞
我的眼睛摔成了碎片
我的车子失去了前轮
我的饭碗生出了斑点
我的房子摇摇欲坠
我面前的海开始一点一点枯萎

于是
　　我拿起了笔

1988 年 3 月 22 日

## 那时的村庄

那时的村庄
在一棵枣树下眨着灰色的睫毛
老牛搬出沙哑的脚步声
酝酿粉饰农人笑脸的一季霜膏

母亲不说一句话
默默地把慈爱揉进一日三餐里
阳光轻盈地走进同一个院落
鸡儿狗儿和我　争相开放

我喜欢在田埂上玩耍　歇息
然后在荒草地上踩出一条清晰的小道
父亲总会用审视庄稼的眼神
看着我一步一步走向另一个世界

1998 年 4 月 11 日

## 回家的孩子

太阳升起来的时候

它的心就碎成了一粒粒玉米
一个男孩子用空玉米棒子
搭建着自己的梦想
一层一层地搭下去
直到小小建筑倒塌下来
塌了再垒
垒了再塌

没有玉米的地方
有一条小路
男孩子沿着小路跑去
路的行程是家外的世界
路的尽头才是家
房子前母亲倚着门框
等待着回家的孩子

2002年9月12日

## 老　街

老房子们已经过了
　　看见乳房就冲动的年龄
我也习惯了低着头
　　走在老街的青石板上

多数男人喜欢用器官说话
我一遍一遍把衣服漂洗得干干净净

为等一个故事　哪怕只有一个开头
我忽略了所有的鲜花和女人

巷道的骨骼悄然中发生了变化
再也经不起游人脚步的敲打
曾经活跃的舞台主角
也都隐在背后　冷眼看着这个世界

我的脚步越来越迟钝缓慢
我一头的发丝依然乌黑发亮
我捧着鲜花　流着眼泪
一点一滴地想念着曾经的亲人

2013 年 5 月 17 日

## 走在浍河边上

夜色里
我用细碎的脚步
把你镀成一篇寓言
我想在岸边牵着你的手
而你已经渗透了大地的乳汁
你不属于我

一块石头上
我用缠绵的目光
把码头桥融化成一首诗

我想在这狭窄的通道上捧着你的脸
而你已经渲染出太阳的孤傲
你不属于我

我努力想象着
在河沟的边缘上栽树
在树林的旁边种菜
在菜地的旁边搭起炉灶
然后吃饭
然后睡觉
然后生儿育女
然后把儿女送到你的对岸
然后微笑

月光温柔成一抹淡雅的渴望
旋舞在你青色的唇上
你的眼睛沉入夜色
俨然一个不穿太多外衣的女人

我看不真切了
总有一种想流泪的感觉
一步一步
我从起点回到起点
我想象着
一个只顾写字的人
一个只顾洗浴的人
一个姣好身材的人

为了看水
就在水中留下了倒影
其实我属于黑夜
我在黑夜里走进岸边茂密的丛林
一棵树　一把搁在心中的尖刀
河岸就有了　一辈子拔不掉的痛

角落里的荒草
比餐桌上的果蔬更亲近人类
古色的渔船擦亮眼睛
身影就感染了那份只属于村落的宁静
我学会了　用自己的眼睛
照亮自己

2014 年 10 月 9 日

# 单勇的诗(6首)

单勇，笔名八九画，70后。

## 外　婆

外婆住在300里以外的老家
和一群鸡住在一起
和一群鸭、两只羊
住在一起
和一条狗、两只猫
住在一起
她唯独
不和儿孙们住在一起

外婆有些迷信
84岁那年
她拒绝再去儿孙们打工的
遥远的城市
她害怕衰老的骨头
留在家门之外的泥土上
她说

同村三个要好的老姊妹都客死他乡
一个在义乌
一个在北京
一个在上海
都死在了
儿孙们养猪、种花、收售废品的地方

外婆唯一的女儿，我的妈妈
住在离她最近的地方
300里路的行程，算不得远
可是善良慈爱的外婆不让常去看她
她说妈妈也有自己的儿孙要操持
比她的那些鸡鸭羊狗猫们费心很多
外婆常说对妈妈有着一个亏欠
就是60年前的那个年代
没让妈妈去上学。白天割草
挣工分，晚上学着纺棉花

每年的春节，都不敢
给耳聋的外婆打电话
因为不管这边如何呼喊她
电话那端总是焦急的啜泣声
于是，在每一年的清明节
父母只有在一个祭奠死人的节日
去同时看望一次
坚强活着的外婆

如今，86岁的外婆
还是自己剪短
长了的雪白的头发
挖去脚底顽固生长的鸡眼
前些日子，还为村里一个
遭人厌恶的
摔断手臂的老太婆
针线串了个簸箕

从前年起，我
每年都请一个假
怀揣故乡和一声柔软的呼喊
回到把我养到13岁
已没有牙齿
还患有高血压和冠心病的外婆身边
和她的鸡鸭住在一起
和她的羊
住在一起，和她的猫狗们
住在一起

2013年8月18日

## 平淡的表述

平淡——生活中的双扇门
一扇站立成朋友
一扇站立成敌人

有时需要插上门插
有时要需锁上门锁
身体与影子反复妥协
日子在咸淡中握手言和

2014年8月5日

## 矿工老B的爱情叙事

矿工的爱情，地心的煤
埋得深，开采难，也不值钱
如果，煤是深埋的爱情
也应该是一点就着的，像滚烫的火
针对两种不同的观点，50岁的掘进工
老B比较倾向于后者
他的爱情，缘起于一根女人的皮筋
据说，皮筋是在菜碗里发现的
如果按规定举报
矿上可罚餐厅窗口200元，奖励就餐人
老B却把皮筋偷偷藏进手心里
工友们都说老B变傻B（傻逼）
被喊做傻B的老B，从此和窗口的女人聊上了天
老B说：你的头发真好看（女人笑）
老B说：你扎头的皮筋在我手里面（女人红脸笑）
老B说：我要是举报，你会被罚200元（女人感激笑）
老B还说……

聊的次数多了。半年才能回东北老家一次的
老B，知道女人家住矿外的村庄里，知道她
儿子在外上大学，丈夫常年打工在上海
老B还知道……
情人节那晚，老B突然失踪了
这下，让习惯了他打呼噜，放屁
磨牙，说梦话的工友们
彻夜无眠。只听得春风里的野猫
歌声甚欢

2015年2月22日

## 我在春天里身染顽疾

春天，是易于染病的季节
我变得单薄而透明
妈妈的……

春天里，我想出逃，却不知奔走的方向
我想和梦中的女人谈情说爱
她说我神经患了病。妈妈的
这该死的荷尔蒙，病及花草，病及鱼虫
病及鸟兽，病及你我
病得张扬，病得任性又痴狂
妈妈的。病得我无计可施，牢骚满腹

贪官污吏者，妈妈的；为富不仁者，妈妈的

坑蒙拐骗者，妈妈的；蝇营狗苟者，妈妈的

三春里有鸟被捕。妈妈的
三春里有鱼被杀。妈妈的
这残害繁衍的暴徒，泯灭天性的
刽子手，额头没刻一枚火印
妈妈的

微笑里也藏有冷嘲和热讽
花丛中也埋有明枪和暗箭

妈妈的。生病的春天无处可逃
我透支所有激情，柔软成一朵瘦弱的花
去迎接雷声
妈妈的……

2015 年 3 月 21 日

## 致余秀华

看见月光，就想起你摇晃着的身体
想起你左手压住右腕时刻出的
扭曲到疼痛的文字
那些含血带泪的，拒绝虚情假意的爱恨
——是你又恨又爱的命运

你是诗歌自恋的时候

出现一团燃烧的火
正如你不舍脱下的那身红
烧尽了伪诗人那些自慰和手淫的梦呓

我肯掏心置肺，以诗歌的形式与你对话
因只因，你是最会泼妇骂街的干净人
因只因，你是敢说真话以疼痛取悦生命的人
因只因，你是愿意以诗为拐弥合伤口的人
因只因，你是为数不多能够打动我的人

你这样的人，不适宜城市和人群
你的灵光像庄稼和青草一样
扎根在土地
隐身在鸡鸣狗吠和兔子的绒毛上
如今，你怀揣下一个春天
不缺圈子，不缺朋友，不缺喝酒的银子
假若一天，与你有缘对饮
我愿落草为寇，重爱山河苍凉
悲悯这摇晃的人间

2015 年 7 月 6 日

## 坟

大年初一回乡时
一座座馒头一样的坟
车窗外的麦地里不停闪现

坟前摆有纸做的鲜花和祭品
这些年
我不知道
村里又死去多少老人

这一天，儿孙们
开着异地牌照的车辆
从四面八方归来
在坟前放着长长的鞭炮
下跪，磕着虔诚的头
说着护佑平安升官发财的祈语
（坟地有了庙宇的气息）

那一刻，坟里的人
若能走出坟墓
端坐坟前
该多好

这样想时
麦子忽然长高了
高成了村庄的模样
坟头孤寂其中
大概和他们在世时
情形一样

2016 年 2 月 8 日

# 华虹的诗(8首)

华虹，喜欢用分行的文字内省自我、外观自然、品味人生。著有诗集《听雨画虹》。

## 剥　笋

一层一层地剥离
内核鲜活
幼嫩
心，怦然一动
这像极了
一首诗诞生的过程

2015年

## 刚　好

雨点的力度
刚好与一朵杨絮撞个满怀
漂泊
原是没能遇上

一个结实的拥抱

大花的长裙
只在你的目光里
才旋转出
美丽的弧度

这注视
热度刚好
花儿自在地
绽放了

2015 年

## 下雪了，你听

麦苗说
还没来得及告白
你这拥抱来得太热烈太突然

银杏说
最后一场舞会的票还没发完
你就把我的扇叶小裙漂成了银白

雪人说
快给我一个舞台
我想早些看见孩子红苹果的脸

我说
这个天屋里要有红泥小火炉红红的酒
暖暖的吉他弹奏和一群欢笑的朋友

如果什么都没有
就像洛夫说的
就让我以茶代酒焚诗取暖

2016年

## 父亲,老船长

有些称谓
注定很硬朗
比如父亲
不由自主就想到
巍峨的山　宽阔的海
撑得了船跑得了马的胸怀

这称呼一旦出口
父亲就上了满弦
你这掌舵的船长
用爱、责任和辛劳撑起家的巨轮
在时间的海里播撒希望
收获温暖和幸福
当然　也有咸涩和苦难

父亲并不总是坚硬的
这世间最柔软的一束光
是父亲望向孩子的目光
不善言辞的他
只把所有的爱集中在这光里
然后辅以大手支撑
托举儿女成长

从风雨飘摇驶向风平浪静
老船长该歇歇了
家族的密码无须破解
于无声处传继的
是相似的性情和神态
一贯的温厚和善良

在星光熠熠的夜晚
小院铺着月光
酒杯斟满故事
老船长
和你的船员们谈谈过往吧
谈谈你一生的
骄傲和精彩

2016 年

## 在时间的边缘

秋风起
石榴树的黄叶纷落如雨
芒花白发苍苍
最后一缕残阳如诉如泣

我心弦上那一丝颤音
你听或者没听见
早已淹没在风里

我和艾略特的诗一起
屹立在地平线上
此刻，我只想向荒原致敬
因一份倔强的苍凉

你听，万物都在倾诉
无须意义
你诉说你的
我解读我的

2016 年

## 隐藏一场雪

入冬后，风的哨音自带凄厉

田野以褐色打底
就算银杏叶出面调和
枫叶红到发疯
依然扭转不了气色

大片落叶俯冲
集结冷
天空喑哑得说不出话来
如同我日日在心野里的独白

节气向纵深挺进
我把梦托给铁青着脸的白云
不怕，最终被寒冷和孤独塑形的
要么是一场雪
要么是一首诗

2016 年

## 采石矶

在采石矶
与李白擦肩而过
江水东去
逆流而上
谁的宽袍大袖
呼呼生风

雪杉林弥漫着酒意
一波又一波的人
在你投江的那块石头上
做起跳状
而与月亮对饮成三人
之后，你最想拥抱的是水中的自己

2016 年

## 回家过年

一夜间
我们完成了从南到北的穿越

北方的风冷刺刺的
连梦都变得坚硬

婆婆银发风中飞舞的画面
兀自不散
洋式的拥抱告别她不习惯
那一瞬眼中飘过一丝软弱
虽说她已经坚强了八十多年

有娘操持的春节
我们依然是长不大的孩子
早上赖在床上不起
被唤着吃各种美食

甚至收到了崭新票子的压岁钱

当孩子的感觉真好呀
真想有过不完的年
一直到很老很老
还有家可回
有娘可叫
还可以回家过年

2016 年

# 梅一的诗(3首)

梅一，曾用笔名兰心梅韵，原名邵敏。获安徽金穗文学奖。

## 孤　独

柿子树丢下一枚枚秋天的请柬
比丢下果子要容易得多
它暂时还没用尽力气，想保留更多
白云用剩的天空下
是时光之手抚摸过的芦苇
寂寥、静穆，满怀感恩

那些埋首于黄昏里的老人
是从何处坠落的果子?
他们发呆、静坐，偶尔
望着芦苇一样白茫茫的远方

无数颗柿子，各据一隅
这悬挂着的孤独
大海一样地翻涌
明亮是，悬在腰间的钥匙是

松绑的音乐是
沉默不发声的太阳
也是——

2016 年

## 时间的旋律

一路上——
你看到路标就念念有词
像一位初到寺院的僧人
只不过
这次你念的经文是前方和路
在你犹豫不决时
车子把时间碾出了几处细纹

向前，其实并非你的本意
好多时候，只因岔路太多
犹豫或者多余的言辞
车子和人
会同时错过最佳拐弯的时机
曲折，掉头，迂回
选择其一，都能穿过自己

我释放车窗里的佛语
看到一位聋哑者，诵经般地
行在已逝的路上

2017 年

## 她和她的孩子们

第一个孩子，是前夫留给她的印痕
正念大学；
第二个孩子，是现任丈夫带来的礼物
刚上小学，她拿不起放不下；
第三个孩子，是婚后丈夫送给她的标点
点在二人中间；

搞房地产的台湾老板
赠给她第四个孩子。才两岁，智障
如给她的空白支票，按月领取

她空白的大脑只有一个疑问：
能做四个孩子的母亲
为何成不了一个男人的妻子？

2017 年

# 陈李林的诗(2首)

陈李林，安徽淮北人。著有小说《丢失的月亮》，散文集《大地美丽》。

## 玻　璃

楼上掉下一扇玻璃
正好砸在汽车挡风玻璃上
掉下的玻璃摔得粉碎
一粒一粒，死的形状

挡风玻璃砸得遍体鳞伤
像蜘蛛网（钢化玻璃）
密密麻麻的裂纹
欲哭无泪，花开的模样

楼上的人
伸头看了看，又缩了回去
楼下的人
七嘴八舌，假设了几个如果……

玻璃与玻璃的一次亲吻
给小区注射一针兴奋剂
使枯燥乏味的生活
有了一丝亮光

2017年9月23日

## 母亲不知道儿子是个诗人

早醒为了早睡
正如早睡为了早醒
一夜三醒
或三醒一省
睡眠如破钟
总是走走停停
子时服下安眠药
凌晨又被洒水车的曲子叫醒
一边拧亮台灯
一边听着
楼下露水市场的叫卖声
想象着
番茄红润的脸蛋
黄瓜屁股上的花朵
蹦跶透明的草虾
带露青白的香葱……
我一边刷牙一边想
今天买什么菜

午餐荤素如何搭配
上洗手间时，又想
去菜市是否会遇到老丁、老李……
会不会碰到
好久不见的王女士
早晨五点
天刚蒙蒙亮
我一边系鞋带
一边看老王去年发的一条微信
正准备下楼时
灵感突然来袭
我赶快回到书房
把它记在在一张白纸上
今早决定不下楼
的确是为了一句诗
并不是怕遇见老王
母亲看我空手回来
问：不去买菜了？
我说：不去了。
目不识丁的母亲
只知道我自小喜欢看书
但她不知道儿子是个诗人

2017 年 12 月 14 日

# 陈朋友的诗(3首)

陈朋友，1974年生，安徽淮北人。

## 你是一个瞎子

时间证明你是一个瞎子
因为你看见
心里藏着
嘴里不说
关于那些生活中不平的事
还有那些爱怜的人
你不觉得你是这个世界上最可怜的人吗
不敢面对
不敢在公众的场合伸出你的手
给那些需要的人
你也需要救赎
可你心中信奉的神灵已经被世俗焚烧
也许你只能永远生活在自己的黑暗中

2016年6月4日

## 一个无诗的下午

你就那么久久地坐着
看天空又露出了她可爱的淡蓝
乌云看似已走远
那远远的天边藏着一卷什么书
在风吹草低的生活里领悟上苍的旨意
大致可以这样说
一切走远
何必再去留恋
在这个倦意的下午时光里
你端详着一颗自己的心
诗在模仿你

2017年8月18日

## 奶　奶

奶奶
是你想我了
还是我又想你了
梦见了你的坟
坟前开满了春天不谢的花
你坐在坟前和我说话
我们不说你逝去的这些年来过得好不好
也不说你逝去的这些年来我们都在想些什么

只说你在的日子
只说你包的饺子真香
你做的杂面馍馍真甜
你腿上的那块牛皮癣用烟灰抹好了吗
那场暴雨前你给我家收拾药材崴着的脚还疼吗
你的那个整天在屋檐下吊着的篮子里还有好吃的糖吗
你那台破旧的黑白电视修得还能看吗
你住的老屋早塌了
你的那根拐杖也不知啥时候丢了
你恨我们吗
我又想你了
想你了

2017年9月15日

# 马世界的诗(2首)

马世界，笔名宇宽等，1962年生，安徽淮北人。著有《马语集》《马语二集》《大平原》。

## 大平原

在共和国的版图上
你很小很小
可我常常
把你
我的故乡
叫大平原

大平原
大平原
在我心中
您真的很大
大得让我无法想象
大得让我苦思冥想
也想象不出您博大的模样
大平原一望无垠

大平原辽阔无边
大平原
我就想叫你
一声
——母亲

2011年10月6日

## 给海造个盖

给海造个盖
我想盖上它
占为己有
给地缝个被
我想和它
睡一个被窝
给天捅个窟窿
这叫胆大包天
给人画张像
不好画
因为人
太不要脸

2015年2月21日

# 邱晓鸣的诗（9首）

邱晓鸣，1964年生，安徽滁州人，现居淮北。著有小说集《像狗一样奔跑》，散文集《乡里、城里》等。长篇小说《河之上》获安徽省2015年金穗文学奖。

## 谷　雨

槐花开了
开在久远的乡下

淮北平原上的槐花也开了
一串串地挂着
白的，也有红的
蜜蜂
还是原来调皮的样子
左看右看，再看
槐花不是记忆中的槐花
蜜蜂也不是

哟，槐花开了
开在吹向故乡的风里
稀毛小坏要去看槐花

毛豆豆要去摘槐花
刚认下漂亮的表妹
也说要去蒸槐花
好吧
去，都去

我的槐花也开了
开在多雨的南方
这时节
乡野的麦子该熟了
身着的确良的二嫂
挎一篮青条条的豌豆
扭着肥硕的胯
笑盈盈地走在村街

2009 年

## 正东偏南

腊月里，忽然间想家
想娘，想老屋后的桑树
独自去郊外，寻一片裸露的土地
坐下，捧一把泥土
却没能嗅出故乡星点的味道
夕阳如血，冷风如刀
扑棱棱地划过心海
泛起一张张发黄的影像

起身，我朝正东偏南的方向
眺望
天空不蓝，没有云，也不见南飞雁

这时节
故乡杀年猪的贺老六最忙
挑着烫猪盆走村串巷
引得村狗们赶集似的追逐
一阵狂犬之后
村落里飘出了杀猪菜的味道
喷鼻的香

院子里
年货挂在墙上晾晒
腊肉，咸鱼，封鸡还有一捆山东大葱
身着花袄的嫂子
坐在朝阳的墙边
手里纳着鞋底眼睛护着年货
偷嘴的山雀
在她嗞哦嗞哦的叫声里
飞来又飞走，总是一无所获
娘在院子里进进出出
年事愈忙愈多
愈多，娘愈兴奋

河对岸的裁缝请来了家
双咔叽，黑平绒，印着梅花的绵绸

新老大旧老二
算来算去
孩子们都得有一件新衣过年
刘裁缝是伏家湾的瘸子
腿瘸眼乜斜，走路
弯着腰，右手撑着腿
撅着屁股像鸭子

刘裁缝脾气臭
缝纫机不让碰，尺子剪刀不准摸
犯不着同他较劲
木尺和他的嘴一样从不饶人
他的妻子叫王桃花
好模好身生得俏
她脚踏缝纫机的样子很好看
摇头晃脑哼哼唧唧唱小曲
熨衣服时口里含水
糊哧一喷
提起在炉火上烧红的熨斗
嗞嗞嗞，热气腾腾
像小火车走过
衣裳一会儿就变得格式板整
见天两顿酒的刘裁缝
让我们惧怕
心里却一点也不厌烦
裁缝来家
那个冬天也变得温暖

想家，想娘
娘不在了，冬天还在
故乡远了，年还在
年就要来了
回家去
家的方向，正东偏南

2014 年

## 纽　扣

纽扣，灰色的
不大，却系着整条裤子
一不小心，它从休闲裤
首要的位置上崩飞
落在宾馆大堂的立柱边
左手提着裤子
右手用手包遮住尴尬
捡起纽扣，向前台讨来针线包
瞬间，我束手无策

你来了，风风火火的样子
一袭淡黄衣
看见我的囧态，笑得不行
那时候
我真想把你白光闪烁的牙齿

拔下一颗
做一枚急用的纽扣

针很小，线不长
你用唇湿一下线头
聚精会神地纫针，引线
一针又一针，织着温情
那一刻，我乖得像只猫
鼻子一酸，我想到了母亲

真看不出
你会像一个持家许久的小媳妇
打结，伏下身，牙齿咬线
一切做得，有板有眼
你缝着扣子，我看着你
一阵久违的熟悉的味道漫过来
把我的心弄得像柳一样柔软
纽扣很小，却很重要
像你
你也不大

2014 年

## 夜，南湖

夜，一只温润的手
把我牵到了南湖

夜色清凉，多情的风
绸缎一般
一丝丝地滑过
抓也抓不住
灯火阑珊
湖水，亭台，小桥
既真实又虚幻
仿佛有雨
从暗红色的夜空
一滴，又一滴
落在我扬起的脸上
欲言又止，然后
杳无踪迹
我确信，它已来过
就像
藏着躲着的初恋
南湖的夏夜
水一般地清凉
左边是水
右边是岸

2016 年

## 暖的，凉的

你在属于你的夏天里
一会儿风，一会儿雨

偏执而又任性
我知道，你的内心是暖的
时刻向往
平淡的安静
活在俗世
挣扎，痛了
才会觉得踏实
没办法，夏天是你的

我在我的二亩三分地上
枯坐，头发又白了数根
麦子早收了
池塘里的鱼儿跃起又落下
这些，你都知道
月亮如水
我的荷花开了，是凉的
没办法，你不在

在吗，这句话当下很流行
我从来不用
想你
我也不说
没办法，我也很固执

2016 年

## 老月亮

二年，或许更早
也是夏天
月亮好大，好亮
他说，想娘啦
也想那个叫小土的姑娘
深藏在笑容背后的孤独
跳了起来，就一下
就被你看见了

他扛着岁月行走
在异乡，一步一个童话
像冬天的雪人
完成过后就被忽略
遗忘，时间的快刀
切不断记忆
河边的情话
依然新鲜
门外的野草疯长
他的文字
还停留在烙馍村桌台上

他确信真爱
源自米缸的味道

饿过的人

抹不去心头的寒凉
如今，河水泛滥
桥头之上，他想
纵身去赌个生死
抬头，看见的还是那轮老月亮
好大，好亮

2016年

## 立夏节

立夏
天便热了

茶叶与杯子
水，才是媒婆
香烟与烟灰缸
火，才是主角

茶与烟
本来就是一个村庄的
长大了
远走他乡，如我

来，亲近一下吧
同为异乡客
火，还有水

别总端着架子
既然
离不开，就深深地爱
爱
是唯一疗伤的良药

立夏节，天渐热
一杯茶一支烟
枯坐
窗外，夕阳好大
我听见娘在喊我的小名
黑蛋，别坐门槛
烂屁股，会枯夏的

2016 年

## 在淮之北

就在这儿吧
我守着一个大平原
有人在月下唱着拉魂腔
我梳着柳枝
等着淮水之南叫燕子的女子
她说春天就归来的
今天
四月的最后一天
她还不来

四月，大平原上的蔷薇花开
好看得很得很
她们的颜色也好过玫瑰
天气再暖些
我便会想念故乡的初夏
清流河畔的哥哥
套种在麦地里的西瓜秧
结了许多
让人欢喜的瓜蛋蛋
河水清清
端午过后便可以下河去
光屁股也行，扎猛子也管
也可以浮在水面上
眯着眼睛
享受七彩的阳光
还可以
把梦沿着清流河
派到大海里去

就在这儿吧
我守着一个大平原
夏天也不打个招呼就来了
街上的姑娘
一个个扭呀扭的
既美丽又凉快
独坐街角，抽支烟

我把自己想象成一枚桑叶
风呀，你爱说什么就说什么
蚕宝宝，你爱吃就可劲地吃吧
冬天到来的时候
你看到的那棵老树
干净，非常干净

2016 年

## 记得，路

真的不晓得
情绪
是个什么物件
如影随形
在庭院，河岸
月夜，书桌，街边
丢也丢不掉

爱，总是如期而至
有时，它就像窗台
等待
爱人一样的暖阳
暴风雨来临
发出的呼喊，一声声
完美又忧伤

回忆的旧纸片上
写满了往事
夜晚，小街，田野
熟悉的，美好的
都记得牢靠
疼过的，便忘记了
疤呢，在吗

记得娘说过
走错了就回头，天还没黑
趁你，还记得路

2016年

# 宋同文的诗(2首)

宋同文，现居淮北。著有《黑火焰·红火焰》《语言的N种表述》。

## 盗墓者

用你三分钟的震颤
穿过所有历史
挤进一个古老的黑色房屋
涛声　自你的肤上流出
摇橹者搅动你的黑云
雨不单从天上降落
你卧于地心化为心脏
一群盗墓者
在那黑色房屋里翻晒一具具绿色尸体

云霞盖天你于黑暗中
把叫骂声当作号子
眼睛是两只黑色的珍珠
光亮总是扮演你的微笑
从来都是呼风唤雨
天地很小

升井后　你仍为一柱黑色光亮

1990年5月

## 男人世界

我们在这里跟石头对话
可以不关心家里的窗户是否关闭
我们必须对石头产生感情
像春天看到一片绿色小麦
站或卧于石头之中
可以考虑到天气与这无关
只管走路，可以想可以不想
站上一个台阶或浓缩了一段历史
一声轰响过后会平静得骇人
村庄就是几个灯光的组合
几个男人在玩石头
几个男人在写生
风景很自然　石砌的墙很高
别人不能　但我们能跨越穿行
这是沙漠的尽头
企图让一些死去的复活　于是大下赌注
不惜变成一个狂妄的石头人
在石头之中举起头颅　面向太阳

1990年8月

# 张振中的诗(3首)

张振中，笔名雪笛，1962年生于淮北。著有诗集《爱的流向》。

## 煤缘(组诗)

### 撇　钩

跟师傅去采煤
放完炮不久，电机烧了
师傅说，今天要撇钩了
撇钩是什么
他瞪我一眼　没理
晌午下的井，上窑
早晨的太阳已等在井门口
(这是我第一次下井)

放炮　挂梁　攉煤　支柱
活很顺
师傅说，今天不会撇钩了
可是到煤眼后一等二等

不见乘人车来
外面进来的人说
乘人车在大巷掉道了
师傅说，走
还一小时的路等着呢
白干个早窑，又
撇钩了

跟师傅干完活
坐着乘人车很顺地到副井下口
副井站罐了
(说是临时下急用料)
师傅说，撇钩是煤矿的家常便饭……

之后，18年的井下生涯
我品尝了无数次撇钩的滋味
(有时饿得走不动路)
为了不让工友撇钩
当技术员时我想了不少点子
也和区长吵过
五年后我当了区长
干的第一件事
——不准撇钩
为此，我撤掉一个队长……

离开井下了
无论走在路上，或

在某个地方
每每听到撇钩
心里总是酸酸的
撇钩煤矿滋生的结核
矿工兄弟咳血的心病

## 走 路

太阳还在睡着
三月的风，扯我
在湿润而又窄小的乡路
梅花桩伴我30年了
我渐渐悟出道理
走过乡村、城市、矿山还有许多地方
一种叫意志的东西
总是在疲惫不堪时提醒我
我想做的事很多，比如
爱情、事业、友谊，也试着做了
结果许多事都像纷飞芦花
天天都去
一个不太大的地方
东边一片塌陷的村庄
西边一片芦苇
芦苇的背后是一条污染的小河
南边一片荒冢
荒冢的背后是一条野路

北方的小桥通着我的往返
我不敢在阴雨绵绵的时候来这里
(尽管我的胆子很大)
我害怕这里的磷火
害怕瑟瑟声中乌鸦的哀鸣
梅花桩没有练到上乘
经常把路走得歪歪斜斜
有一次还掉进了污水
迷失方向的酥手
艰难地把我拖上了岸
她挽我温馨地走了一程
路边许多眼睛都说我们不该在一起
走神的瞬间　远方
太阳已蹲在井塔上了
我不能像太阳一样自由走动
还要沿着荒凉的乡径
一次次走回生活
回到比梅花桩还难走的路上

## 我想下井看看

日子长了翅膀
桃花又开了
不经意间离开井下多年了
我想下井看看

我陪许多陌生人下过井
煤炭商、公务员、作家……
他们都说“我想下井看看”
可上窑后再也没来过

他们怕乘罐时心撂到嗓子眼
他们怕碰到淋水的巷道泥泞
他们怕浑浊呛喉的炮烟
他们怕顶板断裂的响声……

整个下午，我都沉痛在
　　一纸矿难里
我想下井看看三块石头
　　夹一块肉的矿工弟兄
我想问问曾一起干窑的伙计
装备上了，条件好了
怎么还会出哭泣的煤带血的煤
我要告诉与我
　　情同手足的矿工弟兄
我不愿再听到妻儿母女
　　撕心裂肺的悲痛
不要再让温总理下井了
别再分他老人家的心了

我想下井看看
看看窑衣滴成淋水脊背流成黑溪的矿工弟兄

2009 年 4 月

# 正逢的诗(9首)

正逢，原名曹正峰，乡村教师，读诗，写诗。

## 暮　晚

暮晚，我握住河岸的枯草
漏掉的风，像愈来愈重的潮湿
我握住草，弹性来自它的弯曲
大地上若有音乐，必来自草
草以弯曲的形态
轻易弹出人世的音符

偶尔，大地被零乱地划开
我却长久地胡乱缝扎伤口
芦苇收割后的切面
我看到生命喑哑的痛叫
吸进空管直至根部，泄脱

我没有看到那只暗如灵魂的船
但我看到了缓行的灯光
我知道，暮晚里

我不是唯一的

2016 年

## 守着一棵开花的树

如果我微笑了，假的
真的在树上，你须仔细看
它可能隐匿在花瓣的下面

你从树下经过
别听我说芳香的话，都是假的
真的在树上，你须仔细听
它可能被堆在花心的深处

你别奢望花开得更大更美
我一直阻止它继续的行程
我知道我只是阻挡潮水的一粒沙

你看清了
这是一树云彩，空气
要散逸，要落雨
这是一树的铁、岩石
彩色的尘粒、
要落下

我早就打开心的口袋

准备背走一个季节的香塚
安放到阳光的坡面
连同我栽上去的白发

2017年

## 草木经

木质里，一颗心投进去，也有溅开的涟漪
草茎里，一根细骨铮铮作响，也有琴声

于枝桠、草尖摘除风、阳光、呼吸和羽毛
我旋转迁移。星光下，我也有失误的悲哀

每一棵草木就是一座佛堂或禅院
一切汇聚一点。肉身澄清，无限幽静

2017年

## 在字诀

在一粒尘埃里小到黑小到无
在一缕晨光里细到刃细到无
在咸涩的眼角有樯橹孤帆的远影
在干裂的嘴唇有河流沼泽的气息
在十二月的枝头，风雪携带着春天
在心疼的阳光里，快要低进土里的植物

怯怯地伸着小手，
在大地的静寂中，一只倦兽打开了自己

2017 年

## 墨　兰

天空是碎的
隔着车窗，我盯住
一片墨蓝色的云
漂流的湖泊或海，如此之深
被覆盖的光如此之深
这样多好

我凝视天空中的深渊
深渊也凝视着我
这个骤雨初歇的下午
光自墨蓝色云的边缘绽开花丝
一朵巨大的花，墨蓝色的花心
这样多好

绕道而行的车继续向前
我不担心家的方向
此时，青绿的稻田里
几十只白鹭飞起
朝着绿杨环抱的村庄

2017 年

## 一直相信体内有颗钉子

天牛的幼虫活树干里
钉子活在我的身体里

树麻木，不喊疼
我麻木，就很疼

天牛的成虫
从树的体内爬出
带着木香飞翔

鲜活的钉子
被我连血带肉拔出
带出我早就弯进去的阴影

2017 年

## 一个人的秋雨夜

我想到田野仍被绿色的黑影覆盖
那些绿色的植物很冷，黎明之前缄默不语
天明之后，大地会有短暂的升起
像满满的抬网被缓缓拉起。骤停，空荡

我想到路边被弃的旧衣

纷披在雨中，走动或奔跑，没有声音
我想到河水中漂流的一只鞋子
停下来，套上亡魂的光脚

风重又回来躲进果壳的棺材
空气中有锈的液体，有衰草的苦味
我想那些星星了，遥远，渺小
天空的海在我的掌心
血管的藤条能否抓住骤起的飓风

2017 年

## 立春帖

黎明。先是麻雀后是黑鸟
它们的招呼，有给我和乡村的部分
它们的歌喉代我唱出淤积的河流底部上升的温暖
屋后的残雪继续赔尽身子骨
黎明布满的病斑褪尽，春天赫然而立

念头有一点的抬高，尘世的寥廓
就会蔓延在头顶空洞的回声里
放低身躯，这才是自己所有的起源
学会用自己的声音充满虚空的日子
我不多的春天总要偿还给春天

就像从今天开始，一脚踏上一条漫长的路

我只需携带南风吹送的几粒春日的音符和雨水
此时我看到，墙头上骑行的阳光
突然停下来。仿佛认识我
就要说出我的名字

2017 年

## 春天以后

还能不能继续挥霍为数不多的燧石和光阴
河流总要浮肿虚胖呕吐一段时日
而于秋天消瘦冬天干枯

因奢侈的欢爱，鸟对自己的歌声有了短暂的厌倦
我干涩的喉咙塞满桃花骨髓的泡沫

日月在眼里沦为两个明亮的斑点
绿火焰在村庄的上空见风就长遇雨就噼啪飘摆

春天以后，最担心我有雏鸟般的鸣叫和饥饿
搂紧自己如搂紧瓦楞上的纤草和来自乡间熟悉的任何一点动静

世间如此广阔
有些事物出现则汹涌，溃退则迅疾
我回不到原来的地方

2017 年

# 新时期中国诗歌地理

XIN SHIQI ZHONGGUO SHIGE DILI

安徽卷

南卷

北魏◇主编

安徽师范大学出版社
ANHUI NORMAL UNIVERSITY PRESS

# 芜湖

安庆 宣城 马鞍山 铜陵 黄山 池州

# 北魏的诗（14首）

北魏，原名魏德祥，号江东散人，1962年生，安徽霍山人，现居芜湖。中国第三代诗人，“平面写作理论”建构人和倡导者。

## 我也想骂一句

在开往南京的列车上
一个青年
手里拿着空茶杯
他对乘务员
门外的空水壶
骂了一句
他停都没停
就向后一节车厢走去

这个青年
在后一节车厢
对乘务员
门外的空水壶
又骂了一句

整个车厢都没有水喝
我也想骂一句
我知道靠骂
是不能解决问题的
尤其不能解决
口渴的问题
但是骂上一句
又有什么不可以的呢？

1981年8月16日

## 青春之歌

雷雨之夜，几个单身汉挤破了一个漆黑的房间，
这群发育成熟的准男人，像感冒了的老鼠在洞穴傻笑不止。
什么事情能使肚脐眼一直快活得发抖？

黑暗在如厕之后，青春之夜夹着雨点而来。
寂寞不过如此。我们谁也不去开门。
向着无处可躲的天花板，我们大声嘲笑黑暗里无比愚蠢的自己。

命令身体用开花的自来水冲刷着这个夏天。
命令手臂把哑铃举到第九十九下。
命令今晚的闪电，无论如何也要照亮我们相好的女人。

今晚我们的青春全部长上了翅膀，
在黑灯瞎火里飞翔。今晚的方向没有对和错。
今晚我们的手扛起的梦想大旗，齐声高唱再过二十年
　　我们来相聚。

1982年6月4日

## 明朝武将王百川夫妇肉身在马鞍山巡展

我是在犹豫之中走进展览馆的
大理石的展览馆
在工人文化宫的左边
明朝武将王百川夫妇的肉身正在展览
我发现这个明朝人
个子不高，而且是全裸着身体
他的夫人个子更小
也是全裸着身体
他们在玻璃棺材里供人参观
保存很好的肉身
增加了我对明朝人的怀疑
出于礼貌，我没有
多看夫人几眼
我只是从她的身边
轻轻走过，我怕惊动这个梦中人

明朝是个小个子

这是这个下午对我冲击最大的事实
我过去的那点知识
在真人面前，派用不上

我的眼睛最后落在
明朝的生殖器上
明朝武将的生殖器竟然很小
这是我没有想到的

下午大部分时间
我都在想这个很小的问题
我的下午有些沉闷
电灯也是很沉闷的样子
我想告诉这个明朝人
电灯是怎么回事
但我又不知道怎么跟他说
我怕我说不清楚
灯光照进玻璃棺材
照在这个明朝人的身上
这个明朝人的脸，一下子黑了下来

1984年3月8日

## 芝麻山其实很小

芝麻山在霍里与向山之间，

孤独的山岗构成了讽刺。
芝麻山其实很小,
颜色也不好看,没有什么海拔支撑。
梅雨季节,这里的黏土很酸,
房子很矮,恋爱很少。
以至过去的白痴们
为了一片阳光,曾在这里
把冬天和女人挤在没有去路的栏杆前。
那排很刺眼的红房子
已经算是很堕落的目标了。
我要说的芝麻山没有什么具体内容,
勉强作为一种体会,
芝麻山没有什么意思。
在思想找不到一棵树的夏天,
芝麻山是唯一的高度,
除了失落之外,
在我有限的认识里,
芝麻山被确定在霍里与向山之间,
只是作为地名它们存在。
裸露着体内的石块,
没有植被的芝麻山之所以
在我心中还可以
成为祖国山河的一部分,
完全是因为那纯粹的偶然,
来自一个坚硬的青春。

出于尊重，它提高了我对山河的纯度。

注：芝麻山、霍里、向山均为地名，在今马鞍山市境内。

1985年6月28日

## 虎年到来之前

十一月下旬，一个凌晨，
我在中江桥宇隆广场
三楼一间朝西的房子，突然想写诗。
我一下子紧张了起来。
惠云和山君在另外房间熟睡，
不知道他们有没有梦。
如果有，那梦又会是什么？
这段日子我有些失落，经常不知道
自己在干什么（谁又知道呢？）。
秋雨停了下来，接下来的日子
一天比一天冷，这是肯定的。
我有时真想生一场病，
至少现在我就是这样想的。
再过一个月就是虎年了。
虎年里说实在的，我不想生病。
现在我只是感冒了，只是
有点咳，我在三楼上听清洁工
清扫马路的声音，我还不能看见他们。

1997年11月23日

## 只是你不能往脏处想

在我的坚持下，政治处
还是续订了一年的《新华文摘》。
1985年的《新华文摘》要说也没有什么好看的。
我坚持订它的理由完全是看在它
转载过张贤亮的一篇小说：
《男人的一半是女人》。
我清楚记得是在下班的时候，
那期载有《男人的一半是女人》的
《新华文摘》被政治处主任
从我手上没收去了。这没有什么可说的。
我只是意外他的笑。这么多年
过去了，他的笑还在。
现在想起来也没有什么。
但当年却不是这样。
当年它意味深长。有一时刻
还打动过我，只是你不能往脏处想。

2008年2月25日

## 写诗的可能

让我羞愧和不敢当的是：三十年来，
我越是小心，诗离我就越远。

写诗的可能，最后反倒落在了那些看起来
简单直接，平白如
报刊文杂的文字上。它们素面朝天。
它们站在修辞和思考的反面，
正在成为“意外”。
诗作为最基本的生活元素之一，
它一点也不高于生活。
我在乎的是其中的手足之情。
诗充其量与我的吃饭睡觉，生儿育女，并列在一起。

2009 年 12 月 30 日

## 洗　澡

凌晨四点钟，我跟在父亲的身后，去县中心的浴池洗澡。
那一年我五岁，一个人还不敢走黑路。
过两天就要过年了。在我有限的印象中，
洗澡就是过年，过年就是最大的事。
大到凌晨四点钟，可以把
整条街踩得轰轰烈烈。
一场大雾阻止不了1967年的春节
如期到来，也阻止不了春节在到来之前
我们像人一样讲究一回卫生。美好的生活从卫生开始，
这是我从洗澡中得到的人生感悟。
父亲在澡堂里跟他一样的穷哥们热情地打招呼，
说些过年才说的吉祥话语，

甚至开些平时我们几乎听不到的玩笑。
父亲很开心。父亲们很开心。
我和我一样大小的伙伴们
在水池里放肆地打闹，玩得也很开心。
为了延长在水池里的过年时间。我们讨好大人。
大人们这一天很是像模像样，并且很有耐心地在座位上抽烟。

2009年10月8日

## 谈论未来还为时过早

今天的阳光暖和起来，
我对一个外地朋友说，我们出去走走。
于是你看到，我们在一个圆形的小区广场转圈。
在转弯的地方，我们转弯。
左边的树长高了许多，
它们遮挡的延安路是我熟悉的。
在延安路上我们被商业吸引。过马路的时候，
我们被马路分割在两边。
在具体的物质上，我的认识还是
很浮浅，眼前的汽车
汹涌澎湃，它们表现得
也很浮浅。作为今年最有力的消费，
汽车正在成为这个国家的未来。
现在谈论未来还为时过早，
谈论现实，我们又不知道谈论什么。

暖和起来的阳光分散了
我的注意力。我的这个外地朋友
在不断地提醒我要注意安全。
我知道，一个小时以后，
我们还要一起喝酒，我还要给他介绍新朋友。

2010年10月23日

## 在成都

这一天合肥天气闷热，雨下不出来。
我坐在成都的一块石头上想着这个商业社会。
从合肥到成都的距离也就是空中
一两个小时的事情。想象没有了空间，人变得很实际。

到了成都我才知道，成都也闷热得很，
整个成都都没有要下雨的意思。
隔壁也没有下雨的意思，许多民国的东西在流失。

没有看清下坎坡的人就踏上了这片土地，
这算不算是一次冒险？年轻的女子
夜晚集中在城乡接合部，像星星集中在黑暗里。

我不能说这个夏天我没有来过成都，
大家明显地喝多了，在公众场合谈论女人，
你不知道你会成为谁的情敌，在成都情敌又那么多。

一场精心策划的相亲很快就收场了。
在静安庄斗地主是公开的事情。
请不要跟熟悉的人谈论未来。在成都最著名的
风景区里，我不是一个好的游客，我是一个好的守墓人。

2011年4月14日

## 青　苔

经过煤气包公交站我没有下来，
我正在想青苔的事情，特别是青苔在阴暗处的颜色。
这样的颜色遍地都是，有些卑微，
不过我还是很高兴有时间想青苔的事情。

整个车上恐怕只有我一个人
在想青苔的事情，以及它在阴暗处的颜色。
我就走在这想象的青苔上。
关于青苔，我又能说些什么呢?

青苔这个卑微的植物我很久没有看到了。
今天下午经过煤气包我只是想到，
我没有看到，想到的和看到的不一样。
想到的比看到的更多，这个阴暗的植物如此繁盛。

我像一个失明的人在想象中倾听青苔。

青苔有声音吗？我不能确定，
但我做好了倾听的准备。
我在感受行走在青苔上面的快乐。

我两臂展开，我不是想飞。
我现在基本上不去想飞的事情了。
我两臂展开是身体需要平衡。
从经验方面说，我这是在小心翼翼。

2013年1月23日

## 存在的和不存在的

我怀疑自己已经有段日子了。
什么时候把这种怀疑与病联系一起，我不好说。
我这个年龄段的人，身上哪个地方
痛上一阵子，就会联想。晚上睡得好好的，
一想到那个病，睡意立马就没有了。
我得承认我比年轻时怕死。年轻时候我不怕死。
死这个东西在人年轻时是个很虚的东西。
现在死变得具体了，有痛疼感了。
一想到某个东西正在你身上某处活动，
你不能无动于衷。它很快就改变你，
很快就把你变成了它。你的腿本来好好的，
就是因为你下意识地伸曲，抽了筋，
本来这只是正常的抽筋，就是因为你在

抽筋之前想到身体某处，这个抽筋
就不是一般的抽筋了，这时你把自己
尽量往坏处想。想的全是吓唬自己的那些东西。

2013年4月25日

## 绿皮书

没有证据证明这个早晨
是开始还是结束。我在书桌前坐下来
下了一夜的雨这时也停了下来
我对提前到来的好事
习惯上保持距离，对昨晚隔壁省会
开幕式的豪华阵容保持距离
我对这八月还热不起来的天气没有好感
除了雨水，这个八月我
没有几个朋友。我的脸色不好看
有一段时间了。早上出去的人
这时也回来了。我们认真
讨论了一场明年的婚礼。
我想说什么，顺手翻开一本绿皮书
在公元645年与公元646年
之间发生过不止一场战事
现在这些战事的胜利者都可以忽略不计

2014年8月17日

## 下午的大象

你看见过她骑电动车的样子，
你刚从中午的小睡中醒来，你这时躺在椅子上
还不想动弹，你不想动但你已经在
想象她骑电动车的样子了，
这个刚刚到来的下午
一下子就大了起来，它直挺挺地竖在那里，
这个下午就这样开始了。
你希望它过得慢一些，
这时你躺在椅子上想啊想啊，
不知道因为什么一头大象
就出现了，你这时躺在椅子上
还是不想动弹，他妈的你
就是不想动弹嘛，也不为什么，
反正你就是不想动弹。
这个慢下来的下午就在你
不想动弹更大了起来。这头大象
大概有好几吨重吧，这么大的一头象在下午站着，
它占用去了这个下午大部分面积。
它就这么站着，你们就这么
互相看着，这个下午就过去了一半。
剩下的一半，你还没有想好，
它又过去了一半。这时
你从椅子上站了起来，
你戴上眼镜，周边清晰起来，

原来的事物都回到了原来的事物上。
你想到了什么，你不能肯定
一个更大的东西在失去。
你不能肯定这个失去是什么。
这个下午说不清看不透，
你重新坐到椅子上，这时大象
已经掉头，它在往时间的深处里面走。

2017年6月14日

## 白丁的诗(10首)

白丁，原名丁翔，1957年生于安徽芜湖，祖籍四川江津白沙镇桂花庄，现居海南，为退休教师。

### 祖国的四季·惊蛰

黄昏的时候不要去惊扰山崖上
注视夕阳的野山羊
打死一只虎
叫他美丽的斑斓不再游动
可这对你又有什么用

春风就要把燕子吹回来了
不要让燕子担心屋檐底下她去年的巢
蝴蝶只要一点点的露水和花蜜
蝴蝶就会灿灿烂烂地飞了
没有原因的时候不要去

踩踏那片很细很柔的草
惊蛰的雷声中让我们放声歌唱

下雨了
让我们歌唱每一滴雨

1977 年

## 祖国的四季·春分

走出院落的小小
不再认识自己了
蜗牛总是梦连着梦
沿着三更走向往昔沿着三更回到往昔
银光闪闪的足迹在阳光下你想要说些什么

小小院落的石径上刻满你不辞而别的步容
雀斑小小的你你有些什么话要告诉春风
春雨把苔藓湿润了
苔藓湿润了假山
假山装点了春风

装点春风门楣的那一朵兰是不经意的
在白昼它不可刻意佩戴
溪上的小桥是无信址的
一如银迹闪闪的路一如雀斑小小的你

1977 年

## 祖国的四季·立冬

燕子远了大雁正在列队而去
弦月醒来夕阳呆坐在大河的岸上
风在呼喊那个人的名字那个人在等待风

一条细长的霜白的小路
一只越走越远的羔羊
冬天来了冬天站在了眼前

那颗没有名字的星星在黎明的时候多么宁静
怀念横渡的时候河水又清又浅了
北风起了北风起了北风起了

夏天的风吹不动秋天的树
秋天没有了叶子的树握不紧冬天的风
冬天的风正在抚摸着一望无际的残荷

一条霜白的路一只远去的羔羊
冬天来到了站在了眼前

1983 年

## 祖国的四季·立春

一匹骆驼走不动了

他把毛皮大衣脱下来
送给村口总是咳嗽的老人

正午的阳光让乡下的弟弟在屋檐底下悄然入梦
屋檐底下悬挂着他梦里红掌拨动着绿水的群鹅
屋檐底下悬挂着比他去年冬天的泪水还要咸的群鹅

太阳下山了狼在弦月如钩的树林里数星星
正在融化的冰层下小鱼们吓得一夜不敢出声
直到太阳再次升起阳光说这是一场误会

太阳升起来了春天走近了太阳照亮
白墙红瓦的房子照亮袅袅的炊烟春天走近
一棵一棵的马尾松一缕一缕的风一朵一朵的云

一匹骆驼走不动了他把毛皮大衣脱下来
送给了村口总是咳嗽的老人

1984 年

## 祖国的四季·大雪

狐狸把心儿摘走了
狼把肝儿衔去了
把眼珠交给鹰吧

乌兰察布
辽阔的乌兰察布
大雪纷飞的乌兰察布

躯体所有的残渣
不要再等到大雪消融
乌鸦漫天的乌兰察布

让骏马把影子和灵魂
带到乌兰察布的深处
让大雪把影子覆盖
让大雪把灵魂淹没
雪白的乌兰察布

1991 年

## 祖国的四季·大寒

误解是把刻骨刀比如
当一个人面朝大海当一个人等待春暖花开
你这辈子见过比这更悲伤的悲伤吗
海鸥知道飞向海底的闪电知道

游着游着突然就有了生不如死的心
误解是把刻骨刀比如
当整整一座岛的人都把海豚称为海猪

梅在雪的北方死了兰在雨的雨林死了

比最冷的冰还要硬的是死了的心比如
三九隆冬的蛇突然醒来的肾结石
海豚是惊雷之下那条狂奔着的闪电的倒影吗
霸王岭怒放的红棉是在等待她的袈裟吗

感谢菩萨给了你今生今世始终如一的心如春水
感谢喜马拉雅他说他的白发是他曾经的海

1999年

## 祖国的四季·冬至

夜长梦多今夜黑暗涌如巨浪
飞奔而来的马一样的火车飞奔而去
嗅觉醒来弦在弓上箭在弦上
光在窗前风在撕咬比石头更干枯的石头

今夜黑暗涌如巨浪夜长梦多
漫天的蝴蝶在梦中点亮一座村庄的所有的灯
蛇蜿蜒而来比蜿蜒更加诡异的是铁树开花
花开了鼯鼠和长臂猿从雨林的树冠一一陨落

一架接一架的梦在黑暗涌如巨浪的长夜盘旋
熟悉的陌生的岛熟悉的峰峦和陌生的云

熟悉的陌生的河河里正在融化的石头
熟悉的陌生的岸岸上那些名字美好的村庄

一声弦响陌生的路人应声而落
蜘蛛在拂晓的露水中编织他万古长青的山水

2003 年

## 祖国的四季·处暑

一根扁担
走累了
坐在树的浓荫里
独自
发呆

剥皮的时候
很痛吗
有影子的树问
扁担笑了
扁担笑了

笑得
牙齿
很白
骨头很白

2005 年

## 祖国的四季·霜降

深秋是我不愿直视的秘密
1967　那年我十岁
我看见我的黑发和我的纯洁
漂浮在深秋之水之上正在死去

2017　霜降与重阳接踵而来
有人在风中呼喊我的名字
呼喊我名字的人挥舞着落日挥舞着
被收割了的稻谷挥舞着茱萸

我无法回头
一个人有一个人自己的深秋这是命
死于深秋之水是美丽的而我的悲怆是
如此的美丽从十岁那年就是我一个人的秘密

在霜降上山在重阳下山忘记我的名字
我不想回答一切我不愿直视的秘密

2017 年

## 祖国的四季·小雪

你是我的池塘我的莼菜我的茭白你是

荷花深处的藕你是我的涟漪涟漪下小小的鱼蝌蚪
独自梳妆的珍珠你是涟漪上的采莲人蜻蜓蝙蝠
你是杨柳你是芦苇你是吹起了柳絮和芦花的风

你是我的故乡你是东郭先生和我的狼你是镜子里的
蝴蝶你是狐狸和葡萄和夜光杯你是夜光杯中的江月
你是冬来春去的大雁你是滴水檐下望穿秋水的眼睛
你是我想起你的眼睛就会流泪就会流泪的眼睛

你是我的草原你是快到连影子都来不及落到草原上的
马你是冰川冰川融化后的大海你是波涛汹涌的
雪莲你是越走越高的山越走越辽阔的大漠你是
我一个人唱给我一个人自己听的歌你是回家的路

你是雨雪霏霏的村舍你是温暖而宁静的村舍里
一只温暖而宁静的花栗鼠温暖而宁静

2017 年

# 丑石的诗(15首)

丑石，安徽芜湖人，60后。作品曾发表在《橡皮》《汉诗》《诗选刊》《诗歌月刊》等杂志上。提倡口语化创作，关注社会事件，更注重自由的书写状态。

## 蝉有多少只

你听到它的叫声就站住了
这是第一次听到
你才想起
今天是7月的某一天
你抬头就看到那根枝桠上趴伏着蝉
你数　一　二　三
你数四五六
你数七八九　十
他妈的　一起十八只
它们叫的时候多么欢快　傲慢
根本不理你的感受
根本就什么也不理嘛
它们的叫喊造就了一个城堡

你站在外面
你根本就不是它的子民

一只叫的时候　刺耳
三只叫的时候　震耳
十八只叫的时候　你什么也听不到
不仅仅是这棵枝桠
不仅仅是这棵树
不仅仅是我的耳朵
不仅仅是这个夏天

有多少只耳朵
就有多少只蝉

2001 年

## 坐在河流中

坐在河流中
让那些小小的鱼咬我
这些不知名的鱼
比我更白
胸口的鱼要小些
它们让我痒　而那些
深处的
环绕脚趾的鱼

让我疼痛　但它们
都是小小的鱼

我整天都坐在河流里
渴望着更大的鱼
来吃我

2001年

## 空调车经过红旗路

她随意地
掀起了下摆
并用手那么轻轻地
抚摩了一下
露出的肚皮
她可能不知道
一个人
通过车窗
看着她
她可能是妓女
也可能是所谓的良民
但这不影响
她肚皮的美丽

一个胖胖的女孩

可能穿着红色的衬衣
也可能是蓝色
我只记得
那深陷的肚脐
那随意的抚摩
给我带来长久的回忆
美好而又热烈

2002 年

## 我们搬运木头

为了不让木头上的钉子
伤着我们
在月亮下，我们的行动轻快而谨慎

我们一根根地把木头
堆放在小车上
尽可能不丢下一根

从远处看
就像两座小山
穿过小巷
又拐上花雨路

夜晚的风很凉快

警察也下班了
在红星路十字街
我们一边抽烟，一边
等着绿灯重新亮起

2002 年

## 因为一个梦

昨天夜里的某个时候
我梦见母亲了
但已经去世
这让我很伤心
醒来我就开始出发

现在
我站在母亲门前
发现一切都很平静
我决定离开
就像没来过一样

2002 年

## 一张白纸

我碰到一张白纸

鸟一样贴地而行
这座城市最宽阔的街道上
只有这张白纸
它走走停停
忽而又飞升上来
贴上我的胸脯
像是倾听心跳
然后
抹身离去

我感到有件东西被拿走
我想到一件东西　就这样
被它拿走
它不是鸟　也不是
传说中的幽灵
我看看身后
夜晚的街道多么幽深
又是多么干净

2002年

## 我这样写道

我这样写道：北京路　延安路　中山路
在人民路　我上了四路公交车

我这样写道：上
有人在树叶下行走
树叶正在落下　有些飘在行人的头上　飞驰的轿车上
一个人正看着一切　无动于衷
一个人的手插在女人的口袋里
他能不能拿走灵魂呢
现在是秋天
从夏天过来　这之后就会到冬天
我在这中间活着　上了一辆又一辆汽车

这是芜湖　在安徽是个大城市　在中国是个中等城市
在地球上是个小点点
它支撑着我
身边有六十万张嘴　在梦里和我说话
醒来就脚疼　就上车
我这样写道：坐了一路又一路的车子
身边有许多影子飞速倒退　比童年跑得更快
比幻想跑得更坚决
一阵阵头晕　头晕啊　闭上眼睛
在黑暗中　有许多话拥挤在喉咙
我还在城市中转悠　今天　明天　后天
我这样写道：当我不能再写
我这样写道：像现在
我这样写道：下

2002年

## 那个姑娘从马路那边跑过来

迈着小碎步
她的乳房
在柔软的衣服下
欢快地波动
她没有觉察到
我的观望

躲过一辆红色的轿车
还用手
轻拍着车屁股
她那么年轻
跳跃着
冲上人行道
她的乳房也突地
跳起来
带起了衣服
露出白白的
肚皮

2003 年

## 茨巴多勒

茨巴多勒

念一遍
它在遥远的海上就会
浮起来
它是一个岛
它曾经消失过
上面发生过一些事情
你念一遍
茨巴多勒
就像山一样高
如果想更高
就得不断地念
茨巴多勒
茨巴多勒
遮住所有的洞

2009年

## 母亲万岁

母亲唉声叹气
说牙套不好

连抽烟也漏风
她把牙套取下来
我捏着这肉色牙套
感到一阵恐惧
她还用干瘪的嘴唇跟我说
要不是花了800块
真想扔了
一生节俭的母亲
会不会被心疼击倒
我望向母亲的脸
两眼深陷皱纹密布
两片干瘪的嘴唇蠕动着
我的母亲
好像有一万岁了

2015年

## 1990年的杭州

那一年的杭州天气晴好
有几个白人
在街道上走动
我紧跟着
要好好看看他们
这还是
第一次看见外国人

有两个孩子　少男和少女
边说边笑
还回头看了我一眼

那肤色多白啊
春天的阳光
照在她们的脸庞上
完全是透明的
那么干净　那么明亮
天使一样
我一直跟着她们
舍不得离开
像此刻舍不得停下回忆

那一年是1990年
那一年不再读书
那一年血本无归
那一年
因为这个美妙的回忆
是美好的

2017年

## 在弋矶山医院18层，探望诗友外星人

推开窗户不

不用开窗
我也能看到长江
它在
无声息地流淌
实际上看不到它的流淌
但我知道
长江是在流淌的
推开窗户
也不会更清晰
我还是推开窗户
静静地
看着长江
可以听到病人的喘息声
长江是无声的
甚至我也在喘息
只有长江
不见天际地流淌

2017 年

## 齐 婷

去浮山的大巴上
捡到一支笔
这是只精巧的笔
笔帽上

贴着两个字
齐婷
多好的名字
肯定是一个女孩
她也一定很漂亮吧
我抬头
看着车厢里
想喊一声：谁是齐婷?
可是忍住了
把笔放进了纸袋
齐婷
看到这首诗
你会要回你的笔
还是
保持沉默呢

2017 年

## 一个人在河里游泳

一个人顺水可以漂到很远
像一具尸体一样
一直漂下去
经过长江
漂到大海
我经常这样想

到了大海
可以看到鲸鱼喷出水柱
在阳光下发亮
不必害怕
看到鲨鱼张开锯齿
也不必害怕
就像一具尸体一样
经过它
大海里有很多骨灰
那个夏天死去的人
他的骨灰
在波浪里
飘荡着

2017 年

## 母亲给我算了个命

二十年前
目不识丁的母亲
经常为我的未来焦虑
她还找人算命
那瞎子说
你儿子命属大地可生万物
年纪越大命越好
现在已经五十了

依然一无所有
我这个民国来的母亲
大约已经忘了
那个瞎子
忘了大地
也可以一片荒芜

2017年

# 白鸦的诗(7首)

白鸦，1971年生于安徽芜湖，现居北京。诗人，淬剑诗歌奖评委会主任。2010年提出过程诗学理念。

## 刺　猬

晚上，刺猬爬过的地方落叶翻起来
有一小片湿土
它们留下自己独有的气味
但我嗅不到
直到昨天下午，一个小学四年级的男生捉住它
把它投到沸水里
它婴儿一样的叫声让我突然想起
我住在它的附近
已经三十多年了
校园后面的树林子，我走过很多次
那些小洞穴
一直住着与我有关的东西
昨天下午，这个小镇上很沉闷
有一场阵雨

帮我忘记了很多事情
晚上的时候，月光十分浑浊
落叶松动
我想刺猬已经缓缓地爬出了洞穴
有细微的喘息
肯定还有一些冰凉的想法
只是我听不见

2006 年 3 月 24 日

## 王雀轩

七十二小时前，我的侄女光临人世
在北京复兴医院
穿过纸片一样飞舞的杨树毛，以及一阵阵
操着卷舌音的普通话
我看见她通红的小脸，右手背上的胎记
一百米开外，木樨地桥南地铁口，人流如啃骨头的蚂蚁
我的侄女，在北京伟大的噪音里
高傲地睡着了
“给她重新取个名吧”
其实去年秋天，母亲的墓碑上，她已经有了一个名字
是预先刻上去的，叫土胄
她被习惯性地想象成一个男孩，听奶奶说
“墓碑上孝子孝孙多，才能镇得住”
不知道究竟要镇住什么

但我想，该把名字取得响亮一些，比如叫王胄
七十二小时前，王胄真的出生了
出生在最该叫王胄的城市
但却是个小姑娘，在中国最大的城市
她突然一声啼哭
让我听见故乡的油菜花，正在三千里之外怒放
翻开一本旧书，为她重新取名的时候
北京的春天正接近尾声
雀轩，就叫王雀轩，小名叫苗苗
“这名儿真好听”
可是王雀轩和王胄，谁才更是她呢？
其实去年秋天，为了镇住什么，我也有一个儿子的名字
刻上了母亲的墓碑
他叫王乘，去年下大雪的时候，我猛地想起
他还没有来到人世
其实他根本就不可能来到人世
一个虚构的儿子，一个叫王乘的男孩，让我养成
暮色中散步的习惯
他或许真的在某个地方，镇住了什么
他比我高傲多了，他甚至高傲到不再出生
不再与我人世相逢
仅凭这一点，我的儿子
一直在我找不到的地方，教育着我

2009 年 4 月 8 日

## 读聊斋

秋日无所事事
早起，读聊斋，才发现昨夜小雨
有人寻仇
一封情书的工夫，茶已凉
九月已过半
与传闻中的美人相约，落叶纷飞，我尚未启程
只见很久以前的某件荒唐事
猫一样尾随
秋日无所事事，读聊斋
羊肠小道旁，草木已砍光，那盗贼已金盆洗手
情敌已作古
没法再找他们寻仇
唯有一人，在一篇极短的故事里
着清末布衫，患眼疾
夹黄布雨伞
他也无所事事，整个下午，向阁楼之上张望
那也是秋日，阁楼之上
小女人的旗袍像河水一样分叉
她手持纸扇
小风一样转身
有聊斋一样的腰肢

2011年9月15日

## 鸭子河

斩尽杀绝之后
秋末干净。鸭子河畔的小岁月
一眼望不到边
古蜀国的王者在阴天传令：河水倒流，鸣金收兵
给敌人送去上好的棺木
和过冬的米
相约来年，鸭子河东三百里
决一死战
浅水季，古蜀国昭告天下子民，封山育林
集体垂钓，吃野鱼，晒太阳
比武招亲
河岸上，女人自由熟睡
允许梦见野鱼群
野鱼鲜活，如亲切的战俘，跪姿令人动容
秋末，去古蜀国的途中
正是招亲时节，云层哗哗作响
万物随便怀孕
他不打马
只骑驴，倒读天书，横穿鸭子河底
任秋末的虫子掉在书中

2011 年 10 月 5 日

## 花　椒

秋末，人间干净
战后的季节，儿女们怀着爱情，种植花椒
少得可怜的归来者
在马背上，远远嗅到花椒味
这一日，城门大开
寻欢的律令刻在乌木桩上
让人热泪盈眶
失恋者戴上青色面具，起草第一句：
“请孤独的人相约远行
采集花椒
宽容每一位情敌”
秋末，花椒丰收的山坡上
野味忙乎约会
有人看天，忽然胸口一热，想起早年的女人
寻欢夜，花椒之城有人点火
有人乱舞
有人挑灯夜战，吃野鱼
那匆忙解开围巾的人，走到夜色中央
朗诵私人诗篇
他捶胸顿足
旁若无人，又在种植花椒的章节停顿
等陌生人起身鼓掌

2011 年 10 月 7 日

## 京城小雪

昨夜，小雪扫过京城
有人迟归
做梦，以为赵公口桥往北是一个山坡
有矮松三百株
甚至真有一只麂子
它返回洞穴的小路，被积雪封住
今日早起，烹小鲜
坐北朝南
约L饮酒，方知年关已近
手边旧杂志的封面女郎
牙齿真美
我认得她，在电视剧《聊斋》里演过鬼
“三十年前
一块冰，可以剥开狗皮”
L说，京城雪小
不锋利
五年前，芜湖都宝花园顶楼的雪
比京城锋利
那晚，有人乘雪天讨债
有人腊月嫁女
与我无关
我住顶楼，铁门被雪封死
推不开，乡下二嫂送来四只野鸽
咕咕叫了一夜

掉了一纸箱羽毛
灰的，白的
第二天，我和L一人一脚，踢翻纸箱
野鸽子飞了
锋利的雪开始化，像刀片
变软，像腊月
杀气变重，方知肉价已涨，年关又近
昨夜，L冒雪入京
与我对坐
饮酒，又问起窗外事
哪朝哪代，奇女子持刀入宫
雪如冷箭
乱世略显漫长，数百个先主托孤
二流谋士
雪天聚在帐外
想跳槽，文人多数不相往来
上街算命营生
“兄可知
当年顶楼放走的野鸽
死活否?”
L把旧杂志垫在火锅下
演过鬼的封面女郎，五年后姿色尚在
听说她嫁给一个演过皇帝的人
重新做人了

2013年1月20日

## 《乱世书简》第69封

四月，病中的月亮回到手上
一定有狗，在还乡的一日闯入暮色，伴我去水库
挖春笋的时节麻雀快活
狗骨头软
人低飞
Nemo，小地方的狗不怎么上档次
步子迈得很土
有时候天女散花，狗叫悠扬
狗叫悠扬多像死笛子
被风吹响，又像冷僻的史例写入小文人的书信
打动漂亮的傻姑娘
Nemo，去水库的路上遇狗
等于复习一个梦
梦中一声喊，弯路可以拉直
狗，站在那么硬的梦中，朝月亮叫
月亮病在四月
四月披在土狗身上
狗，在去往水库的石子路上飞奔起来了
它率先跑到水库边
吼麻雀
麻雀翻滚在半空中
Nemo，那就是水库，淹死过教书的兄弟
和绝望的妇人
动不动就打架的八十年代

岸边一户彭姓人家，养凶狗一只，漂亮姑娘两朵
教书的兄弟生前腼腆，但不止一次
奔向水库
拦下年少的情敌
四月，Nemo，有时我带一条黑色土狗
在去水库的路上
有时在水库边伸手向天
接住暮年的月亮
或者，目击麻雀在天空里打群架
又色情地飞往他乡

2014 年 4 月 24 日

# 袁魁的诗(12首)

袁魁，曾用笔名石歌，1978年生，安徽芜湖人。“平面写作”诗歌小组核心成员。创作有长诗《马莉》，组诗《黑光》，断章《印花集》《火蜥蜴》，变态怪兽三部曲《龙哥》《呆》《蛋》，等等。

## 父　亲

明天
就是大寒了
父亲怕冷
穿得厚厚的
走起路来像头企鹅
不时望着远方
我知道
他的眼有点花
就像头上的白发
渐渐蒙上了一层霜
而这个冬天
也由外向内地
逼近了他

2003年

## 作　品

去小何画室时
他正创作一幅民工图
底稿打好了
在往上面着色
他把红和黄
不知还有什么
蘸了点水
反复搅和
像一坨烂泥巴
把它涂在民工脸上
旁边有个小孩
还未上色
而那几个民工
仍不停吸收着
那坨泥巴

2003 年

## 教堂的尖顶

那里常常有几只鸽子
梳理着羽毛
它们是那么地轻

像几张白纸
你可以把它们纠起来
再摊开
掂一掂
还是那么地
轻

2010年

## 马莉(节选)

### 蓝　光

马莉走得很急
她要赶着回家烧饭
雪从天上飘下来
点了几点在她的鬓角
就化开了
有的落在窗台上
叶子上
积得很厚很白
蓬松松地朝着她
闪银光

2011年

## 海马区手术室

第二天
马莉起得很早
雪也停了
她哈了口气
在窗花玻璃上
外面的景物
由中心向周围
白成一团
分不清哪里是马莉
哪里是庭院了

2011年

## 黑光(组诗选三)

### C6H6

他们戴着黑色的帽子
低着头颅
遮住自己的眉眼
黑色的礼服贴着身体
在末端套着黑皮鞋
他们走得很规矩

划出一道道黑色的轨迹
不必担心擦碰
以及由此带来的火花
空气中的芳香烃结构紧密
当他们脱下礼帽
露出黑的头颅

## 脉　冲

有人在果壳中唱歌，音色有些闷，他听不清，便取出一把小刀
沿着脐缝小心地撬压，这让它微张的口又开了点，像个口哨
他对里面吹了吹，壳中的人便振动起来，发出尖锐的音线
这让他兴奋起来，把缝隙又弄大了点，并渴望壳中人
振频再快点，透过窍隙，他看见了他，和他头上圆形的穹顶

## 白桦林

开机车的老杨，好喝二锅头，他说这东西有劲，这辈子
　　就靠它活了
他劝我喝，我闷了两口，这东西像火一样，把我点燃
怎么样，没骗你吧，他眯缝着眼，笑着打量我
这东西不算啥，我说，我还有老白干
我们爬上28层小露台，对面有女人晾衣服，她长得很
　　漂亮，白白的皮肤
鸟也不鸟我们，而我们的酒瓶也快干了，还喝不喝，喝

哦，我有点晕头，对面那个女人好像掉下去了，我得去
　　看看，她有没有摔碎
顺道再买两瓶，对了，别忘了打120，老杨道，他们会把
　　她收拾干净
就像这瓶酒，被消化得干干净净，而老杨把它举到眼前
透过玻璃，潜视着这略有弯曲的城市

2012年

## 匀好，再卷起来

还有吗
她吐了口烟圈
在我脸上
半天才散开
你吐烟的时候
真好看
是吗
她又吐了口
比刚才小一点
悬在空中
没了

2017年

## 南华山行图

——读明宋旭《达摩面壁图》有感

在南华山上的时候
他念阿耨多罗
三藐三菩提
不知道第几天
肚子饿了
他伸了伸脖子
桂花树有些酸了
马尾松也有些酸了
他看了看山下
随手褡裢里
掏出块馍
沾了沾露水
嚼了开来
又过了几天
一觉醒来
又拿出块馍
嚼了开来
这次没有露水
已近正午
松针滴着油
不远处的南华寺
里面的空觉小师父
该出来打水了吧
想到这

舌生清凉
他咽了下馍
汗水打在了
松果上

2017年

## 夕　光

宝塔后面
是山腰
两条小路
在这汇成一条
找了半天
他找到个避风窝
点着香烟
抽起来
还有许多人
从宝塔下面
涌上来
密密麻麻的
看不清楚
抽完烟
他站起来
抖了抖
一些灰掉下来

宝塔越来越短

2017

## 打蟑螂

一个人待久了
就会闷
读书好点
比如这个时候
读《爱是地狱冥犬》
从北魏大哥那儿借来
他说下期《世界 3》
诗台高筑栏目
就做它
读到蟑螂
布考斯基的蟑螂
打不死的小强
让诗人为难
谁不为难
但布考斯基有办法
他拿起杀虫剂
一枪就解决
有时候
我也想这样
对付自己不喜欢的人

可我又和左小一样
从来就没有一把
属于自己的
枪
小时候有一把
木头枪
这也够了
把它藏在背后
走到敌人跟前
突然举起来
不许动
跟我走
敌人也不多
好人总是多的
他要是实在不听话
就一枪干了他
我就装作
扣扳机的样子
食指勾勾
啪啪
嘴上发出两声枪响
啊啊
他也抖两下身子
装作倒在地上
那时候
他才八岁
而布考斯基

写蟑螂的时候
已经很老了
他说“有一天
蟑螂们将
继承世界
但我们
会让它们等上
几个月”

注：文中引号内语句引自布考斯基诗集《爱是地狱冥犬》（徐淳刚译）。

2017 年

# 林黎的诗(11首)

林黎，70后，安徽芜湖湾沚人。“平面写作小组”核心成员。

## 即　景

立夏之后
草和树
完全地绿了
雨季还没有到来
大堰湖
你知道的
还是那两只鸟儿在叫
在飞
湖水，更加地平了

2016年5月

## 被　子

她一定是看过了我的床
把我的单被拿走
拿了一床棉被过来
秋天越来越深了
我住在九楼，睡觉
也开着阳台的窗户
风就直接吹进来
风一大，窗帘摆动就大
仿佛生活在电影
或者远处

2016 年 11

## 孔

她的右耳后面
大约和耳垂并列的一个位置
在脖子上
纹了一颗小星星
中间有一个圆形的孔
就是留着没纹的一个小圆
与周围蓝色的纹比起来
更加地白

吸引了我很多的目光
她知道我是知道的
我一直也没有问她

2016年12月

## 金　红

起风了，外面下着雨。
孩子们都睡了。金鱼妈妈
轻轻地摆动着金红的身体
金红的尾巴。
她吐的泡泡，也是金红的。
在夜里。
又一个不眠的夜啊
我看见她的眼睛
也是金红的

2017年3月

## 回　来

我的楼上住过两个女孩
一个乌克兰女孩
住了两年，走了。

一个本地女孩。
我已经好久没有看见她了。
大概也搬走了。
我认为她们都会回来的。
但是我不知道她们什么时候回来。

2017 年 5 

## 带　走

今日立秋，下午四时，风声大作，下起了大雨。
真的大
我开了门的时候
它们几乎是，横着冲过来的
几乎是，要把我带走

2017 年 9 

## 我没有什么好说的

擂台赛马上就要开始了，我在阳台喝酒。
丑石讲：你那围棋，不能用酒精助兴。
我已经喝了两瓶。
本来打算喝第三瓶的，还是不要喝了。
今天下午下雨，雨后出现彩虹

该出现的兆头，都是很好的
我有什么好说的

2017 年 9 月

## 今晚上月光很好

昨晚上月光很好
今日天气晴朗
天空有白云
大片，大片的白云
我说这个
干什么？
这几个晚上
月光都很好
我观察过
大约能照到的地方
都照到了
我观察的时候
也被照到了
我没有遗憾
我说这个
干什么？
今晚上月光很好
把能照到的地方
又照了一遍

我说这个，干什么？

2017 年 10

## 侧影与声音

我昨天看到一个侧影，它让我想到你。
这么多年来我偶尔想到你。
我想到你。作为场景，我想到教堂。
但我从来没有去过教堂。
暂时也没有去的打算。
不过我是见过教堂的。
就是那座教堂，我听过黄昏时分它的声音。
我是在四楼的窗户看见那教堂的。
我是把窗帘拉开了才看见教堂的。
并且，听见了它的声音。
它靠近码头，靠在一条江边。
江水是浑浊的，它们自己流淌。
没什么风，浪拍得并不厉害。
但是有声音。
事实上我不能确定，我是先看见了教堂，还是先听到了声音
我也不能确定，我是先听到了江水的声音，还是教堂的声音
但是我不能同时听见教堂的声音，和江水拍打的声音。
我事实上处在选择中。
但是不需要我选择。
在我拉开窗帘的时候，选择已经完成。

我再做一个简单的陈述：
我拉开了窗帘。
就在拉开窗帘的刹那，这两种声音交替了。
而我不能同时听见这两种声音。
我不知道这是为什么。
所以我被幻化了。我失去了。
这么说，事实上我也不能同时听见我自己。
就在那一刹那，我失去我自己。
窗帘后的自己，窗帘后的一切。包括你。
除了那声音。

2017年10月

## 影子与位移

以物理学的观点，我在阴凉处和阳光地带
发生过位移。我先是在阴凉处
阳光照不到我。即使我展开臂膀
阳光还是照不到我。下午五点钟
阳光从12幢与14幢之间，照在一块空地上
空地上没有我。
现在阳光照到我了，我展开臂膀。
我不管有没有展开臂膀，阴凉处
我的门前，没有我了。
阳光也照在我的门上。一扇玻璃门。
作为场景中重要的道具，它没有位移

也没有展开臂膀。阳光照耀它
同时投给它我的影子。
但是我的影子不足以影响它。
我知道无法影响它。
这时候你出现了。你为什么要出现？
你出现在我的门前，你看到我的门
玻璃上淡薄的影子。
假设那影子能随着你投出去你的眼光
透过玻璃，也发生位移
可以到达我屋子里面的，部分地方。
只能是部分地方。
再假设，你又出现在我的屋子里
同样看到我的门，我的玻璃
玻璃上的影子。同样也发生位移
到达了我门前的空地上。
只是现在，我并没有在那里。

2017年10

## 张道喜

张道喜幼年丧父，母亲
称老二婶。改嫁过来
80年代末过世
张道喜娶妻，称老蛮子
为我县以南某县人氏

名字大约和她的方言有关
带来一子，称小蛮子
张道喜喜欢喝酒
老蛮子也喜欢喝酒
80年代初，常卖血
缓解生活，顺便喝酒
张道喜来我家打酒
8角5一斤的，打半斤
付钱4角2分
对于已经知道四舍五入
的我来说，差了1分
但是母亲同意了
张道喜打零工、收垃圾
后来又领养一女
2003年拆迁，修路
由于村里人强壮不等
张道喜被分在
相对弱的一组
当时，张道喜
扛一20磅大锤，大吼一声：
谁都有年轻的时候
老子就干我自己的！
再至于，2017年12月18日
张道喜，死于肝癌晚期
享年72岁
2017年12月21日
我去吃他的丧饭

喝酒两杯。临了
去灵前磕头
第一个，第二个
似乎并不标准
第三个，酒劲上涌
我咚的一声。想想以后
村中再无此人
难免过于认真

2017年12月

# 龚人的诗（14首）

龚人，安徽芜湖人。有作品入选《作品》《诗参考》《安徽文学》《诗歌月刊》《2005中国诗歌精选》等。

## 如　同

吃一根甘蔗
总喜欢截去头尾
取中间

如同

泡一杯浓茶
喜欢滤过一开
喝二开

如同

我生卒的年历
总喜欢切去过去和未来

取出现在

2003 年 11 月

## 退一步

退一步
能估出前脚到后脚的长度
再退一步
步与步间的距离也能模糊看出
你若再退一步呀
这样的长度
挖一个坑
足可以将自己
埋了

2003 年 12 月

## 玉姐姐

打开电脑，想起你
像极了这个○，你端坐在圆圈里
你白白的白白的白皮肤呀
那些妖精们馋得流口水，也吃不着你
我翻个筋斗出去

带点儿吃的喝的再翻个筋斗回来
只要你听我的，没上妖怪们的当
我们可以一起分享晚餐，圈外的大时光纷纷奔过来
任我们指点江是山，山是江

2005年1月

## 妈　妈

妈妈，先停停
那遥远的童话太干净
他们说我是野孩子
我得到河边把手洗洗
还有爬满泥巴的双脚
踩一踩河底的沙石

妈妈，我要跟我的小兽到树林里去玩
学着跟鸟兽打招呼
在温热的阳光下给小草树木挠痒痒
您不用担心您的孩子忘了
傍晚时跟夕阳一道走出来

妈妈，我亲爱的妈妈
请允许站在你对面的儿子
温情地叫你一声：姐姐
亲爱的　女儿

我喜欢用温柔的眼光
看这世界
慢慢溶化

2005年4月

## 影　子

把花朵从茎秆上卸下来
把花瓣从花朵上卸下来
把几痕血丝从花瓣里卸下来
把几缕情感从血丝里卸下来
我看见影子
从尸体里卸下来
飘上天堂
只是为了从天堂上卸下来

2005年5月

## 意　念

雨后，阳光暧昧，里面
树叶绿得发慌
麻雀躲在背面一小块阴里

抖动尾巴，露出一丁点儿隐私
你在我的意念里生长
偶尔探出二十二岁的脸
有着干净而明亮的笑容

2005年7月

## 温州，温州

此时
隆隆的火车趁着夜色开过去
此时
途中受阻的汽车不停地摁着喇叭
开过去

此时，鸟儿折叠成巨鹰飞过去
蚂蚁、蛇、兔子和野兽，纷纷从梦中苏醒，奔过去
还有鲸、海豚、鳄鱼，蟹虫虾将们
衔着轮船四周的救生圈，游过去

温州，温州
这属于大家的名字。

我站在十字路口，进退踌躇
目睹着严重的交通阻塞
意外事故接连起伏

2005年7月

## 天　鹅

对你的想念，如同拧开的水龙头
将身体冲刷得纸一样白。
大盘的波纹呈放着遗落的枯草
我的池塘很浅，眼睛在浮草下半睁半闭
鸭子静默，翅膀收紧。
天鹅在水底飞
天鹅在蓝天之外飞

2006 年 3

## 爷　爷

老得不能再老了
脆生生的
一碰就碎
我真该什么都别说
风从我这，吹向哪里
哪里就一片荒芜
现在，爷爷在薄薄的瓷罐里
那么安静
在瓷罐里以区别于泥土里

2007 年 5

## 有时,月亮停了一下

谁给远处的山脊上浸了一层湿漉漉的萤粉?
哦,月亮跳了上来
拖着湿漉漉的身子往上爬
越爬
越吃力
有时停了一下
向下看看
月光洒下来,细小、温润而静谧的光。

在月亮地里的人们
停了一下
再说话的人
说话
行走的
继续走动
有人在停一下之后抬头向上
看了看
此时月亮正直直地看着他
看着看着便把光
从他身上向上
挪了挪
照向别处

2017 年 8 月

## 夏日雪景

大雪漫天
漫天大雪淹没了整个斑驳的世界
沙沙沙，沙沙沙
一刀刀利索地切下，成串的挂下来
雪花追着雪花
雪花串上雪花
雪花压着雪花
朝顶部灌下来
他们合理地分配在高一点的枝杈上
树丛包裹的黑瓦屋顶和旁边羊圈草垛上
方形院子和对面揉皱的马路上
远处的田野以及尽头的枯草秆上
雪花托着雪花
雪花抚摸着雪花
雪花躺在雪花上面
雪花结在雪花上
静立着的雪花
一伸手就可以轻易摘下
飘浮的雪花
总在看不见的地方融化
一片片雪花
结成一簇簇雪花
一堆雪花堆在另一堆雪花上面
永远是高一点的雪花压在低一点的雪花上

压得严严的，死死的
而那些无法忘却的事和人
依次静卧在雪花下面
变成了白色

2017年8月

## 她的忧伤

她的忧伤
一起一伏，起伏的忧伤
多么饱满呀
她的忧伤
富有弹性地忧伤着

2017年9月

## 迁徙的鸟

它们多么爱惜自己！
那么认真地年复一年地完成着生命的迁徙。
——最大限度地伸长脖子
——最大限度地张开翅膀
——最大限度地蹬直双腿
完成着飞行。

多么骄傲地在空中
俯视泥泞的地面、咆哮的海水
延伸到山脚的那些静立的树木

它们优雅地在水面寻食、交配，成为水面的一部分。
它们在山脚精心孵育幼儿，成为山的一部分。
它们在林间休憩或尽情歌唱，成为树林的一部分。
它们从不吝啬地把它们的爱分给你，美分给你
我们也不吝啬地赐它们以网
以子弹来挽留它们，成为我们的一部分。

但它们属于飞行，属于旅途
属于你举目那惊艳一瞥
看，它们飞过来了
飞过来了，我们飞过来了
飞向了十万里迁徙之地。

2017年10月

## 许多去珠穆朗玛峰的人留在了那里

没爬过珠峰
就没爬过真正的山
没见过冰雪在珠峰上或漫步或狂欢
就没见过真正的雪山

有人去珠峰爬山，留在了那里
有人去珠峰上看雪，也留在了那里
留在那里的人，留给山下的是最高的企盼
留在那里的人，曾经也生活在山下
每每想起珠峰，总习惯性抬头朝天上看看
现在他们的愿望实现了
想到珠峰，兴奋得气喘吁吁
而且不再举头，只需俯视天下
天下四季如春，没有暴风雪，多么冷清！
天下云层很厚
天下人的愿望很低
低处迷漫，穷尽一生
想到这些，他们就不想再下来了。

2017年10月

# 张军的诗(12首)

张军，安徽芜湖人，诗人。著有诗集《蝙蝠》，组诗《八十年代》，小说、随笔及文学评论等多种。诗文散见国内多种刊物及选本。

## 黄墓镇

今天下午
我去黄墓补牙齿
连日来
牙痛一直折磨我
我肿着腮帮给学生上课
想用讲不完的啰唆话
把牙痛压下去
就像每一次
遭遇谎言之后
我咬紧牙关
一声不语
把它们给顶回去
曾经年轻的牙科医生
已满头白发

他笑眯眯地安慰我
快速治好了我的牙痛
当我骑着车
轻快地离开那里
猛然发现
我们正慢慢老去
那个记忆中的
黄盖魂归之乡的小镇
早已改变了模样

2014年

## 杀年猪

它跑不动了
七八条汉子揪住
耳朵、尾巴和四腿
摁到板凳上
脖子下，半盆盐水
冒着热气

寒光一闪
一把锋快的刀子
轻轻一捅
捅断它的生路

2017年

## 雕塑公园

刘家珍电话
让我去雕塑公园
雕塑公园在神山
住江城这么久
我竟全然不知

当我打车
赶到雕塑公园
问司机
门在哪儿
司机噜噜嘴
雕塑公园是
开放式
没有门
哪儿都能进

我一下子就
没了兴趣
好像是
没掏钱消费
被人宰了一刀
似的

2017 年

## 小 聚

没弄到包间
我们几个人挤在
大厅17号桌
18号也可以去的
但赵绪花说
18号太憋屈
坐那儿不舒服

我迟来一步
赶了点路
坐在同学中间
恍恍惚惚的
半天回不过神

王老板客气
不停地散烟
小李子半推半就
我是来者不拒
王立勤嘟嘟囔囔
反对她老公抽烟

没吃下什么
我们就各奔东西
时间过得真快

同学们已不再年轻
能有一次小聚
真的很奢侈

2017 年

## 看桃花

离开小酒馆，头重脚轻
我邀魏哥和嫂子明年三月
去老家看桃花，请后明
开车同去

魏哥摇着光头，决绝的样子
有点不屑。我像是在讨好
像是用虚情回报他老哥请我喝
藏了二十年的宾州白酒

桃林离我家不远，翻过小山头
就到了。每年春天
那里车水马龙，游人如织
其实这么多年
我一次也没去看过桃花

2017 年

## 摔跤之后

从魏哥那儿喝完酒，我
昏昏欲睡，摇摇晃晃往家走
后明留在车内，一溜烟
没了踪影

藏了二十年的宾州白酒
我们喝出了二十年前的味道
路灯昏暗，让你辨不清
树丛和天空，它们浓厚的黑影
令时间停滞

“日常生活的神奇”，当我
默念它时，巨大的惯性让我
失去平衡，我飞出去，像只青蛙
吧唧一声拍在地上，我的眉骨
砸在地砖沿上，金星直冒
莲花喷头呼呼作响，冷水
从我的后脑勺一直流到脚后跟

第二天，我的乌鸡眼眯成
一条缝。撑开眼皮，万物变矮
圆乎乎的世界被摔扁了

2017年

## 晒　书

跌伤眼睛第三天，视力
开始模糊。我常把路边的垃圾桶
误作摊点，把溜进草丛的野猫
看成一条小狗

这些天有点耳背
听人说话，总得把脑袋
偏过去。这些都叫人担心
儿子刚考上大学，还没
成家立业；老父亲还瘫在
躺椅上，晚上也不肯上床睡觉
我夜夜守着他，并时刻准备
为他送终

我是不是想多了？于是
我开始晒书。我的诗集霉得
不成样子了，霉得最多的是那些逸史
摞在一起，足足三尺多厚
前些天我们才搬回来住，它们
被锁在书柜里，一锁就是八年

2017 年

## 家　谱

一二年开始，我着手
修家谱，和几十个叔伯兄弟分头
四处奔波，熬夜熬成了乌鸡眼
今年春天，方才告竣

诗歌兄弟们埋怨我，修家谱
那么好的素材，竟没能写出一首
诗来。我也很沮丧
当初参与进去，我暗暗发誓
写一批诗，至少
我也能完成一些初稿

可是我哪里知道，有些东西
像修家谱这种事，一旦陷进去
就很难走出来。她就在那儿
诗歌这活儿做得不可能比她更好

2017 年

## 野草莓

上午躺在沙发里闭目养神
眼睛隐隐作痛，伴随它的

是阵阵发痒。八岁那年
老妈说过，那是伤口在长肉

我想乡下的老妈，和躺在
躺椅里的老爸，他一刻
都不肯离开。他开始发胖
面色渐渐红润，不停地用纸巾
揩嘴巴，怕口水突然流出来不雅观

我家的老房子在一片竹林里
大夏天也是凉爽如秋。我曾跟随他
穿过林子去摘野草莓
黄昏中它们鲜红欲滴，引得
好几个野孩子哇啦哇啦地怪叫
我和他们分享所有
我更想留住它，但我深知不能

2017 -

## 鬼地方

天没亮我们便下了水
七月的水泵轰隆轰隆
和传动带沉重的抽打淹没了
雨声。我们知道
光棍老谢和防洪小分队在机房

睡得跟死猪一样

一阵侧泳，一阵仰泳，我们
熟练地憋气、吸气，并
无声卖弄着造型。鬼地方
离我们还有百米。每年夏天
在靠近它的途中，深深的湖水
都要带走一个人。刚会狗刨那阵子
我差点沉入湖底，永远不再回来

可那又何妨呢？它像块磁铁
吸引着我们：
尖嘴巴白鹭、盆状西瓜和清晨
湖面升起的光，都无法抵挡
仿佛多年后，我们离天堂
越近，越想逃离它
而今鬼地方不复存在
我写诗，为了留住它

2017 年

## 打水漂

我们衣兜里揣满碎瓦片
绕过牛棚，水库突现
跟前。它像个巨型水瓢

瓢把指向未来。我们要去
那边。它敞开大肚子
刚刚填进去一只落水山羊

掏出瓦片摆满雨水淋湿的
草垛。我们侧转身，胳膊猛地
轮上几圈，猫腰把瓦片甩出去
它们飞快点击水面，水花
飞溅，一个追赶着一个

树丫上松鼠吱吱叫唤，大尾巴
紧张地竖起，抗议我们这帮
不速之客

2017 -

## 磨豆子

我猜那是一副公牛的骨架
粗壮、坚硬，有来自泥塘深处的
灰暗。尾巴风干
在某个未知的地方

每到年关，父亲移走它身上的
连枷、稻草。抬到阳光下，用热水
为它净身

两块磨盘，一副磨腿，长长的砻担
吊自横梁。它
咕吱咕吱喘着粗气，白色豆浆
从肚下流出，啪嗒啪嗒
滴进盆里

我和父亲肩并肩，跟随他
一推一拉，沿着磨心
不停画圈。为了适应节奏，我们
后退，向前
向前，后退

多年来，同样为了适应
我必须
向前，后退
后退，向前

2017 年

# 莱马的诗(12首)

莱马，原名马忠，安徽繁昌人，现居芜湖。20世纪70年代末开写诗。1982年毕业于安徽大学中文系。著有诗集《这里的海水是的》。

## 三月末

三月末
比黄昏略早一些
我来到北京朝阳路
东四环外
东五环里

我拖着行李箱向东走
路过一条狗
一条棕色的老狗
静静地坐在路边的台阶上
看夕阳

它的右侧

一间又一间房产中介紧密相连
后面是等待中介的房产
空地上有一片狗尾巴草
应该叫荼

我向前走了几步又退回来
顺着老狗的目光
越过京包线
看夕阳

夕阳别在央视大裤衩的腰间
又大又红

2015年

## 甲壳虫

昨夜窗户大开，风很爽
一只丰满的甲壳虫，乘风飞进了我的鞋子
我不知道
早上走在上班路上
总觉得脚趾头不舒服，左边的
为了赶时间，继续走，速度更快
我以为新买的鞋垫有问题
坐在办公桌边，打开电脑，还是不舒服
忍不住脱鞋一看，怪了，一只甲壳虫滚出来

气息奄奄
我看着它静止，不再醒
我的致命的惰性，戕害了它这一生
用新闻语言说
——今天早些时候，银杏路上，一只甲壳虫意外身亡
肇事者莱马，事故发生在他的左脚的鞋子里
他的左脚在他身体的带动下，一直在现场

2015

## 狗　村

没想到一不留神住进了狗村
老男人，牵着狗，一条两条三条
老女人，牵着狗，三条四条五条
狗与狗吵闹
人与人招呼
我在他们与它们之间穿行
前方，槐树林，铁栅栏，牵牛花
这里也有牵牛花
有时候我想回故里牵一头牛走过狗村，找点牛的感觉
狗村的人出门多说狗
我没有和他们说过话
晚上8：30以后，差不多各家的狗回各家了
剩下古树和月亮，随我独享
几乎所有停车的人

都用板子挡住那轮毂，谢绝狗尿
一条两条，五条八条，几家窗口传出了打麻将的声音
我在遛弯儿
他们遛弯儿就是遛狗
因为狗多，所以我遛弯儿，弯儿多
弯弯的月亮，像一只狗

2015 年

## 秋天卢浮宫

贝聿铭创造了玻璃金字塔
我们像虫子，钻进琥珀
再往前走，就把秋天留在了身后
就把巴黎晾在了一边
就看见胜利女神，没有头；就看见维纳斯，没有手臂
就看见蒙娜丽莎，也在玻璃中
似笑非笑，性别存疑
似乎宝贝就应该残缺，完美了就不是宝贝
我们还看见另一件宝贝
一个非常精致的女孩，活着的
她盘腿坐在凳子上，面对一群雕塑，画素描
她眼里只有那一堆石头
我们都是风，都是空气，都是乌有
卢浮宫
只属于这个女孩

和季节没有关系。我来自秋天。我不能不提秋天

2016

## 因咳嗽不能参会

这些天扁桃体发炎
老婆买了很多药让我吃，提醒我不再年轻
我一改常态吃了一大堆药，也不见好
咳得很厉害
写到这里，瞄了电视一眼
我看见了甲午战争
看见了慈禧太后用怪异的眼神看着我
等到那个貌似学者的“眼镜”前后闪烁指指点点说东道西
我咳得更厉害
我喝一口茶，再喝一口，回到正题
今天下午三点，市委宣传部要开全市宣传部长座谈会
四县四区的宣传部部长都要去
我们广电台的全体领导班子也都要去
在政务新区E区2楼3号会议室
这个会肯定很重要
但我不能去
不是不想去，是我的扁桃体不让我去
你不知道，这种咳嗽来得猛烈，无法克制
怎么忍也忍不住
我只好穿过光线暗淡的走廊，敲开一把手的门

请假

如果我参会
冷不丁地一串恐怖的咳嗽声
任何重要的发言都会被我的发炎打断
会议怎么进行？我多难堪
就像很久以前我们一群农民在田间劳作时经历过的那一场
　　夏天的冰雹
突如其来

2016年

## 写字就写字

有人敲门
我说："进来吧"，他进来了
一个办杂志的人

气候很怪，今天比昨天低了10℃
这个人也是
笑得像我写错的字。偏偏他找我要字
要刊登，要展出

写字就写字
为什么要刊登要展出？奇怪了
写字就是写字
和头发一样，没别的意思

我曾经把美女的长发比作风中的黑色旗帜飘扬
得意忘形
很久以前了。好傻

我可以陪你抽一支烟
抽三五支也行
说说天气，说说赭山的麻雀越来越多了

写字的人，写字。
展览的人，展览。
低 10 ℃，今天有点凉，我加了一件黑外套

2016

## 冬青花开

夏天来了
冬青又开花了

冬青的花
像桂花
洒在人行道上
还是像桂花

一个路人告诉我
这不是冬青

是知母
不叫冬青叫知母

我说谢谢
你走吧
于是他走了

知母的花
像桂花
洒在人行道上
还是像桂花

知母的花冬青的花
洒在人行道上还是像桂花
这时候
想想那个远去的路人
又觉得知母的花冬青的花桂花的花
都不像花

2017年

## 在丽江古城四方街

男的女的，几乎同来的人
都加入纳西族的女人们之间跳来跳去
跷起左腿，或右腿

我突然什么都不想，坐在一旁的条石上看天空
看那些冻缩的云，与江南云的差异
还试图透过树缝看玉龙雪峰
看冰雪蓝天与扎染的衣帽围裙有什么关联
背后有溪水，流的应该是雪山的水
水里有鱼
这些鱼和人生苦难让我无法分辨
那些快乐的人，不时地看着别人的脸，不看天空
我一直认为人生旅途看看天空也是重要环节
四方街的石块被踩着被跳着
人类总是柔软的
我跨过溪水，去银器铺买两只镯子
一只给老娘，一只给丈母娘

2017

## 轻松走出医院的大院

从医院大院的门里往外走
突然肚子疼
不行了，不能走了
他返回门诊大楼一楼大厅，找洗手间
到处是人
洗手间里也都是人
不能排队，不能等了
他转了一小圈，再转一小圈

突然想起来
洗手间的上面，应该还是洗手间
上面的上面，应该也还是洗手间
他立即乘上扶梯
来到二楼，犹豫了一瞬间，又上三楼
解决了问题
然后
他吹着口哨
轻松走出了医院的大院
他笑着咕噜，没有洗手间人会死的
有了洗手间，没有头脑，也许也会死的
越往上，人越少，更上一层楼，不用排队的
现在好了
去公园的棕榈林中，看看那些覆盆子

2017年

## 回到山村

有些声音，是草发出的
有些声音，是水发出的
有些声音，是竹子或木头发出的

有些声音，是邻人发出的
有些声音，是回家的人发出的

我站在门口
家里人应该知道
有些声音，是我发出的

云飘在头顶
一片云应该知道
有些声音，是另一片云发出的
我们听不见
所以人云亦云
所以我家人告诉邻居，我回来了
所以邻居告诉别人，我回来了
所以别人告诉我，我回来了
所以我怀疑我自己，我回来了

2017 年

## 蝉　声

把空调关了
把窗户开了
让蝉声飘进来

退休快两年了
不想再劳作了
让蝉声飘进来

蝉声从朝南的窗户进来
蝉声从朝北的窗户进来
蝉声从所有的窗户进来

蝉声穿过墙
蝉声穿过房子
蝉声穿过一杯酒

蝉声目空一切
蝉声与蝉声纠结
蝉声轻而易举地抬走了我

2017 年

## 如果不打水就没水了

如果不打水就没水了
去打水吧

打水的人走到村口又回来
问那个要他打水的人
不打水没有水会怎么样

要他打水的人说
你先把水打回来再说吧
他说

不能打

要他打水的人想了想
不打水就没水喝
没水喝会渴的

渴了
会怎么样
渴了
是因为没水喝
如果不打水就没水了
去打水吧
如果没有水我去打水
我就会更渴了
要他打水的人回答不了这个问题
想了想说
我去打吧
如果不打水就没水了
他说
我陪你去

2017

# 图雅的诗(10首)

图雅，1964年生，安徽芜湖人，现居天津。2015年获第四届新世纪诗典年度大奖李白诗歌奖评论奖，2017年获亚洲诗人奖。

## 母亲在我腹中

母亲已经盘踞在我的腹中
这是不可更改的事实

寂静中听见母亲的笑，响彻我的喉咙
它让我恐惧，让我疼痛

我应和着她的笑在平面的镜中
滋养着她的皱纹

她的白发，被我的腹膜提拉到云的高度
以至我祈求母亲别丢下我

母亲的抱怨，此时
撑痛我脆弱的心胸

我承认我吃了她带血的奶，带血的牙印
证明我一来到这个世上就成为她的仇人

后来我开始吃她的手和脚
吃她的眼泪和勤劳

再后来我吃她的肌肉和骨头
吃她的爱情和宽容

如今她每一寸肌肤都滑进我的腹腔
她的每一块骨头都开始疏松

我吞进多少牛奶和豆浆都弥补不了我的罪过
内视她的表情，充满讨伐和征服

我只好节节败退
用我的坚韧对抗中年，对抗衰败的年轮

母亲在我腹中已是不争的事实
我勇敢地装下她，正如多少年前她勇敢地装下我

2009

## 听母亲说

我从来没有见过人怎么断气

亲人死了三个
一个也没有送到终
我并不遗憾
只是老是不能忘记母亲说的
她说，外婆最后的日子是她陪的
外婆死的时候她俩睡一床
早晨她才知道外婆死了
说明外婆死得很安静
但是有些生命知道外婆怎么死的
它们啃外婆啃了一夜
它们是老鼠

2009 年

## 乳腺科

候诊室把中午一寸寸吞蚀
阳光舔着我的背
我恹恹欲睡
尼姑们出入诊室

化疗过的女人
气色之好难以置信
我走了进去
坐上她们刚坐过的凳子

男医生用摸过她们的手摸我
像上帝查看我的清白

2013 年

## 靠

也是这样潮湿闷热的夏季
我在车上睡着

初醒的那一刻感觉到我的脑袋
倚在了别人的身上

我正了一下身子
不知不觉又睡过去

等我醒过来的时候
发现他的脑袋歪在我的肩头睡着了

我没敢动
只好装睡

2013 年

## 曼谷的乌鸦

这么干净美丽的地方
乌鸦也干净得如同剪碎的黑缎子

绿地上撒一些
花树上撒一些
河面上撒一些
蓝天上撒一些

它们突然飞起
又发出撕缎子的声音

2016年

## 进化最快的蛇

从北六街咖啡馆出来向右
有一家广东餐馆
在这里
李勋阳告诉我
美国某州有捕捉响尾蛇的习俗
有个女人在比赛中一天宰杀一千多条
现在响尾蛇不响了

2017年

## 小别墅

景区门口
人山人海
我不想进去
就让他带我去宾馆的别墅区散步
掩映在山林间
一座座玲珑的小别墅
真是惹人爱
我说有人住吗
他说有
都是干坏事的
带情人的
聚赌的
贩卖毒品的
还有不知道搞什么名堂的
房间里有很多
被碎纸机绞碎的纸

2017

## 像说话一样写诗

夜已深
在北京的一个咖啡店里

我跟伊沙、侯马、蒋涛等聊天
侯马问徐江最近怎么样
我回答后
不知怎么说到了下面的事
我少女的时候
特想当兵
在街上我希望能被星探一样的
征兵人撞上……
伊沙说你就这样写诗多好

2017 年

## 1994

三九天生孩子
真要命
更要命的是生完孩子
就下雪
这是江南的冬天
湿冷的天
我们贫寒得只有这个孩子了
他的小嘴唇
红得像樱桃

2017 年

## 宁　静

皇帝马可·奥勒留
大臣塞捏卡
奴隶爱比克泰德
他们都把宁静当做生的最高境界
在侄女告知父亲要做手术时
我无法宁静
在中医朋友告诉我不用手术时
我的心舒展了
在侄女又告知父亲要做手术时
我又无法宁静
侄女的名字叫宁静
是我给取的
这个叫宁静的女孩吃过我的奶
我现在像一只挂在她房间里的风铃
她只要一碰
我就响了
每次都奏效
我无法像那个皇帝和大臣
也无法像那个奴隶

2017 -

# 丁瑜的诗(7首)

丁瑜，1955年生，安徽芜湖人。当过农民、工人、教师。20世纪80年代开始现代诗写作。

## 发　现

十一月乡村茧缝残存泥土的手
拾起苹果树下酸掉牙齿的辛苦
秋风的鞭子抽打城市的玻璃墙
缺血的金乌摔下晃动的高楼
泛黄的羽毛在半空乱舞舞成悄悄叙事的落叶
在博物馆散落的一页页远古的卜辞我们不去读懂
眼睛落在斑驳的墙壁上是一圈圈行走的休止符
划然　西装套服和羊毛衫在颤抖的人体瞬间开放
我们嗅觉找到的芬芳原来是化妆品涂抹的面孔
十字架背在苍天的背上一架架电视天线伸向天空
与时空感平行的雁惊泣于他一生被压弯的脊柱
树叶是那个圣者风化后的衣服
一片片交还给为游子夜夜缝纫的大地之母
风雨哭于江河哭出一丘丘如波涛状的新坟

噬腥的蚊蝇沉默我们之后在记忆里唱吻别的歌
然后我们不说告别然后我们就各奔前程
让秋雨去哭一个季节哭来一个穿孝服的女子
紧随其后的男人不是背叛名叫忘却
直到我们察觉所有落叶的树木在夏天就开始传递十一月的信息

1985 年 11 月

## 蛰

在冬天蛰伏的一条蛇
对夏天吐长长的赤信
一刹那
扑向
没有掩护的天空

一条双头蛇常以
优美的 S
紧紧追踪我们
我们的沉默
是自救的恐惧
是愈逃愈远的
雷声

1986 年 6 月

## 小暑·七月

七月
小暑
七号在日历牌上黑着面孔
墙上红色的箭头射向停止呼吸的
六点二十七分
云在烈火的炙烤下裂开古老的甲骨文
神的教谕成为民间的谚语
“小暑打雷
大暑破圩”
灵与肉一面人皮祭鼓
害怕又是渴望
一支金黄的胫骨鼓槌
似悬　似落

猛地举起
又轻轻落在
最后　一秒
滴嗒　一声
恐惧被坚忍踏成长长的影子
三百六十个太平的日子
由西向东跨出自信的一步
锁了多少个时辰的鸽子
又带上鸽哨放飞了
羽翎上的眼睛在天空寻找蓝色白色和金色的路

路上没有一片云

橄榄枝伸进了热带的梦
(那里的月亮还没有升起吧)
大水泛滥在远古
造方舟的树木成长在
酒坛酝酿的成熟之中
嗒　嗒　嗒嗒
脆生生的叩木声
城市里的啄木鸟
邮递员挨户敲褪色的门
两地书寄给从来没有见过面的人
(秋天还会有果实吗)

小暑
七月
谁家的孩子热成光腚
满街乱窜
男人在前面堵
女人在后面追
大街上他举起一支电石手枪
对着人群
扫射

1986年7月

## 猫的秋季

花儿凋谢是为了孕育孩子
心底的秋是到处飞扬的枯叶
深吸一口烟吞下蝈蝈被雨水打成半裂的弦音
城市的天空被楼顶切割各种破碎的图案
浮云舒展无骨的身体装饰残缺的美
无数条暗沟横亘在尝试思考的头颅中
听不见雁翅起飞时溅起的水声
身边的台历不住扇动伤感的白羽
偷走夏日那枚红宝石的
是一条从北方游来的蛇

昨晚我把窗台上的猫看成了一只老虎
黄褐色的斑纹让我梦见寂寞的森林

1986年11月

## 献词十三章之二·城洞之北的女人

你站在两队男人之间宣称恪守中立
曾经艰难的选择都是装饰性的背景
站在城楼上哭泣的乌鸦
投在大马路上的一道阴影
一条影子随太阳的移动改变形象

鸡鸣之后还在荒郊追逐游人
在汉墓中发掘的麦子在头顶上都结出麦穗了
你为什么不走进轮回之路成为产奶的母牛

刚刚走下最后一级台阶
复仇的匕首从他的身体冷笑而过
倒地的一刹那
摔出一个优美无比的舞步
风从洞穴窜出
红色的肺叶急剧收缩又迅速膨胀
从紫色的孔穴里传出鸽哨的呜呜声
他身后的女人及时发出惊呼
“起风啦
你应该把头发梳一梳”
他只顾把放大的瞳孔斜贴在地面上
第一次发现前方的马路形同绞索

1988 年至 1989

## 献词十三章之六·战争鸽子

大群的鸽子从雪花飞舞的玻璃里啊啊啊飞出来
每一片闪烁的雪花驮起一拍和平的音符 5 6 7
横七竖八的解说词长眠在白色的胜利上
今年南方小城的春节禁止鸣放鞭炮
巴顿将军在屏幕上垂下硬汉的头颅

同一具年轻的尸体告别
“我们不为你鸣炮致哀
否则人们又以为敌机来轰炸”

大群鸽子从疯狂闪动的玻璃里啊啊啊飞出来

1988年至1989年

## 献词十三章之十三·投影

绿色的雨
包裹着无家者的世界
五月北方窜出一条红色的恐龙
扭动在依然结冰的河床上做了一个悠长的梦
捉在掌心的一滴雨
已经不是它最初的形象和颜色
是谁模仿一只大鸟在空中盘旋
黑色的头发黑色的眼睛融化到黑色的背景中
兄弟　兄弟　兄弟　兄弟
有人在隐隐的雷声中狂呼
闪电全无踪迹
风撕扯着白色的绸衣飘飘如鸟的羽翼
每一个动作都近似自然的本身
在人间的舞台尽情表演
我只在要求卸妆后的真相
就同在掌中一滴渐渐干去的雨

傍晚的云献出乌龟的甲胄
巫师点起紫色的圣火把它烧成神灵的警告
肉体在煎熬痛苦在肉体之外
白色的方舟高擎鲜艳欲滴的红十字
停泊在巨大的广场一侧
解谜者
来自智慧和无穷无尽自责的痛苦
永远坠入俄狄浦斯王眼睛的黑洞
另一侧是异教徒修葺一新的鼓楼
有人企图敲响战斗的鼓点
但没有人能够听懂古老深沉且又单纯的声音
沿街排列的地摊上彩色的卡片
是最廉价又最被信赖的预言家

方舟寂寞了
鼓楼寂寞了
向东向西都只是一条长长的投影
向前向后都是问号上重重的一点
蜡制的翅膀断裂或者融化
命运总是跌进
被女人防守的城

1988 年至 1989

# 吴尚华的诗(3首)

吴尚华，1955年生，安徽芜湖人。著有《中国当代诗歌转型论》《港台文学研究》等。

## 南方的棕榈树为什么如此神秘

从来不知道南方的棕榈树为什么如此神秘
北方的岸
举起婴孩将我轻轻摇晃
当小红帆飘走啼哭
沿夏日风黑发飞扬
锚一样轻轻泊着扇形叶子
优美地舒展
第一次南方校园认识了棕榈树
默默凝视
我已长成一个苗条的少女

哦，棕榈树，我的青春树
无数次黄昏，三重奏
遥远了弹性脚步
黑土地沉积绿色风情

当七月吹响鸽哨
有一双结出黑葡萄的眼睛
悬挂在哪扇窗口

不要问南方的棕榈树为何如此神秘

1982 年 7

## 这一瞬间在劫难逃

——读伊蕾《独身女人的卧室》赠 M

那倾听独白以第三只耳朵的是我
那洞穿肉体以第三只眼睛的是我
卧室其实并不存在
心是一道无锁之门

你为爱而生而自由
你因自由而爱而死
真正的叛逆无始无终

因为曾经站得太远
又因为如今靠得太近
那灼伤的快感便痛不可挡
我身心俱焚
你通体透明
我一生钟爱的女人全都黯然失色
你不朽的私语顷刻哑然失声

哦，你这囚徒
独身女人
哦，我这被告
已婚男人
这一瞬间在劫难逃
命中注定

1990年11月

## 非鱼非猫

——观法国影片《有一条名叫旺达的鱼》

这是我们策划的一出天才的游戏
这是我们制造的一个漂亮的陷阱
不由自主而又超然物外
浑然不觉却又置身其中

作为一只猫
我无法说出人类最最美丽的语言
也许有一条名叫旺达的鱼
永远为我而存在着
你挑战的姿态炉火纯青

成为一只猫的过程
就是成为一条鱼的过程
不要问是猫在先还是鱼在先

只有我们才能策划这天才的游戏
只有我们才能制造这漂亮的陷阱
要么非鱼非猫
要么两败俱损

1990 年 12

# 杨四平的诗(3首)

杨四平，1968年生于安徽宿松县，文学博士、荣誉文学博士，现为安徽师范大学教授、博士生导师，华夏文化促进会顾问。

## 江南的南

2001年　一只无形的手
掌握着我　牵引着我
从淮河以北来到长江以南
一座停泊在江边的城市

芜湖。不是在四年前的重庆
也不是在过去四年里的淮北
我没有一面神话中的镜子
能洞察出游动悬崖的隐秘

我的鹰在天门山顶默想着
西南的南与江南的南之间
是四年过后的一次巧合吗?
我命运中的鼓点儿　为什么

总是催逼我向南　向南？
江面上的旋涡难道有所暗示？
我的鹰停留在江南的南上
满眼浑浊　静听涛声。

2001

## “你猜我是谁”

“你猜我是谁”
我辨不出是不是有一种幸福
此刻　正朝健忘的我弥漫开来
我只是笨拙地感觉到
你正在从大雾中减缩
越来越小　撞进了我的身体

“你猜我是谁”
我已经不是第一次这样听到了
像儿时玩的捉迷藏那样
在游戏中　我每次都惨败
我可能从人群中认出你来
但不能从众声合唱里辨出你

“你猜我是谁”
我没有交给你任何谜底
你也没有把我悬搁在人生旅途
我知道女孩子不会轻易生气

就像我平时把她精心梳理的美发
草草地弄乱后　她又很高兴地挽起

“你猜我是谁”
你的一句方言　猛然间
照亮了我沉睡在黑暗中的另一个自我
就像过期的药物被凌乱地堆放在墙脚
我从一开始就知道
我与你一定有某种隐秘

2002年

## 任性的春花

暮色边苍茫边，
春花照旧倔强绽放。
花香撩人，
轮廓朦胧，
使我想起白天
她们挥霍青春的放纵。
有好花者凑到花前，
用手机照亮她们，
刹那间，
仿佛看见了自己的灵魂。
当我试图用适切的韵律
捕捉她们时
她们却悄悄溜走了。

2016年

# 吴泊宁的诗(7首)

吴泊宁，60后，安徽和县人，现居芜湖。著有诗集《液态乡土
《瓦蓝下》，散文集《故巢》。

## 液态乡土

河滩　一直漂浮河套里
香瓜蔓抓着白白的月亮
我感觉村子的摇晃
乡土是水做的吧

围在水跳边的芦塘
闪闪发光　乌瓦一波一波的
风起浪间

父母都说，学不会游泳
你走不出村子
曾祖父说了　我们住在水里

沟　河　泖　荡
一张网棕亮亮的

水庄一定是鱼　在泥土　液体里

1988年10月10日

## 病房意识

大白天　楝树在老家的屋后枯了
不知是没水
还是没阳光　我想是村长家的垃圾

没见到花花草草打灯盏
耕牛已经上河岸了

电线杆上的喇叭锈了十年
整整十年
奶奶说，它声音好哑巴

一定是什么都病了
隔壁阿狗子进了医院
父母的脸都是病歪歪的

看看窗外的天
也是楝树的脸

1989年10月2日

## 记　忆

你走后　窗户边沿的雾水
安静地不动了

对面的矮房子成了我书本上的古迹
腥香留在书桌
三十年后　会回翻起

子孙不会知道　我身体的部分死在了
今晚

1991 年 8 月 2

## 夏到尾声

你走后
水面　洗洗一会儿天就亮了
白鹅睡了一夜的草滩

老牛一步一步地，我看它走向水渠
还有红花草

只有口袋会收留红蜻蜓
棉花　花生　稻谷　父母的衣裳
泛着白白的盐

1992 年 5 月 6

## 乡　碑

叶子养活的老家
一夜间　所有的水地开始荒芜
我的掌心飘飞芦花

亲亲的水稻栽在我的童年
哑然的多是我游在水边的无路可回

我喜欢母亲站在记忆里
菜园里织满蜜蜂
那样我可以在石阶上拾到父亲的名字

每一次走回多把乡音揣在口袋里
追赶我的黄狗也知道
一列钢轨将会碾过村庄

我的乳名就将失踪了
这是经常躺在时间怀里流泪的原因

给我生的水乡
此生我只能带走路过你树冠的风
我会在一个多雨的日子
把自己还给你

我不要石头
不要有文字的石头

干净的河流飘满翅膀的空气
是我墓铭

2010 年 12 月 21

## 青弋江

船声开始回家了
滩涂的沙子
穿上水流的习习秋风

我们的影子一直落入深深浅浅的弋水
不再的清澈里
一步步灌入大江

漫山遍野的柳树堆积在蓝空的庭院前
水波里的空隙
挤满温暖的面容

把夜色深深地刻进去
刻进水底的皮肤
我们的浮世一点一点地被洞穿

那只白了头的河鹭　划过我们的身体
划过小城衣衫的边缘

我们是青山和水流的近亲

一只蝴蝶把江南打扮成烟火的日子

抚摸过的南桥
穿流是远山的旧日荒草
在关门州前一层一层叠入古船的声音

没有一座城池会真心地收留天上的脚印
如同窗外的青弋江
一把被雪花吹过的刀
深深地切过我半生的屋顶

2011 年 7 月 5 日

## 状　态

我穿越的那个墙影
倒在脚底　紫色的花
游走而去
树叶卷过的黑与白
多在阳光里伸展身体

坐在细节的人群中
烟火路过假山口
离篱笆几步的遥远

山上风一下子吹透身体了
水玻璃一样

我们是真假难辨的人工湖

把所有的孩提埋在原始
是男人女人的罪过
我们还能怎么样呢

北边是二环
南边是三环
东边是花津
西边是中山南
我们在井子里

就像亲人家的狗
我以为她不会咬我
结果我还得接受
精细的液滴

我转身时　看见树叶
落进语言里
猫的脚印落在瓦沿上
砖块码在灯影里

影子终于在影子里
找到了家的温软
我开始放心地朝山间走去

2012 年 2 月 15

# 扫地的诗(7首)

扫地，原名曾劲松，1972年生于安徽亳州，现居芜湖。思想受佛学影响较大，观照当下生活和精神的落点。

## 探　母

不要多久，你就会想起
黑黑白白的
雪后赭山
恍如淮河平原的村庄啊
恍如谁，闪动的背影
就在这一夜
杨四郎已经盗得金令箭
黑牛也已遁入济南府
他就要跪倒在娘的面前
千跪万跪，也折不了儿的罪
他拖着长腔和长须
长过三十年
他大喊着，娘啊
黑牛回来了，接您享福去！
娘亲老迈，却要挂帅出征

思念黑牛哭瞎了眼啊
辕门和柴门，一样的
西风猎猎花落尽
一样的，天地黑白
只两色。从宋代起
覆盖2011年1月21日
安徽省芜湖市的赭山之阳
之阴，以及
永生不可抵达之时
哦，会翻筋斗的不只是
孙悟空，还有他
同时是六个人的那个人

2011

## 梦中身

佛陀，孔子，老子
都给你留下一个
锁眼，往外看
或者往里看。
入睡前翻看
的这几本书里
蛇的行迹左右不定
似乎只能停滞
但很快现身远处
表明她柔滑无足

却有移动身体的本领
只是你认为
一次次蜕皮，使得
“找到自己”这个问题
越来越模糊
原始森林充满疑问
一棵树是一棵树
如是而已。
现在她咬下致命的一口
如果你喊：疼!
那么的确在梦中

2011 年

## 章　法

月光倾泻于长江芜湖段
在水波里若隐若现
月光下有远山和城市
有很多树和树叶的味道
这是一年中最好的光阴啊
不用来浪费，就可惜了。
脚蹬千层底，先走两趟拳
恍如绝世高人
尔后打坐在桂花树下
慢慢睡着了。你察觉到
自己缩变成一颗花粒的过程

落于青草，不再回到树枝
月光仍然照着
这种没有章法的睡眠。
后来你还是回归了本相
听到犬吠和虫鸣
你恍惚记起一些事情
踏雪，打架，写春联
“独坐青山读野书”
还有一把紫砂壶上刻的铭文
“炉上春茶吹雪”
这都是梦里的原创
无关语法，没有章法
就图个痛快。你觉得
如果不影响别人
有时候不需要瞎讲究
不考虑含蓄，不考虑传世
既然你觉得西风一吹，
悲从中来，且随它去吧。
就像今晚冷不丁的桂花香
直上心头。虎躯一震
躲闪已经来不及。

2016

## 深　山

有的花，选择在春天凋零

是因为忍受不了挂在枝头的疼痛
当然这是你的臆断。
从不读生物学的人，如何抵达真相?
然而在深山中，落花覆盖已三尺
落花覆盖已五百年
总有三二朵，伤病匆匆
更重要的是，三千里外
你挂念的人生活在深山里
云遮雾障地，再也找不到了
天气逐渐转暖
你敲敲仍在冬眠的龟壳
参商之事，未知天意若何。

2016 年

## 马兰头

今年忙于去年。
看见一地的垂丝海棠
才想起很久没来了
去看花之前，你去竹林里
掐了不少马兰头
洗摘干净，开水浸了，切段凉拌
中医曰“性味辛凉、微寒”
马兰头将唤起前世的味道
乡思、相思。无助、无住。
青青，轻轻，卿卿。

嘈嘈切切的中文是毒药
也许你原本需要
一盏青灯，青过马兰头
无尽的奇思异想，只该向灯火燃尽
如果青烟一缕被谁截留
亦足以窒息
春天过去，马兰头消失在竹林深处
你和它永不再见了吗
猫，锁在铁笼子里了
狗，每天奔向桥头
青鬃马，自己鞭打自己
和尚，光头衲衣布鞋
万万千千的山庙，不知去了哪里
他们都是这个春天的马兰头。

2017

## 喂　鱼

小缸里有5条鱼
大缸里还剩5条鱼
有人说鱼不能喂太饱
在水里饿不死
于是固定在周一投食
“如果每周都在等待一次食物，
会不会觉得时间太慢
会不会很忧伤”

“不会，它们认为生活就是如此
只要还在水里，就很快乐”
子非鱼，安知鱼。
唉，你无法一跃而成鱼
研判的苦恼，却从未断绝
“无我相无人相无众生相无寿者相”
那么，也无鱼相了

2017 年

## 2017 年岁暮

半片月亮挂在天空
照见低低的长江水位
岁暮阴阳催短景
有人挽着梅枝，踏着落叶
在水塘边，无声地哭
管他心里苦，还是全身疼
这不是一个大诗人应有的情怀
“不关心政治和民生”，
请抛弃他吧。现在说到
一团棉花一朵云
一个和尚反复出没于银杏林
(如果你眺望，应该还在)

背靠长江，面向灌木林掩盖的山坡
这是活在山水之间的岁月

初雪未至，梅花将开
和尚想到巨石下的一棵草
已经多年，他时常借此研判死生
诸法无常，刹那生灭？
死生契阔，与子成说？
明白一天，糊涂三天
丁酉年冬月初九日寒夜
凭谁问收官？
于无劫处落子。

2017

# 如是的诗(9首)

如是，安徽芜湖人。2005年与友人共同发起“可能阵线”诗歌群体，倡导诗的“可能性”与“直接抒写”。

## 一月之夜

水的声音隐藏在暗夜中
它的前世，是我的昨天
一段湿漉漉的经历

阳台的南面
冬青或紫竹庇护着一群卑微的生物
我看着这些，一直以来
被忽略的存在

城市苍老于昼夜交替
人被自己的梦魇裹起

今夜我再一次提起话头
不为自己只为我沉睡中的兄弟姐妹

2009年

## 谁动了我的身体

似乎永远也没有尽头
黑暗中
我坐着或站着
但不移动
我的手臂、腿
我的表情丰富的脸，以及
怀有欺骗性的眼睛
现在，它们
是过去的我吗？
我是谁？迅速消失
又突然出现
却始终保持事物的完整
与一秒钟之前相比
我发觉我是一个全新的人
而当我回忆
小时候的事情
它们却又总是与我
血脉相连

2009

## 1月5日，我看不见的部分
——写给我的母亲

今天的风很小，门前的水杉树很安静

6只麻雀栖息在光秃秃的枝条上
它们也很安静，它们在我看它们的时候
也一动不动地看着我
我突然想弄清楚麻雀此时的想法
想知道它们在这个中午，这个
有点黯淡的天气里
与母亲、与我，有什么关联
风的确很小，它们，正从我身体的内部
吹出去，灰色的，让我不得不选择
一个人独坐在1月5日的房间里，想象很多年以前
母亲生我的那个时辰
麻雀飞到水杉树的另一边
是我看不见的部分
就像我出生的那一刻，母亲受难的表情
我同样也看不见

2011年

## 不　安

这小小的不安来自何处?
我看看四周
寒气弥漫
雪花像落英一样缤纷
沿着河流
有一群人就在我的前方
我想让他们慢下来，我告诉他们

“昔不至今”，这是东晋
一个叫僧肇的人说的，据说他
只活了31岁
他们说，这与我们有什么关系，与河流
有什么关系？
我们一起走了很久，走了很多年
或许是这一天
我看见他们走过大雪覆盖的丛林
枝条上厚厚的积雪摇落
一瞬间的惊呼
又被北风吹断
去年今日，我曾在那里倚着树干
看大风呼啸了一夜

2013

## 看龙灯

我今晚在六楼见到的龙灯
与我小时候看见的有所不同
它盘旋着，长而巨大的身躯，远远低于
我渺小的身体

夜的窗口
我俯视着它
但它渐渐升高，并且高过我
同满天的星斗齐平

今晚，我坚信我消失的故乡
就在它游走的身躯里深藏

2013 年

## 明媚的阳光回来

明媚的阳光回来，照见
尘封的书页
这个午后
复习的欲望等同于
新的探索
插页中，一张张泛黄的照片
那些被抽象的旧识
让我自足

被剥离肉体的时间
像一阵风
去了又来，或许是
它从来也没有动过

2013 年

## 对一根绳子的观察

它现在完全松弛下来，悠闲地

超脱了尘世
如果时间向前，匆忙、零乱
我一塌糊涂的旧生活：
一根紧张的绳子
而正午的阳光持续加热
接着，湿漉漉的衣服上冒出了热气
过去了，厌倦了的一天
我待在室内，观察一根绳子
现在
它的上面空无一物，因为空无
黄昏也松弛下来

2013

## 我走过广场

正午，我走过广场
一只鸟
扑棱棱从我的眼前飞起
黑色的
像昨天午夜的天空
我停下脚步
朝着它的背影喊：
喂——
空洞中，充满了回声
然后，我又继续朝前走去
我的脚轻轻敲击大地

那些
自然生长的细节

2013年

## 我长时间伫立在阴雨的天气里

我长时间伫立在
阴雨的天气里
无所事事天空，依然有
灰色的云朵
不安着，辽阔着
在我的周围
人们拥挤着、走着
从不停歇
但我伫立着
停下大半生匆匆的脚步
倾斜的海平静下来
过去和未来放下我
越来越远
我掏出耳朵里所有的声音
然后
停下来
一间极小的房了
突然扩展到无限大
——空荡荡的
不被人注意

我松开思考、情绪
哪怕是
一分钟

2015

# 孤城的诗(9首)

孤城，原名赵业胜，1970年生，安徽无为人，现居北京。著有诗集《孤城诗选》等。

## 那些草们

谁在风中身腰一弯再弯
把泥土当作约定的方向

最后一拨雨水踩过来也踩过去
草的肩头开始接近一个人内心的
空灵仅剩下一簇零乱的月光
没有霜重且比雪轻

刚好能系住浮动的村落辽阔的寂静

如果有一天草们枯死了
那也没什么——
生命过于沉重在两个春天之间
允许换一次肩

2003年3月

## 读懂春天

阳光一天天指出雪的肤浅
青稞向高处的山坡站了站
看羊群溜出村庄
想起去年的那些吻
甜蜜的伤害，让新生得以成立

风，翻了一个冬天
也没有读懂读透的阡陌
被咩咩地打开了
羊读懂了，从第一根嫩草开始
庄稼一节一节拔高春天的涵义
读懂农民的一生
蜜蜂读懂了鲜花
冰读懂了温暖
大海读懂了
一颗心在春天喊出的幸福

劫持一头耕牛
打开泥土深处的收藏
读懂春天，许多事就显得
刻不容缓

2004 年 3

## 空房子

听雷——用耳朵在天空搭一座
声音的房子。收藏游离草木人间，那些存在的虚无……
一个人的幻觉
一个人的宅址
垂雨帘，铺云被，一下一下擦受潮的闪电
试图点亮不存在的暮年——
草根底下居住，省掉皮肉的麻烦，内心的负累
骨白如雪。
没人怀疑我的纯真
没人在意灰烬状的孤独，多么干净
彼时空荡
雷声再怎么坍塌，也砸不坏
冰凉的睡眠

听雷，用耳朵在天空搭一座声音的房子。
一根独木支撑的吊脚楼。
天空一般空。一根走动的独木，陷在时光留下的旋涡里
扶不稳余生。
所能支撑的空间，也仅仅等于腾出
卑微的身体

2006年6月

## 吻　火

暖暖的，幽处亮一盏温软的灯。剔除虚构的美
几乎可以相信
那里面，有你想要的一切

你站在外面。徜徉的时间一定不会短
风呜呜的，左右说不清，一桩无法绕开的心事
一个人站在暗处
站在春天的门槛外
嘴唇冰凉
你说：一朵昙花从黑夜凝默的深处
浮出来
一具小尸体。她的伤口

收藏在光芒未能到达的地方
她的命，需要闭上眼睛，用两瓣火焰才能焐回来

2007 年 6

## 一只乌鸦

一团雪，再也不想白活在其他雪们中间
一团雪
一个窟窿，要黑给这个世界看

一团雪
不惜孤绝，狠命将自己从白雪中
抠出来

一团雪愣是按照自己的想法
飞起来

一团雪，一只茫茫雪野里的乌鸦
在用自己针尖大的一块黑
擦一望无垠的
白

2008 年 11 月

## 旁观者

时光从牙缝里
剔出骨架

我一朵一朵饮过凋敝的春天
如你所见
那走失在灰烬里的，被灰烬永恒吞噬

我且活着。只是活着
如你所见
一日日，长风无从拆走我内心的庙宇

这逝若汹涌的过往
我需要泪眼模糊，才能将你看清

2010 年 11

## 纸　团

纸团分过手
纸团里有背影，有作废的初衷
有将军令
有梦红楼
有失魂与体液
有一角别院
一记断弦
一个低泣的雨江南
有被星星蛀空的长夜
庙堂法器的冷硬
有堕掉的胚胎
有心绞痛

或许什么也没有。仅是笔墨不走动的一个穷亲戚
蛰居一隅，白白弄皱了光阴
纸团坦白不坦白
都是放弃了故事，退到废处
抱紧自己

天地大磨盘，极目行走的骨灰
多少奈何事
揉在里面

2013年10月

## 桃花潭

千尺，深在深颜色的水中
千尺深在沉默里

桃花潭的深度，到明月为止
明月的刻度
高过浮世众生，与一首赠别诗，恰好对等

2015年3月

## 铁匠铺

山水已有形
风物仍在碰撞。茶马古道
纳西族妇人背驮幼子，身后紧跟
另外
三块嫩铁。怯怯的

面呈酡红，内心尚未溅落锤声
人世如淬

光阴的手艺
尚未找到适合的铁砧

2015 年 5

# 李商雨的诗(10首)

李商雨，生于安徽。大学时开始写诗，在《诗刊》《天涯》《汉诗》《诗歌月刊》《人民文学》等刊物上发表诗歌。任教于安徽师范大学，现暂居成都。

## 告别的诗

“妇人美发，至引人瞩目。”
你在少女时代，即有世上最美的头发。
而今，你长发变短，犹如花落。

春雪在中午飞逝，不留一丝痕迹。
“有不待风吹而自行散落者，
人心之花是也。”

注：诗中引文见《徒然草》。

2011年4月

## 抄　星

星是，昂星。牵牛星。明星
长庚星。奔星，要是没有
那条尾巴，那就更有意思了
星河廓落的很啊，他在抄星

月儿呢？月儿正闲，有一个人
在马路上散步，他闲过月儿
他抄星，在南芜湖，冬夜迢递
路灯一会儿白，一会儿红

2013 年 1

## 灯火似老身

时光，是用来挥霍的，不是用来珍惜的
适应一下，就好了，人啊，就老了……

窗下坐饮酒，黄昏看街景，灯火如光阴？
谁说灯火不似老来身，风吹，呜呜咽咽

你太年轻，来不及恨，人到老了才知恨
白居易在说，谋欢身太晚，恨意老弥深

错了吗？不，只有心不甘，养生做什么

我在演春的园子里，种一棵冷冷的梨树

2015年10月

## 消　尽

一切都会消尽
不止童年的拂晓，还有学校、街道

月光，人群的低语，波浪一样的风
1987年早上，一声好听的鸟鸣……

想想，她的火热的身体，青春！
想想，寒夜里她眼中的一滴热泪

在岁月里，我见过一位卡夫卡
他写下了许多洞穴一样的诗

还有一位带着单反到处跑的唐璜
在新疆、上海、满洲里都有一个情人

一条飞鱼
Quentin，我少年时代一部低俗小说！

2015年10月

## 秋千下

再不会有荡在秋千上的
你的红色的影子了，那个

由一块木板和手指粗的尼龙绳
做成的秋千，早已成为

一个寂静的幻影。在白天
我们把废话像瓜子壳

一样倒掉，而在空荡无边的
夜晚，我们一次次生起炭火

不过，第二天，我们也习惯于
倒掉盆里的白灰，这是一件容易的事

——为什么火盆要有人来看管？[①]
——为什么你一说话就显得很日本？

而今，那个烂了的秋千下
风在那里打了个粗糙的死结

2016 年 10

①“火盆要有人看管”，见清少纳言《枕草子》第一段。

## 两个世界有一个虫洞

我把我和你相遇的地方叫作
云。我把我和你相处的

时光叫作雨。我把我和你
相离的那一天叫作风。

我把你去的黑夜居住的地方
叫作霜。我想提请大家

注意，这不是抒情，这是在
向我们每日使用的词语

表示感谢，每日我们用这把
尺子，做着一道道几何题

时间，空间，浩瀚的星空停
不下自己的旋转，金字塔

的伟大并不在于石头，而在
于精确的丈量，生与死

之间，我的要求不多，两个
世界有个一米远的虫洞

2016年11月

## 榆　荚

榆荚露出饥饿的表情
并非源于饥饿，而是因为
回忆总是饥饿的，它的颜色

像灰蒙蒙的下午，它的气味
有点像盐，它见证一条乡村街道
的一个日常：一只黑鼻子黄狗

吐着舌头，一群人站在
榆树下在说什么，又有人用
绑在竹竿上的镰刀割榆树上的

榆荚，一串一串落下
有一串掉在地上，我把它捡起来
放在多年后一个雨夜的银碗里

2017 年 6

## 落　日

落日并非虚空，它仅仅
有些饥饿。它有时会发出
一阵羊毛衫的气味
樱桃在光线里半明半昧

而桃花就开在不远处
我们涉江去看花
多年后，我在镜子里
看你。镜湖新村的天使
三层水泥楼，赭红的
铁门，床上的磁带
在夏日午后，你附身的样子
裸露色情的午后
多年后，摄影的魔幻时刻
记下你马尔代夫的浴照
是怎样的水滴
练成金色的嗓子。让我
想想，在面带菜色的青春
时代，在喑哑的雨水里

2017年12月

## 雪

下午，天空发出的声音
是被磁力缠绕的星星
的声音
在城里，我见过这样的天空
我见过银灰的、带磁力的
和反复倒立的天空
而今，雪在草堂的亭子边
不停地制造幻象

还好，它只是不制造雪花点
也不制造电视里的神话
雪忙于制造回忆，并
不停地告诫说，记忆是
不靠谱的。怎么说呢
我曾写过狗一样的桥头
飞蛾的雪，而今
火山在冰窖中，像一只婴儿
雪，成了两个人的宗教

2017年11

## 读芥川书简
——仿柏桦诗二首

### 雨　中

那喜欢雨的人，被雨关在箱里
雨中蚊子多，酒后思绪也多

我一边品尝羊羹，一边写作
中西秀男，那公鱼味美，谢谢①

忽然，中国人都开始读诗
他们读旧诗，绝不读现代诗

①本节内容见芥川龙之介:《芥川龙之介全集》第五卷，第355页。

在往昔，清少纳言买骏马骨[①]
但而今，秋瑾远胜苏小小[②]

**“历史想象力”**

溽暑夏日，读书，就是读风
陈超君，诗的“历史想象力”

一种现实主义？但谁的写作
又不是现实主义？
我该去问义玄，还是文偃呢？

蚊子多。芥川君，又吃安眠药[③]
是因为写作？夏夜嘤嘤
在风里来一次愉快的外星游

2017年7月

①“清少纳言买骏马骨”，见周启明:《关于清少纳言》。
②“秋瑾远胜苏小小”，见芥川龙之介:《芥川龙之介全集》第五卷。
③芥川龙之介吃安眠药，见芥川龙之介:《芥川龙之介全集》第五卷。

# 外星人的诗(11首)

外星人，原名胡兵，70后，安徽芜湖人。

## 小镇往事

我通常把日记放在床下
而不是色情杂志
阿姆依然在CD里念叨着女儿的名字
蝴蝶啊蝴蝶
我笑着拨弄食指上的虫子
我不是个乖孩子
这氛围再妙不过了
肥东尼没有化一脸诡异的朋克妆
在我的面前做爱
最好再来一罐蓝带
天哪　我已经七年没失忆了
这真棒
妈妈偶尔会来看我的
我，偶尔会想起凯丽，那个离别的
早上
记得那天看电影的时候

我吻了她
接着我的狗狗克罗基特就被汤米
装进麻袋浇上汽油
烧成了炭
或许我真的不该吻他的姐姐
这可真糟
我下意识地摸了摸肚子
肚脐旁，那个被烟烫伤的疤痕
还在
还好这是七年前的事了
在一个垃圾场里发生的，破碎的
细节
我忘记了该忘记的
振翅的蝴蝶
老掉牙的录像带
那些让人喘不过气来的光阴
如果只是一场梦　该有多好
甚至凯丽
我不该将她独自留在那个，偏远的
小镇上
任其腐烂
后来有一天
汤米打电话过来，恶狠狠地说
凯丽自杀了
有一天我也会的

2010年

## 墓志铭

来不及去看荷花
黄昏　已经叠在睫毛上
我来不及
不能让时间等太久
我已等得太久
我应坐在诗歌围拢的礁岸
仰头喝光凡鸟的甘露
吐出沙子
人们不会注意到我
我的胸口站着巨石　人们
不会注意到我
我的黑眼睛
我闭着我的黑眼睛
不听耳后古怪的声音
我让它陪着风一起去旅行
灯亮了
人散了
我还在等　我一直在等
不知道光阴何时再次升起
那张旧帆
谁的手
将拉开这粒孢子的帷曼
我这就睡了
枕着就要被这暗夜染黑的
火种

来对我说晚安吧
把你的手　放在我光洁的
额上

2011 年

## 想起一首唐诗

半夜醒来
忽然想起来一首唐诗
那里面讲的是
有一个姓李的人
身在异乡，已经很久了

他的朋友很挂念他
所以，就不知是写信
还是托人捎来口讯
问他，哪天回家

可是连日以来的阴雨
将池塘里的水涨得都快
溢出来了
路难行啊路难行

所以，没法儿回家
我想，他一定还有别的
事情要忙吧

谁知道呢
反正，总之，回不了家

唉，什么时候才能
再一起
秉烛夜谈
当时连绵不绝的阴雨呢
他想。

MD，这里也总是下雨
老子也不晓得归期

2012

## 痴　人

我贪恋的是宿醉
鸳梦与白描，青蛙的卵
爆裂
汽笛的波谲放浪之声

我贪恋的是圣像的灰
一步步向上塌陷的虚空
这个冬天最终流放

我们无法安睡的荒芜
止境，炼金术

我贪恋的是一切的现实
与假花

2013年

## 波尔卡与奶糖

要如何告诉你
我有多么爱你
用黄昏下的苹果园
作比喻吗

飘窗前的蔷薇架
酣睡的鼻息
还是纸上缓缓倾泻的
细沙

我爱你
如松节油与颜料
铺满花朵的演奏厅与
暖床

你要迎向我的
凝望，流动
于我
如我手中搅拌均匀的波尔卡
与奶糖

2016年

## 梵高的日落

在玄关
窗纱摆脱了亚麻的粉末与光线
翻滚的啮齿们啊

近处的瘟疫与祭坛
自杀的圣徒们如绝粮的灾民纷纷掉落

我亲吻了弟弟，或是与他
在杏花丛中写几封书信
这时天色一点点暗了下来

我们点燃了橡木盾，收获
成片的草籽和啤酒花

我们在院子里种植秋千
喂食墙头的灰鸽子，清洗
笔刷与枪　械
当孩子们咯咯大笑着赤着脚
跳过黄昏
时间将成为我们最好的，赝品

2016 -

## 阳光选中的孩子

这是被阳光选中的孩子
被风调教的孩子，被钟楼唤醒的
孩子
这被轻放的，孩子啊

要学习勤恳的，养蜂人
在雨天熬制汤药
在阳光中晾晒纸张和那些不安分的
字迹

要向远处的草原和云块，致意
无法到达的彼岸，不能振动的
飞行，都要致意，向每一粒剥落的
火星

要大笑吗
要像顶着花骨朵的小果实安静地
生长吗
要恣意，妄为吗

被阳光选中的孩子，也是被闪电
击中的，孩子
我们都需要，一整片宽广的棕榈或
致幻剂

2016年

## 买药人

可以用来到达
彼岸的事物已然不多
无数次匍匐
起落，犹如在狭谷
之中强作飞行
一条独木舟
想要吃水深些是
不明智的
没有什么可以轻易
点算
就像没有
什么可以，随便收买
草木成群
星光遍布
这些居住在上游的
继承者们
它们，都不是我要等的
买药人

2017

## 懦　夫

远远地传来电锯的声音

那是一群我不认识的外地人
在桃园旁的林子砍树
我说的林子
就是我放火的那片林子
就是我赞美的那片林子
就是，我想要用它把自己
藏起来的林子
我的心里挺难受的
我有一点想去告诉那些
举着电锯的人不要再砍我的
林子了

2017 年

## 要下雨了

午饭之前
枣树的叶子还是没什么
动静
但我在树下面
坐了三个小时以后
情况就不一样了
现在所有的叶子都
在跳动
看上去特别的欢喜
我也很欢喜

我决定再坐一个小时
看看

2017

## 我们见过的黑夜

我见过的黑夜
与你见过的大致相像
不同的只是星空的
分布
和雨滴的数量问题
在所有我享用过的
餐桌旁边
唯一存在的是渐渐
隐去的，众多的脸庞
除此以外
我见过的黑夜
与你见过的大致相像

2017

# 梁震的诗(10首)

梁震，1976年生于安徽芜湖。1990年公开发表文学作品，民刊《零号》《诗域》《夹缝》创办人之一。著有《只有青山藏在白云间》等诗歌集3部，随笔集《谢谢你赠我空欢喜》，长篇小说《隋唐演义之雄阔海》。

## 走　失

天是蓝的城市是繁华的
云聚了又散我成了
在人群中走失自己的人

雨就这么落下来
一个女中学生打伞走过
多像我过去的姐姐她！

走吧在风中前行
有花朵擦亮你的眼睛
在地图上牵引着过客

我们感到厌倦黑夜
有人怀念去年的雨季

他说时光没有回扣

“让我们跟着月光走吧，
就像是从前——”

2000

## 药　店

我开了一家药店
是因为
我闲得没事

一个人来看病
说他
不想活了
我给了他一截绳子

又一个人来
说他过得太无忧无虑
我给了他第一个人的地址

第三个人来
说他丧失了信心
我开了张药方：
开一家药店吧

2001

## 毛　病

我走在路上
一个人
慢慢地晃

路过一所学校
正值放学
他们像湖水一般涌过马路
说说笑笑
蹦蹦跳跳
我夹在他们中间
不由自主地加快了
步伐

等这阵湖水漫过
我又是一个人
在路上
慢慢地晃

2001 年

## 叛逆者

一阵大雨
大到把城市

惊得小了半截

我们坐在排挡里
看着
布满雨水的天空

这一夜
最害怕的
应该是天空了

“虽然我并不喜欢阳光
但我更痛恨这反叛的水！”

2001

## 跳　楼

从一楼到七楼
一件老瓷器
把它的后半身
毁在一声清脆的
尖叫声中

我很难把这
与上个月的跳楼事件
联系上

可我本能地
拒绝
那些伤痕累累的
老瓷器们
它们的纹路
像极了
秋后的蜘蛛网

所以
倘若我是一个
即将老去的瓷器
我宁愿选择
跳下去

问题是
那是个年轻的女人
她连叫也没有叫一声

2001 年

## 受害者

我们在野外散步
悠闲的，散漫的，三三两两的，别有用心的

一场大雨还差几百米
老人，小孩，少女，小贩

消失得要多快有多快
只剩下一只白胡子的山羊
仍在山坡上慢条斯理地吃草

我看不见它的眼睛
只是我想，或许有一滴冰冷的泪

2004

## 你　们

你们走在大街上，像个人一样
你们唱歌，你们跳舞
你们戴着不同的帽子
诅咒天气，赞美阳光
初冬的第一天，你们绻在温暖的床上
你们看着环城路上的叶子酸酸地摇晃
你们逛街，你们背叛
你们的忧伤弥漫在空中，传染
你们把彩虹献给自己
因为一个人被爱，一个人受伤
你们继续适应黑暗
适应你们悄悄生长的乳房

只有我停了下来
一个配角，等待霜降

2005

## 他只知他怕冷

后来，弯曲的笛子声再也没有听见
悲伤的少年消失在夜的黑，群山之外，大雪纷飞

后来，白衬衫再也没有遇见过牛仔裤
公共巴士里的塑料人多了起来，体温不算冷落，但疲惫
　　渐渐趋同

后来，有人迷上了钓鱼，准确地说是野钓，但没有人能准
　　确地预言
你永远不知道下一杆会是什么，即便是有方向盘的生活

后来，航班延误把颈椎疼痛和炎症反复带回来
但我又不想跳舞。我只想说，没有比机场更密集的罐头
更没有比书房更密集的墓地

后来，我无数次梦见我覆盖两层旗子在草地小憩
不惑之年，我梦见黑森林和小蜜蜂
是戳还是被蜇，没有交代。他只知他怕冷

2017年

## 惠秀和桃贤

惠秀和桃贤从小就玩得好好

墙角边一个紧挨着一个，像两朵花儿

惠秀五岁的时候，桃贤也五岁
山坡上的过家家玩了一遍又一遍

惠秀发育的那年九岁，爸爸死了
桃贤看着自己的飞机场，很羡慕那两只小桃子

两个人吃一个馒头，放学一块儿回家
穿不了一件裙子，就喜欢一个男生

惠秀没考上大学，她在工厂支取了工资
请桃贤吃火锅，那个小餐馆里，墙角边还是两朵花儿

在床上桃贤抓着惠秀的胸，感觉像橘子糖
惠秀就挠挠桃贤的脑袋，手指长长的，绕着黑发

等第一封信等了很久，惠秀想着工厂里明天的事儿
等第一场雪等了很久，桃贤在秋天终于恋爱了

惠秀的儿子不听话，屋檐的雨滴滴答答
桃贤的四年过得很快，大城市的月亮摇摇摆摆

惠秀再见桃贤的那一年，胸前只剩下两朵茶壶盖
桃贤已经换了四个男人，胸间春光无限

惠秀死的那年长江水汹涌澎湃，儿子结婚四周年

桃贤翻翻手机，在QQ里找到了她

那一年《七月和安生》刚刚上演
桃贤压着自己的胸，手指长长的，但橘子糖不见了

2017年

## 在父亲节

和往常一样，我想起父亲
我想起每年的大年初一
父亲早起，开财门，摆糖果盘
等我起床后，一碗热气腾腾的面条
我喜欢。那里面放了点儿酱油

大年初一，父亲忙好了就在等我
等我从容吃完那碗面，在爆竹声中出门
我们有时候开车，有时候甩腿
有一年，我记得我们爷俩是打车
父亲抢着付钱，过年，小镇涨价，十块

今年初一，和往年一样，我
沿着拜年的线路，家家跑一趟
大伯，三叔，大姨夫，小姑妈
没吃到五香蛋，也没吃到方片糕
我一路空着肚子，走在鞭炮撕裂的小镇

回到家。跟母亲说：妈，我饿了
我想吃面条，我想吃带酱油的那种……
关上门。一个四十岁的孩子失声痛哭

2017

# 卢丽娟的诗(10首)

卢丽娟，现居安徽芜湖。自由撰稿，专栏作者，芜湖诗院创办人，著有诗集《如果爱……可以爱多久》。

## 母　亲

母亲说，让我给你剪剪头发吧

一把剪刀，一会儿工夫
一个齐耳短发的小女孩
站在了你的面前
很多年来
我努力冲着你笑
而你，冲我笑的样子
和以前一样

2008年

## 结　束

一些事物镜像一般
海誓山盟的已化蝶

就当作是一个舞台剧吧
你粉墨出场
一遍又一遍，开始又结束

此时，一场雪
已被一树梨花掩埋

2014

## 月　光

喜欢月光的白，隐秘，朦胧
一些事物轻易被它极致地渲染
暗夜里开放的花影，风动

譬如，远方的人，和远方的人
对着它泣不成声

2015

## 在桃花潭

我突然想到了去世的诗人卧夫
三年前，在南阳的诗会
他经常一个人
消失在大山的深处
那里的山，灰、黑，空灵
好像眼前这般颜色

他有多么地热爱大山啊，最终
他彻底地把自己和远山融为一体

此时，周围是那样的安静
在黑与白的单色中，细雨
清洗着清石板的小路

2016年

## 冷
——朋友圈某群

一个人说：他亲眼目睹
某从二十三楼跳下
那个人，不是他的什么人
群里更没有人认识他
有的人说恐高
有的人晒自己的作品
有的人继续分享一些做人的道理
后来进群里的人
只管点赞
没有人继续讨论
他生前是怎样一个人，做过什么事
我看到，上一秒的事情
已被群里新的内容刷掉
一个人在地球上的某个角落消失
就像一只鸟在冬季某个最寒冷的日子消失

2016年

## 称　呼

常听母亲
这样称呼父亲
老东西，老不死

如果他们
刚好一起听戏
父亲学着戏里
称呼母亲
娘子、夫人
母亲又送给
父亲一个称呼
神经病，再强调
这老东西，有病

2017

## 就此结束

听说猫在死亡前
会悄悄和它熟悉的主人告别
它像日常一样
冲着你叫、围着你打转
再笨拙地、吃力地打一个滚儿
它的眼睛和你的眼睛深情对视

你根本不知道
它在向你告别
以为它要自由，这次
仍然是短暂的消失
你更不知道
这次已是永别

2017年

## 有　时

有时，我是重新活过的婴孩
是书中一只死了千万次的猫
是埋葬——
所有的泥土

2017年

## 一只受伤的鸟

这一天
我不知如何告诉孩子们

他们从狗嘴里救下来的小鸟
没有活过明天

2017年

## 梦见外婆

你好
你在这儿啊
她微笑，不语
我终于看见你了

母亲常看着我
说我和你神似

周围，白色花瓣
像老电影里的慢动作
一片一片地落
萤火虫飞啊飞
这是另外一个世界的星光

2017

# 张应中的诗(9首)

张应中，1968年生，安徽岳西人。现为安徽师范大学文学院教师，《滴翠诗丛》执行主编。著有诗集《无端》，专著《怎样写古诗词》。

## 无　端

吃过午饭　洗净锅碗
她停下来　没有什么可干的了
房子里静悄悄的
她不想出去　此刻
也不会有什么人来
窗外飘着雨丝
天阴沉沉的
路边的积雪尚未融化
她坐下来
一些面影和声音袭上心头
她无端地想哭

2003年

## 我感到虚弱

像产后的母羊
我感到虚弱
躺在草地上
晒晒太阳　我又
一点一点地活过来
四月的风轻轻拂过面颊
香樟的嫩叶微微抖动
它们无欲无虑　心平气和
多好啊
生死都无所谓似的

2004

## 一块玻璃

我走着，背着一大块玻璃。
你能看见它的反光，
我看不见。
玻璃太大，且不规则，
无法扛到肩上。
我弓着背，双手把持着，
像一只展开翅膀的大鸟，
无法飞翔。

我走着，玻璃往下坠，
我的手不能移动，
一动，血就会流出。
我走着，不能驻足，不能放下，
更不能跌倒。

而它凝聚的碎片
随时都可能像潮水一样，
将我淹没。

2004 年

## 褐色的斑点

晨起照镜子，
照出了脸上褐色的斑点。
我感到体内的敌人
正密谋一场政变，
将我的王位推翻。
随后将我流放，
去一个荒无人烟的地方。
在那里，
我像一件又脏又破的蓝大褂，
迅速褪色，发霉，烂掉！

2004 年

## 理　发

从理发店出来
头　仿佛轻了许多
也小了一些
风吹脑后凉意顿生

有点害羞
就像一个小缺点被放大了
顶在头上
被熟悉的和不熟悉的人
围观

而内心的确藏着丑陋
藏着大恶
藏着不堪回首的往事
借此机会
悔过自新吧
重新做人吧

然而过不了多久
顶多一个月
那被剃掉的头发
又像野草一样疯长
遮蔽脑袋如从前

2005

## 新衬衫上的污点

崭新的衬衫刚穿了一次
就沾染上污点
不知在何时何地沾染上的
怎么也洗不掉
像肌肤上的一块瘢
醒目，刺眼，无可奈何
干脆将衬衫当抹布
或者一把火烧掉，似又不必
我得穿着这带污点的衬衫
直到它陈旧，破损
再心安理得地扔掉
像一个人带着他的劣迹或伤痛
活在世上
直至老死

2005 年

## 春天里落叶的树

秋天不落叶
冬天也不落叶
春天来了
天气暖了
我抖落一身的陈叶

像脱去一层冬装
多好啊
红的，黄的
你们开花我落叶

2006

## 睡　眠

带着幸福的疲倦我沉沉睡去
没有任何人打扰
寂寂地进入无边的黑夜
一颗星星都没有的黑夜
一个梦都没有
醒来了，夕光投在墙上
淡淡的，黄黄的，恍若来世
如此深沉的睡眠一生能有几次
像走失
像丢弃
像死，死而复生
像一种爱情来自天外
无以言说

2006

## 玲　玲

玲玲十七岁了
脸蛋红润　眼睛黝黑
辫子长长的
她用山雀般甜脆的嗓子
招呼我
当我回老家
经过她家房前的时候

记得当年她还是个丫头
我曾把她抱在怀里
亲她小小的圆圆的脸蛋

2007年

# 楚风的诗(10首)

楚风，原名凤元华，芜湖人。

## 合　影

拉林黎和大家合影
他死活不肯
干脆跑到外面
我想起
安师大举办第一届
芜湖诗歌节
杨四平叫我合影
我躲不过
站到最后一排
不同的是
上次在图书馆左边的楼
这次在右边

2017

## 汪　倩

杨四平在会场喊汪倩
我记得几年前
诗会上有个女孩
也叫汪倩
走过去一看
果然是她
问我怎么还记得她
我说我也说不清
反正杨教授一喊
我就想起你

2017 年

## 北魏的酒

我说不想喝白酒
北魏说这一瓶
抵得上两瓶飞天茅台
每人少斟一点
剩下的划拳胜者喝
我倒了小半壶
过会儿再倒没有了
拳还没开始划

2017 年

## 和杨黎掼蛋

我和北魏搭档
杨黎和许云虎搭档
从2打到A
我们一路领先
我一直是头游
杨黎夸我牌打得好
后来他们连升到K
他又说我的牌
打得不好
手上有炸弹不炸他

2017

## 杨黎和林黎

杨黎问林黎
为什么叫林黎
林黎反问杨黎
为什么叫杨黎
杨黎说父亲姓杨
母亲姓黎
就叫了这个名
林黎说
自己取的网名

肯定和
杨黎无关

2017 年

## 诗人陈云虎

陈云虎是个诗人
你不认识都不行
在会场
一眼望去
瘦削的身子格外醒目
酒桌上
诗从口中冒出来
比酒气还快
回家后
陈云虎说途中
迷路了
千万别信他
那一定是在为写诗找借口
第二天果然
猛发十首

2017 年

## 香樟树

广场上几棵被移栽来的香樟树
直挺挺地站在那儿
光秃秃的树枝朝着不同的方向
它们都很短
被锯掉长枝
能看清楚一些圆形的横截面
有的看不见
但能想象出它们的末端
肯定也会有圆形的图案
它们的年轮也是一圈一圈的
我呆呆地看着它们
想看多久就看多久

2017

## 遇见一粒种子

突然就睡不着了
睡不着不是因为患有失眠症
眼睛刚一闭上
那颗带着绒毛的种子就在眼前飞
那是下午三点
我看见的一粒种子
当时我正靠在三楼的栏杆晒太阳

头顶有很大一片白花花的太阳
太阳越大我看见的范围越广
当视线伸展到力不能及的地方
我的心开始静下来
静下来
就不想把目光投得那么远
我看见一粒细小的种子
慢悠悠飘来
我伸手去接
它好像有一点点意识
它加快了飞行的速度
把整个身体往我手心一沉
我仔细看它
一根一根亮晶晶的绒毛
下面缀一个黑色的小粒子
再用手轻轻一扬
它又继续飞
我不知道它有没有想过我的不可靠
我的手不能成为它安生的地方
我的生活是有轨迹的
它此刻没有轨迹
五点之后我能下班往家赶
它还要飞还要找
它的命运不在我手里
它的命运其实我也不知道
就像我的命运
决不会掌握在他人手里

我只能用我的失眠伴它再飞一会儿

2017

## 桃花病

风，一个穷书生，伪诗人
在文字中
唱大戏，画美人，闭门造车二十年

命中注定
要被发配到多情的江南
爱上
一朵桃花

离桃花只差一根手指的距离
却不能
打败
那只指月之手

能让九千九百九十九朵玫瑰飞起来
却不能
让一朵桃花
低头

学古人浪漫，把自己泡在酒中
却不能

柔肠寸断

风，只是患上慢性肠炎
中度
易复发

2017 年

## 和一朵桃花对峙

病入膏肓
在白天
在夜晚
在梦里
在不经意间
他要和一朵桃花对峙

退到床角
已无路可退

他用力抱住桃花
用粗壮的手指
捻碎
每一片花瓣

直到把床单扯破
直到指间

洇出
鲜红的花汁

有好几次
他喊出她的名字

2017

# 梁文静的诗(7首)

梁文静，70后，笔名穗穗、紫穗穗，安徽芜湖人，现暂居北京。著有诗集《女人书》《我一直在奔跑》。

## 两根火柴

千山外，水长流
一根火柴，怀念另一根火柴
热爱，哪怕只有一次。我们的祖国足够明亮

相信一条河流的美好，在纸张上留下
水的站名。凤凰朝向火焰
把一个名词的冬天融化。一些云朵和月光
不会腐朽，就像暴力和苦难终会瓦解。在时光的旌旗下

告白，追悼。那失眠的白骨里，有涛声的图卷
有两根桀骜不驯的火柴，席卷黎明
一根守北，一根向南……

2010年

## 捉迷藏

亲，跟我来
跟我和春风一起沉醉吧
说出胸口闲置的爱和死
世人害怕的忧伤、战栗和心慌
都曾是我热恋的蓝眸子和黑眼睛

我一生提防爱，提防她温柔的农妇手
梳理大地，将满天繁星种植于精神花园
每当夜深人静，我还要提防死，提防他
掀起的飓风、海啸和泥石流。或以
山崩地裂的方式，将多年呵护的，童贞的
爱的花园轻易摧毁

人类的永恒，穿着苦闷、不舍、偏执的肉身
带着欢娱的手指，永恒地寻找，寻找
未来的伊甸园。我的爱，我的死，互相提防
我在中间摇摆不定，指挥他们，扑簌迷离地
和人生对话。或以游戏的方式，写下警惕
警惕的楷体，那心慌、战栗和忧伤的笔画

亲，来找我吧！以春风无处不在的怜悯
捉住我——四分五裂的影像
捉住我一生——最有分量的
爱和死，玫瑰花和大理石
他们一轻一重，一上一下，都能将我

深深地埋葬，埋葬。沉醉其中的我
毫无怨言

2013年

## 门

石头是忧伤的，它的门从未打开过
雏菊是忧伤的，它的门从未设防过
落日是忧伤的，它的门四处漏着风
钟声是忧伤的，它的门圆满而无缝
万物是忧伤的，它们预留了门，却常常被人类漠视
人类是忧伤的，他们创造了门，却时常被拒之门外
现在，年过不惑的我，想用等量的甜蜜，替换忧伤
我是我自己的门。这扇甜蜜之门立于生死的屋檐下
光明支取过一半，另一半将留给黑暗，无间之门

每一个年龄，都是一道门。打开的同时也意味消失
种子的遗言，是腐烂而后发芽。我的未来之门，繁衍而
　　拒绝忧伤

2013年

## 痴人说梦

一个梦，在痴人的嘴角
悬挂。一个无瑕的梦，豁口泥埙
将真实的部分，变成合流的咏叹

赋予肉体；将虚幻别上霜白鬓角
藏于十二月群山困守的流水中

旋律是千年前的，这是两个人的事
是耳朵与手指的交谈，是高山和流水的对话
耸立或奔涌。是失去就不再回来，最空、最眩
最无辜的一场演出。请停在初见的那一章节
停在最美的契合中，停在痴人说梦陶醉的唇角

但一切都会转瞬而逝。痴人仍在原地
十二月的枝头空空如也……空空如也的本质
是梦境最危险的部分。痴人晾晒诺言
将大雪中消逝的足迹赋予音韵，省略了改变
也省略了其内暗藏的悲伤、灰度与无根的消融

一个真实的梦，在痴人的目光里
伫立。雪，就要来了。欢乐的叫喊，从咸涩的
记忆，一直延伸到流水还未冻结的现在与未来
泥埙冥响，时空坐忘。未来多么玄妙孕生希望
哪怕在怒吼的寒风里，仍有痴人，将千年梦境
挂上枝头……空空如也十二月的枝头

2014

## 高于火焰

倒退播放

破碎的陶罐飞回桌面
逝去的光阴重新复原
其中奥秘不言而喻

我喜欢开始
喜欢峰回路转的结束
留下续篇的可能

我喜欢心动怦然的感觉
喜欢“花粉是配偶的时光”
在别句里穿针，引火

我喜欢车前子《顶上的心》
喜欢高于火焰的每一滴消逝
“逝者会想起我们”

想起我们
在一盘倒退播放的记忆带里
在希望破灭、理想剥离之前
在我们把他们焚烧淡忘之后
安排一个梦，或下一个

我喜欢信手拈来，引用熟悉的事物
喜欢在高于火焰的喜欢里反复迷失
说不清手心里捧住的是情人的陶罐
还是一捧哗哗的流水

这首诗，多么清晰
我叫它灼热的小名
它就应我一声火焰
高高的
红红的
空空的……

我想毁诗、灭迹
我想忘记飞翔，已是
不可能的

2015

## 暗　门

清晨，梦中人
掀开，平躺的世界、被褥与诗集
喊一个陌生的、纪念碑式的
不可触碰、复制和推理的外星人名
喊出一身破碎的玻璃惊汗
乌鸦的隐身衣，瞬间解体
阳光附身

已在死地，除了放手
或背水……接纳八面来风
镜中人无法撑破如梦镜面
接通水银之外的词典道路

与青鱼（情欲），垂钓另一个
透明存在的自己或极乐蜃楼

洗漱完毕的人间，烟火依旧
套中人，一边接纳古老文明
珐琅质的镀光，固守现实的
时空秩序；一边从黑丝绒的
礼服内，掏出民主和自由的
一对白鸽。但愿
但愿它们还活着……

傍晚，世中人
遗弃，合法的姓名、籍贯与性别
陪一个熟悉的、时常打鼾、梦话
磨牙的地球船长，下围棋、测航速
他丢弃白子的同时，丢弃了岸、退路
与半壁江山。海浪层层覆盖
一盘人事未了的棋局上
黑子诡秘，一扇关不拢的暗门
骤显

2017 年

## 雨　人

有时，天一直下雨
不停地下，街道颓废

那一刻，我是雨声之外的人
每一滴雨水，都是天外来客
我能听见自己，内心河流的
奔涌

一个长满嘴唇的时代
我努力成为世界的耳朵

黄昏，有绝望的美。萌芽的
草籽，热爱腐朽，更热爱神奇的
还魂

我像流水，在每滴雨水里
居住。却，从未停留过……

2017

# 徐春芳的诗(7首)

徐春芳，曾用笔名芳菲。1976年生于安徽望江县农村。1998年毕业于安徽师范大学中文系，在校期间曾担任第十二、十三任江南诗社社长。曾获黎巴嫩国际文学奖、“安徽诗歌奖·最佳诗人奖”、全国鲁藜诗歌奖等一系列奖项。著有诗集《颂歌》《雅歌》。

## 秋月辞

明月当空，照过我
不同年龄的面目和惆怅
少年时，青年时，中年时——
还会持续地照相

从前的贪恋
如明月和桂花
酿造慈悲的相逢

夜色四合
一座座山脉匍匐着
无法奔腾的悲痛

撕开秋天的果肉——

不如做一只栖于松树的白鹤

2016

## 秋空辞

一群群大雁出现
如秋天的果子
挂在天空的树上

天空像一位菩萨
慈悲地俯视芸芸众生

风清扫着白云的痕迹
直到天空里一无所有

没有没有没有，无——
坚硬如钻石的天空

当心里面一无所有
就是人生最美好的时刻

2016

## 无　题

美人如花隔云端。

你一会去河北，一会去以色列
一会去澳洲抚摸那里的蓝天
我的心成了一片沉寂的死海

京城忽来一场雪——
脚步发出“吱嘎”声。

2016年

## 林肯传

我劈过柴，做过律师和水手
我丈量过故乡的野花、土地和河流
我没有硕士、博士学位
青年时如一块漂浮在水上的木头

我和徐春芳一样不喜欢杀戮——
哪怕是蚂蚁，所有的生命也值得尊重
见到仰慕的女孩子，我像断水的水龙头
结结巴巴，变得不会说话
我见过太多的不公——
黑人像鸡鸭一样绑在船头上
“我还没有做过任何事情让人记得我啊！”
我曾经黯然神伤，唯恐华年成为破布——
我的财富——老婆欠下的大笔债务
还有黑人的笑容和后世的传诵
想不到，此刻

一声命运的枪响
让我的死亡有了不朽的重量

2016

## 月黄昏

我睡在一朵梅花的梦里
倾听宁静深处的钟声
光芒和暗香迟早都会死亡
落日抚摸着枝头横斜的疼痛

故乡曾经是少女额前垂下的头发
那香味那折磨吸引我唇齿间的蜜蜂
灵魂的香气开始在身体里融化
打碎的瞬间让我的孤独空空

梦想的树枝多么容易被风雪折断
我的双眼里闪着恍惚的星辰
黄昏的骚动吞没了归飞的鸟群
暮色涂掉了大地上匆忙的身影

沧桑的另一张面孔雕刻着悲风
夜晚的灯火张开蝴蝶的翅膀
月亮在柳梢头出奇地安静
江水无声地映照着难言的悲伤

青山静坐在月光深处
记忆照亮我空阔的老屋和梨树

2016年

## 恍　惚

此刻，我行走在梦里
画面像粗糙、满是划痕
的老电影

也许是在平行宇宙里
晃动着变形的影子，无穷无尽

那里看不到任何人
只有细雨、轻寒、鸦啼和密林

我无法喘息，沉默在倾听沉默
一条红蛇盘旋在花园的小径

罪业是吞食腐尸的鹫鹰
也是化成水的冰激凌

把不幸埋葬在故乡的松林里
母亲含泪的眼睛——
是两块温暖的补丁

神有很多办法，静夜里——
月光闪烁着灵魂的清醒

2016

## 秋夜辞

月亮从柳梢头升起，摇着一把团扇
扇着扇着，秋天便凉了下来

黑夜开着沉重的坦克，模糊的回声
让空荡荡的街道发出疼痛的叫喊

纷飞的落叶在集体鼓掌
它们习惯了把自己扔在风上

梦想被生活压驼了背
磨损的脚步追逐我无用的诗章

灯火折叠着恍惚如剪纸的身影
窗外，一只孤雁带走了等待的完整

我的脸上形成浮雕，眼神搭起了帐篷
让灵魂住进了安心的美好夜晚

2017 年 11

# 张会勤的诗(6首)

张会勤，安徽80后诗人，玄鸟诗社会员。

## 路　过

灯光明亮，照见一切隐匿的事物
但是有墙啊，墙背后的黑暗是昨天的黑暗
还是明天的黑暗?

黑暗里，花开得遍地都是
但是采花的人哪里去了?
这个世界就快被鲜花占满了，那些长相一致的花朵
急需一批园丁，急需一群绵羊和猛虎

绵羊吃花，猛虎吃绵羊，园丁整理根下的泥土

房屋是如何倒塌?如果不是风太猛了，就是
时间太旧了，旧到把相片都变成了粉末
风景都消散在远处，而远处有一群人
他们喝着酒，唱着歌，自在过活

只有月亮独自路过，只有一条河流曾经路过

2012

## 十一楼

十一楼，雷声不时侵袭
雨水绕个弯又走掉了。玻璃上落满黑色的闪电

这里终日阴沉，没有阳光，植物们不愿制造氧气
桌面冰冷，电脑冰冷，落在纸上的字丑陋不堪

有时，一个人刚向左走，又忽然转身
一个电话响了几声，又自己断掉

走廊上人来人往，个个表情严肃
为了加快步伐，他们都使用了轻功，脚掌离地三寸

水箱里充满了水垢，无人清洗。杯子里飘满白色的异物
像盐，像淀粉。也像奶昔，也像海洛因

有时，也有咖啡的香味飘起，从一个角落
到另一个角落，着陆点不固定

窗户开着，或关着
窗帘落下，或拉起。视心情而定

2012

## 隐　藏

我要把所有的爱意都隐藏起来
不让你窥见一丝一毫
我落在纸上的唇印既轻且浅
纵使寄给了你，你也看不见

我决心从此忘掉呼吸和睡眠的感觉
如此才好忘掉，你在每个呼吸里
种下的毒，才好忘掉
你在每个梦境里画下的微笑

我相信一滴水穿不透石头
我相信一粒沙构不成房子
我于是又决定抛弃蜗牛的触角
在一片叶子上生根发芽

那一日，我来了
你不知道
那一刻，我开着炫目的花朵
你闭了眼

2014 年

## 叛逃者

我不喜欢它的雨水
所以我逃离，隐身于不知名的小镇
每日深居简出，像最安静的修女

然而我不念经文，也不幻想有一日飞升
此刻，作为叛逃者。距离囚徒的身份
我只差一副枷锁

你来的信我都收到了
你谈到了天气、收成，和邻居的自杀
你末尾说到只想让我知道，不奢望我的回复
事实上，我也的确不知，该回复你些什么

甲午年庚午月己巳日，宜裁衣、嫁娶
忌出行、祈福
今天出生的孩子属马，福分浅薄
他只能在一间屋子里哭上一哭
消磨一些散碎时光

不过，这些都说明不了什么
我不回信自有我不回信的理由
堵车，雾霾，飞机失事，列车出轨
一个刚说服自己不怕陌生人的女孩被爱情欺骗
诸如此类，都使我无法下笔

我承认我不是个守信的人
没能达成你的愿望，让你失望了
你找不到我种的花，是因为我没有种花
你听不到我的声音，是因为我没有说过话
不过类似音乐、幻想、朋友和友情这种东西
于我，又是多么难得

所以，在你不知道的那些日子里
无论在黑暗还是明亮中，我都努力睁大双眼
密切关注每一次的时间变化
我不知虔诚祈祷有没有用，那时间里又会不会变幻出一个你
呵，我多么希望
时间里可以变幻出一个你

2014 年

## 旧　梦

你已经旧了。站在风里
浑身的骨头就会疼
来自心底的声音生了锈
每说出一个字，就掉上一地的碎屑

夜晚的安静让人孤独。冷，痛
一寸一寸，从脚底蔓延
麻木越来越严重了，你不知道
下一刻，还能不能站立

第一场雪已经下过。瞬间消失的洁白
像没来过一样，左右你并不在意
冻僵的双脚和双手，才让你无奈
蜷缩在被子里，等一场不会来的情事

十二月，梦变得模糊不清
白昼比任何时候都长
旧了的你，紧闭双眼。白天，黑夜
期待困倦来袭，安心睡去

2015

## 不务正业的工科女

不抽烟不喝酒，不嗑药不泡吧
不买奢侈品女包、女表、高跟鞋

不务正业的工科女白天关注飞机起落
夜晚把一些心事摊出来晒晒

你看到的果真是这个样子吗?
你把水都倒进杯子里，杯子一会就满了

她趴在床边，或跪在地板上
弯不下去的腰挺得笔直

谁若是不理解，就让他不理解好了
工科女懂得物理、电路、计算机，以及电磁波的秘密

她有时也喝咖啡，品品茶
一遍遍地告诉周围人安吉白茶与白茶的差异

那又怎样呢？工科女整夜地写诗
整夜梦见一些不认识的人和鬼

2015年

# 陈荣来的诗(10首)

陈荣来，安徽无为人。作品散见于《中国新诗》《诗歌月刊》《
选刊》《长江丛刊》等百余种报刊。

## 小村傍晚

夕阳无声坠落
老人牵着他的老牛
牵着他
晚归的咳嗽

弯腰老妇在稀疏的炊烟里
开始呼唤孙儿的乳名

2016

## 迟到的中秋月饼

他跟着工程队进了大山深处
两年多没有回家
一个月前，妻子来电话说

寄了一份月饼，让他中秋节吃

这深山老林里
农历八月底，他才收到
已经不能吃了
他还是没有舍得扔掉它

晚上打开包装盒
拿起发了霉的月饼，咬了一口
望着窗外，嚅动嘴唇
夜，没有月光
大山黑着

2016年

## 吸烟的老农

秧苗如绸，烈日下
老农佝偻着腰身
慢慢直起
沾满泥水的手
蹭了蹭屁股
点了支烟，深深吸一口
滋滋作响
乌青的嘴唇
吐出一声叹息
眼前的秧苗快要抽穗

老农表情复杂
像一个艺术家
欣赏即将收笔的作品
得意，遗憾
抑或是愁意些许
烟，快燃尽时
他猛吸了两口
扔掉烟蒂，弯下身子
在如绸的秧苗里
像生长在田里的一棵稗草

2016

## 暮　色

晚归的路上，几声咳嗽
夕阳坠落的沉重
啃着草根的老牛
满脸深沉，咀嚼着黄昏

炊烟稀疏，指向天空
寂寥，高远的扭曲

晚霞趴在地平线上，像火焰
燃烧。小村无声

2016

## 摆渡人

一双手，两只桨
把河这边的人，送到河的那边
又从河的那边划回来
从日出到日落
一划就是四十年

四十年，划了多少个来回
谁也说不清
没有人在意
他划桨的水纹越来越浅
脸上的皱纹越来越深

2016 年

## 篱　笆

儿时，父母白天下田干活
把我关在篱笆院子里
我就一个人玩
用树枝和贝壳玩过家家
父亲离开人世那年，篱笆墙倒了
母亲说，你已经是大人了
在母亲心慌和迷茫中
我把篱笆墙修整得结结实实

从此，她把自己关进了篱笆里
数着细碎的光阴
日出日落
呼唤着我的名字
背起行囊那天
母亲站在篱笆墙边目送她的儿子
我不敢回头，生怕一回头
篱笆倒塌，砸疼了妈妈的影子

2016

## 记忆中的父亲

父亲好像没有农闲的时候
一年四季
总是种着庄稼
蓑衣和草帽
轮流挂在土墙上
父亲每天用双手丈量着
他的一亩三分地
东边几斤，西边几两
收获的前几天
父亲背着手
在地头走动，来来回回
偶尔与熟人打声招呼，点支烟
几声咳嗽
破布撕碎般的声音

2016

## 挖 坟

村里家家户户在挖
不是挖财宝。是挖坟
村长说了，坟地要搞开发
谁家不挖谁就是跟村干部作对
这帽子一扣，果然奏效
全村掀起挖坟热潮

吴老二死了埋了没几天
吴老大找到村长，宽限宽限
死者满月一到，立马掘坟
村长手一挥，不行
这是决定了的事情
那架势，没有商量的余地

村里各家各户，祖宗八代的白骨
都被挖了出来
当然，吴老二也不例外
还没腐烂的尸体
被吴老大扯烂了送到火葬场
化成一缕青烟，一捧骨灰

全村的坟挖光了，村长很满意
村民们的情绪都很稳定
唯独吴老二阴魂不散
有村民悄悄告诉村长

半夜看到吴老二
在村长家后院里哭泣

2016

## 老屋倒了

老屋还是倒了
瘫在那里。折断。碎裂。
一股腐木的味道
向我迎面戳来

我伸出手，想扶起它们
我没有一丝力气
只有废墟旁那棵老榆树
和我一起杵着

此刻很安静
河水流动的声音
在剥蚀
我脚下的土地

2017

## 细　节

U字形的江岸线抱着一个渔村

一条船划进江里
就是村里人一天的光阴

渔村不停地渗透着水的声音
太阳也晒不干
这块，湿漉漉的土地

当傍晚降临
总有几个女人，或者老人
在岸边走动
来来回回，问上了岸的人
一些水里的细节

2017 年

# 赵志新的诗(7首)

赵志新，笔名打火机。安徽芜湖人，侨居墨尔本，客居南京、州。毕业于江南大学，高级工程师。曾获得中国诗人2011年风云诗奖，诗歌报论坛2013年度诗人奖。

## 深陷雪中的孤独

南宋马远的雪景图高15.2厘米
全长60.1厘米
自那以后江山孤独
雪不再那么白了
早晨，窗外无际的雪不像马远的
不是远山如兽脊，隐于雪雾之中
父亲已经
很久没有看清
那几株寒松了

2013

## 她和我聊到孤独

我们坐在藤椅里
她更像一个现代工艺品
比如那种极度抽象的根雕
我担心她会折断，从裂缝里流出颜料
她对我说孤独
说一个90岁的老女人
并且说我
至少应该有120岁了

2015年

## 睡　眠

我和阿满在蒲团上
任炊烟穿过
还有鸟儿
阿满问这是在飞吗
我告诉他自观音走后，世上已空无一物
阿满躺下练习睡眠
他想成为鱼
这是他逃跑的计划
蒲团发出嚓嚓声音
我想我们是最高境界了

滆湖空空的
像个大盘子

2015

## 谈话记录

我依然喜欢闻雪茄味道
她知道我戒烟了
她说想抽就是病好了
我说女人抽烟能让男人一下明媚起来
那种姿势酷毙了
她拿出一支昆烟，在鼻子上搓来搓去
我非常想闻
那种寂寞如烟的烟
像我散漫的语言
在空中飘荡

2016

## 白月亮

她网名是私聊会生小孩
她读我的月亮诗
说写得跟石头似的
说小时候就知道月亮被遗弃
好了，我想让她明白

远古有女人住在上面一直没有小孩
是因为
没有男人的月亮是块白石头
我对她说，这世上
你看一次月亮就孤独一次
她问我是穿黑风衣的陌生人吗
我说我要去烧纸了
祭拜另一个孤独的人

2016年

## 照　片

一起在小桥拍照
从这头到那头
那时，我的信箱在鄂西
后来这些照片都没收到
现在想起来
还是很惬意

2017年

## 模　糊

79年是樟脑的味道
那时抽屉里有什么已忘记了
记得我是会飞的

从贵池到九华
只一会儿工夫
夜里也睡得好
梦，也是樟脑味儿
79年有人爱过我
我认识她们
那时没什么词
我爱的79年
是个樟脑盒子

2017

# 崔后明的诗(7首)

崔后明，1974年生于安徽繁昌黄浒小镇，现居芜湖。

## 被我扔掉的盆景

侍候它们真不容易
折腾了一年多
我终于把这些辛辛苦苦
搬到五楼的盆景
当垃圾扔了
我仿佛在它们的身上
看到了自己的影子
我从偏僻的山村
搬到这栋楼里
已生活了十年
我与梦想越来越近了
却离泥土越来越远了
总有一天
我会像那些被我扔掉的垃圾一样
被这个城市扔掉

1996年8月6日

## 吃蚕豆

这里卖的蚕豆
都被机器炸开了花
吃起来酥软
没劲

支起炉火
我们把从老家带来的蚕豆
炒得噼啪直叫

几杯烧酒下肚
几个老乡
在出租房里
把方言
像吃蚕豆一样
嗑来嗑去

2004年3月6

## 夜　色

在鄞州区横街小镇
老板送我一辆
破旧的自行车
让我从出租屋到厂里

再从厂里回出租屋
方便了许多

我还用这辆破旧的自行车
在老板不知情的星期天
骑到几十里远的宁波市区
在诱人的《文学港》口
留下徘徊、卑微的身影
然后趁着夜色
原路返回

2006年7月5日

## 故乡没有了

早就听说老家要拆迁了
到拆了　父亲打电话给我了
安置房在镇上　要安置房就没有安置款了
安置款总计八万四千二百元
要安置款就什么都没有了
一拖四间历经风雨却依然亮堂的瓦房没有了
跟着父亲用了一个暑假挖好的那口井没有了
屋后那片砍起来就心疼的竹林没有了
山坡上母亲去的最多的菜园没有了
闭眼也能摸到家门口的泥泞小路没有了
养活一家五口的四亩三分责任田没有了
爷爷奶奶在后山地底下安身的家没有了

村口渐渐衰败的小学校舍没有了
安徽地图上逗点般的大冲村没有了
要安置款　还等于生于斯长于斯的家没有了
漂泊在外剪不断理还乱的根没有了
让我魂牵梦绕经常写入诗篇的故乡没有了
想我这么多年都熬过来了
要了这笔安置款　连异乡的
一个卫生间都买不起了
我电话里对年迈的父亲这样交待了
不要安置房您和娘住哪里　您老在家看着办了

2010 年 11 月 21

## 一件可怕的事情

读三年级的女儿问
亲戚的戚字怎么写
接过纸和笔，我不假思索
将亲戚的戚字写出来

仔细端详，好像又不像
连续写了几遍，好像越来越不靠谱
我第一次在女儿面前表现得如此慌张
不得不打开电脑，向搜狗拼音求助

明明第一个就写对了，却不敢承认
这是一件多么可怕的事情

而更为可怕的是，我真的想到了我的亲人们
他们中有很多人，我已经记不清确切的模样

2011年11月4日

## 点　赞

昨晚发一次朋友圈
反响很强烈
截至第二天中午
点赞突破百次
妻颇不以为然：
你那一百多条点赞
其实是你平时
点赞换来的

2017年6月22日

## 我与《世界3》的关系

最近写了好几首
公开发出去只两首
名曰《口语二首》
湾沚有擅长情诗的诗友留言：
呵呵，芜湖流行口语
南陵某诗兄即兴分行留言
大意是：崔后明

是平面诗歌写作者
与《世界3》一见如故
口语之后
尽量泛口语
我突然觉得一见如故用得的好
以前我常常把自己
与《世界3》的关系
理解为知音
现在看上去
知音没有一见如故好

2017年11月6

# 缎轻轻的诗(8首)

缎轻轻，原名王风。生于安徽古城桐城，现居上海，从事IT工作。自幼开始散文、随笔、诗歌创作，在《诗歌月刊》《诗选刊》《汉诗》《敦煌》《青春》等杂志上发表诗歌百余篇。

## 蓝色虾籽

星期天，我和母亲在剥蓝色虾籽
你肯定没有尝过
父亲，在一次次拜访我的梦境后
你是否释怀？
皖南，青弋江岸，
湿苔红的窗棂，写完
长篇大论的诗稿后，你汲一碗甜水
瘦骨嶙峋的你
望着空空的篮子叹气
窗外，
阳光清洗着众人的脑袋
快使用福尔马林
你奄奄一息

如今，我做一个妇人

剥出蓝色虾籽
在冰里挑出它们的脉搏

2016

## 秋　日

雾气
弥漫
为人群披上巨大的外衣
人们醒来
沾着露珠的身体，这不是木樨草的命

日子在木樨草的绛黄中消解
你站在街道上
“一夜秋雨，未消亡的都如此合理”
人们走动着
恍惚的黑影积压在你心底
在睡眠里种下一大片
木樨草
绿色的汁液下降，
黑色的安宁随之上升。

2017

## 鞠　躬

高台上，向他人鞠躬
我们有缄默的美德
这也是缺陷与狡猾之处
我们把想说的话，都吞进了
堆积碎片的胃部
相互溶解，再发发善心吧——

台下的人们，脸上疯长着湿答答的苔藓
发出山峦中滴水一样
沉闷的声音

我们的心脏，挂在微微颤动的松针上
一切都在紧张
一切同时松弛

2017 年

## 泄露的流水

斜披头巾，我多像你曾经的爱人，也像你的母亲
圆圆多肉的脸，嘴角微扬
走向一张快要散架的床
钟声在背后敲响，这是庄严的
巨型风车在草地上旋转

泄露的流水扑向了远处
降雨于万物
唤醒了，目瞪口呆的黄橡木。

2017

## 在塔尔寺

鸟群引颈，喊叫着
我心中飘起的大船正在寺中游荡
抽动鼻子吸起冷风
僧人们黝黑的身影已消失不见

面朝佛像仍不知悔意
我是游客中沉默的女性
一切莫名，一切抚弄荒谬。

2017

## 借我那把枪吧

从苏州归来，抬起你的头，
呵，你的眼神要熔化一枝玫瑰
我不想告诉你
我培育的玫瑰们，已经凋枯在夏天

算了，熔化枯枝吧

当我们绕着尹山湖一圈又一圈
明月高悬，杨柳轻拂
彼岸传来梦游者的喊声
“啊——啊——”
似是放纵又似节制
堕于平凡的生活而不自知
令我难以启齿
“你聪明的大脑，正毁灭你自身
借我那把枪吧
借以击毁你梳理后的头发和身体
你悄悄塞进柳树洞里的旧事”

万般得以如此美妙
你我垂头，像在忏悔，或是陶醉。

2017 年

## 秋天的神

秋天，摁住埋在落叶里的神
他的脸，残月一样的冰冷
禅……
这荒渡人间的金缕衣
我要张开
破碎的嘴唇
大口地说话
不停歇地说

他的沉默是一件武器
提醒着：要忘记
要远离
又度过一场轮回的四季

清风过岗，永无尽期。

2017

## 为何落笔

为何落笔
写诗
雷雨，曾在瞬间停止下坠
我们，仰望高处的苦楝木
树皮正在痛中剥落
蝉正蜕去一片翅
虚无微妙，溶于时间。

2017

# 小鱼儿的诗(5首)

小鱼儿，原名于怀玉，安徽无为人，《诗歌报》网站创始人，《中国网络诗歌年鉴》主编，中国网络诗歌研讨会总召集人。曾获美国纽约首届一行国际诗歌奖。

## 回　家

街头的光
比夜更黑

他们总是用邪恶的眼神
割伤你的脸

有什么比人群更能伤害你
我多难的妹妹

一路走来
你用厚厚的布巾遮挡我们

在四周环水的村庄
我的心　渐渐折断　你的目光

2002年

## 情人节后记

这黑夜的鼠标像2月的麦苗
或者电话亭风雨交加
我在等你电话重开

2月14号你在哪？
我在这边一句诗也写不出

你艳丽的笑容至今
阴云不散
我在阴云中收割伤感

绿色的只是假象
一切的玫瑰绽开为过程

在假想的水印中
你　渐渐淡去

2002

## 姐姐，天终于要黑了

姐姐，天终于要黑了
那门前的树，叶子
不再反射光

你在水边栽的花
也将凋零
我还是无法忘记你的阳光
那年夏天的水色呵
是那样的荡漾着
荡漾着……
你走过水边
青蛙就叫了
呱呱　呱呱
他告诉你荷叶的颜色
也是绿的
和你的裙子一样

姐姐　我放学了
锅里你煮的饭菜好香
而你已去割草

天黑了
满塘的荷叶
也把你张望

2002年

## 凌晨4点的思念

我知道　你终会离开我的
但不知

这一天来得这么快
我的妹子

那天上午我们还愉快的交谈
中午还在你家吃了饭
我们相隔一张木制的方桌
小心地谈一些你开心的事情
比如你的学生
班级　和你的上高中的弟弟

我问你为什么把头发剪得很短
与我印象中的长发不同
其实这样也很好看

你笑了
说是同病房的小姑娘做化疗
陪她一起剪掉的

离开时
你又露出雪白的牙齿笑了笑
唯一的一次将我送到门外

你去后一个月我才得到消息
那时我在陌生的城市里
准备回家

注：这是一个真实的故事，她叫小芳，是我初中的同学，毕业后

月就查出有一种全国罕见的病。大约是心脏不好，她一直不放弃工作，一边治疗一边教书，还当班主任，自己的工资还支援弟弟上学。她说过，要到上海来看我的，可惜，我没有等到那个暑假！

2002年

## 完美爱情只有十六分之一的可能

爱情有两个可能
一个已谈成
一个没谈成

谈成了有两个可能
一个生米煮熟饭
一个煮成了夹生

熟饭也有两个可能
一个日久生情
一个日久生厌

日久生情有两个可能
一个后来结婚了
一个她跟了别人

结婚之后有两个可能
一个是白头到老
一个是中途离婚

白头到老有两个可能
一个是互敬互爱
一个是吵架不停

互敬互爱的婚姻有两个可能
一个是没有感觉成了亲人
一个是她盯你越来越紧

亲人版的婚姻更有两个可能
一个是觉得还行
一个是后悔莫名

2015

# 蒋华的诗(5首)

蒋华，安徽无为人。在省内外一百多家报刊，发表诗歌、散文、文学评论四百多篇。

## 收购废品

每到月底
收废品的准时敲门
他不知从哪得知
我年年订的书报
为邮递员挣了不少奖金
感谢收废品的
帮我定时清理
过气的新闻。拆迁过的信件
以及笔会。出书等自费的邀请
……
倒赢来几次赞美
你是大作家啊
比我们收破烂的强多啦
我不敢讲
我写作纯属赔钱

怕他知道真相
怀疑竟有这种傻B

2011年9月6

## 日　子

好像这个小区
认不得我这个住户
我除了上班
就宅在家里
城门紧闭、吊桥高悬
开心地与李白杜甫聊天
也趴过《西厢》的墙头
偷窥张生与崔莺莺
陶醉于陶渊明的菊花
也为屈原投江
流着眼泪
……
每当看到线装书中
类似梁山好汉
大碗喝酒、大块吃肉的情节
我才想起又过了饭点
赶忙到附近的超市
是咕咕叫的肚皮
硬逼着我
回到尘世

2015年7月9

## 将不进酒

未到长安
就闻醺天酒气
随便个大排档
五花马都嘶鸣过欠资

皇宫有的是保安。满街急跑
你找不到唐玄宗
索要那二年工资
不敢再喝半杯。贺知章为你当了金龟
你还指望他再当老婆的手链
这是柳花与霓虹交易的春夜
陪酒的美眉
再见你，就手揪衣领
(羞得你头陷三千白发里面
掐算着还未收到的那几笔稿费)
说岑夫子、丹丘生来付酒钱
可打了一整夜电话
他俩早他妈关机

2016 年 5 月 6 日

## 李白与杨贵妃

他喝酒

她吃荔枝
长安无事
采石矶
他投江
马嵬坡
她吊脖子

2017 年 1 月 24

## 夜登采石矶

见最后一面
你坐在采石矶
高举酒杯
问天
问枯燥的江水
长安已远
当年的酒友再难聚集
贺知章退休回家，骑着毛驴
张旭已挥不动亢奋的毛笔
好在拍卖行还挂着他的字
杜甫更瘦了
烽火中吃不到一片肉
——路旁的死骨倒胀饱眼睛
你已记不清
高力士替你脱鞋后
写的是哪首诗歌

夜幕降临，你想将杯底的一点残酒
等月升起再饮
而气象台早就预言
今夜
大雨倾盆

2017年9月5日

# 刘世风的诗(5首)

刘世风，网名一片树叶，安徽芜湖人。70后，喜爱诗歌，现在央企工作，发表散文、诗歌若干。

## 稻子的重量

六月，稻子以卧倒的姿势生产重量
汗水一路跋涉，风霜落进土地
一棵稻子，扶不住一粒鸟鸣
几缕晨风，轻轻地卸下劳累
蛙鸣打磨着时间，数着撒下来的星星
月光淌在田里，细细地打量心事
正午的阳光，正值青春年少
把燃烧的词语，披在田间
缓缓移动的，那个人的身上

2015

## 拒绝伤感

六月，一些词语该醒了

暗伤一遍遍隐退
一条江水不知所措
被锋利的闪电剖开，又合起
岸上的树叶掩埋荒凉的内心
流水的回忆，打坐云端
禅指它的风霜
晚风接走了归鸦的嘶鸣
几点黄昏在江面跌碎
月色疼痛，被夜含着
拒绝伤感

2015 年

## 一粒灰尘立在空中

一粒灰尘立在空中
抵不过一枚拟人的重量
拈叶微笑，看古今浩荡
空如天空的样子
内心洁净的白云
正放下悲喜，放下
这麻木不仁的宿命
饮一杯月光，清洗凡尘
春风不开，蝴蝶不来
把这晚风的哽咽
深深地埋葬

2015 年

## 我握着手中的波涛

“泰戈尔，泰戈尔，泰戈尔……”
我念着的时候，夜就醒了
声音缩小到骨头里
就落下了病根
他对我念
“最遥远的距离”
每一个字都在风中盘旋
增加了冬天的温度
我对他念
“君生我未生，我生君已老”
他的目光里就呈现出月色
我握着手中的波涛
稳住了一片白云
一点点减轻了心里的暮霭

2017

## 她的心里住着神仙

半年了
她的心里住着神仙
病根好了一大半
所有的事物都放大过
在夜色里，在雨声里

总有亮光升起来
可是时光追赶
被闪电击中过的人
只会落荒而逃
花去了哪里
手中剩下的草儿
成了零落的知交
捡到的半毛钱呢
她指着镜子笑出了眼泪
你个瓜女子啊

2017年

# 潘荣梅的诗(5首)

潘荣梅，安徽芜湖人，写诗。

## 挽　秋

现在的天气越来越奇怪
从单衣直逼到棉袄
我又总怀念那些秋色和毛衣
如怀念那些久不联系的老朋友
阴冷的空气中下着小雨
我的眼睛为窗外
枝头上飘摇的红叶感到担心
那一点点秋的色彩很快也会消失殆尽
每个人有自己的取暖方式
我垫上了发热台板
不冷
但总有冷冷的淡薄的风在窜动

2016年10

## 这不是故事

李树林电话告诉我
她走了，去了远方
说话的时候语气很平静
不像昨天在我面前哭泣的神情
李树林来公司时间并不长
她工作认真，勤快沉稳
我暗暗在想，好好培养
可以作为车间管理储备的方向

那天早晨，门卫告诉我
有个男人来找李树林的麻烦
翻围墙进公司，砸坏了李树林的车子
李树林来办离职
她说给公司带来麻烦很不好意思
她说她离婚了，那男人不是他的老公
她是外地人，是孤儿
以为全心全意，好好对待婆家每一个人
就会有安稳的家庭
他的老公还是带回来一个大肚子女人逼她离婚
她没有地方可去
她不想她的女儿像她一样从小没有母亲
她在婆家附近找了工作
下班可以看见可怜的女儿

那男人，是别人介绍的

也是婆婆同意交往的
她把婆婆还看成妈妈
有什么事情还和婆婆商量
那男人酗酒就打人
还一刀一刀将自己割得血淋漓
不准树林和任何男人说话
包括男上司和男同事
树林害怕了总是躲他
躲在哪里总是能被找到
并且威胁，再躲就伤害她的女儿
我很想留住这样的员工
也很想她能过得幸福
看着她瘦弱的肩膀和流泪的眼眶
除了让她记下我的号码
我还能给她什么？
李树林走了，去了远方
看见看不见的树林
总有一片树叶在风中无声地飘荡

2017 年 9

## 八分钟之外

八分钟演讲比赛
六分钟有人举牌提示
八分钟举牌告知时间到
第一名超时没讲完

第二名超时也没讲完
第三名并列也还是超时没讲完
剩下那些没名次完整演讲的
正如这举牌的形式
八分钟之外有些什么
你不说，我也不愿相信

2017年10月

## 搁　置

拆开的花茶搁置很久
扔了，新买一瓶
用了几天，又搁置
它就在办公室抽屉
每天看见
今天有兴趣打开来用
发现又生了霉
我总是这样
明知道是自己想要的
担心哪一天我的沉默也发霉
有些话
还没说出口

2017年10月

## 门锁上了

周日下楼倒垃圾
开门正遇一人上楼梯
一侧身手一重，门推上了
手机钥匙都在家里
才发现穿着睡衣和老公的大鞋
头发刚染还没有洗
这造型，如何开口找别人借电话
平时出门都是收拾得光鲜鲜至少整齐
生活的两面性就这样被一扇门
打得措手不及

2017 年 10

# 方启华的诗(6首)

方启华，笔名静水，1986年生，安徽无为人。1998年开始写诗，著有诗集《生活在远方》。

## 前　程

即使你再叫一声，我也不会停下
是，我不敢用流泪的脸来面对你
面对整个世界，只是默默地向前
甚至没有了影子相伴，此刻，天
阴霾得很，或许只是因为我的泪
花，要么就是哪个神仙在见证了
我们的爱，其实也不必守着这条
道，一成不变地走，而且只让你
永远地跟在我后头，为什么不在
我的前方，我的身旁？所以自打
相识以来，我只模糊地听过你的
声音，却从未见过你的脸，我该
回头，就算是没退路，我也应该
回头，只不过我那忧伤的表情
会让你流下眼泪，怕你不告而别

我尝试过，用空气来描绘你的脸
你的眼睛，鼻子耳朵，还有嘴唇
虽然没有色彩，可仍是那么清晰
因为这空气中每天都有你的呼吸
你的声音，还有你的样子，也在
飞舞，我猜想，你离我会有多远
一个人的距离？手臂之间？还是
一个脚步就能触手可及，但我知
你就在我身后，我们向前又相隔
隔了一颗心！是不？我的心朝着
前方，而你的心，朝着我的后背
永远不停追逐，永远都难以驻足
我也知道，你是不愿让我停下的
我都不敢向后偷看你的容颜，却
已猜透其中的原由：你是在让我
也奔向一个美的尽头么？又或者
这一切的一切只为了等一个惊喜
等哪天？我们相见的时候是初识
你确信我们熟了以后，就会陌生
我们交往以后还会淡薄。所以你
宁愿把我们的初相识放在了最后
只是一味地让我先走，你在身后

2004

## 数　学

有多少被生活羁绊了的自由
就像一杯开水
没味道，但少不了
青春就像一场
说停就停的大雨
天上的云，也是
说散，就真的散了
梦里，那一夜
我们回到童年
回到了考场上
做一道数学题
我永远不知道
正解是什么

2012 年

## 你　俩

时间是相对的（对你俩来说）
你们重复着一个成长的过程（五年是一个轮回）
前五年发生的事今又重现（比如一件穿不上的衣服又被找出来）
如果能将这个世界隔绝起来（光在我的这个家庭）
一切都没变包括妈妈的乳汁和我的怀抱（只是我们老了五岁）
幸福是一个甜蜜的陷阱（你们常说累并快乐着）

你把黑夜当作白天（我只得把微笑看作黎明）

2017

## 外　公

如果老树可以在黑夜咆哮
天上的星星会不会掉下来
河水干涸，鲤鱼气得不想说话
大风吹倒茅草屋，老鼠以为天塌了下来
狗儿叫，猫怕得不能说话
烟囱的烟往下垂，燕子很伤心
老牛保持沉默，小鸡也闭上嘴巴
外公杵着一根拐杖，站在路旁
没有人，孩子们一一走过
他抓不住背影，但始终不说

2017

## 阅　读

风用毕生的精力来阅读门楼上的彩旗
麻雀用清脆的叫声来阅读满地花瓣
雨只得用她天生的温柔来阅读刚被她亲吻的树叶
孩子坐在教室，用他们的童贞来阅读《弟子规》
而此刻，我用安静来阅读包围我的盛夏光景

2017

## 结婚照

嗯，我心永远是瘦的
像十八岁那样瘦
像婴儿哭声那么瘦
像一坛老酒那么瘦
像凋零的玫瑰花一样瘦
像没有女婿那么瘦
像火柴还没有成为火把时那么瘦
像我的小名“二子”那么瘦
像村庄一样瘦
像家门口的小河一样瘦
像妈妈心中的我一样瘦
像诗特别是没写好的诗那么瘦
像工资以及事业心那么瘦
像出租屋以及自行车那般瘦
像海鸥对比大海那般显瘦
像蚊子还没吸好血那般瘦
像父亲以及父亲的手指一样瘦
瘦成一个平面，变成一张黑白照片
挂在墙上，墙上的我和心里的我是一样瘦的
只是墙上的我七老八十
心里的我还是十八岁

2017 年

# 原石的诗(6首)

原石，原名盛微，江湖诨号风中古僧、半袋弟子。南陵县人
70后。

## 安魂之酒

惯例死的人要到河那边去
我却在渡口安顿下来
柴扉虚掩酒旗空悬
像一个古人隐姓埋名
我只在一天敲响竹梆
兜售安魂之酒
纸幡竹马而来的君子
渡桥风大当心惊了魂魄
我还乜着眼睛逐个打听:
可认识一个叫原石的朋友

2014年3

## 另一个世界的稻子

另一个世界
稻子一望无际还没有收割
镰刀立于磨石一侧，肤色雪白又慵懒
立冬了，他们一点不急
半夜，北边的风吹过来
我紧闭门窗
翻开暗红的箱底
豆亮的油灯下，看见嫁衣
鼓乐，花轿以及焚香
伊人冷艳如霜
那场婚事原本说好的
就在今天
一望无际的稻子全部收割了

2015 年 3 月

## 贤如瞽者

传说，黄浦江畔的乞者
和我相似，刺骨寒风中
总能占据最好路面，向阳而居
又谙于剪法计算人生
剪去色彩，剪去声音，剪去时间
甚至剪去一条腿

或者一只胳膊
用极简的方式，呈现人生种种断处
传说，我和他们都是佛陀身边之人
众人广坐间，示以诸般人间色相
残臂，断足，匍匐于地
火劫后的佛堂，省略来源的人生
其实，我贤如瞽者
执美人之手
丈量春潮流过的纹路
为她们指点迷津
而且，我记性很差
遇到的人，说过的话
转身即忘

2015 年 4

## 我很担心那只猫

有时候，我很担心那只猫
来历不明，经历过很多深邃的场景
优雅，忧郁，很像
克隆古堡里那位悲伤的王子
它还那样爱书
在书香弥漫的房屋里睡觉
有人读诗时
竖起耳朵睁大眼睛
而且，子夜，万籁俱寂

只要有风从龙窝湖吹过来
它都会脱口叫出一个少女的名字
想起自己前生

注:克隆古堡，即沙翁笔下的丹麦克隆堡宫，王子即哈姆雷特。

2015 年 7 月

## 冬雪未漫过门槛

冬日
道过晚安了
还是有些冷
在这个江南小镇
活得太久
我又想起了雪
好多年的
那么美妙的东西
只在我眼帘上留下影子
从未漫过门槛
走近我
一次也没有

2016 年 1 月

## 黑

湖水吞咽无边的黑
直到自己变黑
以及湖畔长出一头黑发的树
也被黑色的梦寄走
那件事想想就令人害怕
我躲进世界的另一面
它却翻过手掌
将天抹黑
将地抹黑
将蛰居的小木屋抹黑
将正逃出的我抹黑
好吧！
我永缄其口
彻底为你消失

2017年1

# 蒋楠玲的诗(2首)

蒋楠琳，安徽无为县人，作品散见于《风沙诗刊》《荒原诗刊》《微光诗刊》《当代诗歌》等十几种报刊。

## 姨妈的十字绣

从记事时起，听得最多的事情
就是姨夫姨妈又在吵架
甚至大打出手
搁现在，早散了
他们磕磕碰碰大半生
直到前几年，好像才消停
今年，姨夫八十大寿
姨妈用半残的手
花了大半年的时间
绣了一幅
寿比南山不老松的十字绣
在姨夫生日那天
姨妈送给了他

2017年2月15日

## 年　味

儿时过年，大年三十那天
父亲贴好春联
点燃鞭炮
炸得家里家外一片红
穿新衣服，吃喷香的饭菜
我们姐妹恨不得用一根绳子
把太阳挂在天上
让除夕慢慢过
好多年没有感受
儿时的年味了
这些年，每当过年
我一直在路上
只有回家，出门
再回家，再出门的奔波
车轮滚滚
年味越滚越远

2017 年 3 月 1

# 吕若黛的诗(5首)

吕若黛，安徽芜湖人，在重庆读书，喜欢写诗。

## 秋

早安，忧郁。早安，寂寞。
早安，北纬三十二度微寒的空气。
早安，亲爱的，早安。
我愿为你斟一半崇德湖的碧绿，
另一半是北极圈以北，
西伯利亚孤独的坚冰。
请一饮而尽吧，
但也留几秒钟想念的时间，
同飞鸟道一声平安。

异乡的空气，
蒸腾着异乡人的眼泪和异乡人的叹息。
异乡人的眼泪，
却流淌在故乡的废墟。
故乡。然而是异乡。
这些秋和秋的清晨，

你知道，
一半喜怒无常，一半
嗔痴可爱。可你，
可你那总是柔软的故乡仍未亡，
你的魂灵仍有皈依的地方。

2015

## 母 亲

一

她把石头敲击海洋
叫螃蟹直立行走，叫
珍珠爬出巨蚌
椰树开出七棱的冰花
翻车鱼穿梭在
残暴的雷电下。
她身穿裘皮，叫一切活的死的
受她的鞭挞
她曾将阳光赐给西伯利亚最严酷的海港
曾为赤道的花朵流下眼泪
她无与伦比

她死于某种痼疾

二

第一颗金星在黑暗的无底坑
火焰灼烤它的命运
它问魔鬼，为何我来此处
魔鬼说，非得你昼夜受苦，
才得新生
除非你丧失信仰，否则
地狱永恒将是黑夜

它被钉子挂在耻辱的旗上
眼睛是干枯的桃核
舌头是毒蛇的信子
头发是水母美丽的长须。
它冷冷地笑了终于
第一次
月亮照到受刑的城墙

三

你不清醒了，我的朋友
她是痛苦，是
酒精，是烟头，是
伤痂，是乱麻，是
自娱自乐的表演，是
雾里看花的乐园，是
自圆其说的噩梦，是
牛头鲨愤怒贪婪的交尾，是

手枪吞吐着的婀娜多姿的硝烟，是
一场永不醒来永恒漆黑无法回旋的混乱
朋友，醒来吧，朋友

她是个失孤的寡妇
脸上覆盖着龟裂的面粉
（她已无爱美的财富）
就连纺纱的手指
也结着恼人的茧子，
（谁也不记得那几根指头曾纺出金碧辉煌的绸缎）
以及额头中央
黑黝黝的弹孔
微笑地悲号

**四**

有一天人们还记得她的嘶吼
像闪电敲碎粉饰太平的海洋
孤芳自赏的天堂
至今他们仍说道
她的脾气逐渐易怒暴躁
她不再包容世上每一片绿叶
夜莺不再为她衔来蔷薇
她给新生的孩子
一打腐朽的鸡蛋或砖头瓦砾
当作礼物
秒针像长矛，催促时针，
“快些拨过她的时区。”

群狼向狮子询问她的死讯
毒蛇还记得安慰狐狸
她快要，快要

快要

五

她用神秘的眼光抚摸你的心脏
摘下月光别在你发尾焦黄的一结
把雪原的白狼
豢养在她两只古老的手掌上
唐古拉的雪山
有幸
做她哺育你的两只乳房
你倒出她送你的那罐星子
一颗一颗装潢你重修的屋顶
野草被她的肥软而宽阔的肩膀
拦在一片海洋外头
她怀里撒着盐粒
脚底下归墟的虫子爬行
地牢里
沼泽里
海沟里
石头缝里
简化的土地里
病死的奶牛来不及反刍的胃里

没有什么足以柔软她的铁犁

2016

## 女 人

美与美丽是一种愚昧的崇拜
烙印着暴力和火焰和闪电
男人烤善心和灵魂，脚踝盘的
狡诈的狐狸和毒蛇
老鹰穿越过野蛮的太阳
每个黄昏影子们都交头接耳
风暴在黑夜中睁眼

狂欢的夜晚属于美酒
有喜鹊停留在某座丰满的山峦
放肆
放肆
某种红色的对我投来暧昧的眼光
空气胶着着忧伤和快乐
处女的月亮，白的墙和黑的水

荒野的黄蔷薇有美妙的肉体
夜晚是传染性的芬芳
隐秘的石头被炼成金属
所有生灵都沉默
被困的时间像死亡

所有美都被夜劫持
在我面前傲慢，痛苦
一切好的恶的为其提供引诱的毒素

而生命不需要宽慰
只需你的忧郁和美

2016 年

## 星期五

蛮荒的，太阳升起
星期五的早上只有黄昏
二维的马路和电线上的乌鸦
电视塔吊着死人的项链
有人拒绝矿泉水
横行无忌的螃蟹
失眠的月亮掉在沸腾的碳酸饮料
莫斯科的罗马总督和耶稣
东京只有爱情没有春天

人间是排满滑稽戏的剧场

2017 年

## 重庆爱情故事

### 一

你要把月亮摇来晃去
把珍珠项链挂到她的脆弱的脖子
只给她看你一个人的不通情理的秘密
你要裹着毛毯捧着盐和面包
红眼睛的壁炉鼓吹你的信心
那是青年的喜剧
那是彻夜不眠的梦境
那是联结死亡的某个时辰

月亮说

### 二

要有一个灵魂
老年的橡树或是损坏的防空洞
曾长长地听过她的故事
坐在高高的山岗上
豆子洒在每一片阴影的土地

今夜的月亮是重庆的月亮

## 三

给我酒
给我酒
给我一两治头痛的花椒酒吧
剧毒的感冒正在这里传播
伶人考校诸位儒学家，夫子曾曰否
这个晚上是寂寞的晚上
无人说话无人生还的一个晚上
死人的碑啊那是死人的碑

## 四

月亮害了要命的相思症
燃烧的空气胶着着某个愿望
去烧吧去行使原始赋予的暴力的权利
去砸害你忧郁的!
去砸害你悲伤的!
去还原这个夜晚的本貌!
月亮还要说她的故事!

## 五

我们通常不在这里说爱情
今夜除外

2017 年

# 徐晓明的诗(4首)

徐晓明，安徽广播电视台主持人，诗人，祖籍安徽无为。著有集《岸上草原》，散文集《隐的蓝》《徐晓明诗选》。

## 月光就够了

十几岁的一个夜里
去姨家所在的窑厂
蹭公家电视
孤身一人穿越小山冈
风越刮越紧
强打的精神随时往下出溜
偶尔我咳嗽哼歌
或狠狠跺脚
绝望地给自己壮胆
戏剧性的是
对面不远的一个晚归者
报以同样的回应
瞬间我放下心来
对他滋生莫名的感激
短暂错身后继续赶路

终于到达山冈后的平地
不远处的缓坡下
窑厂的灯火格外温暖

看完电视
我执拗地拒绝姨夫护送
并一再塞回
递到我怀里的手电筒
坚称月光就够了

回家的路上
尽量不去想两侧山洼里
一处又一处的坟茔
我没再发出
任何多余的声音
更没回头看身后一次
也再没遇见夜归人

那是少年时最大胆的冒险
如今风雨如磐
无数个真正的黑夜
我时常缺乏足够的勇气
在心底对自己说
月光就够了

2017年7月5日

## 照片墙

世纪之交的某年
江南某个庄园的庭院
西厢房长长的展台上
高低有序地陈列着
一排排雕塑神像
每个人都能按生辰
找到自己的保护神

不断有人惊呼
我的神在这在那
然后是合十鞠躬
五块十块地塞进功德箱

进门右手有些偏的墙壁上
粘满大大小小的照片
只有少数人会
下意识踱去看个究竟

那是一页冷冰冰的生死簿
或者墓碑照片的拼盘
照片下是生卒年限
彩色照片多是一些年轻人
最小的一个女孩
大概只有三四岁

如果没有括号里的生卒年限
你会以为来到
某个青春旅社的留言区
那些灿若烟花的笑容
真的存在过
唯一欣慰的是
这上百张的面孔聚在一起
祖辈孙辈七大姑八大姨
近亲表亲
一个幸福的大家族

不能免俗的
我找到了自己的保护神
合十闭眼前
我先在心里说
神啊请你先保佑那面墙
因为我还幸福地活着

2017年7月22日

## 鲑　鱼

一部纪录片里
又一次看到鲑鱼回流
灰熊立在水中欢快地猎食
鲜红鲜红的鱼肉
瞬间被咬翻过来

呈现一种残酷的美

大部分的鲑鱼还是逆流成功
同伴的血水很快冲到下游
直到又一只被精准地撕咬

千里万里他们要归根
一年又一年他们要产卵

一如人间很多寒凉的子嗣
他们的父母早已消失

而人间的爱
很多时候
如血水被冲刷干净

2017年7月28

## 悬　垂

小时候
爱看大雨前的天空
地上狂风尽扫
天上层云悬垂
整个天幕都在平移

我兀自想象

托塔天王或二郎神
会突然出现在一层云上
手持神戬神塔或神谕
而我也像偶尔跌在
树杈上的落叶
轻盈悬垂

如今
维系云层和叶片的风
早已不在
生命之树上我兀自悬垂
却已不再担心飘落

我只听从内心的声音
不再幻想有任何神谕

2017年10月6日

# 濮湖的诗(3首)

濮湖，1959年生，安徽芜湖南陵人。著有诗集《心灵之旅》《在风的扉页上行走》。现为国家级文化艺术月报《羲之书画报·诗书家》签约诗书画家。

## 夜三玄

### 夜　行

路，被夜色深埋
双脚刚踹出一丝光明
又被风缝合
一只野猫
用眼睛为我带路
在一个转弯处
我差点丢失了自己

### 夜　眠

我把自己抱紧
就像抱紧一块石头
有金属的声音
落在夜半的钟声里

包括被钟声敲醒的夜
以及过往的路上
那些没有理由的故事

**夜　语**

我点燃一支烟
时光，在指尖上燃烧
灰烬如呓语盛开：
“我从《论语》中走来
却在民国风骨中沉沦
红尘万千，我已颓废成
一尊泥雕。”夜渐行渐远
纵有三玄，也无人问津

2016年

## 一场暴雨堵塞我的去路

我站在门外，没有雨具
一条鱼在石板街上用力翻滚
它想借着雨势回到故乡
咬破水流，找回失散的家
而我，仅仅需要
洞开这扇门
我和鱼都保持一种选择的姿态
鱼的心思我了如指掌
我的心思难料，鱼必然这么想

其实，我比鱼更加简单
只想打开门，把时间关在屋里
眼睛盯着分针对时针说点话
掏空横七竖八，自圆其说
我的复杂只希望秒针不要干扰
那“嘀嘀哒哒”的声音
比第三者插足还要令人心烦
雨真的下大了
鱼摇着尾巴向我致意
屋内一阵咳嗽，比风箱衰老
原来敲错了门，我猜想
我要敲开的那扇门
也一样地紧闭着
一场暴雨，堵塞了我的去路

2017

## 昨天的我仅仅是一抹记忆

破译
一场风暴
无法以光年测算
雷鸣，炙烤与阵痛
这是季节交接的仪式

八千里云月
为秋日的诞生

跋山涉水，涤荡苍穹
为何而来？凭何而去？
蜕去繁茂的外壳
施以成熟，练达
假如不能点石成金
何以春华秋实？

秋以稳健以神的力量
破译了一年的光景

冬的酝酿已旷日持久
而秋阳，如往日一样
清澈，温暖，五彩缤纷
以层林尽染的绚丽
告别秋水长天
并以云淡天高的优雅

让寒风借星光冷月
送来冬的请柬

所有的祈愿与醉倒的酒瓶
在冬储的谷仓旁
陷入生与死的思考——
不老的自然与勾损的人性

2017 年

# 江双乐的诗(3首)

江双乐，笔名郎中，60后。祖籍安徽桐城，现居芜湖。自1984起，在省内外报纸杂志和新媒体发表诗歌、散文、报告文学、杂文论50多万字。

## 石头的眼睛

石头站立着，冷冷的
长着一只眼
很大很空
找不到流泪的感觉
照不见心灵
我想把太阳摘下来
做你的眼珠
让你热情
我想把月亮摘下来
做你的眼珠
让你柔情
我想把星星摘下来
做你的眼珠
让你智慧
我想把一汪清泉

注入你的眼眶
让你碧波荡漾
神采飞扬
热泪盈眶

2017 年 4 月 14 日

## 深　潭

水满的时候
很幽深
狗子说，潭里有水怪
发财说，潭里有金银财宝
水干了
不见任何东西
鱼没有了
水怪没有了
金银财宝没有了
连我前些年，投下的一个硬币，也不见了

2017 年 5 月 30 日

## 遇梁小斌

你坐在车上
脸侧向窗外
很庄重。一直在想啊想啊

过去的那把钥匙
到底丢到哪儿了

我说到中医，还有我的祖先
你很感兴趣
问：那么多中草药的作用
是怎么得出来的？
是一味一味尝出来的？
还有经络是怎么回事？

我不说话的时候
你静得像黑夜
连呼吸的声音都听得见
我说到了兴趣点
你又笑得像早晨的太阳
婴儿般的天真无邪

你的安静很迷人
仿佛从骨头里拧出来的水
带着一股忠诚和信任
在彼此间荡漾涌动

安静的时候多
大概这个你最擅长
偶尔说话。笑
你的右手一直拿着一串钥匙
一会儿套到拇指上

一会儿套到食指上
还常常低下头
认真地看一看
——是不是害怕
这串钥匙又丢了?

2017年9月19日

# 陈东吉的诗(3首)

陈东吉，网名野骆驼。组诗《彼岸情绪》获全国鲁藜诗歌奖，有诗集《在大地上》。

## 费式与缪克

陶陶是我的外孙
他说：“外公我教你英语吧”
一个出生在美国的孩子

陶陶掰开带来的面包，走向池塘边
“我们开始喂费式吧”
费式？哦，fish，挨福阿爱爱斯爱区
就是鱼的意思

我早餐吃的是稀饭，他说他喝的是milk
“缪克，缪克，就是牛奶，你知道不”
假如孟子老先生转世穿越而来
会不会说，费式我所欲也，缪克亦我所欲也
还有什么卜拉拉香蕉挨个鸡蛋毕福牛肉
我实在记不住了只好说声司到扑

字母一样的面包屑漂浮在水面
大大小小的费式或者是鱼儿瞬间游来
嬉戏一番组合成不同的单词涟漪
池底沉没着的碎石像是一个个方块汉字

喂费式和喂鱼，其实没什么区别
只不过吃了稀饭的外公在喂鱼
而喝了缪克的陶陶在喂费式

2017 年

## 秋雨消息

八月十五刚刚过去
月亮说不圆就不圆了
寒露这个节气里
大雁穿着秋雨的湿衣
衔来了一个坏消息
当年在戈壁滩阔别的老班长
悄悄地，随着雨打风吹去
你满脸的青春痘
还没有来得及化成老年斑
你查岗时吓唬我
我还没来得及报仇
记得你军帽总也戴不正的样子
还有朗诵用的是山东东平口音

你是生气时像笑
高兴时像哭的大哥
你是全班弟兄们的领头羊
怎么可以突然离群索居
你脱了军装去了山西
把马兰绿穿成了太原黑
让战友们无法联系你
老班长王成仁，你或许没有成功
却如此急匆匆成仁
抱月而去，让秋风无语
你欠我一句临别叮咛
我欠你一个最后的军礼
现在只能燃起一支烟
吐出一串串浅灰色的叹息
让余烬熏燎天空的眼睛
于是有了这一场淋漓的秋雨

2017

## 朋友的绰号叫虫子

每个人都可能有一个这样的朋友
他的绰号就像胡子眉毛一样长在身上
虫子，虫子，我就有这么个兄弟
无论清明谷雨小满芒种我们都这么叫他

虫子从阜阳一个叫张庄的地方破茧成蛾

一路凿壁偷光悬梁刺股装了满肚子学问
安师大本硕都死死系牢历史的麻绳，
以至于对现实的评判也有着司马迁的眼神

那年我们因故去了一趟他的老家
只见豆地里拱出了一条肥胖的大青虫
大青虫通体透明发着翠绿色的幽光
在秋天的气息里惬意地舒展着腰身

大青虫吃饱喝足旁若无人地踱着方步
缓慢地爬行像一个匍匐前进的工兵
看到身边站立的虫子和它会心一笑
我说，这就是当年青葱的你，虫子图腾

虫子才气过人常常会整出点动静
吹拉弹唱诗词歌赋可谓十八般武艺藏身
当记者搞新闻也绝不甘于做个应声虫
无奈于书生意气综合考评有时比孙山还出名

顺便在这里插播个广告给大家听听
虫子一度上了江城民间“十大酒仙”榜单
排名第八他还不服要会会前七个好汉
我可见过主菜还没上就放倒过挑战者的场景

一次虫子被朋友约去打麻将鏖战至凌晨
输光了所有银两没钱打的只好姗姗而行
快进家门时想起和太太撒了个喝酒的大谎

找了个小店赊瓶二锅头举杯邀明月一饮而尽

虫子能吃能喝能装样能运动
上得了运动场打球下得了厨房煲汤
每每朋友节假日聚会呼他早点到掼蛋
虫子往往会说把家里的稀饭煮好了就来

虫子生活在这个浓枝密叶的世界游刃有余
进不了他的视野他就讲夏虫不可语冰
虫子生命里蠕动着一种追求阳光的声音
作为朋友我用这些啰唆的文字给他一些掌声

201

# 苏小图的诗(5首)

苏小图，80后，出生于安徽繁昌。从事诗歌和散文创作，兼写文学评论等。诗文散见于多家刊物。

## 此　刻

此刻，我已是一隅
被蛙声供奉，如一根铁钉，钉入北纬38度的黑夜
此刻，我已是一缕青烟，和雍布拉康探讨人生的七步
每年的七月，我都将披上乌云
在牦牛粪与青草间赤脚行走
遥望那卷半开的卷轴，洇开朵朵白雪
举起双手向天
雪拥抱雪，石头拥抱石头，雅拉香波拥抱蓝天
就像飞沙托举的形象
灵魂与灵魂在瞬间相遇并膨胀
因为本身的血脉相连
生命、土地、河流，都要用
脚步去丈量，死亡就死在路上
干枯的树叶下有一缕潮湿
沙子里有水

浑浊的雅砻河水流入眼睛
我浑浊的灵魂在每块石头上
跳荡，凡是我想带走的都在唱歌
有哭泣和羊群
有欢笑和流浪狗
有苦难和四海为家

2017 年 5 月 12

## 白色的手

手机里的每张照片，都是一只
白色的手，把你牵到某个角落
痛哭一场
蓝色的湖，一条蓝色丝带，飘在
漆黑的深夜
我的心崩塌了一角，涌出了眼泪
天的心崩塌了一角，汇成了羊湖

2017 年 5 月 15

## 拉萨街头

拉萨的街头有很多新来的树叶
在布达拉广场
柳枝一漾，都带着刀剑的声音
如果烂掉，就烂在玛吉阿米的墙角下

墙头，会有几只烂尾巴的猫，圆睁着绿色
的眼睛，把你看穿
行走的人，匍匐的人，喝茶的人
最终会有草根和你招呼，蚯蚓
向你致意，只有这一杯滚烫的甜茶
像极了生命

2017 年 7 月 8 日

## 我喜欢这时候突然惊醒

月光像一团烟雾，爬上了窗子
我喜欢这时候突然惊醒
在黑暗的墙角想你
每座山都有新石和旧石在
不安分别，每棵树下
都有一只潮湿的青蛙大声呼叫
每一株青稞的苗子，都会睁开
丹凤眼，追逐着擦肩而过的风

2017 年 7 月 10 日

## 有一条路贯穿了西边和东边

月光，像一抹烟雾，搂紧了西扎
神山的颈项，我们的梦还未醒
山南的四月

瓜果满架，格桑花开
有一条路，贯穿了
西边和东边

2017 年 7 月 10

# 丁少国的诗(5首)

丁少国，1969年生，安徽无为人，现居上海。上海市崇明区作家协会会员，中国诗歌网上海频道副站长。著有诗集《春天是恋爱的季节》。

## 家，在一部词典中的注音与释义

又过一年了，此刻
听到装订的声音，再增加365个页码
词典有岁月那么厚那么重

最后一道工序，我与时分秒一起来
编辑灯火酒香与笑语
串线成册，用母亲一根最长的白发

除夕之前，或除夕之前的之前
也有泪打湿了今年第55页
也有一片阴云滞留在去年第178页
而母亲额上皱纹原先少一条
父亲的肩膀原先比较结实

这部词典是搁在心头的

每一页，都写着家
不需要检字法就能轻易地找到它
注音用方言，释义用温暖

2016 年

## 修鞋匠

拿起一只待修的鞋
关于鞋的款式材质以及鞋主走路姿势
被一一地译成午后深秋风声
锤子锥子线绳胶水不是虚设的道具
譬如锤子抡起来，真能敲出一声叹息或呻吟
譬如锥子真成了扁鹊的针石，刺透鞋的肌肤
譬如线绳胶水确实把一段余生缝了粘了进去
姑且称它们为配角
配合着主角在小街角落里
隐隐地演出一幕大戏
落幕时，客人审美一般地走着路

收音机里新闻音乐广告
为他营造一个大大的世界
他审视世上一双双鞋的劳苦
它们支撑着一个个奔波的生命
一直置于身体最下位
承重的结果，自然是快速地衰老脆弱
此时，他又接到了一双

目光涂满旅程的伤口
一阵阵地心疼

2016年9月

## 越　狱

灯开始睡了
锤子凿子醒着
压着嗓子
哑剧一折一折地演出

洞穿肉体的墙壁
灵魂不再是囚徒

每夜漫游狂欢
而白天
又被捉拿归案

典狱长巡监时
路过足部、腿部、臀部、腹腔、胸腔、口腔、颅腔
亲自给每一间监舍上锁

2017年2月

## 两只蚂蚁

一只蚂蚁举着饭粒，这份窃喜
不亚于狮子剪径成功，叼着小麋鹿

也许成果硕大，它请来另一只蚂蚁共襄盛举
他俩相亲相爱，一边抬着
一边相互提醒注意交通安全

道路凹凸不平，凹处正好借来作为掩体
躲过一只皮鞋的踩踏，也有小鸟高空抛物
幸亏发现及时，他俩藏身于易拉罐
又巧妙地避让了一坨鸟粪

引颈仰望，天空一直相距太远
登临土坷垃，看到斥鴳在蓬蒿之间潇洒地翱翔
心生羡慕

他俩相互激励，拉起头顶上两根天线
搜索蓝天白云的信息，缘木而上
缘木而上，忽地发现树下有不测之渊
而天空依然远得不入襟怀

于是一遍遍怀想，年轻时在草丛里安家
如同两位大隐

2017 年

## 爬楼梯

能轻易地拥有专属空间
在大都市里，这是值得骄傲的
因为有电梯，邻居们慷慨地把闲置一旁的
整架楼梯都礼让给我

我有多么欣喜，机缘一而再，再而三
得遇空谷足音
看到皎皎白驹从我体内跑出来
沿着一条盘山石径，哒哒哒地轻盈

很明显，一种哲学不能被无礼地
塞在电梯吊箱里
却能在楼梯上一个琴键一个琴键地弹奏
我该是多么幸运，爬到六楼时
钥匙打开门锁，就明白了螺旋式上升

2017 年 8 月

# 黄平的诗(4首)

黄平，安徽无为人，写诗，作品多次获奖。

## 醉　酒

一只啤酒瓶，破碎的声音
盛不下大地的痛。碎片
无数惊恐的眼睛
我与天空一起东倒西歪
你说，所有的事物都正常地站着
或坐在自己的位置上
我不信。我说
所有的事物都是醉态
扶不稳自己

2016年8月17

## 一声鸟鸣，淋湿身体里的版图

松树飘落，一根根松针里
藏有时间的秒钟

松果滚动，秋天滚动
松鼠的心跳在滚动

森林筑成的家国
一声鸟鸣，就能淋湿身体里的版图

2016 年 9 月 22 日

## 寂　寞

从前到后，我的脚步数到九
从后到前，我的脚步数到八
从左到右，我的脚步数到七
从右到左，我的脚步数到六
长方形的房间里
我总感觉
内心里的那头狮子假寐

2017 年 3 月 29 日

## 晚秋的晚

草木身体里的小马达
放弃轰鸣
小雪大雪正在赶往南方的路上
趁此时，黄叶尽情地

下着金色雨

村庄像一座停摆的老钟，蹲在
夕阳的灰烬里
田野一次又一次，舒展
黯淡空旷的羽翼

走在寒冷的晚风中
雁鸣成群结队漫过头顶
身边河流的琴弦，又瘦了一圈
清澈的旋律，低于泥土
低于晚秋的黄昏

唯有蟋蟀的鸣唱，似炊烟
一再升起
它们的歌声，牵来
一座宁静霜花的星空

2017 年 10 月 2

# 周起的诗(4首)

周起，安徽省芜湖县第一中学教师，写诗。

## 武松墓

牌坊两边石柱楹联
“失意且伍豪客
得时亦一英公”
已是公论。活武松盖叫天
至死追随
亦长眠西湖之西

文艺作品总要添枝加叶
景阳冈打虎、斗杀西门庆
醉打蒋门神、血溅鸳鸯楼等
让人热血沸腾，也眼花缭乱

事实很骨感：狗官虐政殃民
武松猛刺数刀，为民除害
被捕受刑死于狱中
百姓感其德葬于西泠桥畔

墓碑名：
宋义士武松之墓

2016

## 一滴水撕破自己

百丈漈的一滴水或者一群水
和一句话一个世界，较劲
把自己撕破
一点点一滴滴一丝丝一条条
挂在阳光下

面对深渊毫不犹豫
跳下去，跳下去，跳下去
一而再，再而三
云鸟吓得乱窜，山谷呜咽
巨石阻拦去路
一滴水搀着另一滴水
一滴水托起另一滴水
昂起头冲向远方

一滴水自己把自己
撕得体无完肤
哪有金玉其外败絮其中
在百丈漈，在文成县

我从讴歌一滴水开始
去讴歌那个撕破旧世界
也撕破自己的人

2017年

## 陀　螺

最近真的有点忙
旋转起来，如我
地球也不曾停息
鞭子找不到借口
时间与效率同在

旋转在自己的舞台
言语多余，旋一阵风
带着无数的小陀螺
自转，不停地转

静会怎样，动也如何
忙忙碌碌的幸福
大于鞭影，大于瘫痪
大于杳无音信

立于天地间
受鞭不是光荣

2017年

## 2017 酷暑

回乡下，狗
舌头伸得长长
蝉声此起彼伏
蚊蝇和耕牛
搏斗

离乡，一路向北
南京、西安烫手
转向青岛
海水也挤满阳光

地球荒诞
用自我加热
证明
空调多么重要

2017

# 山丫的诗(3首)

山丫，原名黄武超，原籍巢湖人，现居芜湖。

## 土　枪

下午一朋友
发了条消息给我
“咋搞得?
还写起诗了”
我说纯粹是业余好玩
他说“你可以去钓鱼
去健身
你家她都走国际线了
你得跟上
别太土了”
我无言
当我还是孩子时
夏天穿着纱
坐地上
满手是泥
拿着用泥巴做的长方体
我要做把枪

用绳子切割
没有刀
绳子就是我的刀
我也想有把刀
能够轻易地把枪做成
没有刀也没有关系
没有刀我就用绳子
绳子就是刀
需要用点心
因为我的刀不够锋利
用心做好后拿给爸爸看
这就是我的枪
以后我就是警察了
以后不能打我了
打我我就把你抓起来
因为我有枪

我还要做最后的工序
把它放在太阳下
晒上一下午
它便干了
干了
便成了真枪
可以对付爸爸了

2017

## 原　则

早上八点半
带儿子出发去赭山公园
我们走着去的
路程四十分钟
路途计算了下
有6000步
回来我怕儿子太累了
劝他坐公交
可半路上
我们下车了
只因儿子说
我们都是男子汉
我们说好的原则
说好的走着去
也走着回

我们半路
真下车了
下车了
径直
走向玩具店

2017年

## 梧　桐

陪儿子画画
六楼的窗口
向下望
一排梧桐树
不够粗
和老家比
差太多
老家的梧桐
一个人抱不过来
他们扩张伸展
枝繁叶茂
有棵还歪着脖子
同伴们经常爬上去
仿佛就在路中间
上中学那会
一天早上
几个路政人员
设置路障
戴着安全帽
手拿电锯
使劲切割

晚上回家
听爸爸说
昨天夜里

一辆货车
出车祸了
驾驶员
当场死亡
撞的那棵树
歪着脖子

2017年

# 曹德华的诗(3首)

曹德华，笔名秋生、妙湖等，1963年生，著有诗集《捂住秋的口》。

## 伫望春天(组诗)

### 驿动的雪花

在二月清纯的眸子里
闪烁娇盈的身姿
脚尖悄悄踮起
一种忧伤和伫望
温情地傲立枝头
刻骨铭心，怀想
曾经的风花雪月

而茫茫雪原一只白蝴蝶
牵动了所有的纯洁、善良的目光
那满含泪水的期待
穿过深邃的池塘
倒映着蓝天、翅膀和家园

一些羽毛在笛声中悠扬
谁的歌声在隔岸的白桦林
轻轻飞翔
惊落了
最后一片雪瓣

河边的女人
依然捣响寒砧
捣响　寂远的中国画境
几千年的雁群　人字形
如期从我们头顶飞掠
预言一个季节的来临

于是，绿色的闪电在泥土中
在小草和树的根柢
在我们脚下
发出无声的雷鸣
生命。在大地的震颤中
拱破禁锢
充满阳光和激情
抒写一曲亮丽的旋律
盘亘在
九百六十多万平方公里的沃土
新年伊始——春啊
在我的脉管
奔涌。温馨

## 风筝印象

三月的水声凋谢时
堤岸裸露出一种姿势
江南故道布满青青弯柳
依依在空白的诗笺之外

伫望是无言的记忆
更是期盼
南归的雁群迟迟没有飞掠
放飞的春天渐远　直到消失
如同生命虽然攥在自己的手中
但只能前行永远无法退却

## 最后的冬天

一条船枕卧在雪被下
流动的母亲河，你让我
听见了鱼的呼吸
阳光和波浪的声音
在没有童谣的原野上放牧苍凉

这一年的冬天
谁见过星星和飞翔的翅膀
岁末是凋尽的老树
露出真实而忧伤的影子

## 守候冬日漫长的黄昏

静谧的村舍与伤口无关
总让人忆起一些怀旧的往事
冷暖不定的雪花，镀亮
所有期待的潮湿的目光

冰雪遮盖下的堤岸
漾起一片泛绿的诗行
什么时候
我也成为一泓春水
在深远的远方喧哗着

2001年7月

# 安庆

芜湖
宣城
马鞍山
铜陵
黄山
池州

# 海子的诗(14首)

海子（1964—1989），原名查海生，安徽怀宁人，中国当代诗人。1983年自北京大学毕业后分配至中国政法大学哲学教研室工作，1984年创作成名作《亚洲铜》和《阿尔的太阳》，第一次使用“海子”作为笔名。从1982年至1989年不到7年的时间里，海子创作了近200万字的诗歌、小说、戏剧、论文。目前结集出版的有《土地》《海子、骆一禾作品集》《海子的诗》《海子诗全编》等。

## 阿尔的太阳

——给我的瘦哥哥

“一切我所向着自然创作的，是栗子，从火中取出来的。啊，那些不信仰太阳的人是背弃了神的人。”

到南方去
到南方去
你的血液里没有情人和春天
没有月亮
面包甚至都不够
朋友更少
只有 群苦痛的孩子，吞噬一切
瘦哥哥凡·高，凡·高啊
从地下强劲喷出的

火山一样不计后果的
是丝杉和麦田
还是你自己
喷出多余的活命的时间
其实，你的一只眼睛就可以照亮世界
但你还要使用第三只眼，阿尔的太阳
把星空烧成粗糙的河流
把土地烧得旋转
举起黄色的痉挛的手，向日葵
邀请一切火中取栗的人
不要再画基督的橄榄园
要画就画橄榄收获
画强暴的一团火
代替天上的老爷子
洗净生命
红头发的哥哥，喝完苦艾酒
你就开始点这把火吧
烧吧

1984

## 亚洲铜

亚洲铜，亚洲铜
祖父死在这里，父亲死在这里，我也将死在这里
你是唯一的一块埋人的地方

亚洲铜，亚洲铜
爱怀疑和飞翔的是鸟，淹没一切的是海水
你的主人却是青草，住在自己细小的腰上，守住野花的
　　手掌和秘密

亚洲铜，亚洲铜
看见了吗？那两只白鸽子，它是屈原遗落在沙滩上的白鞋子
让我们——我们和河流一起，穿上它吧

亚洲铜，亚洲铜
击鼓之后，我们把在黑暗中跳舞的心脏叫作月亮
这月亮主要由你构成

1984年

## 房　屋

你在早上
碰落的第一滴露水
肯定和你的爱人有关
你在中午饮马
在一枝青丫下稍立片刻
也和她有关
你在暮色中
坐在屋子里，不动
还是与她有关

你不要不承认

巨日消隐，泥沙相合，狂风奔起
那雨天雨地哭得有情有义
而爱情房屋温情地坐着
遮蔽母亲也遮蔽儿子

遮蔽你也遮蔽我

198

## 村　庄

村庄，在五谷丰盛的村庄，我安顿下来
我顺手摸到的东西越少越好！
珍惜黄昏的村庄，珍惜雨水的村庄
万里无云如同我永恒的悲伤

198

## 海子小夜曲

以前的夜里我们静静地坐着
我们双膝如木
我们支起了耳朵
我们听得见平原上的水和诗歌
这是我们自己的平原，夜晚和诗歌

如今只剩下我一个
只有我一个双膝如木
只有我一个支起了耳朵
只有我一个听得见平原上的水
诗歌中的水
在这个下雨的夜晚
如今只剩下我一个
为你写着诗歌
这是我们共同的平原和水
这是我们共同的夜晚和诗歌

是谁这么说过 海水
要走了，要到处看看
我们曾在这儿坐过

1986年

## 五月的麦也

全世界的兄弟们
要在麦地里拥抱
东方，南方，北方和西方
麦地里的四兄弟，好兄弟
回顾往昔
背诵各自的诗歌
要在麦地里拥抱

有时我孤独一人坐下
在五月的麦地，梦想众兄弟
看到家乡的卵石滚满了河滩
黄昏常存弧形的天空
让大地上布满哀伤的村庄
有时我孤独一人坐在麦地为众兄弟背诵中国诗歌
没有了眼睛也没有了嘴唇

1987

## 给安庆

五岁的黎明
五岁的马
你面朝江水
坐下

四处漂泊
向不谙世事的少女
向安庆城中心神不定的姨妹
打听你。谈论你

可能是妹妹
也可能是姐姐
可能是婚姻
也可能是友情

1987

## 重建家园

在水上放弃智慧
停止仰望长空
为了生成你要流下屈辱的泪水
来浇灌家乡平静的果园

生成无须洞察
大地自己呈现
用幸福也用痛苦
来重建家乡的屋顶

放弃沉思和智慧
如果不能带来麦粒
请对诚实的大地
保持缄默　和你那幽暗的本性

风吹炊烟
果园就在我的身旁静静叫喊
双手劳动
慰藉心灵

1987年

## 祖国(或以梦为马)

我要做远方的忠诚的儿子

和物质的短暂情人
和所有以梦为马的诗人一样
我不得不和烈士和小丑走在同一道路上

万人都要将火熄灭　我一人独将此火高高举起
此火为大　开花落英于神圣的祖国
和所有以梦为马的诗人一样
我借此火得度一生的茫茫黑夜

此火为大　祖国的语言和乱石投筑的梁山城寨
以梦为上的敦煌——那七月也会寒冷的骨骼
如雪白的柴和坚硬的条条白雪　横放在众神之山
和所有以梦为马的诗人一样
我投入此火　这三者是囚禁我的灯盏　吐出光辉

万人都要从我刀口走过　去建筑祖国的语言
我甘愿一切从头开始
和所有以梦为马的诗人一样
我也愿将牢底坐穿

众神创造物中只有我最易朽
带着不可抗拒的死亡的速度
只有粮食是我珍爱　我将她紧紧抱住
抱住她在故乡生儿育女
和所有以梦为马的诗人一样
我也愿将自己埋葬在四周高高的山上
守望平静的家园

面对大河我无限惭愧
我年华虚度　空有一身疲倦
和所有以梦为马的诗人一样
岁月易逝　一滴不剩　水滴中有一匹马儿
一命归天

千年后如若我再生于祖国的河岸
千年后我再次拥有中国的稻田　和周天子的雪山
天马踢踏
和所有以梦为马的诗人一样
我选择永恒的事业

我的事业　就是要成为太阳的一生
他从古至今——“日”——他无比辉煌无比光明
和所有以梦为马的诗人一样
最后我被黄昏的众神抬入不朽的太阳

太阳是我的名字
太阳是我的一生
太阳的山顶埋葬　诗歌的尸体——千年王国和我
骑着五千年凤凰和名字叫“马”的龙
——我必将失败
但诗歌本身以太阳必将胜利

1987年

## 夜　色

在夜色中
我有三次受难：流浪、爱情、生存
我有三种幸福：诗歌、王位、太阳

1988

## 日　记

姐姐，今夜我在德令哈，夜色笼罩
姐姐，今夜我只有戈壁

草原尽头我两手空空
悲痛时握不住一颗泪滴
姐姐，今夜我在德令哈
这是雨水中一座荒凉的城

除了那些路过的和居住的
德令哈……今夜
这是唯一的，最后的，抒情
这是唯一的，最后的，草原

我把石头还给石头
让胜利的胜利
今夜青稞只属于她自己

一切都在生长
今夜我只有美丽的戈壁空空
姐姐，今夜我不关心人类，我只想你

1988年

## 远　方

远方除了遥远一无所有

遥远的青稞地
除了遥远　一无所有

更远的地方　更加孤独
远方啊　除了遥远　一无所有

这时　石头
飞到我身边

石头　长出血
石头　长出七姐妹

那时我站在荒芜的草原上

那时我在远方
那时我自由而贫穷
这些不能触摸的　姐妹

这些不能触摸的　血
这些不能触摸的　远方的幸福
远方的幸福　是多少痛苦

1988

## 春天，十个海子

春天，十个海子全部复活
在光明的景色中
嘲笑这一个野蛮而悲伤的海子
你这么长久地沉睡究竟为了什么？

春天，十个海子低低地怒吼
围着你和我跳舞，唱歌
扯乱你的黑头发，骑上你飞奔而去，尘土飞扬
你被劈开的疼痛在大地弥漫

在春天，野蛮而悲伤的海子
就剩下这一个，最后一个
这是一个黑夜的孩子，沉浸于冬天，倾心死亡
不能自拔，热爱着空虚而寒冷的乡村

那里的谷物高高堆起，遮住了窗户
它们把一半用于一家六口人的嘴，吃和胃
一半用于农业，他们自己的繁殖

大风从东刮到西，从北刮到南，无视黑夜和黎明

你所说的曙光究竟是什么意思

1989 年

## 面朝大海，春暖花开

从明天起，做一个幸福的人
喂马，劈柴，周游世界
从明天起，关心粮食和蔬菜
我有一所房子，面朝大海，春暖花开

从明天起，和每个亲友通信
告诉他们我的幸福
那幸福的闪电告诉我的
我将告诉每个人

给每一条河每一座山　取一个温暖的名字
陌生人，我也为你祝福
愿你有一个灿烂的前程
愿你有情人终成眷属
愿你在尘世获得幸福
我只愿面朝大海，春暖花开

1989 年

# 沈天鸿的诗(10首)

沈天鸿，安徽望江人。主要作品有诗集《沈天鸿抒情诗选》《另种阳光》，散文集《梦的叫喊》《访问自己》，文学理论集《现代学》等。

## 秋　水

我总说：秋水在远方
总是忘了
这句话就是秋水

我说这句话时正是夏季

这句话一出口
秋水就已淹没了
我的脚背

站在秋水里我总说：
秋水在远方
日子，就这么过去

1986年12月3

## 泥　土

泥土又高又远。我站在它的斜坡上
听泥土从我皮肤渗出
它是怎样　进入我的内部？

十一月的天空
在一棵白桦树上显得过于沉重
一只低飞的鸟　在无边无际的平原上
隐去

泥土追赶着它。在地面　在空中
无数种飞翔的灰尘
所有的村庄　都保持无法揣测的深度

石头距离风化　也不过千余年时间
我从来不曾像今天这样
认识到一切都是泥土

但婴儿的哭声　仍在耕种过的麦田里产生
河水从陶罐中晃出来
使龟裂的脸上露出微笑
多么甜蜜！泥土……又高又远

一只土拨鼠　碰碰我的脚
那么突然
宛如一道光　照亮了泥土上

所有意味深长的裂痕

1987年9月

## 荆 轲

风已萧萧，易水扔在后面
现在你确切地知道
你在这里，无数个这里
万物悬在头顶
你走过的时候月亮细水长流
地图合上或是打开
那把匕首总在上面

沿途翠绿色叫作树木的东西
一一闪过
真正的人生又黑又冷
死亡的风暴从胸腔中吹出
天空犹如一块
倒悬的石头
而你束手于袖中
在马上看天
在马下看地
那把匕首总在上面

从自己回到自己
你把一生的心事一层层剥掉

最后只剩下那把匕首
匕首的天籁
从来只可独听

1988 年 3 月

## 月光三章

一

深夜已经来临，深夜升起的月亮
照见黑色的屋顶
我不能入睡，黑色和月亮都使我
看见一个梦，这梦将我们束之高阁
霜和深秋都落地无声

我不打算走到户外，我已置身户外
月光，在一个真实和一个梦魇的
世界间保持平衡

二

枯萎的芦苇中月光一片
远方灯火疏落
心情已是山高水远

一只鸟穿过月色，风吹草动
老石头在深草里静坐

老石头不看灯

经典的月夜。谁是从前的少年
岁月已冷

三

月光黑而又黑
黑色将事物的轮廓照亮
我进入，就像火进入柴堆
火看见更多的火
火犹如大风吹灭的
隐身的月亮

黑暗让无声的事物说话
今晚
我学习这种方法

1990 年 9 月

## 蝴 蝶

蝴蝶是这个下午的一半
另一半，我想起了落叶的叫喊
而花在开，花开的声音压倒了
落叶的幻象，以及
蝴蝶在我梦中

正在消失的飞翔

离开自己的躯体
怒放成一朵花，一生仅有一次
那蝴蝶，它的梦比我更深
但比秋天浅
蝴蝶，幸福得近似一种虚假

新娘样的蝴蝶
将远嫁何方？

蝴蝶与这个下午无关
我其实从未看见过蝴蝶
我只看见抽象的下午
它在花上俯身向下
忘川流淌

1991年3月

## 纸　筝

从纸筝开始，是谁的一生
清明天气，一群孩子笑着飞上天空
纸筝起舞
纸筝掠过山梁
纸筝催动地面伫立的人
泪下如雨

回首向晚，天空多么干净
一生飞得最高的一次
只有一次
被纸带来，又被纸带走
看见过纸筝的风
猛烈吹拂我们的风
一闪即逝的纸筝失落何处？

空中落下来的东西很多
我们的一生
却从空中开始，落花流水
纸筝飞起的一瞬
多么美丽而茫然
告诉我，还有谁是乘纸而去
从未归来的孩子？

1991 年 3 月

## 人　间

秋天停止了，陌生的乌云飞来
在低地，蒙蒙的小雨
失去了雷鸣和闪电，变得丑陋

刚翻耕过的土地，已播种下
出苗后才能被人认识的种子

几个农民在用石块垒院墙
石块的黑色在雨水中抖动
像是活过来了

石头总是比人
更快更直接地
被最小的雨打湿

那几个农民一直沉默地干活
动作默契、协调
仿佛本来就是泥水匠
但他们不用泥，只用石头
大块的垒在下面越往上越小
那是原则

他们为什么不说话？他们
会这样一直劳作到
很晚的时候
直到坍塌了一年的院墙
带着完整的投影，进入
停止下来的夜晚
和夜晚的灯火？

而我已提前看到天色暗下来了
无限的寂寞中
我闻到了人间的气息

1996年11月

## 莽莽昆仑

天空在这儿聚拢了群山
这些铁青
白发都不飘动的山
因无人而不属于尘世

但山在奔驰，它们要
突围而去，尽管
它们一直仍在这里
崎岖而陡峭，像自己的回声

只有天空的群山
取消了白昼与夜晚的区别
太阳和月亮上都有
与它们一样的石头，燃烧或冰冷

而星群与它们一样
对着冷漠的天空叫喊
区别仅仅在于：
星星可以自杀，而它们不能

2013年6月

## 众生平等

风从山坳里吹来
吹动一溪流水和石头
这多么像最早的记忆，又像
一念之差
风便已停息，水还在流

几乎空空的村庄，那些
我不认识的人都已经走远
只有野草和树
看不出这是缺点
欢快地长着：风景
藏起了荒凉，人间
藏起了地狱

这些水里的石头，来自远山
被发配到这儿
在水里越来越洁净
——它们真的犯下过
一念之差的罪行？

有没有如来，人间
都是一个巨大的手掌
众生平等

2014年6月

## 腊月十五

月圆之夜。刚刚下过雪
大地现在是月光和雪的废墟

独一无二的废墟：洁净，安宁
阴影都安静下来了，在洁净的背后

侧面，避免成为火。某栋楼房里
有个婴儿不知道自己在哭泣地
哭泣

这样的月圆就像一种离别：
又一年即将告别尘世，仅仅保留

炎热过也冰冻过的世间的梦想
正如阳台上的花草，在月光中

也在堆积的雪里，仿佛
唯有寒冷的月光和雪
最拥有母性

2016年1月

# 陈所巨的诗(10首)

陈所巨（1948—2005），安徽桐城人，当代诗人，作家。著有长篇小说《父子宰相》(合著)、《明宫奇冤》(合著)、《黑洞幽幽》，诗集《乡村诗草》(合著)、《在阳光下》、《玫瑰海》、《阳光·土地·人》、《回声与岸》等。2006年安徽文艺出版社出版《陈所巨文集》七卷。

## 雨眼睛

雨的眼睛太蓝
太蓝的睫毛环卫的湖泊
从田埂到山坡
到谷穗之梦和那些琥珀色诗句
舞台布景一般晾晒倒影
一个女孩和一个老人
无端地蓝得晶莹

我吹奏柳叶的时候
蓝似水下的蓝鲇
蓝似苇桩上的蓝鸟
那些雨眼睛一样蓝的情人
此时都在蓝蓝地发誓
永生永世　不离不弃

我蓝得太像雨后沼泽的
那种痛苦
蓝过一片云和一个春天
梦和海太远
那雨眼睛就沉郁了许多
因而我深蓝　深褐
　诗的颜色
　　近似泥土

1990年5月12日

## 给女儿

女儿
你学会慢慢走路
在长满《诗经》的路上
你太美好
也就更要防备虫子

城市中恬静的树枝
水妖的音乐
空旷中的铁皮飞鸟
以及小人书上游动的蝌蚪
有谁告诉你
童话的背面已经弄脏

坐在椅子上

看见月亮的童年
老祖母如一片云彩
你开始绘画
画一些活蹦乱跳的山丘
一只温驯的吃草的老虎
一些在洁白床单上
跳舞的蛇

人生是一棵树
一池清水
一片雨后纯情的天
你看见树上的虫子
池中的水妖
蓝天上的阴云么
你一无所知
所以你才叫小傻瓜
你才那样毫无顾忌
彻底的快乐

女儿你慢慢走路
慢慢认识自己
和这个不动声色的世界

1994年5月16日

## 践　踏

听见我发出的惨叫吗
似一只被重重踩着尾巴的
猫的惨叫

踩着风的尾巴
风也会叫
踩了石头的脚
石头会跑
踩住了影子　影子
就变得薄薄的渗到地下

听见喊痛声
就知道有一只脚践踏了什么
动物　植物
或者　石头一样庄严的法规
或者　另一个人的人格和尊严

猫逃走了
回过头来看一眼
有些东西不肯逃走
变成尖刺　让你也喊痛

1998年9月4日

## 一幅世界地图

你送给我的是一个世界
我想走遍的正是这个世界

四周长满灯光和野草
阳光忽左忽右
季节拼排出陆地和海洋
我要到很远的地方去
走了很多路
乘坐自己的目光

这个世界　墙上的世界
我的双脚深深被固定
在巨大球体下面的
菊黄地板砖上
我甚至看见世界之外的世界
拥挤不堪

铁路　公路　航线
让我可以到达任何地方
包括历史和风俗
包括有史以来无数次战争
以及早已陷没在海洋深处的
一切

这是你的礼物

这是一个真实的世界
我的目光和心在走
身躯直立　像一枚
废弃的旧弹壳

1999 年 6 月 12

## 走进黄昏

两行幼树　伴我
走进铜铁一样的黄昏
太阳　熟透的果子一般落地
水位上长　接近天空
而我接近暮鸟
丢弃在晚风中的孤独的巢

我的手招展如晚秋的枫叶
而心灵敞开
如十一月里盛开的鲜花

古人与我近在咫尺
神灵与我也近在咫尺
或者只隔一层薄薄的空气
黄昏和大地的尽头
是不是有一道木制的栅栏
是不是有一种不可逾越的缺陷

时间和空间的经纬密不透风
像那些密不透风的往事织成的帘子
在天黑之前　灯光
不可能让那些图案受伤
也不可能让我一无所获

2000年3月8日

## 秋天告诉我

你已经没有机会
站在高高的地方　太阳一样光彩
像那些获得权力的海豚
使用无声的指令
你已经成为一条河流的过去
杂乱无章的石头是你的财富

树昂首挺胸　活得很好
它们的孩子也活得很好
你活得好吗　我的女人
在杂草丛生的地方
在播种了一首古诗词的种子的地方

每天　我都这样说
都这样将透明的忠告举起来
每天　我都蹚过河去
寻找那些可以点燃黑夜的枯枝

那是一段渐渐凋零的生活
旁边有一座枯死的桥

在我面对流水的时候
在我看见一个人彻底消失的时候
在我感觉自己的种子
已经成熟的时候　天就亮了
并且开始落雨

秋天告诉我
别说话　沉默正守护着
一段至关重要的契机

2003 年 9 月 18

## 超越视觉

将泡沫推向岸边
将根扎进铜和铁的缝隙
将女人搂在怀里　让她远离恐惧
有一天你会这样

道路抛弃了行走
善良抛弃了依赖
城市抛弃了居民
井抛弃了储存的水
文字逃出原先的载体

麇集在树梢上　密密麻麻
如一群逃离蜂箱的蜜蜂
有一天你会看见这些

我的文字会重新在泥土中发芽
它们会找到成熟的方式
在越过地平线的时候
风将他们重新排列
神灵的暗示　无所不在

人们　那些刚刚醒来的微笑
被稚拙和浅薄的广告收留
这样的暗示已经存在
不用修改
但你一定不要忘记
认真看看那广告背面的注解
——你自己另一种方式的存在

2003年11月7日

## 财　富

做梦都想得到一些有分量的东西
树叶纷纷剥开自己　就像有些时候
被我剥开的摊在纸上的思想
阳光让它们肥厚起来

瓢虫和出租车的背上　反光雪亮
从一月到十二月　路上全是被我抛弃的脚印
一个女人让我在她暖和的心里过冬

2004 年 4 月 12 日

## 立　冬

北风把被南风打开的窗户关上
土地的边缘因长满青草和诗歌而变得安详
黄昏的太阳在树梢上成了飞鸟
金色的窠巢
一匹冰清玉洁的白马　驮来了大片的悠闲

2004 年 9 月 17 日

## 问　候

这个早晨　一扇门将我与早餐隔开
也将我与那片雪花隔开
饥饿开始蔓延
像那些正在蔓延的野草
我的一只眼睛在地平线上睁开
就在这时候　我听见了风的问候

2004 年 11 月 15 日

# 余怒的诗（15首）

余怒，1966年生，著有诗集《守夜人》《余怒诗选集》《余怒短诗选》《枝叶》《余怒吴橘诗合集》《现象研究》《饥饿之年》《个人史》《主与客》和长篇小说《恍惚公园》；曾先后获得第三届或者诗歌奖、第二届明天·额尔古纳诗歌奖、第五届红岩文学奖·中国诗歌奖、2015年度十月诗歌奖等奖项。

## 守夜人

钟敲十二下，当，当
我在蚊帐里捕捉一只苍蝇
我不用双手
过程简单极了
我用理解和一声咒骂
我说：苍蝇，我说：血
我说：十二点三十分我取消你
然后我像一滴药水
滴进睡眠
钟敲十三下，当
苍蝇的嗡鸣：一对大耳环
仍在我的耳朵上晃来荡去

1992年

## 苦　海

我一生都在
反对一个水泡

独裁者，阉人
音乐家，良医
情侣，鲜花贩子

我一生都在反对
水泡冒出水面

1993

## 抑　郁

在静物里慢慢弯曲
在静物里
慢慢弯曲
在
静物里

慢慢，弯曲：汤汁里的火苗
隆冬的猫爪
一张弓在身体里
咔嚓一声折断

1994

## 剧　情

你在干什么
我在守卫疯人院

你在干什么
我在守卫疯人院

你在干什么
我在守卫疯人院

我写诗，拔草，焚尸
数星星，化装，流泪

1995年

## 盲　信

邮局关门了。
链条断了。

独身主义者的大门。
借宿者的自行车。

电筒照着，
她的一个侧面。

回到家，
金鱼瞪着我。

半个身子寄出了，
半个身子吃药睡觉。

1997 年

## 写作者的现实

仙人掌开花
开出的是骨头。
对于他，房间太大，写作是一件
露骨的事。

水管漏水一星期。
蜘蛛悬浮一夜。
被子单薄，冷得需要
不停地说话。

需要一块口头上的抹布
和一串无所不能的省略号。
接受两个房间
并在一起的现实。

1998 年

## 地平线

夏日傍晚，
我去观察地平线。
那儿，一会儿，有东西跳出来。
再过一会儿，又有东西跳出来。
仿佛是为了这里的平衡。
不是太阳月亮星星，
不知道该叫它们什么。
在江堤上，我躺下来。
这么多年不停地衰老是值得的。
这么多年没有任何东西出现消失，
没有任何意义上的惊喜，
地平线从来没有抖动过。

2015 年

## 在什么的边缘

首先是
我不能预知未来。
坐在窗前，看窗户
如何移动（这种错觉很有意思）。
在许多人眼中我变得无法解释那么什么是
时间呢它不能没有名称我不是法外的游鱼。
接下来，看见窗外

有一棵石榴树。
也就是说，虚无正以石榴树
及其石榴的方式呈现在那儿。
我不相信虚无但我相信一棵石榴树。
或者无边无际。

2015 年

## 所与物

除非列出清单：
明亮、清澈、湛蓝，
这些形式因素；
云间悬空的山顶、
经窗户收束的光线、
八岁女孩的毛茸茸卧室，
这些具体情境。
仍然说服不了任何人。
看见海棠花。触摸海棠花。感到海棠花。
你与清早五点钟出现在巷口的
早点摊老板，谈一天的收入和空虚，
像两个诗人，谈各自的诗句和空虚。

2015 年

## 相辨认

在无知觉状态下,
吃下一颗桃子。
正是这颗桃子,
提示我在。
我正在这儿坐着。在椅子上。
屋外,夜间锻炼者的跑步声。
地板上,某人寄来
的包裹,尚未拆封。
五十岁,内心欲念
变得清晰:我拥有不同时候的我
——他们还是被保留了下来。也可能是
某种透视所致。

2016 年

## 旅　客

一个秋日午后,
我坐在码头上看书。
一艘轮船因故障停泊。
几个男女倚着船舷,笑着望着我。
多年前,我也坐过轮船,也那样
注视过码头上的人们。
为同时存在而相互惊奇,

按捺住不喊对方。
来之地和去之地，漂移变幻。
我从不为身在书中还是身在
现实中而为难自己，觉得哪儿不对劲。
永远都有不知身在何处的恐惧净化我。

2016

## 山中记事

在山顶上，
坐下来，喘口气。
这次登山，来自朋友的邀请。
看到山间圆月，
他开始尖叫。
他指着它，让我一起看。
可我想告诉他我的想法。
这是十二月末的一天，
已经听不到溪流的声响，
圆月转动得很快而繁星
构建了一个崭新的四周。
我没有孤身证明所见的伟大动机。

2016 年

## 如此景物

八月的乡野，
不利于我的痛苦，
只会让人羞于其神秘。
远处有野树湖泊云朵，
我心中有一层世界在变蓝，
（此澄澈力量不易获得。）
如果这时，有人告诉我，
我们不会始终活着，我当然会受不了。
但要是我独自领悟出来，
便会转而向四面八方致谢：
静默及其蜂鸣；无花果树
及其无花果；如此的现在。

2016年

## 在无名小镇休息

由栎树林穿过
榛树林，看到一些果实。
从自然界回来的身体
携带的气味，一整天都好闻。
我是说深夜自我陶醉的
方式可以这样也可以那样：
掀起衬衫或直接脱下裤子。

因为我关心的很多事都在变坏我
不得不专注某一个哪怕它
发生在地球的另一边。
世界只剩下一个小镇，
这并非抽象的地理知识。

2016 年

## 标　记

十二月初的某个晚上，
我为我的五十岁感到难过。
以之前发生过什么来推测
之后将发生什么。
相信某种药物，如同从前
相信过的诗——这一次才有效。
在朋友家，接受众人的
祝福，酒后呕吐两次。晃荡到
一户人家院落外的砖砌人行道上，
倚靠冰冷的尖木栅站立，
让我的脸
仰对一颗小行星。

2016 年

# 沙马的诗（15首）

沙马，原名刘伟，1958年生，安徽安庆人，著有诗集《零界》《沙马诗歌选》《解读沙马》《泡沫时代》《某个词的到来》，长诗《一个文本·虚妄之年》等。

## 一只解剖学中的鸟

一只解剖学中的鸟
不知道它飞完之后
还要回到许多问题里

这是别人的问题
却构成了它的现实
打开体内又能看出
多少飞的痕迹呢

比标本晦涩
比尸体漂亮

没有人想到它
最后一次穿过广场时
投下了那么多的阴影

1998年5月12日

## 这些天

这些天我没写出一首好诗
我越来越胖了
不太想以后的事
对巧克力也不感兴趣

我坐在华棋小区的石墩上
整理些散乱的诗歌
觉得想拿捏好是困难的
觉得写了还要写

“把传统延续下去
是否要有一颗城实的心？”

春天到了，我得会会朋友
把这些说给他听
看他有什么高见
可我在出门时
忘了也该把胡子刮一刮

2002年10月18日

## 父亲死的时候

父亲死的时候，我到十里乡的

树林里捉蛐蛐去了。
回来时，母亲没说他死，说他走了
嗯，走了。

下午一辆带拖斗的大卡
车把死去的父亲和我们一家人
带到一座山上。

山上全是石头，没看到一朵花
一个人，一只鸟
像是到了另一个星球。

我慌了神，朝司机大声喊道：
喂——师傅，你看
这鬼地方，把父亲埋在哪儿？
哦，兄弟，别急
这么大的地方，埋哪儿都行。

2008年4月12日

## 这天中午

这天中午，我没喝酒，一个人在
街上游荡，到安庆图书城
买了一本《尤利西斯》
看不看是另一回事。路过大转盘时
我又想，买书干啥，我的书

一生都看不完了，这点钱倒不如为
儿子买点水果吃，让他咧开
小嘴巴笑笑。倒不如
找一两个朋友到“加州阳光”喝喝茶
谈谈已经不是光棍的日子
或者买一只烤鸭改善
一下妻子的心情。在时代广场
我坐下来，抽根烟，让心
慢下来。想想今天的事有点恍惚
我怎么就糊里糊涂的
买了这本书。乔伊斯是什么人
他是个爱开玩笑的人
而我是一个几乎不说话的人
当我把书插进书架时
才平静了下来的
坐着，呼吸，看看窗外，想想生活

2009年3月17日

## 灰蒙蒙的一天：读叶芝

窗外灰蒙蒙的，我似乎还在梦中读起了
叶芝。1939年的一天，叶芝
他死了，也是死在灰蒙蒙一天。因为
茵纳斯弗利岛上一只迷失的鸟，因为一个
美丽的女民族主义者的风姿
因为外祖母的房子里游荡过鬼魂

房子后来倒塌在教堂外面，埋在枯叶里
也因为“他已活到50岁了，“必须忍受
这胆怯的太阳”。我用茫然的手
翻开了他的诗集。一天早上，他走在都柏林
大街上，看到一个不是少女的女人
坐在阳光下呜呜地哭。1913年是一个迷茫的
年代，也是人们在大街上购买
《哈姆雷特》和《花花公子》的一个不太好
的日子。“爱尔兰完了吗？”
为什么那么多不明真相的人在坟墓旁争吵
从而错过了他们有阳光的日子
进入了一个惶惑的死亡事件。“一切都
四散了，再也保不住中心”。风吹乱了花朵
那么多人滑向了人性的边缘。
噢，一个自恋的人50多岁的太阳已照不到
他的地理位置上。在古老的乔治时
代大厦里，他曾闲谈过女性的生活和王尔德
那“不敢讲明的爱”。在青年广场
倾听过工人革命家关于社会主义的演讲
他的乌托邦，被晚报记者写成了祷文
美好的文字，错过了美好的事物。为什么有
人临死前还在意淫内心里的东西？
在“拿骚旅馆”他见到伟大的女性毛特·岗
张开了嘴，却没有说出一句话。
心不稳定，胡子在抖动，事后觉得这是一次
心理上的潜逃。他躺在床上喘气的时候
想起了一朵苹果花还开在爱尔兰的墓地上

上面写着：“生命是一个秘密的事件”
哦，真相，真的是真相吗？幻觉中，一个女人
以女人的形式出现了，把手放在
他的手里，眼看就要发生什么了，而我
还在异想天开地认为她会为他打开
一个秘密的窗户，让他从诗歌的死亡里逃走
可她很快就转过身走了，而叶芝却躺在
床上，前来看望的朋友谈起他第一次做爱时的感受

2012 年 9 月 3 日

## 致谢辞

好久不见了，不管怎样，我要
谢谢你。在没有希望的
日子里，你用几乎是枯萎了的身体
款待了我一个夜晚。没有
揭穿我过于夸张的姿势，谢谢你
你应和了我的喘息，应和了我
糟糕的方言，应和了
我不切实际的幻想，谢谢你
我是一个贫困的人，一点微薄的
思想，应付不了现实
人的日子，也是动物的日子
人的短处，也是词语的短处
理解了这些，就好，谢谢你
虽然我们都逃不出时代的缺陷

虽然这个夜晚，恐惧
压在两个人身上，你依然
没有抽出你的身体
依然在我的空虚里战栗，谢谢你

2013年3月17日

## 熟悉的一支大军

熟悉的一支大军
蚂蚁
列队而行。背着沉重的食物，一个跟着一个
朝一个方向行进

我离它们很近。我几乎是趴在
地上，屏住呼吸
不去
惊动到它们

多好，这样的工作，这样整齐而
完美的秩序
噢，我该走了，走了
在以后的路上，要和它们一样动而不乱

2014年5月17日

## 读老子

整个河山是老子的虚无
整个流水是老子
的哲学，整个百姓是老子的
寡民。五千年的烟火
在他五千言里云开雾散

为什么在“道”的路上
他首尾不见？
为什么孔子的周游
列国，成了我的文化中心

我只能以退为进，从
一片蝴蝶的眼睛里
阅尽人间春色
从女人的一滴水里
感受万河奔腾，紫气东来

最后我以一片落叶的姿态
擦过细碎的阳光
擦过无形的风
擦过“道”的边界
一路上发出心里的声音

2015 年 12 月 26

## 尽　头

我几乎走到了人的尽头，几乎可以
与灵魂来一次清算，几乎能够
说出一些同代人的幸福、迷茫与堕落
几乎能够看到具体的死亡了

但很多人还是回避了灵魂的问题
我的同时代人啊
还在幻想里四处游荡
还在期待着令人震颤的事发生

那么我只好先收摊了，一生的东西
只有这么多，不费事的，朋友
一只袋子就能装走，但请你们
不要在我的地方，再摆开你们的摊子

2016 年 5 月 22 日

## 讣　告

不知从何时起，我开始
留心街头上的讣告
一张张地看，看得心慌意乱

一个个死去的人，漫长的一生

只留下这么一点儿文字
三言两语的，比骨灰还轻

可我是一个体制外的人
死后恐怕连
一张讣告也没有

我把这事告诉了朋友
朋友嘿嘿一笑
好啊，人就是要死得干干净净

2016年9月9日

## 新的一年

新的一年，我会克服主观上的
缺陷，努力与客观
事物友好相处。在简洁明亮的
地方，安顿好贫困的生活。

新的一年，我打算做一个沉默
而干净的人，做一个
管理好思想的人，
做一个给灵魂让座的人。

新的一年，我将关注诗歌在
汉语里的命运。关注事物

在诗歌里的命运，
关注风格中危险的边缘。

新年的第一天，我将祝福自己，
好好学习，天天向上。
做到向每一个路过
我身边的人微笑，脱帽致礼。

2017年1月1日

## 皖河纪事

一年夏天，皖河发了大水
孩子被水冲走了
我年轻的舅妈疯狂的那天
裸着身子在田野间
奔跑。阳光在她
雪白的身体上一闪一闪
穿过田野，穿过
油菜花，穿过白桦林
消失在皖河的尽头
这是我一生中看到最凄美
的场景。但没人知道
我孤独的舅舅看了
李白的几首诗后就想
仙道云游，放歌山水
却又寸步难行，走不出

皖河口。一天夜里
我看见他独自趴在
共和国的地图上呜呜地哭了

2017年2月9

## 晚　境

晚年的时光成熟而稳重。
懂得了如何向
某些事物弯下身躯。

晚年的日子悠长而宁静。
走完一系列的逗号，
看到了前面一个硕大的句号。

晚年的诗歌简洁而明了。
经过复杂的人世，
知道应该将“一”归还给“一”。

晚年的语言真实而坦诚。
因为知道了
如何向死亡说话。

为此，我必须时刻警惕自己，
防止将中年一颗
狡猾的心，带入晚境。

2017年9月12日

## 一年春天

一年春天，我到北京宋庄
拜访一位画家朋友
顺便带点儿安庆胡玉美
的炸酱和臭豆腐
他说他在那儿等我
不见不散。当时没有动车
只有火车，我在
车子里摇摇晃晃了
一天一夜才到宋庄
就在附近一个脏兮兮的
小旅馆住下来
第二天去宋庄时没想到
他不在了。我问人
他去了哪儿。大家都
摇摇头说不知道
只有一个有点性感的女
画家想告诉我但
还是没说出口，我就
把炸酱和臭豆腐
送给了她。后来我才
知道他被人带进了疯人院

2017 年 10 月 16 日

## 农民工

建筑工地上，我看到
农民工们把钢脚架
一层层，一层层地往上竖
把泥土制成的砖
一块块，一块块地往上砌
一直砌到了云端上
他们成了离太阳最近的人
也成了离闪电最近的人
他们不曾读过《资本论》
也不怎么关心经济与
政治之间的关系
更不知晓商品里藏着多少
肥胖的利润。他们
只是在甲方和乙方的合同之间
不停地劳作着。他们
不知不觉地站在一个危险
的高度，也不曾
想来一次躯体与灵魂的分离

2017年12月18日

# 潘漠子的诗（10首）

潘漠子，安徽怀宁人。70后诗人，雕塑工作者，设计师。现居北京宋庄。

## 一分为二的房子

一间房子
用一面墙壁去切开
得到两间房子
一片寂静
变成两片寂静

一间房子的光
同时从南向和北向的窗口涌进来
一面墙壁，从中间切开了光
每一天，我绕过这面墙壁
从一间房子的南方
进入另一间的北极

我爱着这面锋利的墙
在夜里，它把室内的黑暗一分为二

阻止我同时在两片语境里
哭泣

2017 年

## 壁虎记

一只壁虎
在墙上转动
它依附于墙面，几乎丧失了阴影
几乎可以确信
一面墙依附于一只壁虎

一面冰冷的墙
从此拥有自己的喉舌
每一夜
一只壁虎的脚步声
从墙壁上从容响起
像逝者生前朗诵的
一串从书页里轻轻爬出的文字

我看得见
一面爬满虫蛾的隐形的墙
在死亡与蓓蕾之间渐渐升高
一只低沉的壁虎
在墙面上崛起
如同摆渡我们的蓝色坐骑

2017 年

## 蛐蛐记

夏夜
听一只蛐蛐唱歌
不知道
是否有另外的蛐蛐在听
或听到
而我却在认真地听
听不出喜悦
也听不见悲伤
这单调的蛐蛐声
只有蟋蟀才能唱出
独特而有力
好像仅仅为了强调
一只蛐蛐在苍茫黑暗中拥有职位：
众多提醒夜色的
光线之一
众多守夜人的
臂膀之一

2017 年

## 篮球记

凌晨一点
居民小区的寂静中

突然传来篮球的声音

仿佛一场默哀的仪式
凸起一阵笑声

正确的姿态
发出的错误的声明

一只异响的篮球
充满精力、锋芒和戾气
在黑暗中弹跳
如同铁锤猥亵冰层

不，是一个充满精力、锋芒和戾气的人在弹跳
不，是一个内心空虚的时代在空虚中弹跳

幸而
一声真理般的黑话：他妈的
解除了弹跳

2017 年

## 骏马记

我向一匹马奔去
像一匹马驹向一匹马奔去
向一匹剩下的马奔去

向一匹马的优势奔去

太快了
几乎追不上了
我向一匹马的冷漠奔去
像一匹母马向一匹马奔去
向一匹规避的马奔去
真的太快了
我向一匹马的概念奔去

太快了
已经追不上了
但我仍然在奔跑
向一匹马的马厩奔去
向一匹马喜爱的骡子奔去
太快了
已经扑空了
我向一匹是马非马的斑马奔去
我向一匹马的天性奔去

真的太快了
追得毫无章法了
只能向徐悲鸿奔去
向一匹达·芬奇笔下的战马奔去
向一匹马的阴影奔去
向一个失业的马夫奔去
我向一匹马的体系奔去

太快了
身后的喘息声掀起气浪
失聪的群星
也听见了我的嘶鸣

2017

## 气味记

——兼致诗人黑光

凌晨的闪电撕开窗帘向房间内窥视
梦的尾梢处开始响起雷声
像是为一次成功的回忆擂响了大鼓
我走向卫生间，走向生活最有效的出口
突然被一股掺杂着水汽的焦煳味所阻拦
我学习警犬的工作，模仿闪电
把房间的各个角落一遍遍擦亮
排除刚刚熄灭的回忆中的火场
在那里，以月光为食的另一个人间
一本纪念画册中的一小片森林被灰烬涂黑
像是朝向胚胎的幽深入口
我确信，不依靠形体行走的他
在每一页的每一颗星辰上都点燃檀香
我确信，他不允许劣等的焦煳味
萌生于我的起居间：这也是他的客房
转到楼下，在焦虑中

仰头检查一层层窗口可能冲出的黑烟
但一切事物本来的表情都未曾改变
闪电一遍遍翻阅我
现在是凌晨四点
距离日出后的今天还差一刻钟
突然明白，这令人不安的焦煳气息
一定是闪电点燃乌云所递交的味道
而那乌云显然飘自于昨天
飘自于正在燃烧尚未烧尽的这一刻钟

2017 年

## 印章记

我画出的山岗
高于维持现实的所有山岗
我写下的乌鸦
苦于接受现实的所有乌鸦
在意义的山水中
悲伤已撤下它的瀑布
那运送声誉的金矿的坑道
也在慢慢回填
人到中年，形成墨滴
而尚未开发的明天
如宣纸铺满雪意
我被自己写下，微笑和静听
被自身吮吸

在一切打开的卷轴中
一滴墨扩展着
好像要把死亡撵出四面八方
我已经安于平面化
并乐于将景观从景色中删除
我写下放弃、还原和宽恕
在每一张证明我浓于我的证书里
都有一个夕阳
印章一样照耀

2017

## 世中人记

有一个诗人名叫世中人
每一年的每个月
一定会给某些孤寡老人
送去众人的物质
准点的世中人的潮汐

某些孤寡老人
在一年的洪流中
至少有十二次，被回拽
一个名叫世中人的诗人
曾经的消防队员
围着警戒线反复走动
把自身的十二瓶时间的葡萄糖液

分批倒入某个幽谷
某段，正在损失轰鸣的深喉

这些在一年的浅眠中
咕咚咕咚十二回的老人
弄不清诗人是什么人
也听不懂诗歌是什么曲子
他们只知道一个名叫世中人的孩子
在一年中反复嘀嗒十二次

而十二次的回声之外
世中人的暗渠沟通着孤寡和众人

这些以寂静为伴侣的老人
一定看得见，某件灰色床单
在一年中被反复扎染了十二遍花色

他们知晓某扇剩下的闸门：
这即将吐尽词语的深喉
一定被十二场中的某一场泪水锁紧

我会在世中人的传导中说出：
某些诗歌的注入，仅仅为了稀释孤寡
如同反复的星辰稀释着暗夜

2017 年

## 盘子杯子记

按照惯例，首先亮起的是一只盘子
一只盘子很重要，它代表一个位置
这一点，比一朵浮萍代表漂泊还要确切
如果以第一感去触碰一只盘子
它首先一定是一只白色的盘子
为了解决一只白盘子孤单的问题
按照惯例，一定要有一只杯子出现
一定要有一只透明杯子，呼应一只白盘子
一定要有一只空杯子，平衡一只空盘子
那么我们将得出如下结论：
一只杯子总在一只盘子旁边出现
一只杯子总是处于盘子的边缘
透明杯子总在映衬白盘子
不可能是小杯子被大盘子映衬
按照惯例，一只杯子总会追随一只盘子
如同痛苦追随着身心，如同二追随着一
按照惯例，我不能这样提醒你
“请把盘子递过来，
那只盘子就在那只杯子的边缘，
那只白色的盘子总在杯子的阴影里。”
如同一个妻子总在一个丈夫身边
但不能到处宣扬：
一个丈夫总在一个妻子的香味里
如果这样，这个丈夫一定有软绵绵的过错
这个妻子一定有狐狸的味道

所以事物之间的关系一定要讲究
首先一定有一只盘子在沉思，在等待
其次一定需要一只杯子来回答，来暖场
杯子一定要透明，盘子一定要白
以方便杯子吸收盘子的白
以此相互交融，以此统一口径
因此，一只杯子一定要投入一只盘子
一定不是一只盘子依偎一只杯子
虽然一只盘子的确在一只杯子的反光中
虽然一只盘子永远低下于一只杯子
但一只盘子一定不在一只杯子的藐视里
如果一定要把杯子从盘子里拆除
一定要以一只杯子为圆心
一定要以杯子为大器
那么遵照惯例，一定会说：
一只杯子推翻了一只盘子
但一只盘子在一只杯子的怀念里
像一个父亲
一定会在一个儿子的怀念里

2017 年

## 位置，它必须端正

必须是欢乐和孤独之外的苹果
但必须是一只散发着体温的苹果
它必须有好看的样子

必须是所有苹果中最胖的苹果
它必须还有甜蜜的能量
必须有电极，方便与过去的繁茂连接

拥有苹果的人必须是一个好人
拥有苹果的心必须是一颗猎犬的心
一只苛刻的苹果，一只不可或缺的苹果
必须摆放在浅显的托盘中
一只苹果的托盘，像轮船
必须航行在深沉的心意之中

看吧，一只苹果的最高荣耀翻滚起来：
它仅仅是一只汉语苹果
是一只献给逝者食用的苹果
是文献性的苹果
是苹果外的苹果

2017 年

# 简宁的诗(10首)

简宁，原名叶流传，安徽潜山人。著有诗集《简宁的诗》等3种。

## 安　慰

秋风吹散了骨头，蚂蚁拉走了大车
收割后的田野里，留下戽斗和稻茬一片
乌鸦走动，翅膀扑扇，如翻动黑色的书卷
这一页，恰恰是修葺屋顶的人惨叫着坠落

让归心似箭的异乡人驻足不前眼眶发热
家呵，家在哪一座山的后面？哪一天
哪一只燕子飞进屋檐，仿佛一束光线
照亮这险恶狭仄的路上漂泊的灯火

粼粼泉水将洗净喉咙里的灰尘
青青翠竹将重唱古老失传的谣曲
唧唧鸟鸣将布诵斑斓、秘密的课文

大风吹散落叶，不能吹走土地
吹灭灯笼，不能吹落眼睛和星辰

吹倒墙壁和住舍，不能吹毁相信和呼吸

1997 -

## 露　水

还是黎明，绿叶举起我像举起一张琴
她已经熬过漫漫长夜，她以为我会鸣响
会歌唱，会像蜜蜂开放震弦的翅膀
我不。我的核里凝聚了两种力量：热和冷

抱成一团。我笑着，但寂然无声
当万千个天使奔忙在燃烧的陆地海洋
我只是侍立等候着，一副小小的门框
比渺小更渺小，却仍然有着宽广的屋顶

让光降临，让踢破黑暗的黄金的脚趾
踏着我的肩膀，抵达大地的脉管
这就是我的事业，为了这一刻的战栗

我准备了一生，才听见听不见的召唤
来自苍穹，才看见看不见的梯子
迎接在途中，向着那一无所有的彼岸

1997 年

## 约　伯

仿佛影子创造影子，回声产生回声
水果蒂落，给别人带来明亮的餐桌
却从烟囱里砸灭他刚刚点燃的炉火
他咳嗽，被蝎子蜇伤，烟又闯进眼睛

不禁发笑，笑声噎住了喉咙
他所希冀的收获为洪水淹没
他所拥有的礼品在接触时被剥夺
这一切毫不新鲜，神隐匿了脸孔，厄运来临

他终将明白：自己就是这一片乱石丛生的空地
不再有炊烟，不再有羊群和青草
他的痛因为雷霆在空中化成了犁

不再呻吟，不再追问，甚至不再高声祈祷
大雪飘舞，还有时间去播种，不属于尘土的种子
还有时间去守望，这寒冬季节的丰饶

1997 年

## 现　在

持灯的手放下手上的灯盏但火苗仍在
掌心里跳跃，这一刻需要收缩瞳孔

让更强烈的光亮把血液的河床疏通
万物鱼贯而入，带着它们自身的色彩

但已没有色彩，也没有声音，也没有边界
它们逃脱了名称和比喻，石头不再沉重
在大气里，影子的影子展露清澈的笑容
在寂静里，唯一的唯一显示纯粹的存在

甚至话语也只是关于话语的话语
星辰向夜晚的运动不需要时间
需要屏住呼吸，注视更深邃的秘密

它戴着明亮的王冠奔驰着隐身黑暗
像小鹿在悬崖边回眸，摘下自我的水滴
映照出裸体少女粲然一笑的容颜

1997

## 饕　餮

吃！这张嘴，张大着，拖曳着，咂巴
咂巴，吃这酒食，吃这桌子，吃这平原
然后在梦里收回一绺流出齿缝的溪涧
咂巴咂巴，吃，吃尽了飞鸟再吃晚霞

吃是我们的崇拜，咀嚼的嘴便是生存之花
趁着未死之前，抢吃一份生命的甜点

一边呕吐，一边划拳，菜肴填进深渊
这昏迷的宴席要把尘土的空虚一口咽下

咽不下的仍然是饥饿
嘴吞进胃里
好似无垠，在沼泽里淹没

吃演化成了战争、交易和棋盘的游戏
转移的口唇欲，打着仇恨的饱嗝
一个噎住的民族渴望着一杯纯净的水

1997 年

## 夜　晚

更明亮的天空在大海的那边，更明净的灯盏
在道路的尽头。这里，铁轨挑着轰鸣的窗户
穿过街心，像一根锈针把夜晚的屋顶缝补
露宿的马路边，有人为一阵阵创痛彻夜不眠

被照亮的还有钟楼、废墟、浮娱荒凉的公园
鼹鼠倚靠着半截砖头开起了红火的店铺
在后半夜，当黑暗更黑，一只伟大的手回来修复
把光环挂上菩提树梢，作为黎明的神龛

愿晨曦走近那渴望灯光的人
车轮的噪音曾经碾碎他梦里的苹果

他饥肠辘辘，又被寒冷剥夺了家庭

这露水濡湿的躯体将成为太阳的住所
潮汐的门槛漂荡，念着祈祷的诗文
城市也将重逢在夜间沉没的云朵

1997 年

## 黄　昏

这些街道这些塔楼这些宫墙这些窗口
这些台阶和喷泉，这些房屋被烟雾缠绕
肮脏的门洞里走出了圣徒也走出海盗
他们表情肃穆，紧握各自的福音和匕首

还有壁虎、蝎子出没在死胡同的尽头
蛛网散布的王府里，幽灵和蝙蝠拥抱
一个更可怕的消息向仓皇的人流报告
成群的夜狗啃噬着墓地里哀泣的骷髅

夕光残照，黄昏来到像一个诅咒降临
狂风传达着郊外古代的厮杀和呐喊
城市吭哧吭哧，疲惫地转动它巨大的引擎

巴比伦的狂欢也在持续：黯淡的窗帘后面
一只窃贼似的手抖抖霍霍解开了衣领
露出胸脯、肚脐，一小丛地狱里震颤的黑烟

1997 年

## 观 察

他走下楼梯时微微一笑，嘴角上挑
弧线弯曲着，向空白的墙壁扩展
可以想象一道滑落在草丛的夏日闪电
冲出颅壳的堤岸，将这里的时光照耀

如果语言的塔里居住着歌唱的蓝鸟
她秘密的起飞逃脱了我们游移的视线
笛卡尔将瞪大眼睛，惊讶这匆忙的追赶
我思，但燃烧的是另一个更宏伟的头脑

从这句话到那句话，古老的梯级
新的脚步：一位姑娘拎着桶来到井台
转动的轱辘汲取在地下流淌了千年的水

跳跃的水在她跨过门槛时晃了出来
打湿她的鞋子。我们也是如此
在昧暗中，被不知名的思想的光线拉向了存在

1997 年

## 慢 调

是什么使手上的黄金生锈
神呵，让我写下欢愉，我却写下了苦恼

让我在天空写下日光朗照
我却用泥泞写下了大风卷走

谁偷走了渠中的水，谁就用头颅走路
抛砖引玉的人空垂双手，自己垒进了炉灶
玉还在深山生长，而他已太老
想重新谈论泪水，他已经不再能够

这就是这个日子的天气，天色转暗
时代骑上青铜的马背，像一个幽灵
模糊的面容上闪动着灼红的双眼

还有大雾弥漫，唯一的考验降临
路边上有个声音嘀咕“请给颗烟”
我听见了，我停下了，但不敢吭声

1997年

## 翠　鸟

想象的翠鸟看守在虚构的河畔
橄榄色的头巾下面披着翠绿的羽毛
细长的嘴一上一下，仿佛抛来一串问号
是谁梦见了我？在哪一个不真实的夏天？

它蹬开苇秆像闪电扑向河面
红色的小爪紧紧把俘获的形象抓牢

河跳起来，发出痛苦的尖叫
翠鸟疾飞而逝，在视线和意义的边缘

念着它的名字，有一朵渴望的火焰
握在我空无一物的手里
就像那荡漾的水波上摇晃不停的苇秆

我们如何才能这样进入事物的影子
既抵达了核心，本身还是自然
像翠鸟，离开这首诗，飞临淙淙流动的水

1997 年

# 何向阳的诗(5首)

何向阳，祖籍安徽安庆。1980年开始诗歌创作。著有诗集《青衿《锦瑟》，散文集《思远道》《梦与马》《肩上是风》，等等。获鲁迅文学奖、冯牧文学奖、庄重文文学奖、上海文学奖等。享受国务院政府特殊津贴。

## 对　面

额头　鬓发　指尖
在你对面
这多年

如果逆着时光走
会不会有另一场
重逢
一滴水
回到江河
天上
如果逆着时光
会不会有另一些
话语
温暖

胸膛

额头　鬓发　指尖
在你对面
一如以前

如果逆着时光走
会不会有另一场
邂逅
星空
静寂地收入
闪烁的
试探
如果逆着时光
桂树长回童年
模样
你浅笑
你不语
立于落花之上
如果逆着时光

会不会有另一只
手
抚上
肩头

怕伤了火

轻轻
如果逆着时光

前行

2008 -

## 刹　那

有谁知道
是否还有庙宇遗失在
那个渡口
罕有人迹的道路
又怎知道
来自心内的疼痛
呼吸的起伏
曾经的睡与醒
命运中错失的机会
许多人膜拜的事物
他们下跪时心灵的
乞求的活动
如此地近如咫尺
可以触碰
是的，我站在这里
遍野是
可以俯瞰的
高楼

删掉庙宇的城市
吊在半空的身体
心脏
空无所系的殿堂
他们仍祈祷
双手合十
但已是对着
另外的事物
神的背后
到处是移动的躯体
如此迅疾
迷惑与得救
都变得瞬时、速朽
沉沦、上升
或屈从于更为强大的
掠夺的
力量

这个时代的巨柱或
雕像

2010 年

## 低　语

我越来越喜欢
微小的事物

湖水上的晨曦
船桨划过的
涟漪
蜻蜓点水的微澜
在我心中
不为人知的
汹涌的
波浪

我越来越接近
幽暗的事物
旧城墙斑驳的皱纹
沉思于暮色中的
古寺
手背上香炷的灼伤
尘灰缓慢地下降
好像只它们才能引起
我的共鸣

我越来越热爱
软弱
胡同口独坐的老人
偎在母亲怀中
熟睡的孩童
晾台上洗旧的床单
拐角处佝偻的背影
一只无力的手上

扶着的
吊瓶

我沉湎于
正在消逝的一切
一枚离开树枝的
银杏叶
子夜撞钟回荡的
声响
铁轨义无反顾
去向的
远方
曾经自由无羁的原野
成片的土地
被翻盖成了
楼房

我如此羞怯地
想着
那些细枝末节
那只试探地伸过来的手
(尽管中途它改变了方向)
那被目光无数次眷顾的
脸庞
(它还是被捧上了别人的胸膛)
一颗泪珠砸向
尘世

这句只说给你的话
仍然堵着
我的喉咙

我越来越倾心
一粒种子破土的冲动
一滴雨倒立着
回到天上
一声啼哭
划破夜空
群山缄默　排列成行

是的
喃喃低语中
我越来越与那些
人们忽略的
事物
相像

2014 年

## 此　刻

此刻
你指给我看的
大海
已经平静

下来
此刻
鱼翔浅底
礁石突立
你不在礁石
之上
你在
哪里
此刻地铁
灯光转暗
车厢沉寂
突然来临的
静默
好似时间
被谁裁掉
此刻
被拿去的
这个瞬间
你不坐在我的
对面
你在
哪里

此刻深夜
我对人生的
奥秘
并不全然

了解
比如
血与钙
骨
密度
爱或
苦
此刻车行
南京合肥
膝上纸笺
已缀满
抵达的
珍珠
此刻夏至
字句汹涌
繁华无尽
此刻
你不在
我的
纸上
你在哪里

隐身

2015年

## 淬　火

我看见她小心地
把手伸入
矿井
八百米
一千米
还要更深的土层
触到硬的矿脉
直到再也走不动
黑的、沉默的
铁一样的冷光
岩石般坚硬
我看见她
小心地敲击
矿石　拣选
黑的、沉默的
闷的、铿锵的
听它们在隧道里
发出轰隆隆的
响声
我看见她捡起一块
黑的、沉默的
重的、结实的
曾经的烈焰
烟火的纹理
幽闭的灵魂苍老

睡意蒙眬
我看见她手的温度
将矿石唤醒
钻木取火的耐心
点燃、还原
将烟变火
星光四射
而我最想看见的
是她如何
将火种
从地心取出
以一种洗礼的仪式
完成淬火
再将亘古的疼痛
揳成纸上的
一枚枚
铆钉

2017 年

# 阿峰的诗（12首）

阿峰，1968年生，安徽枞阳人，现居安庆。诗歌自由练习者，中断写作近三十年，2015年重新写诗。

## 蝴蝶飞

站在一棵树下发呆。
或观察手推车里婴儿新鲜的
陌生感。

不破坏过路人的弥漫。
树叶。收复了扰动。

我和一只蝴蝶失去了联系。
传说它飞到，
萨拉蒙的诗句里。不用找寻。

它留下的空白，
可以用更软的光描述。

等在一个幻觉中。

蒙上眼睛，
说出同样让人心酸的谎话。

我抱着这棵树。
渴望我的脸长在它身上。
这是飞翔对我无休止的锤炼。

2015年11月27日

## 和云的较量

这些天，我一直在思考
如何和一朵云较量。

科学家是一群恼人的家伙。
居然向天空发射了陶瓷棉的桶。
称出一块巴掌大的云的重量。
约9000千克。

这令我非常羞愧。巨大的差距。
我穿上防寒服，全副武装，
勉强75千克。

好在我有孤独。孤独是沉重的。
我把孤独感，
提升到8925千克。
我就约等于一块巴掌大的云。

且慢，还要减去
我的0.01千克的幸福感。

且慢，难道巴掌大的云儿，
就没有孤独和幸福吗？

这个冬天，注定很快
就会过去。
我杀死了一只蚂蚁。
它没来得及喊痛。

2015年12月25日

## 自我平衡

我不能确定。
在雨夜练习胆量。
是不是一件令人羞愧的事。

蹲坐在狭窄的路牙上。
一个影子飘过。
我低着头。左手攥住右手。

我们靠感觉相互琢磨，
时间的煎熬。
有时，我真想在树丛中练习。

用陌生感腐蚀空气。
在芳香里获得平静。

我不能控制雨滴落下。
也不能控制花开在骨头里。
但能让世界观转个不停。
像燃烧过的恐惧。

2016年1月30

## 祈　祷

祈祷日。
你不能在一株漆树下。
长久地模仿它的静。

几片想落的叶子。
还是让它落下。
否则它们会更加慌乱。

遮住眼睛。
对一朵花冥想。
不超过它对黑暗的忍耐。

你抚摸过的那堵墙。
不知何时，

变成了意想不到的空白。

再看看这株漆树。
在这一去不复返的疑问里。
有没有守住无知的部分。

2016年3月13日

## 在河水里奔跑

在新河。
挖掘机在伸展。
泥土习惯于被宿命翻阅。

无关乎远大前程。
我的倒影。
在河水里奔跑。

我摸到它的根部。
其实就是,
密得不能再密的细雨。

岸边的杨柳。
把呼吸借给我。
却不知来此何意。

不像我。羞于静止地死。

由此，我们之间
产生了不可靠的平衡。

2016年4月12

## 有失单纯

雨下得有些繁复。
一阵紧似一阵。
我手握苏格拉底之死之循环。

与之相对。
这样做有失单纯。
但并不代表我有多余的见解。

你可以找来，
一个囚徒。
谈谈自由是多么脆弱。

在黑暗里待多久。
黑暗就有多远。
像那些樱桃红得有些陌生。

不像这雨。
始终寻找怎样
穿透我们看待四周仅存的悔意。

2016年6月6日

## 有点愧疚

休息日午后。
沉闷房间。
电风扇还在摇头。

表明对过去仍有期待。
我在洗脸池前,
清理流水。

镜子中的我,
与我相反。
不相信活下去还需要欲望。

我足不出户。
无法对外面世界的平静

评头论足。

只能低头,
看看手心里的掌纹。
其弯曲略带人类特征的愧疚。

2016年8月26日

## 因之永恒

水很静，
静得令我失去流动。
桥之思，在其之上。

颌
半开半合。
秋天张嘴就喊出来了。

如今身边满是栅栏。
用声音
包裹树枝。

因弹性
变得难以掌控。
甚至有点想不顾一切。

月圆之夜。
空手捉月光，
祖传的手艺因之而永恒。

2016年10月1日

## 自　由

刚洗完澡。

顿时觉得，
自由主义是个筐。
二月，
适合脱去自己。
适合移花接木。
从南边来，
到北边去。
遇见许多未曾相见之人。
我偶尔对他们笑笑。
不说一句话。
也不知
该说什么合适。
我总不能说，
提篮春光是比喻，
其实不是唯心主义吧。
这么突兀的事，
我做不出来。
风继续吹。

2017年2月2日

## 深　夜

在深夜写诗。
不以看见月亮为目的。
自由就是蒙上眼睛，
感知冰凉和盲从。

想起早上，
经过一座桥。
看见一个遛鸟人。
他对我没有
对他及他的鸟感兴趣
而失望。
我对自己也很失望。
怎么能对
被囚禁无动于衷。
如此这般，
一个晚上就过去了。
我还是没有
想清楚，
为什么这事
竟然像没有发生一样。
语言没有边缘么。

2017年5月3

## 灵魂篇

灵魂这东西真神奇，
它居然不是靠
翅膀飞的。
至于你们老是说
有没有它，
这不是我考虑的。

我是流水线上的工人，
只考虑眼前
这道工序。
或者对着这机器喊，
停下来停下来，
还让不让人活了。
可偏偏它，
宁愿不让你活，
也不停下来。
这世界也不停下来，
因为一旦停下来，
就知道灵魂是什么了，
这似乎很绝望。

2017年8月17日

## 影子论

下一秒。我就想你。
但不是包括心跳
的那种想。
主观上你可以把一朵花
理解为一种精神，
如果它愿意。
最近我喜欢上黄叶
的飘零，
像修辞突然中断的样子。

但你别成天将错误
归于感觉，
它也不是说有就有的。
这日子无法解释，
众人喧喧，
没有一句能听得进去。
我不怀疑，
我们该对影子负责。
那么，谦卑是起点。

2017年11月28日

# 张建新的诗(12首)

张建新，1973年生，安徽望江人。著有诗集《生于虚构》《雨的安慰》，曾获第六届“张坚诗歌奖”（2013）、御鼎诗歌奖（2016）、《安徽文学》2016年度期刊文学奖诗歌类一等奖等。

## 晒晒永固村的太阳

在向南的斜坡上
我放下自己
正午很安静，我在想
永固村的冬天大概就属于我一个人
风运送着草籽从头顶越过
这些都与我无关
也不妨碍阳光照在干草上
就这样躺着，晒晒永固村的太阳
什么也不需要，什么
都不去想
离干牛粪不远，离小野花
也不远

2004年

## 在青林寺或不在青林寺

我比雪晚一些抵达
进入青林寺首先
要进入到一场雪中
我是人群中的早起者
一行遗留和消失的脚印
见证了这些，也见证了
雪仍在身后落下
鸟群在树枝上落下
我在早课的经声里落下

2007

## 八　哥

我蹲在路边抽烟
儿子在身边摆弄玩具车
一只鸟蹲在电线上
我指着它教儿子：那是八哥。
八哥？儿子惊奇地问
他说的是普通话，而我
说的是方言。
我突然意识到一个问题：
八哥这个称呼是方言里的
而现在发生了偏移，在

与儿子的对接中这只方言里的鸟
开始模糊，它是否还是一只鸟？
我查阅相关资料后，才知道
八哥的学名叫鸲鹆
我记起小时候曾养过一只
结果淹死在水缸里，而现在
被我说了30多年的八哥
将要淹死在它的新命名里
我这样想着，狠狠抽了口烟
这只名叫鸲鹆的鸟拍着花翅膀
悄悄从故乡的屋顶飞过
身影异常孤单

2008年

## 对一次脑瘤手术的非专业记录

17时30，麻醉开始，蓝色通道
海水关闭，身体迟钝，准备。
天空越来越低，血压有波动。
18时50分，无影灯的悲伤越来
越明亮，器具、托盘、无菌纱布，
眼睛被盖住、身体被盖住，思想
固定在之前的雨里，仅留出精准
部位，用电钻在颅骨打出四个孔，
锯开颅骨，X形剪开硬膜，无反抗。
19时10分，硬膜剪开，没看见

梦，有污点，溅在冷暖人生的
底片上，本不属于自己的这部分
何时被迫接受、长大，融于肌理？
19时10分到21时，刀片切下去，
不可一下将瘤整个挖出来，而是
一片片割下，薄薄的血肉，
一片、两片……，与血脉分离，
但不可全部切除，而要保留
一部分，维持固有的循环和秩序。
21时30分，颅骨合上，世界也
合上了，外面的雨还没有停，
沉睡的人仍安眠于丢失的梦中，
是不是梦？有疑问，有商榷，可以
逃脱？天大地大，轨道在延伸，
夜足够黑了，裹着雨衣的夜行人
要以怎样的抒情才能与其对称？

2010

## 孤独的人是可耻的

傍晚，女人们成群结队去广场跳舞
男人去赌博，或在酒席间谈论女人和权术
小偷在睡眠中储备勇气，准备下半夜敲开陌生的门
只有我无所事事，被他们扔给自己
扔在一棵桂花树下，桂花树是前世的好女人，
用月光的清香一遍遍安慰我，但我不能

久留于那里，有人会嘲笑我的孤独
那就继续游荡，模仿那些脚步匆匆的人
穿过一个个盲肠似的小巷
对于我，所有的灯光都是迷途，
如蛛网般木偶的丝线在生命里纵横交错
上帝是那只唯一的肥胖的蜘蛛吗?
寺庙的钟声拂起蝼蚁的尸体，再做一次
有肉无血的飞翔，梵音犹在，绝唱几何?
我知道自己的忧思之病，无福享受那
烹头之美，一卷漏雨的生活指南
恰似高超的调音师，下面，开始弹奏吧
无头的人，请相互赠送那幸福的透明子弹

2013年

## 暮 晚

和早晨相比，我更喜欢暮晚，
光线不再炽烈，顶楼的鸟雀
从藤蔓里现身，目光柔和
不再仓促，轻垂藤蔓的怜意，
负气摔门而出的人可以披暮色
归来，亲人会为他默默
掩上身后的门，那些
纷飞的尘土如波浪里的鱼鳞
闪了一闪就沉入了水底，
这是最真实的时刻，也是善

消融刀俎收藏兵刃的时分，
你握着乌云的手，一道
黯淡的伤疤也是无名的喜悦。

2014 -

## 梯子上的人

梯子上的人不会下来，
他还要接住我递上的最后一块瓦，
堵住即将从屋顶涌入的暮色
我站在梯子上收回晾晒在屋顶的棉花，
也为病房更换坏掉的灯泡，
病人们齐刷刷用浊黄的眼睛看着我
直到现在，我才知道那是感谢，
像落日浊黄的一瞥将我钉在梯子上
我想起坐在梯子上翻书的老博尔赫斯，
他说："诗人，和盲人一样，能暗中视物"
是的，你们画下的东西多美啊，
故乡棉花荡漾，我有落日的浊黄
病人的浊黄，云层翻转，
被梯子上的人整齐地码在货架上

2015 年

## 听　雨

洗好碗筷后，我穿过细雨
去看母亲，这两天
她肠胃不适，浑身乏力，
两天了，只吃了几口稀饭，
她说，人哪，到这个年纪
是该死的时候了。
我想安慰她，话到嘴边
又忍住，母亲今年79岁，
在她面前，我的安慰
多余且轻浮，我只需
听着就好，就如同静静听
外面的雨洒在新长的树叶上，
父亲独自远远坐着看电视，
我们说的话仿佛和他不相干，
他耳背，听不见母亲的轻叹，
他们吃了一辈子苦，
大半辈子都在争吵，
为此，从小我就对父亲
多有怨恨，对母亲多有不解，
现在我似乎明白了，他们
只不过习惯在一起听听
这人世间简单又粗暴的雨声。

2015年

## 无端心慌

从我的方向看，山高于房子，
房子高于荒草，孩子们
统一着装在隔壁学校操场整齐地跑步，
从现在开始，他们的脸慢慢模糊，
我在七楼，看不清房子里的事物，
听不到草丛下小虫促膝谈心，
采石挖开的山露出黝黑的深喉，
一辆运石车从山上舌头般的小路
开下来，现出后面的西厢古庙，
为我的无端心慌敲钟念佛

2015 年

## 寺庙尚未完成

泥瓦匠拎着泥桶在装修寺庙屋顶，
木匠已完成了雕刻工作，
大雄宝殿四角完美翘起，被刷上
鲜红油漆指向天空，
崭新琉璃瓦下众佛已经即位，
相比之下，与寺庙背面紧邻的老屋
仅剩破壁残垣，鱼刺一样卡在
尚未装修完成的寺庙与高楼之间，
它与大雄宝殿仅隔一道沟壑和一条老藤，

风吹过，老藤就在寺庙和老屋之间
晃来晃去，平时，它就垂在那里，
像一条鞭子悬在行人头顶，
泥瓦匠休息时，坐在大雄宝殿顶上抽烟，
看着从沟壑下面经过的人
绕了一圈找到寺庙正门，进去磕头烧香，
泥瓦匠抬头看看西边，太阳刚好落了下去。

2016 年

## 果壳中的宇宙

越来越喜欢“果壳中的宇宙”①
这一极富想象力的命名，
我把喜欢的东西都往里面放，
它引导我重建一个自我的界线？
两只鸟飞过窗台，三只蚂蚁
走在觅食的路上，
多维度交叉的空间碰撞
让树叶从未停止过颤抖，
哈姆雷特说，即使把他关在果壳中，
他仍然是空间之王，
悲剧由霍金道出：宇宙的历史
是一张在虚时间中存在的曲面
那么，是鸟和蚂蚁虚构了
飞翔和饥饿，我虚构了鸟和蚂蚁，

①“果壳中的宇宙”系霍金的一部书名。

哈姆雷特虚构了我们？
我们看着星星时，星星同样
在怜悯地看着我们，那么多坚果
和它们一样在宇宙里漂浮

2017年

## 搬　运

搬一次家，就会扔掉一些东西
再添置一些新东西，有些
旧东西需要留下来，供往后摩挲，
新鲜与陈旧的交融才能让他
慢慢习惯慢慢安下心来，
也不乏完全弃旧的赴新者，
在一场决绝的舍弃后死于不适症
或者存活下来，比如整天
酣睡于动物园铁笼里的熊或白雕
而远游呢？
我更多相信远游并不是
要获取什么，而是要去扔掉些什么，
很羡慕那些能自如搬运自己的人，
其实是天空和云彩在搬运他，
一把剪刀在剪除滞重雨水，
一双手在收拢碎散魂魄，
哦，他真的完全放弃了自己，
每次远游都是一次铁笼的献祭

2017年

# 吴橘的诗（8首）

吴橘，1981年生，安徽桐城人，现居安庆，著有诗集《余怒吴橘诗合集》。

## 浮　力

她和我们玩
“来，抓住我”的游戏。
她在中间，懒洋洋的哺乳动物。
为了抓住她，我们借助浮力，
随着她忽左忽右。
身有微汗的女孩和
消瘦的我。江面和铁链子桥。

“来，抓住我。”
王木木，游戏的主角，
或者是另一个懒洋洋的女孩？
多年以后，有些记忆沉到水底去了，
铁链子桥的摇晃声嘎吱嘎吱。
当每个人都筋疲力尽的时候，
江水直立起来。王木木跑到桥头。

2008年

## 1月29日记心情

有窗户好，六楼好，
能看见江对岸好。

窗户上贴着
一艘船的画，
它从窗户这边，慢慢移至
窗户那边，像撕纸。

可能有东西约束，
也可能一开始
就如此。

玻璃上有指头印，
没人知道我心情不好。

2009 年

## 屋顶花园

看到一座屋顶花园。
经过窗户，雨水，
从下往上的金属管道。
这么费力的观察，是你布置我的，
你让我写“红的”“绿的”和“美丽的”。

下雨天，不总是苦恼，
想象中的事情多着呢。
一只虫子从苹果树盆景上掉下来。
你拍拍我：虫子没有
必要性。花园的湿漉漉也没有。
哦，这样呀。花园很远。

我玩起网上地图，
鼠标的随意性和雨天里花园的不可及，
想象中继续扭曲的苹果树和我的怪模怪样。
花园可以是标志物
我也并不是不可以。

2010年

## 王木木

我常会写到王木木
工程师王木木
掰苹果的王木木
懒洋洋哺乳动物王木木
以后还会写
窗前看灰尘的王木木
戴彩色眼镜的王木木
幼时闭上眼睛认为世界
不复存在的唯心主义者王木木

——它们现在是一个个碎句子
在W盘存着
用慢火烘干水果片放在密实袋里
做饼干放一点冲饮料放一点
写一首诗，放一个干燥的句子
王木木具体如草莓干有滋有味的
和她在一起待久了不需要去杜撰她
直接去写她就好了
但我有一句诗“身有微汗的王木木和
消瘦的我”里面的我才是王木木
里面的王木木潮湿、微酸
我偶尔调换下，为了写到我时
离我的影像近一些离我的心情远一些
像写王木木去写我自己
你们所看到的
摆在镜子前的

2013年

## 植物性

他大我十五岁
懂得的比我多
别拟人，他开导我
我们把简单地活着
比作像植物一样活着
反过来却不要把它们想作我们

他用诗句“我抚摸它是因为欲望 / 不管它是什么”
以及“抚摸 / 不太具体 / 牵牛花 / 和扁豆的幸福”
对我讲解什么是人性什么是植物性

为了使我明白
冬天刚开始，他带我到一棵树下
让我摸摸树叶、摸摸他
冬天结束了，他带我到同一棵树下
让我摸摸枝桠、摸摸他

可我小十五岁
总把抚摸他的情感带到那棵树上

2014 年

## 桃花潭的鱼和红土

傍晚很慢，带给我们
均匀的时空感。
她们说，住在塔里的女人，
要通过建筑学去理解。

这里正好有一排
河边的建筑。
橡木的房间，幽暗，
看着捧着书突然唱起歌来的红土，

我觉得存在另一个世界。

河边的建筑
映倒在河水里。
河里的鱼，
要通过光学去理解。但并不是这么几条
简单的光线。

2015 年

## 诗　观

从今天开始，
我和习惯对抗。

在行走中，和重力（力的一种）对抗。
对路边的事物和事情微笑，
看见它们，是打开后的柚子，是两个孩子在交谈 。
微笑力（力的一种）轻飘飘又形而上。
回到家里布置很多草和石头，总有向上长的
交替偶尔停下来的生命力（力的一种）。

这些力拎起我。
接下来，我还要和它们对抗。
它们使我摆脱重力，但是，它们轻。
但是，我是女人，不能再轻下去。
找到另一种力（比如旋转力），平衡它。

2016 年

## 致女儿

雨后果子，干净得
没有痛苦。
我们坐在树下
争论砰砰落地的，
是榛子还是蝉壳。
发挥想象力，或胡乱猜。
在公园里的一天
受她控制的一颗心
多么不可知。
假以时日，
她有可能成为万物。
(她只是她，
这显然不够。
她只是雨后的她，
倒也有趣。)

2017 年

# 柏羊的诗（10首）

柏羊，原名王世柏，1972年生，安徽怀宁人，写诗，现居安庆市高河镇。

## 乌　鸦

乌鸦，从儿时的睫毛上飞走
再也不见回头，那么多人
跟我谈论这样的一只黑鸟
我不语。因为再也听不到它的叫声
记忆好比一片羽毛
总是轻轻抚弄我敏锐的鼻翼
我努力，去记起一些；
去路灯下回想。
而光线始终将一夜的黑从路面搬开

2011年5月7日

## 暗　示

忽然看到小陶人儿。橱窗里

摆满女店员的手
她小心地拿出来一个
冲我哈气
“你看看，小脸色还鲜的很”
“是啊是啊，小人儿多可爱”
陶可以制很多
这样的小人儿。

2012年7月19日

## 好奇心

在盲道上，我闭着眼睛
仿佛走在伸手不见五指的黑夜
我将身体
向后倾，向后倾，向后倾
和我一起行走的人
提醒我是一个眼睛雪亮
不曾失明的健康者
可是这盲道
还是在前方突然带我拐了一个大弯

2013年10月23日

## 旧　蝉

我一直在吃力地跟她交谈

我用很多句号来提示她夜已深了
而偶尔的一声蝉叫
让我产生白天和黑夜的错觉

秋天的蝉，刺激睡眠的
身体里的动物。这个经常尖叫的小丫鬟
坏透了。湿淋淋的声音里
裹着我的酒兴。
她总是无所事事地跟我
谈论秋风，雨后，露水，落叶
和烈日下的小舟

风好像停了，早该停了
堤岸越来越远。我听见哗啦一声
这只蝉在下一个季节里
通体透明。从树梢上掉下来散落一地

2015年4月15日

## 妥　协

走在这条老路上
才发现我和青砖一样被磨损
后来工人铺上了水泥
更让我觉得
我需要雪花膏和一片情人的面膜贴

我越来越慢
尽管未来的轮椅上装了轮子
我依然惊恐于
皮肉里死去的河流和山川

不得不丢弃了
一个叫理想的虚妄的太阳
安心找一份接受剥削的工作
不得不
妥协于老和年幼的，在时间里生活的人

2015年9月11日

## 水中物

桥向两边弯下去，我对自己
的位置暂时不能确定。看水时
引发的晕眩，是影子
最诚恳的忠告
如果我也是影子，肉身赋予的行为
纯属偶然
谁又不是偶然呢
桥两边必是堤岸，归宿感越裹越紧
多年来的来回走动
是两个人。
夜深人静时对我的深情唤呼

2016年7月3日

## 致命想象

我的身体被谁修改过
如果不是，会不会百毒不侵？
刚从上铺下来
就接到抱怨的消息

比如说："你害惨我了。"这些
糟糕的器官，这些
可恨的外星人

粗短的身子支撑硕大的头颅
抱怨有什么用呢
你无法操控他的柔软和坚硬

2016年9月15日

## 一幅画

大雪始终没下
南方的女妖继续啃食枯黑的牧草
在一幅图画中
隐约看到她
褐色的小巧而坚挺的乳房

冬天提前结束

没有人面对一堵墙仔细观摩
而需要悬挂的钉子
空在那里
画中的女人
被卷进一只粗大的笔筒

不远处的
荷叶，在镜头里慢慢舒展开来
女妖在啜饮
那些清澈的水滴
她伸长舌头
仿佛一只铝制的圆盘在不停转动

2016年11月7日

## 风　声

夜里，想听一段京剧
咿咿呀呀的风吹在过道里
有马走来的脚步声
我在客厅点上一根香

此时我是清闲的
感觉不到寒气逼人的初冬
袅袅的，烟的影子
印上雪白的墙

就像剧中人，提长枪演武
就像现实中有英雄来访
我以礼相待
沏一壶茶水以消他的怒气

2017年8月29日

## 细草间

小腰的女人们掐下叶子
拿在手里的，细丝般的风水
湿了初春草间的绿色？

如果是露珠就好了
她们提着一小盏灯笼摆动
不需要点亮

就能照亮细细的草间
穿行的小路
看不到足迹，一只奔走的蛾子

挠动一整片草原
无法相信一个出题者
是怎样走完这细草间一季的变换

2017年10月16日

# 布鱼的诗（10首）

布鱼，原名刘杰，1964年生，安徽怀宁人。

## 树

我想找一块更明亮的地方
转身向窗外
每片叶子的脉都是透明的
那些树的影子暴露在地面上
不停地改变自己
改变方向
再往前，发现
那盆我扔在墙角的兰
活了，还开出了
一朵怯怯的小白花

2015年5月13日

## 镜　子

天还没大亮，我睡着睡着
不知怎的就成了
隔壁卖菜的小老头
他整天笑嘻嘻的
一脸快乐

有人在敲门
一准又是那个城乡接合部
的疯子，乌鸦一样
站在挖掘机扬起的尘土中
叫

敲门声停了。我拿来一面镜子
我不是那老头，我是公务员，读过很多书
是镜子里毛茸茸的自己

敲门声又响起
我朝着门外大声喊
我病了，要马上看医生

2015年7月21日

## 恐高症

那个后来被众星捧月的老同事
在一个午后，突然脑出血成了植物人

我还在吃饭、睡觉、穿衣、晒太阳、做小人物
每天叫醒的钟声很有力

2015 年 9 月 23 日

## 高　考

头一天晚上，他睡不着
爬起来，坐到门前的台阶上
不远处，有一口井在黑暗中冒着冷气
他找来四个石头，摘下厚厚的眼镜
“语文、数学、英语、理化生”
他念一样，扔一个
侧耳听着井里的回声

2015 年 10 月 16 日

## 父　亲

夜的深处
有太多可怕的响动

父亲的坟头有花在静静地开

父亲睡了
我也睡了
我没有父亲睡得那么安稳

2015年12月8日

## 画　壁

那头牛站到高高的山顶上
望着远处密集的灯火

刚挣脱的断绳还在
棚子里一团漆黑
散发出腐烂的气息

2016年3月9日

## 六　月

端午节，再次回到乡下
田里长满蒿草，看不见一头牛
没有了泥猴一样的孩子们打闹、奔跑声
许多门窗锁着，爬上了青苔
只见几件老人的衣服晾在风中
随时会吹落

只见疯长的野草堵住了
曾经的路
只有老母亲挎着菜篮从地里回来
让我感到熟悉
只有一只瘸了的老狗，认得我
不知从哪片草丛里钻出来
用三条腿，跟了我一程又一程

2016年7月15日

## 清　晨

清晨，厨房里又响起刀撞砧板的声音
机械、空洞、重复
我不想睁开眼睛，不睁开
也知道会看见什么
房间、窗户、桌子、椅子、光线
接着是盥洗室等
就像我每天吃饭、如厕、上班下班一样
太阳出来了，别人已起床
我不能再睡着
尽管我知道睡去是最美的光亮

2016年8月4日

## 夜晚来临

夜晚来临，收走了我在白天怒放的职业脸
楼下，宠物和小贩同在我身体里吆喝

满城的灯火更加放肆
像暗中吸了很多血

广告、酒、麻将、红唇
一台台挖掘机

清醒的人把自己按在家里睡觉
我站在楼顶

2016 年 9 月 17

## 掩　体

躲进洞里，我们有了安全的掩体
风雨、闪电收起，并加了盖

我们不约而同吐出一口气

当你将要征服我时
我不再投降
而是与你一起，像个兽医

修补着身体

11，我的语言

他是大师。说着我的诗歌

眼睛却看向别处

我被扒光，撵出门

跟在他后面跑

阳光刺眼

我溜进了动物园

那里有

我的逻辑学

和语言

2016 年 11 月 9 日

# 苍耳的诗(5首)

苍耳，原名李凯霆，第三代诗歌运动的参与者与写作者，作品散见于国内数十家重要诗歌刊物，出版作品集多种。

## 大别山之豹

看不见你让我伤感。你栖身的森林
在我到来时突然卷成了
一管楚箫。但初夏一阵莫名的喧嚣
吞噬了悬崖。竟没人知道
你才是大别山之巨萼上——
狂吹在我梦中的花朵！当然，你比先前
更瘦弱更暴躁了，但你永远不会
退化成司空山上的土拨鼠。笑声
把你深渊里的蔑视——永远保持在
天堂镇的云梯上！而卧佛山终将
在一阵雷鸣上回忆起你扯开的紫闪。
是的，那偶现的斑点足以带给我
波动的真理。甚至光线的变化
也依赖你走动。当那些火把和攒射
涌出夜晚，同类像鸟群和菖蒲

纷纷飘坠在溪涧，你低于响肠的低吼
不会消泯，更不会在暴怒中
像鹞鹰那样被迫降到鼠之坪上！

如今还有谁知晓：大别山旷世的孤独
在升起的皖水上投影成旋转的
斑点？如果有一行黑色之诗
跌出书本，谁带着我的恶
在你的丛林里谁带着我的忏悔？
当蝙蝠和乱云在山尖聚集，谁在苍黄里
打开悲哀？当桃花冲的悬瀑上
响着你的带电光的缄默，我却无法拒绝
与银铸的白昼相混。那一小片移动的黑夜
不可能覆盖我走过的楚道。今夜鹞落坪
也不再像绝望那样奔涌。噬血者醉眼蒙眬了。
但黑暗仍将延续你的故事。群山继续着
它的生存，正如历史用伤疤呼吸。
这是春夏之交，鸦群开始形成。你从岩缝中
吹出来，将最后的溪流擦亮——
喂兄弟，我要抚摸你闪耀的斑点
干掉这一杯——当我小别，你将燃亮。
当你“大别”，我们将归于寂灭。

2011 年 5 月 26 日

## 水泥管子

那个水泥管道我钻过。卡扎菲也钻了。
为一只蟋蟀。也为黄金手枪重新
抵住一国臣民的太阳穴。
真相被鸡奸。新闻就像剥洋葱
最后剥开的那一点
让我厌恶——不管是以正义的虎皮
还是以民意的胭脂。
自由更多的像一群苍蝇。当年他
杀死国王便成了国王，于是苍蝇飞舞。
通过这截水泥管子
我听见被压低了的蟋蟀的哀歌。

2011 年 10 月 29

## 涪江波上

——致雨田诸友

七月十六日夜，与雨田、王楠、鹤林诸友品茗坐聊于涪江之上。涪江乃长江支流之支流，但与长江秉性略有不同。它更像一个港湾，清波微漾，灯花镜映，加上雨云散聚，一时令笔者不知身处何地。

江上已不见渔翁，或者化身为雨点。
而你们的面庞犹如你们的诗歌是橡子
灯花如钟点。预感如剑门关。
很久以前，雷鸣在练习楠树林里的蜘蛛之歌。

当你们伸出树枝而闪电穿过它落下来
巴蜀的风快把我吹成水中的网栅——
终其一生，你不过看清什么是江猪
什么是恶鲨，而什么更接近白鹤。
我当然想见诗仙，但更想见见他的亲妹妹！
好妹妹，你怎么嫁到江油那个村庄？
莫不是那儿也有卖油郎？我深研过江油
井边的一只红嘴蓝鹊。因为它
也因为酒、击筑和剑气
唐朝一直是新嫁娘的模样。
当黑暗移上手机，新的尺度开始俯视我们
如果我们不曾痛斥鹌鹑时代的鹌鹑
那么白日梦带来的饥饿
无异于制造一个旧朝的幽灵。
至于尘土，终将飞扬
至于苍鹭，也将在未来的某一朵雨云上
忆起今夜涪江弥漫着的虚无气息。

2012年7月28日

## 卧龙山庄之夜

在接近巅峰的地方，小木屋
停了下来。我们在里面
睡了半夜——另一半在聊天。
悬溪拒绝冰冻，松风轻推窗户
一万年的溅鸣和小山妖的声音

加速向我们抛洒碎片。
也许暴风雪即将来临——
不一定非得在有酒吧和洗脚妹的街上
因为云豹正从几朵绯云后消失。
倘马尾松变老并意识到它并非仅仅是一棵树
可能是镜子上或者我们打算在稿笺上
写下的事物，我们该怎么办？

索道悬止于两百米处。但那不是铁限中
唯一的通道。当欧洲海滩漂上来
叙利亚难民的尸体，我们的脸
如同你开出的处方填满烟雾。
待在木头房子里其实并不能
阻挡绝望。问题是，星星和山雉
仍在那儿坚持。这意味着
必须抛弃大部分的美，这样才配得上
在这高峻的山中度过一夜。
寒凉。但寒凉至少可以使写作保持
一点暖意，并在虚无中尖起耳朵。
当然，巅峰上的雪
终将卷走最后的我们。

注：卧龙山庄位于天柱山巅峰之下，12月11日夜与天鸿住在1
木屋。

2015年12月14

## 痘姆陶

陶坯入窑时分大地如纸
陶在火中痛饮，一如臀部浑圆的
村妇在河边汲水。
轮钧上方显出黧黑的面孔
六千年了——比蜡像略小
比痘神轮廓鲜明。

每天我们目睹的
都是陶的反面。道路
似乎就要消失。是什么奇迹
将我们带到陶的身边?
如此多的陶罐紧挨在一起
在窑口，须借助盲瞳
才能看见红黏土的祖先。

哦薛家岗。薛家岗埋着文化的
遗骨。如此多的陶缸堆叠成
黝黑的风景，同时向头顶的天空
提出质疑。而如此多的火
看上去何以仍是黑的
混同于无法理喻的历史?

山上并无痘神庙。这年头
也许不会出天花，但思想
注定仍是麻脸。谁将火带往高处

而水留下？帛书出土，证明
“老子”被篡改了数千年。
天下至坚之物在地底腐烂了
而陶紧抱着水——天下之至柔
仍保持着浑一的姿势，
并从周围汲取黑暗。

灰瓮中的真相。谁将
荒谬倒在河边，以便我们
重新辨认？陶是真理的一部分
而我们往往是玻璃幕墙后的
说谎者——距那个和陶坛一起
站在江南门影里的村伢
越来越远了。道路
连带着行走者
必起自泥土，然后进入
火中以及水中
——又蓝又灰的羽毛飞扬一阵后
终点仍不过是陶罐。

注：痘姆陶，位于潜山县痘姆乡青口村（天柱山世界地质公园南区），当地的制陶历史可追溯到新石器时代，与薛家岗新石器文化遗址相距很近。

2015年12月15日

# 查耿的诗（10首）

查耿，笔名一苇渡海，安徽望江人，60后。20世纪80年代开始写诗，近年兼写诗歌评论。已发表作品三十余万字。著有评论集《万籁诗话》，诗集《再见，诗歌史》。

## 伦理之光

丑陋
而不修边幅。
我每天吃一顿猴头盛宴。

这无疑是远古的盛宴。
是比马革、铁甲、虎头斑更为腐朽的
盛宴。

每吃一顿盛宴产下一枚
鳄鱼蛋。
谁畏惧
谁就不懂得浑忘之境。

每天我盯着鳄鱼的尾巴，
它洞穴的气息，

它神话的气息。

每天我拖着鳄鱼的尾巴
进出洞穴。
泥腥的伦理之光在河那边照耀我。

2009 年 12 月

## 一千个姑娘
——题汉斯–贝尔莫的同名画作

首先，每一颗葡萄都是上帝的葡萄。
试想每一个姑娘都是透明的果肉。
美让我们热衷于集合。集合一千个姑娘
在一具胴体上。

仿佛这样才是知足：赭色戈壁忍住了风化，
举起一柱盛宴。
每一个侧面，每一个角度，都是扎堆的：肢、乳房、内脏。
器官的彩神在幽暗的背景中摇曳。

停止从葡萄胎到艺术家的残忍剖析。
人类的变貌如这一千个姑娘从未止歇。
请让迷乱的触觉死于分切蛋糕。
极致的沙之塔叫分崩离析。

2010 年 5 月

## 短歌行

你不在陆地，你在星群里。
我也不在陆地，我在大海里。
我们来到陆地上，野草是野人的听力。
星群眼里和大海眼里空出彼此，相对是一场寥廓的空间友谊。
我们只对各自的古代喊唱，古代乐谱像听力的墓穴长草。
传统像是我们自己。

——致W

2011年6月

## 树枝的选美

在夜晚的瘦胛骨旁，
你拾起了硬树枝，抛弃了软树枝。像
生火不是一项树枝的事业。软树枝赋予戏剧柔软心肠。
外在的荒凉要借助断裂声；而内在的，需要持久的噼啪碎响
如我们所经历的升温：一个积攒冒险的能量蹦出惊厥词。
冒犯也对得起夜露下瘦胛骨。
你穿过了两种凉：瘦胛骨和硬树枝。前驱和素材。
你接受一根胛骨的失败，但反对所有树枝的新失败。
你在树枝的噼啪声中清理自己：能量的前提是失败，向着
瘦而贱的胛骨和所有树枝下的腐朽史。
“我们的乐观和妥协一样”，太多了。而衡量

正如硬树枝对软树枝说：你也硬。
荒凉总被恒温表达，需要火选择硬树枝即选择一种偏激。
作为失败轮回的要素之一，偏激的妙用
一方面让硬树枝领会灰烬，另一方面让软树枝
在曦光微薄中起飞，编制未来放厥词的鸟巢。
那时你将不再发言，接受瘦胛骨收留，那么簇新。
让新的荒野之火去承认：软树枝何尝不能硬起来
并发动美的辩论——
前驱绝对，素材的美德不接受绝对。

2011年7月

## 手之电

赏心事自西方吹来，东风也不恶。
世纪是新的，经验停驻过往。
我的耳朵不由我，发聩还在昏话。
我的眼睛不由我，美食天下穷于好色。
正经一点，反道统抬举街心市侩。
政见纷纭吊诡，迎向它空中射飞碟。
哦，日日新，新是山洪来了抵住闸门
——你说水泥闸板是耳朵还是眼睛？
翁仲爱戴山花，故道不恭迎新客。
那鸟语与鸡啼的，向旭日步点他山旧韵。
请允许我用指头钩住一眼泉并让
一只蚱蜢跳过世界的一个清晨。
它的触须是一份轻捷的记忆，像

伊萨[1]的指间树枝之于广袤的沙地。
天赋就是一根树枝失传的内心和手艺？
你听——我的爱啊——这呼唤里有
多大的玩笑，又吹来多美的记忆沙纹。
我曾爱涂写火，像涂写树枝的心力和运气。
涂写所有事物醒着人在做爱中涂写的。
没有灰烬，但梦中有梦：涉荒者背着
闷烧的松皮，远处的闪电草草做爱。
如果闪电回收有一个明晰的间隙，那么
快而直白，我能捕捉“现实”吗？
你偷挤宇宙的奶，我颤抖的手双垂。[2]

2011年10月

## 无道诗

流水席的新年
是木枢在迎宾曲中的不腐。
坛前裸露栽花炮，星辰寂寥数塔尖。
神的耐心，全在微观世界的生机。

何须问亿万光年外的恒星胚胎。
请让中洋脊在五千米下的深海继续标记老地球年纪。
荣华非梦，从酒神望去是腹胀。
谈谈时间，吖咿唷，流年仅复活一座慈善馆。

2013年2月

①小林伊萨（1763年至1827年），日本俳句诗人。
②意象来自托马斯-特朗斯特罗姆的诗《火的涂写》（其中有“偷挤宇宙的奶苟活”句）。

## 千山雪

道士，你能看到恒星的白矮星
速将被撕成碎片
消融在无边的寒冷和虚空中吗？
元素也不能不瓦解，输给质子的乱阵……

那是我们无法想象的极速。似乎
能触摸到的是火山灰，纷纷扬扬，
厚厚蒙在蓝色星球上。

但是洞中的小兽，请放心，眼下
袭向你洞口的只是一场暴雪。

只是一场暴雪，让针叶林盛装雾凇，
众鸟飞度千山。

啊道士，当你穿行于茫茫雾凇的幻境，
雪原沉寂，像个巨大的剩余，
你是否听到一只白猿的啼音
急速如火的冰雕？

2015 年 1 月

## 美　猿

可以在任意的想象里

完成它的年纪
它惹人爱的五官、表情、声调
打发它的时间
让它的工作从刻板
过渡到礼貌

欣喜于人的工具
与人为伍的一刻
怎样柔软心肠的智囊团
繁殖着高颜值族群
闻闻它，已然呵出
情欲的气息

领它回家
是可以路过丛林的
在这个计划里
它在一泡尿里嗅着自己很唐突
星球依然蓝色
基因依然难缠

被彗星劫掠去的皆为失忆
工程师在冰河期
布置了个展台
理智得像苔原冻土

2017年1月，献给中科大研制的首个美女机器人

## 答谢“愚人船”

——水质离歌

我先是在街上晃荡
肮脏，沉默
人们从我身边经过，从我的眼神
看出了他们眼神污秽的东西
他们有的施予我食物
跟我的头发一样杂乱和馊
有的出于自卫或进逼的本能
在离我五米的距离外
突然找到一根棍子
他们的疑惧快速融入恫吓
因棍子在手而显得得体
但是我仍沉默、缓慢
别说任何硬东西，一阵风
都能把我的衣服扯烂
还有喇叭的尖叫
在一个路口磨刀一样
催着我的身体摇摇欲坠
我走我的路成了他们的妨碍
如果我坐在地上不动
连癞皮狗都会赶来狂吼几声
其实有我留恋之地吗
我分不出哪里更好哪里更糟
就像一只流浪狗
不会突然叫声——“故乡”

好吧一个感觉还算细腻的一天
一辆哐当作响的拉土车
把我带离了这条街道
有人从店铺探出头
先是倒掉隔夜的茶末，然后
扔过来一块比石头还硬的馒头
馒头打到车厢的铁皮弹回去
让我感觉所有的狗骨头
都是自发地滚动都不可能
有一个可爱的主人
经过一场比唾液还黏稠的雾
拉土车把我带到一个渡口
晦暗的渡口开阔啊
对于流动的外边它是里边
对于闹哄哄的城镇它是外边[①]

2017年6月

## 火山口

求助火山口说出地心的一点意志
已不大可能
足够冷的火山灰，不用去挖
肥沃得像一场灾难
满目苍翠看上去像报复，也可以
柔和一点，看上去像抚慰

①出自福柯《疯癫与文明》第一章“愚人船”。

人的性格总是趋向非此即彼的猜测
实际上各种植物种子都是无心的
风也好雨也罢，徜徉或怒卷的云絮
都无法捕捉自然的阵脚
穿过一段原始森林，好寂静
盛大的寂静有赖盛大的生机孕育
这寂静擦除人的偏狭，直到
饥饿的火山口再也没什么可说的
甚至，火山口已不成其为火口
——她已是一座纯氧吧中的天池
当她幽深地瞪着你，离奇的幻觉
就像纳喀索斯倾向原始的自恋——
深渊会随时扶起一位巨人

2017 年 11 月

# 歌兰的诗(11首)

歌兰，原名洪兰花，1966年生，安徽怀宁人，现居安庆。1985年开始诗歌创作。著有诗集《稀薄的门》。参加《诗刊》社第15届“青春诗会”。

## 质　感

已是初冬
一些物质变成气
一些认识
从某处栽下来
啪的一下，又啪的一下
来不及叹息
有些地方
你看不见
当你触及的时候
会感到柔软

2003年11月27日

## 仪　式

什么在临近
行走的风扔下她的壳

时间的门环
咔咔作响

这个冬天有一个盗墓者
进入血管

静坐，思念
死亡的装饰品

2003年12月16日

## 红　庙

冬天深了，分不清
这条街和那条街
你突然出现

一定有我敬畏的东西
许多动物
从怀里挣脱出来

数着星星从你眼前走过
这也许是最好的一年

2004年1月13日

## 无法重合的

昨日和白色的茶花
蹲在屋檐
冷冷的，看着我
渐渐和我重叠在一起
一些无法重合的
脱落了下来

2004年6月14日

## 遗　忘

灵魂出窍的人
飞来飞去

一只蜜蜂咳嗽
像是七只蜜蜂

2005年1月23日

## 印　象

总有什么把你带到这。
植物群，鱼群，黑色马车
紫色小花，零零星星，死在半路上。
我们的小海子，长发绞成了短发。

风把荷叶往池塘吹，
把家门吹开。

母亲在厨房，多煮了两个人的饭
一盘高瓜菜，一碗海带冬瓜汤。
我们飘出后院的棉花地
看见什么吃什么，一直吃到心发软。

2006年3月29日

## 有没有蓝莲花？

秋风灌满草滩和黑色石头。
两匹马不吃不喝，一直低着头，也不仇恨。
娃娃放在家里，人世就一直好看。
有没有比娃娃更好看的？
有人打渔。
有人水上坐着，只坐一次。
有没有蓝莲花？

有人吹灯，焚香，有人走失。

2007年7月10日

## 剧

三五个家伙盯着
叼颗烟的鲍勃·迪伦

我们烤了兔子
开了两种啤酒
继续盯着叼颗烟的
鲍勃·迪伦

骷髅凑过来，伸出中指
这样的怪气氛很快活，话就多起来
有什么恐惧的东西?
边扯边瞥着昨天
呸，傻BOY!

后来房子拉长了
我害怕没有到来的，比如明年
明年这时候，跟我学趟表演
不收费

房子拉长了，才知道是一部话剧
人走过来，人走出去

鲍勃·迪伦弹掉烟灰
他不熄灭没人认出来

2007年9月10日

## 山　色

山色，在我们的眼睛里
没什么变化。
只是树叶少了，又少。

刚开始我们喜欢树叶
后来喜欢没有树叶的树
再后来喜欢树的影子

好像我们是从天上掉下来的神仙
从小到大，都在树上，充满着爱。

2008年5月25日

## 守庙的是两只大公鸡

嚼着吃的菖蒲长出新芽
菖蒲先生庙
是一座空庙
守庙的是两只大公鸡
拾起采药人弃于路边的玉竹

原路返回
到公路隐入地下
分支与曲折不见
小雀拍落露水
他是很小的一盏
暗房

2008年10月13日

## 去香格里拉吧

抠着石缝的草
用它引火。你从远处
捡来大一点的杨树叶
和树枝子。一根烟之后
蓝蓝的火就美滋滋的
我们去河里抓几条鱼吧
我们去河里抓几条鱼吧
我们就这么说着，并没有动
我们经常说着什么而不动
天快要黑了
树林开始模糊，我们脸红了
我们去香格里拉吧

2009年3月22

# 黑光的诗(5首)

黑光，又名黑光无色，安徽怀宁人。1995年开始诗歌写作。曾居深圳梧桐山。著有诗集《有情众生》《人生虽长》。2017年3月11日因病辞世。

## 自 身

自身有碍，有爱，有泪边笑
有椰风拂，蒿月照

云心，尘心，层层
更是灯心

命里百虫嗜血
百虫建塔

你见我面冷如铁时
岂知我核子能量聚

愿活着，愿放松
遍地野草，无挂无牵

2016年4月

## 有　衡

狮子不懂鲨鱼
云朵不懂石头
你照镜子，我写诗

我低头看月，你抬眼观花
一样宇宙，不一样契入

你穿旗袍倾诉民国
我开窗户速写今时

2016年4月

## 隐　归

清晨由鸟，野草由风，禅坐人由古溪
我由词语，敲开意识幽闭
我放萤火虫一只飞夜晚的森林

满载人的地铁正穿行隧道

若要寻找我，请循着木棉树干
循着桃枝，循着紫藤茎，请往顶端看
也可耳朵贴着地面，听

2016年4月

## 何　期

梧桐河中长满深草
草间流水映云，有蛙跳动
时光开成两岸野花的白
磨损心境如河中卵石

万物皆有定数
取其一为我，为树，为河流
为盘中餐，为缚身绳
一路的过程为解缚的过程

何期此生病国，病城，病身
摄心为鸟，离开山之高耸
经过灰云飘风天空
没入平地生花树林

2016年4月

## 有　无

春风有力，破我执，枝生叶芽
不再苛刻明天。湖中水鸟，一日食，一日饱
赵州茶，喝一杯
云门饼，吃一口
赤着脚，跟我走

踩野草，踩碎石，踩落叶，踩流水
贼心还有无
纯真还有无

2016年7月

# 紫蝶丫头的诗(11首)

紫蝶丫头，原名章鹤霞，80后，原籍湖北咸宁人，现居安徽安庆

## 略微苦涩

跟夜归人
我不提起风了
不提下雨了
不提十万只蚂蚁
从门缝里鱼贯而入
它们绕墙一圈
又鱼贯而出
这些我都不想提
我只说这杯中的卡布奇诺
我搅动了九九八十一下
略微有些苦涩
但尚能入口

2014年2月

## 魔术师

每次拜访那个魔术师
都会经过楼道的一面大镜子
每次都会先照一照自己
每次都能看见一只蝴蝶扑棱着翅膀
花儿在镜子里次第开放
但最近只看见一双手
紧紧地握住一把沙子

魔术师闭门谢客
他告诉我已经金盆洗手

2014年4月

## 盒　子

特殊的质材
藏着的一些事物，年数久远
被擦拭得锃亮的是外壳
一把锁腐蚀不堪

一直攥紧在手心的钥匙
却打开了你的盒子
在某个起风的夜晚
这只是个意外

那些事物，我所看见的
是什么时候
从我的盒子里逃出来了……

2014 年 6

## 刺　青

藏在体内里的旧山河
将其中的一部分
移出来
把它们安置在皮肤上
刀尖走过的地方
当年的风云
一一再现

2014 年 9

## 清晰的

那是初秋，清晨四五点钟的样子
睡梦中被老师叫醒
一路上惊恐万状
所预感的是病危的哥哥
可能已到弥留之际
等着我回去做最后的告别

事实上哥哥晚上已离开

十二岁的孩子
在生死面前，被当成局外人
这不足为奇
很多的情景早已模糊
但当时宿舍里我所睡的床铺位置
以及起床时摸索着穿衣的情景
十分清晰

2015 年 9 月

## 梦见自己

在梦里经常遇见自己
她穿旗袍，双手重叠于膝前，读书
这是少有的一次
更多时候她在抽一支雪茄，
食指与中指，把玩着
我为此而不安地劝阻：吸烟有害健康
她盯着我
像爱人一样

2015 年 12 月

## 那　岸

体内藏有一座火山
岩浆沸腾
我要去庙宇引高山流水
解自焚之灾
从七月起程
路过秋雨，霜降
路过西伯利亚寒流
路过很多蝴蝶的尸体
将它们一一掩埋
所埋之处
有庙宇拔地而起

2015 年 12 月

## 道德犯

他们跟我讲述
一块石头，它的作用
放在厨房，可做凳子
也可用来做腌菜的压石

当然，不会有人主动提到
它曾经摆放在公园
许多人都抚摸过它

与它合影

2016年2日

## 往　事

这一台手术
我是自己的主治医师
下了很大的决心想要医治自己
白炽灯下
我将自己小心翼翼地解剖
当那些糜烂的往事裸露
我依然禁不住地心惊肉跳
赶紧将刀口缝合
趁着夜色仓皇出院

2016年10月

## 钟

每天清早
都有出殡的车队路过
哀乐奏鸣
有时是　次
有时是两次
有时也会是三四次
如果一次也没有的时候

我总会睡过头
误了起床的时间

2017 年 1

## 爱的一种方式

我时常替你
细致地抚摸我自己
将你的每一个动作都重新演练
我抚摸自己，从眉眼开始
每一寸肌肤都不遗漏
我要替你好好地抚摸自己
直到我老了
没有了力气
将你说过的话语再对自己说一遍
让那天开过的花
再重新开一遍

2017 年 4

# 黄挺松的诗(4首)

黄挺松，笔名黄沙漫步，70后，安徽怀宁人，现居江苏昆山。1990年代创建安徽白鲸诗社并担任其诗报首任主编。《海子诗刊》出品人之一。

## 让时间说出它的隐秘

在草叶和棉花找到衣物之前
在衣物找到寒冷、温度和风度之前

在饥饿、食物和味道找到嘴巴之前
在冬阴功汤找到原料和调料之前

在说和词找到文字和村庄之前
在寂寞找到元音、舌根和思念之前
在时间逐一说出它的隐秘之前

让我们找到它。和它交流
但不要轻易去描绘。和命名

2016年

## 青草的供养

青草供养着我的卑微——
我不及飞鸟，衔着枯黄而
希冀的籽粒，穿山越海

青草供养着沙土。供养着
牛羊结石般的温厚。青草
缝合大地，又献祭着烟火

青草还供养着树木的伟岸
以及它们一小部分的阴影
这恰似我被供养的羞耻——
落脚前尚能恐怕品德之重

2017

## 雾的辨认

雾——当然是浓雾
最小的距离上测验着我
对于深渊的辨认和道德

撞上你后，回到光亮里
我突见自己恰恰置身在

两棵树保持的间距里——
它们何以稳定于自身孤立

2017 年

## 风将我一点点带走

就算会发生爱情，春天（或夏天）
她还是留在了那里。时间深处
风，从北刮到南，从明刮到暗
从掠过暴雨的鹰翼上，刮到
潜入杂念的呓境下。风未停歇

它通过自然的节奏，远远近近
一点点将我带走着——落叶枯草
构成我的身世。那些或有或是的爱
那些伤害，那些平淡，也都是
那些石头上掀起的灰——沉落

于我的离开。消化在岁月的硬土
我赶到这里就是为了将此生风干

2017 年

# 金肽频的诗(6首)

金肽频，曾参加《诗刊》社第17届“青春诗会”，出版图书多部。

## 规　划

工厂，停止了机器
城市，停止了说话
我的胃，停止了疼痛

一切都讲求造型和意义。
工作例外。草地例外。

市民广场。大规模拆迁
一堆蚂蚁从右向左转移

呕吐物泄了一地
这是被暗夜掩盖的行为

用栏杆把人群围起来
用红漆和白漆从头到尾刷一遍

1999年7月

## 浑身是痛

从头开始，疼痛
像一次播种
裂开，而又毫无缝隙的缝合
我频繁地穿梭于
注射器与棉球棒之间
药液压住呼吸
在淤泥之上，被一根绳索
牵引。整个的黎明
落在远方，而今生
我的身体注定。被
注射器里的推杆推动着
与自己的血液亲密交流
在黄昏中，完成
最后一次割舍。让夜色充当
心中不能喊出的那部分

2002 年 1 月

## 你出现在天堂时

你出现在天堂时
小狐狸躲进了雪地
小狐狸在一旁抱谷子

有一双眼睛从远处出没
雪地里开始有了脚印
继而响起
耳朵，高帽子
身体在寻找身体

谁真的来了
天堂里一阵骚动
鬼魂附体

我不会躲起来
在这寒冷的冬天
只等世界裂开一条缝
狐狸不进去，我进去

2004 年 11 月

## 与一朵白莲的距离

与那朵白莲的距离
是用身体无法丈量的
春天太小　却有着神经一般
复杂的道路　只有脆弱者
才可以享受夜的痕迹

在琴声中慢慢睡下来的莲
它的脸很白　犹如风中漂过的宝石

在一堆水上　拥抱在一起
脸与脸拥抱在一起
成为绝处逢生的花朵

安谧超过了想象
花朵因为爱　长出了长发
天堂里唯一的梯子折断
关于冬天的回忆已无法解释
一句话暗含了女人的杀机

善良的莲　不是一滴水可以玷污的
黯然的水面上　太多的美
已死于美
道路久久无语
是谁的身影点燃了花朵的面容

一生拒绝我的火
突然间找回了感觉
琴声是风　宝石是刀
围绕着那棵白莲在歌唱
我与她的距离
只有身影才可能抵达

2006年10月

## 妈妈在一朵菊花里亮着

只有一朵菊花在亮着　整个七月
都是黑暗的　妈妈
你睡在这朵菊花里
空气是静止的　炎热是静止的
我像一片突然落下的绿叶
在奔驰着　在这朵瘦小的菊花前
跪下来

从傍晚渐渐浮起的黑色中
我看见了妈妈　她紧闭双眼
却睁开一颗慈祥的心　等待的心
月亮在一圈圈地变小
多像您的火焰啊　高挂在
大地触摸不到的地方

今夜的妈妈　您一身冰凉
今生的妈妈　是一世冰凉
而您养育的子女们却温暖地活着
像一群野鹿　在大路边奔跑
追逐着铁轨和人群
妈妈！当我再想摸一摸您的双手时
为何是七月菊花一样的冰凉

妈妈睡着的菊花　是我
开在心中的一滴泪

泪在泪里久了
就变成一朵时间里的菊花
只要您亮在那里
我们做您周围的黑暗

2008年8月

## 西部故事

一只在天上奔跑的老鹰
像一只鞋子掉下来了
满地的牙齿　一盏橘黄的灯

牧羊人翻过一道又一道山
山翻过一个又一个暗夜
一场白与黑的约定

最后　牧羊人
倒在了一只小豹子跟前
小豹子开始怀孕

天空　像一顶帐篷
没有顶
只有半裸的绣花床

那只鞋子

据说到第二年春天才找到
上面已打满补丁

2009 年 7

# 李树侠的诗(5首)

李树侠，网名花无语，安徽桐城人。

## 望太平塔

这个时候不宜大声说话
不宜纠正它的倾斜

一朵睡莲被雨水扶起
指定这池春水
在影子上折起皱纹

嘘，塔里的神正在对面望着我们
别让他认出落魄的书生

2016年7月12日

## 麻　雀

我很多次提到麻雀
翅膀如刀

切进褐色的碑文

就像此时
樟树叶落到土里
一场仪式在沉默中呜咽
而祭文已接近尾声

雨水匆匆走过
对于生死
它们和麻雀都是寡言的君子

2016年7月28日

## 迟　归

内心深处有雪开始涌动
北方的人在破冰

最小的战栗从柴火中醒来
饺子一上一下滚动
这些洁白的小耳朵　住满那么多儿女
到处都是饥饿的声音

小路上的脚印被雪慢慢抹去
沸水刚刚顶开锅盖

在一碗清汪汪的水里

母亲望见了那个迟归的人

2016年8月12日

## 秋天的馈赠

刚走到湖边，风就迎上来
我伸手触摸到秋天柔软的内核

湖水以俯首的姿势
驮起更深的蓝
鱼群欢快地咬住一朵白云

农人面对稻子
虔诚弯腰
接过秋天赠予的万吨黄金

日头垂到村庄的胸膛
鸦雀孤身从那里飞出
又孤身飞回

而我想拥有更多的恩赐
我还想独占天空
和蓝了一天的蓝

山顶上的钟声响起来
我一迟疑

诵经的小沙弥就抄起木勺
舀起半块蓝色的月亮

2016 年 10 月 5

## 故去的人那么遥远

我所在的小城
故去的人都藏在西山

檐下的寒露刚刚晾干
小雪一步步逼近
再翻过一个节气，冬至就来了
旧坟的新绿又长成枯草

我们带着纸钱
穿过十五里坊
这么多山水
这么多奔波的怀想

再走完几条田埂
才能找到躲在树林里的亲人

2017 年 11 月 13 日

# 刘鹏程的诗(7首)

刘鹏程，1966年生，安徽宿松人。著有诗集《风在传说》、散文集《泊湖的密码》等6部。

## 大　雪

我所热爱的一些事物
在悄悄地隐退
我歌颂过一生的花朵　月光和爱情
还有　我收获的籽粒阳光和幸福

时光曾经被激情渲染
一朵花和它的籽粒
一生的过程　被善良的人们
纷纷效仿

现在　一切都变成了广阔的白
我所感动的另一些事物
却在悄悄地含蓄
成为大地的隐私……

2006年1月

## 小孤山

我不知道需要怎样的高贵和热爱
才能配得上
一座山的依靠　庇护
和提醒

这个下午　颂辞一样的阳光
让青草献出贞洁
让树叶翻成经书
那些死在大水边上的生灵
在我的思想里一一复活

此刻　我写下大水东流
以及命运一样起伏的波涛
写下一座山　众生一样的孤独

金色的天空中　一只鸟在山顶回旋
它的巢筑在山上
我不知道　它的翅膀里
是否隐藏了我的仰望？

2007年12月

## 白　霜

白霜打在开始微寒的大地
打在收割以后的空旷里

晨曦用它的刀片
削去一层薄薄的光阴
露出我的童年
我依稀望见　田野上
一群身穿布衣的稻草人

他们头顶一层白霜
在我的苍茫里晃动

2008 年 1 月

## 大风来临之前

大风来临之前　大地寂静
秋水照见我的内心
一些多余的景象
果实们低下谦卑的头颅
叶子　带上天空的故事返回
大地　回到从前　回到开始
大风来临之前
地气开始收缩　开始内敛

一些人　一些蚂蚁　一些草
一些平凡和不凡的事情
潜回大地的内心
大风来临之前　一切
都在寂静中

2008 年 1

## 那些草

那些草又来了
那些去年的草又来了
朝我大声地叫嚷
从河流的两岸开始
那些草　扭动着细小的腰身
它们一直拥入我的内心

那些草
那些在镰刀下不流血的草
那些在野火里不留下绿的草
那些能和天地交谈的草
它们用铺天的绿
把我内心里一些不平的地方
统统覆盖

那些草
它们不停地向我叫嚷　而我

因此不得不交出内心的枯黄

2008年12月

## 短　章

风把我从左手吹到右手
又把我从右手吹到左手

像烫手的山芋　如此反复
词语就变老了
是春天不断地把它修改

我惧怕今生的词语会被我用完
现在　我只想写一首诗
全部是来到尘世之前的句子

我丢失的马匹和青春
正穿过安静　缓慢的光芒

2013年6月

## 月光书

当盗火与涅槃的幻象渐渐熄灭成灰烬，
我用古老的白光清洗遥远的茅庐，小径……

万物失去引力，天空轻得像一片薄薄的纸，
被一只夜鸟尖厉的鸣叫刺破。我的枯坐，

与一只空酒杯和远处谁的箫音纠缠不清，
在遇见自己之前，与慢慢凉下来的空气对谈。

寺庙藏在山影里，避佑远行或回归的人，
夜露在浑然不觉里缓缓降落，万籁一样无声。

只有树影隐约摇晃，映衬了光阴的存在。
月亮在天上，像一个出口。我愿在这里获得安宁。

2017 年 4 月

# 路顺的诗(10首)

路顺，原名程敏，1979年生，安徽省怀宁人，著有诗集《隔着玻璃》《失声》。

## 别处的意义

我在这里，别的一处
陌生的城并不能给我带来
新鲜和快感。还是鳞次栉比的
建筑，如哈利法塔
除了伸向空中828米之外
没有多少意义。现代代步工具把
高架桥堵住，宛如阴暗墙面上的
青苔密密麻麻。我跑得太快
跑得太累。(我的身体里
有弹簧芯片）坐在树荫底下
长木椅上，我抬头能望见树叶
一小块蓝天。经过的他们
我不认识，当然他们也
不屑理睬我。如同我在往日里

忽略飘落在水面上的柳絮，看似
平静而风来过

2017 年 1 月 3

## 每天我都在失去某个东西

每天我都在失去某个东西
散落在花坛里的水珠，挂在
树梢上的风筝。园中茶花
盛开的时候，我在私人诊所打点滴
多日的胃疼让我整夜难眠，哎呦呦
身体就像被钉子扎了一个眼孔的轮胎
慢慢漏气。女护士如同修理工
拿着一把铁锤，这里敲敲，那里
磕磕。贴一副膏药吞几粒白药丸
顺着肠胃而下。当疼痛渐渐散去
天已蒙蒙亮，我刮了一下胡子
顺路送孩子去上学

2017 年 1 月 15 日

## 废　址

雨霏霏，我们是渐渐
落下去的微尘。挤在金枪鱼罐头

大小的地方活着，捣鼓着
电脑里的WORD。每天复制每天
寒暄粘贴寒暄。堆放在一处的
文档就像是表情一致的玩具
娃娃。空调开了又合上，沉默在
室内扩大，整个办公楼死寂一片
我想：一个地方成为废址需要多少年？
它是我们闲荡的公园，购物
广场，抑或是墓地。我静静地走上去
祭奠自己，扯下狗尾巴草

2017年2月24日

## 空

她把他的帽子挂在衣帽间
像平常一样。这样的下午
他把自己转化为一堆灰
完成“1=0”
窗外是灰蒙蒙的模式
没有返程路，东倒西歪的酒瓶
我们窝在酒桌边聊过去的他
喝下最后一杯
墙角黄菊似乎又开了

2017年4月12日

## 循环说

雾蒙蒙。清晨，小学生涌向
校园里。家长们迅速赶回
家里或上班的地方。我太熟悉
安居苑，蘑菇亭，黄梅桥。一些
桂花树，白玉兰，樟树在我的周围
它们矗立向上，“树冠的上面的上面
是虚空”。有几只鸟在上面
飞过，没留下痕迹。仿佛是我

2017年4月20

## 今天已是一块闲置地

因为想不起，所以我有一块
面包。它将在我的胃里度过
在面包里面，我孤独如铁块
冰凉。我不知何时疲惫和没劲会到来
撕开。那上面的葡萄干，有时
一只蚂蚁会搬走散落的渣子
或者，寂静在我的周围盘旋
黑鸟已开始飞走。在酒瓶里
摇头晃脑。我所熟悉的今天
已是一块闲置地。而猫
在夜晚时候走过

2017年5月5日

## 落满雨滴

湿漉漉，似是她此刻的心情
芦苇上的水珠，雕刻在
她的眼角。风来了，吹散了
两个影子。越来越远，她的双手
抱不住梦里的他。高脚杯沿
有唇印，随着DJ
摇摆。无非就是把伤
裹在粉红色吊带裙子里
无非就是醉一回
疯一回。晃动的身子
挡不住夜的沉睡，落地窗上
落满雨滴

2017年5月13日

## 中年之花

紫荆花开，我们在其中
自拍，定格
绽放。就像
嵌刻在相框里过了
保质期的青春。操场东南角上
大枫树依然茂盛，课间休息时
我们围着它追逐嬉戏。湖面

还是没有涟漪，静静的如同
这些年。等我们再到这里走走
看看，已是中年之花。倾诉需要
烟雾和酒杯作陪。小惠和小光从
一个围城进入一个围城，小东去了
车来车往的地方。此时我们是那
逐渐发黄的树叶，不知还有
多久，不知还能有多久？就会离开
树梢，在空中完成几次旋转
飘。那即将坠入花丛里的纸飞机

2017 年 6 月 18

## 湖心岛

可想而知，湖心岛
四面环水。我在岛上
仿佛是一件丢失的
道具。树林茂密，有
不知名的鸟声。我在等待
路过的船只带我离开
等我上岸后，走在无限大的
岛上，活在《楚门的世界》里
网格化的小区
纸片的房子，我们和你们
近似于蛋清在蛋壳里

2017 年 7 月 20 日

# 饰

他们的故事随着我
吃光手里的爆米花
而结束。魔幻的
画面，他们
挣扎，厮打
刀光剑影。我饰演了他和
他们，如一根一米长的
变形铁丝。一下子拧成
“玫瑰”，一下子
扭成一只“蛤蟆”。灯光
聚焦，我暴露在镜头里
转多少次身诠释一个
浮夸的我。“咔”，我
退场。我回到了《白日梦》里
嘘，别打扰我，我要
多夹几个布娃娃

2017年8月23日

# 那勺的诗(10首)

那勺，安徽怀宁人，70后。著有诗集《无关喻体》。

## 钟　声

黑暗过于漫长，睡不着的时候
我就数着钟声，在静寂里
布下的千重灰
万念都落到了灰上，我落在钟声里

2005

## 土　豆

种土豆的人弯着腰
一只手提着竹篮
一手，往垄沟里摁土豆
蒙蒙细雨
看不清斗笠下的脸
种土豆的人
重复相同的动作

弯着腰，沿着垄沟走过来
一直走到跟前
天黑了
我便叫了一声：妈。

2006年

## 旅　途

蓝玻璃将我和这些陌生的城镇隔开
也将我与那片落叶隔开
难以琢磨的事物
始终漂浮在夕阳的光线中
你看不见
它们的脆弱和犹疑
列车继续奔跑
在狭窄的枕木之上：那些静止的部分
也是漂移的。

2007年

## 在秋天

正午，他醒了
把洗衣机里的衣服一件件拽出来
披在窗外的钢丝绳身上
再过一年

就四十了。他还是喜欢
睡晚觉，以及睡梦里那些弥散情欲的女人
这没有什么不好，他觉得
秋天，秋天的阳光
走到那儿都一样：懒散，干燥
和呆滞。他安静地靠在阳台上
抽烟，发呆，把身体里的另个人一千遍杀死
他没有挪动身子
他知道，只有阳台能给他带来
母亲般的温暖和抚慰
况且外面也没有什么更好去处
在秋天，秋天
走到那儿都一样
瞧，树上的叶子只剩一半，都是黄的
枯草边，那几个小屁孩
只知道每天挥舞着手中蓝色的塑料条带
用力抽打各自旋转的陀螺
这其中也有他的儿子
再远些，就是小区的大门
保安们穿着笔挺的制服，几乎共一副面孔
向进进出出的小车立正
致敬。

2007

## 无关喻体

我一直对乌鸦保持着警醒的态度
它时不时地出现在田野、村庄、树林
我会把它与礼帽、话筒、教堂清晰地区分开
这很有必要。乌鸦一辈子只活一次
构建物和植物，枯了可以再绿。我知道
自己，这些年在温州，虚胖了许多
有时也莫名其妙。看养狗、养猫、养鸟
养人的。我养一只非形式主义的乌鸦
我用绳子把它拴起来，而不是
放在笼子里。白天陪我练习
哇—哇—哇。安静时，把它揣在衣兜
让它默默地看着绳子，看着我的手势
一只有个性的，非形式主义的乌鸦
怎么看，都不像乌鸦，像黑色的胎记。即使在死后
与肉体也无法分割开。我想，有必要。

2007 年

## 在楼顶

同样是二月，积雪已经融化
楼顶上的鸟粪
和一些枯叶又裸露在天空下
这时候

如果在乡下
我就会悄悄地爬上楼顶
清除它们。然后
怀有喜悦，看
炊烟，飞鸟，鹅黄
和田野里弯腰的亲人
而现在
春天走得越近我就越发觉得
无论是梦中还是在楼顶
这一切都很遥远
甚至没有意义
只有摸着楼梯一步一步往下探的时候
我才慢慢感觉
自己变了

2008

## 星期天的早晨

雪很小
小到需要人大声说出来
小雪里，一个人
坐在对面的草坪上，低着头
抱把吉他，弹唱着
一清晨的忧伤
我关好窗子
一刻钟后

雪突然大了起来
声音也似乎跟着雪花大起来
以至于
我不得不放下手中的暖壶
把关过的窗户
又重新关一遍

2008 年

## 怪　鸟

妈妈，最近小镇
在传一件事，说
有鸟，经常莫名其妙地撞在江北街口
建设银行大厦上
然后死去
尤其天气好时
他们还说，这是一些奇怪的鸟
竟然像人那样，懂得自杀
妈妈，我不相信传说
前一周天气好
我天天去那里，等了又等
没有看见一只奇怪的鸟
这一周，每天阴雨
我仍然走到那里，还是没有
昨天银行保安
对另一个保安轻声地说

“那个奇怪的人又来了”
妈妈，你知道的
我并不是一个奇怪的人
更不是想，要亲眼目睹一两只奇怪的鸟
从半空中陡然弹下
我只是闲得心慌
闲得像只怪鸟

2009

## 桔子在落

桔子落了一个又一个
桔子树的主人在秋天去世了

黄月亮悬在半空
人间靠沉默生活

桔子落下来，阳间
阴间，树上和树下。桔子看着桔子
越来越多的霜在低洼处凝结

你和我，走到树下捡地上的桔子
夜鸟在屋后山鸣叫
我们面对面，互相看不见

桔子还在落，独轮车靠在土砖墙上。

2015

## 清　晨

你看我，选择了清晨
也许只有清晨，你那里的
和我这里才可能一样

院子还是那个院子
除了空气，一把旧椅子倒在槐树下
布谷鸟在半空鸣叫
后来在杯子里
麦子正好黄了

同样一片天
收割前起伏的旷野尤其开阔
插青人脸色阴沉
在自各的路上默默走着
雨水多于阳光

我从山南回来
到院子去，我带来了上好的茶叶
铁水壶架在炉灶上
水响了一遍又一遍

2015 年

# 乔浩的诗(5首)

乔浩，1965年生。安徽凤阳人，现居安徽怀宁。著有《乔浩诗选》《乔浩的诗》等。曾获第四届安徽省社会科学文学艺术出版奖、第二届安庆市政府文学奖等。

## 四只白鸽

四只白鸽
掠过颤动的树梢
轻薄的空气在空中飞翔
青黛的屋脊会诠释什么？
远处的铁塔，咫尺的树枝
在炽热的空气里
忘记冬天的吧……

钢筋水泥构件里的
深沉呼吸
只是一瞬间我看见
鸽子早已飞散
剩下的两只与飞走的一对
它们白得耀眼的颜色
怎么就会完全两样？

1999年3月13日

## 秋　天

是因为什么秋天就来了
天渐渐加重了凉
树木开始落叶
天空比任意一个时日
都显得高远

是秋天了，高岗上是谁
往远处眺望
远方还会有什么？我没有想些别的
秋天从千里之外来了
像这些日子

我不得不认同的是我现实的生活
深陷其中的境遇
还要一些光阴的等待
孕育的过程就是漫长
其实生活就是这个样子

在秋天这个季节里
不知是源于什么我总是感到
有些怅然，梧桐树下
黄金的秋天，我的秋天
我最终要不要对你说说
一个人梦想的幸福……

2002年10月15日

## 致……

我前所未有地接受了
这些悲壮的，有力度的词
删除，清空，归置。
突然厌倦起专心一意
木讷的我

如果没有愤恨
如果需要放弃一些
要措施得力地忽略过往
如果，如果本身就
千难万难……

2011年7月30日

## 午休记

午休醒来。我沦陷于不安的
孤独里，此刻阳光强烈
而我还在远处。

你呢，好吗？我常常这样
不求有人应答。是的
我忘了一些距离，忘记了
一个人有多么地疲倦！

有时，我不知道身在何处
我只知道生活着
这日子一天天在减少，减少
光阴在一天天增加

噢！我停留的已经太久了
这些年，我在隐忍里
观望与感慨，经历着
独有的命运……你不知道

我真想留些温暖
在记忆里，无忧无虑的
那一种感觉，无须说话。

2012年8月18日

## 晒太阳

放松，把自己完全、彻底
打开。在这个冬日的午后
阳光鸣响———
对待万物，每个人，它都一样
绝对的平均主义、自由和公平
爱抚着我，让我闭上眼睛
任它游走在我身体的
任何一个部位。我真想它能

侵入我的体内，治愈
它给我的暗伤……

2013年11月28

# 宋烈毅的诗（10首）

宋烈毅，1973年生。著有散文集《与火车有关的事》。

## 晒衣绳或不带火的电线

这根晒衣绳是非常简单的
它就是一根旧电线
她每次收完衣服的时候都会摇晃它一下
这样的习惯动作做多了
就深深地刻进她的生命里了

我也说不清这到底为什么
我每次都在静悄悄地等着她使劲地
将晒衣绳摇晃一下
没有第二下，第二下刻在我的心里

我也说不清楚这究竟怎么了
晒衣绳在摇荡的时候
我和她似乎都感到了　种满足

毕竟电线

是和其他的绳子有所区别的
它适合摇晃
它的塑料皮里面是包裹着铜丝的

2016

## 一棵用锈铁丝扭成的水杉

我用锈铁丝扭得最多的还是一棵水杉
我用它们扭一只鸟还是不太像的

这棵没有鸟的水杉
不管从哪个角度看，它都像一棵水杉
从头到脚都像
但我不知道把它插在哪儿

我十分清楚，我把它用一大把锈铁丝扭好后
它就已经是活的了
不管我把它插在哪儿
它都会感谢我给了它一个好地方

它知道自己是锈铁丝扭成的
它也非常喜欢我把一双破手套挂在它的塔尖上

2016年

## 男邻居

他家外面的灌木修剪得是很整齐的
平平的，四四方方
而有的却像一个罐子

我伸头望望他家外面的灌木丛的时候
他家外面是没有一个人的
这是和我的想法一致的：他家外面空旷，也不特别空旷
只有这些像罐子也像魔方的灌木

真不知道他花了多少时间才剪成的
与之对应的是：我不知道花了多少时间打量他家的外面
和这些有点死气沉沉的灌木

当它们的枝条再次胡乱地在他家外面生长出来的时候
我看到他快乐地忙开了
我是替他春天里的活泼和快乐而高兴的

2016年

## 像我这样的人

停在楼梯口的自行车，我经过了它。
我每次经过它都要在它的坐凳上猛地拍一巴掌

我乐意接受它的某种反弹
它的坐凳真的结实极了，这让我在上楼的时候
还在想着它，我对它望了一眼
这个楼梯口就突然不再那么单调得让人犯困了

像我这样的人也还是有的
像我这样的人已经不多。

2016 年

## 一大束花和一只气球

这个女人抱着一大束鲜花和牵着一只气球的效果是一样的
怀了孕是指这个女人就要做母亲

她不再和我们说话，只是低头不语，像是和腹中的胎儿
　　交流了一阵子
她仿佛一大束花系着一只气球
就要躲到屋顶上

2016 年

## 大的动物

卖鱼的人只有这一条大鱼
他分开鱼头和鱼的身子，掏出内脏
这些都必须分开来卖

对鱼鳔望了一眼的女人想把鱼鳔带回家
她很可能不吃
她很可能觉得这条鱼大得就像一个神
她很可能以一种特殊的方式来对待
本不容易长这么大的动物
大的动物在她看来达到了她的体型就让她产生
一种怜惜，她看卖鱼的人像是在分开她的身体

2016 年

## 飞不起来的摩托车手

我经常在这栋楼的楼顶上看到
一个飞不起来的摩托车手
他试图直接跳到另一栋楼的楼顶上
要命的是他腿间还夹着摩托车的
引擎和马达
我经常犹豫再三：是看他还是不看他
我有时走过一条街就要到另一条
更僻静的街上去了
我在街道的拐角停住了
我知道痛苦的时刻就要到来了
我必须要告别他
我在准备告别这个飞不起来的摩托车手的时候
发现一个老人用一只脚站立在红色的
消防栓上
他在上面保持平衡有一阵子了

他张开的双手似乎也像翅膀
而我一旦下决心走过街道的拐角
痛苦就像螺旋桨慢慢旋转开来了

2016

## 陌生之地

我捧不起水的时候
我就捧起这些蝌蚪
它们扭动着，陌生之地
总是要痛苦一会儿的
接下来，它们就要和我一起回忆
树林里的一个水洼
我在那里发现了它们
我在水洼中照了一会儿
我自己的影子
还有我的双手
我把它们在穿过树林的一小片阳光中
晾了一分钟
陌生之地，我是需要迟疑一会儿的
接下来，我离开水洼
手死了
它们还活在我的手掌中

2016年

## 它的山尖

星期天，我到垃圾山上去玩
填埋了很多垃圾的地方
长出来的树竟然十分高大
填埋了人的地方一定光秃秃的
让人感到害怕

填埋了垃圾的地方长的树
都有些古树的味道了
如果我是古人
会非常好奇地挖掘这座垃圾山
我要看看深埋在这里的
那些废旧电池、塑料瓶子和硅胶娃娃

我一口气登上山，又一口气跑下山
我在它的山尖是一刻也待不住的
它的山尖就是一把半埋在土里的旧菜刀
虽然锈了，但依旧闪着旧日子的寒光

2017 年

## 拉　锯

学小提琴的孩子
还不懂得一个人拉小提琴是在拉着他的灵魂

他现在只不过在拉锯
他母亲一直陪着他拉
对单调的琴音一点也不感到厌烦
拉着灵魂的日子似乎还很遥远
但很快就逼近了，只有他母亲一个人希望他慢慢地拉
把锯拉得蠢一些，再蠢一些
一想起这些他母亲就已经开始偷偷哭泣了

2017

# 剑方的诗(3首)

剑方，原名范方来，1966年生，安徽太湖人。1988年发表处女作，后曾在《诗刊》《天涯》《安徽文学》等刊物上发表诗歌。

## 在冬天

大家忙着劈柴，添置新衣
一些性急的年轻人
甚至早早地回到家乡
带着满心的渴望和好吃的糖果
我站得远远的，站在风口
北风吹落了我的眼泪
我真的不明白
重逢的时候为什么我会感伤?

我一直站着，几乎忘记了寒冷
和身后沸沸扬扬的村庄
我有好久没有这样过：
像脱离树枝的叶片一样
凄冷地飘到林外

我一直站着，直到天色将晚
男人带走女人
女人领走孩子
天空中一列大雁飞过后
是落单的一只
我听到它急切的叫声
使夜幕迅速落了下来

2007

## 我只有这么多铁

我只有这么多铁，如果你要
犁尖、草锄或一把镰刀
我会搭上好钢
我只剩一点点好钢
好钢，当年用在了青春刀口上

我只有这么多铁
你莫指望我造出火车和工厂
请看这红炉、风箱
还有这铁砧子
我怎么能出卖铁砧子
它是本村最忠厚的哑巴兄弟
敲一锤只哼一声

哪怕只有一两铁，你也别说

我是没用的废铁
我只有这么多，一两铁
我也要打三枚钉子
挂住一生中的三件宝贝：
良心，力气和手艺

2009 年

## 这里还有一个抽屉

幸好，这里还有一个抽屉
我暂时不会打开
我相信一些细小之物
因为平时无人问津
它们赌气穿上了灰尘

若干年后，当我把“现在”一次一次地
用老，用成快要折断的钥匙
是我想起“擦拭”的时候
是我想起“缝补”的时候
这时，幸好我还有一个抽屉
我还能找到一枚顶针
要穿过厚厚的时光
看来也不是问题

2011 年

# 甜河的诗(9首)

甜河，原名汪嫣然，1992年生于安徽潜山，现在巴黎求学。曾获未名诗歌奖、光华诗歌奖等。

## 玫瑰的谱系

那个在梦里被杀死的人不是我
凋谢的浪漫派与孤独的女酒鬼相互映衬，春色葳蕤
院子里枝椏稀落，星星低垂。
老樵夫泪眼蒙眬，天鹅绒和野花偎依在怀中
树木沉思，蜡白如他的面孔
闪亮的日子一去不返，此刻烛光照亮大半个平原；
穿过尘埃掩埋、色彩繁杂的幽暗岁月
我们热衷于谈论所有花瓣熬成的夜晚。
当饥饿的阴影成为绝对的实体，指向心的两极
多少个异乡的早晨，荒凉如往昔
我是否应该采用一种宏大的叙事结构
来歌颂生活全部的贫瘠
可我所有的抒情都已献给了南方，长江下游晴空万里。
犀牛的目光温润如花蕾
难以逾越，词语的寂静。

复制我的灵魂，呈现相似的幻景
透明的美的战栗，请赐予我致命的一击
直至重返玫瑰的谱系

2012年2月

## 怡　园

石头也颤抖起来，无聊的人细数梅花。
玻璃桌上掠过一块三角形的云，光阴薄软
午时蝉鸣大作，阳光直射在他旧时的卧床。
群石侧耳听泉声， 芭蕉、修竹与荷花
伫立在虚空里的菩萨。

走过去又走回来，日暮途远
这里有枯瘦的山水，有惆怅的老人
年复一年，在低矮的黄昏里打坐
沉默的电流在阴影中原谅我。

巷道挤满穿白雨衣的人们，不发一言
清晨的果蔬，心平气和
等待被运往黑暗中的长街
我见过鹤，也偶遇过干涸的眼睛。
风在这里停下，你在这里死去：
“我们之间隔着迢遥的山河。”

2013年7月

## 还　乡

每一次回望漂移的大陆，尚在酣睡，
仿佛听见石头摇篮曲。
远离旧庇护所，新关系将我们勾连
迅疾地闪回：候车厅里女孩椭圆形的脸，
她突兀的编织帽。“持志如心痛”，
看她咀嚼苦杏仁，咀嚼莲子芯。
她脖子上的黄金如同一把旧锁，
缓慢地，在果核里转向自身。

一座饼干雕塑：资产的全部。
女乘客起身，掸去易燃粉末
走出门。在上升的目光之中，
单足站立如火烈鸟。我叮嘱她，
“别轻易向陌生人借火。”因为
被释放的花豹，蛰伏于公共的链环之中：
它熟谙讲稿的文法，侧身聆听钱币落地
在众人的渊薮里打了个趔趄，
请求梦幻为其立法。

拒绝外部的风景，在故地醒来
认出彩色圆纸片、家具、房间
认出彩灯、镜子、宇宙。
我被取消的意志，我这拼凑的一生
永远处于裂变与生成之中，
已腐朽的，将会成为不朽。

为了规避无妄之灾，
我将谨慎选择我的自由。

2014 年 7 月

## 积雨云

一朵云过来就要下雨。我们行驶在伊犁
的田间公路上，把成片的紫苏误认为
薰衣草。“薰衣草花期早就过了。”
司机平静地告诉我。他的目光
时而倦懒，时而闪烁。

向日葵打蔫儿，溪边野苹果树
依然繁盛。牛羊行动迟缓，犹疑地
在雨中下山。一生中诸多第一次——
我们遭遇白雾，第一次悬停在云中
被密实，凝重的雾气包围，看不见
任何山谷里的居民。丰饶的寂静
距人世很远，不可被双手紧握。

“我们永远不会降落。”有个声音说
可谁又知道呢？连续下坡七公里，
冲出这淡漠的云朵，盘旋而上一座
新的山峰。花楸谷的光亮之中
河滩上遍布黑鸟的名字，
在黄昏时轻轻移动。

2014 年 9 月

## 散 步

我终于学会像对待一只细颈玻璃瓶
那样擦拭，身体每一角度的反光。
一只蜂鸟，捕捉午时的微风。
慢慢坐下来，等待巨大的光芒收敛
在搁浅之处。小心地网住空气，想象
锈蚀的船重新启动。淤泥布满河床。
一处温暖的水洼，助我对抗遗忘
上帝啊，我是多么小。

旧故事已经完结。我多么快乐，
想在爱里多勾留一会儿。
你径直走过来，轻轻压低帽檐
在岸边捡起一块鹅卵石，递给我——
它圆润温厚，不比宝石逊色。
我们偶尔说话，走向远处的水塔
双手插在兜里，拉长了步子
只是消磨时间。铁路桥横亘河面
凝视着自己细长的影子。
“我二十岁时，遭遇过……”

每一枚词语，箭镞般骤亮——
勇敢地射出，然后被空虚截停
一切毫无回应。我怀着愧疚
替它们逐一清理内部的晦暗；
这样它们才能保持忠诚，嗡嗡地

围着水洼飞行，在阳光下闪耀。
我终于学会像描摹桌上的静物
那样平和地，不抱任何希望
那样谦虚地背过身去

2015 年 2 月

## 柚　子

当我说柚子，它是Citrus maxima
芸香科，呈梨形或阔圆锥状
毛孔细密。它金黄，有时
面色苍白。剥开表皮，
这微微发涩的蜜
渗进肉里。

它的芳香分子，充溢
整个衣帽间。情感浓度
增高，空气变得稀薄，
奇妙如暗语，催生出
一股独自涌升的力。
(虫鸣窸窣，也
曾在凉夜到访)

母亲的高跟鞋，来回走动
足尖丈量新的圆周，
我时常为此困扰。

“快来看我多瓣的心。”
我叫道，疤痕如新月。

苦味若隐若现，锁紧舌尖
在潮湿的黑暗房间发芽
逸出新的枝杈。
（“我将怀抱如金星，
多情而味苦”）

裁剪那件母亲的旧裙子，
一寸寸地懊悔落地。
爱倏地收紧。
(赞美庄严，以及
事物的本性)

一袋柚子，迟疑地从边缘滑出
经脉成熟，古典的甜美
诚实地走向腐败，
再也不想回到树上。

立秋就要抵达。
看，那雨中飞奔的人，
在引力的指引下，加速坠落。
　　你会回来探望我吗？

就像那在空中减速俯冲
翻转，理发师娴熟的双手一样

柔软，亲昵。

　　还没来临的冷空气。

2015年7月

## 蝴　蝶

“蝴蝶也是一种扇子。”①
带着不确定性进入优美，
加剧暖风的虚胖。比衰老更慢，
它软弱，和我一样进退两难：
难以把握，轻盈的雾状事物。
目光在叶片里游移，寻找
新的热源，无人指点。
蝴蝶的直觉始于惊心，它折返之后
再度锁紧。蝴蝶飞出了屏风。
为何最紧张的总是易于破碎，
我激动，眼看蝴蝶旋出最小的歌剧。
手心微汗，为这仅有的沉迷。
我无意的触摸会持续多年，
远途的蝴蝶朝着灰心的终点。

2016年11月

①此句引自友人孙纪元的诗。

## 园圃之乐

就这样，毫不意外地
你见证了我身体属雨的那一部分：
我抑制的情感在此加速，
将黑色眼线撅出精确的弧度。

你替我捋顺发尾，那微渺的色情
锁定在舌头的辖域之中
借助浊辅音，浇灌夏末的热气
将顶层的阁楼密闭。

我的听觉突然极其完美，
辨认细细的奏鸣，它们渐次显现，
贴紧皮肤，热切地压低嗓音。
我是你最顽强的力。

小夜衣绕指，你落入林圃
成为唯一的园丁。翻过手掌，
你盖住一片蓬松的热草，
向那漫无目的的黑暗发出邀请。

腰身且放低，腾挪出你的绝境。
如同橡皮来回摩擦纸张那样，
我们彼此昏沉，甜蜜地点头致意。
酝酿我们成熟的性。

2016年11

## 石　榴

来晚了。石榴咳血的那一夜，
你只能寄情于艳丽的耳垂。
爱它的千人一面，爱一闪念。
而闪念轻若闪电，何处是你同学？
夜火中高烧的是你同学。

欢爱也显得陈旧，裹挟春潮回涌。
在手的迟疑之中，在最小的反复中，
你随夜晚远离，呼应体内膨胀的金。
身轻如燕的是你同学。

来晚了。来不及等石榴成熟，
你就要快乐地溃败，为死亡庆祝
就从学校走出。一颗星子如一点痣。
你为新人哭，为鬼簿增添新名录。
越来越安静的是你同学。

拿走耳蜗的软骨，深情不过暮晚。
你怀抱石榴蓄势，为这临危这一转。
余温化为一片稚子的欢娱和痴心。
你，难道不是因为厌倦而缱绻？

2016年11月

# 皖西周的诗(3首)

皖西周，原名张驰，安徽宿松人，现居临海。著有诗集《烟花
印》。

## 在青藏高原

在这里，阳光是神秘的
它照到哪里，哪里便坦坦荡荡
光环叠起
那些从尘世辗转而来的人
夸赞这里为人间净土
只有活佛知道，那是阳光的功效
他们，也会借助阳光
叙说佛的灵验
在高原，再卑微的心灵
都有居高临下的感觉
我在高原的这几天
时常想起那些海拔较低的地方
和那些海拔较低的朋友
让我觉得，生命本是多情的
只要给我一个高度，我会比佛

更懂得
普度众生

2009年7月28日

## 上　楼

他们上楼，类似于升旗
一边唱着山歌，一边把自己
从地面上升起来
曲子短一些的，只能升到二楼
再长一些，可以升到三楼
喊破嗓子也只能升到四楼
或者五楼
那种高八度的声嘶力竭
不是每个人都能喊出来的
为了练就一副好嗓音
他们变成了一群候鸟
天南海北地飞
让村庄不曾种植的酸甜苦辣
不曾看见的光怪陆离
从体内一一爬出来

2013年5月20日

## 山水玩起来比我还要蹉跎

它不袒护任何事物的命运
它只想玩
玩石头，玩瀑布，玩云雾
玩花朵，玩蘑菇，玩竹笋
也玩阴森，凶险
色彩与壮丽
甚至连风暴和雷电都敢玩
我实在是玩累了，玩腻了
本想去玩玩它的
殊不知，它随便伸出一条小路
就牵走了我的记忆
它在玩我：让我流泪
让我痴想
我突然警醒，不敢向它的深处走去
害怕自己会长眠在那里
被它玩弄骨头
和骨头缝里珍藏的磷火

2015 年 11 月 24

# 椿桦的诗(3首)

椿桦，原名汪春华，1972年生于望江县，现居广州。

## 五个人的尼采

德国炮兵离开普鲁士穿过茂密丛林
悲观诗人揉了揉眼睛合上最后一页
声嘶力竭的教授闭上喋喋不休的嘴巴
枪杀上帝的歹徒漫不经心地走上大街
存在主义疯子将不断冒出的念头无情驱赶

五个与众不同的家伙不约而同
来到尼采的大脑中相会
这个令欧洲担惊受怕的人
当时正坐在黑暗中的墙上
响亮地喝着狄奥尼索斯的烈酒

五个人，就是五种身份或悲观的思想
对此，尼采并不也不想清楚地知晓
他是一个行将崩溃的人，五个人在他
大脑中所占的位置被莎乐美一人挤坏

他们交流的声音加重了他的痛苦
为此，他的梦也是那样的嘈杂
比刀割纸张所发出的声响更令人绝望

这个喜欢酿造悲剧的大胡子男人
自己已然走进了悲剧的中心
他用自己的血粘接两个百年脊骨的同时
自己的脊骨却发出断裂的声响

尼采，曾经的超人领袖
当他正式向五个人挥手告别之时
来自上帝的泪水通过尼采的烂眼圈
洒落在1900年的德意志大地之上

2005

## 岩石上的罗雷莱

岩石上的少女本身属于岩石
她以歌声区别她在莱茵河畔的存在

她的一切都是必然的
包括那个夏天的夜晚和葬送她的浪涛

岩石里有没有花园、马匹和灯光
她不能从风向中作出回答

她只是习惯于在石头上忧郁
河流于是将她的歌声源远流长

她是白色的，比浪花更白
岸边的人远远望着面水而立的石头说

但她潜入水中却是黑色的
罗雷莱女妖是黑色的

她的歌声同阳光一样白
她是两个截然不同的女子

一个是水边的花瓣，永恒的白玉兰
另一个是夺命的魔鬼，黑夜的幽灵

水中有多少块黑色岩石？岸边的人
无法从掠过蓝色水湄的歌声中得到回答

岩石是女妖的起点，从她面对
河流上面的星星和星星下面的河流开始

岩石也是少女的终点，她没有想到
在她进入这暗流汹涌的河流之后

她没有想到在另一个世纪，她不绝于耳
的歌唱正被一个远离莱茵河的中国诗人

倾听。在中国的珠江南岸
我也差一点没有想到

2005

## 云　朵

年轻的妹妹在河边浣洗
水面上倒映着1992年的天空和云朵
那些棉花般的白云
暗藏着石头、马匹和黑暗

正午的阳光将白云的黑
投在一条静止的木船上
妹妹的汗水将小河的宁静打破
在云朵下洗衣
看上去既浪漫又危机四伏

雨水落下的时候
妹妹拧干的衣服全都湿了
从石头到马匹再到黑暗
一块云朵记载了一段洗衣的过程

我突然眼眶湿润
在妹妹的木盆里
几件衣服和一个旅行包
在第二天天亮后将随同我离开

像云朵一样
飘向有雨水和石块的远方

2005 年

# 江汀的诗(4首)

江汀，1986年生，安徽望江人。毕业于青岛理工大学，现居北京。曾参与发起北京青年诗会，著有诗集《来自邻人的光》、散文集《二十个站台》。

## 验　证

真理在时间中变化着。
傍晚七点，它如同一摊淤泥。
从那里，我握住了某个女人的脚踝。

那么，你踩着那些淤泥，踩着那些伦理？
你只是做了一次散步，
恰好看到草丛里幽暗的阶灯。

你记起一座小镇，想起那里的郊外。
天色好像经验，好像必然，
好像纯粹物质的过剩。

你摆脱我，像写尽一行文字。
你真的已经身处那里，
四周都是验证性的草堆。

直觉变得坚硬，可被手触摸，
如同典籍和梦境，
如一盏黄灯的执念。

然后，我们欠缺一个转折。
在那个瞬间，你想起我的虚妄，
那并非索然无味的本质。

2013年春

## 给某位不相识的隐士

多年来我一直保持沉默，
每日注视窗边的花饰。
这小小的皱褶从未提醒我，
生活中持续着的窸窣声响。

但过去的困难仍然到来，
在这个寻常夜晚，我没有睡着。
我羡慕那个醉醺醺的酒鬼，
他反复擦拭那盏路灯。

我坐在桌前，反复地臆想他，
我确信那绝不是一个幻影。
凌晨的马路在丁当作响，
它召唤我投入怀抱；任何一个怀抱。

我迈着儿童的步子，
假装醉醺醺的，开始敲打
街边的第一扇门。这就是那个不真实的时刻，
我看见的只是个愤怒的睡眼惺忪的男人。

我礼貌地道歉。白昼像油滴一般凝聚。
一个颓丧、贫乏的中年男人，从后面追过来，
当他的身影渐渐盖过我的，
我感到一阵不再复返的战栗。

2013 年

## 在候车亭下

在候车亭下，我睁开眼睛。
我触到了那荫庇，
一个小小的顶棚。
它是我的限度。

向你呼唤，——我所来自的
——那个传统。
雨点落在我们的外部，
像敲打一只古代的瓷器。

这器具值得赞美，
而渴慕正在来临。

双手轻轻抚摸，在底部，
我感到一个十字的裂纹。

我不知道，
在它身上曾有怎样的震颤。

2013年夏

## 漠然在生长

漠然在生长，像院落里遍地的苔藓。
我曾在家乡经历这种天气。
整个二月都这么阴沉，
当着祖父家中的木窗。

你擦拭窗台了吗?
杂物一件一件地复现。
它们不信任身上的灰尘，
尽管后者已经游历了世界。

时间轻微地腾出位子。
没有人死时会穷困得身后一无所有。
也不愿听到任何声响，但在黄昏，
村子里逐渐传来嘈杂的音乐。

我想象那是一场祭祖的尾声，
人们开始走动，踩在那漠然之上。

我想要出门。一场雨开始坠下，
可是在家里，没有适合我穿的木屐。

2013 年

# 金国泉的诗(3首)

金国泉，安徽望江县屠家田人。

## 一只倒扣的瓦罐

再大的雨点敲在上面
也只发出瓮声瓮气的响声
告别还是告诫?

保持着安静
即便雨点开出花朵
我相信它也不会探出头来
里面什么也不会发生
颠簸的花朵颠簸地消失

世界越来越未知
那就倒扣过来
倒扣是放弃　也是坚守
守住自己
守住黑黑的空荡荡的灵魂

我不知道
这是不是庄子敲的那一只?
庄子敲多少次也仍然安静
唱着歌也仍然安静

瓮声瓮气的盆里会飞出蝴蝶?
但此时　如果我将
瓦罐翻过来
瓦罐就盛满雨水
雨水中有看不见的大海

大海从不安静!

2017年2月

## 一枝动,百枝摇[1]

汪曾祺说这话时　我
在跟着摇
我摇时　风跟着摇
那些文字也在摇
文字是否就此　从我内心
离家出走
实现它的梦

那些麻雀在叫

①汪曾祺曾说,语言像树,一枝动,百枝摇。

麻雀的叫声与麻雀分开了吗
它们结合得那么好
又分离得那么精准　干脆
各奔东西

那些文字还在纸上
汪曾祺也在纸上
但我仍然不信

许多东西并非如此
汪曾祺仍然在动
静下来的树
顶上　我看见
许多麻雀　飞去又飞回

2017年7月

## 冬者岁之余

余出来的部分果然孤独
一切好像都是例外
被例外包裹
像枝头剩下的一枚果实

果实里有内核
内核里有辽阔的田野
辽阔的田野里有飘动的云朵

谁在那里奔走
黑色的背影
像一声尖厉的吼叫

吼叫其实就是一种渴望
那些草垛也是渴望
忍耐让它发黑
让它一动未动地守候

这是哲学还是物理学？
没有谁能回答
董遇也不能

——董遇也只是一枚
被许多人遗忘的果实
我偶然抬头看见
他像鸟窠

这余出来的鸟窠
摇晃着　苍茫的田野上
既不回答什么
也不发问什么

2017年11月

# 汪治华的诗(3首)

汪治华，安徽望江人，现居广州。著有诗集《大海的声音》《吠》。

## 梦是黑夜的云彩

我们做梦，就是另一个我
悄悄醒来。我梦见自己睡着
那我真的才算睡着

我梦见死者，安静地听着旁人
讨论雨水与天气
我怀疑每一个词的动向
于是我潜得很深
我试着将褒义转向贬义
将词义转向反面，它们都无比合适

我开始抛弃解读
万物无语，因为它们一开口
就将吐出，那被吃进的雨露与风霜
对失踪事物的每一次发掘
都是对心灵的补救

我坐着不动，一只蚂蚁在我身上
开始长途之旅
我动了一下，那将是一座山在动
最沉重的睡眠，它如云彩
飘过黑夜之天空

2014

## 立　秋

老人放下经卷，抬起头，秋天就来了
把湖水抚平，让它安静，澄澈
“秋”字里的火，靠在一把枯禾上

莲叶宽宽，梵心如水
大雁在做刀状飞行
闭上眼，让皱纹里的雁，隐隐飞走

去黑暗里摸出一把雪
放入镜中，照亮白发
去把散失了一年的月光，找回
高高照向，那完美的山林

2015 年

## 雨水之眠

一个人突然失眠
恰如一场雨，停在半空
今天一定是累过了头
我对自己产生一种倒时差的错觉

沉醉于自己的浩瀚
我将如此彻夜无眠，目送流水
将一条船，晃到天上

一切与生俱来的疲惫
从角落里的刹那一照而开始
从一朵花的独自盛开而结束

会飞的人不累，会失眠的人
把万物放在，一滴雨水之上
一个人，要超越多少愤怒
才可以成为一个坚定的大海主义者

夜，以它的黑暗为你解甲
以它的不累，还给你浅浅的夜
如果你没有遇见过失眠
就如同桃花，没有遇见过雪

时间与时间相减，就是空
在这个夜晚的临界点

蛇头与蛇尾，在交接晨光
它们因暗语而扭曲

首尾相减，亦如首尾相见
每一个热爱失眠的人
都是假借黑夜之名
对光亮，产生敌意

失去这个夜晚的睡
就等于是增加了一次夜归
行于歧途，归于高枝，隐于大市

我看见了夜晚的裂纹
它清脆，它新的截面里深藏闪电
一万次的雷鸣，最终都只有一
一次，就可以铁树开花

一夜失眠无数次，你恰在此夜
窥见了万物的合唱
你要准备，与它们，一齐醒来

2017 年

# 詹永东的诗(4首)

詹永东，1965年生，安徽望江人。著有诗集《七号码头》。

## 沮丧的一天

这是沮丧的一天。处暑后的凉意
从浴室窗帘上垂直降落

早晨经过玉米地，叶苞败于夏天
沟渠里的牵牛花婉约

我停留片刻，一种短暂宁静
悬置在秋天粗粝的大地

深处，清晰的蓝
给我无用的想象，什么也没有说

语言有时也是多余的
站在沟渠的小石桥上，我想

整个夏天我都在等待

无花果慢慢变紫，开裂，流出甜汁

而此刻夏天自行离场
蒸馏瓶中的热浪，冷却而透明

而此刻玉米地交织成熟和失败
仿佛身体在泡沫里失重

秋风淅淅……又淅淅
难以忽略的起伏，远如吴樯楚柁

2017

## 即使整个世界是我的

昨夜我尝试唱了一首歌
又在《冰河时代》波浪的节奏和光影里
摇摆……消逝……那个我

今天醒来，空虚不是一无所有
大海中溺水的绝望。不是
穿过盛夏的山谷松林无止无尽的绿荫

我想到橡皮，带着弹性和硬度
多年前我用它擦去
纸上的名词，动词，《冰河时代》——

昨天我拥有的一切
黄昏经过葡萄园，紫色葡萄饱满耀眼
洒着一层淡淡的白霜

它们那么亲密，身体和身体毫无间隙
在向大地坠落的危险中
有别于莲盏中环形排列的莲子

我远远地看着荷花在地平线上
与宁静的晚霞交织
重点不同，如夜晚降临的音乐和情欲

我想即使整个世界是我的，鸟鸣
也仅仅是晨曦的一种补偿
“直到世界反映了灵魂最深层的需求”

2017 年

## 为衡山诗会作并和天晴了《去福严寺看银杏》

读了几遍《金刚经》，银杏树的般若[①]
我岂知一重[②]
晨课太早，小沙弥敲木鱼
有点瞌睡
忘了细数枝头的黄叶，几道轮回

①般若，梵语，指辨识智慧或终极智慧。福严寺古称般若禅寺。
②一重，指到达辨识智慧需经历前七重。

如来，我要穿越衡山弥漫的
云烟
直抵福严寺
银杏树不过深秋的几枝插花
我要入寺，不见山
只见一树意象，呼吸，如恒河之沙
数也数不清

去福严寺看银杏的中学女教师
听见树叶簌簌落下，有别于身体的光
不说话
淘金者，燃灯者，礼佛者，不说话
红墙环绕天下法院[①]
有时蓝，有时紫，有时黄叶纷飞
法官躲在藏经阁里，不说话

如来，我也不说话
我只是山外一个中年的幻影
金色蝉壳
相隔千重山，我就坐在你们中间
以约定的方式执手和倾听
木马旋转，菩提花开
福严寺在星河中缓缓关闭山门

2017

①天下法院，福严寺别号。

## 中年的幻影

中年之后，黄昏在沙发里越陷越深
一截朽木弃于海上
重于一触即溃的泡沫，轻于波涛
海岬上的灯塔邈远如豆

滨海大道锦绣堆积
百年榕树的阴影，暗喻岛屿之争
木槿在绿篱上层层打开
合欢花轻如尘拂，拂过高杆路灯
粉色和淡紫纠缠的花穗，在星空下
抵近美的荒凉

他借着街边的光，点上一支烟——
凡不可言说之物，应该保持沉默①

或许应该出门散步了
走过矮冬青甬道，右转，顶住海风
走进一幢西方哲学屋顶的建筑
那是连接两个时代的地标
穿白衬衫，黑马甲的侍者在人群里
像带鱼一样游来游去

但此刻黄昏已尽，夜色统治城市
膝盖里的风湿异常幽暗

①维特根斯坦语。

仿佛惟有接近于幻灭的幽暗
才能显示事物的存在
仿佛他曾喂养的一只白鸽
混迹于海浪，然后分离，尚未归来

2017

# 高嗣照的诗(5首)

高嗣照，1957年生于安徽宿松弹子山。著有诗集《感悟人生》《归来的雪》《抵达秋天》《触摸月光》《高嗣照现代诗选》。

## 梦蝴蝶

不息地翻飞，在三月
花丛中　你如隐如现
一身亮丽的衣裙　你任意潇洒
风姿绰约。撑开了一片晴朗
寒暑易逝　你从哪里飞来
风尘仆仆，依然风情万种
三月的南方日渐光明
你总是在我孤独的日子悄悄走来
这一息闪亮
带来了我生命的盐和水
点燃了我男子汉之光
不息地翻飞　如诗如魂
其实　我一直是个独居的人
屡遭风霜，痴心不谢
生命和梦幻筑成了爱的心狱

终身护那一片纯净
如意地翻飞　缠绵飘逸
依的舞姿翩跹，我的心境美丽
这瞬间的馈赠　足够
——足够我珍藏一生！

1993 年 10 月 4

## 雪　禅

修禅的人静坐在山中。目光
透视千里之遥——
你的一生是否都在下雪？
雪花飘落。时空好静
纯净的雪粒将你一生的痛楚
悄悄点数，将山中的日子照亮
人间一律洁白　雪林幽远
钟声回荡。二月江南如此净美
人生在酷热的阳光下跋涉
一切都源于痛苦的欲求
生命躁动　禅悟的人内心宁静
抖开冰雪，一束山花在雪地里
幽放。冰雪覆盖的青草
在书中与古人平静地对话
透过烛光　雪域辽阔
你看到了那些词的背面有人在
走动。大彻大悟的诗人

跨上了一匹白马
污浊的奶渍　冷却后的眼泪
六角雪花　在人间练达得如此纯粹
打禅的人雪境里望得更远

1995年4月29日

## 弹子山

一天天远离你，又一天天走近
你！山岗上的苍松　明月
清晰可见。遥远年代的荒冢
又有我的亲人走进了下界！
茂盛的草木，五月漫山的松花
止渴惟有弹子山的茶
我的童年赤脚前行
弹子山的云，至今飘浮在一个
穷人家孩子的梦里。夏夜的萤火
四月手捏黄秧　九月割荞麦
漫长的饥饿，野菜疯长的荒地
我最早认识山坡上长不高的马尾松
春天，牛羊依恋青青的山旁
弹子山头。夏日听泉　秋天望雁
腊月　乡间一队队迎亲的彩车
今天，走到了哪里？白云萦绕
松枝折断。滴下透明的松脂
晶莹的泪 照亮了山下蜿蜒的路

树长万丈。一只鹰又从山脚下
飞走，最初的巢筑在山头……

1996 年 3 月 28

## 漂　游

我的村庄命定在池塘里漂游
清洁的水面，夏日是谁为我掀开绿色的
裙裾，回望身后滚滚的尘土
碎石。枯草。骄阳似火
坚硬的日子曾经碰痛过我
持续燃烧的灵魂，追求并不在乎过程
我的诗歌喷薄日出。豁达无比
一场暴雨，我的爱情随你而去
漂泊的丽人，将一生一世的尘土
与痛苦在河水里洗尽
我在月色下轻轻地擦洗明净的诗句
这是一种氛围，一种宁静
无边的宁静。瞩目晨曦中滚动的朝露
一条渐明渐暗的河流
在我心中日夜流淌或者叫喊
今夜，我又遇上了水。此刻
我的诗歌停止在水面，静如处子
追求仅仅是一个过程
这也就够了！尽管不够完整

1998 年 12 月 30

## 亲近白菜

我乡下的姐姐肩挑白菜，在晨光里
叫卖。鲜嫩的白菜，我最初的
最真实的一句诗歌，扎根在故乡的
沃土。朴实无华，含情脉脉
嫩绿的白菜。我勤劳的姐姐出生在
穷苦人家，绿衣皓齿　聪慧美丽
乡村的饥饿与苦难同时向我围困
漫长的童年　如饥似渴
鲜嫩的白菜支撑着我一日三餐
爱我的姐姐一天到晚　说说笑笑
艰辛的日子有滋有味
严冬，冰雪覆盖茫茫原野
田间露出青青的白菜，生机勃勃
北风里摘菜的姐姐伸出白皙的手臂
每当我看见鲜嫩的白菜
目光就触及到嫩生生的肌肤
春天日子转长。白菜抽芯
田埂上我和姐姐坐在阳光里歌唱
掐一枝黄灿灿的菜花，喊一声姐姐
那些温馨的往事，那些细小的情节
依然令我牵肠挂肚
今天，我已经住进了城里
日子一天天丰厚。但坐上充满佳肴
和烈酒的餐桌，我就开始味腻
在这荤腥的年代　高血脂的年代

当所有宁静的日子　逃之夭夭
惟有乡间的白菜　依然坚守着朴素而
平常的心境。冬去春来
绿油油的白菜扎根在田头，生机盎然

2001年3月16

# 刘晓萍的诗(4首)

刘晓萍，1976年生于安徽宿松，现居上海。诗人，作家，摄影师，画者。获《上海文学》2006年诗歌新人奖，诗刊社、鲁迅文学院等机构2015年“中国新锐诗人奖”。著有诗集《失眠者和风的庭院》，电影笔记《极圈线上的湖水》。

## 耳朵的暴动

你想从耳朵获得什么，
除了午后停泊在芭蕉上的两滴雨声？
我害怕，我会割下耳朵送给瘦哥哥——梵高——
他乌鸦的裸翅上正驮着内海而来的风暴。
鹦鹉，鹧鸪，麻雀，夜莺，蚱蜢和蝙蝠……
它们从不知道自己是谁，
混居于乱世。
它们为各自羽毛的颜色争论不休，
黑暗中，长短不一的舌头
埋伏着毒汁。
它们簇拥于菩提树下，
争夺嫡传，用滴下毒汁的喙吟诵残存的经学。
鹦鹉用喋喋不休反抗着喋喋不休；
鹧鸪躲在烟雾中重复泄密

麻雀从不抵抗笼子下的诱饵
夜莺将自己囚禁在灵魂的炼狱
看，蝙蝠不断从一只瓮里拉出死魂灵
在菩提树遇难的路上；在洪水抱住死亡的港口。
这从来就不是一个僻静的世界。
我时刻练习着告别，
练习从耳朵中拔出一枚针。
我从未接住瘦哥哥梵高割下的那只耳朵，
除了染血的星空，除了灵魂的教义。
我从未见过菩提树的新枝，
为我的聆听而洗净的泉水。
夜莺，在荒芜的滩涂为自己的孩子失声痛哭。
它的哭声又被其他哭声复制——
我喜欢风暴自内海而来，
总是自我形成，又总是自行静默。
河堤下，沙滩上，住满耳朵的亡灵。

2009 年 6 月 4

## 密室观奇

——致弗里达·卡洛（Frida Kahlo 1907 年—1954 年）

室内，多刺的藤蔓正在开花。
这无人经过的四壁，
风从沙漠而来。它怂恿这雌雄同体的
热带植物。在室内排遣孤独。
它们变化。制造密室奇观。

有时是箭镞。有时是绷带。更多的时候是十字架。
它们拒绝交谈。拒绝在荒芜的日子中
设置另外的游戏。
一个，在寻找另一个。
更多的失踪者和寻觅者，在密室诞生。
她们有同一张脸。同样的严峻和
悲凉。既不被美化也不被贬低。
阔叶植物穿过她们的身体，逼近蓝天。
藤蔓时而化身黑鸟栖息肩头。
时而串成项链锁住咽喉。时而成为残肢攀住
耳朵。它想得到怎样的隐秘?
这谁也不能接近的孤立无援的裸体。
室内，有太多空洞
停满枯枝。最大的空洞正在生长更可怕的新藤。
她总是从失踪者中看见自己，
她们朝不同方向扭过去的上半生和下半生。
一个无力改变命运的人
早已将幸福的入口忘得一干二净。
室内，不安的镜子彼此打量着对方。
这不能和解的面对面的时刻，
再次在藤蔓上开出新花。所有的失踪者和
寻觅者都在分享同一张生命流程图。
我分不清那些多刺的藤蔓，是你的，
还是我的。你死了这么久，
还是没有人能将你埋葬掉。
严酷的时刻到了，你就复活了。
你这个受难者，犹大身边的女祭司

用铁钉。镜子。轮椅。枯枝和
易碎的钴蓝色。为那些被悲伤击倒的人们
发放均等的良药。

2010 年 8 月 3

## 变形记

一

打开天窗，在脊椎上造一座铁匠铺。
她品尝到了一种与崩溃针锋相对的自由。

二

屋子里坐满铠甲散落的
鱼。说胡话，用鳃抵住四壁
脸青一阵紫一阵。
“没有比呼吸更难的事了。”
还有一个巅峰时刻
密闭的空间在湖水中封顶。

三

在四壁上切开一条缝
写一封信给空气。
蜡烛已燃至终点

还有一个新提案。
对了，你用了“空白”这个词。
一只云雀在锈迹斑斑的广告牌上
发呆。翅翼与黑夜连为一体。
还有最重要的：
她患有阿尔茨海默病。

2011年5月26日

## 镇痛剂与槐花

餐桌上，十七年前的针锥被制作成一盘醉蟹
玩具车间的踩踏事件还在针孔里，等待赦免。
我用力地咀嚼塞满棉絮的日子
最黑的乌鸫飞走了。留下的，白茫茫一片
马休[①]坐在对面，灯影下，一切背景不复存在
往事将舌头越缠越紧。连棉絮也苍白了千倍
以槐花和棱镜，以这二者的动与静
我贸然地写下——
吞下它。针锥在骨缝里，正如命运的因素
钻得那么深。我以为它就是骨头本身
当槐花怒放，只剩下往事。我在枯枝上
重新找到自己。新月当头，我相信它是旧的。

2011年8月28日

①马休：诗人，画家。

# 颜久念的诗(3首)

颜久念，90后，安徽安庆人，现居深圳，写诗画画。

## 白鹭：旅行家

应当告诉树林与河岸
关于春天再次来临的消息
这些空中的环球旅行家
它们绕过海角，穿过山谷
和空中的滑雪场

低频振动雪白的羽翼
载着星星和潮汐的奥秘，回归原野
稻田里，母亲耕种的足迹已写下新的一行

多少长途跋涉，才换得安稳平静的梦
再过一个季节，泥土，水和空气将重新得到安置
灵魂的迁徙从不推迟

## 蜘蛛女士

露水从蓝铃花尖滑落
重量堪比生活掉入了网里
在她柔弱的线条中，盛产微妙的力量

小女孩奔跑在屋檐之下，透过窗口窥视
厨房里的一场争论，抛掷而来的
尖刀利剑，将一根根丝线挑上断头台

此刻，是对关系的挑战
因为昼夜一样的宽广，那纤细的腿
已经迈向暗夜的森林
她黑色的影子，生长出无限耐心
并以红树林的姿态，随时准备打捞生活根部

而当她再次将残缺的织物置于
一束阳光，一阵雨水中
在颤动的树枝上
已经写满了一个母亲的密码

2017 年

## 晨　歌

——给小表弟

有一颗星星始终是沉醉的，晚归
摇摇晃晃，跌撞了时间的大门
铃声响起，一只白鸽飞出。它穿过很多个屋檐
最后收起翅膀，在你的窗台跳上了小芭蕾
在西湾红树林，不远处的海面上
阳光酣眠，如同一位俊美的金发少年
向万物伸展出柔美的手臂
而当你睁开双眼，迎接一切崭新的时刻：
鸡冠花。鸡冠花已经为你吐出一座火焰山
欢迎来到新的一天！浸泡在梦森林的小精灵
请尽情欣赏自然魔术师为你准备的表演
作为回赠，你也要为这份纯洁亲手送上礼物
向日子发出欢乐的邀请。在和煦的光线里
你开始涂抹青草的颜色，涂抹万圣节的天使
涂抹一片未到来的雪花，圣诞老爷爷的袜子
站在时间发生的地方，你涂抹纯真
给这时光，以透明的水晶玻璃球
还有牛奶味的空气，泉水的形状
没有阴影，你的笔调还未分离出——暗
将这幅小小的画作挂在墙壁上，阳光照射
这个早晨就收进你多彩的万花筒
你对着窗外的天空说：“我还可以用很多的颜色。”

2017 年

# 杨庆祥的诗(3首)

杨庆祥，1980年生，现居北京。诗人，批评家。著有《80后，怎么办》《分裂的想象》《趁这个世界还没有彻底变形》等。曾获中国年度青年批评家奖（2011年）、第十届上海文学奖（2013年）、第三届唐弢青年文学研究奖（2014年）、首届《人民文学》诗歌奖（2015年）、第二届《十月》青年作家奖等奖项。

## 翠花不是花

1980年：生于红旗镇红旗村
五岁：丧父
六岁：换牙
七岁：入红旗村小学
十岁：回家务农，田一亩地八分
十三岁：来月经此月多用草纸十二张
十四岁：外出务工

1995年：更名王翠花
进广州大兴服装厂
1996年：更名李翠花
进东莞利发电子公司
1997年：更名张翠花

进深圳鸿兴编织厂
同年：寄514元回家
地址：红旗镇红旗村
收件人：翠花她娘
邮编：000000

1998年：遇同乡马二秃子同居
生一女取名马小花
1999年：马二秃因抢劫袭警入狱
翠花探监二次送食品若干
2000年：更名马翠花读《辽宁青年》
进温州夜来香发廊编号03
2001年：更名马翠翠读《知音》
进广州黄金海岸洗浴城编号078
2003年：更名马翠读《文化苦旅》
进深圳天上人间娱乐总公司编号168

2004年：红旗镇建旅游开放区
2005年：回乡复名马翠花
成立“翠花不是花”旅游娱乐城
任法人代表兼总经理兼镇妇女主任
读《瑞丽》《中国青年报》《参考消息》

2006年：翠花26岁
马小花8岁
马二秃子如果不枪毙30岁

2006年4月17日

## 姨

爸爸给你买的新皮鞋在衣柜最里面。
镜子在妈妈的梳妆台上。玻璃上有灰。
姨，你不必傍晚时才过来，
因为并没有秘密需要躲藏。

我觉得你的袄比妈妈的漂亮
我觉得你梳头的姿势也比妈妈漂亮。
妈妈在遥远的河流里，以泪洗面。
爸爸应该在抄近路回家。

姨，你按亮台灯坐在爸爸的藤椅上
“宝贝，我们就在这里等他。”
那暗黄的灯光非常温暖
我真想投入你的怀抱。

我一点都不讨厌你，姨
我坐在你的身边很听话。
爸爸会回来，妈妈也会回来，
你坐着等待的神情很美很乖。

2008年9月7日

## 在昆明我能做什么

在昆明我能做什么
喝酒，数天上的云
喂一粒咖啡给窗台上的猫

我什么都不能做我在昆明
北京很远了
滇池也很远
好像能嗅到水的心事了
可惜我只是一个孤魂

我决定什么都不做
在昆明什么都不做
在北京也什么都不做
很多人的时候什么都不做
一个人的时候也什么都不做

我什么都不做了
这世界会放过我吗？

2014 年 5 月 31

# 黄亚明的诗(3首)

黄亚明，著有《别对世界撒娇》《市井水浒》。

## 一坡雪

麻灰的旧人还在坡上赶路，
红衣的新人将用梅花娶亲。
它们的影子，籍贯相同，却各有各的
命……

所以我原宥了一坡，瘦弱的
野菊花，迎风开得
像暮晚的大海，喧嚷，匆促，无所畏惧
——不等日落，也不等
雪

将影子抹平
将命，黑成一根孤独的拴羊桩

2014 年

## 长江一夜

星星还在振风塔顶早课，一地霜，一地白色的经文

忆起昨夜，碗口大的月亮挂在大龙山
被孤单的行脚僧，舀进了袈裟
风一吹，衣角卷起了一个浪，再一个浪……

2016 年

## 羞　涩

没事时，黄老五喜欢在野地里瞎逛
他捉蚯蚓，玩泥巴，不亦乐乎，劝不住他

他用沙子堆一座城，然后推掉，重建，怀揣帝王般的
野心。像拆一封隐秘的信，许多年，没有拆开

我知道，他确实藏着一封信，信里那张照片
一个三十多岁的女人，他老婆，不漂亮，十年前跟村里的
光棍私奔，远走南京

我知道，一个男人变得这样喜欢玩游戏
敢于忘掉其他，一定有他致命的羞涩
我因此肯定，他没疯。他在和长长的岁月较劲

2016 年

# 张劲松的诗(3首)

张劲松，安徽宿松人。著有诗集《难以命名的铁》。

## 苦楝树上的两只麻雀

两只麻雀在苦楝树上
仿佛它们一起走过了许多艰辛的日子
和漫长的路程
鼓动的眼球四周搜索
身体便开始　渐渐靠拢

紧紧靠拢。喙啄着喙
急切而且充满激情　我们几乎听见它们的
心跳
其中一只迅速张开翅膀　另一只
快捷地收敛起羽毛

翅膀包裹　两只麻雀亲密的抵达
这一刻　我发现天空也有过一次战栗

因为卑微

两只麻雀的幸福　没有人看见

2006

## 冷光源

是灯也不是灯的光
照在这些废弃的物体上
因而这些物体像是突然
活了过来　并获得新的命名

老北风吹乱窗外的天空
一场雪映照的幽秘的室内
物体暗在各自的阴影里
光照亮它们的意义　和

对生活的辨识。
任何物质都是这样：更多地
依赖光而存在　依赖光
说出它的存在？

冷冷的光冷冷地照着　现在
我就走在这冰凉的光中
作为一种物体　我已经不是我了
光也不是光

2009 年

## 走在山上

谁有这么大的力量　将一座山
旋扭成一枚螺丝　谁也没有
上帝也没有

此时　我走在山上
我仅仅是走在山的外面
没有人可以走进一座山

山路环绕　像一根绳子
捆绑着一棵冬天的树
我小心地走着　宛如一只蚂蚁
攀登一座佛塔

一只鸟　飞在陡峭的风里
随时会有吹灭的危险
这是鸟的命运　也是人的命运
毕竟走在山的外面
就是走在尘世的外面　或者
自己的外面

2013 年

# 宣城

芜湖

安庆

马鞍山

铜陵

黄山

池州

# 高月明的诗(10首)

高月明，1962年生，安徽宁国平兴村人。1988年获《诗歌报》探索诗大赛一等奖。著有诗集《饮者为谁》。

## 饮者为谁

饮者　琐事的外围是白雪
又被盗雀啄空，那年十月
白雪的外围　饮者
披挂彗星的蓑衣
向故园伫望
一伸手便捉住蝴蝶

一个早晨　要说的话如深秋的芦花
随风而逝　拐弯之处又是黑夜
多么奇怪的念头：马车驶回遥远的岁月
运来玉黍和小米
夕阳返照村巷　流水注入瓷器
那人在瓷器外
稳坐青山　横吹牧笛

饮者为谁　捉菊为蝶　狂歌后
将花籽埋进泥土
粮食分为粗细　落进布袋
酒壶很典雅　温暖中流来诗意
万物因静寂而生辉　连饮使人倦怠——
他自言自语
一支松明深化了雪的意境　那年十月
他忙着写诗　剩下时间喂鸟
又把酒壶挂上迎风的高枝

1986 年 10 月 4 日

## 削梨的人

削梨的人坐在夏末宽松的黄昏
削梨的人被汽车
整整颠簸了二十四小时，此刻
削梨的人回到
铺满古意的石凳上
他的腰带拖着　像彗星空灵的腿
井台长长的水管　插进深土
风在怀想的边缘游走
水的停顿的消息不断从深土传来
倦后的清凉像一场战后的细雨
打湿台阶　躺椅被孩子丢在梦中
那一场雨姗姗远去
削梨的人抖擞精神将果皮拉得更长

有一种忧伤从他面颊上迅速闪过
削梨的人避开孩子的眼睛　逃过忧伤
削梨的人默视家人饲鸭的步态
看一只耗子绕过瓷器钻进草垛
瓷器消失　一辆车无声地从山里驰来
削梨的人这才回过头　顺手扯断果皮
掩上一本书恰如掩上这个黄昏

1988年7月6日

## 秋风一帖

我是闲适的木马　探出深渊的灵芝
为东方的持梦者所爱
我是旋转的　漂浮的　一毛等轻的
月光　照耀深秋的柿林
让看清它的人　远远惊开
那些红色的　质地爽滑的果子
为静寂燃烧　独自歌唱
马的蹄铁在蓝光中一现

我横箫降临　坐定大野的黄昏
忆起远远的爱情在海上
那是海盗的爱情　披挂鲮鲤的青衣
那是爝火的鸫鸟　透过泉水观望：

我一贫如洗　认定这秋风

它将扫过原野　吸走深黑的木头
它闲散自在　像四角的车轮
漂浮在水上　却略有所系
像佛法的锥子　扎在睡眠上

1990 年 6 月 5

## 出·入

出则为农夫　为一个
潜入良苗不出声的汉子
出　就是有路可走
太阳每天升起　物华灼灼
大地睁开许多相互问安的眼睛
出　就是做一个血肉丰厚的人
珍惜万物　热爱劳动　谙识艰辛

入则为幽人　为一个
藏于小船手捧松明的女子
入　就是有家可归
河水杳然而逝　万事休休
大地庇护许多相互慰藉的灵魂
入　就是做一个柔情蜜意的人
珍惜时间　热爱写作　理解黑夜的善意

1996 年 1 月 8

## 西泉的白玉兰

我凝视白色鸽群的栖止
那饱含诗意的羽毛
在阳光下抖索
音乐环绕其上

一个梦境是如此的完善
她纯粹、和谐
透溢出内部的张力
她将山石罗列得幽邃而有序
她将歌声涂抹在竹叶和菖蒲上
黑色的瓦顶　有着趾实斑斑的
印痕

终究不能述说
终究无法将感动的心和泪捧出
车过西泉　拥我入梦的
依然是
一溪的流云
一山的喑哑

鸽群的栖止和飞翔是无声的
她流溢的光色
拂动外乡人的心绪

2009年4月20日

## 十二月的白话诗

没有特殊意义
和我预想的差不多

一次艳遇
鞋子只脱了一半
就醒了
打火机代替了一只
温软的手

早上吃稀饭（有时空腹）
炒面有地沟油
交强险过期（躲避交警）
链条松了
不戴手套真的有些冷

不喜欢洗澡
衣服有些旧
因为冷的缘故
想添置一件毛衣

飞机在天上悠
朝韩战争没有打起来
那个欠我钱的人
碰到过两次
翻过阳历年

就不想见到他了

2010年12月5日

## 在输液室看一部爱情片

在输液室
看一部爱情片
膝关节剧痛　上升到
脑部　而意识
又将疼痛转移到
爱情
护士小姐　配药间隔着玻璃
打量她们的病人
患者都被剧情吸引
似乎每一个人的心　都悬着
都是剧中人
整个输液厅　没有疼痛
都是爱情的喧嚣
间或一两个孩子惧怕扎针
哭闹两声

窗外下着雨
冷风一阵阵
从敞开的大门袭入
整个下午　我三次出离爱情
膀胱的剧烈压迫　迫使我

不顾一切
手举输液瓶
穿过风雨
一路尿急
拐向卫生间
这似乎
是爱情无法阻挡的

2011年1月3

## 岁末寄贾岛

一个闲人
呼吸匀长
口吐梅花
自导自演
一张破椅
抑或
一头毛驴
随他度尽
千年风月

村庄向西
大路朝南
倾斜
寮房安顿在
草木深处

野鸟屏息
有柳有水有月

貌似
很过瘾的样子
他把一首诗
整得像
蜂窝煤
并且
还不放过

亲手掩过的门
就用“推”
老婆或情人在家
就用“敲”
推或敲
因门而异
存乎一心

何必耽搁太久
夜露很重
锦囊字沉
你在明处比划
我在暗处
手掂梅花
揣摩了一个冬天

2011年11月17日

## 突然驻足的毕肖普

基维斯特岛是个好地方
在浓荫遮蔽的白色窗棂下
诗人毕肖普用一根手指
弹破了千古的情爱
五年像五只迷路的斑鸠
被上帝系在凉凉的短葛上
毕肖普　手搭凉棚
向西看了看，那太阳
有些荒凉——瘸着腿流浪
认准了那是旧年的化身，毕肖普
一声不吭　站在墙根下磨着脚
她琢磨着——
流逝的风景都回到了身边
还有什么需要用心去探寻
还有什么需要用脚去丈量

2014 年 9 月 18

## 一池土豆

你见过这样的一池土豆吗？
冬日的严寒将那些
大街上及乡下的土豆
挖出来

扔进这口大池子
淘洗

这些土豆你见过吗?
这些黄皮肤的块根
在热水里浮沉
有的壮硕，有的精瘦，
有的匀滑，有的皱缩
有的根须葳蕤，
有的根须尚无。

一池土豆在迷蒙的水汽里
晃动，带来肉体的腥味，
一池土豆将春天的芽蕾
藏在凹处。在热水的蛊惑下
有了抽枝展叶的欲望
这些神奇的块根，
被洗去污垢，晾在躺椅上
这些分个儿等待包裹的块根
像即将投递出去的种子
等待春风的检阅

一池土豆里混杂着
一些老迈的、生有暗疾的土豆、
碰伤或落有疤痕的土豆。
我知道，这些土豆
经历了太多的沧桑和不幸

他们病变的速度
比夕阳沉落得更快
虚弱的喘息
比浮云更苍老
但他们依然小心翼翼地
护送着生命里的磷火
渴望走出冬天

2016年10月23

# 方文竹的诗(15首)

方文竹，安徽怀宁人，现居安徽宣城。哲学硕士，著有诗集《九十年代实验室》等各类著作21种。

## 渔　民

我第一次看到他们
在河上
惊妙绝伦　网起鱼类的欢乐
安排一些事物

他们混杂在我们中间
有河流一样的东西
推涌我们上升

当然　我们也会被什么网起
包括他们

深刻的河流

1992年

## 鸟和树

一只鸟在树上歌唱
两只鸟在树上歌唱
三只鸟在树上歌唱

无数只鸟在树上歌唱时
不是鸟在歌唱
是树在歌唱

1996

## 周末，去了一趟北京图书馆

那么多的食客会见古人　今人
那么多的坟墓　那么多的谎言
　　锁链和笛手
那么多的牙齿与我同咬一只樱桃
谁的汁液照亮了世界
谁的碑石旁放下我的一只新鞋
饥肠辘辘　我摸到了风衣内的方便面
馆前的鲜花照样盛开

这是春天　我的感动我的澎湃
图书馆是一句巨型语言
我在句法里摸到了刀尖

馆前的鲜花照样盛开

前不见古人　后不见来者
我只是一个走进图书馆的人
走进自己的证件
馆前的鲜花照样盛开

1997年

## 取消旧地址

我以一首诗的名义
取消旧地址
旧地址是用掉的
用来贮存苍白的嘴唇
像脱离了一件谋杀案
老相识已经死去
线索还被谁握在手中
时光里裂帛的声音
已将一朵新开的花打湿
波澜不惊　远方不远

取消旧地址　取消我身体内
供自己专享的落日

2013年

## 越　狱

如果全世界没有了罪犯
我还是在琢磨这个词时
感觉到更加的危险
一万个狱警　似春天的草木
布置在我的四周

2013

## 一　生

他在童年建造了一座理想的大厦
老年时它成了一片废墟
他开始周游世界　看到
有人用了他的钢筋
有了用了他的砖头
有人用了他的红木家具
有人用了他的花岗岩
有人用了他的防盗门窗
有人用了他的设计图纸
这些家伙不是偷不是抢么
那么　现在还能要回这些东西么

2013

## 二元对立

朋友李尔通突然来我家
带了一台小电钻
对我友善而抱歉地笑了笑
然后开始他的工作——
将电视机电脑冰箱钻一个圆孔
将四方形墙钻一个圆孔
将四方桌钻一个圆孔
将挂在墙上我的父亲的遗像钻一个圆孔
将窗玻璃钻一个圆孔
将每一个房间的地板钻一个圆孔
将桌上放着的一本书钻一个圆孔
将我说的一句话钻一个圆孔
将衣架上的大衣钻一个圆孔
……他看了看厨房里刚买回来的活鸡
对着自己的头举起小电钻
这时　我老婆猛地上前制止
他的老婆也赶来了　脸色煞白
将他拽了出去
临走　她报我一个友善而抱歉的微笑

2013 年

## 年终总结

主任住在甘心街东头5楼
他叫我送去单位的一份年终总结要批阅
我摸索着上楼时　看到
1楼里有个农民工模样的人在数着一沓人民币
2楼里一户人家在墙上钉牛奶箱
3楼里一对夫妻在争吵
4楼里一户人家门开着

当我从主任家回来时　看到
4楼里开门的人家关了门
门前摆满了鲜花
3楼里夫妻争吵换成了父子争吵
2楼里一位老头在订奶箱上书法“生活如奶”
1楼里农民工模样的人还在数着那一沓人民币
一会儿主任发来短信 “要静观一朵花躲着开”
这算是他的年终总结吗

2013年

## 零　售

小时候陪爷爷到镇上买猪肉
奇怪爷爷为什么不背走整个一头猪
而是要下一小块一小块切割下来的猪

中学地理老师说　七大洲四大洋
血肉一样连接在一起
读研时知道分析学家说过　上帝一直在零售世界
可是无人敢取

昨天几个同事在议论一个不可救药的人
我想了一夜　结论是
罪人也可以零售他的籍贯　童心　业余爱好
——何不将此人分开切片零售出去
我相信每一块都是有用的

“该总结了　你的人生以败笔结篇”
“那些漂亮的字句　段落依然满街跑呀”

2014年

## 小于唐

自己在跟自己跳舞
“打击裸聊，黄色网站正欢”
在开发区背后的一条小道上
邂逅十年不见的昔日恋人
将被骗的字画再骗别人
赚了一笔还想赚下去。
将一杯酒分作两杯慢饮
将一首诗分作两次写完。

补充
“欲穷千里目，更上一层楼”

2014 年

## 伟　人

伟人站在了墙上　望着人间
魏二虎老伯觉得只是望着自己
儿子离家前反复叮嘱——
不能摘下撕毁　它驱险避邪好灵验
仿佛一剂救世的膏药随时可以贴在身上
可是在这一双目光的长长隧道里
魏二虎不敢对视　怕那人从墙上走了下来
大热天夜间里也是蒙着被子睡觉
天亮时背身摸着那人的身上是否冒出温热
尤其害怕一声巨雷震醒了他
有时独饮花间一壶酒　想讨好
请他抿上一小口却又不敢
除了眼神　他还怕那人的气味　手中的剑戟
百感交集的心啊　容不下一只冰凉的手
魏二虎将门大开逃了出来　却又担惊
那人走出屋子　他的脚步散布于天地之间

2015 年

## 刀　店

甘心街李二黑开了一家刀店　刀型繁多
直　弯　尖　斜　方　圆　大　小　拐　折
"事物有多少种形状　刀就有多少种形状"这是老魏说的
一些刀寒光闪闪　亮出来
让阳光变厚
收回去　让心湖徒生波涛
一把刀用来对付另一把刀　刀刀相对何时了
有些刀是用来斩断线索的　有些刀
用来制造另一些线索
不知为什么　桂二叔摸着一把刀老泪纵横
就是不买回家
南郊十里村曹小七用一把小刀结束了年轻媳妇的命
由此引来二黑老婆的骂"刀也能随便卖的吗"
"和平时期的锋刃亮在眼里
战争时期的刀成为身体的一部分"
86岁退休教师曹英莲老奶奶如是说
冰凉的钢铁收藏着无边的滚烫的力量
美　有时候也会见血
"单独一把刀不见得是谬误
无数把刀的集合不一定是真理"
狂风吹来　无数的刀像书页一样哗啦啦响起
无数的刀变成了一把刀　就这样
李二黑枕着刀入眠

2015年

## 乌　鸦

一个噩兆的字眼　令人忌讳　回避　比兴
我们叫它伍丫　乌伢　握芽　屋亚　坞鸭
另一个世界或天堂的预言的鸟
吉祥的反面　非非死亡的鸟　一只黑鸟
飞在天空的一只黑鸟　生的叛敌
文字中的难民　上帝的弃儿　白雪上的黑点
夏威夷或墨西哥版　列入世界自然保护联盟濒危物种
1994年一部美国电影名
其实　它已经满天飞　每玩一次能指的
游戏　都会加重它的黑
直到形成了黑夜　看不见它的黑

2015

## 最简单的方法

从一大堆的麻烦事中　拉出了神
南欧海滨的一扇窗户开到现在
书生李卓吾在明朝的长夜举起了灯
一个词还在《牛津大词典》里捉迷藏
真到读了尼采才明白　一生的学说
无非是
鹰和蛇的肉
永远不能吃

2015

## 奴隶制

我们相爱多年　美好的日子过得一点不剩
头发花白时　答案终于变成了好奇
商量着试图将日子从现代过回到古代
在资本主义时代机械式复制一些情感标本
在大封建时期建造一座大庄园　花蝶荷塘丫鬟啥也不缺
在奴隶制时期要停顿下来慢慢过　慢慢地过
你当我的一天奴隶
我当你的一天奴隶
互为主奴　榨干爱的余汁　享尽占有的烈焰
盘剥春光　白雪　秋果　饮足唯美的清露
“连自杀也被管制呀　大地扫荡得真干净”
孤篇　绝句　完形　爱的内容一览无余
并繁衍出无数手抄版
最后到了原始社会　以原始的爱而终
而原始的爱来自于压迫的爱

2015 年

# 周墙的诗(9首)

周墙，1964年生，写诗、造园、玩泥、觅食天下，著有诗集《人手之声》《墙》《逃逸之鱼》等。

## 六月，客

单人巷内叹息自无脸客的齿缝徐徐吐出
纤手一晃的池塘上有蓝蝴蝶闪过
迎面的表情默契
阴谋协议悄悄达成
快去告诉她
今夜时空闲置暗号照旧
无墙之门豁然洞开
蓝蝙蝠吱呀呀惊飞在你猝然洞开的思想里
是的　你老了
九街十八巷内瘦瘠的青石路留不住时间
你血管内充满蓝色液
无力作纵欲的姿态等待油菜花黄
恍惚有风招摇路人　巷口
高悬风干的人皮令胆小鬼踟蹰
阳光不来

苔藓模糊了墙上不堪卒读的花名册
去年梅雨停在洼里
将窄巷上空的天映成一把钝刀
切割过往的浮云
蓝雾席地卷来
无脸客消失
墙缝里传出浪声　聊死你
蒲扇追赶蒲扇
黄昏的巷口侏儒蹒跚出场
沙哑着喉咙出卖无尾猫
绣花鞋踏青而去
六月　白马在预言的旋风中失去马掌
缄默的日子未有归期
起风了
怕冷的人在北门别士桥悼念逝去的无脸客
三眼井结冰
蛙们的战鼓隐隐传来
大操场冰蓝的野火飞舞
剑早已锈蚀
比剑锈蚀的是精神
无尾猫惦记三眼井里是否有鱼
天黑前你示意巷口的侏儒
快去告诉她
夏天是我们战斗的季节

1986年

## 献　辞

空气在高压下浓缩八面墙遂被逼得无路可退时死亡般的寂
　　静蔓延在你苍白的额上
洞箫吹眠无黑之夜守更者额头上阴云密布里渗透着哀怨喑
　　哑令莽原不敢聆听朔风
牧人失节反被羊牧的结局叫泪水流成盐湖威胁胆小鬼们至
　　今无意轻涉横渡的旧事
庄周故里你流落成野狗睾丸干瘪成名副其实的混蛋混蛋决
　　配不出优种那又怎么样
没有身份证没有职业出卖阳光的你东南西北张贴淡黄纸里
　　隐约有危言耸听的忧郁
回去罢孤独汉用鸡眼跛足把江南阳光斑驳的石板路走得
　　噼里啪啦去朝拜六月十六
江左苍凉故地暗示英雄时代渺茫而剩余的日子是枭首的
　　日子你居然把圈画得很圆
界时幽居雀巢编排满是流言自传的你将妙不可言的荒唐留
　　给长满虎牙的孩子佐餐
六月在高压下紧闭大门无言以对门内的你到处碰壁清醒后
　　猝然惊觉原来四周皆墙

1987 年

## 横　渡

横渡的脚依然冰凉
空对无门之墙你如何进来

四周圆滑似井
你挂自己在阳台的衣架上
迎风招展于阳光之网的阴谋
冷笑　啤酒瓶口吐泡沫
在弧线和声音中结束它的旅行
你以门的角色客串
在墙内墙外
旷原风呜咽着霜降
一夜白了谁的头
草垛连着垛草是国殇的坟茔
被谋杀的影子　以及
啤酒瓶在夜雨之后不留痕迹
呓语罢了
还有什么可说的
今夜抄袭昨夜　城府很深
十七块板子拼成床在懒散在躯壳下尖叫
夜属于猫头鹰　睁眼闭眼
没有什么可说的　现在天天啃骨头
没有什么可说的

和平年代淘金之手出土铜锈的吴钩
苦渡寂日的群鬼趁机飞沙于七个浅睡之夜
阳光之箭下逃散的乌合之众
匆匆踏行江左：哆唻咪哆　哆唻咪哆　咪发索
横渡江左于鸡年霜降的黄昏
黄昏的经验告诉你
同漂亮女人聊天须适可而止

然后喝酒　把蛇信拼成星相别在胸前
你这就离去
离别的地方是太阳跌落的地方
太阳磕碎在向晚的桌沿上被奶子娇小的女人顺手烙成一块煎饼
路上绕过药渣的人们小心地绕过你
你绕过自己在拒绝阳光的黑房子里酝酿战争
没劲　这年头
人们面无表情走路很轻说话很轻放屁很轻
秋天真好
落叶随风舞蹈
原野草垛起飞
秃头的老黄牛不解地望着天
谁的手从地下冒出
托着惊愕的脸
你的心是伤风之狼夹着尾巴走向眠穴
投宿在客栈的旮旯里读数光阴
剩余的日子从指间流过
门缝说：阳光是白的
外面是老样子
梦中水上漂浮的头颅朝你龇牙
牙缝里隐隐有蓝色液渗出
别出门　预感风声渐紧
城头的旗变来变去
奈何
可以做寒蝉超越躯壳在形而上的空气里飞
今天是秋的最后一天
被情绪劈开的身体一半在秋天一半在冬天

秋已消逝
冬正走来
正午的太阳把马缩写成马的影子时马还是马么吗?
宿醉醒来你丧失了阳光之马
此刻是北冢冬夜
十二点零五分

1987 年

## 隐 痛

痛是有瘾的
是浸在江南六月梅雨里的旧伤
是穿心而过的花瓣
黑蝴蝶飘忽老屋后的松林
燕子假寐
风呼哨夕阳
第七夜
初痛种入体内
承诺是没有归期的背影
痛　从此
是你生命的依赖
立冬　闭门不出
细数梅雨滴滴能串起多少珠琏
梅雨溅起的水花也叫梅花么
深夜，你再次割开旧日的伤口

2005 年

## 空间是奢侈的

空间是奢侈的
清水混凝土构筑的盒子
收藏时间
时间死在空间
你拥抱幻影起舞
轻轻地旋转出门外

暗香浮动
听见梅花乍开的呻吟
依稀看见
素发的瀑布后面眼风阴冷
如杀手
无人可杀便凌迟自己
任血花绽开在清水混凝土墙上
空间有了暖色

醒来也好
别说香雪在春早的茶炉里沸腾
别说茶叶在青花盏里等候梅的消息

2005年

## 挣扎的黑

雨泻在玻璃上

窗是风暴的细节
空间的悲哀伸手不见五指
蝼蚁无所不在
没有动静
听见麦田翻了个身
麦子熟了
被砍头的麦穗只是粮食
只是农民守望
草垛是秋收的坟茔
风一吹
便飞了
最后那滴雨在玻璃上稍作停顿后滑下
黑在夜里挣扎

2006 年

## 初七之痒

躯体以忘却的速度飞
时间之外没有方向
心在风动前便碎了被燕子衔走
发呆的孩子收藏自己的影子
不久又遗失　下雨了
雨水在睡莲的眼里流淌改嫁的心事
一把伞遮不住孤独的背影
随风摆动的细腰是雨中江南梦中江南
屋檐下再次见到燕子放下心来

东门大河里莲灯荡漾
有鱼戏左
有鱼戏右
逃逸之鱼唰唰挥就水袖青花
仿佛听见燕的呢喃鱼的呼吸柳枝的抽青

2007

## 鱼从你眼里游出

鱼从你眼里游出
风干成归园冬眠的口味
挂在老屋的山墙上晒太阳
大雪封山
踏雪远去的步履态度暧昧
你想说什么你说呀
鱼游回眼里
胡须从结冰的脸皮下突围
爱的种子被风吹来
鸟衔来
你自闭在格式的空间内爱抚自己
直至精尽而亡的傍晚
漫天飞舞的是蝴蝶还是蜻蜓
快乐去死的人有福了
死在自己的手里
死在花儿的屠刀下
死在烦了斋的阑干旁
留下影子伸缩于墙内墙外

那些爱你的人一回头就能看到你

2007 年

## 错　过

惊醒于上弦月
夜色把姑苏染得很旧
旧回明月清风
你乘暗香的薄雾
携俊朗小厮
锦衣夜行于多水的巷陌

吴门紧闭
守更人发如蓬草
西子的扁舟在太湖浩渺中伤逝
明月清风之年
伊人顾盼流波里橹声荡漾
从一个园林划到另一个园林
你来了花便开放
一笑皆春

错就错在开始
错过董小宛、柳如是
错过沧浪亭一场生死骊歌的薄醉
上弦月黯然消退
苏州的深夜才是姑苏

小厮挑了挑眉
垂下眼帘轻扫琵琶委婉吐出
春意浓浓淡淡风……

2017

# 左云的诗(12首)

左云，1969年生，安徽宣城人，曾用网名薄笨车客、nastand、左左等等。2009年6月，自印《左云自选诗集》。

## 走　向

一朵。两朵。三四朵。奇痒。
句子成朵地散开。如果彼此荒芜
不语。野鸭子乱飞，不作声。
在芦苇荡，两条小河汊分了手
保持痰一样的积水。

卧室里有点乱。四处堆放着
一些裸体字。如果有你在。
但我找不到暖色调以外的。
它们在唇舌之间
是红色与紫色的摇摆
酒多了。除非打一个死结
把晚期的自语吊在楔子上。
黄书包。白蛾子。
广阔天地之间。一个夜

扑洒黑磁粉。

2005年9月27

## 睡欲之二

与你同眠
失声者的花腔男高音
形成一座冰山
鲸群离散，现场在冰块里
鱼尾和尾音之间，泛起红沙虫

白土地，热乎乎
鸟人之痒唱起来了：睡吧，睡吧
我是你浸泡在瓶底的逻辑
睡吧，睡吧
不然你会起皱的
不然你碰见隆起的部位是收不住脚的

睡吧，睡吧
我是个赤裸裸的细菌
我将在日出以后
我掐头去尾
我爬

睡吧，睡吧
他们摆着尾巴都走了

2006年1月12

## 时光重现:与老友交谈

在我一个人的时候，我想
去看看你。我们坐在
彼此面前。交谈不多
也不局促。没有多余的
表情。没有礼拜天的教堂里
一束光线倾斜，有着
不被觉察的移动。摊开的书页
在微微的气流里重又合上

我们在一间很高的地下室
仿佛堆放的静物。偶尔
端起水杯。免去的话语
像钟声轰鸣。灰尘从穹顶
下落。微扬。

2008年4月25日

## 斑　马

今天是星期二。人们置身于
星期二的事务里。
我也不例外。使这个单独的早晨
留下来，留下的阳光
也特别好，使我忍不住

想把手伸进去，想抓住什么
但它们太好了，阳光里
什么都没留下，包括灰尘
都没有扬起
我想象了一下那只
还没伸出去的手
在空无一物的地方
明暗交替
变没了

2008年12月16日至17

## 随　机

天晴
漫步
儿童画的
光线四射
我不在
任何地方
所有的植物
都不在
它们在
扑扑生长

2010年4月23

## 新年和章鱼

大年初一
我想
在一张
白纸上

把它
画出来
我不知道
它是什么

我在一张
白纸上
画了一只碟子
白色的，很大

我在碟子上
想来想去，就
出现了一条
盘着的章鱼

我从盘子上起身
离开白纸
吸盘从大年初一
的脸里伸出来

2011年2月4日

## 铃声大作

我在等你
电话
确切地说，我在等
电话铃声
在寂无声息的下午
我在等它
打破它
我们约好了
在这个下午过去的时候
让这个下午过去
我在内心里
每隔两三秒的距离
就模仿一下铃声
的茂盛，剑麻一路长下去
遮掩着这个下午
甬道的幽长

2011年8月26

## 叶　子

叶子
没有颜色。

2.0232[①]顺便说一下，对象是无色的。

青叶
绿叶
黄叶
红叶
紫叶
枯叶
黑叶
腐殖质
它们不是
叶，它们是关于叶
的句子

那时间里的一切
红与黄的环
灰与白的透明
颜色游动
在润滑油里

2014 年 12 月 26 日

## 中午的剧场

中午，葵盘中的太阳灯亮起
头颅内没有黑暗，阴郁，

①2.0232 是《逻辑哲学论》书中的编号。

没有剧情，没有人物
思维的微气流通向外部
自然的沟回
思想的矿石赤裸
在金色的透明中
闪烁重量的轻盈
词语出双入对，失去
性别与祸福相依的世仇
草木寂静自生
寂静自灭
葳蕤
连绵
野雉难耐，摁响单键
高音代替它漂亮的翎羽，飘起
脱落的阶梯状的彩色的蘑菇
我在亿万片树叶中
抖动着边缘
带着锯齿的卵形
掩映着的碎花裙
沁凉波动，若即若离
舒服到
难以承受
我撑持着这一刻
就像一滴雨
不太快的蒸发
当小小的涡轮
转动着

刷刷的雨声

2015年9月24日

## 寻人启事

他上楼的时候
墙体上的腻子
抹过去
那些小广告
一枚弯曲的箭镞横担过心脏
雨天的鞋印
即将不再
踹在他的头顶上方

转身下楼时
停工的楼道里
灌满了凉风
雨天的鞋印
还在

2017年5月24日

## 当哀乐流遍我的全身

凌晨四点，哀乐
像一股梅雨季节的山涧溪水

晶亮。清凉。碎玻璃的蛇，以柔顺之钻
滑过，抚平人类毛孔张翕的创伤
漩涡，缓缓地，打着消声的响指
从中山西路冲刷而过
我蛰身在店铺最里间的虾米洞里
小小的心脏
被漫溢过来的流体
揪了一把
我没有回头
我是一块石头
突顿的心
保持不规则
凸起

2017 年 6 月 13

## 她们不说话

那些跳皮筋的小女孩
在皮筋上弹
弹出翻飞的蝴蝶
她们不说话
她们不像张曼玉
幽幽的肢体语言
释放着无处不在又无处寄放的诱惑
那些小胳膊小腿小脚踝小腰
摇曳的花丛

在坚硬的水泥地上
狂欢的碳素铅笔的线条
跳荡的阴影弹出金箔的光
我瞪着狒狒的眼睛感到河马的绝望
她们不说话
她们的眼中没有旁观者
她们的难度越来越高
从脚踝到膝弯到腰，直到她们
从少女瘦瘠而轻盈的皮骨里
刷拉一下飞不见了

2017年7月2日

# 杨昌文的诗(10首)

杨昌文，1967年生，安徽宣城人，滴撒诗歌同仁。

## 在春天

花儿想怎么
开就怎么开

一朵
一朵
一朵

她们把身体
裸露在好色
之徒的赞美
辞与口水里

春风胡乱吹
乱吹一气
吹乱了
她们的美丽

2010

## 迷魂记

山上的桃花
应该开了
我没时间去看
你有时间
去看一看吧
看一看
回来告诉我
迷倒我的
那些香气
是不是桃花
借春风的手
使坏
哎呀呀谁肯匀
点空闲给我呀
太阳底下散步
的人身上长满
了蘑菇

2010 年

## 证　据

没有任何证据
证明我

在那一天是无辜者

我不能
证明自己
在那一天

是饶舌的
像一只鸟
叽叽歪歪

吐沫溅绿了行人的脸
他们穿过夏天的树荫
漠视看到的现场

2010

## 形式主义者的实验

他把乌鸦
涂红
在树枝上像一朵花。翅膀
微张。像花瓣的颤抖

把西红柿
画黑
黑色的西红柿在青花瓷盘
投下古铜色的夕光

房子是古典的青砖黑瓦
树却没有树的褐色
没有青枝绿叶　色调古怪
炊烟袅袅　笼罩着树冠

簪花女子着唐装　披轻纱
袒胸露乳　红得像蛇果
在室内
绣鸳鸯的啜泣

他最后把月亮
放在整个画面
的右下角
弯得像一把雪亮的小刀

2011年

## 树上有鸟

树叶又黄又稀
露出灰褐色枝丫
露出枝丫上
灰褐色麻雀

它们灰褐色腹部
和细小的脚

及微微颤抖着
的灰褐色枝丫
全裸露在你眼里

天空又低又矮
你沿着粗糙的树干
一寸一寸
爬上灰褐色枝丫
栖息在它们中间

2013

## 机器人

机器人在家里
扫地
自从他来到我家
我再也没有
担心卫生问题
影响我的生活

我随手乱扔
不喜欢的东西
甚至敞开门窗
任大风带来
室外的尘埃
和各类杂物

我有一个
机器人
没什么需要担心

有一天
我突然情绪激动
随手将我的女人
扔在地上
机器人很快
当她是垃圾处理了
他根本不知道
我是多么喜欢她

2015 年

## 啄木鸟

我刚在纸上
写下三个字：
啄、木、鸟

它一张翅，就飞
到木头椅子上
像个啄木鸟

它以为凡是木头
必然就爱生虫子

它要找出这些朋友

众所周知，哪怕
它把木头啄个洞
黑咕隆咚的洞

它也要找到藏匿
在木头深处的
那些沉默的家伙

世界太寂寞了
不能只有啄木鸟
和木头空洞乏味的回声

笃笃笃笃笃笃
咄咄咄咄咄咄
像木头敲在木鱼上

2015 年

## 一条鱼

我写道：一条鱼
但没明确
这是什么样的鱼
（谁都可以，都有权利
把它想成自己认识
的鱼，这不难）

它落单了
离开它生活多年
的家
家族
和水
它的尾巴不会摆动了
它的腮不会呼吸了
它的嘴巴不会吐水泡了
它的鳍干成枯枝了
总之，很糟糕
它被我粗鲁地写进一首诗里

一条鱼瞪着
黑漆漆的眼睛
（我知道，不久这微弱
的光芒就会丧失）
盯着我
它会不会把我
想象成水
家族
家
甚至因此而想起它的爱情呢
（这是我唯一不敢肯定的）
（即使是一首诗，而我
正好是作者，我也不能
破译一条鱼的命运奥义）

2015 年

## 静 物

其实它们都有名字
你可以一件一件唤
过来
比喻说茶壶
瓷盘
陶罐
苹果
小刀
酒瓶
等等
显得很热闹

平时它们都很安静
有它们在或不在
家里
都一样
不要指望它们和你
说话
孤独的时候　请不要指望
画画的时候你可以爱它们
不要指望它们
一件一件
过来唤
你的名字

2015

## 有一天，风吹树叶

有一天，风吹树叶
树叶们欢快地
哗啦哗啦哗啦地响

那些响声很整齐
仿佛许多雨点
密集地掉下来

它们砸在屋顶上发出响声
它们砸在车棚上发出响声
它们砸在地面上发出响声

它们这些从天而降的家伙
是一些快快乐乐的家伙
风一吹，它们就憋不住心里的欢乐

它们在一切可以弄出响声的地方
弄出很大的响声，哗啦啦哗啦啦
仿佛要告诉所有的人它们是如此快乐

我终于忍不住内心的羡慕
伸头想看看这些快乐的家伙
是如何的恣意妄为潇洒任性

结果大家都能猜想得到

原来它们不是快乐的雨点
只是许许多多摇曳的树叶

这些在风中拼命摇曳的家伙
制造的幻觉，气势磅礴。仿佛
一场久盼的大雨，如期而至

有那么一瞬间，让我为之着迷
想一头冲进雨中，在雨中奔跑
或像孩子一样在雨中欢呼雀跃

2016

# 韩庆成的诗(8首)

韩庆成，笔名阳村，1965年生于宣城水东。著有诗集《城市和乡村的边缘》。2011年与著名诗评家徐敬亚共同创办中国诗歌流派网。

## 除　夕

最后一刻
天下反了

无数的爆竹像子弹
射向黑漆漆的天空

2009年12月8日

## 鸟

午后，它们在窗台上聊天
每次拉开窗
它们就倏地
飞到对面的树枝上

我打量它们
它们也回头看我

我眼里它们是飞禽
它们眼里我们是走兽

2011年1月3

## 从新闻学和法学的角度分析一桩借款

你告诉我，我们之间，有一桩借款的事情
这事来得太突然，我不得不先从新闻学的角度分析这事
时间是有的：80年代末
地点也有的：宁国县城南门桥
人当然也有：就是你和我
何事：借钱
结果如何是你告诉我的：借了70元
我感叹你的诚实，兄弟
从新闻学的角度，这些要素是齐备的，虽然
搞新闻的实际上并不恪守这五项原则
谎言于是就往往以真相的名义，见诸报端
这比诗人差远了，比我的诗友高月明方文竹差远了
他们不说假话，当真话不能出口的时候
他们宁肯深入电脑的屏幕，三个大步流到抗母到滴撒

我还想从法学的角度研究这桩借款
首先从时间上就发现了破绽，借款的有效追溯期只有两年

而实际的借款时间，已经超过20年
其次地点也很可疑，南门桥20年前应该没有监控，即使有
也不一定有存储的功能
这桩借款，用法学术语说，缺少影像证据
最后，也是关键的一点，这桩借款除了当事人你我
竟然没有证人。在一个法治的社会，没有物证没有人证且
已过期的借款
等于没有发生。虽然
法治二字对诗人来说，并不是合适的挡箭牌
但在债权人已经忘记的时候，债务人主动提出还钱
不但可疑，而且已涉嫌扰乱借贷市场
和谐的秩序

2013 年 8 月 11 日

## 胡　须

不知从哪天起
刮胡须
成了每天起床都要做的
一件事

也有忘记的时候
那张脸
便变得张牙舞爪

如今用了多少刀片

已经记不清了
感觉把刀片收集起来
可以打一把砍刀

还是希望把砍刀
分割成小小的刀片
这样就安全了
这样面孔上棘手的部分
就可以自我消灭

2015年6月3

## 雨　水

网上说，武汉降雨三亿吨
我不知道这个数量
能把海平面抬高多少
抬到我所希望的高度
还要多少雨

我知道雨还在下
那就下得更粗暴些
如果不够，就让泪水
流得更汹涌些

直到海平面升高八千米
让整个世界

只剩下珠穆朗玛的脑袋
让人类
重新回到水中

2015年7月9日

## 中秋夜

中秋夜是一分为二的
一半在白昼之前
另一半在白昼之后

明白这个真相前
我一直把白昼之后的夜晚
当作中秋夜的全部

为一个错误
很多人
在用一生的圆满修补

2016年3月8日

## 特　区

进入火车站
就进入了一个城市的特区

这里物价高
拉客的多
江湖气重

一个长发男子在广场徘徊
像个艺人
像个骗子
像个漂泊者

2016 年 5 月 7

## 剥　离

我每天做着同一件事情，就是把身体上的某个部分
剥离出来，然后扔掉
我没感觉到这很残忍，尽管有时候会显得枯燥
习惯以后，这点枯燥与得到的解脱相比
微不足道。像
剥离胡须，剥离眼泪，每天
起床后去洗手间，做那个固定的剥离动作
快乐的剥离并不是天天出现
我喜欢的女人，她住在远方
一年一次的约会，在剧烈的剥离中，给我满足
也让我苍老

也有疼痛的剥离，发生在年轻的时候
我把刀扎在

自己的手上。那个背叛我的女人
脸色苍白，她给我留下伤口，在很长时间的夜里
它发炎，滴血，高烧不止
让我此后对痴迷的病毒，产生抗体
剥离友情，剥离亲情，剥离信仰信念信誓旦旦
已同剥离两条狗的交媾
在时间上如此接近

2016 年 8 月 19 日

# 李庭坚的诗(10首)

李庭坚，1964年生于安徽郎溪。中学教师，《滴撒诗歌》主编之一。2014年5月自印诗文集《寸草心》。

## 在西去的列车上

为什么要出发
是宿命还是偏执
我清楚自己已在旅途
此刻有飞翔的感觉

我闭上眼
躲开身外的世界
颠簸　嘈杂　凄厉的惊叹
在我和灵魂对话时
遁迹无形

我的目的地在哪里
下一班次的列车
又能载我走出多远

翅膀薄如蝉翼
淡淡的阳光
也许就能让我融化甚至蒸发
我还能承载多少分量

半睡半醒中
列车正穿越长江
心与桥梁的颤抖
突然发生共振
我睁开眼睛
不敢让灵魂附体

风声一直顽强地拍打着窗户
是不是回程的呼唤

2011 年

## 苦与乐

当云朵的荫翳　在静谧的天空
张开死亡的窒息
百灵鸟不再歌唱　流水的呜咽
浑浊沉滞　我在灵魂的荒原上
只身流浪

更多的时候　我像一个猎人
潜伏在更深人静之时　把微小的声响

悄悄捕捉　或者独守夜空之下
等待一片薄云　为东方
铺展绯红的黎明

偶尔　心空会突然写满文字
犹如一天星辰　晶莹闪烁
我在满天的星光里　挥动手臂
删除多余的字眼　然后
把文字排列成行

2012 -

## 谒天静宫和庄子祠

老子在的时候
还没有天静宫
庄子梦蝶的时候
也没有庄子祠
后来，天静宫和庄子祠
都没有了
老子和庄子
还在

新建的天静宫和庄子祠
如同人的肉身
进入的体验只有一时的激动
我出来的时候

阳光里，一朵朵杨花
象道与蝴蝶
漫天飞舞
我一直低垂着头。

2012 年

## 删　除

林哥在一次车祸中丧生
张兄被肝癌夺去生命
舒姐患胃癌，手术之后溘然辞世
我把这三位同学从聚会的名单中悄然删除
暗蓄的泪水夺眶而出，湿透风干的记忆

还有两个同学也不能来
一个官做大了，事情多，无术分身
一个从位置上栽下来，栽进不能自由出入的场所
这两个也被我果断地删除。

另外三个同学也来不了，不管什么原因
我都不忍删除。我相信
他们心中一定珍藏着重新聚首的愿望

2012 年

## 嵌　入

用十年时间
我们互相嵌入，像钉子
深深嵌入墙壁
岁月逐渐消融了缝隙
把谁抽离出来
都会血肉模糊

今晚我想问一问
如果继续嵌入
我们还有疼痛的感觉吗
星星嵌入夜空的时候
泪珠嵌入我的沉默

沟壑在地表恣意延伸
欲望中流淌的落叶
是哪一根树枝上
飘零的枯萎？把流逝
深深嵌入
我们的前世今生

2012 -

## 当我老了

当我老了，我希望

我是贫穷的，一贫如洗
甚至没有健康的身体，不能自食其力
还要经常到医院去看医生
要大把大把花钱才能保命

真的，我就希望
我是这样一个糟老头子

当我老了，我用什么验证
被你们一再诅咒的社会
将把一个毫无用处的老人一直当人
那些亲生养育的儿女
并没有退化，始终怀抱人子之心

2012年

## 等 待

日子一再延期，仿佛是宿命
我必须一次又一次等待

我早已习惯在星月下与夜色和谐相处
静听虫鸣以及夜归人的足音

我不再幻想黎明在等待中悄然降临
乳白色的晨雾缠绕着林间延伸的小径

我承认宿命，我接受等待
像羊圈里的羔羊，不在意下一刻
主人打开圈门，是放牧草地还是牵去屠宰

2013

## 白头偕老

你说，等孩子上大学了
我们离婚。我就默默地等待
孩子上了大学，你没有说离婚

后来你说，等孩子大学毕业了
我们离婚。我又默默地等待
孩子毕业了，你没有说离婚

如今你说，等孩子结婚了
我们离婚。我知道
在孩子结婚的那一天
你肯定不会说我们离婚

我们在祝福他们白头偕老的时候
也白头偕老了

2016

## 退

我已经没有向前的冲动
从坚守的每一座城堡退出来
一退再退
退到草木萧瑟的荒野
退到欲望不再冒烟
退到与你相遇之前

退到风轻云淡
退到父亲的肩膀
退到母亲的子宫
退出今生
退到前世
直至——
退无所退

2017 年

## 贴身的物件

一个物件
贴身佩戴久了
会成为你身体的一部分

也许是你的幸运符

也许是你的累赘

如果有一天把它摘除
就像拆掉你的一个器官

在多少不被人知的夜晚
我曾一遍一遍
擦拭一枚生肖玉坠

# 盛敏的诗(9首)

盛敏，1963年生，安徽宣城人，诗歌批评家，艺术评论家。著有《盛敏评论随笔选》，美术评论集《裸像的凝视》。

## 老烟头

夹着咳瘦的延期
老烟头一圈一圈发白的灰
从对面的一端无喧哗地飘开
蠢货总是不怕腾云驾雾
动作缓慢熏黄人生
站在品味的中心
味道始终休息不下来
衣服那么麻木
时间那么发灰
女人那么难测
一会儿熄灭一会儿点亮
被扔在角落里
老得像闷气的一包垃圾
只泄出一线弯弯的抽筋的呼吸

2012年2月8日

## 监　控

人占着两只眼睛抠人
一步一步缝补影像
眼睛在你背后紧张地搜索
弄呆了的秘密、厚皮里的嚎叫
技术的眼睛每秒钟供出
一个扭胯的淫荡、一项肥胖油嫩的交易
角落松了的话语
敢于使用的咆哮
在令人呕吐的焦距中
看见的平面来回走动
是看的馊味、资本的台风
疯涂疯留的线条
都是心脏掉了一瓣的监控

2012 年 3 月 4

## 占　位

任意是在大街上被踢走的废酒瓶
我们的说法是在某个肥料的位置上
表示出它的能量
现在诱人的上上下下
左左右右
堆积的油脂润滑出

丝绸的跑道
会触及那黏性的地点吗
用粗力、谎言、翡翠的防御
用粉刺的修饰、涌出和压制
相互角斗的最后签名
抢抓那位置上的招贴画
人提着四只眼球
观看话语的季节更换
走在血淋淋的位置后面

2012年5月16日

## 钻研的虫

它们懒洋洋地扭动哑了的
后半截身体
或肥或瘦的色泽
在阳光齐刷刷的清洁下
按期对尘土和树叶爬出悲悯
熟软的道路
伸收肆意的评判
但透湿的、争议的墙角旁边
听觉是一汪假睡的水
被周围细密的黑暗
弄得龟缩、私下里沉去
虫是冬天往死扑去的东西
是随意的弯曲、我们脑中

潜水作业的变数
是寒冷与灿烂
摆布的老鞋带

2012 年 10 月 12

## 朋友的丈夫死了

他提前死在烟草的偎依中
直接从指尖枯萎
曾经白里透红的力度
她目不识丁的指责
回到离婚后的连环画里
最近的最远
最远的还是最远
长得越来越松散的脸颊
压薄了生活那插入要求的
色彩，现在色彩是
烟碟上一圈茸绒劣黑的
残余，是老旧的洞孔纱窗
落下的浑浊的霉斑
死就是用灯光打在
焦虑的肉体
那些胡言乱语悬不上
时间慢慢走的瞟示
她挺旺的身段

变成废料

2013 年 1 月 5 日

## 生　日

推开直走的步子
虫、长锈的风、表面的词语
带着飘飘的咸味
把骨头那焦黄的咕哝
摔到现在
贫穷的膝盖上有我女儿画出的
柔嫩的红花
某些捆扎扭住
这里睡眠的时间
在最美的乳房后面
亏损通向了
腿弯
阳光还像招贴画一样发光
世界有肉的时候
手就抓住了伴侣

2013 年 4 月 19 日

## 被拐弯割伤

在拐弯处我们击碎自己的

脑袋
风吹熟了我们的投降
安排的依赖被溃疡的
故事搞得稀烂
努力它亲吻
理想浑圆的屁股
天天的贫穷、单调的重复
锁眼和酥痒的世界
偶亮刀锋的紧张
都流连在安全带捆绑的
煎熬中
都在身体
神经里爬来爬去
一袭黑得哆嗦的
生活制衣
将我们的脸摁进
几片极度
肿胀超大的寂寞里

2013 年 4 月 20

## 窗 外

用滞留淡化的灰色
擦拭的窗户
表示环境优美的叮咛死去
工厂老鼠般窜出来

稳压器、细心的口罩、夏士莲
成为变质空气的同谋
生命有了化学之分
穿梭于城市中的年龄越来越缺乏柔软
它硬化
戳穿红润的外表
包围我们的是环境花招里的
组装和拆卸
瘦叶子纠缠，它们批量生产咳嗽的炎症
外出戴着眼镜把房屋、树、鱼苗般疯长的汽车
吸进嘈杂的画面

2013 年 6 月 1 日

## 昼　夜

白天是
随季节色彩调换的衣服
西装穿针引线展览一种牲畜的姿态
听觉在百忙之中培养警觉

想听到真话的身段
笔直、苗条、干干净净
白天都是依靠在婴儿的爽身粉里

夜晚我们的眼光
射程里有毛皮的黑色亮度

难以抗拒，圈出了鬼魂
话语动作的凹凸不平
转弯处的细胞、毛孔晃动
刀片的笑和人性的鼓包

2013 年 8 月 11

# 韦箊的诗(9首)

韦箊，原名吴云驾，60后，安徽黄山人，现居宁国。

## 太阳升起来了

太阳升起来了，它不是塔吊
拽上去的。太阳看起来很精神
一点没有落山时的疲惫
一点没有月亮似的面容
一点也不火急火燎
一点也不瞻前顾后
　　看人间脸色
一点也不用低头顺眉
　　遇见云也一样
一点也不遮遮掩掩
一点也不悲悲戚戚
一点也不像我

1989年7月23日

## 烧 荒

当火柴爱上枯草
风，爱上火焰
在南方，我爱上了冬天

哔剥之声不绝，黑烟翻卷
天幕上，一张女人的素描
勾起我39°的幻想

浓烟过后是新生
灰层下面是春天
在南方的冬天，我疯狂爱上了纵火者

后半夜。火熄了，风停了
我依稀听见冒烟的树墩
向谁说着悄悄话

谁相信啊——
在南方，这个冬天
一场意外，我交出了我的初恋

1996年7月7

## 拔牙日

牙医是痛苦终结者。先打麻药
为一枚智齿的安乐死
做准备，让我享受到
片刻的无痛时光

此前，疼痛牵动青春期以来
附着根部的诸多不快
就像我糟糕的爱情，藕断丝连
而定点清除未能奏效
那些漱洗盆里的血丝
替我说出了体内潜伏的隐忧
——连根拔起的这一粒
宣告生命切割机的按钮
已经摁下，一片，两片，三片……

今夜无眠。牙洞如笛孔
呜呜作响，与之毗邻的那颗牙
如临深渊

2009年9月21日

## 鹧鸪变身

从山区到小区，飞越田野与村庄

说短不短，大约几千年
这里的草丛、灌木
坚硬如铁。迁徙是美丽的错误
午休时分，或月明之夜
鹧鸪天里一声声“行不得也哥哥”
让那些想重返故乡的人
找不着北

你身上的麻
像我心里的烦
离开家园的鸟，在古词里流浪
栖息的树枝动荡如中东街道
吃的不再是昆虫、豆谷
垃圾就是美味佳肴

鹧鸪变身的古乐器
七个按音口，已被七个小矮人
堵死

2015年8月5日

## 羊

一天到晚
只知道低头吃草
抬头咀嚼
梦里醒来偶尔叫几声

就这样度过
一生

死了。一对羊角
挂上艺术墙

2016年3月5日

## 秋　思

秋色
常常加深我的愧疚
只要想起夏季
那些茅草，故人

它们风餐露宿于草滩，高速路边
而我总是行色匆匆
没有停下——
替它们捋一捋
风中吹乱的
满头白发

2016年6月2日

## 木梨磺断想

苦竹尖山三面环崖

一群外地人，走投无路
被逼上云端

山高皇帝远
鹰看得清楚，该如何
自由盘旋。穷尽
一生，我们这些过客
也无法抵达
一班弃民曾有的高度

而大雾云海
只让我们欣赏它
若隐若现的
飘逸之美

2017年8月10

## 警　告

倒好酒。朋友点的
野兔锅子端上来了
酒精炉点起来
一来二往
酒往下跑
热气往上蹿
一条命快吃完
突然吃到一粒枪子

崩掉半颗牙

2017 年 10 月 16 日

## 向 往

各种痛
已忍无可忍
我渴望
植入
比痛更厉害的东西

N次打量纹身店
像个暗探，假装只是
路过

2017 年 10 月 22 日

# 田斌的诗(8首)

田斌，著有诗集《细雨外套》《瓷片幽光》《泥土微尘》等。

## 采蘑菇

美的东西总是有毒
像一朵蘑菇，我总经不住它的诱惑

我总贪恋事物表面的美
误食的经历，差点要了我的命
我已中毒太深
血液里的毒素，根本就无法清除

像一段刻骨铭心的爱
亲爱的，我沾染了你的青春
就背负了一生的债

2014 年 1

## 老丝瓜

它衰老的只是现在
它曾有过花期与壮年
但现在，它被遗忘在藤架上
呈现出生命的一种状态
我知道，它曾经丰硕过
它的营养，是我喜爱的口味

一条老丝瓜的命运终归就是这样
它将要慢慢离去，腐朽在时光里
它早已失去了牵挂与疼爱
它就要成为一粒尘土
依偎到大地母亲的怀里

一条老丝瓜在藤架上无语
它已被时间所伤
哦，多年以后，它可堪回首
那跌落前风中的一晃

2014年1月

## 月光下的码头(两首选一)

你在月光下的码头洗衣服
棒槌，像打击乐，敲打出

夜晚动人的旋律
我是你唯一的听众
陪着你，在旁边玩水
河水里的倒影
多像两只幸福的小鸳鸯

多少个夜晚
月光静静洒在我们身上
我们心中裹着蜜
微笑荡漾在脸上

今夜，月光下的码头
寂静无人
我打这经过
心中除了记忆里的暖
也平添了莫名的忧伤

2015 年 7 月

## 南漪湖里戏水的野鸭

薄暮时分，我看见几只野鸭
在浩渺的南漪湖里戏水
这一场景，是现实，还是梦里
又恍如隔世。它像一声呼唤
把我带回童年的记忆

湖边的小船在清波中摇荡
它盛装了多少童年逮鱼摸虾的游戏
像野鸭翻着筋斗，抓螺丝，吃鱼
湖面如镜，它清澈，涌着银波
曾经的伙伴，各奔东西，客居他乡
可也曾怀想这湖边野趣

这夕光中的野鸭，镀着金
有的梳着羽毛，有的窃窃私语
那悠闲的神情，自得的样子
像一刻也不曾离开这里的发小
临湖而居，过着神仙的日子

南漪湖的美，不只是野鸭戏水
还有喷薄的旭日，浣洗的少女
盛开的荷花，飞絮的芦苇
秀姑采菱，渔舟唱晚
这脑海里翻涌着的记忆
珍藏我对南漪湖不尽的爱

2015 年 7 月

## 在尘世间奔走

找到一条属于自己的路很难
不走自己的路，更难
这尘世，有太多的路，大路小路

弯曲的路笔直的路，十字路，三岔路
高架路，立交路……
看得见的路看不见的路
因为难，我总不停地在尘世间奔走
有时朝前看，有时朝后看
走走，停停，都不是我说了算
其实，人生就是一条坎坷不平的路
历经周折，方知
走到尽头，才是归宿

2015 年 8

## 回老家

每逢过节，都有点烦愁
回老家，要带多少东西
才能还清，七大姑八大姨的情
瞩望沿途的景物
有时竟不敢相信
一棵熟悉的草
一棵结满果实的树
都那么惹人怜爱

进村的狗叫
总是让人触景生情
那间熟悉的小屋
顿生的温暖像炊烟袅绕

穷亲戚们都围着你
看着你说话
外面的世界
你怎么说就怎么精彩

回老家，不是件轻松的事
那么多土鸡、土鸭、土特产
泥土一样的深情
你想装都装不下

2016年1月

## 割 艾

娘去村后的坡地上割艾
连成一片的艾草
把娘隐没在夏天的浓密与茂盛里
隐没在清风拂动的碧波里
娘勾着腰，一手握镰
一手拢艾，把刀子伸进
艾草的根茎。一刀子下去
那种浓烈的气味
从割倒的艾草中弥漫出来
这股熟悉得有点刺鼻的味道
像情感的导火索，一下子
引爆了端午，灼烧了我

2017年2月

## 闪电的火焰

午后天空突然涌起的乌云漫卷
挟裹着豆粒大的雨点倾盆而下
四散的人们纷纷逃往家门
可有一位打猪草的姐姐多么倔强
她挑着满满的一担猪草往回走
暴雨中她挑的担子越来越重
让她的脚步步履蹒跚
暴雨从头到脚的浇注
淋得她浑身湿透
她薄薄的的确良衬衫
像透明的腹膜一样
凸现出她青春的成熟与丰腴
只是她不知道
她暴风雨中定格的影像
被闪电的火焰点亮
让一个后生多情而贪婪的眼睛
如痴如醉，魂不守舍

2017 年 6 月

# 李庭武的诗(8首)

李庭武，1969年生，安徽广德人。20世纪80年代写诗发诗，90年代初搁笔，2008年重新写诗。

## 深秋，回到父亲的出生地

一

当我在洁白的荧屏上敲击出：粮食
就有一粒粒黄灿灿音符
从秋天的高枝洒落，内心谷仓一再膨胀

这些年在异乡，读书，工作
在每一个大雁南飞时节
收到母亲寄自乡下的粮食
这份沉甸甸乡音，使我离家在外的每个日子
不再饥饿和寒冷

二

傍晚穿过村庄，九月的村庄

一种和夕光一样金黄色彩使我心跳加快

脚步比以前更有力挪动
田埂蛇一样游向远方
淡蓝色炊烟多像父亲抽烟时景象

几只被修剪过尾翼的鸟
低矮的农舍上空飞翔
一条条一闪而逝的弧线
很快就把晚风吹皱的水面缝补成一件衣裳

傍晚穿过村庄，九月的村庄
温暖的夕光披在肩膀
风中涌动汗的气息，谷穗的清香

情不自禁握紧拳头
像紧握一柄熟稔的锋利农具
又像是传达心中汹涌的愿望

三

还有谁能像我如此久久凝视父亲的屋顶
仔细谛听，屋顶之下隐隐滚动的声音

甚至一朵花的开放
一盏向日葵，屋顶下它清纯的脸庞
饱满多汁的打开
又一片片凋谢

*1998*

像被秋日的风暴震碎的屋瓦落下来
落进我张大的谛听的眼睛
猝然的黑暗比猝然的死亡更裂胆惊心

只是我早已学会沉默
并努力学会忘记一些东西
比如疾病，死亡

屋顶，无人时总是把你凝望
我懂得一座屋顶的存在
绝不仅仅遮挡阳光和风雨

高过万物的屋顶
必将高过星辰
成为我们苦难生活无法剥离的天空

推开穷人的栅栏
就能看见父亲倾斜的屋顶
倾斜的屋顶下，白发苍苍的母亲
正透过老花镜，缝补衣裳

2008年9月30日

## 朴　素

你要摒弃一切世俗与杂念，保持露水一样的心灵

无论在城市或乡村，你要纯朴
像草垛堆放在田野

你要习惯黑暗中生活，不是所有日子都很鲜亮
冰箱里贮存的，往往因为疏忽而逐渐变质
你要学会忍耐，像铁钉紧咬住木头

你要平静接受失恋或失败，像窗子接受流风
锥子可以启开啤酒，也可以刻写誓言
你要微笑，像鸽子憧憬未来

你要祈祷自己走最远的路，而不要拒绝石头和弯曲
比如沙子，小草，流萤，你不要轻视它们
你要包容，像一滴水，包容汹涌的大海

2009年10月27

## 兰草赋

我本如草，混迹于江湖，不伟岸
愧与磐石站在一起，不高大，也羞于攀附高枝
自称草民，说草根之类的方言

不向往城市里的高楼大厦
有一间简朴的屋子，只要它遮风避雨
并且洁净，像细雨洗过的叶子

总是一副谦卑的样子（也实在没有什么可炫耀的）
朋友来了，一样喝自酿米酒
食山里野菜，常常清空了瓦罐

只是面对尘世的春风，仍不能真正做到
安静，内敛。你看那偷偷开出的花
尽管隐藏的，看不出来

2011年3月17日

## 独　爱

出门往东五十里，江苏之地
往南三十里，浙江之地。而我居住之地从属安徽
确切说，安徽省广德县桃州镇，我的独爱之地

不爱都不行。打小即出门在外
北方之北，南方之南，东到苍茫处，西至天山边
腰际拴着的一根牛皮筋，最终将我拉回出生之地

我独爱这里的山，一头头晾晒的座头鲸
我独爱这里的地，青绿相间的飘曳之地
我独爱这里的晨昏，清澈的碧波与啁啾
我独爱，来去无影踪的风
我独爱着一座海

我把这里的每个女子，看作小丑鱼

我把这里的每个男人，看作珊瑚丛
我的屋子，一只贝壳
我独爱

现在我安恬的寄居于贝壳内，任凭时光之浪
漫上来，退下去。我只是偶尔伸出头
我所看见的青蓝，不是海水，就是晴空

2013 年 4 月 25

## 胶囊之诗

胶囊为何物，一具皮囊包裹的肉身
我试着用刀划开它，血流一地

疼痛在我的身上显形。我一直认为我的皮囊足够坚韧
在泥水里翻滚，在闪电的磨刀石上磨砺
雨水的箭头射在我身体的盾牌，纷纷坠落
穿越岁月的丛林，荆棘条划拉下的痕迹
早已愈合
但经受不住寒光闪烁的刀锋
于我的心腹间，刺啦一声
血流如注

仿佛没有骨头的支架，只有细碎的肉末
午夜，当我重新缝合自己的肉身
如此光滑的，就像一具煺毛的动物躯体

略感悲哀——
我就是这样在人世间行走
一丝不挂

如果内瓤里蓄满了黄金的颗粒，我也敢于
做一枚悬挂在树丫间的橘子
但粒粒都是涩苦的药丸
难怪我一个感冒接一个感冒
月亮是一只盛满水的碗，我却不能一仰脖吞下自己

这具胶囊之身总觉得欠缺点什么
在阳光下暴晒自己
在火堆上烧烤自己
疲软是外呈的状态——
缺一根贯穿其间的钢筋和一把淬火的盐巴

但我必须保管好自己，若是一粒被遗弃的有毒的胶囊
什么事都有可能发生

2014年9月16日

## 时光的赌徒

好赌，在五月，输尽桃花
在深秋，输光一整棵银杏树上的金币
然而听不得太阳这颗骰子，月亮这颗骰子
滴溜溜地转

一次次押上明天，揭开总是今天的谜面

天空下的赌局。赌徒如一茬茬待收割的麦子
这一场赌应从二十岁算起
输了青春，倒V字体型，鹦鹉歌喉，葱郁黑发
我只简单记住这几笔
运气好，一夜能把前尘往事赢回来
也能把往年典当的雨赎回来，淅淅沥沥
连本带利，来他个阴郁的思念季

一个人时，也可以赌
跟酒杯比拼酒量
跟星星比谁先眨眼
跟清风比谁的脚步更能写出飘逸行草

再不赌爱情。我终于知晓，这个带我入局
温厚的引荐人，其实一直隐匿于幕后
庄家，或老千
输个溜光仍还有一段时光以图转运
而遍体鳞伤，一蹶不振，就像流水
如何挽住一发而不可收的颓势

2015年12月24

## 总有一只鸟是孤单的

据说鸟类中，忠实于爱情的多于滥情

白头翁一样相依到老，鸳鸯一样静泊水上
都是触手可及的幸福
而其中一只走散，或来不及告别提前离开
总有一只鸟是孤单的

雾锁清江画面，一再呈现
这样的晨昏，多少给人寒意
最不忍看到一只耸着肩膀的鸟

像一个蹲在江边双手抱肩的人
抱得那么紧，像一根枯树干
就算对面飞来一只鸟，就算心中那只鸟
突然抖抖翅膀，又如何能在刹那之间
腾空而起

2016年2月18日

## 高处的房子

看一眼高处的房子我就眩晕
没有一条路抵达那里

如果说白云托举起事实实属荒谬，一百只鸟
打房子下飞过，天空不曾飘落半根白羽

我怀疑我左耳的歌声源自那里，缥缈
我怀疑我右耳的弦音源自那里，叮咚

房子下走过，我感到脊背如十盏探照灯同时光临
我就是匆匆行进的野猫，老鼠，蚂蚁

偶尔我扶起腰间倾斜的酸瓶子，看一眼高处的房子
十扇窗户明亮，歌声如煮沸的白云

我怀疑那里就是天堂，在这卑微的人世间
我每天低着头，像在忏悔

我忏悔我对高处明亮的生活
从来不曾动过心

2017年9月2

# 潘志远的诗(8首)

潘志远，笔名吟啸徐行、一蓑烟雨等，1963年生，安徽宣城人。著有诗文集《心灵的风景》《鸟鸣是一种修辞》《槐花正和衣而眠》。

## 赞　美

他的右手能做出各种各样的手势
譬如一柱擎天
譬如二龙戏珠
譬如凤凰三点头
譬如四郎探母
譬如五子登科
还有指桑骂槐、盒子炮、大刀向鬼子头上砍去
突然抱成一团的愤怒……

后来，意外停电
又迅速来电
年糕机咬烂了他的梦

面对咬烂他梦的冷冰冰的机器
和仅给了他微薄理赔的

矮小、破旧、昏暗、污浊的乡下作坊
他的右手
只残余一个词——

受伤时，是血淋淋的赞美
痊愈后，是伤痕累累的赞美

2015年8月24

## 天堂伞

轻轻一按
我便打开了天堂

天堂之下
万物在雨中，湿漉漉的
我的心情很滋润

此时，若你肯钻进来，与我并肩
我们就是两个好兄弟
或者，是一对
有爱情，我们是情侣
没有爱情，我们就是一对男女
走在大街上
满城风雨……

2015年10月8

## 新竹林七贤

从鸦山古道下来时
我们一行七人
在竹林里
稀稀拉拉，前后错落，以不同站姿
拍了一张照片
美其名曰：新竹林七贤

谁是嵇康，谁是阮籍
谁是山巨源，谁是向子期
谁又是酒鬼刘伶……
尚需一一考证

与邪恶格格不入
与主流相悖，或稍稍偏斜的
一群滴撒诗人啊
是山中良知
此刻他们沐浴着林中余晖
满肺腑的负氧离子
启程返回诗歌的前沿，生活的腹地

2016 年 1 月 5 日

## 目光比杀猪刀还锋利

他是一个屠夫
每晚回家
手里都拎着一颗猪头

尽管我压低嗓门
他还是听见了
“谁猪头！”
回眼瞪我
目光比杀猪刀还锋利

我一颤
捅偏了
夕阳如血
他轻易宰杀了小镇黄昏

2016年6月8

## 草木的祈求

那段语录
它们背诵了千百遍
但都是小和尚念经

其实，根本不是那么回事

风压来压去
被折腾的都是草木
抬胳膊收腿，低头弯腰
极尽屈从，极尽温顺
还不够
还有南风北风的搅和
还有风后种种副产品的折磨

它们只是卑微的草木
不关心东风的理论
也不关心西风的主义
只喜欢晴光万里
风调雨顺
该绿绿，该黄黄
该生生，该死死
草木一秋
风们，你们斗来斗去
不要捎带上，或少带上草木就好
就阿弥陀佛了

2016 年 8 月 10 日

## 针灸云

细细的春雨就像老中医手中的银针
扎进江河的肌肤
大地的关节

在我多年的肿胀处，轻轻捻动
天光放晴
水回暖，不再宫寒，孕育伊始
双目怒放花蕊
耳欢畅鸟鸣
云彩出诊，一场漫山遍野的针灸
不收一个铜板
只收乾坤朗朗，太阳几根毫毛

2017 年 2 月 20

## 我将这一点点光置顶

就那么一点点光。不采自太阳
也不摘于月亮、星星
或某一盏灯
那一点点光真正属于它自己
照亮自己，还有所盈余
否则，它不会让那一点点光断后
我一生都在借光
当我陷入黑暗
我的眼睛是亮的
当我陷入绝望
我的眼睛更是亮的
从这一点看，我属萤火虫科
不同的是，我将这一点点光置顶

2017 年 9 月 21

## 他陷入尘世的无奈已很深

执黑先行，他不把对手放在眼里
围堵，绞杀，惯用的伎俩
抢占先机。雄姿英发
春风得意
中间有无数个插曲

多年后，守白占了上风
渐渐扭转逆势
一寸寸扩大地盘
终将完胜
而他也将垂垂老矣

一局棋，执黑守白
都是他
攻守之势异也
往事如烟
他陷入尘世的无奈已很深

2017 年 10 月 12 日

# 孙非的诗(8首)

孙非，曾用网名青玉案上瞌睡，1972年生，安徽宣城人，现南京。

## 慈　祥

风水在何人死时慨叹过
即便是凌迟也不行
镜框将容谁如吐纳之气
即便是豪华的瓶颈也无以为升

弥勒的憨笑，生而无息
龟卜的卦相，葬而不死

土地既不拒绝分娩也不急于催生
斧头和竖琴一样长于抒情
波浪的登临轻触即止
星子跌进晚祷的烟囱
单恋的男女赤裸地睡着了
传奇中侠尼冲着风月夜奔

将军败阵自有江河收留
有人替你开门有人向你上锁
书脊私藏下的章回，蠹虫享用不尽
绞肉机盘点屠刀漏掉的细节
香灰的往事一节节断落
香炉浑若无觉地缄默，任信徒长将它说错

万事万物，各得其所

2004年4月

## 肠中车轮转

半生迎来送往，犬马声色，肉身确该老了
你看如今这年头还能想谁想到哭
肉嘴唇里嚼食保持性感的厄运，作为供挥霍的无聊
熬些迟缓的稻粱，和生不逢潮的旱芹香，赶赶初一、十五
　　的集市
至夕阳落山，恰都脱手
暗地里摸摸怀中有牙印的金饰，低眉敛目，如嘘唏在耳。

今夕何夕，赤膊却作挽袖状，客栈前酒壶东倒西歪
它们解构了玉兔的杵音，搭脉判来只分强弱缓急。可怜我
这辈子没个兄弟，情人的名单罗列到魏晋
今儿司阍，明儿歌赋，我掖在腰间的薄凉，将葫芦内斤半
　　厚爱
汲取精光。而镌有你小字的空巢

仿佛盛唐仕女的团扇，抢了主子的丰腴。

纵若拍不至杏黄的岭南，这佛手好在还可以祛痰
化掉大块的从前，轻唾。扑进缺盐而多汗的影子怀中
捏他的耳垂，央井水将沙瓤沁爽，心头肉一并
让垂直的浸淫削弱了隐痛
犹嫌这黑不够黑，睡不进绝路，我竟不能毁在你手里
疲乏地相认掩面闩门的亲人。

提醒回车键戴上草帽，失足水中好歹也浮殍个记号
众鱼分食，互不相识。词句在左岸被我的脊骨硌疼
胸口软得，从古旧乐器里汩出花阴，东奔西突
下嫁半壁炉膛，翠生生咳呛几下，便适于灶，适于床
新欢契瘦，铰一匹好闻的苏绸做许多小衣，过老日子
舒坦地叹气，聊起南阳，书生当初倜傥。隔了风雨，互不艳羡。

如此三餐得其所哉。习得拱桥的虚实，马蹄嘚嘚
踩踏蒸腾水气的小身子，我跪抚蹄痕太过投入，忽略你在
纸的另一面
跌落，脆裂而不可解决。有些祭日尚未过五七，鸦群驮来的病梅
终于和纸钱飞在一起，坚忍不肯放声
即便在颅内养一方天井，多数时候晾你的汗巾
随着光照的游移，我轻手轻脚挪动，哪儿也没去。

即便有鼓钹大珠小珠，京胡倒吸凉气：“妃子何事惊慌?”

闷雷炸开；雨点暴作；或狭长吐曰：惊梦——
休当四面楚歌。蓑衣偃息得早，不采花戴，不披阅山河
只怕发霉，逢到雨后，挂在东南那面墙上
沥出不少水，冲得踝骨寡淡。也罢
乌骓、电脑、烟灰缸，“尔等亦歇息去吧”。

2005年7月

## 浪里白话

他随便做的那许多梦，美好得不肯结籽。
倘若长年缺水，他指给你看的那眼塘是不可信的
他有鱼叉，旱天咬牙切齿
漫滩的白亮，曝晒音准的窟窿，他干叹一声
遥听上个世纪的潮，方言一般的确成了个大人。

灵活的舌头，吐许多必将气化的表达
他喜欢的事物并不复杂，如果接近，迟早
隔着车马，人行道那样相好。
谁要是再陪他拍一遍二十四桥，算多情相得
姜夔便慢了扬州。

他有饱满得像薄荷的体温，加少许热，汁液就滚出来
你含过却是，咕嘟的凉。
说不好是瓷青，还是黄杨木的消停
偶尔闯小纰漏，后视镜里看他，倒也不逃
一双手摊着的样子，要多无辜，有多无辜。

两下里无辜，闲得心慌，撑在苏州河上满满地哭
篙尖触惊泥沙，船头拦一干抵死未从的水鬼。
烦恼真如嚼蜡，不如挑个幌子行医
给那些磕绊夜航的人鱼下药
他屡次亲熬亲尝，随后不辨桃李杏梅。

酡酽的柔软从颈后伏下，背起来比秧苗还轻。
他捺不住均匀的欢喜，蒸上七月娴熟的暑气
每天临睡前，念叨青草青、黄花黄
眼皮略耷拉，只扫见自己的脚
彼时他没准正琢磨鱼娘子们何以甘心体外受精。

天晴天雨，饮水甘甜，是呀，还有那么多好姑娘
张张日历都桃之夭夭，简直不容他端详
毁伤愉悦的惟有愉悦的加倍。
他将来爱上的女子，要比蔬菜还漂亮，在食欲以外
平安地洗漱、作息。他抱着棉花夜，温存地咂嘴。

2005年7月

## 约了梅花

三两枝、三两树、三两个山头，禁不住看
便商量如何君子之交
春风说拂过，春雨说进入
整个春天说要横扫

那么，注定先被鸟雀啄破的其中几朵
吐青吐白吐胭色，犹吐不尽牢骚
平行的冷，想来跺脚的动静，听众换了几许
耳语是重叠，撸着袖管拨拉夜
如果这个夜再长一点，梅花咬在拦腰

而游人出门必看天色，念着天的边缘发蓝
要坏的还坏得没够，于是雪粉青青地抖开来
花的隐私，显影水的把戏，翘鼻子的发条
路忙着赶路，花赶着老

仍开给你看。也许为着爽约，红尘就这样构图
而解读最是笑话，如果鞋印惯于一试深浅
摸我的胸口——春天很好，餐具和床很好
有时候斜跨一步，大不了是万重山

山与山熟识已久，不打招呼就此开彼落
说的话都闪着旋儿——即便花下有妖
花妖和人一样可怜，受制于根，还扯着虎皮，年年在山上描

描符，给钟山失恋时烧。然后为你流泪，照得见底
但梅花总不肯避雨，我撑一把伞遮自己的视线
凭它疏落一些也没什么不好。从枝头到入土的经营
仿佛回信，也寒暄，也扼要

2005 年 3 月

## 挂枝丫

黄月亮挂在枝丫上
马蜂窝挂在枝丫上
吊死鬼挂在枝丫上
有风帮忙，就晃两晃。

如果风吹得足够大，唉
我挂在枝丫上，心里面很难过。

2006 年 12

## 吃果子

苍天厚土，早把好事都做绝了
别瞎忙啦，我们来吃果子吧，趁鲜美
过期一分钟的都不要
随便掷水漂儿玩。

说到鲜美，我使劲儿嗅，你轻轻触摸。
水漂儿一圈一圈
一圈一圈
当我们正吃果子，我们全看不见。

2006 年 12

## 九　月

九月是小的，缎子的反面一样容易拉丝
比起其他的小月，这桥洞里豢养的水色更为蓬松
可爱的小，像刚出生的袋鼠，可以从豆子
长成六万倍豆子那么过瘾
它的花头有娘娘心肠，有草本的亲切
和茫然。有没过够夏天的穿堂风
很木糖醇地邀宠："踢开他，你脚边打瞌铳的
幼仆，对你而言有什么用呢"
它的吸附解吸与我心想的一样，同步完成
而当街突然横倒的浪人，仍在嚼舌
——必须备好全白的丝袍，小命，和橘子汽水
她才肯跨进浴盆——听起来像是云上的反刍
很风月而且很蛋白。佛寺的瓦上落满鸽粪
山花也只管开。接肠草正当植期；有性杂交
无性繁殖；逾年收甘甜四色，曰杜，曰西，曰芳
曰昆仑。但其实人们更需要一对
弹跳的乳源，解决即兴的惭愧，以及劳损
他们必在九月下旬抢割完丰产的芝麻，苹果
浪花，给交班的事物少许时间调情。我知道暮色
显见的消渴症状，肥美所发。我所究诘的原野
殃及语词，被强行假设的生相一个个现出
阑珊尔后，碑铭生猛，野史端详。我知道我
没有不同于别人，活在这世上，唯一可以独占的
梦界，有时也忍不住公布。

2007年9月

## 兰花令

半夜听到笛声
一面将花盆变成雕床，一面
给自己算了一命

烟头和茶麸都是祥兆
但如果吹笛的人正是上次
擅玩无情对那厮

她在淡盐水味道的星空底下弯腰
如同湖泊给风使个绊脚

2010 年 5

# 申文祥的诗（5首）

申文祥，1966年生于泾县，艺术品收藏与鉴赏家、诗人。著有诗集《自然光线》。

## 废品收购站

雾霾，尾气
打包后上市
泥土受到潮湿的压制
圆圈
容忍着我的弱点
局部图像
质疑天气变化
光亮裹着繁星
信念倔从于
鸟鸣的叫喊
连绵不断的光纤
解释着清晨的风寒
我和树抱在一起
树叶坠落
将我整个人掩埋

2016年1月

## 登叠彩山

独白漓江山水间
冲动的鞋子
与石阶摩擦
流淌着墨色起伏
压抑的呼吸
被风掠过
书写出变形的背影
石块上
有营销口号式的标语
过期的身体
正等待重新包装
追踪丰腴的排行榜
脂肪累积出名字
略显浅薄的倦意
轻声滑落

2017 年 1 月

## 致儿子

——记申逸然 2011 年赴法国求学至今

品一口波尔多红酒
回味中夹着汗水
穿梭于大学，教堂和快餐店
滚动的年轮使你成为巨石

独自撑起异域蔚蓝的天空
荣耀离你多远
欢颜在你声音里体现
紧握自己的信念
星月为你评判
双手描绘着法兰西
春天即将剥离冬季
生命中你是骑士
光年外
一人行走……

2017年1月

## 石　头

石头
被制成泥浆
涂抹在口吃的路面
让橡胶摩出口水
安抚的雨季
将树叶喂养成青色
机器抽取手工制品
手机编辑着家庭成员
数字在仪式中躺下
书页在翻动中打鼾
身体寂静得像个教堂
可辨的部分有些模糊

流淌的时光遗漏了表情
散发出无挂碍的心经

2017年4

## 四　月

长满水沟边的兰草
抵御着探访者的脚印
安抚的晨露
不打招呼就溜走
自拍
大口吞噬着沉默
窃取记忆的痕迹
精确地重复同样的姿势
远处
沸腾的舞台
保持着蓝色的格调
几乎不动的面孔
等待景观的捉弄
声音托起静物
用临摹本做上记号
刻下周而复始
凝固成当下
没有形状翻译

2017年4月

# 乐冰的诗(3首)

乐冰，主要作品有长诗《祖宗海》，代表作《南海，我的祖宗海》被评为“当代十佳海洋诗歌”而广为流传。

## 拜　年

我说，祝你中奖
他一次也没中奖
我说，祝你健康
体检时她被查出子宫瘤
我说，恭喜发财
他哪里发什么财
至今还债台高筑
我说，祝你们夫妻美满幸福
想不到，没过几个月
他们离了
每年春节我都要给
我的这帮穷亲戚穷朋友拜年
我感到我在对这些善良的人说谎
我的祝福一文不值
基本上没有兑现

我就像一个欠债不还的人
面对他们，我感到羞愧

2012

## 遗　物

所有的遗物都有灵性
比如父亲看过的书
上面长满了父亲的眼睛
父亲写给我的信
我听得见他怦怦的心跳
他用过的毛巾，我擦了一把汗
感觉到父亲在抚摸我的头和脸
盖着父亲盖过的被子
我还能感觉到他的体温
父亲哪里是走了呢
我分明感觉到他的温暖，他的呼吸

2013

## 一只老怀表

父亲的遗物是一只老怀表
老怀表滴滴答答在跟我说话
仿佛生前的父亲在跟我絮絮叨叨
它躺在我的怀里

就像童年的我躺在父亲的怀里
我感受到老怀表的心跳
父亲一样的心跳

勋章一样的老怀表啊
我喜欢听你铿锵的声音

2013 年

# 胡正勇的诗(8首)

胡正勇，1978年生于安徽广德，现居江苏常州。著有诗集《春天渐渐走远》。

## 泪　水

流淌的泪水在寒风中戛然而止
泪水就是奔跑的火车
一列列火车
载着我们驶向远方
只剩下黑色枕木喘着粗气

但没有人知道它就是泪水
我们坐在开往草原的火车上
有的人在大睡，有的人
看着窗外扑面而来的村庄

2002年10月

## 双双燕

天宁寺的钟声响了九下
我坐在船头抽着旱烟
豆腐块大的天空
一只燕子飞过。接着
又一只燕子飞过
春天就这样走远

在宋朝的夏天
我爱上了一个叫燕的女子
而同时另一个叫燕的
女子爱上了我
我爱的燕住在二十四桥的东边
爱我的燕住在二十四桥的西边

秋天刚到，扬州的稻田就金黄一片
我坐在田埂上掷骰子
一面写着我爱的燕，另一面
写着爱我的燕
最终我选择了我爱的燕
我写了两封信分别给她们
可是我装信封时把信纸装错了

2003年4月

## 桫椤树

徐主任说："从这个窗子望过去
在招待所的右边那棵就是桫椤树
现在亚洲已经没有多少棵了"

按照他手指的方向看过去
在低矮的招待所旁边我看见了你
夕阳停在它的树梢上看着人世
这一停就是五亿多年，恐龙灭绝了
他还在这尘世上繁衍

在植物园，桫椤树就是一块碑铭
我站在他的面前一言不发，忏悔不已
什么时候我们还能再相聚呢
也许几十年以后我们都死了
而你依然一到春天就长出叶子开出花

更可怕的是，很多很多年以后
一棵桫椤树指着一个人
对另一棵桫椤树说：
他们在亚洲已经没有多少个了

2004年3月

## 刘家湾的老刘

老刘去刘家湾西边的山上砍柴
那时候天刚刚亮
他一边想着丢了几年的儿子刘小亮一边砍柴
他一边想着昨夜被人偷走的羊一边砍柴
他一边想着早逝的母亲一边砍柴
砍着砍着，老刘泪水落下来了
他一刀把某一滴泪水砍成两半
砍着砍着，老刘把自己的小腿砍了一刀

2006年3月

## 色盲表妹和她的漆匠爸爸

我的一个远房表妹
患有先天性色盲综合征
上小学时，老师问
太阳是什么颜色
同学都说是红色
惟有她说太阳是绿色的

她还高兴得大叫
“我看见了红色的乌鸦
大海是白色的——”

她爸爸是个漆匠
她爸爸的理想是
把女儿眼里的乌鸦漆成黑色
太阳漆成红色，大海
漆成蓝色的……

2008 年 6

## 他们总是不说话

平静的卢湖水，湖水里的鱼虾
鱼虾可以看见的岸边的水草
和更远处田野里的庄稼
他们总是不说话

泥巴筑起的土墙和屋顶上的红瓦
老屋前的稻场，稻场旁的桃树、李树
和更远处的丘陵，丘陵里的树木
他们总是不说话

冬天偶尔有雪落下
薄薄的雪抑或厚厚的雪不说话
结冰的卢湖水不说话
被雪覆盖的田野不说话
把雪顶在头顶的白菜和毛竹不说话

2008 年 10

## 我对远方一无所知

我对远方一无所知
那时我四岁、五岁、六岁……
四面环山的竹坞里村像一个容器
当年盛着我爷爷的童年、父亲的童年
后来就盛着我哥哥的童年我的童年
抬头就能看见巨大的天空
白天飘着火球，晚上装满了亮晶晶的玻璃弹子

我对远方一无所知
那时我七岁、八岁、九岁……
竹坞里村上面是王查坞村、丁冲、合村
再往上我一无所知
竹坞里村的下面是许家湾、王家祠堂、半公岭
再往下我也一无所知

天上的流星划向哪里我一无所知
翻过竹坞里村最高的山岗
还要走多久才能到达远方我一无所知
顺着门前的大沙河向前流多久
才能到达远方我同样一无所知

2008 年 10 月

## 在竹坞里，经常和神相遇

刘半仙在村口的小酒馆里
从中午喝到太阳下山
他逢人就说，昨天我梦见神了
每个人都会问他，神长得啥样
刘半仙说，神就是一团球形的光
蓝幽幽的，抑或火红火红的
问的人都半信半疑，只有我深信不疑

天说黑就黑，银河系横亘在夜空中
像我女儿玩的那盘玻璃弹珠
银河系一定住着很多神
天空一定住着很多神，星光闪闪

一觉醒来，万丈光芒的太阳神
把光撒在大地上，撒在我老父亲身上
他在田野里忙碌的身影光芒四射
在我眼里，他也是神！和太阳一样
在我女儿眼里，玻璃弹珠也是神
和夜空中孤独的月亮一样

2017 年 5

# 沙飞的诗(6首)

沙飞，原名张玉明，1986年生，安徽六安霍邱人，现居绩溪。

## 碗比人聪明

大碗，小碗，瓷碗都是碗
一碗定乾坤
国没有了碗，到处都有揭竿而起找碗的人
家没有了碗，要么家徒四壁，要么消失殆尽
人类没有了碗，依然饮毛茹血，如兽
碗，于国于家于人类文明，居功至伟。却不自傲
相反，时常把身段放得很低
油腻，污渍沾身也不在意
只要用水冲洗一番，就颇有出淤泥而不染的节气

酸也好，辣也好，苦也罢，热也罢，凉也好
碗从不挑三拣四
来自土地的敦厚性格，碗知道，一碗水要端平
有多大肚量装多大生活，一旦装腔作势多了
就有湿身的可能
仅这一点，碗就比吃着碗里的看着锅里的人，聪明得多

2015年

## 我去龙川大道买包子

我去龙川大道买包子
理由很充分——
想念它的味道
就像习惯一个人身上的气味一样
隔几天就想闻一闻

我去龙川大道买包子
下班的时候路上人很多
走路的，骑自行车的，电动车的
开汽车的
人声，喇叭声纠缠在一起
如一只不断被拉扯变形的麻花
扯着扯着就扯出了红尘的油锅
各自奔走　叫卖

我去龙川大道买包子
笼屉里挤满了白白的包子
热气弥漫中
我却扭头就走
因为我看见了它们宛如一个个新起的坟头
东方之星此刻还在长江里倒扣
那么多的灵魂还在哭泣
我怎么能下咽得了
人间的悲伤

2015

## 妈　妈

她一遍一遍地教大儿子，妈妈
她一遍一遍地教大女儿，妈妈
她一遍一遍地教二儿子，妈妈
她一遍一遍地教小女儿，妈妈
……
51年前，丈夫在山上砍柴时，滚下了山崖
找到时，人已经不成样子。许多村里帮忙的汉子
也偷偷地掉眼泪
她没有哭，她只是用颤抖的双手抹了下丈夫瞪得老大的眼睛
那年，她刚过完30岁生日
采茶。种庄稼。养鸡
她把自己装扮成一个男人
家里先后来了五六个媒人，都被她冷漠的眼神赶走
她说，孩子小，不急
直到去年中风，她仍旧单身。在客厅的水泥地上
整整呻吟了一夜
幸好发现及时，捡回了一条命
医生说，半身不遂，大小便失禁，只能躺在床上
这一次，她号啕大哭，像一个孩子
一个月过去了，除了那个胖护工一日三次喊
吃饭
她听不见任何的声音……

2016年

## 邻　居

如果不是清明节接连不断的鞭炮声
我至今还不知道，小区院墙外50米的山坡上
居然隐藏地住着这么多邻居。从阳台上望去，
我甚至能看见几家墓门上雕刻的大字，以及
门口飘荡的五颜六色的纸带和袅袅上升的香火
这么多年了，他们从没有到访过。哪怕与我隔空喊话
就像我居住的这栋楼里一样，冷清

2016

## 临东山公园

上东山的两条路
像两根鞭子
无论选择哪一条都能在起伏的抖动中簸到山顶
抱怨的人，厌恶倾斜的角度太大
欢喜的人，总能在石阶给出的切面上把云层踩得更结实
或者干脆说，这些不是石阶，是带有温度的齿轮
紧紧地咬在山中。于是，日子就在吱吱扭扭中从此岸传送
　　到了彼岸
中间的辽阔，足够我们填写一生的方程

山中的桂花一年开两次
金黄的、淡雅的、偏红的，没有一朵是

月亮上的，吴刚手中的斧子寒气太厚
这些花还能酿出桂花酱，据说很香，我没有尝过
我尝过的是，倒着走和正着走所看到的景象果然不一样
这是一个物理学的命题，我只能猜测一阵风从远处叼来的鸟鸣
有草木的清香

半山腰的那个凉亭，足够拾起整个县城的热闹和安静
扬之河就嵌在山脚，可惜少了一艘小船
不然我也会三月下扬州

如此反复。上上下下，东山一点也不介意我们给它的瘙痒
和它的亿万年相比，真的
我们太微不足道了
关于祥云广场上那个巨大火炬的准确高度，我并不是太清楚
但我知道，只有太阳和月亮才能点燃它……

2017 年

## 一只微小的虫子

在我玩手机的时候
一只微小的虫子忽然落在屏幕上
像秋天里蹦落的一粒黑芝麻
我不知道它的种类和名字
但我能肯定的是，它的出生和大地有关
肢节脚留下的小小的泥印模糊又清晰
我不忍将它从玻璃平面上赶走

我们都是被城市光亮吸引来的灵魂
就让这静静的时光漫延出久违的战栗
就让它在巴掌大的屏幕上替我
搜索故乡的方向

2017

# 布小衣的诗（4首）

布小衣，原名彭仁玲，1973年生，安徽广德人。

## 辽　阔

我喜欢辽阔这一词，就像喜欢大海
喜欢一望无际的田野与森林
因为喜欢，常常坐成寂静
秋是辽阔的，寂静更辽阔
一条河游离在大地之上
一条河躺进更深的寂静里

而我，通常是坐着坐着就消失了
像白云消弭掉白云

2017年

## 图

清晨一开门，就看见鹭鸶
在飞，一身白
看见光从对面蹭过来

露珠从草尖滑下来，都很白
我的白裙子，被小风扯着
在这片绿油油的草坪上
想想我们，可能是一类
就觉得欣慰

2017

## 婆娑纳

那时的我，是一个追着石头
也非要探出浅深的人
如今，石头落在何处
是否腐朽与消亡
皆已不再过问

神把我们遗落在原野
如果允许，到很想和你互换一下位置
似乎，我比你更适合
在这孤寂的大地上，躺成一副认命的样子

2017

## 清　晨

天空露出鱼肚白
灯火寂静，空气清新

那么多美好
睡在草丛里
我很想对着一颗星
再许一次愿
许像月光一样明
像草木一样亲

2017年

# 其川的诗（13首）

其川，原名李晖，1974年生，安徽郎溪人。

## 长短句

夜长，无梦
掌上痣，向灯下验看
朱砂一粒，血渍
一点，眉骨下，阴影
清淡，闲翻纸墨，轻哼
戏文，这句兼那句
小纸人，你舞姿绰约
乱，胸脯起伏
气短，仿佛是，力不从心

2005年3

## 坐　化

树枝枯了，秋天来了
叶子落到地上，自然而然

天干净得像个清瘦的人
深呼吸啊，内脏凉熨熨的
如泉水浇过，如丝绸拂过
崖间的小鹿，眼睛
扑闪扑闪的
一扭头就不见啦
山谷又安静下来，空空的
那肉身，轻轻一笑
仿佛他早已知道

2005年6月

## 静夜思

井沿上的空竹篮
装着庭院的静谧和月光
白炽灯罩着瓦蓝的玻璃壳
有一只白蛾子
在四面墙壁上闪动影子
他听见有人在唱那首《天涯歌女》
声音时断时续
像自己身上
一枚无法拧紧的水龙头

2006年2月

## 声声慢

天空的镜子快要碎了，无心自恋
她用香味在一张纸上写字
香味飘散了，纸还在纠缠
窗户暗下来，汽车喇叭叫得更响
梳妆台上的脂粉盒子一抖一抖的
她要哭，但找不到装眼泪的池塘
顺手把那张相片挂起来
挡住半个房间
后半夜有位客人要来拜访
吩咐丫鬟，洒扫庭院，焚烧落叶

2006 年 5

## 孔雀东南飞

过分的委屈使它的啼鸣嘶哑
它飞得很低，掠过
五里草木，超出了一生枯荣的长度

啊，河水流逝，汉朝已渐渐地远了
这苍茫的世事，不提也罢
她于风中抛掷的物什：绢帕、脂粉、怨恨的首饰
泯灭了，消散了，与尘土，与那些
更轻的东西混为一谈

哪怕一丝的松懈，它的飞，它的姿势，都会溃不成形
太多的难，需要一点一点地忍住，她抿着嘴唇，像
一个悲悯的自虐者
她有她的借口，美得荒谬，不近人情

2007年1月

## 秋天的献诗

雨是昨天中午就开始下的，先是小雨，有一阵子
要大一些，去年也是这样
院子里，香樟树沾满了细细的雨声，安静，美好
屋顶仿佛忧郁的森林，它上面落下的雨水
比落向田野的那些，似乎更加寂寞
稍远一点，一座铁塔突兀地指向空阔的云层，我要
用它背后的那一小块灰色的天空，来想你，用一片
寂寞的屋顶想你
取消下午两点钟的午睡，让
沉默的时间停在你蓬松的头发上
直到你的格子床单上黑白相间的颜色渐渐清晰，我会
独自坐在那儿，不说话，以免加深你的厌倦

2007年6月

## 山　居

村野隐于流岚，雾气横接墟垣，此际

可听伐竹之声
山居岁月无痕，枯荣有度
草莽之上，人烟虚化，星河浩渺
有苦槠沐于清辉，有青檀、合欢、银杏，寂然千年
山川广大，国度无垠
昆仑之雪直下祁连，太行之气
贯于峨眉，萱草
涣漫于石斛之侧
有白芨、地锦、紫苑、牛蒡，有国之忧者
循樵者之迹，遇采药之人

2012 年 3 月

## 呐　喊

呐喊就是埋葬
就是把晚霞埋进暮色
把呼吸埋进沙暴
就是把道路埋进远方，把希望埋进信仰
就是把蓝天埋进乌云，把月光
埋进烈酒
就是把爱埋进眼神，把恨埋进流水
病灶埋进肉体，灵魂埋进诗篇
候鸟埋进冬天，果实埋进大地，怒火埋进胸腔，历史
埋进碑铭
呐喊就是埋葬
就是把疾呼的大声，埋进绷紧的寂静

2013 年 9 月

## 春风吹

春风何物，遽然成疾
当为闰月旧伤，较今岁之花期
慢了半拍
你翻卷泛黄的《本草》
指桐芸、石竹为药，援梅香作引
其茎叶残损，墨迹黯淡，典藏医家姓氏
并草木成灰，宜和
春水煎服
今日吉祥，可纳采、求嗣
不忌婚嫁
燕子梁前，吹一支
腥膻唢呐
带小蛮腰，蹙蛾眉：
冤家，妾身近日经血未尽
风寒淅沥
尚乞体恤见怜喂呀

2015年10月

## 遇　见

这一刻不可描述
如秋水在涧
如光阴穿过紫藤叶隙，落于木门楣上

落于裙裾、石阶，旧时之王榭，这一刻
空空如也，恍若浮世
不嗔、不怒、不惊、不喜，自虚彻
澄明而来，大音希声
时维五月，心旷神驰
群山之黎明，熹微无言
这一刻满天烟霞，漫天蛱蝶，有繁花幻景明灭，春晖忽如当年

2016 年 2

## 擦玻璃的人

在修枝之前擦玻璃，在紫藤架下
擦玻璃。用午后的荫凉和云影
用C字形的身姿和一丝不染
的心情，他想要
把本来存在的玻璃擦成一片虚空，让
玻璃之外的花园只剩下花园
让玻璃之上的天空，只剩下天空
他想要，把薄如蝉翼的玻璃
隔在人世之间，只有他自己知道
因为有冰凉，有坚硬，有一块
透明的、易碎的玻璃，一直等候在
露水飘飞的窗前

2017 年 1

## 青杏小

唐朝一晃就成了唐朝，其实那会儿
它还叫开元年间
就像你一晃就成了你，而不是
某年某月站在树下的那个人
只认得春天和杏花，不认得自己
不认得叶间的那些小墨点就是他们说的青杏
青杏小，小到只剩下嗅觉
小到只能看见因为酸而皱起的眉头
小到还差一秒钟才能懂得爱
再小一点，就变成了虚无
不如躲进枝头，回到花的前世
那样你就会忘记自己，也会忘记
曾经和一枚青杏一起发呆的那个下午

2017 年 8 月

## 恍　惚

等一个人，在山林照耀的深秋
树木演绎着最后的斑斓
面对轮回的宿命，它们的宁静令人讶异
等一个人，在木格窗前，隔着空院子
隔着去年春天的花朵
他有明亮的苍老，迷醉与恍惚

他有慵倦的温柔，一言难尽
在时光温暖的碎片中，等待
就是消磨与安慰，就是虚构一个人
正踏着空寂的山径，行色匆匆

2017 年 11

# 李明亮的诗(4首)

李明亮，安徽宣州人，现居浙江台州，著有报告文学集《和台州相遇》及合集《台州十友十年诗选》。

## 裸睡的民工

晚上可以睡觉
中午也可以小憩，真好

脱去油污和尘土
身体原来如此干净

没有任何依附
只有亲切的肌肤包裹热血

裸露，与性无关
只是让汗水能够四处逃遁

一个被称作民工的男人
一张草席说出了他的所有秘密

2008年2月

## 摸黑扫地

我的白天，都交给了工厂
夜幕下的那间小租房暂时是我的

在小租房里
我有许多的事情要做——
屋内的东西各就各位，衣服叠成平平整整
把墙壁的灰尘和地面的垃圾清理掉
让从门缝钻进来的小蚂蚁可以大摇大摆地走
最后把自己放在澡盆里
用清水把整个夜晚都洗得纤尘不染

完成这些后
我还要到屋后的小院子里
摸着黑，仔细扫一遍
扫完之后，我还要把衣服洗了
在院子里晾着
即使风把它吹下来，落在地上
也还是那样干干净净

2009 年 10 月

## 母亲的桃树

桃花早开了，但母亲

从不向屋后的桃树多看几眼

她只会在炎热的夏天
用草帽兜着长满茸毛的桃子
挨家挨户地送

冬天，早已没了果实和叶子的桃树
东张西望

它在看那个夏天摘桃子的人
怎样焦躁地等着她的儿子回到故乡

2010 年 4 月

## 挖掘机开过来

那一排楼房都还很新
但还是一点点被它推倒
——不光是推，它使劲地砸、挖、剜！
偶尔用挖斗旁敲侧击
——也同样发出巨大的声响
一根根黑色的血管暴露出来
它就变着法子把它们扭曲、截断！

房子终于都被摆平
它喘了一口长气

天色渐渐暗了下来
青灰的骨骼堆积成山
它看见远方的万家灯火
正在一点点熄灭

2017 年 10

# 马鞍山

芜湖 安庆 宣城 铜陵 黄山 池州

# 杨键的诗(14首)

杨键，1967年生，自1986年起专心习诗，现居安徽马鞍山。曾获刘丽安诗歌奖、柔刚诗歌奖。2003年出版诗集《暮晚》，同年该诗集被《南方都市报》评为全国十大好书。

## 惭 愧

像每一座城市愧对乡村，
我零乱的生活，愧对温润的园林，
我噩梦的睡眠，愧对天上的月亮，
我太多的欲望，愧对清澈见底的小溪，
我对一个女人狭窄的爱，愧对今晚
疏朗的夜空，
我的轮回，我的地狱，我反反复复的过错，
愧对清净愿力的地藏菩萨，
愧对父母，愧对国土
也愧对那些各行各业的光彩的人民。

1993年

## 啊，国度！

你河边放牛的赤条条的小男孩，
你夜里的老乞丐，旅馆门前等待客人的香水姑娘，
你低矮房间中穷苦的一家，铁轨上捡煤炭的乡下小女孩，
你工厂里偷铁的邋遢妇女。

多少人饱含着卑怯，
不敢说话的压抑，
岸边的铁锚浸透岁月喑哑的悲凉，
中断，太久了！

哭泣，是为了挽回光辉，
为了河边赤条条的小男孩，
他满脸的泥巴在欢笑，
在逼近我们百感交集的心灵。

1995

## 祖　国

枯草上的绵羊默默无言地望着远方，
多美啊，摆在油菜花地里的蜂箱。

一头眼泪般的牛拴在石头上，

拖拉机来回运着稻草。

那叫不出名字的鸟，在蓝天，眼睛，运河组成的灵魂里飞过，
晒在春天里的冬日身躯，渗出幸福的汗滴。

我不了解运送石棉瓦的船工的苦水，
但是落在甲板，运河上的光，永存！他们乌黑的眼圈，永存！

枯萎的荷枝犹如古人残存的精神，
没有什么比看到倒塌的旧房子更加令人难受。

姑溪河畔山顶的塔尖与江边码头的塔尖
同时，带着泥土的棕黄，刺向蓝天！

在车厢里，人们凝望着落日，
一件挂在桃树上的农民的蓝布褂。

1996年

## 纪念一座被废弃的文庙

在日夜流淌的长江岸边，
烟囱的黄烟，
为我们缓缓勾勒
下雪天的暮色的凄凉

一个个榜样来过了，
一个个完整的暮色也来过了，
就像这几幢只剩下十几根大柱子的建筑，
从来没有被我们理解。

雪地里裸露的铁轨，仿佛穷酸的孤儿，
这穷酸一直延伸到远方，
让我看见那站在枕木上
两颊落满煤灰的乡下妇女。

她就像深埋在地的灵秀的长窗，
像死去的文庙里砸碎的石碑，
要求我们俯在雪地上回忆，
用这漫天的雪花，用湖面上的两只飞鸟。

它们上下追逐，
像长久以来的失落。
为了抚平这种对立，
一个个榜样都来过了。

攀升的台阶通向的圣贤的所在，
传不下去了，
高耸的杉树融入灰色的天空，
这是我们再也写不出的一首硬朗的诗。

为什么我会不安，
看着那石碑上，

用娴静的书法撰写的“孝”字?
为什么我要注视这自由的雪花?

在暮色一样消歇的大地上,
几扇歪歪扭扭的长窗,
几只砸碎的石头狮子,
只是一阵封建的残余。

人们在寂静中交换着蔬菜和钱币,
装卸工把冻僵的猪肉甩向卡车。
白口罩下,为大雪而生的女孩子,
人们依然有为一场大雪而生的眼睛。

在日夜流淌的长江岸边,
寂静的雪花为我们缓缓勾勒着
这个小城的暮色的凄凉,
这是我们用苦水盼来的一场大雪。

1995年至1999年

## 山脚下

在埋葬圣人的山脚下,
民工们戴着只露出两只眼睛的灰蓝色帽了,
站在冒着白烟的石灰池边,
四周是狼狈不堪的田野。

好些年了，我不愿记录
在埋葬圣人的山脚下，
民工们戴着只露出两只眼睛的灰蓝色帽子，
站在冒着白烟的石灰池边。

2000

## 母羊和母牛

——给庞培

一

有一年，
在山坡上，
我的心融化了，
在我的手掌上，
在我捏碎的一粒粒羊粪里。
那原来是田埂上的青草，
路边的青草。
我听见
自行车后架上
倒挂母羊的叫声，
就像一个小女孩
在喊：
“妈妈、妈妈……”
我的心融化了，

在空气里，
在人世上。

二

小时候，
乡村土墙上晒干的牛粪，
在火塘里燃烧着，
映红了母亲的脸。
我的心融化了，
那原来是田埂上的青草，
路边的青草。
现在我看见天上乌云翻滚，
暴雨倾注，
十头衰老的母牛过江，
犄角被麻绳
拴在车厢上。
它们的眼睛，
恭顺地望着雨水，
就像墙角边发青的土豆。
江水浩瀚、浑浊
冲向船帮，
在它们一动不动的眼前
溅起浪花。
快了，
呵，快到岸了，
那憨厚的十头母牛的眼睛，

那望着江水翻滚的
十头母牛的眼睛会去哪里？
我的心融化了，
在空气里，
在人世上。

2000

## 观　看

记得母亲是揪着我的耳朵离开池塘边的。
那时，
我正在观看一只青蛙，
我从早上开始看它，
一直看到傍晚，
天快要黑了，
它也没有动一下。
母亲说，
它又不动，
你看什么？
她不知道，
我是在看了很久以后，
才看见池塘里的这只青蛙，
我又看了很久，
才知道生命
不止我一个。

我是在看了很久
才发现,
树叶落到它身上,
它动都不动,
苍蝇落到它身上,
它动都不动,
而母亲揪着我的耳朵,
要把我拖回家。
长大以后
我才知道,
我是在人世这座死去的建筑里
观看一只青蛙的动静,
不动的青蛙曾将我的童年深深吸引。

2001 年

## 被毁得一无所有中重见泥土

今天傍晚我又去看了那些泥土——

它就是那样简单的一长溜,
在许多杂草中间,什么也没有种。

它的打动,没有声音,
它的智慧,没有语言。
谁都会抛弃我们,它不会。

几根艾草在其中晃动，
好像一种悲恸萦绕在心头。

2002

## 在东梁山远眺

在一棵老梧桐树下飘来一阵炖草药的香味，
我知道，这是我的祖国。
夜里将会有人把药罐摔碎在路中央，
我知道，我的祖国将会从药罐里流出。

跪着，
在这里跪着。
把胸膛里动荡的心，
跪成石像。

在炸出一个大口子的群山脚下，
有一截老柳树，就像龙的尸体。
在龙尸体周围是烧煳的青草。

山上没有这些，
山上的空白太多了，
我尚未到达空白的境界。

2002

## 泉　源

你说这本书没有用了，
那就把它埋了
我虽是一滴露水，
却无回天之力。
我的枯干像有灵性。
我没有力度，
也没有萎缩。
就像一根线条，
一根鸟眼睛一样的线条，
一根古代的袖子一样的线条。
年年，
当桃花开了的时候，
不要让我想起，
它下面
一本浸着墨香味的《礼记》。
我离开了泉源，
因而临近了患难。

2002 年

## 青　山

山脚下池塘里的荷叶，

只有一点点干燥的声音了。
十几天的雪，
也没有遮住一片枯荷。

雪无边无际，
它比雪更无边。
它虽会变成一团烈火，
但这火不是它点燃的。

大片的云飞来，
一罐药
因灰暗而愈显湿润。

它在山顶打碎了，
寒冷而孤单。
一条小路静悄悄向上。

2003

## 古时候

一个人长大成人后
想到的第一件事情，
就是将他的哺育者埋葬，
深深地埋葬，
埋到没有一个人知道，

他曾经有过这样一位哺育者。

在古时候，
就是这样。

一个人的伟大，
乃是对恩情的辨认，
当他完整地认清了恩人的形象
他就长大了，
同他的先人一样，
成为一个庇护者，
寂静，是他主要的智慧。
在古时候，
就是这样。

谁也不知道，
这片由于夕阳变得恢宏而沉寂的泥土会产生什么样的智慧，
在古时候，就是这样。
杉树因沉浸而稀疏，
江水因沉浸而浩瀚，
年老的母亲因沉浸而美丽、慈悲。
一片树叶
左右摇晃着，向下
在向死的过程中，依然是沉浸的……
是的，甚至在腐朽中我们也不能失去凝神，
腐朽也是灵魂的呈现，
比如冤死多年的人又在迫害他的人的身上出现，

这一定是灵魂的馈赠，
好像捕蛇多年的人长出丑陋奇痒的蛇斑，
也一定是灵魂的恩赐。
腐朽是有灵魂的，
在古时候，就是这样。

透过长窗我瞥见，
成片、成片的桃树林
在茫茫雪地，

茫茫雪地
暂时掩盖了这一片灰暗的泥土，
无论我身在何处，
是醒着，还是睡去，
它神圣的视力，
总能直达我心田。

在古时候，就是这样
我们的欲望早已将心里的慈母
深深地掩埋，许多年了，
我们还没有忠实，顺从于她，
时刻与她同在，
在古时候，就是这样。

一片瓦早已不在屋顶上与苍天同在
而是被搬到地上，
丢在菜园里。

他没有屋顶了，
没有对老天爷的感恩戴德了，
他究竟是在艰涩里成长，
还是在晦暗里死亡，
在古时候，这就是一个疑问。

2003年

## 老祠堂

人们在老祠堂边煮着一个大牛头，
老祠堂里只剩下一棵银杏树了。

大牛头笑着，
在火上笑着。

因为它的血沿着家乡的小河，
流向长江，化作了江水。

你们相吻的嘴唇啊，
好像屋顶上的炊烟……

2003年

## 我的愿望

我愿我的灵魂如一根玉簪一样美丽，
我愿我的灵魂如一只刻着兰花的银盘一样美丽，
我愿我的灵魂如一粒香米回到石臼里一样甜蜜，
我愿我的灵魂如一张失而复得的古琴谱。

我愿我的灵魂如一棵古树一般奇伟瑰丽，
我愿我的灵魂如江水一如既往地善于遗忘，
我愿我的灵魂如大雄宝殿，
我愿我的灵魂如1957年被放逐的灵魂回归了灵魂。

我愿我的灵魂回到宣纸天生的滋润之中，
我愿我的灵魂回到明代一张椅子的委婉与开敞，
我愿我的灵魂回到村路上山路上水路上，
我愿我的灵魂回到一座古老的祠堂里面有我祖先的牌位。

我愿我的灵魂回到一缕草药的芳香与苦味之中，
我愿我的灵魂回到宋代青瓷的寂静，
我愿我的灵魂回到敦煌的鲜艳与永乐宫的华贵，
我愿我的灵魂回到神农伏羲的年代因为我与他们一样古老常新

2015

# 饿发的诗(12首)

饿发，原名戴国华，诗人，大厨，自媒体人。生于安徽当涂，现居北京。

## 一个很好的下午的公交车站

很少能看到树上有几只小鸟
又飞走了。好听的声音，还留在树枝上

整个下午，一茬一茬的人
在树下徘徊。像走了又找回来的人

2015年5月11日

## 我的黑呢

天黑了，我要过一会
才能黑

我要先收拾一下自己
白天吸收了太多的光
阳光
耳光
余光
还有鼠目寸光

我光芒四射
满面红光

当夜深人寂，所有的人都黑了下去
我还在
慢慢地黑

2015年5月27

## 一首美好的诗歌

我想把今天发生的
一些美好的事情
写进这首诗里

我用了整整一个晚上
直到她刚刚过来
把脸贴到我的肚皮上

顽皮地露出不太整齐的牙齿

一首美好的诗歌
就这样完成了

2015年5月29日

## 奶　奶

每次回老家，奶奶都要摸摸我的脸
说胖了，她就放心了

她的耳朵也不好。我说什么
她都会笑

奶奶老了，门前亲手栽种的老树
就是她的棺材板

就算在远方，我也能看见
天黑了，奶奶的房子
就黑了

2015年6月2日

## 一首情诗

我想写一首情诗送给你
但我说不出你的名字

我还想写一写
你早上出门穿的裙子
可能是红色的
也可能是碎花的
最好是淡蓝淡蓝的
就像偶尔出现的天空
你说呢

我还想写一写
你吃饭的样子
发脾气的样子
没有我在你身边
你似乎也无所谓的样子
你说呢

我想写一首情诗送给你
它可能不那么动人
就像我很久没有写过一首情诗
有点想哭

也可能没有你

你说呢

2015年6月9日

## 上班路上

去上班的路上，我骑得飞快
忙碌的男人和女人
面目模糊。有风吹过
一些东西
渐渐清晰起来，还有树和阳光
不知不觉
我混进了几个学生中间，他们
骑得漫不经心
我也很慢
藏在末尾，像一个低年级学生
生怕超过了他们

我们从一条街穿过
另一条街，就像一群
被赶来赶去的鸭子
永不分离。我这样想
在十字路口，其中有个学生
朝我们招手喊了声“拜拜！”
一溜烟就蹬走了

我想等一会，是否也要跟他们
打声招呼。恍惚间
他们就不见了
我站在红灯下面，想喊出来
就像一只走散的鸭子
把脖子伸到
人群里，心里冒出一股
隐隐的恐惧

2015 年 6 月 12 日

## 请你抱住我

我从来没有爱过你，这个人
我爱的，是对你的爱

我也从来没有被爱情感动，我感动的
是我赤裸裸，没有回报的付出

即使你无动于衷，我也会把爱你的这个动作
保持下去，并且越演越烈

如果你也爱我，请你在我完成这个动作之前
抱住我，让我束手无策，让我沉醉

2015 年 6 月 18 日

## 有时候

有时候坐着坐着
就想长出青苔

有时候走着走着
就想趴下来
用四肢走

有时候躺着躺着
就想被风吹走

2015年7月2日

## 谁在骂我

窗外有谁在骂我
用我忘记了很久的
儿时的外号

可是窗外没个人影
只有一栋一栋的大楼
还有玻璃墙上的
几片白云

我把头伸到窗外，又被什么
摁了回来

我不甘心
我得骂回去

谁再摁我
谁就是小狗

2015 年 7 月 20

## 有一位姑娘

有一位姑娘
她从很远的地方
跑过来
与我擦肩而过

2015 年 8 月 9

## 田野里

在乡下
没事
我就喜欢

在田埂上
走一走
没人的时候
撒点尿

我穿着
鲜艳的
衣服
就像田野里的
一块
生了虫的
瘪稻（枯黄的
很醒目）

天空下起了
蒙蒙
细雨
我没有
要走的
意思

远远地
等着谁
打开窗户
在心里
使劲地

把我
变绿

2015年8月16

## 写诗的下午

整个下午
我坐在窗前
准备写一首诗
我想写一写
窗外的阳光
还有大片的稻田
以及不知名的
鸟的叫声

后来下了点雨
风从山的那头
慢慢吹过来
沿着湿漉漉的稻穗
还有青色的屋顶
以及鸟的脖子
一直吹进了
我的身体

我想把这些

都写进诗里
可是眼看
天就要黑了

整个下午
我坐在窗前
就像水塘边的那只
打瞌睡的鸭子

一事无成

2015年8月20日

# 阿翔的诗（12首）

阿翔，原名虞晓翔，1970年生，安徽当涂人，现居深圳。著有《少年诗》《一切流逝完好如初》《一首诗的战栗》等诗集。获“第一朗读者”2013—2014最佳诗人奖、2014年首届广东省诗歌奖、2015年第二届天津诗歌节“精卫杯”奖。参与编选《70后诗选编》（上下卷）、《中国新诗百年大系·安徽卷》、《深圳30年新诗选》等。

## 最后的玫瑰

人群在低低地哭泣，黎明破晓
逝去的女子眼睛没有合上。邻家的女子
在他乡。她骨髓里绽开的郁郁
而又幽美的玫瑰。风，从前的无始无终
大地萌发着大雨、秋天的收获和爱情
一群鹤子飞翔空中。鸽子没有离去

十一月。九一年十一月。这动人的残局
玫瑰的颜色越变越深，在沉寂中
藉古典之夜晚，隐身于风或火焰
童年的花园。小小的花园。娇艳的手

浮动的面孔，像树枝之上的春天
她是万物之源。唯美之神。花魂之玉
这是她天赋的品格。金属的翅膀上
在思想闪动炫目疼痛的语言和光
她已将最后的一个词，一片花瓣
覆盖着自己。鸽子依旧在天边
成长的女子向我们讲述着枯死的花
枯死的花。严肃长大的明亮的女子

人群在低低地哭泣。邻家的女子
玫瑰的核心，多么纯洁的幽灵，
在十一月的高处。在火焰之上的高处
最终辉煌：大地不朽。岁月芬芳。死亡永生

1992 年

## 鸽子的海洋

飞翔的鸽子。高唱赞歌
盛夏之下的小小翅膀，委屈的空气
宽阔出蓝色的海洋和一群岛屿
沿海的死者突然围拢。声音里的大师
我看见面包和诗集在远方临时消失
利爪急速退去。解放的礁石温柔

而鸽子不停舞蹈。飞呵。飞呵

海洋的大师。在迎面而来的全部面孔中
穿越空间的神秘和经脉。无风的时辰
我发现鸽子在背后流泪

鸽子鸽子。你的死亡的飞翔。你的海洋
鲜花铺满的大地。惊涛拍岸
让我们变幻，捉摸不定
少女奔向充满诱惑和那些乐谱的空城
她的旗帜同时透明变白，融进翅膀
灯塔已替代了人类的恐惧。唤醒语言

高处的气候。鸽子依然在海洋上方
我们可以必然看见他背后的流泪
海洋的惊险。他的弧线。能看清方向
听懂死者安详忘记时间的私语
飞呵！飞呵！他强暴的翅膀在力量深处
午夜和瓶子被撞得粉身碎骨
我们的鸽子。音乐的鸽子。海洋的大师
惨痛地溅起少女流血的羽毛，水和
火焰的残渣

1992 年

## 庞德（Ezra Pound）

“人群中这些面孔幽灵般显现”，空气在四周骚动，引起了

惊惧
他陷入了黑暗
被巨兽压得喘得不过气来
只听见骨折脆弱的声响。
那不可捉摸的，不断变幻的地铁
展开了铁翅膀
把天空擦亮，像是闪电，在路上拥挤
(它们像远方那样遥远)
庞德！他令整个下午昏昏欲睡
弯曲着脊梁
很多叶子不经意地落了下来，又被风吹走
旋转在台阶口，一再向上
他把头缩进脖子
那时躲在隔壁的那些人，窃窃私语
嘴角残留红葡萄酒。
变形的男子梦见旧世界的大雨，与人擦肩而过
这样的情形持续了很久
或许他是假的，直到少女变成树林，“湿漉漉黑色枝条上的
　　许多花瓣”
而在另一头
完全被健忘，仿佛当是什么都没有发生。
巨兽浸泡在水中
水就巨大起来，淹没了城池。

注：所引用的诗句为庞德的诗《在地铁站》。

2009年3月21日

## 拟诗记，小朗诵

灰烬不会重临。说起我的谎言，你隐身到急转弯的角落
介于斧头和没有生花的柴火之间
装出若无其事的样子。
我划完了一盒火柴，外面的人知道我睡不着
绕着我的屋跑，“停！”多么像泥沙俱下的舌头
一本旧书引发绝望和疾病
在雨中变得黯淡，遇水膨胀。
旧的信仰，让手中的诗稿回到它自身的朗诵
声带上静静地告别，就像月亮拖着水中的虚无游离
我说出的不会得到，酒精埋没于空瓶
树上有酒
随着微风，如果不能安静
你就搬走白银的木头，留下窟窿
贴耳的晚秋，洁白的大腿
给予我的悲伤和欢愉。有时候柜子里装满你的衣服
变得无足轻重，除了空气，不好形容什么
你促使我写出另一种诗。
我试图告诉你，我有足够的胡须
意味着我渐渐老去，念及以往，虫豸不沉寂
草木不皆春。
你有少许不安，因此从今夜起
透过灰尘与风
然后是有了张望，“请安静，当朗诵开始时，骨骼会易容术
我是不值得信任”。

2010年9月26日

## 剧场，抒情诗

——与阿西应和一首

一个下午的多种讲述，就陷入了语言的陷阱
这恰恰来自于他的小情绪，（连同蜷缩和拖曳一道）
同时还要忍受绕来绕去的手艺，或者不如
说是徒有空嗓子，比你的耐心还要长
那时下午很安静，在你身后，那弯曲的，不是波浪
是“金属的闪电”难以为继时仍将继续
像必然的谎言和箴言，大刀阔斧抡起来，提前贯通
的美妙，“舒服啊舒服……”，这就说明
他的多种讲述与你有关，包括午睡时分
接近于隐喻的鼓胀，紧绷的圆形。又免不了
相互拉扯，而原型变得多么可疑，我几乎听见了
那些懵懂的杂音，讨论进一步变得艰难
以至我通过一首诗了解他的下午，即使更远
的是颓废。但是你看，“沼气不能直指为
阳光”，“训练不能认为有素”，有时眼前赢得
现实和寂寥，你从未废掉追忆，是的，现在
是的，全部。依靠真实。我不需要这操蛋的礼赞
乐于听从俗世的戏剧化，哦，这是一个小把戏
明知一切不可挽留，他还靠着岸咻咻喘气
其实你不用嘲笑一个不可靠的下午，隔着空气
再无新鲜可言，行动明显迟缓
万人广场掩藏杀人民谣，你“绝对不相信
即兴性”。最适合回到生活的发言权，沉溺于游戏

虚无中的销蚀，可能和不可能，那不过是你
在这首诗有着无穷的加法，变得游刃有余

2011年7月2日

## 新现实诗

虚构的写作……追赶着在暗中后退的钢筋
现实的新与旧有什么区别？无非是经过自我放逐，拥有过
这瞬间的璀璨
使我看清了下面，有沼泽，有反真实，也有着绳索的秘密
少许的梦与争辩，敞开空缺的大道
我不去回忆它从何时开始，如果可能，我想远离放映厅
这并不意味着迟复的致歉，怠慢身体的转向
慈悲的肺腑，包裹不下一个生活无力症患者
我都无所谓了，更不在乎天气的变化，对现实的新比喻不惊讶
无休止的怀疑却是不能言说的，但一个走神的下午
是有期限的，荷尔蒙最无辜的失效，犹如命运
的部分凝固。从那时开始，我的正视并非无礼
理解了美学的用途，不一样的场景
也决定了不一样的危险和恩赐，因此我取消了赤裸裸的荣耀
其余皆是：在脊骨上用晦涩的诗不必抒情
沉默中的嗓音不必扰乱内心

2012年6月6日

## 反　诗

只有在长夜中写作，才能熬过长夜。这次又是雷阵雨
一会便散发出戾气的味道，你所看到的失踪者
在逆旅中一晃全无。想象一下在街道，你不能作出反应
最多束手无策，难道不是你的噩梦？所谓意味深长
并不比在原地停留更长。风和月隐身在暗夜里
不意味着就是风月，低度的交谈未必合法
祭日残缺不全，犹如招牌底下破旧的衣帽，被热浪烘烤
有时，各有各的活法是实属无奈，如果明白了这其中的差异
还要给你虚构点正确性？这么说并不是我反对什么
更不是在一首诗如实反映，充分考虑到一体化
可问题是，现实与理想中的诗歌完全截然相反，光晕映及
不到河面，即使再好的修辞术也难以愈合，过渡到一个症结
怀疑主义分散了人群，必然滞留，我这样想，撕开脸谱
可以看到懦弱的一面。很远的是另一处天空，也可能
是广场，放浪形骸败坏了极少数的祈祷，我想这已经
不重要了。我知道在写作着迷于戏剧化，并塞入
地下书籍，或许，那些与己无关的事物
被依附在命运，使我不得脱身……的确，正如你所见
一切亦有错觉漫长的征兆，如果说重复过去
那比无用更要谨慎。我的意思是，这首诗并非题在墙壁上的
反动诗，对于正面的现实我不过是
把诗反过来写，即可足以应付吹嘘和消极语法

2012年6月10日

## 自画像诗

——致广子、赵卡

我有意忽略了新病症，我深知它的力量，
属于夏日的痕迹，这是一个谜。
这并非精通另一种人生的器官，正如因果关系带有
势不可挡的感染，即使转移潜伏期的同义词，
我还是没有及时两手做好准备，
难怪被医生在窃笑。美德等同于
不可能的可能，这无疑是来自公差途中的
戏剧性，怎么说呢？私下里
漏落了一段重要环节，或许是不适时宜，
近乎悖论，盛大的夏日长出新枝条，
表示十年前分离出来的另一个人，
掩盖了我的变化，哪怕是噱头。我的意思是，
谈论一向擅长于减轻，这次我早看穿了，
也许应该重写，譬如虚无和密码，肯定着签字。
少许的神秘，层层泛起微尘，
渗透到新声音的趣味，新病症依靠我的幻想，
仍算不上这个时代的不可选择，
看上去它远远没有结束，
“为了撮合被割断的动脉，过去和未来
都指向了现在。”必要时，请允许
我把这话提升到橙色预警，对应夏日的
加速度，向树木的遭遇学习
另一道闪电。

2013 年 5 月 29 日

## 致敬诗

“时间刚刚好，我嗅到噩梦蹿出的味道，
那些不能截留的四只脚的快速，几乎和你的想象保持一致，
在它身上，指针垂着废弃的舌头”。这没有
什么奇怪，不说冬日的旅程，见证前半生
向上的致敬；不说有限的流传，过耳的风依然
密不透风。单凭闪着银光粼粼的早晨，
是不可涂改的，看上去，天上有我们的海洋。
旧大衣在床上
游荡，唯独身体不在这里，像向导在别处，
两种生活，你无心于秘密的演戏。

“就像毛茸茸的光线！催眠术陷入
无边的漫游……”。慢赞美不意味着崇高的致敬，
需要及时的嚼头，“时间刚刚好……，
值得回想一触即发的冲动，不仅仅对小虫子
的忍受，更何况早晨显得太远，远到述说整个身子分神”。
这就对了，也
没有什么奇怪，讥讽不同于一切新鲜感，
噩梦不同于自我的迷失。这就从哪里
算起，你尝试革命的弯曲，但无力于被加冕的
巨大旋转，回到小剧院，我并不因此而酣睡。

“必需的……致敬。还能磨蹭什么？
我们今天只知道介绍人的讲解，像诗那样的漂移，

时间正刚刚好”。不必提防一根绳索的警示，
对日常看待成被降低的风景，即使混入了不必要的
名称，你的确迷上了与记忆兜圈子，
仿佛一马当先的效果，貂皮跟着貂皮，
聋哑跟着聋哑，因杂草丛生而凌乱一团，
趁着黑，面具替我们
迁就意外的呼喊。流水不断地掀起同类，正如你在预料中
掌握天机，又在预料中泄露天机。

2014 年 1 月 26

## 破绽诗

上帝一直是我的破绽。

——臧棣

必要的卷曲。远远看上去像是海啸丛林，
那些滥情的诗，在清理中明显减少了许多，
一如今天的翻转，可以忽略不计；

如果把情节安置在阅读的破绽，
即使什么也不会耽误，我们的一次性实验
实际宣告失效；

以至于你想从喜好获得教育，
这未免太过奢侈。但邻居时代的对话，

随时创造出不同世界的比例;

宛如一首诗混入财富，会产生什么样的
化学反应，很难说它不会给你示范出
类似变性手术的临床;

占卜并不存在。我们的白日梦不如
轮流吹口哨，我承认你比我还有一次
涂鸦机会，足以消磨时间;

必要的影子仅次于死者书，你完成了
激进者的角色，剩下的声色自觉实验成
多么滑稽的丛林艺术史;

被废止的必是最孤独的色情，
你惊异于一首诗的开放性，里面的破绽
暴露了我们超现实的死;

我的本意是，凡旁观皆为不满足于挖掘。
波浪时，你从未停止过从前的宽慰，
不波浪时，你从未在意过私人天气预报。

2014年2月6日

## 夜谈乘以啤酒计划

——赠康城

和你谈论到“写作的有效性”，
语境下充满着我们对声音的迟钝。

看上去更像是我们身上的深渊，
但从未深过啤酒的深渊。

它不同于见证历史的改变，
所有问题原本比旁观可以避免。

这就涉及到诗，其渗透能力
堪比神秘的忠诚，纠正“本地的技艺”。

如果你不介意更多的声音，
我倾向于一种不断更新的“虚无”，

再乘以啤酒仿佛小于强烈的预感，
甚至可以追溯到明净的部分。

这确实有点惊人，我们的谈论
在夜间至少不会逊于“心灵的力量”。

很明显，唯有啤酒没有辜负过
啤酒的泡沫。但我们的沉默

远远不及我们的眼光，稍一掂量，
天赋突出人生的倔强劲，始终点缀

一种“诗的平等”，如同你不会
想到设法弥补孤独的现实。或者，

我们是啤酒的灵魂出窍，正因为
这样，才以泡沫介入时间的深渊。

2015年11月29日

## 雨比你更洞察传奇

用雨比喻冬日的夜晚，不同于
用夜晚比喻雾霾的虚无。
遥远的雷声，如同巨石从山顶

滚动得更快。任何情况下，
雨比你更洞察出世界的寂静，
就凭一道闪电，雨就是

你漆黑的裂缝，人生的孤独
比起全部的理由更充分
集中在它的浸沉里，仿佛

可以共享秘密的契约。偶尔，

声音还没来得及从雨的倒影
拔出来，就迅速在个人处境和

历史的记忆之间扩展，绵密
如你在雨中奔跑几乎失效，
甚至错过只有波浪才能找到的

突破口。仅仅借助一个角度，
它客居在你的身体里，试探你
如何比喻它的重新开始。

同样，你目睹雨的开放性，
不会惊讶于它在夜晚的旋涡中
先于你保持着坚硬的洞察。

2016 年 1 月 28

# 杨子的诗(5首)

杨子，1963年生于安徽繁昌荻港。2013年获第三届张枣诗歌奖。著有诗集《灰眼睛》《胭脂》，译诗集《曼德尔施塔姆诗选》《费尔南多·佩索阿诗选》《盖瑞·斯奈德诗选》，当代艺术专著《艺术访谈录》，等等。

## 灰眼睛

蓝色的乌鸦，在穷人的天井里歌唱，
雨，在瞎子的灰眼睛里闪光，
铁锤把虚空敲响。

如果一只燕子称得上春天，
如果整个大海是某人的一滴眼泪。

风啊，把女孩压抑的蓝布衫掀起来吧，
让世界看看
她们有着多么无辜的肉体，
多么无辜的欲望！

1995年

## 黑　脸

起风了。
暖洋洋的风。

一个脏孩子，
一个邋遢老人，
他们在火车站争夺别人抛下的
空啤酒罐。

孩子野猫一样
跳到老人前边，
抓住那个五分钱的东西。

他得到了，
但是不笑，
凶狠地用脚踏扁，
扔进蛇皮袋。

他抬起脸——
多黑，多脏！
野蛮又倔强。

他吹着口哨，
若无其事地走开，
看都不看

那弓着背
嘀嘀咕咕躲到一边的老人。

起风了，
看来，还要下一阵雨。

1996 年

## 一切有情之物的鼾声

万籁俱寂的夜里，
一切有情之物的鼾声
都是一样的，
阿猫阿狗的鼾声
好人坏人的鼾声
都是一样的，
都是那么均匀，深沉，
让我们相信
此刻的世界
和平得像无边的银子，
闪着动人的光辉。
那在噩梦中挣扎，哭泣的
是我们中最善良最软弱的——
他睡相苦涩，
他鼾声如雷，
如在惊涛骇浪上，

如在刀山火海里。
下半夜，
终于安静了，
他的呼吸那么均匀，
那么深沉——
几乎是幸福的。

2009

## 秘密列车

这是我挑中的一队人。
我把他们关进秘密车厢，
他们可以在里边喝酒，打牌，
传宗接代。

这趟列车驶向哪里，
惟有苍天知道。
它的速度是零公里
还是风驰电掣，
他们毫不知情。

车厢外边，
夜色如沥青，
星星如鸟粪。
车厢外边，

黑色的石头绵绵无尽。

2012 年

## 及时转身

黑暗中已经有人起床，在清晨五点，
所有人都在酣睡，除了那些永远在晚上九点
上床，永远在清晨五点起床的人。
他起床，额头冲着窗外。
他身上某种神秘的仪器开始接收
来自宇宙的信息。当某些词语，某些意象
如银色蠓虫，冲破混沌，向他飞来，
他开始写，仿佛一道河流冲开稿纸上厚厚的淤积层，
一道汹涌的河流，暂时还泥沙俱下，
很快分出一条条枝杈，越来越清晰。
他听见神奇的鸟鸣，远胜过每天早晨
粗鲁的鹦鹉和无礼的八哥，
他看见新鲜的朝霞，远胜过每天早晨
恶俗的朝霞。
他知道，他已进入诗歌，
他疾走，仿佛足不点地，
仿佛在飞。正是所有诗人梦寐以求的一刻——
将笨重的翅膀扔进橱柜，
用无法永久占有的翅膀
短暂地，飞一会儿。

喜悦充满他的心，
仿佛置身天国的光辉。
他想起从未想起过的，
他怜悯从未怜悯过的，
他爱那永远不会爱他的事物，
再也不会像从前那样
哀悼尚未死去的死者。
这时窗外行人渐多，
他们向着集市走去，
人的气味升起，飘向他的窗口，飘进他的鼻孔，
他们戴着大口罩，还有刺耳的女教师在操场上
训导儿童的声音，还有汽车跃过人们头顶时发出的
令人心悸的怪叫，
这些泼在四周的污水丝毫未能将他弄脏。
他穿过人群，犹如一条神奇的鱼，
他穿过有毒的空气，犹如一枚飞箭，
他听见自己穿透钢铁，水泥，和人的妄念织出的城墙，
　　穿透看不见的市长，警察，税务官和经济学家的大脑
他发现陈旧的秘密用抽象的表格和天书般的文字公布在
　　今天的报纸上，
他说，愚人啊愚人，只要及时转身，我们就不会死！

2013

# 石玉坤的诗(10首)

石玉坤，1964年生，安徽宿松人，现居马鞍山。著有诗集《大地的远》《从清溪抽出丝绸》等。获首届安徽省政府文学艺术奖（文学类）。

## 赶　路

是亡灵你就跳一下
我对一只鸟说
七岁那年我经过
后山的坟冈
坟头的一只鸟始终盯着我看
像一句话欲说不说

鸟真的跳了一下

是亡灵你就再跳一下
我又对那只鸟说
正午的坟冈，又寂静，又迷茫
我瑟缩的脚步声

像一只碰见了人的刺猬

这次鸟没动

人排除杂念的轻松
像卸掉腿上的石头

1985

## 归隐之剑

一柄归隐之剑，或许
能放弃内心，月黑风高，它
要划开黑色和大气

一柄剑真的能放弃内心
柄咬住手指
刃暗藏一缕鲜红
锋芒毕露，啊，今夜
一缕秋水
又会缠住谁的腰身

归隐只是一种手段
剑更爱热血和呻吟

1992

## 观杨丽萍舞

柔软的叙述者
对着春天把身体打开
指尖的火苗，雨丝的呼吸
让我七月的嘴唇
说出：热爱

妖呵，水边黑发的妖

沐浴开始了，孔雀！
初露的冠，花瓣的羽翎
从水底分裂出来
多么美！病或痛的手臂
带动波澜
倾向星空的唇
启开玫瑰至善的内心

哦，词汇有什么力量
肢体的语言，锦绣、无极
到达人类的深度
水之骨，绸之姿
布下这个深渊的夜晚
勇悍为柔情所伤
美就是罪，妖呵
今夜飘风的黑发把我裹埋

1992 年

## 阳光内部

这金色的颗粒，打开，深入
是否像我剥开的一粒花生
或者稻谷

这是命定！我要去阳光内部
北望家乡，一扇麦穗的窗口
一口粗硬的灯火
这恩情的果实，我要带走
清贫的故里许多类似的作物
可以选择，在阳光内部养殖

我还要建造一间木屋
带上我的情人，门前种花
屋后植树
闲暇时俯身悲凉的书卷
忆起家乡暴风雪已经来临

我选择这样的日子死去
一颗平凡的心深埋
一颗核，一粒阳光
等待谁又一次打开、深入

1997

## 半夏斋

——给剑勇

咳嗽像一缕旧布，卡住
咽喉的是命运之痰
生活的某些症结，也需要祛除
药理宜配半夏
气微，性温，味辛辣

身在尘世，我们盲目而悲伤
低下头住回内心
不断咽下文字的药丸
“因残酷的屈辱而幸福”者
不只有曼德尔施塔姆

半夏斋，几枝枯蓬散香
一盆山水细微，那日
我们相坐几前，却陷入
长长的沉默，门前一槽睡莲
恰似一段时光的暗喻

半夏再半夏就是人生中年
被岁月磨损的心
还保有对天空的仰望
翻山越岭，要历经多少跋涉
才能追赶上一缕星光

2015年

## 赤乌井

不可测的人心有多深，仿佛
井水退回深处
就真的找到了事物的源头

有多少人想窥探其间的秘密
木桶有力的一击
总化解于空洞的回声

桶绳抛下去一尺
沉寂又沉寂一寸，我宁愿相信
它是一口深埋的沉钟
一次次撞击，不再醒世

青铜易锈，流水不腐
不断挣扎的涟漪
或许正是传说中，那枚
彩石的斑纹

2016 年

## 秋之云

秋高是天高，气爽是云爽

爽爽来去，自由游移

色，以白者为佳
纯白，棉白，瓷白，最炫目
灰便带有情绪
乌黑就揣有雨的心事
彩云要等到日落时候
别过太阳再追月

形，是心的幻象
山川，草木，虫鱼，鸟兽之形
在观者，似与不似
变的是人心
凝则滞，流动才鲜活
云深云浅，在入与出的分寸

不同的形和色，匆匆在天上
其实在地面
都是一块移动的暗影

2016年

## 盲人推拿师

一盘棋，持续执黑
对手是自己

一列开出的火车
生至死只开在隧道里

这个弄丢白昼的人
把自己当作一滴墨
点染平淡的生活

“疲惫像一件衣裳，
有钝痛的坎肩。”
拿捏，揉压，推敲
手法有度
有蛇蜕后的轻松

解衣人，他用一生
解除命运的两粒黑纽扣

2016

## 扫落叶者言

“都会烧掉，有的成为火的身子
有的是脸。捡走的那枚
被当作蝴蝶夹在书中
有人念及薄薄的时光，念及
流水的爱情”

“你知道，树叶告诉过你
什么是风。那时你从树下经过
也只是经过一下”

2017年

## 光

从一双包抄的手中逃离
一面镜子的光斑
就是一只灵动的蝴蝶
“当你想捕捉住它，一缕光
便有了警觉的身体”

一旦被掌控，光代替我们出发
向黑漆漆的天空送去邀请
或者孑然走向更深的黑暗
像一枝清白的莲藕
孤独地陷入暗夜的淤泥

曦光拂首，星光抚怀
灯光照亮回家之路，更多的人
像是一只萤火虫
一小点光亮，明灭闪烁
宛如微弱的呼吸
在黑夜，绝不咽下那口气

2017年

# 何鸣的诗(10首)

何鸣，生于安徽马鞍山，现居深圳。中山大学文学学士。1987
开始文学创作，著有诗集《过河看望一座城市》《诗浅花浓》，散文
《目送芳尘去》。

## 海上田园

想写下蔬菜的名字
黄瓜毛豆秋葵茭白
还想写下植物的名字
湘妃竹凤凰树马樱丹

如果时光倒流一百年
那些名字香喷喷的
种下了大多数的欢快

海的味道有牛奶的味道
还有谁同我一样
把世界上所有的好味道
都想成牛奶

再不来就来不及了
海　已汹涌到眼前
池鹭白茫茫一片

2014 年 10 月

## 悼　念

慌张的青春
是时间
惯出的坏毛病

必须抽个空
发呆，啜泣，回想

然后
静静观察
从皮肤上闪过的忧伤

青春是凌乱的拼贴画
错误是故意犯下的
该用倒叙的方式
讲述
诞生那天　花露水的世界
藏着玩具的家

2015 年 5 月

## 冬末在挹翠湖

茨坪镇没有想象中的冷
水杉熟了
在另外一些时光里
它们变成重阳木

我对山区无所了解
以为不明确的雨随时会来

围着挹翠湖绕了一圈
冬天轻手轻脚
这件事的残忍在于
红嘴的灰喜鹊在枝上呢喃
我透过窗户望着它们
比笋尖还要细碎的良善

2015年12月

## 小奏鸣曲

下雨天适合弹琴
当然也适合睡觉
我练习迪阿贝利的小奏鸣曲
从年前到现在

还差几小节

今年的雨水少
荔枝会是个大年
我不指望雨水
只想把一曲弹完

2015年12月

## 苹果树

我总说自己第一次看见苹果树
是在莫奈花园
其实之前我早已见过她
我对自己认识的植物心怀愧疚
指望她们能够生活在别处

松子也是一样
她们一粒粒融进香味中
其实并非身处险境

植物园有四季
我偏爱芍药独舞
那一棵苹果树
责备落叶下跌的时候

2016年1月

## 库克山

山景在阴郁背后
被定制成痛苦的零件
云被塔斯曼湖卡住了
颜色偏白

想走遍世界去寻找
那种欢喜
总是埋藏着
我们将分别老去的购物单

树长得太胖了
欲望也过不了关
那只苹果还未洗
已经被咬了一半

我不再关心库克的傍晚
我满脑子想的都是阿尔卑斯山

2016年5月

## 岁　末

换了新手机

备忘录提醒我
存档将在30天后永久删除

我开始有点慌
浏览最近记录
发现全是线路指南
停车方位
和购物清单

我得了方向失忆症

各种卡也在发来信息——
您的积分将被清零

我把铃声设为“欢乐时光”
除了月亮用过
在夜色下
它们全是蓝调

2017年1月

## 那天我在岛上

那天我在岛上
大海非真实地存在着
游泳池的蓝

白沙起腻
热带鱼搬家
海底安放着飞机残骸

我一共看过两次这样的日落
一次在东太平洋
一次在西太平洋

我发誓要看过所有的海

那天我在岛上
那片海
先是布鲁克纳，接着是德彪西
最终停止于舒曼

2017年4

## 在夏天

肉类植物疯狂生长
为了让它们不受拥挤之苦
我把它们散成三个盆
并且分别起了名字

过了七天

它们开始东倒西歪
又过了七天
它们连腰都直不起来了

我确实有点后悔移植
这是夏天以来我犯的若干错误中的一个

而小满之后的夏天早已热得不行
给三个盆植起的名字
我也只记得一个，叫——
捷径

（忘记的那两个
我要在秋天找回来）

2017年8月

## 思乡曲

周末听好声音
那首《父亲的散文诗》里
庄稼走过两季　十年就过去了
我边听边想
不能莫名其妙把八月荒芜

家庭群不断发来旧照片

我一张张存于文件夹
我边存边想
要好好写一首思乡曲

院子里
香樟树和女贞树被青苔缠绕
我分不清她们的叶子
哪一个是圆，哪一个是椭圆

邻居有个男孩给三条狗都起了名字
我记得最大的那只叫北极熊
入秋的某个晚上正在某处游荡
每一个想去的地方
她们都有名字
她们都很遥远

思乡曲一定要简单
调子不能太低
槐花是高音谱号
压在枕头底下
熏出泪来

2017年10月

# 成颖的诗(5首)

成颖，曾用名兵戈戈，著有诗集《只有寂静是温暖的》等。

## 冬天还很远

冬天还很远
有人就把一片秋天的黄叶
放进水里，去赶路

我也在赶路
那是我的鬓角，遇见风雪
在彼此共同经过的路口
又一次狭路相逢

旷野一片寂静
听不见，河流喧哗的声音
而体内的风，以及流水
一刻也没有停止

我向远方望去
一些黄叶顶着苍茫，一场
初雪，已赶在冬的前面

2017

## 父亲的黄昏

父亲，沉默地坐在那
如村庄一样的安详
秋天里的宁静，包围着他

坐着，又好像没坐
门口的路，挪动着父亲的脚
像过去了一年、十年
又像即将到来的
一个又一个一年、十年

父亲，嵌入黄昏的身体
被涂抹成，草木枯萎的倒影
所有色彩，无法将他雕琢

此刻，我突然感觉到
我欠村庄，一首忧伤的诗
那沉默多年的，燃烧的句子
在时间深处，化成灰烬

2017

## 江水记

在江边坐着，有旧船
搁浅在水边
看那些上岸的人
迅速地变小，慢慢消失在
一层灰烬般的光里

掉在水中的影子
溯水而上，寻找着
更安静的水路，展开内心
乌云穿风而去
留下光，沉默地移动

夜晚很深重了
影子的脚步，越来越急
江水找到了灯火
却找不到，所有的流淌里
混迹世间的躯体

2017 年

## 四月的麦子

等紫色的桑葚

落满了四月
不远处的平原
有青光在麦芒上战栗

林荫开始稠密
借用一万年前的水
从云端流来
堆成一条三尺高的小溪
洗净灌浆的小麦

我是千顷良田
抚摸着麦穗的血脉
润滑的皮肤
没有比这样的饱满麦粒
会如此的洁净

上有八百里平原
下有八百里的河流
它把青涩的穗缠在身上
奔走在人间

2017 -

## 赶往落日的方向

黄昏，压低火烧云

杨树渡河而过的影子
忍不住倦意，便择水而居

凉风不断地生长
我想把嘴唇，紧贴在上面
像鸟，赶往落日的方向
寻找着食物和温暖

瘦了又瘦的杨树林
守着承诺和等候，轻轻
扶住我，快要跌倒的身影

一段炊烟的忧伤
慢慢溢出了，谁的眼眶
在这样时光的背影里
黄昏，和我一起弯下了腰

2017 年

# 石臼湖的诗(8首)

石臼湖，原名陈春金，1965年生，安徽当涂人。著有诗集《窗诗》。

## 残　章

我要拆掉过于精致的伪装
拔去野蜂的尾刺，吸出蜜

我要站在两棵松柏之间，让它们相互信赖
相互安慰虚掷的时光

我允许他们叫出我的小名，过家家，捏泥人
假惺惺地熟睡，惊讶地活着

我要说到青蛙，说到毒蛇和水鬼
吓出你的小魂魄
然后，一遍遍帮你叫魂

2009年10

## 星期二之游侠篇

阳光洁净，大地刚出浴的白身子
散发出慵懒的香气
鸟的叫声似乎不太真实
日子突然空闲下来，拧紧，孤单，相爱
被刺猬深深扎一下，让暴力进入体内
“只要屈服，就有了自由”
吃下去的粮食长嫩嫩的草，开明媚的花
结硬硬的籽。一切都在发生
勾引，繁殖、酿蜜、抢劫，交通事故
路过的人念念有词：
“酒肉穿肠过，佛祖心中留”
我饿极了，庙堂之高，有供品
不可食用，不可胡作非为。爬上网络咬一口
咬出满胸脯的桃花烙，到达
月圆之夜，江湖之远
玉兰花说开就开了
站在树下，我是个卑微的侍者
长衫、白领、燕尾、护背旗
像一枚暗器，行侠仗义
优哉游哉

2010 年 5 月

## 初夏书

在夏天，不再试图
与习惯了的空间对抗
在樟树与水杉之间
在麦芒与蜻蜓之间，在你与他之间
留下充足的睡眠和柔和的光阴
保持高贵的沉默
静下心，听油菜籽成熟的爆裂声
看槐花弥漫，江山明媚

或者，做一个真正的病人
回到保存多年的那张书签上
繁星点点，虫鸣切切
享受这微不足道的人世
回避不了的枯萎和盛开
就任其继续，做一个旁观者
会有足够的雨水来洗涤
带走燥热，留下苦涩而冰凉的箴言

2015 年 5

## 黄昏中的鱼鳞云

云从河里跃起，抖落掉水珠

就回到了黄昏的天空中
深蓝的背景里闪动金色的光
这空灵悠远的光泽呵
是在纠正我们对命运的疑虑吗

这片片鱼鳞一样的云朵
是否来自我们的原初
他是随故乡的炊烟漂泊到此
还是来给众生指点迷津
我是否会是其中的一朵

几只狗跟随孩子们跑去
孩子们寻着惊飞的鸟奔去
鸟掠过树梢，钻入云端
我独座窗前，听着狗吠声。远处
星星正悄悄爬上了山顶——

2015 年 5 月

## 没来由

你说，壶中乾坤大
其实，只是些身体里的旧时光。

有偈云：银碗里盛雪
我参不透，心却动了动。

路边打个盹
醒来鬓已霜。

不如到柳荫下小坐
给母亲修修指甲
练习“两个黄鹂鸣翠柳”。
不如就着这副众生相
到河边，与鱼同啐啄
一吐一朵莲花。

牵肠挂肚的
皆是没来由。

2016 年 8

## 致——

我已清洗掉自己，在某个清晨。
不再需要墓碑，影子也已清澈。
不再留下记忆，
露珠、鸟鸣、眼泪都是前世许下的诺，
欢笑也是。
不再有明天，来生就在当下，
地火水风也没有，只有众生。
不再有爱，只有慈悲。
感恩每一种声音，一切的来和去，

宇宙中存在的有和无。
傍晚来临，对你心生的执念就是祝福、谢谢和晚安。

2016 年 11 月

## 新年献辞

又一年，白发里更添一份宽容
骨头里的霜也化了
不再飞翔，依然会行走
依然去爱，相信因果
去掉梦境和时光
万物都有一双平等观世的眼睛
做好自己，就是慈悲

又一年，不必搜罗说辞
要么沉默，要么言必由衷
用舌尖上的温暖
驱走身体中的寒冷
把自己收拾干净，做个尘世清扫者
愿天下人都有个好睡眠
愿有情人“千里共婵娟”

2017 年 1 月

## 春日赋

爱这春日，更偏爱草木的心不在焉
枯枝吐蕾，繁花簇拥
是另一种形式的重逢

春雨泽被万物，也打湿春衫
该抬头望一望云端

杜鹃啼血，是你心里生出来的
万籁只告诉你宇宙原本寂静
你，也原本寂静

春夜漫长，是时光拐了弯
走进中年的梦境里停留片刻

春日里，把经历的人和事
逐个想一遍，就当从来没有相遇过

2017 年 3

# 仝志男的诗(6首)

仝志男，笔名子青悠然，回族。获第五届马鞍山李白诗歌奖二等奖。著有散文集《一个小城女人的笔记》。

## 听　秋

### 一

隔着一场秋雨，她来了
夏小果拉开帘子，但又忍住自己
木樨从月亮一角漫过枝叶
空气里有木糖醇的味道
深吸一口，无法完成孤独中的完整
她想慢慢地咬下去

### 二

不着急，她心底说。也是他说过的
广场空荡荡，拉胡琴的男人弓着背收拾一天

夏小果漫不经心剜了一眼
反光的水洼映出灰蒙蒙，斑驳而落寞
她并不关心掩上的琴匣获取多少
她竭力要辨析的是两根弦夹带的滚动、压抑、起伏的江流

三

容忍与不容忍，她要每一条水纹深或浅地吻过身体每部分
岩性的，盐性的，炎性的
虐杀的过程中，存在牢牢捕获她的触觉
曾经虚妄的空白不再无岸可登，那些不可一世的怜悯和
　　绝望不再困住
暮夜悲凉
悲凉，是啊。夏小果要悲凉中的鲜活跳荡

四

背转过去。她，或者另一自己倒空
窒息的沉默得以交换
木樨树下未曾拾取的黄，白，以及赤色的红
她想起祖母姓李，蓝的一部分[①]
夏小果从诗人的文字臆想推断得来，但其实
除了蓝，秋斯文的阴影，她没能更好地用一种色彩标识

五

许多杂乱乘着雨后的蛐蛐声爬上岸

①李亚伟《秋天的红颜》："这天空是一片云的叹气，蓝得姓李。"

她无法确定在岸的哪一边，确切说还不知道自己是否接近了岸
她并不继续深想下去
鸟鸣啄醒近似黏稠的汁液，必须能够流动
夏小果从不轻易地安上某个字词
比如愁，她摁住要开的菊

2017 年

## 失踪的笔记

一

两个人谈话，她记到 798 页
用英雄牌钢笔，蓝黑墨汁
笔记本暗纹缎面
民国风
周璇的“家山呀，北望”咿呀呀隐动
她再拧亮一圈光

二

写下来并不真实
但它们极其真实的一只比一只跑得快
小松鼠衔蘑菇，刺猬背野果子
线路曲折
也有停顿的时候

比如，眼中雾水和火星子
不小心就漫出来

三

更多寂静回音，夜的坠落
她坠落
午夜三时廿分
盗梦者腰椎间盘突出，拔罐、扎针、牵引。
外加六月模糊的部分症状
与此同时，染满雨水的民国笔记
花了

2017

## 迷　离

虫眼，风的病痛
落座之前，陶丁丁看着木椅犹疑了两秒
这是他揣测的
他其实很喜欢所有纹理间某一处
隐约的陡峭或者窟窿

发现和不能回避的，类似于风的伤寒
浅浅症候，像不起眼的小虫
蛀一下
并非什么人都能触及

陶丁丁，他无意读取了一个人细微中的柔软
也或许可能的、静谧里的、刀锋的白

替她挪开椅子之前，他觉得一定要点份鱼子酱
奢侈地沉迷，食用行途的时光
她尚未开口说话，她尚未透露窗口的风声
陶丁丁低眉拿刀叉的模样
让他又过滤一次，深海游水未上岸的
鱼

2017 年

## 七月的荞麦茶

白小薇又犯迷糊了
症状反复，不可原谅的错误。
奶奶迈着小碎步，从里屋到厨房再到里屋
奶奶知道白小薇最爱荞麦茶

白小薇在湖边，白小薇坐上高铁
白小薇一个人晃荡在戈壁滩
白小薇双手紧紧拽住骆驼背上的铁环
任由“咯铃，咯铃”
穿透空旷而又寂寥的血色黄昏

天空黑下来

白小薇累极了，唇角干裂出蚁痕
白小薇顾不上喝水
白小薇倒进沙漠之洲
白小薇越来越薄，白小薇终于不见了

七月的荞麦茶，能有一碗饮不尽的。
里屋的门，虚掩

2017

## 字　根

门关上，窗户紧闭，封条勒紧了所有出口
它们还是顽固地冒出来
浮尘微粒，看不见春水的环绕
而蝌蚪找妈妈并非童谣，隐性的羽翅黢黑
揣着夜行者的体温和离亲者的悲怆
一步一顿，孤独浪游十八弯
沿途山体巍峨
神奇的悬棺安放了一幕幕古老的传说，摩崖隐约
凹刻的经文仍旧让风读出了留白
流水踏歌，巴山回荡。

2017

## 关于陶

消逝的代名词
在土质沉降中触摸到斑驳喘息
还不足以扣紧七十八频次
月色勾兑，淬火锻造
再让无色液体渗入每一道符码
还不够。

缓缓修拉，精致转轮
尘埃里的割舍不下
直至红与黑交错颠覆乌夜遮蔽
但还不够。

时间的水流，没人能安详读取，也无法
读取，当无形指控替代真实相对
时间的烧窑人
所供奉的，除了让吴道子与陈之佛活进圆形、线性、菱形
以及波浪和全部暗语的花饰

必还有，一旦面对它们
总恐慌时空的爆裂声，从某片暗影递过来
万马奔腾
或者，筝音独奏

2017 年

# 雪见的诗(3首)

雪见，原名王学建。著有诗集《这里躺着艳丽的海风》。

## 纪念日

——致博尔赫斯

在七叶树下再次读到你——
十年前，我所剥开的那轮孤月
此刻，又回拢于我掌心。

失败的荣光，死亡的甜蜜，还有那被危险选中的
一滴血……
我蘸着它们的贫穷与忠诚，试图摹写
你的街道和日落
在幽暗色彩的震撼中
在布宜诺斯艾利斯的五月广场
爆炸，所夺走的一切重新回到你失明的双目
在无数个谜团与魔障所构筑的晨昏，我独自一人
走进你曲径分岔的花园：

古币、链表、假护照、钥匙、一发子弹……
将一一缝入时间的分叉
爱的序列，在唇上完成，无穷或是永恒——
明寂亭是打开的谜底
通幽花园里，缺少一根黄玫瑰的刺
——而天堂，为何是图书馆的样子？

……当我发出这样的疑问
仿佛看到：衰老的藤架，抱着年轻的细节
指南针与野花相吻
你重复使用的墓碑上，躺着一个生动的死人
——镜子，是你不断掉入的水潭
面具，是你末日的羁绊
爱了你多年，我终于恍然：
“你的肉体只是时光”

2017 年

## 故宫游

从五路居跌落地铁，到白石桥南
由九号线兜转，至太庙入宫。

“时间，如此饱满，像药水濡湿的花……”
仿佛拇指，有五种滋味儿，被初乳的婴儿
用力吮进一首早春的诗。在京城

清凉的坦途，独自舞踏，你想起深宫的
妃子、贵人、妾侍、丫鬟……

没有谁能感到“暖宫”，一种透骨的凉
自脚底涣散，在旧朝形成的巨大风沙中
你看清自己的脸，一幅被投毒的水墨画
在前行一百年才接近的珍妃井边
肿瘤般扩散。变法、囚禁、虐杀、移葬……
你四处探寻的冷宫，遍布于每一处：
“许是翠柏，许是琉璃，许是胭脂……”

御花园更是一首绝命的诗，屠戮通常
从俳句开始，到吻兽喷出烈焰焚灭三宫
……之后依然与景山，在对峙中获得一种傲然

“兰贵人倚窗，将一盘秀色倒入后海。”
人群慢慢稀释，滞留的脚步金鱼般
滑行在眼泪中……

2017

## 非女性

唯有我们敞开的灵魂，是非女性的
肉体则毫无觉察
无论疏密，唯有灵魂能让我沦陷

爱唯有沉底，才能浮出
一片叶回绿地，一朵雪变烈酒
一个满身荆棘的老妇长成少女
你将在乡村和城镇同时出现
也将在2004和2017年
拥着我，与我互为因果
隐匿于同一片混沌的星宇

2017年

# 许莹莹的诗(5首)

许莹莹，90后，安徽当涂人，现就读于哈尔滨师范大学汉语言文学专业。

## 童　话

兔子先生的手表停止了转动
时间的大门缓缓合上
最后一面镜子被打碎
爱丽丝再也回不到仙境

黑色的蔷薇收起了它的花瓣
太阳从西边渐渐升起
荆棘割断了公主的长发
沼泽吞没了王子和他的白马

小红帽的斗篷被大灰狼撕得粉碎
嚼骨头的声音在深夜作响
一个老猎人经过外婆家门前
捡走了散落一地的面包

灰姑娘的马车从街道上路过
人们奇怪她为什么坐着南瓜
水晶鞋遗落在了舞池中央
王子转身爱上了另一个漂亮姑娘

积攒了一大筐巨人的金币
杰克终于挥起斧子向藤蔓砍去
轰隆一声天空骤然坍塌
砸烂了他最喜欢的奶牛还有他的家

夜色深啦
小女孩央求妈妈再给她讲个童话

2017年

## 长　昼

竹篮里睡满了熟透的浆果
麻雀衔着葡萄藤攀上楼顶
蹲在地上和蚂蚁赛跑的小身影
趁着一阵穿堂风
钻进树林的怀抱

青红的樱桃被啄了个精光
外婆边嘟囔边掰下第一根玉米棒

再煮开一锅黄昏
听小孩咿呀唱：
“三候半夏生”

白昼最长的这天里
小孩终于长成了大人
裹紧北方的夜色
抬头看不见星子
那就安心睡吧
梦里还是小时候

2017

## 灯

星子点燃一簇火
将寒夜烤成一盏灯
你提着灯走在风里
树枝轻晃　人影微颤
一步一步踏向对岸

我曾听别人说过关于你
少年时眉目清亮　意气风发
奔腾的长江敌不过一腔海量
我记得我所见到的你
二十一年的光阴辗转之后

白发苍苍却依旧神色如常

岁月将躯体一点点磨成粉末
枕着厚重冰凉的石板入睡
伴着满山的虫鸣雀声长眠
一团火骤然升起
把眼底烧得滚烫

沉默的船家摇橹而至
忍泪无视远方人凄恻的呼唤
你终于吹灭了手中的灯
向着无边的永恒走去
河那边　天色渐明　天南将落

2017 年

## 一百四十八天

他站在高岗上抽完了最后一支烟
脚下是他摸爬滚打了八十年的土地
被六月下午三点的烈日烤得滚烫
赤着脚　蒸腾的暑气从皲裂的脚底板
慢慢　慢慢地爬上头发
熟悉的温热把眼睛填满
他忘了其实自己已经感觉不到

没有人知道他站在这里多久
眼前是被汗水滋润过的田地
身后是他一砖一瓦垒起来的两间房
这时节栀子花开了
他从来不喜欢这甜腻的香气
可是有人却爱
他忍住不去看椅子上那具嶙峋的骨架
有些话在一百四十八天前早已说完

然后残阳血色浸透长江
喝了八十年依旧没能饮干的那条大河
一只鸟击打着水面
在涟漪荡漾里盘旋
太阳回到了自己的家
据说那是一片辽阔海面的黑暗深处
可惜我从未见过大海

我也该回去了
一百四十八天
我却再也回不去了

2017 年

## 昨日降雨量300毫米

我的大脑一片空白

楼上的电钻声消失在
云彩匿形的同一时刻
笔尖的ABCD张牙舞爪
以上万的形式排列组合
戴着眼镜的男人说
“你只需要记住其中的5500个”

昨日降雨量300毫米
每一颗都落入了大海深底

5500个林黛玉、5500个哈姆雷特
他们疯狂地葬花念诗跳舞和复仇
在我虚无空白慌乱落魄的梦里
5500个哈姆雷特合上了5500本莎士比亚
他们只记住了“to be or not to be”
可是这跟我毫无关系

就像300毫米的降水
无一不落入深海里
也像我的诗歌和窃语
无一不落入深海里

2017年

# 孙艳萍的诗(6首)

孙艳萍，网名海饼干，现居马鞍山。著有诗集《我知道所有事物的尽头》。曾获得2017年“太仓杯”全国爱情诗歌大赛一等奖等奖项

## 春天里

潮水涌上来，在你身体里
晃动，像巨大的酒瓶漂浮在海面上
你摁不住它，就像
摁不住晃动的春天。万物生发
丑陋的事物也滋生，譬如街角的垃圾桶、泔水里
或欲望的阴影下。可你是谁?
规矩的反叛者还是生活中
逆行的人? 温度越来越高
漫山的花儿都笑了，你也会笑得直不起腰
像一棵细颈子的兰草
或狗尾巴花儿，谁知道呢
在春天里。

2017

## 在三月，想起一些人

在三月，想起一些人
拽出一个个名字，就像推开一扇门：
看到樱花落在柳树下
二月兰走了，有的花还没开。春天抚摸
自己生硬的胡须，猫的嗓子嘶哑。
那么多，鲜活
如三月的人，都在这里
他们戴着帽子或穿着裙子，像所有
我见过又没见过的人
被安置在我的记忆里、人群中
街道上——
这是上帝之手的杰作
就像此刻我坐着
也像一个摆饰，一个作为人的风景
穿插在这里。

2017 年

## 雨山湖的春天

春天在植被中眯起眼睛：
一个不规则的世界在展示它的美，横向的
纵向的、无规律的花朵

都涌向它。有人读：“乱花渐欲迷人眼。”
崭新的枝桠，围起我
树冠如绿云朵在风中抖动，波纹泛开湖水
划皮艇的人纷纷
跳进波纹，仿佛跳入奇妙的光圈
夕阳在他们身后流淌。孩子们从学校出来
或奔跑，或跳跃，鸟鸣被笑声
遮掩。有些不知名的草，也默默开花
结果，结小粒的种子。我伸了个懒腰，一个下午
那么长，我只取下一截记下：
生活给予我的，就让我用春光
来还吧。

2017

## 三月的早上

在公交站点等你
仿佛在春天里等待一场雨。我们并排走着
我口袋里装着你的小说
一个厚实的信封，故事诡异得像一张
沟壑纵横的脸，我看到了自己
在一段描述里：“一个穿蓝衣的女人……”
悲苦又虚幻，像一个还未到来的我。
我们在虚构的事物里
见面是容易的。你翻开春天

告诉我:“欲望是红色的
而爱情纯净如水。”你说这话时,我正穿过
一双双目光抵达你,像穿过
石像的丛林,但我知道
接下来,我们就要回家,并在一个
熟悉的十字路口
各走各的路。

2017 年

## 在春天的咖啡馆

从傍晚到深夜,狭窄的包间
爬满语言的藤蔓,我们在谈论什么?
“小说的枝桠要从树干两侧生长。”有个声音告诉我。
这似乎是本质,可我对它缺乏立体的
想象,但可以喝啤酒
说幼稚的话,用口水把我们塞回
同一个幼儿园。烤鱼冷了又热,食物
和言语在我们嘴巴里
进进出出,像巫师醉酒后的
魔法。我打量一个嗜酒的人
在他酒杯里看自己——
这是一面镜子,他在里面教我如何
铺展故事、布置情节,怎样

在作品中与自我
重逢。

2017

## 夜登雨山

它的怀抱张开，我们
登上去时，有风，轻抚着我们。
身后，它的黑视野装满了
野花、青草和树木，但色彩被收起，仿佛
收拢双翼的鸟。森林的呼吸
匀称，虫鸣也不知所踪。只有我们。
你说：“雨山是我们的了。”
“我们也是雨山的。”我拉起你的手。
月光隐在山后，像先知
它洞悉着一切。我们相对而坐
在四角亭，多像两个对称的事物。
我们讨论朋友，初恋已那么久远。光阴
在你嘴巴里肆意跑走。
笑声，耳语声。
还有谁发现了这隐秘的乐趣？
此刻，我相信这山中
一定有泉水，潺潺流动，就像你的语言流到
我嘴巴的过程。

2017 年

# 徐业华的诗(3首)

徐业华，现供职于安徽省当涂县文化馆。著有诗集《青花瓷的暗语》。

## 登灵墟山

入八卦圩、上丁仙桥、过炼丹村
一路拾级而上确有羽化的感觉
秋雨淅淅，松风篁气依然袭来
松树以及树林的色泽并没有败落

崖穴秀洁，慧觉常存，灵台不灭
丁令威的炼丹洞前，清淑之气扑面而至
藤蔓的叶面上透着雨水的光亮

心宜虚空，雾气里烧符的祭坛
依稀有经师神闲气定
咏诵经文、踏罡步斗，为遁入
山林的信众肃清云路，荡涤尘氛

2017年

## 九月的水声

风停留在远处，铅华褪尽，田野正在经历一场蜕变
山间杂树的叶子又一次改变了酡颜
“秋天是多么好的一剂良药，大地的悲怆里，温厚而饱满”
明媚的秋天里，河岸枝头上缀满的果实是时光里
是另一种风向标。脱壳的不一定是螃蟹，好多碎裂的
丢弃的壳连我们自己都浑然不知
它们像陈年旧伤，像古战场遗址里风化的盔甲
途经牛头湾的姑溪河，在一截弯曲的传说里继续西行
鱼类的无言，并不是语言的缺失，而是我们的无知

2017

## 尼坡梅月

暗香里浮动的月亮
比一根寒夜擦亮的火柴有温度
尼坡，这儿曾经有与明月倾吐心声
互为印证的梅树

“一切都会成为灰烬”
包括曾密布鳞皱的藓干
坚硬如骨的蓼枝
包括梅影里有过的清芬

姑溪河仿佛一把拉长的尺子
时时在丈量尘世的纷乱与距离

曾经是姑孰八景之一的尼坡梅月
只因一株株梅树的走失
而名存实亡，像活着的死人

2017 年

# 柯华的诗(3首)

柯华，1963年生，现就职于安徽省马鞍山市外国语学校，20世
80年代喜爱诗歌，2015年开始习诗。

## 毕加索，是不是疯子

毕加索，几乎就是一个疯子
在晚年，他说他自己就是“一个骗子”
他说自己根本就“没有绘画的才能”
他所有作品都是“胡来”
所谓的“立体派”，压根就是一个
不存在的东西，全世界都被他“骗了”

毕加索，可能就不是一个疯子
在晚年，他爱读爱因斯坦，他说
“当我读爱因斯坦时，我啥也没弄
明白，不过没关系，它让我明白了
别的东西。”
他说自己是骗子，也许他特别失望
或者说，特殊的愤怒，他为得到

全世界的“认可”而失望、愤怒
他认为“认可”，有时是灾难性——
你将不再是你，你只是那个被
“认可”的你，一个扭曲的你

“认可”是一把雪亮的钢刀
它真的就将毕加索逼疯了

2017 年

## 鸭　子

一群鸭子酒醉式地晃进了马路
鸭子怎么能在马路上混
一个个伸着长脖子
就是鲁迅所憎恶的
看客式的脖子
鸭脖子只配做周黑鸭
怎么能东张西望，故作好奇
可能也就是惊慌
一群鸭子一下拥到了马路
那阵式还真有点浩浩荡荡

一个恶童内心瞬间不平了
我的地盘，我做主
咋能让一群鸭子张狂

拿起一个鸭蛋式的石头
奋力掷向这群鸭子
呱呱呱——
没有砸着的鸭子都疼痛般乱叫
只有被击中的鸭头
耷拉着闷声甩向两边
鲜红的血滴愤怒地挥洒着路面

按照传统诗学，此时此刻
这只挣扎的鸭子最值得做诗人
那东一摊西一摊的热血
就是它最感人的诗行
写到这里，我突然省悟
我无比羞愧，弃下笔
去追赶那一群落荒的鸭子
真希望让它们一起来砸我一下
砸断我的脖子，流血的红脖子
我也想写出好的诗句

2017

## 父亲坐在黑暗中

父亲喜欢一个人
静静地坐在
黑暗中

靠着厨房的椅子
吸着烟斗
全家人都睡了
父亲还在那儿坐着
吸烟，沉思

你为什么还不睡，爸爸
就睡，儿子
父亲仍然坐在那儿
吸烟，沉思
你在想什么，爸爸
没什么，只是休息一会儿
就这样，父亲的说话
语调平静，让人放心
一天又一天
父亲总是独坐到深夜

儿子睡醒，去厨房喝水
拉亮了灯
父亲一下跳了起来
怎么了，爸爸
没什么，我不喜欢灯光
为什么你在黑暗中坐到这么晚
这样挺不错，我不习惯电灯光
我在老家，还是孩子的时候
我们没有电灯
儿子记起了父亲曾讲过

## 大山里的许多故事

爸爸，你的意思是没出什么事
你坐在黑暗中
只是因为你喜欢这样吗
爸爸，你到底在想什么
没什么
父亲仍柔声说道
没什么特别的事
脸上掠过一丝歉疚的笑容

儿子又拉灭了电灯
父亲安静地坐在黑暗中

2017

# 丛林嘟嘟的诗(3首)

丛林嘟嘟，原名陈小红，70后，安徽马鞍山人。

## 用力拥抱幸福

多久没有用力拥抱孩子了?
他小小的瘦削双肩，背负着一个大大的书包
弯下腰去抱抱他，用力拥抱
抱抱他小小的烦恼和快乐

多久没有用力拥抱父母了?
他们衰老的容颜，铭刻着一个时代的沧桑
找个借口抱抱他们，用力拥抱
抱抱他们半生的苦难和沉默

多久没有用力拥抱爱人了?
他的梦想在路上，还乡的青鸟飞出了视野
有月亮的夜晚抱抱他，用力拥抱
抱抱他心头滋长的孤寂和骄傲

多久没有用力拥抱自己了？
将所有责任扛着，任风雨打湿飞翔的双翼
在柠檬草淡淡的怀想中，用力拥抱
抱抱自己朴素的信念和坚守

认真地闭上眼睛
深深地用力拥抱
抱抱空气、阳光和花香
那些都将成为幸福的理由

2016 年 10 月 7

## 感恩春天

在那块墨黑的画布上，我曾写下唯一的诗行。
坚定地描绘一轮火红的太阳。
一场雾霾，将暗处的花朵与春天隔绝。
在时间交错的纵横空间，所有言辞苍白咯血而亡。

缄默，隐忍，善良地退让……
花朵在疼痛中复苏。
众口一词的陈词滥调，不过是奴性的一件外套。
谎言的雪团越滚越大，支撑不起虚弱的灵魂。
真理的碎片散落黑土地。
我不会担心沦陷，不会因为担心，而不说出土地的悲壮。

几只被暴雨打湿了羽毛的灰鸽子，飞过广场。
白色风信子悄悄落在静寂的草丛。
拒绝融化的冰，保持在零度。
轻盈起舞，安之若素。
感恩打开窗户，在春天叫醒我的人。
冰层底下涌动的春水，将是春天源源不绝的意象。

2017 年 1 月 11 日

## 一只耳朵聆听的寂静

一把颜色过深的雕花木椅被他重新刷了漆。
他低头抚摩浅了些的花纹，和螺旋上升的走向。
半空陨落的流星，独家专访，台风，萨德……

电视里播放这些时，他们谁都不在场。
前半生被一路清晰的木纹记录。

他们坐下，隔着那把重新漆过的雕花木椅。
终于可以面对面谈论过去，快乐痛苦都已成为过去。
像一摞原始筹码，一旦拥有不可退还。
命运在掌心的几根线条之间埋伏。
握紧拳头，你一次次摔倒又一次次站起来。
当你最后一次站起时，台下一片沸腾。
银幕哑然。

职业摔跤手死了，猝死与拳头无关。

罪孽在人间挂果，黑浆沿白墙留下墨迹。
最大的苦抵不过最大的悲，

冷风中的悲鸣声总是高过雁鸣。
举起枯枝向半空一点，妖现妖形。
轻轻一圈，千亩荷塘万顷香。
白莲花淡入尘世，淡出污秽。
保持，
一只耳朵聆听的寂静。

2017年10月6

# 祝贺的诗(3首)

祝贺，安徽当涂人。著有散文集《洗出来的姑溪旧色》。

## 我是直立行走在大地的一条河流

这些年，每个春天，我都
站在采石矶头听听江涛
打听李白
是否从他的横江词里游上岸来

一千多年前的悲伤，如
一片一片绿叶挂在树上

其实，我也在倾听
自己身体里的声音，血流如河呀
即使微不足道，也与太阳有关，与月亮有关

在采石矶头，我是
一条直立行走在大地的一条河流

自甘卑微于东流而去的长江

2014 年 5

## 行走在一条县道上

行走在一条县道上
好像走在江南腹腔的一根盲肠里

江南有只暴饮暴食的工业的胃
受热，盲肠里流量扩张又扩张
像抽水机般把乡村的年轻男女
吸附到城市工业的流水线，或
变成蜜蜂在城市的枝叶上采蜜
其实如象形文字的虫子在蠕动

城市受凉，盲肠跟着工业的胃而痉挛
抽搐得一个个拥挤在县道两旁的村庄
如一只只小小的大地的子宫
不管不顾地在回收流走的精血

男子的身体变成了汉代弯弓
梦想着东风，再度能把孩子变成一支箭射回城里
女人的容庞像是唐朝铜镜
梦想着城市的月光把它磨拭

可爱的孩子们在县道旁等待亲人
如院墙上留守的草茎在风中抖动

2015年6月

## 我要爬到青山顶上

我要爬到青山顶
背负上你的一切忧伤
用来兑换白云、松涛、野兔的奔跑
以及树叶发芽的窸窸窣窣声响

赶在春天到来之前
建造一座寺庙，选址在我的心田
摘取李白心中的美丽汉语
像小学生一笔一画抄成佛签
等你来抽取呀

一抽一个上上签，一抽一个上上签
这是春光给你的馈赠

2016年4月

# 尹俊的诗(2首)

尹俊，笔名半城，安徽当涂县人。著有小说集《家贼难防》，诗《装在瓶子里的婚纱》，并获第二届“长河文学”优秀诗集奖。

## 欢娱帖

夜是暗藏玄机的海。

人头攒动的地方，牡蛎和乌贼比拼蛰伏，静观突变。
那些充斥着烟草味、香水味的声浪，再有一瓶酒的煽动，就能达到高潮。
而此刻，再惊艳的叫床声，也会压低嗓门
——宣泄，是另一种无能为力的举证。

那就干脆让海豚音再尖锐一些，
让那些一饮而尽的血色沉醉、白色浮躁，相互挤对、相互拥抱、相互冲撞……
直到筋疲力尽，然后
再寻找一小块门板的容忍，就此搁浅。

只要有一片能够栖息的岛礁，我就做第二个鲁滨孙。
只要有可以怀抱入梦的沙，我就能掩盖所有颠沛流离的足迹。
零点过后的人生，我拒绝回声与共鸣的恭奉。

还必须让自己安下心来，等待母亲惊慌失措的呼叫。
我知道，只要我们的乳名还未完全失算，
再遥远的地方，我都能找到，
那些童年岁月里，聒噪一时的耳朵。

2017 年

## 外科手术

父亲十几年前患食管癌

我给他找了很多良医
询问最佳的治疗方案

归纳起来，无非
就两种切除的方式

一种是迂回进入法
从侧面用扩张器撑开胸腔

另一种是强攻拆卸法
从正面摘除一根肋骨后进入

同时手术的正好是两人
生性胆小的我和父亲
不约而同，选择迂回法

摘除肋骨的病友
一年后就死去了

我在大街上碰到他的儿子
每见一次
他都念念不忘那根肋骨

幸好，我的父亲活下来了
幸好，我的父亲没丢失肋骨

2017

# 铜陵

芜湖

安庆

宣城

马鞍山

黄山

池州

# 钱叶用的诗(6首)

钱叶用，1964年生，原籍安徽枞阳，现居北京。著有诗集《一个孩童的旅程》《积木城的太阳》，散文集《十二只黑天鹅》，诗选集《南中国诗草》，等等。《积木城的太阳》曾荣获中国冰心儿童图书奖、中国教育图书一等奖。

## 海浪正在逃向宇宙

有许多怀念
在那深不可测的海底山谷
有许多樯桅的枝条
在这大海高高耸起的树冠

而海浪正在逃向宇宙

一切都无法诉说
那些陨落的星群
在波涛里曾嵌成沉默的花环
只有游鱼仍然向大陆架冲打

而海浪正在逃向宇宙

这似乎是一种严肃的法则
什么也不曾预示
有一条独木舟逐日漂流
谁也说不清是在寻觅海上漂泊的灵魂

而海浪正在逃向宇宙

这些都十分真实。不信
你血管中的血液正在逃向空气
你眉睫下的目光正在逃向未知的岁月
你的声音正在逃向你自己的胸膛

而海浪正在逃向宇宙
所有的浪花都蜂拥着浪波
在破碎的肉体上盘旋着泡沫的气息
那零星的岛屿在天风中瞭望
海面让古老的炭火映得通红又通红

而海浪正在逃向宇宙
（逃向火光映照的血一般的深渊）

1985

## 黑羊和月亮

月亮下的银色的花
踢打着原野上的风铃
　　静谧的月光
　　海洋上黑羊沉睡
波涛下追逐的恋鱼
瞳仁里射出诱人的热芒

黑羊沉睡
海水的牧草万里披银
我的歌声
是海妖的歌声，神秘的音乐
是受伤的鲸鱼的歌声
是海牛
　　在水波上攀登时的哞鸣
我的歌声现在喑哑
它是一只孤单的黑羊
我温柔善良的精神
　　月光的银子的流水
　　无法洗亮

这海洋中间
深夜拨响着竖琴的人是谁
是谁
在古老的诗篇中徘徊发疯

让全体黑羊沉睡
月亮像一枚白色的药片
　　一枚海上浮动的
　　安眠药片……

是谁
独步长天，天马怒嘶
把海盆擂下巨大裂谷
是谁
满肩白发
脊梁披满雷电的花朵

站在世纪的山谷
而黑羊无草
黑色的泪水在睡梦中
　　泻满古海
背叛宗教的人
逃离族类的手
今夜沐浴湛蓝的波涛
有一只只神秘的黑羊
　　在月亮下铺开方舟般的眠床

让我漂流而去，波涛
黑色羊群的方舟
　　天涯绿草生在哪里
让我沉睡着流浪吧
月光银色的流水

　　我能否到达天国的车站
　　能否把黑羊在黎明时用曙光唤醒

使我失败和流血的时间
使我的记忆中开满荆棘和砾石的路
使我四处漂泊无家可归的
　　古老深厚的波涛
孤独的黑羊、沉默的月亮
在无依无靠的睡眠中
我该感谢谁——

1991 年

## 修　远

独向空明。冷目枯荣
山在更远的山之外；水在更深的水中间
古猿不啼，深涧上高悬着虹霓的锦绸
手把青铜鼎座。青铜的呼吸宛如一片羽毛
　　拂起苍莽岭原……

物的元素充溢万邦，纵步时
一只高鹤鸣奏仙曲。涉菖蒲，披发跣脊
　　餐气饮露，芳华独占！
空明在荣枯之上，连接飞鹤祥云
处江湖而临大蛇异兽

居庙堂而近巨器明烛
猛然顿首。披发长啸，其音穿空裂石疾如巨箫
非与苦。戒与真。四极遍布汉声
此刻独对天象，我与我谁更能把持?!

2017

## 本　然

我自本然。此夜虽长
　　不可逆转
　　我自把我珍惜!

昨日长逝，流水依然
追风之足不可重回。黄花遍地
抚须长笑，本然之态在此夜
　　呈现雪庐真丝
远离尘俗，不飞毛羽。沐浴纯净温泉
大　火　燃　铁　箕

心舐于寒冰，胸脊上长放
　　一朵雪梅之暗香
本然。世界的真迹。我的原图
远离呼吸，流动的光焰。远离狱中之象
此夜虽长。抚须长笑，大火燃铁箕!!!!!

2017 年

## 羊　毛

那羊行在山上，那山裹在更远的风中
一个偶然的梦。我梦见羊毛在那羊身上
黄金的花纹没有灯光
　　就能把整个一座悬崖照亮

那羊行在草原，那草原飘在更古的流沙上
一个盲人的披肩：展开在我的梦乡
火的经文断断续续，美若一簇簇孔雀花羽
那羊行在海水，那海水荡漾在美狄亚长发上
羊毛纷披白：一万张人类的脸庞
　　无法诉说这种容颜的忧伤……

忧伤啊忧伤！那忧伤中布满风霜的气息
在希腊与爱琴海，金羊毛天然成就着人和神：而
那羊行在山上，那山其实不在。在我胸脊之间
那羊毛闪烁黄金的花纹，那花纹其实：是
　　我每一滴血中展开的真图、真图……

2017 年

## 心猿意马

霎然间的云霞

　　照彻一位汉人
一位汉人，心猿意马
心猿意马的汉人
　　在云霞中沉迷了岁月

岁月如斯，泥沙蜂拥
一位汉人，在沙粒中照见
　　心猿意马
　　活着的时光不多
　　疼痛的感觉无限……

疼痛的感觉无限
一位汉人，手握诗篇
　　心猿意马
在苍茫的烛光中、见有东有西
　　做南辕北辙的星图

2017

# 凌越的诗(7首)

凌越，1972年生于安徽铜陵，现居广州。诗人，批评家，著有诗集《尘世之歌》，评论集《寂寞者的观察》，访谈集《与词搏斗》，和梁嘉莹合作翻译《匙河集》和《兰斯顿·休斯诗选》。

## 我心里有一个形象

我心里有一个形象，
我看不清它的面容，
但它沉默着，有一种我熟悉的庄严，在树下在午后。
我心里有一个形象，
我禁不住默念不连贯的语句，
我禁不住用那不成熟的嗓音和它交流，
当我在诗中说“你”，也许就是“它”，
我的语句之所以安静地流向内心，也是因为它。
它推动我置身于未知和驻留在年轻人的无畏中，
虽然我不再年轻，但它赐予我无视衰败的勇气，
一如年轻时我们在面对生活时本能的勇猛。
我默念着语句，我并不知道其中的含义，
就像我并不知晓那形象对我意味着什么，

像狗引着主人到郊外的草丛，
像晨光摸索着不知道该不该唤醒万物，
楼群苏醒，人们奔忙着挤上公共汽车赶去上班，
他们不知道我心里有一个形象
但我知道这是我被“选中”的原因，
尽管我始终看不清它的面容。
我心里有一个形象，
陪伴我度过寂寞的青春岁月，
还将陪伴我度过同样寂寞的暮年，
陪伴我走过有河流流经的众多城市和村镇，
也将陪伴我走过爱情向亲情的艰难跋涉。
许多年，我揣摩它端详它，
但却并不真正地想生下它。
我心里有一个形象在寻找词语的甲胄，
那永远不合身的甲胄，如同一个陷阱。
我心里有一个形象
告诉我得学会把高亢的声音调到低沉，
在低音中，那个佝偻的形象终得以舒展。
但舒适也不是它的目的，
我并不了解它，但了解也不是我们的目的。
我心里有一个形象，
让它继续待在那里吧，启动我的呼吸和爱恋。

2008 年

## 是谁将我送到此地?

是谁将我送到此地?
让我在这僻静的房间冥思苦想,
画面一个接一个,像草叶上的露珠。
是谁让我一个人摆弄着书卷,并不孤独。
(窗外,节日的喷泉洋洋洒洒,
孩子们在单排滑轮上嬉戏)
水上的旅程被波纹覆盖,
我的旅程被黑夜的幕布覆盖。

是谁迫使我伏在狭窄的案边,
在文字的丛林苦苦找寻甘泉,
在平静的钟点里酝酿辉煌的戏剧。
我日复一日,
带着视网膜上不曾消退的形象坐到桌边,
带着风递送来的耳语坐到桌边,
我试图让它们在文字里成形,
像熔炉吐出金黄色的钢板。
我用文字锻造我的生活,
我用过期的激情锻造我的诗篇,
整齐、扎实、性感,一点也不羞惭,
而生活和诗篇重新诱使我犯错,
这一场角力,并不逊于上天的预设。

是谁让我接受这命运,

人的命运，从嫩芽经由盛放再到枯萎，
是谁驱赶着夏日到那永久的荒芜之地？
是谁将女人和孩子带到我们身旁，
还有争吵、爱恋和欣慰。
是谁让我们尝尽哭泣和欢笑，
但并不赦免那唯一的结局。
是谁在修剪大自然的残枝，
并将它们投入洗刷耻辱的火堆。
灰烬，是谁一再赐予我们，堆积到我们的心灵。

是谁在我们的理智里掺杂了激情的种子，
我们因而陷入癫狂，为爱和荣誉，
为在牺牲中独自闪耀的玫瑰。
我们陷入癫狂，自顾自，
是谁取消了众人的联盟，为了
一个人的庆典，以及那不为人知的交战。
是谁在我们伏案时、朗诵时、沉思默想时，
将我们自己锻造成诗篇，和我们默念出来的诗句一样
——伟大而孤独。

2009

## 我不断退回到起点

我不断退回到起点，
滚落的巨石激起阵阵烟尘，

被迫模拟一个几乎不存在的人世。
倒伏的树木重又神奇地站立，
时间以一天的节奏单调地复制。
惊愕的旁观者，
看清脚下的路途——不要匆忙跳入永恒，
我顺便为你许诺尘世的幸福，
——它太简单，只需伸出痛苦的两个手指
便可信手拈来。
伟大的情感携带着自身的宇宙，
封闭在日月运行的恢宏轨道里，
而荒凉和孤寂不过是庸人的困扰。

我不断退回到起点，
带着逐渐平息的懊丧和悔恨，
带着沮丧内部那不为人知的喜悦。
我的行程枯燥乏味徒劳，
可是眼眶里为何藏有泪水?
请忍耐片刻，我的命运，
请为这毫无意义的伟大劳作击掌叫好。
我劝说我自己，
我的奔波并非无益：
哪怕不能给死神带上沉重的脚镣，
也要为荒漠般的世界
留下随时可以被抹去的印迹。

我不断退回到起点，
只为了确保一种真理清晰地浮现，

——昨日的宴饮宛如幻梦。
胜利的事业是不存在的，
我可以做的事不多，
那少量的事件也就是人生的全部。
我退回到起点，
以使我的心灵得以拥抱永恒的失败。
我退回到起点，
大地跟我一起倒退，
山峦和田畴变换着视角，
日月星辰追随我的脚步，
在静观的敌意中，大地和天空早已掉转。

2010

## 开往辛亥年的火车

我是开往辛亥年的火车，
我在大地上粗野地漫游，
我代替疯狂扭动的百万条舌头在低吼。
我运载着士兵、商贾和官吏，
我把历史引入动荡和血腥的窄轨。
我在张灯结彩的正阳门车站目睹刺杀的爆炸，
我看见瘦小的官员倒伏在检票处旁的铁椅子上。

我打着响鼻，呼啸而来，
我是这大地的伤痕和疼痛。

我惊动了这埋葬尸骨之地的泥土,
我惊动了在夜间广大而凄凉的气氛里瑟缩的小镇。
我轰鸣着冲向繁星闪烁的黑夜,不真实的黑夜,
我在伴奏,而黑脸膛的火车司机在高声朗诵:
“路修远以多艰兮,腾众车使径待。
路不周以左转兮,指西海以为期。”

我是大地上永恒的桥梁,
我连接过去和现在,
我连接老迈的帝国和婴儿般孱弱的共和国。
我走到哪里,我的力量便嫁接到哪里,
山民、女人、拘谨的市民、吸食鸦片的瘾君子,
请跟我一起大胆吼叫,跟我一起放肆奔跑,
如雨的汗液将把你们洗浴为新人。
跑吧、跳吧,请追赶我铮亮的车轮。
——我培养积极的抗争。

我是开往辛亥年的火车,
我在谘议局热烈的争论中穿行,
我在死亡虚幻的激情中穿行。
我看见一张张麻木的被蹂躏过的脸庞,
我看见革命党人在呐喊,但听不见声音,
我看见总督府门前人民被排枪击毙,尸体累累。
我继续在上天的滂沱泪雨中穿行,
道路多么遥远而艰辛啊,
我是一个新手,但我有鲁莽的决不妥协的气质。

贫瘠而残酷的土地，
我将在你衣不蔽体的胸膛上流浪，
无论你是谁，请和我一起流浪，
大地永不疲倦，发亮的活塞永不疲倦，
矮墩墩的烟囱里冒出短促的烟。
携带着被压抑的力量和被戕害的美，
我们一起上路，树木为我们鼓掌，
荒野为我们铺下整洁的床单。
我们在昏睡中依然前行，
日月牵引着我——谁能阻挡秒针温柔的旋转？

我是开往辛亥年的火车，
我带着你从第一道曙光里醒来，
我热爱你懵懂的表情里隐藏的热烈，
我和你同样来自大地，在大地上工作、磨炼。
我是开往辛亥年的火车，我也是那个勇敢的人，
请拉响尖锐的汽笛——
请和我一起呜咽、低吼和咆哮，
尽管悲伤，请和我一起找寻没有杀戮和谎言的国度。
我是开往辛亥年的火车，我是道路，我是人。

2011

## 马雅可夫斯基在特维尔大街普希金纪念碑前

天空和大地在奔驰，
而你铁铸的脸庞是礁石

矗立在时光的长河中，
将诅咒和谎言撞成浪花。
枞树拖着枯枝排成队列像年迈的笤帚，
清晨的大街饰有空想软绵绵的大衣衬里，
早春的光线像鸭绒褥子从冰冷的护栏上弹开。

甩开礼堂里那些喧嚣的愚蠢的人群，
我愿意这样和你默默对视，
天地间只有你和我，只有诗人和世界，
你的眼神穿透我的头颅朝向无垠的太空。
你所厌恶的人生和我的何其相像。
冰冷的词句沾染诗人的体温，
平静的呼唤怂恿诗人沙哑的嗓门。

我注视着你，我曾经放言要将你
从现代生活的轮船上扔出去，
可是有谁知道我整宿在读你的诗句。
我在愚人的欢呼声中讥笑你其实是在讥笑我自己，
——粗鲁总有它强烈的后坐力。
在我的黄色短上衣里揣着你的诗卷，
我秘而不宣，只是不想向群氓展示巨人那要命的脚踵。

不信？我随时就要跃上讲台，
当着红脸颊的批评家的面
朗诵你全身发抖的痛苦的诗行。
来吧，来吧，我秘密的诗人，
讴歌大海和自由元素的诗人，

请从铁铸的雕像里走出来，
走到空旷的特维尔大街上，和我并排前行。

我们在俄罗斯的土地上漫游，
我们痛斥统治者的暴虐，
我们饮尽爱情的美酒和命运的毒鸩。
我们看见过岩石上的少女迎接暴风雨的奇观，
我们迷恋从荒芜的休耕地飘来的残酷歌谣，
那坚强、平静又冷淡的语调
不正是地平线孕育的缪斯的歌声？

我原以为沿着诗行
就可以奔向美妙的生活，
现在我知道，你的遗产只是带响铃的重轭和皮鞭。
道路曲折，诗行的路标指向终点：
莉丽和冈察洛娃在嬉闹，
簇拥着一颗孤立的跳动的万物之心。
缪斯叮叮当当，修补着星星的泪痕。

风徒劳地摇撼着我们的供桌，
在珀耳塞福涅的注视下
我们展读《圣经》这张旧图纸，
我们高声朗诵或者浅唱低吟。
诗行这抽搐的彩虹，
将我们镂刻成时间的祭品，
我们坚强又冷淡，携手行走于刀刃上。

2012

## 我在找寻那唯一的听者

我在找寻那唯一的听者，
语言的桎梏在暗夜里合拢，
语言的马头墙在天空下高高竖起。
说得越多遗忘越多？
唯一的听者给心灵造一座墓园。
童年已然溃散，
深爱过的人退入苍穹。
漂浮的界桩撞击夜晚丝绒的耳膜，
汹涌的词语找寻溃决的堤岸。

我在找寻那唯一的听者，
他并不是陪我在城市曲折的街巷里穿行的那个人，
他并不是在夏夜的繁星下怜悯地望着我的那个人，
他也不是怒气冲冲向我投掷书本的那个人。
我找寻的那个听者，
将以他慈祥的目光让我安静，
将以他精致的耳郭渡送我到沉默的中年。
我找寻的那个唯一的听者
将以意志和骄傲，
成为广袤土地上贫瘠的标志。

我在找寻那唯一的听者，
我在找寻沉寂的土地里声音的矿脉，
我在为失败和暮年加油鼓劲，

我在指挥一切失意者为自己的甲胄寻找战场。
我在呐喊中失语，
对，如果找不到那唯一的听者，
我只会呐喊，而不会平静而动人的述说。
我反对平庸，亲近罪恶，
我从繁华的城市走到荒原，为了你，
我从儿时的田埂走到车辆穿梭的高速公路，为了你。
找寻你就是在找寻痛苦本身，
凡予我生的痛苦者，
将使我激愤，将驱动我僵硬的唇舌。

我在找寻那唯一的听者，
那天地间无常的合谋者，
那以手遮面的逃遁的人，
那以太阳作为唯一礼物的人。
将以他与死抗争的光焰照亮我生命里的暗影。
我将以不断上升的骄傲
找寻那唯一的听者，那显露赤裸灵魂的镜子。
这面镜子通过翻转的舞蹈，
将赋予我的声音形状、热度和情感。

2014

## 缪斯无与伦比的眷属

狄金森姨妈，狄金森姑姑，
缪斯无与伦比的眷属。

在对你的亲近中有一种拒斥的力量，
推开我，束缚我，
使我不能拥抱你，甚至不能触碰你。
我只是远远注视你，看着你飘忽的白色身影，
眼里满是热切和爱恋。

你那凶恶的房间
则在相反的时光中
收缩为一颗痛苦的种子。
你的诗是一口有轱辘的井，
在其中你打捞死亡或者永生。
不朽作为唯一留存的印记，
则使你一直腰板挺直地端坐在桌旁。

你和鬼魂嬉戏，
你在母亲的病榻前侍奉。
而在晨光中，你写下字句，
那试图掀开天灵盖的字句，
并不打算征服星群，而是向生活本身径自吟唱。
晴空下，棕色府邸旁美如梦境的草坪上，
你“在生命与流光中独自搏击”。

你脚穿浅口便鞋，走向天堂，
而你的影子里隐藏着一个下坠的地狱。
你不索求阔绰的欢乐，
但你用词语锻造了一个带电的宇宙。
伫立在上帝门前，

你再度陷入贫穷——
最美的拥有，乃是最小的占据。

狄金森姨妈，狄金森姑姑，
缪斯无与伦比的眷属，
作为整个喧嚣俗世的背景，你孤身一人。
窗外，田野被琐碎的痛苦撕裂，
可你依恋的始终是雏菊和烈焰。
狄金森姨妈，狄金森姑姑，
我们爱你——我们甚至怯于说出——我爱你。

2017

# 李云的诗（6首）

李云，，有小说、诗歌、散文在《人民日报》《小说月报原创版》《传奇传记文学》《诗刊》《诗选刊》《星星》《诗江南》等刊物上发表。

## 争吵的雕像

生不逢时
殁不同日
不聚首就相安无事
肉身脱去
谁多此一举
把他们换上青铜，铁，大理石
铸不坏之身
列立在一院之中

思想仍然不会生锈
活跃的如水的流痕

栗子在热锅上蹦跳
爆裂一个是我的观点

爆裂一个是鄙人的理论
再爆裂一个是山人的主义

吵得再厉害你也不用担心他们会打起来
因为，他们挪不了半步

请不要走近他们
你的温暖的注视
会让他们如寒蝉
噤声

## 鱼怎会无语

鱼怎会无语
只是它不屑与你对话
它要赶在冬天前拼命进食
吃柳叶尖，水草边，荷影绰绰
还有我的垂怜和青睐

鱼冬眠无语
春天醒来会说话吗？
问低到水里的白云
仿佛它会知道

院中最活泼的也就是那池鱼了
它们说话在池中，在水下

泼刺，泼刺
在清晨，在梦里
泼刺一个动词的内核里
长着两个精灵
一个叫自由
一个叫任性

这是它们的语言
我知道

## 白果纷坠

雹的形式降临
坠落地面是幸福的
弹跳弹跳
一个个快乐的弹球
谁也没叫疼

接下来却落得无人问津
在这院子里
白果总是在喊
我是药
请带我回家

我沮丧地望着满地白果们

不知如何是好
仿佛自己和季节一起谋杀了他们
仿佛自己和人们一起抛弃了他们

我神色暗伤地悄声说
你不该承认自己是剂药
健康而浅薄的人类呀
谁会带药回家

风起处
金箔翻卷
白果树还在鼓励成熟的子女
跳崖

我好想哭

## 天鹅绒布

天鹅落湖
绒布柔软站立
如墙似壁
拉开或者关闭
都是不庸常的生活

语言和呻吟，歌声
背叛和忠诚，阴谋

都流淌在天鹅绒布的正负两面

褶皱的厚绒沟壑里
保存和繁衍着
“一匹马，一匹马
我愿用我的整个王国
换一匹马”
还有的就是
“生存还是毁灭
这是个问题”
追问从那里释放出来
一缕缕如烟迫近

光和声音
被天鹅驮走
鼓点和丝弦
被绒布裹紧
我的目光
坠落在绒毛里
不敢动作
静电使人战栗

## 独　白

我选择墙交为净友
要和墙说点真话

其实是想告诉我自己

我的目光比我的心
累
我的脚步被山水和花香
诱惑得四处游走
走着
我遗失正义
走着
我丢掉真诚
走着
我的良心患病

我变得面目可憎

选择墙
是我需要它的
加持
选择墙
我树立一面心镜

## 台　阶

牙齿咬着牙齿
牙床
咀嚼着足音

一路走上去
一路走下来
都该小心翼翼

走路不看景
看景不走路
谁在悄声提醒
谁在听这提醒
总会时时传来
马失前蹄的轰然倒地的声响

被台阶咬了一下
我揉着青肿处
自慰
还好，还好
没骨折没流血

台阶
从来都是这样
被一个戒
一个忌
铺就

以上诗文作于2017年9月至10月

# 崔国发的诗(5首)

崔国发，1964年生，现居铜陵。

## 空 地

似乎已经注定　一块空地
在这个秋天里一贫如洗
无人访问的荒野，只有虫子在寻找
几颗残存的谷粒

仿佛泄欲之后的宁静
它疲倦地睡了
但我却无从知道
一片庄稼在受孕时期如何挣扎
那时的金穗　闪烁其词
悄悄地，她说出枝头早熟的秘密

现在　仅仅是一块空地
一块粗糙的空地

在寂寞的深处　只留下
白露和薄霜的痕迹

一茬一茬：镰刀被霜风磨过之后
已经告一段落
这时我的弟弟也从那一片空地归来
“秋天过后：大地变得虚无”
这时他对我说：空地上的事情
“该发生的都已经发生”

侧耳倾听　还是那只茫然的蟋蟀
尖厉地叫着，仿佛一种很熟悉的乡音
在空地上回响　这时田埂上的草叶
渐入一种原初的本色

2003 年 1 月

## 石　头

它出现在我家土墙边
已经很多年了
也不知道从前的谁
把它从山中运到了这里
在乡下，这样的石头遍地都是
却没有人注意到，它的
冷凝与孤独

几乎浓缩了太阳的温暖

看上去不美，甚至于粗俗
有棱有角
它沉默的重量无可改变
已经数不清多少回了
我在它的身上端坐
或者站起来，拿过锤子敲打
几乎每一次，我看到火星迸射
它的身骨俱焚
内心蕴含的巨大的热情

星星不小心从天上掉下来
也许就成了石头
石头有时被激怒出火花
掉在地上
也许就是晶莹的眼泪

2004 年 3 月

## 清　空

我清空了十万兆垃圾，在电脑回收站里
枯叶、杂草、落花、野艾
已不复存在
拂尘拭埃：世界在我的心里

是一个明镜台
清空邪念　空空如也
原本就是空手而来
六根清净
我以慈悲为怀。而渐修的法门——
只是在等待
一种自由自在地开阖
很多年了，我在心里不断想到的菩提
它的慧根犹在
清空闲远，去留无迹
我的心，在神通广大中
已无所挂碍

2016年6月

## 吊　瓶

一针见血之后，药液
便开始在静脉里，慢慢地渗透
一定有某种不能说出的痛
一根凛冽的针头
选择以渐进的方式
与病毒搏斗
点点滴滴，对准深处的病灶
它一直都是这样无声地注入：
只是你还没感觉到，一滴药液的行走

与血脉相融，化合
正本清源是必须的
醍醐灌顶的寂静，从细小的针孔
慢慢地滴落
祛邪扶正：一根输液管
柔软地说出　我大致的症结
它知道问题出在哪里
注射　新的活力
要多久，才能强壮自己健全的骨骼？

2017 年 3

## 充电器

给手机充电时
我想到了空乏的自己
只剩下一具虚无的躯壳
已经感觉到了
天地的暗淡、惘然与悲戚
曾经蓄积的能源　也一次次地被掏空
停电，黑了的屏
我打开了，迟暮中的身体——
没有星与月光　没有燔火与流萤，
也无风驰与电掣的原动力
攻城略地　我没有暴烈生猛的武库
时光　贪婪地取走了

我周身的骨髓、血脉与幻梦
还抽干了我抱元守一的底气
看见了自己的空
补短板，需要一只充电器
在更深的层面上　为精疲力竭的我
默默地提供正能量
引入或输出——
它都不停地闪烁着　一种电压及电流
与我的内心息息相通
于丰富、渊博与厚重的精神连线上
完成灵魂的对接
一颗充电的心　虽有足够的隐秘与玄机
却并不讳莫如深
它总是使用真诚的热线与你联系
让爱和幸福相与伴随
生生不息

2017 年 6 月

# 吴笛的诗(6首)

吴笛，1979年开始发表诗歌，著有诗集《吹箫人》《一生的幸福》，散文集《扬子江畔》。

## 集体照

这就是历史的本来面目？
一声茄子
一道闪光
空间让时间微妙地发酵
集体有意识
个人无意志
前排坐领导
两边低　中间高
背景要选好
不仅来自摄像师的吆喝
更是我们自身的配合
一瞬间
构成了时代的切片
我们的荣耀

我们清一色的笑

孩子　你看出了笑脸
背后什么样的病兆?

2010 年 7 月

## 菊　花

差不多收拾了所有的花朵
一阵比一阵得意
那渐癫渐狂的冷
无影无形　四面八方的袭击
仿佛连太阳也退避三舍

向日葵已经被砍头了
但我
此刻必须站出来
笑得坦荡
绽放自由　独立

苍茫大地
我得自己成为自己的太阳
燃烧美　一个个小小花圈
洁白　金黄　绚烂

西风——
我替我已预设了英雄的葬礼

2012年10

## 我埋葬了我

怎么闪烁星空也没有迷乱！
我以往上爬的姿势埋葬了我
以媚笑的惯性　以大隐中隐小隐的石块
埋葬我
丛丛叠叠的钞票
反反复复的房子
来来去去的车子
情人二奶小三
开口就是破绽
眨眼就是黑洞
黑黑白白白白黑黑的日子
埋我
葬我
所谓别人认定的幸福生活
我给谁吃饭
我唱谁的歌
谁在笑我　哭我
时代不二　不知不觉
草草地

我就这样埋葬了我

2012 年 10 月

## 我只痛苦

我很惋惜
他们那么明亮地盯着我
却是瞎子

但我不在乎
一公里外落下的银币敲起竖尖的耳朵
却听不见我泣血的呼喊
那些聋子

真的不在乎
围观大白天下的我
一百张嘴　竟
全是哑巴

我只痛苦
这些难兄难弟
是什么
令他们成了如此健全的
残废

2013 年 5 月

## 幸福可以流泪

人　不能靠墓碑照亮自己
坟冢之外
幸福可以流泪
通向天堂的路就在人间
不可能是漂浮状态
所谓飞升
世人应懂　那就是
将怀中的面包
一颗温暖的心
掰开
一片一片地分享众人
如同圣诞老人的糖果
甜美了雨雪中的孩子们

2017 年 10

# 江文波的诗（4首）

江文波，安徽枞阳人，现居合肥。20世纪80年代活跃的大学生诗人，著有《江文波文集》等。

## 渴望写诗

抓一把汉字，撒到街心
一落地，就成为形形色色的面孔
熙攘的潮水，泡沫丛生

一生读书，读得一身疼痛
却发现所有的汉字，失去童贞
就像在这个城市，你蹲守越久
越觉陌生，在流动的脸上
找不到熟悉的乡村

站在城市上空，徘徊的思想
不知从何处起跳
才能使我的落点，接近初衷

渴望写诗，让灵魂深处的鲜花
开满大街小巷的田垄
但泛滥的语言，不见最初的湿润
找不到一场情真意切的春雨
让生命的风景，再度立春

沉静无语，是我最后的真诚

2011 年 10 月 6

## 与狼共舞

这不是传说，现实杂草丛生
风再大，也看不见那片祖先的牛羊

只有狼，越来越多，离我很近
阳光从左边飘落下来
它就在右边，准备残忍

是谁，关闭了逃生之门
熟悉的村庄，在我灵魂里哭泣
再多的泪水
也不能让一只狼，学会感动

狼声四起，要集结所有的野蛮
掠食，我生命里的阳光

将我扔进黑暗，血肉模糊
许多似曾相识的白骨
孤独地开放，不愿瞑目的花朵

我不能放弃反抗，接受死亡
我要找到一种千古传诵的姿势
坚韧地活着
写一首唐诗，与狼共舞

每滴血液，都来自神的伤口
我要自编一支带剑的舞蹈
与狼，同归于尽
最后的盛典，火焰呼啸
大地，喊出自己的疼痛

后来人，你要洗净双手
捧着我的诗歌，为来年的春天
点一盏路灯

2012 年 6 月 26 日

## 黑色闪电

总有那样的夜晚，一道闪电
披着黑色风衣，从浩渺的天空
飞檐走壁，一跃而过

黑色闪电，曾在十二星座匆匆落脚
溅飞的星雨，写出一部天书
不知从何处翻开，神秘莫测

是雷，是雨，大片流云的影子
在山巅行走，心事重重
就像那崖顶的石头，摇摇欲坠

坐在没有文字的青石上
人们抬头观天，预测大运
闪电，总让人战栗前世今生

他们花去很多农闲的日子
在天地间，打捞闪电的声音
蓦然摊开双手，却十指空空

我在心灵上方，点亮路灯
不让黑暗接近自己的眼睛
光明不用寻找，她就是我的灵魂

命运的瓶子，装满清亮的泉水
浇灌土地，春种秋实
我用一句朴素的话语，说完一生

我总在阳光的树下，灿烂写诗
黑色闪电，成为意外的象征

字里行间，庄稼繁茂，天朗气清

2011年8月23日

## 家　疑

这个傍晚，没什么不同
电工，常见的那种
以查线路为名
背着一团黑暗，敲开我的大门
他把每间房的灯
开了，又灭了；灭了又开
昏暗的明灭中，电工
突然不见了踪影
也不见他从大门出去
能藏到哪儿呢
我和妻子都惊恐地寻找
出了几身冷汗
从那以后，我家一直好像
藏着一个人
企图作案

2016年5月6日

# 凌代坤的诗(4首)

凌代坤，笔名凌川，安徽铜陵人。著有诗集《世纪之旅》《南方
系》，散文集《在远方》，童话集《南瓜城堡》《花栗鼠和小野猪》等

## 造　像

我要为新落成的
矿山俱乐部造像
它是我们自己的俱乐部呵
那弧形的线条
像一个巨大的弧形的波浪

我用一个业余雕塑家的
目光在欣赏
喷泉向天空表述激情的方式
玉兰花灯洁白心灵的芳香
——明朗的和弦中怎样
淌出一个优美的思想

广场上

一个匆匆而过的矿工
启发了我的想象
他那顶涂着油漆的矿帽
像一个不落的太阳

1982年10月

## 海的女儿

你顶着一片荷叶
走进了我的夏天
走进了一个见到女孩子
就爱脸红的
山蛮子的童年

院子里的莺尾花已不再飞动
你头上的蝴蝶结风一般地旋转
穿过牛的眼睛
穿过山塘宁静的视线——
我禁不住伸出手去
两条彩色的小河,
从你的辫梢霎时流进我的指间——
呵,你这从长江的尽头
走来的海的女儿呀

你说牛劳草也是大海

我把蚂蚁轻轻地赶上了海岸
你说星星是渔火
我把山谷设想成静静的港湾
你说我的汗衫是涨满风的风帆
我恨不得当夜就带着你出发——
再插上一朵金英子花
把山一般结实的缆桩砍断

你在未成熟的枫叶上，
写下了我的名字、你的名字
写下黑葡萄似的眼睛里
深藏着的语言
我相信了你
相信外面的世界
一定像你的嘴唇般甜润、新鲜

一个永远美好的夏天
被你爸爸装在黑提包里拎走了
但我的心，已不是麻木的石板
不知你是否还记得村后
那个能走到地球那边的山洞
美丽的传说，像火焰
像你一摇一摇的蝴蝶结
缓缓地推动着我的思念……

1984 年 4

## 无名溪

没有人知道你的名字
你像一位深闺少女
含情脉脉地向黄昏走去
没有开始，也没有结局

你把一节一节的炊烟洗蓝了
晾在窄窄的屋脊上
你把春米的歌声捻熟了
播撒在成熟的月夜里

没有过大声喧闹的时候
即使在桃花水最盛的季节
也是很有节奏地酿出
满窖清纯的啤酒

戴上荆冠也是美丽的
当你用歌唱的长笛切开石壁
野蔷薇在你的头顶
诵出无数美好的祝福

淙淙地洗净了汗津津的日子
梳理了山雨纷乱的思绪
你领着正午的浓荫
走进了山村清凉的小憩

我从雄浑的长江走来
才知道奔腾的生命里
也有你蓝色的血滴
你该是不老的江南
一段不老的故事
夜夜翻新着诗的主题

1985 年 3

## 拒绝之门

过去，我们在河流中航行
没有想到门的问题
鹰，不屑一顾地掠过头顶
在远方告诉我们
一只黑色门环的叩动
太阳一场又一场地把金色之指
敲在黑色的钢琴上
一切都向她洞开，
包括我们这些年轻怒放的心
斟满了她甘美醇冽的酒浆
水手的苦难就在于长久地漂泊
异邦城市像一个圆形之门
做一次简单的圆周运行之后
那么轻松地关闭记忆

如我们自己仓里的水被无情地舀出
我们也曾做过石匠
拼命地敲打岩石，却不知道
这种演奏方式的贝多芬价值
门的问题的提出
是我在听见一阵清脆的竹制手杖
敲击楼梯的声音时，我想
迎接这位盲者的将是一扇
拒绝之门

1988 年 2 月

# 王汉英的诗(3首)

王汉英，女，笔名木棉树下，居小城枞阳，以创作诗歌、散为主。

## 一滴雨

一滴雨落下来
很快消失了
一滴雨有勇气
再落一次

它那么透明，真实，栩栩如生
总是能够抵达任何地方

无限里，有无限的事物
无限里，有我们无法抵达的一滴雨

2017

## 沿着月光走过去

不过是心里的冰凌被打碎
不过是浩荡的人世，在黑暗中弥散
不过是一个词
一场梦。
不过是泥泞的旧雨，寂寞的繁星

不过是沿着月光走过去又折回来，不过是，
在一张白纸上写上

“我曾经那样努力的接近过幸福，几乎是真实的”

2017 年

## 往　昔

她发呆时
她笑起来的样子
甚是想念
她小小的叹息，针尖般的痛

值得安慰的是
它们现在还属于我

2017 年

# 黄山

芜湖
安庆
宣城
马鞍山
铜陵
池州

# 郑小光的诗(10首)

郑小光，1961年生于安徽歙县，长于屯溪。自编个人作品集《诗歌52首》《烂诗集》《阴天和晴天》。

## 半山寺

你为何选择了这块地方?
看不清山顶
看不见山脚下
你只能领受一片云
所带给你的神的启示
却不曾忘记过那尘世的隐隐呼唤

那是人们不幸失落在这里的故事
你曾向往人间烟火
使它增添一份忧伤
当木鱼声也老了的时候
你不再木然地坐在这里
或升上山顶
或落入蒙蒙尘世

只是如今再没有一个少女
在你的壁上刻下一行
难懂的诗
使你为失去她感到惋惜
使你因为你的迟疑而痛恨万分
当你再来寻找的时候
少女早已失去
只留给你独自的忧郁

因而，你要承受两种忏悔
在圣火和少女面前
你都是罪人

1984

## 树叶和你的生日

硕大无朋，黑色散发迷雾的金环
没有人能走进去并手执一片树叶
甚至于拉响远古的预言也只能享受片刻的
电闪雷鸣
你在做什么，这时
你可以走到雨中来夜中来吗
你可以像我这样浑身没有一处
不摇响树叶吗

夜　温　柔
是因为我的缘故
夜　愤　怒
只有一个寓言
十三片周口店的哀声转身就走
你在做什么
是谁给了你这片启示箴言的树叶?!

雨季遥远
如今散发硕大的霉味
风一样的衣襟
如今撕碎千年古谕
你走进大森林

你去做什么?

丑女人如今开始向你这边涉水

你去做什么?

你自己愤怒的藤蔓已经不能控制
那硕大的脚印伸向你的道路
何不踩响它
诞生一代强人……

1986 年

## 佛手佛心

一只垂放在膝上的手一只
枯干的手轻轻抬起
身前的浩然江水
空中游动的群鸟
你，睁开眼睛，你
站起身走入水中
用宽阔的手划开水波

一只受难的手在空中
它告诉我们不要再走动
不要放任自由
它指令我们走入石洞
去感受潮湿的香火
游进石缝，游进树林
游出安宁的青峰
也许不要再说了只要
轻轻抬起你的手
也许有万道光芒出现
在无边无际的天空
一只手，一只手的故事
一个人的故事，一个人
怎样变成了不动的水波

1987

## 青砖长袍

我潜入一块青砖
如果有可能
我就安静地在墙角待着不动

如果有阳光的一天
我就收起青绿的羽毛开始打盹

我知道我也会在下雨的天气里
开始发霉

我潜入一面墙的中间
这墙的颜色就因我的到来而加深

那时我坐在门口的石凳上
阳光下的一切都显得比较平淡

风曾经在一个地方
做着我的画像

2005 年

## 垃圾桶之一

垃圾桶的分泌物是蛆
它的气味让人伤感

它让人躲开它
有意无意
刻下的一块印痕
它装满
崭新的智慧
在深夜的某些时刻
发出摇晃、扭曲的巨响
转移到另一个地方

它被挂上锁的时候
它的秘密就不被公开

它的存在很古老
它也需要像苍蝇一样
疯狂地飞舞

垃圾桶，被隐藏在城市中的力量
有朝一日它也会
向着城市的大街小巷
突然释放

2006 年

## 垃圾桶之二

上了漆的铁桶
移动到一边
它声音洪亮
但又沉闷
它撞向白墙的速度
追赶死亡

生了锈的铁桶
从天而降
它呼啸的痕迹
炙热而深刻
它静静地溃烂
静静地溃烂

2006 年

## 垃圾桶的儿子

垃圾桶的儿子
坐在路边已经很久
他唱出的童谣
没有谁听见

也没有人看见
他手中的玩具
他的玩具是一张纸片
那上面的文字
已被雨水濡湿

他穿过马路走远
并在早晨回来
他手里的破鼓
敲出低沉的声响

那时他已长大
他已不再需要
那些玩具，那些纸片
那些模糊的文字

但他唱出的童谣
依然嘹亮
他看着人们的眼神
还是那么幽暗

2006

## 等船的人

这是没有见过的太阳

没有见过的大船
和小船
也没有见过它们
何时会在我的眼前靠岸

我不过是无意来到这岛上
我无聊时就想到
我是否应该就此等待

天红得像血蓝得像血
我在这孤岛上
搭一个小帐篷
等一只船在我梦中
飘然驶去

我不过是无意来到这岛上
我无聊时就想到
我是否有过一次
这样的经历
我是否乘过一艘大船
在你跟前靠岸

2006年

## 思　想

一

鱼会死去
死鱼会游动
活鱼会停下

鱼会爬上岸
大树在一个时间倒下

这时候你可以看
你可以不懂
这时候

鱼会慢慢变咸

二

鱼会窒息
鱼会上岸

蜻蜓会坠落
蜻蜓会满身泡沫

蜻蜓和鱼

会同时浮出水面

2006 年

## 咸鱼故事

一

咸鱼游动
从一根竹竿
到另一根竹竿

咸鱼游动
时间被剁成创伤

它的刺
很硬
它的爱情
也曾柔软

咸鱼不愿游出
你的手掌

二

那天你拎着咸鱼

敲开家门
发现
两条咸鱼
已经喝醉

你坐下
咸鱼在桌上
充满了
对你的疑问

那天你只好在
它们中间
呼呼大睡

三

这是我们相同的手
手上的气味

这是我们喝过的酒
酒里的眼泪
和不同的气质

这是我们相同的身体
被冬日的太阳晒干
变硬

四

咸鱼
有很浓的味道
我们蜂拥而至

我们
消灭一个肉体
干瘪的肉体
我们去夜里游荡
翻垃圾箱

我们挂在
自己的走廊
我们的味道
向更多地方扩散
狠狠扩散!

五

鸟在天上死去
鱼在水里死去
在水里
渐渐变成鱼干

晒亮的沙砾

装进那只陶碗
陶碗中装着
一张渐渐僵硬的渔网

水　开始腐烂
并向更远的天边扩散

六

咸鱼的成分里
有陌生的味道
我不知道

我何时穿过
梧桐树的街道
我也不知道

我不知道咸鱼故事里
被添加了
什么味道

看起来有些神秘
有些古怪
有些不能适应

看起来是一块咸鱼

被做成了

五份色拉

2006年

# 王妃的诗(12首)

王妃，1972年生，安徽桐城人，现居黄山。曾获第二届上官军诗歌奖未名诗人奖、首届太仓“七夕杯”全国爱情诗歌大奖赛一等等奖项。著有诗集《风吹香》、爱情诗选集《我们不说爱已经很了》。

## 那个贴喜字的女人

临街的玻璃门前，我看见
那个贴喜字的女人，她低着头
在涂抹浆糊。快过午了
阳光射向玻璃，喜字抖动着
她的左脸上开始泛出一点红晕

红红的喜字，大大的喜字
紧贴着玻璃，立起来了。
一阵风吹过来，喜字
像调皮的孩子，翘起了胳膊腿儿
那个贴喜字的女人，伸开十指
扑上去，将喜字死死摁住

像是要捂住破损
溢出来的浆糊，缓缓流向低处

而此时，在大街上
一辆汽车刚好撞翻了垃圾桶
两个卖水果的男人正忙着吵架
那个贴喜字的女人
始终没有转身

2010年1月

## 嗨，那个写诗的人

我的马灯还亮着。
那个写诗的人，坐在黑暗里
他惧光，畏寒，有点口吃；
喜欢抽烟，好酒，偶尔还想想女人
是的。对于女人，他要的
越来越多，爱的却越来越少，
除了母亲。他提着一口气，
只为了捂住心口的一个苹果
这只受挤压、早已溃烂干瘪的
苹果，仅剩下了一缕蓝烟
他一直捂着。捂住
她的甜，她的红，她的圆。
这么些年了，他停不下来

为了喂养诗歌情人孩子老婆朋友和敌人
他总是不断地，从身体里抽取
火焰、雨水、食盐和沙粒
直至空空荡荡，把自己安放在黑暗里
抽烟，好酒，偶尔想想女人。因为
他惧光，畏寒，还有点口吃

嗨，那个写诗的人，
你还在黑暗里坐着吗？
我拧灭了马灯。

2010 年 2 月

## 我们不说爱已经很久了

省略姓氏。有时也会省略名字
直接说嗳或者嗯

争吵，或者不理不睬，但不影响在餐桌边
围坐、就餐、叮嘱孩子

在拧灭台灯之前，把明天再次认真算计一遍
最后，用呵欠的尾气拖出一个长音——
“睡吧”。
省略“晚安”，省略所有的肌肤相亲。
若是寒夜，就在各自的被窝里想念

空调、电热毯、暖手宝、热水袋……
这些能散发热气的名词，会让冰凉的被窝和身体
慢慢暖起来

2011年9月

## 好时光是用来浪费的

好日子就是这样：有大把大把的时光
在不知不觉中被浪费——
譬如那池中开着的睡莲，我说着说着
它就睡了；譬如这季节，我一转身
一滴寒露附着在一片落叶上
在我窗前，轻轻滑下

好时光就是这样用来浪费的
譬如这个下午，有人独自
焚香、品茶、抚琴、读书
而我什么都不想，和婆婆对坐在阳台上
拽着她细碎的话把子，把新收的花生
一粒一粒，小心地剥出来

2012年7月

## 青草汁

走在小区的绿地里
青草刚被修剪过
被斩断的头颅里冒出新鲜的汁液：
绿色的，有点苦，有点香

多想像草一样，在春天复活
任由割草机碾过。新生的我
不再是冬天以前
——你见过的样子

我想拥有一颗被斩断的头颅
失血，风干，只留下空洞
而我的身体，可以轻盈绕过被修剪的青草
绕过你……

四十岁怀旧是不是太早了？
每一个日子，都像今天这样
我想尽办法，却总在忘记你的同时
又重新想起你——

就像我绕过了坟场
却绕不过死亡

2013 年 3 月

## 梦

我在梦中写诗，送给我爱的人
我给诗取名为：蜜蜂。
我不写它的勤劳、它的翅膀、它的刺，
我只想写到深入——
“只有深入，它才能探知
花的真味”；
“也只有深入，这朵花才会决定
如何给予”。

2014年8月

## 望

我们趴在窗口
身体贴着身体
像两个正在热恋的人
我们趴在窗口朝外看
身体紧紧贴着身体
仿佛一个已经进入另一个
变成了一个人
就这样，在无边的黑夜里
我们趴在窗口
什么都看不见

但满心欢喜
像两个无知的孩童
身体贴着身体

2015 年 2

## 锁

新房装修后，她坚持把锁换了
店主说：这款是市场上最安全的

她和他每天出门都很小心
锁上门，还不忘推两下

其实，家里也没什么值钱的
确定门锁着，她心里才踏实

开门。锁门。她和他的钥匙
在同一个锁眼里拧来拧去

我去拜访她时，门是虚掩着的
她反复说：他爱上别人了
他带走了我的钥匙……

2015 年 11

## 我想你了

要怪就怪节令和天气。

如果不是立春就不会下雨
如果不是下雨就不会发呆

我想你了
这顿饭吃得毫无滋味
米粒不如水滴
青菜不如雨花

看，一棵树正在被雨拥抱
而我端着空空的碗

空是永远填不满的坟

2017 年 2 月

## 落　日

那火舌深深探进江水里
她有多疲惫，江水就有多凉
她有多留恋，江水就有多温暖

她挣扎了很久
试探着，卷起风和云
隐身，又露面
在明亮的深处藏住阴霾

和不舍。在人间
落英奉献了飘摇，虎啸奉献了谷风
唯有人的冷漠和麻木会修炼
到极致——

她体内最后一根游丝
被抽出，引燃
狂欢的篝火在肌肤上吱吱焚烧

2017年2

## 情义之诗

我们有多久没有好好说一句话了

做饭的间隙，我拿着筷子
想插进自己的心里，再搅出蛋花

把小葱豆腐摆放在一起
就是一清二白吗？
得加入盐少许、香油几滴

等火候，等煎熬和翻滚

我们有多久没有好好说一句话了
不说也罢，我的双唇早已长满野草

——这座废弃已久的房子
谢谢你能来。我们只享用好味道
我们不谈坍塌或维修的事

2017年2月

## 别站在镜头里

母亲在门前菜地里拔草
柴门敞开着，铜环油亮
对联依然喜人
桃花和梨花开得正艳
黑狗豹子在太阳地里睡觉
花瓣无声，落在它小小背脊上

不远处，父亲着青色的旧衣
荷锄从田野的深处走来
麦苗像绿地毯，油菜花金黄
蜂群喧嚷，横冲直撞
父亲偏头躲闪，他咳嗽了几声

豹子那黑色的闪电，多美
母亲抬袖蹭汗的动作，多美
柴门老而弥坚，铜环油亮
父亲站在树下抽烟
桃花和梨花有开有落，多美……

2017 年 4

# 一度的诗(8首)

一度，原名王龙文，1980年生于安徽桐城。出版诗集3部，2012年获《人民文学》举办的全国诗歌征文二等奖，2013年获《文学报》和《诗歌月刊》举办的华文诗歌比赛全国一等奖。

## 致自己

河流边，遇见昨天的自己：
对鱼篓保持戒心
对寺院里叩头的塑像
心存不善。

钟塔之于群山，是叠加之后
的空泛。中年的凶险
似猛虎出笼，“昨天，雨后
一棵树枝垂在了湖面”

我垂于她的词。这么多年
墙角的一颗钉子
始终和垂死的壁虎对峙

“如果死亡，能够养育
母亲的病骨，我随时愿意”

我终于垂下厌世者的铁塔
而我手心里的重物
也在卸除。“正如一切酗睡的人
在指尖慢慢苏醒”

2014 年 7

## 母亲集

她总是听见夜晚凿墙之声
像刻碑师，凿开她颅内
的一面墙。她的偏头疼再也
装不下太多的往事了

被摁倒的猛虎，一旦冲出
笼外，溃败自是
从内到外。她的偏头疼
养活了猛虎，却养不活
榻上的病骨

曾经，她也是易发怒的猛虎
如今是躺倒的病虎
她曾踩在脚下的铁塔

仍然挺直。她曾跨越的山川
仍旧青葱

她还是我的猛虎，还敲打着
我内心的戒律
还是在一日三餐里，让我交还
昨日的脸。

2015年6月

## 傍　晚

江边的码头，回归安宁
这卸下嘈杂的傍晚
有着露珠一样的明亮

远方山水离去的悲伤中
灯盏里端坐的母亲
如此安详，照亮空过的镜子

2016年6月

## 丰　溪

从流水中听剥茧声，听丝竹声

听过往的反复纠缠
微风里，听久病的小外公
他的预见。即将消逝的生命之声

听自己崩溃掉，烂在湿地的
滩涂。再也不会因为
一块瓦片，坐在灰蒙蒙的石桥上
哭，看灰蒙蒙的邻人
如何走远，吞下烟囱上的落日？

听笔直的乡间小径，没入荒凉
在房顶，那些不肯睡去的人
抱着久散不尽的薪火，听丰溪一路奔腾

2016年6月

## 在林语堂[①]

蜂箱里住着的，是另一种夏天？
是被局限的，被密封的时间？

是晚安中的林语堂。母亲在餐桌前
洗净了手。旧的一天又将过去
而父亲的死，每一天都是新的

①住宅小区名，位于安庆市东门。

花园里游荡，新的植物又追着我
索要名字。我知道，抓住你
就是抓住我的灵魂
就是让我在摇摆中度过余生

林语堂的日落里，如何才能保持
内心的不败？如何才能窥见
这暴风雨里的故人？杨柳般弯腰的母亲？

2016 年 6 月

## 望江漳湖镇的柿子树

所有的叶子提前离开
为什么，这些红
让我如此愉快地落泪？

我多想抱抱柿子里
住着的母亲
它们终究带着母亲一起
衰老，溃败

这些皮包的骨头呀
这些坚韧的石头呀
就这么残忍地
让我遇见，让我还能再哭一哭

2016 年 11 月

## 畏　高

我患上畏高的毛病
曾经，在高楼的落地窗前
我看见一个人
或是一只鸟，轻飘飘的
像大雪中的鹅毛
坠下去，我还清晰地看见
半空中抖落的毛发

半夜醒来。我怀疑的高楼
早就不在。我能听见她在梦里
轻声地说：疼
就像多少次，我疾步经过墓碑
那些从地底冒出来的
——钻心的疼

2016 年 11

## 凌　桥

夕阳静美，像我们渴望的
内心。如果风绷紧了
灌木间的距离，倒伏的稻子
尚未来得及收割

如果风绷紧了池面
野鸭荡漾，它们喂养不了
冬日的池塘

我们不能以身饲虎。不能以
肉身供养祖先的牌位
在王家祠堂，内心震颤久未开始

如果不是遮蔽的浮萍
就能看清投射湖面的夕阳
看清那些晚风中消失的面孔

2016 年 12 月

# 陈陵山的诗(7首)

陈陵山，1961年生，原太平县（今黄山区）人，20世纪80年代写诗，曾获《诗刊》《诗歌报》等多项诗歌创作奖。

## 朝觐者

我放牧着一群羊
请赐予我一片广袤的草地
也赐予我水、石头
和染着鸟鸣的翠绿树枝

带着宽阔的前额
我穿越草地和女人的歌舞

洁净的阳光啊
你照耀着跪地膝行的人们
柔软的草反射着
你温暖的光泽

我是一个虔诚的朝觐者

在夜色中茫然寻找
遥远的星光

我牵着女人的手
另一只手持着转经轮
为亲人祝福
为羊群祈祷

我看到一些普通的词汇
花一般在朝觐者的足迹绽放
远方的古钟敲响
我对着我的羊群大声读着那些词
——家园、心灵、爱和永恒

1989年10月

## 花　生

花生入睡，透过潮湿的泥土呼吸
簇拥的绿色训练我们，认识花生
小麦、土拨鼠，植物或非植物
或土中的部分。无须温习
关于花生的知识
如果我们开口，就会遇见九月
和拔花生的人。泥土脱落
深色的花生把水分散发在天空

入睡。外婆含笑走来
剥开又一个传说
撒进我们浅浅的呼吸

1990 年 3

## 一棵树或致朋友

他在水果内心逃亡
遗弃春天的瓷花瓶
大胆的夜色或静穆之美

手搭风尘他看见
金属中战栗的一棵树
炙热大鸟赤裸走过
它迷人的回光
雨露纷纷

光明的月份像一页空纸
钟声使树种撕裂
写意的鸟
泅开每一条大路

1990 年 6

## 麦　地

他已经感到麦地　存在
也许真实　他揉揉酸胀的眼
一颗浊泪溢出眼眶
丁当某只语言的杯盏

麦地！　他轻轻吸一口气　没有风
没有虫鸣　一种奇异的感觉逼近
把他罩进混响的大钟
无数麦粒的火花飞溅
他渐渐感到口渴　胸闷
向上伸出手臂

麦地啊！他真想大喊一声
麦——地——
我的麦地
他四肢紧绷　他与麦地
构成朝圣的角度和距离

麦地中心一阵风扇形展开
一只浓郁的蜻蜓　言语的蜻蜓
静翅起伏
他双目发亮　虚脱
心中的歌声似麦浪汹涌
麦地温暖　阳光金黄

麦地里他异样旷广
无法收拢

1990年7月

## 一个人的时候

一个人的时候
你会看见　鱼在水里舞蹈的姿势
是那么优美
那么
旁若无人

一个人的时候
你会听见　花在阳光下歌唱的声音
是那么动听
那么
随心所欲

一个人的时候
你会感到　鸟在梦里飞过的影子
是那么温暖
那么
风情万种

一个人的时候

你会发现　失去和得到的一切
是那么沉重
那么
微不足道

一个人的时候
其实并不多

1991年5月

## 一个人在水边观鱼

一个人在水边观鱼
鱼静止　鱼游动
鱼不断改变水的宽度和深度
我的影子印在鱼身上
和往常一样凉
接近鱼的体温

一只鹭鸶鸟也站在水边
它一会看鱼
一会看我
我能区别它不同的眼神
鱼能区别我和鹭鸶吗
其实我不必担心
鱼　鹭丝鸟　我

已经构成一个完整的世界

鱼是水中流浪的叶子
鱼和鸟一样没有根
水干涸它比叶子枯萎得更快
相爱的鱼只能相濡以沫
静候死亡或救赎
而相爱的人选择各自逃离灾难
继续艰难生存

一个人在水边观鱼
鱼在　人在　我在

2010年8月

## 在傍晚的时候写一封信

一个人在河边
坐在一块石头上
或鸟声的边缘　写信
给自己认识的一个人
或一个认识自己的人
或者就写给身边的河流
以及上游的故乡

夜色降临

你触摸着文字的骨骼
和岁月打磨的灵魂
继续写下去
星光从纸上升起
渐渐浮现信的本来意义

当月色漂白文字
一切静止
河流的声音穿过
镂空的句号
返回秋天的故乡

2010年9月

# 程潇的诗(5首)

程潇，笔名黑多，1995年生于安徽黄山黟县。曾获第七届中国园诗歌“双十佳”诗歌奖十佳诗人奖，《诗歌月刊》“校园杯”全国诗大赛二等奖。著有诗集《枯树的时针》。

## 一枚松塔

在这支行进的队伍中
谁将最后抵达，我们一无所知
当我们谈及既往的生活，那只
麋鹿会选择何时纵身越过窗外的山岗

暮色中，我们一同向山林的腹地缓缓
移动脚步和目光，肉身小心地识别着
腥湿的泥土

我们在林中沉睡又在林中醒来
感谢谁呢？让我们得以看见远处
一枚松塔闪着自足的光芒

一枚上帝的松塔曾替代落日的法则
一枚深褐色的松塔在夜半的梦中游动
有时，如沉闷的滚雷
它突然滚向微绿的坡间草地——
那块在诗神的抚摸下，若隐若现的胸膛。

2014 年

## 秋　千

坐在秋千上的小女孩，水灵灵的
她的妈妈把她荡得很高
高得，与对面合欢树顶开的红花
似乎只差一指的距离
妈妈呀，最初你把她荡出肚皮
荡出肉体
现在又将她荡出尘世
荡出躁动的夏季

多年前，我也是这样一个小孩
现在，我的身体里住着这样
一个母亲

2014 年

## 我不敢轻易谈及自己的身体

描述这个暮秋，我关心的白蜡树
灰褐色的小枝在门前低垂
浅沟纵裂有绿撤退的痕迹
每天的日子躲在每天必经的路旁
每天的日子躲着久了就啜饮雨前沙沙的响声
它们心底无名的波动
在虚空的遮掩下紧随暮秋往深处走

我散养的四肢纤细，绒毛都秉持信念
向着暮秋的方向递去大片的梧桐
白蜡叶打开门前的小气候
向正翻阅着我的生活寄予青黄参半的信笺

几个月后，会出现一个融化残雪的普通早晨
会有本质突兀的枝桠断然一跃而出
那时我不敢再轻易谈及
那将要成为我身体某块局部的东西
那块局部的东西，我虽亲身发现却仍百般犹疑

2015 年

## 饮马而归

光照耀我们行进的旅程

我和我的马，通体透明
一粒尘灰试图知晓
隐退在群峰间的地平线
带来了夜的言语
嗒铛、嗒铛，我的短靴和马镫亲吻
这难以形容的声音
我的马始终静默，一生被月光养活
脊背冒着磷火
面对天空，斗然而生孤独和敬畏
洞穿黑暗的星光比春天的炫耀
光彩
善念到了极致就会噙着泪水出来
我的马有软的眼睛
我的马牙齿洁白
我的马始终静默，一生被月光养活

2015 年

## 湿　脸

在傍晚的拐角处
我时常遇见的那些湿脸
正渐渐被秋风吹干
那些被汗水浸透的湿脸

属于一些逝去的人。雨天

有时候，人与花朵拥有相同的宿命
和祖父谈话，想起他们的模样
清晰得就像，这偶然摆放在
眼前，又偶然盛开的马蹄莲

如今，每到清明
当我独自面对荒山，低头除草
他们在天上哭，泪水就会化作雨水
落下来，落在
我的脸上

2015

# 项丽敏的诗(5首)

项丽敏，70后，居于皖南太平湖畔，写有散文、诗歌、童话，著有《临湖》《美好的事物那么寂静》《器物里的旧光阴》等。

## 风之樱

她们在风里飞着
我说不出来她们的美
她们飞在我眼前
飞在头顶
一小片瓦蓝的天空

她们飞得轻柔又迅急
用力，将自己掷起
瞬间消失……
我不知道她们的去处
(这短暂的飞翔
是一个秘密)

我也说不出她们的美

像一个谎言，一场幻觉
乘着时光之车
我从很远的地方来到这里
似乎就为
看这一场落花情景

2013 年

## 山　中

山中就是这样
不闻车马
只有古老的流水
蝉歌与鸟鸣

紫花满径
无须知道它们的名字
树影婆娑
我们的影子也在其间

石阶上坐青苔
林子里躲松鼠
小蘑菇戴着雪白的贝雷帽
落叶间散步

——那么天真

多像最初遇见的你
还没有爱过
没有在大雨中哭泣过的你

2014年

## 爱不见的森林

这么多年
她从没见过那只鹁鸪鸟
只听见它的声音
如远古之钟，召唤
久违的自己

它的声音响起时天就亮了
随后是阳光
有时是早春寂寞的雨水

在声音里她睁开眼睛
又迅速闭上，看见
窗外有蓝天
蓝天下一片湿漉漉的旷野

旷野尽头
是狐狸和野兔出没的森林

2015年

## 余　生

去走更多的路，去爬更多的山
去更寂静的湖边漫步
像一条鱼
尾巴毫无顾忌地击打水面

去认识更多的野花野草，还有昆虫
记住它们的气味，叫出它们的名字
去和它们做朋友
甚至相爱
把它们当作孩子，并成为它们的孩子

路上遇见的人，即使喜欢也不必认识了
不用担心错失什么
但是每一天的清晨和黄昏，不要辜负
不要怠慢

日出时说“你好”，日落时说“晚安”

2016 年

## 荻　花

已是重阳，荻花又开了

波浪在风里泛起，银白一片

我跨过溪流
奔跑着来到它们身边
像孩子，回到久别的家园

多好啊，让凉风吹着荻花
也吹着我——把我们吹乱
分不出彼此的样子

多好啊，在这么多的荻花中间
头上的白发不用隐藏
心里的悲伤不用隐藏

2016 年

# 叶丹的诗(6首)

叶丹，1985年生于安徽歙县，现居合肥。

## 秋日返乡的养蜂人研究

养蜂人返乡，带来了北方的秘密纵队。
永恒的宇宙之手撕开秋天的封条，
它以院中柿叶枯卷的姿势进入他的呼吸，
“风在语言中习艺，矫正了我的口形。”
枝头的灯笼柿还剩几只，像是他的妻子
给白头黑鹎的找零，所有漆黑的枝条
因为没有果实的负累而大幅扬起。
“太多的落叶，太少的泥将它们埋葬。”

燕子留下冰冷的巢，它加入了永恒的
迁徙。“连方向也和你的大体一致。”
这残缺的风景有点陌生，妻子告诉他，
那整枝的绿色曾使院墙的伤口愈合，
“树冠如雷达，捕获了经过的光芒。”

此刻，她在厨房内制云，炊烟释放了她
堆积的欲望，她的内心一度被焚，
炊烟中未燃尽的黑便是她的灰烬。

它上升，与白云互逐，进入星星的领地。
“树叶坠落，而炊烟却能上升，仿佛
宇宙之中安装了一个无形的跷跷板。”
“其实，落叶和炊烟都是时间的食物。”
他推开院门，看望那些理想的援兵，
他的蜂箱落在黑暗的山梁和贫瘠的
田野之间，枫树之下。空旷的田野，
像是横卧的深渊，又像父亲留下的残局。

绝育的，不再发情的田野，如琴键般
赤裸，那些被遗漏的稻穗倒伏着，
它们曾经因秋风的弹奏而饱满、发黄，
它们腔中的悲凉依然挺立，它们
还将在挺立中洗净历史细节中的淤泥。
这更残破的风景，他不愿再多看一眼，
转过身，合上院门，他看见所有枯卷的
柿叶正借助历史的浮力重返枝头。

2013 年 6 月

## 歙纪，寄傅岩[①]

明末的新安四塞，携带坏消息的云朵
因为内心的沉重，而无法越过重山。
帝国加速灭亡的离心力将歙县甩出
战争的泥潭。你居万山之中，训练山岭
长成卫民的雄关。深谷囤积本地的云，
夜聚晓散，你在袖中蓄清风，春土为粮。
被教科书劫持的历史已经模糊了你
经世的细节。“虽身无兵甲，但良知
武装了我的血液。”事实上，我们
处于相对称的两个时代，每一次遭遇，
我都能感受双倍甚至多倍的痛苦。
我们的不幸在于历史总抄袭残酷的章节。

我犹记得亡国之年的那场大旱，县城
被晒得像一个发皱的山核桃。
仿佛天气是由诅咒把持着，你焦急，
如夜行的援军，顾不上指尖的火焰。
面对镀锌的万物，你把灭火器别在胸前。
你走出花园，理解了一个县的渴意，
旋即你祈雨，做大地和云朵的伟大牵线人，
“求雨就是让口吃的云开口说话。”
最终，神明助你在求雨的经文中摸到
触发暴雨的引线。“是万物组成了神明。”

①傅岩，曾任崇祯朝歙县知县，后为明战死。

你急切地冲入一朵来不及完成的
雨滴中，那里正在预演国王的葬礼。

2013 年 7 月

## 山巅的仪式

九九年的夏末，舅母预言山巅的积雪
定是消失殆尽，“那雪因积年而发黑。”
她是个一生都不曾走出歙北群山的女人，
仿佛那些细长的羊道仍能将她迷惑。
那年她曾在山巅一角施了块花生地，
她明知这地极可能因为干旱而绝收，
但仍坚持去收挖，像是在保护一个循环。
我决定随她登山，为了在山巅与群星

并轨，以为能提前到达世纪的尽头。
我们翻过了好几座山，走得那么远，
好像单纯为了与谷底的人群拉开距离。
山路因为陡峭而变成一根绷紧的绳子，
“有水相绕的群山其实是头搁浅的
巨鲸，因为山巅那么平坦仿佛鲸的背。”
我们顺着绳子爬，爬得越高，我回头
望见的深渊里的双河村就越显渺小。

山谷中的河水缓慢，像世纪末的遗嘱：

“浅薄的河水能延缓时间的稀释。”
舅母说：“河水由变质的树叶融化而来，
有三处细节为我佐证：深潭的绿、
水光洁的皮肤、两者都由细的纤维织成。
但我不知，谁完成了这次隐秘的转译。”
而我只看见河水弯弯，被山打了结。
有好几次，舅母走到快得不见了踪影，

仿佛整个世界仍有缝隙让单薄的她
挤在茶园的黛青之中，然后化去。
那天舅母穿深灰色的工装，这令她
无法在登顶的过程中发现云朵已变浓。
“云本不属草木，它是鲸的哈气。”
“乌云因为不识草药的属相而无力缓解
歙北的灾情，要防止被云追上免得
它的影子在你背上留下不吉的痕迹。”

在山巅，脚底的深渊也渺小到没有五官，
是的，过多的挖掘加速了舅母的衰老。
收成果然不好，仅有些乳白色的嫩荚，
就好像我们并非是为收获花生而去的，
而是为了在山巅完成一种秘密的仪式，
仿佛在这仪式里她能探索出人类的出路。
返回时，闪电激怒了乌云，漆黑的雨顺着
手臂流经手掌形成我最初的黑色的掌纹。

### 副本:山巅的仪式

一九九九年夏末的一天，我和舅母
为了去一个平顶的山巅上挖花生，
我们几乎是在雾里翻越了好几座山谷，
像两个黑点融化在茶园的黛绿之中。
实际上，那年的花生因干旱歉收，
仅有少到可怜的乳白色嫩荚，
就好像我们并非为挖花生而去，
而是为了在山巅完成一种秘密的仪式。
返回的路上突然下起了暴雨，
漆黑的雨水顺着我的手臂流经手掌
形成了我最初的黑色的掌纹。

2013 年 7 月

## 筑塔师

“我甚至想将自己的枯骨也砌进塔身。”
在山巅建塔，就是挖一条通天的渠，
然后用天空之刺探索灵魂升天的秘密
航线。你放下手艺，下山访物，
“塔可以给黏土一次不死的机会。”
那夜花园长谈，你说服了畏高的黏土。
你独自烧窑，炼出了它们火红的内心，
挑着砖块入山，置于寺中的深井：

“这砌塔的砖块必须经井水的浸泡，
只因这井水之甜能冲淡它的苦涩。”

夜晚，团团包裹住山顶的橡树纷纷撤离，
“建好地宫和塔座，塔就几乎完成。”
塔身在你的注视下繁殖，一夜便能矗立，
你立于其上，你就是与星辰比肩的刹顶。
而世界正在溶解，连同砖块之间的
冰川，你终于将腹中的老虎释放出笼，
而一段枯枝扎进你的身体，重新发芽。
“如果我能准确地分辨人间的七种悲音，
塔将继承我脊梁的挺拔。”“像塔这般的
亚洲乐器，唯有换过骨的人才能将其弹奏。”

2013 年 10

## 淮河风物研究

那次奔丧的途中，我第一次目睹淮河。
沿岸，杨絮如暴雪飘落，仿佛哀悼。
“仿佛这里才是雪的故乡，它们在初夏
候鸟般飞抵。”一如死者坚持死在
黄泥覆顶的茅屋。两岸的景物并没有
差别，仿佛它们抛弃了真理，像庙宇
主动沉降，坍塌为黄泥而无须自怜。

淮河往北，煤渣就是通向矿区的索引，
枝枝蔓蔓，多像肺癌病人的肺叶。
“肺叶的黑比命运的戳印更具状，难以
洗白。”“他曾拒绝成为一名矿工，
而无法拒绝流亡的命运。”五月的大地
富足，麦粒从土壤中溢出，舍给我
贫穷的亲戚。我好奇的是，谁在指挥

这场合奏的管风琴音乐会，纤细的
麦秆竟有如此挺拔的茎管供麦粒穿行。
麦芒像火苗摇曳，仿佛大地的激情
找到了出口。“这摇摆啊，是门哑语。”
大意是：相似的平原下，相似的火焰。
再往远处，悲伤的姑妈指着西边：
“河坝是个完美的支点，支撑着天边

晚霞，那是天空过剩的欲望。”我却
看见一片镀锌的水域，显然它融入了
太多残忍的细节，它将以回忆为食。
我不能滞留此地，我不能妨碍树冠
茂盛如盖。天色愈发黑了，汽车像甲虫
掉进无底的幕布，虫蛾在蛙鸣的煽动下
冲向车灯一如天边群星无畏地涌现。

2015年5月

## 尘埃的祝福

每日出门，我都会被现世的浅薄
煮沸；回家后，无处不在的灰尘
竟能让我平息。它们落在地面、
桌面，甚至是家具细微的雕饰上。
它们有的能一眼被看见，而细小的
用扫把聚拢后才显眼。仿佛我就是
那个最合适扫灰的肃穆的僧人。
像祖母秋收之后在自家院子里
聚拢月光，给回忆的灯芯减压。

渐渐，我认出了这些尘埃，它们是
我家谷堆的金字塔上扬起的稻灰，
乡音之弦绷断后祖父口音的碎末，
尼姑庵倾塌后被鸟鸣磨圆的砖粒，
夏日雷霆虚掷的巨大阴影之碎片，
被竹篙梳顺的新安江河滩上的散沙，
风化的警戒水位线掉落的红漆，
那年因稻飞虱绝收的稻叶之灰，妈妈
坐在田埂上哭泣时裤腿上无名的泥巴。

它们躲过了雨点的围剿，避开暴雨
带来的泥泞，在万千之中找到我
这片脱落飘零的叶子，仿佛我和歙县的
山水之间仍有一条隐形的脐带。

它们绕着我的膝盖落定，我把它们
积聚起来，倒进我语言的空瓶子。
虽然它们的频繁出现证实了故乡的
枯萎，但我更愿意把它们的不请自来
理解成故乡对我的不曾间断的祝福。

2015 年 7 月

# 若芜的诗(8首)

若芜，原名程勇军，1969年生，祖籍安徽肥东，现居黄山。20世纪80年代中期开始写作。有自编诗集《随风》。

## 下午的火车站

向前一直延续到诗歌
的句子停顿，比如分节处
两个人可能见面并可能
顺便在日常情景中相爱
故事以及背景都会模糊

就像火车站，哈姆雷特的城堡
他和友人的谈话丧失时间
或故意捉弄时间。霍拉旭的出现
诗歌中美妙的想象一闪
好像火车往前行进

压碎每一秒钟，记忆伏在钢轨
表面的雪亮掩饰不了锈迹

内心渐渐衰老，远方渐趋遥远
而每一次停靠，火车站，哦一闪的念头
是谁把期盼变成诗歌

一个下午已很形象
我不断向前，诗句也顺势改变
而火车站，焦灼爱情的相会处
时间比姓名更值得怀念

1992年

## 赤足的阿炳

今晚的大雪要把无锡城掩盖
包括往事和穷人的悲哀
仿佛哑口的蛇皮二胡被你
粗糙地带出呻吟

如今的雪落一天，孤独一天
树木也难忍折断的命运
被你！无语诉说的压力
在二胡的弓弦惊窜

可是诗人泪流太多，力气不够
低头看不见风雪的缘由
二胡在怀抱中询问天空为何

这人总是看不清自己

要说阿炳赤足走遍无锡
城中的巷弄像镜中时光
当行人散尽万籁俱寂
今晚的大雪只有孤独穿行

1993

## 界

神思的声音不可推测
傍晚不可推测。黄昏
一个女人或左或右
我听见她下坠的声音
潜入水中摆动的声音

她像光滑的绿色水草的声音
纠缠视听。远处马在嘶鸣
马要奔动的声音
渐渐湮没她即将
面临的叹息

这个多变，又要趋于淡漠的
注定在马蹄声中变轻
她很薄，她裸体

她没有遮拦掩饰空虚

绿色光滑的水草，呵我的朋友！
纠缠黄昏渐渐变黯的声音
变黯，没有亮色的
我的苦痛唯不可述
只有静静注意她的目的

1993 年

## 丽达与天鹅

天鹅是我幻想之美，在尘世触及
丽达使我割裂创伤
那隐约的
像眼中漂浮的水。我崇尚美。

但那往逝：一朵十二月的雪莲花
使我衷心企盼
这永恒的岁月，永恒的累
——却遭尘世尖锐的伤

天鹅离去之伤！天鹅和丽达
一条岁月手臂之美
使我痴痴呆望

1993 年

## 夜深的巴赫

巴赫是管风琴鸣响的夜晚
一道走廊深处的烛光
闲散无序的话题。一种交谈
乘坐马车的是公爵和他的仆从

暂时停下。仿佛天空看见路灯
剧院里花腔女声吟唱
快点快点。莱比锡到汉堡
流动大街的是往昔人群

轻言交谈。此刻时间没有对象
左手扭到右手，嘴巴贴近耳朵
一道马车的尘烟，贵宾登场了
高声喧哗。合唱声起，一支圆号被烛光摇晃

剧院走廊的巴赫搓着双手
声音轻微却略显紧张：大人
后台正在换装，那将出来的
上帝是一扇门，暂时还半开着

贵宾落座。对于寂寞只能走近不可悲叹
唉！乐队奏响，马车闲逛，大街有风溜达

剩余的一个小时猜测，一个小时幻想
一个小时去无聊打发

1997 年

## 抒　情

永恒被写在纸上太容易变质
唯一不变且行动快捷的
只有善变。歌唱在空气里
在白天的大街，在城市广场
人展露笑容，仿佛花迷落草叶
深情的本质需要系上飞翔的纸鸢

但假设收放的人是老人
看一看蓝天，愿望多么值得书写
凭什么词语缺乏弹性，言谈缺乏分寸
疑虑缺乏同义，远和近组成远近高低
人和民组成蝼蚁众生，下午和晚上组成岁月瞬息
南京到屯溪，中间还有芜湖，加上绩溪
直线距离就是幻觉，纸鸢被收到湖边
伸出手的不一定被看见

2002 年

## 湖边村

——纪念我童年溺亡的同学马群

形象模糊的湖边村没有了明朝老屋。
裁缝店。棉花店。油榨坊。河街
习惯走村串户的剃头挑子
烧一锅开水。水汽氤氲的木盆边
他看见一个小孩过去。不是放学时间
那孩子踩在水里，身体好像纸鸢

2002

## 记 忆

把悠扬打翻。记住最美的时光如棉花
想得简单。可以再简单
一只手相握。一只手相握的矛盾
空虚也要抽脱，也是如角落
有一个人喝醉了。他翻江倒海
可他吐出的，未必是糟粕

2002

# 李国海的诗(3首)

李国海，祖籍河北，20世纪50年代生，安徽祁门。20世纪80年代初期开始写诗。

## 原虫的梦想

就这样
去接受一种流体对我的弥漫
且想象你是一种思念
一种口感很好的观念

像夜游神
我被分解成不能独立的个体
躲起来听你的哭声
明灭如太空流水
而你仅是一个物
一个圆形的物

你觉得应该失踪

你失恋
恨所有的水
而水全部离去
你坐在灯下
口噙柔软的死亡
看墙上晃动的黑兽
然后吹熄油灯
虚妄成水
向你背叛地流动

就这样
招摇过市
打乱灵魂的秩序
然后在泛滥的黄昏
设下陷阱
让情绪逃难一样通过

逃逸是困难的
若无其事也是困难的
月光下你随地分娩
仅做一次优美的排遣
美丽得让人炫目
而你却不动声色
扬言要在难产中
构思我

1987 年 7 月

## 一觉醒来，女人使我惶恐不安

朋友们鬼鬼祟祟离去
我感到有点儿孤单
总怀疑有许多女人跟踪
每次回头
总看见语言垒起的那座城市
以及那城市中的每一个女人
夜晚总是女人的
死去活来地缠你
缠得你死去活来
然后用猫的脚印围住你

在睡与醒之间
有一条长长的裂隙
许多女人的影子拥挤而过
通体透明
每每向我致意
便向虚空打了一个漂亮的手势

睡眠的身体很重
以至于床的承诺太苦
于是表示一番歉意
然后让世界吱嘎作响地
蜕壳
蜕出一个又一个女人

1987年9月

## 喂！出门别忘了带上你的女人和语言

有人为你画肖像
那只是一种讹传
为这事
你在某夜倒愿意
上街走走
让月光照你
照着摇摇晃晃的你

你表姐的名字
只是一块零碎的日子
在你手中熄灭的阳光里
诚实地舞蹈
为这事你喜欢上
所有的女人
于是你打开所有
熟睡的窗口
让月光闯入
将女人赶出
于是你成了
女人的首领
然后，晃荡着
化入风景
看被大风扬起的女人
在你灰亮的语言上逃逸

月光晃荡着你
在收获的季节里
你携上流浪的语言
快活地出门

1987 年 9 月

# 苏铁的诗(2首)

苏铁，原名苏家驹，1961年生，太平永丰人。20世纪80年代中期开始写作，参与组织“三色帆文学社”，编辑《徽州佬》民刊。

## 枪

枪被我们攥在手上
枪陪伴我们闯荡人生
我们崇拜枪
是出于某种难言的目的
正如我们离不开食物和房子
枪的部件原是一些不相关的铁
自从被人制成这非凡的器械
人类便涉入困境和安宁之川
枪改变了我们的生活
正因为有枪的栅栏
世界才被切割得如此支离破碎
枪使野兽感到了死亡的威胁
因为有抢
我们才有今天的生活

我们可以随遇而安
从这片风景走向那片风景
正因为我们拥有枪
拥有这黑色沉重冷漠的语言
我们才不会被生活轻易抛弃
面对突如其来的灾难
我们会随时移动手中的枪口

枪使我们的处境变得尴尬
我们拥有枪完全出于无可奈何
枪创造了文明也创造了灾难
枪使我们感到了由衷的悲哀
枪作为一种手段
一种崇高悲壮的手段
介入我们的生活及人类的命运
枪有时会掉入草丛变成废铁
那是一种悲剧
枪发言的时候
满口是呛人的血腥味
枪大部分时间仅仅是种饰物
在我们手中放出寒艳的花朵
枪和鸽子同居一室
那是一种误会
更是一种合理的存在方式
不是我们习惯如此
而是人类自身的需求
我们厌恶枪又离不开枪

我们鄙视枪又崇拜枪
这就是人类今天的真实生活
这就是我们紧攥枪的手
为什么不会
轻易放开

1987年11月

## 冬日纪事(之一)

进入一片林子时
我被鸟音击痛
此时的鸟音已非鸟音
此时的鸟音　在一张
脸上渐渐黯淡下来

是谁遗失夕阳和草丛的光辉
是谁在回家的途中
面对明丽的天空说：我爱！
是谁口衔潮湿的泥土和白骨
为往事而泣
是谁让我看见
黑暗中的昙花和落叶
仿佛闪光的金子
怀藏智慧的光芒
水中的花朵　延伸的枝条

是谁将你折断
空悬于夜冰凉的窗
是谁让我们从
一盆燃烧的炭火中
看见事物必然的经历

发现草丛下的嘴
发现死亡　熄灭的光
终会来临　手中的时间
如何使一颗石子宝石样发光

1989年10月

# 阮文生的诗(4首)

阮文生，1956年生，安徽东至人。著有诗集《大地流水》《黑白徽州》和散文随笔集《徽州物语》。

## 我不相信

一场崩塌
滑落了一个国家的半旗
哭泣不是哭泣
相信眼泪的民族
拯救不了自己

我不相信
大地会让自己的儿女
碎为瓦砾

粗大的裂纹倒滑的山体
同样深刻又具体
谁伤害了母亲

大地的痛感
奔跑在小动物的惊慌失措里
见过死神黑衣的
穿山甲刺猬花面狸
为何集体缺席

地球公转　自转
旋出多少裂痕　危机　奥秘
算算
我们的智慧究竟是几米

2008年5月20日

## 飞雪中的黑鸟

从一根树枝上把自己减掉
用了一点力量或者习惯
天地迷惘飞雪沙沙
一只鸟的叫声细亮了所有的方向
插进旷野的翅膀
温暖了幻觉的长度
一个打折的姿态
总的来说是流畅的
一根电杆和一截黑暗
性质对称也是相反的
它那么横地飞过去

这和雪花大不一样
遭到碰撞或打击是必然的
从一片迷茫里穿过
那些菱形的物质有了点燃的痛感
那些缓慢更慢了
风雪往后让了吗
一股小风协调到左下方
一个拨浪鼓突着
天空有了大河的壮观
鸟又抖动了
飞行的硬度从拐角里泄漏了
鸟的黑衣非常耀眼
整个世界都是白的
用黑来照亮自己的路线和飞法
的确不一样
聪明的火花有点横冲直撞
寰宇的寒凉抹不掉一副翅膀
所有的雪啊
为了一只鸟儿而繁忙甚至在流浪
一曲雷电波尔卡
激动着无数精灵的呢喃

2011年1月26日

## 西递之夜

飘起了小雨
石头里冒些的白
倏忽黑了
回到夜里了
不再出头露面

牌坊也一样
石雕和圣旨的性质换成夜了
什么也看不到
一个大影子矗在面前

幸亏白天看的还记得一些
荆藩首相胡文光
在核心部位
我的想象被潮湿挽救了一回

我想说的是
白亮的小雨
下黑了石头
而我在西递行馆睡了一夜
一些看法里
我应该是不黑也不白

问题是

我在胡文光的光辉里
淋了点雨
就不再东张西望
就回到了房间

2011 年 8 月 19 日

## 一个刚刚醒来的人

一句话的首付
成了空门
是黑填着框定的来去
但张望比关坚定
穿堂风摇不动花开的声音
颤抖稀释了
向着更深的方向探身的
还有轮廓和追寻
一个不矮的影子
像一件事的余温
我晃动自己
我在努力澄清
一个刚刚醒来的人

2012 年 10 月 11 日

# 徐卫新的诗(7首)

徐卫新，笔名西汀、西丁、西西斋主等，1957年生，籍贯庐江，长于绩溪。1985年在徽州组织成立“穿山甲诗社”并任社长，1988年主编民刊《黄山诗歌报》。著有《黄山画人录》《十二点》。

## 荒　塔

从远处看那座塔
勃起于荒陂
一条细长的小溪绕过
流不尽山的液体

粗壮的塔　我们走近它
看青筋般的野藤纠缠
听那塔顶的鹳雀啼鸣
描述我们的一种心情

我们抚摸你　塔呵
感受时间的战栗
斑斑驳驳的记忆

那是想忘也忘不掉的东西

1987 年 5 月

## 考古三号

沉积的地层老化还是回春
许多悬而未决的疑问
一座荒野的破庙
一支燃烧的蜡烛

暮霭苍苍　环境与背景
三叶虫的化石
推算迢递的年代
大地构造的单元
地壳演化的活动
从阿尔泰到海南岛
到处都有石头的标本

大陆漂移的动力
读不懂符号之谜
探矿者　寻找资源的人
传留给后代的财富
是那些隧道和石坑

一件可怕的事情——

时间的采掘机
将挖空我们的头颅
以及头颅一般的地球

1987年5月

## 秋 林

进入画框的时刻
血凝固成墨色

还是平平常常的日子
风从河那边吹来
大雁的队形与啼鸣

你踏上时间的小路
叶子是达利的软表
你有些怅然若失

不能再错过机会
用刀子体验季节的深度
用鲜血体验色彩的力度

于是你进入这片林子
杀死一个日子

1988年10月

## 胡同口的灯

黑色的胡同口
一柄铮亮的匕首

等待了第七回
武侠小说的第九十九页

收盘的棋子声
对弈：谁输谁赢

“啪”的一声打子
又是一局开始

那柄铮亮的匕首
还在胡同口等候

1989年7

## 月　潭

潭形如月。周围的民居有如环形山
光溜溜的水蛇在纯粹游泳，或说洗澡
水模糊起来。波纹的节奏。弥漫的音符
挡不住的诱惑与迷茫。

你突然感到时间的遥远
从一棵树到一棵树
从一块石到一块石
从一枚日子到一枚日子
从一颗心到一颗心
你向四处窥视，窗子的眼睛也在窥你

一切都掺和着古老的色彩。冷漠的石缝
鸣着历朝的蟋蟀。野藤的须蔓草书般抽象
远处传来的方言，苍老的嗓音
你的毛孔洞开。渗透之力防不胜防
此时，面对一潭水的运动，你进入迷狂

心的震荡。灵魂深处的宗教感
接受一次次刺激与考验。日月的定数
严酷的生活。这就是生活，生活
把日子一个接一个串起来　晾在
潭边。你的影子已跌入水中
潭形如刀。你不杀它，它就杀你

1990 年 5 月

## 十二点

十二点　我们找不到自己的影子

或者我们正将它踩在脚下

十二点　我们看不见钟楼的时针
或者我们已看清十二点的特征

1992 年 11

## 装　置

某种混乱的状态
波普尔与维特根斯坦
脉络你能否理解？

物质的堆砌
砖头。原木。毛发甚至粪便
动物的脑颅与躯体
人造的过程并非秘密

砸烂桎梏或锁链
理想与偶像
反复与标榜
谁能走出名利场

呼唤。拥抱。甚至狂欢
诱人的猩红地毯
我看你擤鼻涕，吐痰。

1994 年 6

# 沉舟的诗(5首)

沉舟，原名周远新，60后，安徽歙县人，现居黄山。20世纪80年代曾任诗歌编辑。

## 水上的白雾

一笼笼白雾匍匐在寒水上
像飘落上面一层层薄薄霜花
这层层霜花宛如一缕缕白烟
在水面上方袅袅蒸腾
从水面上我们可以看到天空
看到天空中那些凝固的白云
这些烟雾与水面的关系
就像行云和流水
是那么地亲切　那么地惬意
共同组合着一曲隽美的音乐。

1992年12月24日

## 鸟　音

冬天的山林。枯叶飘零
布满山林的是那
　　一声声尖细的鸟音
鸟音在一棵棵枯树上空盘旋
然后急遽而下
　　环绕整座山林
这时——
鸟音是那么地悦耳
　　　那么地动听
好像一丝又淡又细的颜料
涂抹着空寂而又萧条的山林
　　　生动着整个冬景。

1993 年

## 公祭日

时光无法漂白那段惨绝人寰的屠杀
更无法掩盖抹杀那铁证如山的真相
三十多万同胞生命在日军疯狂虐杀下陨落
他们的血渗到地上或染红了江水
躯体有的被燃烧成烟灰
飘上了天空

有的被深深埋进了土里
每当寒夜来临
那些屈死的亡灵便在旷野和草丛深处哭泣
一股锥心的痛呀
如同一把深深插进我们心脏的匕首
至今未结痂的伤口仍在滴血痛哭。

2014年12月13日

## 水　问

一向温柔恩惠于我们的水
缘何会伤害和报复我们?

水　看似平淡
其实是我们珍贵的亲人
倾心付出从不求回报
无须言语　却总契合着
我们的情感
可我们常辜负她的期望

水呵，无处不在的水
请您赐予我们智慧吧
让我们从愚昧无知中醒来
让我们从痛苦反思中醒来。

2016年7月25日

## 秋天的诗语

你要警惕刀尖上的蜂蜜
请原谅我久违的无知
紫薇树不语
奇曲的虬枝如某种暗喻
那串串火焰怎不叫人沉迷

花开不言　暗香盈肺
请原谅我久违的无知
历经严冬叶不改色亦不凋零
的还有你——桂花树
时间在不断涂改着一切
缘何你却能独善其身?!

2016年9月23

# 汪春茂的诗(2首)

汪春茂，1963年生于安徽屯溪，祖籍安徽旌德。著有诗集《走上生活之岸》。

## 照壁怀古

你惊讶的这条河流　我同样
惊讶
它孕育的名流势必会千古
就像现在
我正用眼神扫描着的照壁
照壁上的辉煌　已是风生水起

我想用尽全身的力气
喊出照壁上的名字
喊出内心深处隐藏很深的
牌坊　这些在阳光下灿烂的名字
依次照亮我额前的前程

在徽州　一些名字被水冲走

已无讯息
一些名字沉入石头　成了中流砥柱
如果仔细地聆听　每一个名字的倾诉
再贴近每一片石头
你会感受到胸中的马群　正肆意地奔腾

2011年8月28日

## 那些马头墙依附在时光之上

那些马头墙依附在时光之上
听扑面而来的
来自世界各地的口音
有时呼呼风
有时唤唤雨
惯例则是接接早起的太阳
送送晚归的夕阳
这些俗世里的客套
是必不可少的

身旁的青瓦
大多会耗尽青春
修修补补敲敲打打是常事
脚下的条石板
油光发亮
足够承载一些光宗耀祖的里程

在袅袅升起的炊烟里
也不乏徽嫂　薄薄的忧伤

旧时光里的徽商
始终像马一样　在归程上来来回回
想见时的悲欢
需要动用一些大红灯笼
撑持起团圆的氛围
再把背井离乡的苦
想见时难别也难的怨
统统地倒进
高高举起的酒杯

2012 年 6 月 1 日

# 老岸的诗(4首)

老岸，原名钱建文，1965年生，歙县南乡人。坚持纯诗写作2余年。

## 失眠时刻读叶芝

茵纳斯弗利岛听到我幸福的失眠
它格外宁静
芸豆在生长　蜜蜂也煽动着单薄的翅膀
我冒失地走近叶芝的小屋旁

但眼下绝非秋天　蟋蟀不可能歌唱
外面的雨滴弄出了好听的声响
久坐的人面朝灯盏却感觉不出闪亮
一行诗句悄然而来　诗人猝不及防

红雀飞舞的幻影引领梦想
我也曾经久居湖边　在徒有其名中将词语拾掇
玩火看花　买书种菊
一样的春光却是两样的世界

2012年4月15

## 他信手拈来

他信手拈来　一个个毫无关联的字
被他拽进句子
反复地揣摩　又归队成行
他刻意编排　不断列出方阵
挥手检阅的瞬间
企图让所有的文字
替他说出爱与恨　过往和悲欢

在词语的迷宫里
偶尔也为倒戈的字而苦苦纠缠
他苦恼又喜悦
他脑汁耗尽　苦心经营
仿佛一个执迷不悟的顽童
搭建积木　重新生活

他信手拈来　词语不停地跳跃
恨不得将整个身躯　以及
手里攥紧的文字点化成钻石
磨制成金子
让它们在世人的眼里发出光来
视若神明

即便到了油尽灯残的那一刻
他信手拈来的文字

不分晦明　在主人心力交瘁中格外安详

2012年4月15

## 夕阳在楼房之间燃烧

秋日彷徨　他时常跑过那个街区
一团刺目的火在楼房之间燃烧
但并非如人所愿
正像是黄昏宣示的那样　温暖挂在天边

2012年10月31

## 愧对或群飞的麻雀

那时候他少不知事
迷醉在乡间　伙伴们撒腿奔跑在泥路上

群飞的麻雀掠过村庄
一大片一大片地向稻田压来
稻草人披星戴月　坚守在田间地头
偷食谷粒的这些小麻雀
都像是机灵鬼似的惹怒了虚假的人
他们破旧的长袖甩得呼啦啦地响

芝麻开花了　麦子在锋刃下跌到
一场暴雨将至
晒了稻谷的村人惊慌了手脚

他疏于农事　专心去外地读书
几乎到了四肢不勤的地步
五谷开始糊涂　他与母亲交谈时已经分不清
何时种植芸豆　何时开镰收割

2012年10月31日

# 逸风的诗(2首)

逸风，原名方惠琴，1966年生，歙县人，现居黄山屯溪。著有诗集《遇见》。

## 屯浦归帆

梦的边缘，是繁华的人间
人间的边缘，一衣带水
冰蓝的江水，映照出一座城的情怀

江岸的灯火，被零星点亮
那是千千万万游子，回归的心路
一条古老的航道，遗失了归帆

而你依然在追忆，在江心泛起云彩
那是古徽州的黄昏，一种无法
言说的隐喻，在一座城市的天空流转

仿若那年，我们曾一同涉水
从童年到中年，只是经历了一个傍晚

浪花清澈而透明，在我们手心像水鸟的呼吸

2016 年 12 月

## 程氏三宅那些怀想

“吱呀”一声，打开灵魂之门
一部明代家族史，隐藏于昱城的核心
腊梅花在她手心盛开，羞涩而慌乱

午后的清风，在巷弄口徘徊
那个一直等待的人，来或是不来
时间剥离，目光深陷的铜环扣落满尘埃

一个白衣女子，被岁月的丛林围困
屋檐上的蝴蝶瓦、雕花楼梯隔栏、绣楼廊窗
程朱理学的藩篱上，开满莲、秋菊和牡丹

她一直守护的瑞兽、喜鹊、鲤鱼和狮子
看护着她，他们彼此成为依靠和羁绊
这让她一辈子，走不出这座徽州大院

天井里偶尔会落下谁的情书，比如秦月和雪
我炙爱着这一切，我不是绣花阁上的那位女子
我离开，成为消失的她的一部分

2016 年 12 月

# 方长英的诗(3首)

方长英，安徽省作协会员，上海铁路局作家协会常务理事。201年10月参加安徽中青年作家研修班。

## 太　阳

那倾倒满地流淌的
金色词语
比风的流动还平滑

她法器般的光芒
照耀你也灼痛你
站台上的人们带着影子
在走
你是影子的参照物
还是影子是你的参照物

2016年9月

## 新安江

岸上的青山
从水里提回光亮
以你低垂之眸
请看所有匍匐的流水
那些流逝的帆影
你无法用一声鸟鸣唤回

众溪汇合的入江口
拐了一个半圆形的弯
向更深处泅渡
命运的滩涂挥洒
夕照的霞光
卸下柔软而疼痛的触角
以她的悲悯
点燃生活的炊烟

流水被流水带走
脚印被脚印覆盖
新安江是一面镜子
照见水的骨头山的眉峰
照见五月三潭枇杷
蜜汁一样的黄

2017 年 4 月

## 梦里祖源

风吹稻浪
镰刀对着田野抒情
万物的光里
秋天的颗粒归仓
银杏，板栗，瓜果菜蔬
都有自己的位置
那几十朵紫红的丽菊
是祖源大胆的表白

在土里活过一遍的人
青草让灵魂熨帖
村庄在水流的恩泽里
学会隐身

2017 年 9 月

# 汪朝晖的诗(3首)

汪朝晖，20世纪90年代初开始习诗发诗。主编的民刊《黄山诗学》，被网络媒体评为中国诗歌十大民刊。

## 明亮的心

我从烟波里已感到江水的厚度，
不过它不会浸没明亮的心。

不平静的心，
此时在平静中
平静。徽州照壁。林廊清影。

再过一千年
倒掉的不过是村落
江水还能滚出一些姓名

2012年

## 寒　意

二月只有寒意。
某医院生长着许多粗壮高大的树木
——已经是一句修辞语。

医生已经机械化。
他正在毒杀人体内所有的细胞。

天空旋转了
那个倒置的输液体。

2012

## 犹　疑

伸出手，就探知青山的冷漠。
确实不为所看。我走过

附着青山的鸟雀正在倒退；
附着青山的八卦村庄和城堡，都将沉没。

这好像情感消失，在另一个体内
让我心生犹疑。

2012

# 汪艺的诗(4首)

汪艺，1999年生，黄山区人。著有诗集《蓝》，文集《花开的声音》。

## 夜　行

喜欢夜晚的人
一定也会爱上
绿皮火车

紧靠窗
给月亮送玫瑰
把所有星星全都
吻过一遍

在这之前
我在站台上遇见一只麋鹿
天黑之后
我才看到了它的眼睛

2017年

## 建筑工地

一块花花绿绿的
墙
线条笨拙

突然想起
早在十六岁的数学课堂
墙面已经修建得
相当漂亮

我从仅有的
一丝砖缝里
窥视自己苍白的手指

午后
阳光下
两片小小的
指甲

2017 年

## 街　角

阴天

街角的那个人
抽烟
他身上印着
乌云的影子

后来下雨了
他远远地站在药店门口
手里举着痔疮膏的广告
闭眼
面对路人
叼着烟就像叼着
一把枪

2017年

## 唯心者的面包

租来的房子带阳台

他摔进刮风的下午
右边脸上还开着窗户
一弯腰
就被阳光印得透亮

睡着了呀
睡不着

秋天到了就想起钟子期和俞伯牙
关上窗户盯住垃圾堆里的旧吉他

咽下过期的面包
抹一把眼泪
听见他说
“未完
继续”

2017 -

# 星芽的诗(2首)

星芽，原名饶佳，1995年生，屯溪人，现游学于北京。曾获第25届柔刚诗歌奖（校园奖），第五届光华诗歌奖，第二届元诗歌奖，第二届淬剑诗歌奖，第五届极光诗歌奖新锐奖。

## 二十只喜鹊

春天　他们把喜鹊的声音拿来做酒
二十只活喜鹊的嗓子
医好了村子里的哑巴
一部分的胸脯发绿如丧钟
全是中年的喜鹊
在教堂里背《圣经》　啃木头
喜鹊通体明亮　却不食人间烟火
梦游的时候单脚着地
心怀不轨的人会在它们的脖子上
系起吊绳　另一些苦命赤贫者
将双手放在喜鹊的腮帮下
拼命乞求这些幸运的鸟儿　磕破了头颅
他们相信喜鹊的身体里

藏着一轮满月　像掏出高粱里的铁器
村庄里所有的聋子和哑巴
口皆不能发声　耳朵丢在了荒野
只有这二十只喜鹊的意义
被偶尔刮过的春风
鞭打得越来越新鲜明亮

2015 年 6

## 打　鸟

住在镇上的那些鸟我都不认识
自打我来到小镇
邻居的孩子送给了我一副十二厘米长的弹弓
我用河滩边捡来的青石子
专打五官不端正又经常偷吃农作物的恶鸟
比如随处可见的麻雀与乌鸦
一旦不幸的事情发生了
它们便成群结队地紧挨在枝头
发出异常诡谲的叫声
也有许多鸟我是不打的
它们要么有着教科书中伟人庞大的体态
要么喜欢躲在车工黑漆漆的影子后面
学他们的样子抽烟
修理附近坏掉的自行车
制造出小镇关于鸟群特有的幻象

2017 年 2

# 池州

芜湖

安庆

宣城

马鞍山

铜陵

黄山

# 阿成的诗(12首)

阿成，原名詹成林，1962年生，安徽休宁人，现居安徽石台县。

## 黄崖峡谷

石坝断了念想。
苔痕依稀，流水拥堵
鱼虾在岩缝中寻找时光的出口。
潜水者痴迷于淤泥与卵石，他要在黑暗中
攫取细微的光。

山色滞疑。巨石无动于衷
忽上忽下的流水，在拐弯处
宽恕了我的迟暮。
没有腐烂，亦无新生
一株老去的大树横卧溪谷
再次印证了十年前的日影。
崖上山樱灿烂，它的灯盏
照亮了春天的行者。

2016年3月

## 过山雨

和闪电周旋。在雷鸣中躲闪。
有时下到山那边，有时下到
山这边——隔着田畈，太阳压住
菜荚的青衣。

山在云中。雾是飘浮的道具。
父亲说：雨是离不开山的——
譬如此刻山中的遭遇
青山在滂沱，玻璃在哭泣
久未发声的植物在清洗喉咙——
雨水是它们的节日，也是
它们的盛宴。

——大雨中，工地停下来了
挖掘机像一只低头饮水的红鹅
（我更愿意将其看作一只
等待屠宰的畜牲）
工人们下班了，头戴安全帽的他们
在雨中行走，湿漉漉的身体
散发着热气，零乱的步履
像另一个村落里
阳光和禾草空阔的游荡。

2016

## 夏天的割草机

对于疯长的事物，人们总是习惯于
砍去它的头颅。
此刻的青草就落入这样的命运。

老师傅沉稳冷静，技艺娴熟
一顶草帽挡住了火烧的太阳
隆隆的吼叫之中，震颤算什么，汗蒸算什么
他不紧不慢地驾驭着手中的世界——
草的世界，叶的世界，花的世界，树的世界
只要冒头，就果断砍伐……

有时候我惊异于那只橘红色的发动机——
它那么小又那么大；
还惊异于师傅背着它的情景——
就像背着远古的刑具……

2016年

## 向日葵

我知道你们百依百顺、低调内敛——
巨大的葵盘，因成熟而下垂。

死亡的秋天，人们将掳走
饱满的籽粒，用刀刃
割下你的头颅，把无用的禾秆
烧成灰烬。

金黄的飞扬，无知的成长；
这齐刷刷一心向阳的头颅
因太阳的偏离，而被
砍伐、毁灭……

2017

## 大雨穿过玉米地

玉米是我喜欢的形象——我说的是
玉米地。从春至冬，这种青黄相间的作物
占据了我们的年份、季节和时间。
当春玉米枯成一张面饼的时候，夏玉米已
拔节长高，而夏玉米收获时，秋玉米已
在田生长，如此循环，紊乱了传统意义的
农时和节气……

曾经为盛夏万绿丛中硕大的枯黄紧张
父亲告诉我那是收获后的玉米地——
这翠绿中的一片枯萎要经历很长时间
直到新的作物把它覆盖。我想它是要

告诉我们什么——
是什么呢？一时又说不上来……

夏秋的暴雨是常有的。我喜欢倾听
雨打玉米的声音——
高高的一望无际的玉米地
接受暴雨的冲刷多么壮观啊
雨落一滴，叶子就动一下
万千的雨和万千的叶子在动
就像点名时士兵听到上司喊自己的名字
都要提一下手中的枪……

2017年

## 香水百合

人们向这里聚集
在石头和湖水里静坐
——有人观景，有人喂鱼，有人聊天
薄暮中，弯曲的栈道把身体切割
水草沉睡，跃动的鱼
仿佛不是鱼。

这么机械和麻木的行走
你不曾抬头看天——
湖是一个诱惑，也是一个

虚无的存在。

这是当下常有的事：一些花落了
一些花正开。我闻不到你的香味
心里默念：香水百合。

2017

## 情人节虚拟

玫瑰插在瓷瓶里。花已谢，水尚清。
多年未碰的巧克力，在中年的体内
化作徒劳的热能。夜是夜，灯是灯
柜是柜，阁楼是阁楼……

我爱的仍是旧皮囊、旧江山——
一把铜钥匙打开的山水虹桥
是一程又一程的步履
一程又一程的灯光
峦崖青峻，沙岸灰白，黄草佝偻
忘川之水，已非昨日之水
面对既往的风景，我们走着说着
挂在脸上眉头的，都是
现实、细碎的生活……

春风浩荡，与爱情无关；

月亮低垂，止于波澜。

2017年

## 好像暴雨没有下

天热的怪，太阳上去
没想下来，温度计
爬着35到41的楼梯
草枯了，园子里的青果落了
狗在树荫里，晃荡着
猩红的舌头，我和你
一边喘着粗气，一边
躲着热浪……

天气预报说有阵雨
在我跨入药店的一刻，雨在身后
真的下了起来
哗啦啦，哗啦啦
像热锅上炒豆子
它们蹦啊跳啊，在泥地上
不肯落下——折转身
天还是天，地还是地
好像暴雨没有下——

暴雨真的没有下。

2017年

## 大　雨

可怜这些棚子，从夜至昼，从暗到明
上上下下、前前后后、左左右右地
被反复敲打，一刻也不停。

木质的声音低沉，竹质的声音高亢
金属的声音脆亮，石头的声音沉闷
只有禾草无声，把泪水全部吞咽……

雨敲打雨棚，这是雨棚的命。但为什么会发声？
我听到了棚子的喊叫——幽怨的喊叫，郁闷的喊叫
不屈的喊叫，仿佛一遍一遍地说：苦啊，苦啊！

整个夜晚，我都替这些不同材质的雨棚担心
它们没有生命，但一直活在我们身边；我怕大雨
敲碎它们坚硬的身体和脆弱的心灵……

2017

## 春天记事

在白雪里埋下石头
在流水中掘出根系
在泥土中预订惊雷

在空气里调制毒药
——生死契阔，暴戾、无常、无忌!

2017年

## 小　寒

这是集体理发的场景——
按着脖颈，剪毛，剃须，修面
洗头洗脑，差一点被理发师
割下头颅。

我在一旁，悄悄翻过铁制的栏栅
朝着每日经过的一枝
淡黄通透的寒梅……

2017年

## 榆　钱

这似花似果的飘落
多么荒凉而奢侈啊!
春风里，上一代人的印象仍在。
母亲说:“那时，它救过许多人的命。”

现在它被世道摆平——
这些首尾相接的花朵
似钱非钱，仿佛要在地上捞起什么；
百足之虫，可以入药
治我们的老病新疾。

2017

# 李三林的诗(5首)

李三林，1976年生于安徽石台县，诗人。

## 平凡的一天

平凡的一天，但值得纪念。
还是在那里，
纯粹的时刻，我们一起吃喝。火锅，酸鱼，
冷盘，还有香烟。
随着一种忘了名字的酒被倒出，
我就看到自我纯洁的天赋，
混合几滴光影在手背的静脉里走动。
而我把自己喝得像一个醉鬼。
其中一个朋友也是。
背着你，像蜘蛛一样穿过餐厅，
穿过走廊，背着你，
电梯升到三楼，背着你。
将你，一个刚刚被流星击中的孩子，
扔在酒店房间的大床上。

永远是世纪初的一天。你呼出糟糕而麻木的酒气。
一个叫忘了名字的你的朋友，
拿毛巾擦着你的嘴角。淌着松树脂的嘴角。
我躲进卫生间里，几乎要哭。
镜子中的人，搂住我的脖子，
想把我再次灌醉。
我把头插在水池子中，静得像苍鹭。
多想把心轻轻抽出，
赤裸裸地放进浴缸里，
像聪明的阿基米德，
为偶然发现的真理狂跳着大喊大叫。
我将两只手撑在镜子上，
那种光滑，独一无二的深邃，渐渐疏导着眼泪。
我看见薄雾，
夜航中的船，浑浊的晃动的江水。风，停在码头上。
一对年青的夫妇，
站在岸边向我挥手。

2008

## 雷雨天

电，老妇人睡去后的平静。
危险刚过。雷——
无人时就狂奔的流浪汉，
来了，而且挨门逐户。

不再让黑色的手腕觉得沉甸甸。
不再让房子沉寂得像山谷。
我曾想过，
施舍它一点光明，
让它在无家可归的晚上好过些。
而母亲早早为我熄灭了童年的煤油灯。
她宁愿自己瞎眼，
坐在昏暗角落里，一声也不吭——
我觉得应该在雷电交加的晚上，
回到她的房间，
为她关好门窗。
她将沉沉睡去。
她只有一张平常的老妇人的脸。
很多年的事都将会慢慢发生。
有时，我也会像一个流浪汉，
在无人的雨天里狂奔。
我的瞎眼的母亲，
那个一声也不吭的老妇人，
再也看不见。也听不见。
她不会以为我那样是因为觉得好过些。

2008 年

## 喉咙

整整一年，喉咙未曾发声。

是啊。那场小雨，今夏的那场小雨后，
我才将自己从一片
捉摸不定的涟漪中拉了回去。

因我深知
叛逆需要的不光是勇气，
还要将一张脸生生埋入其中，
以窥是否有赴死之心。

又譬如相反，
火，及麻木的鼻息，
须断头才能领受其凛然的大义。

这些，
并非惊雷沉入湖底的无言。
并非形同这片高耸入云的大陆，
其骨架可供人长哭。

而那场小雨后，
远处的山冈，变得有些遥不可及，
我又深知遁世也即一种叛逆。

2010

## 写给一本书

烈焰，精准的唇。合上这本书。
我听着
我的衰老针对你的述说——

哦，这阵阵重新焕发出的热情
传递给街头
每个奇异的、缥缈的男孩手中。

这一定是真的。
楼下的奔跑是真的。
楼下的红色国境线静穆的风景是真的。

你是真的。
“来吧，”我说，“回到这本书中。”
我的衰老恰好给予你温存。

男孩们已经答应。
他们拿着我曾拿过的东西，奔跑。
他们的顿悟是真的。

我是真的。
我对你的爱是真的。惟有手腕中的
痛苦、眉心中的冷酷不是。

毁掉这本书。
将翡翠里、钟楼里的悲悯写进书中的人
你们不会是真的。

2012

## 夜宿南昆山①因失眠而作

为追上那仁慈的人，白天，你登上峰顶。
你俯视，用目光碰触

那些被碰触的、具体的——
太阳，沉到树叶下面，成为你不肯说出的羞耻。

更大的动物，将暴力压向尾椎骨，
温顺地走向当世金碧辉煌的庙宇。

现在，夜里。那些，在醒来后的视线里坍塌了。
只有人形的事物轻轻压在胸口。
你起身，控制住这痉挛

门外，世界以一部法典的力量敞开
如何宽恕月亮？早年你卧在摇篮里
仰面看见却不能说出的
现在，终于能说出了

①位于广东省惠州市龙门县境内。

光啊，生活，
白色的乳汁，“请用甘甜喂养我绀紫的嘴唇。”

我的心肌已经劳损。唯一的孩子也已夭折。

小镇，风，由薄转浓的雾，
安慰我一次，带我走进隔壁的密林，
让我在密林享用并超越那里的兽性。

2015 年

# 山中子的诗(8首)

山中子，原名汪在胜，60后，祖籍安徽省歙县，现居石台县。

## 与王维

明月是簌簌而落的银色松针
松针是空山里干净的虚词
无论你披白袍，还是一袭素锦
衣袖都是肥大的
袖里的乾坤
是秋天的隐喻

明月松间照。有没有清泉已不重要
下个季节，不下雪也已不重要
明月落下
松针落下
松树下，有一块石头
有点潮湿
有些许苔痕

2015年10

## 木　梯

白茬杉木的梯子，一定要用木楔子
不能用铁钉。
父亲深谙其道。那样
木梯感觉很痛，
木梯闻不惯铁锈味。

梯子是很好的捷径。
有人用梯子，想登上天堂
有人爬下梯子，回了家
每天，总有人在梯子上爬上爬下。

父亲扛着梯子上树，摘下野果
架起梯子爬上屋顶，翻瓦
修缮木屋。
偶尔的时候，也会登上梯子
想摘一朵梦中的云，或者
坐在木屋顶，看星星。

母亲用木梯，一生只做一件事
把父亲藏在阁楼上的粮食
搬下来，在灶上
用木柴煮熟。

2016 年 9 月

## 老家的秋

老家的秋，在薄薄的日历里
逾走逾深，空旷，寂寥
坡下的小溪短了
阳光短了，无力从屋檐上
爬下
狭窄的胡同，挤不进
一只老黄狗的吠声
老旧的墙壁，斑驳
涂改着光影黑灰色
老屋里的案桌上，座钟静止
停摆在
那个离别的时间

2016 年 10 月

## 山　居

门是松木的。关还是闭不要紧
推还是敲
无非是诗人在月下
虚拟的一个动作

一条小溪推开两岸的山坡

一坡种玉米
一坡放养羊群的白云

夜间是无须闭户的
虚养了一些月光和草木
开门，是一种情怀
关门，有一些小小的情调

2016年10月

## 心　境

一杯茶，慢慢地
凉下来。舒展的茶叶
沉到杯底

看到云和雨了
闻到了花香和鸟语
而你只坐着

壶里乾坤大
大到容下整座的江山
和日月

身外有寺
寺很小，刚好

容下一只参禅的小蒲团

2017年10月

## 她　们

她们，喜欢
拎着大竹篮，小木桶
来到秋浦河边
蹲下
淘米，净菜，洗衣
洗家里所有的脏东西
实在没有物品可洗的时候
她们就洗自己
在月光下
洗自己的脸，手
和身子
最后，捞起河中的那一轮明月
放在砧石上
用木制的棒槌
敲打着。

2017年11月

## 秋天，一株狗尾巴草的快乐

在秋天，狗尾巴草是快乐的。
比身旁的野豌豆快乐
比艳如蓝色妖姬的喇叭花快乐
比在草丛里，玩躲猫猫的小蛐蛐还快乐。

秋天的狗尾巴草是快乐的
它的快乐，不需要理由。'
它摇了摇秋天的尾巴，安慰着自己：
"这个秋天是我的!"

2017 年 11 月

## 净慈寺

路人在山门外的路上走来走去
香客在山外的尘世沉睡

敲响山门的是蝉唱，是鸟鸣
推开山门的是风，是雨

晨光在黄浦团跪下
不肯起身

2017 年 11 月

# 寒池的诗(6首)

寒池，原名李志，1984年生，安徽池州石台人，现居上海。

## 种菜的母亲

好多年没有见了。母亲从远方挑来担子
然后蹲坐在地头，小心地分拣着菜苗
叼着劣质香烟
吸一口，火光亮一截，燃成灰烬
母亲也不掸，偶尔咳嗽几声

阳光下，绻起长袖，挥着小锄
汗水淋透了背，肩上露着殷红的印痕
有时候也会背起黄昏和月光
还有我和蚂蚱
浇水施肥锄草，跪在地上捉虫子
母亲一生都在重复这些动作
却在自己头上种出了白发
这么多年了，老家的灯被母亲越擦越亮

即便是漆黑的深夜
月光下锄背的光芒
也会让母亲感到安心，让我觉着温暖

2017年

## 秋日黄昏

这世间有那么多美好的隐喻
譬如：站在温暖的阳光下
譬如：走在宽阔的大道上
譬如：花朵包围着我们

这世间也有很多的杂质和不完美
政治犯和贪污犯，恶棍流氓……
三教九流，我们都无法看清楚
面对面，微笑着，不露声色的擦肩而过

黄昏的电线杆上，那么多的鸟扑腾着
它们爱这美好的生活
我也站在这苍茫的暮色里，再次突围

2017年

## 秋　悟

这尘世，影响心情的因素太多
只因我们无法脱俗
对于一些事物，言语是多余
心，需静若清莲，在光阴里禅坐
翅膀藏在眼睛里，灵魂挂在月光的腋下

一棵挂满柿子的树就是一座村庄
秋天成熟了，有叶落下
我想我可以变得更加温柔
这些日子
把诗句越写越短
把生活越过越淡

2017 年

## 山

山就坐在那里，不语
像父亲，厚实。喜欢风喜欢雨
喜欢阳光在怀里打着滚
把一个个小小的日子，过得丰盈充沛

那些石槛是从山上驮下来的

院里的花草是从山上捧回来的
房子里的家具也是从山上抬下来的
等老了，驮不动了，就直接住在山上

清晨，推开木门，嘎吱一声，山就奔过来
山上的香味就扑过来。它连着云，连着炊烟
把一座村庄隔成世外桃源
蝴蝶知道，我也知道，一座山
也想人丁兴旺，挂起姓氏族谱

只是，到最后，山也会和父亲一样
矮下去，让出道来。我不是山顶那些盘旋的鸟
却踩着山和父亲的肩膀，涌进都市
从此，山从眼里搬进了心里
沉重

2017 年

## 人近中年

时光就这样在我手中沦陷了
只一瞬间，它便埋葬了昨天，
甚至连一些影子都不留下
伸出双手握不住一丝的风声

越来越不喜欢夸大、空洞的说辞

爱上细小且具体的事物
比如青山上的一只鸟，丛林里的一朵鲜花
甚至从我脚边移动的蚂蚁
渐渐远离了人潮与拥挤
慢慢靠近窗台听风雨拍打

人近中年，把自己往后靠一靠
看儿女走在前面
人近中年，看不惯的事物越来越少
像言语的平稳着陆
人近中年，越来越顺从自然的规律
看朝阳升起与落日沉山
对一张老照片望了又望

2017 年

## 入　冬

饱满的心一下子被掏空
方言，躲在里屋哆哆嗦嗦
浸泡在艾叶的热气里
入冬的深夜一阵咳咳
像是自己又像是村庄的
像冬日的天空总会阴沉
云朵像一只只从黄昏山坳跌落的羊群
满身裹着泥土。一座座古屋被摘除

像一阵阵风刮走旧时光
刮走一些鲜花和一些人
人们早遗忘了我的祖母
就像落叶一季一季的腐烂
老黄牛仰天长叹
一根绳索被它紧紧攥着
激情过后终于学会了沉寂
这些日子流水静下来，已冰凉
石子躺在月光下，静悄悄
它的情人们早已远去
风越刮越紧，在村庄的天空打滚
而乡村的路灯越憋越黄，不发一言

2017 年

# 方楠的诗(9首)

方楠，笔名随处春山，70后。有少量诗歌发表于各类文学刊物偶有获奖。

## 一个人的清明

当我离去的这一天
是枝头的黄叶　最后的一片
别落在讣告上　也别落在墓碑上

我终于没有了自己的影子
我终于可以安静　沉默
我终于变得那么坚硬

这一路的蹒跚　奔跑　跋涉
这生死之间
不过是一场孤独
虚席以待

那个清明的时节

在我坟头落泪的人
一定是让我心虚　一定是我亏欠的人

2012 年 4 月

## 一日行

窗户耀眼，这让人有不真实的感觉。
喝酒。谈心。茶叶在杯中上下浮沉。
游离又沉陷于俗世。
对面的人推杯换盏，语焉不详。
我的样子也模糊，言辞模棱两可。
这一日途径的群山，
一半火红，一半青翠。
我握住你的手，温暖又沧桑。
这多像我每一日的生活。
有的公开，有的秘密，
或许我这一生，
总是一半真实，一半虚构。

2013 年 11 月

## 一部分

你是我最温柔的一部分，

是离开了我，远去的一部分
在暮色里，你是就要消失的一部分

你是我永不能遗忘的一部分
是离开了我，又能相逢的一部分
在暮色里，你是我孤单的一部分

你是我最隐秘的一部分，
是离开了我，并要带走我的一部分
在暮色里，你是我曾经热爱的一部分。

我从未拥有过全部啊
我也只是我自己的一部分。

2014 年 12 月

## 青 苔

“要下雨了。”这真是毫不相关的事情
直到雨声盖过我们的声音

……“我们是两个都特别好强的人”你说
又说，……“结婚就是一辈子的事情”

窗外电闪雷鸣
雨下得越来越大。你把我的身子从水里捞出来

那么多的雨水，那么急
它们可能都汇集到了低处。总有干渴的人，在雨水里变得肿胀

我什么也没说
因为，青苔沿着脚踝，爬了上来
空气变得更加潮湿，青苔的气味有些特别

我比你，安静一些
暴雨比我们，安静一些

2015 年 6 月

## 一切都宛如平常

鱼不在这里，鱼在黑暗的深潭里
挤挤挨挨的，是那些野花、人家、竹林、树木
一群又一群，比肩而立的山……
被我带走的石头将不会出现在这里
和被我忽略的石头之间，存在着明显的区别
又有太多相似的部分
(一块墓碑，被七月的洪水冲下山，倾斜着半截身子，留在了这里)
年轻人、孩子和大洪水以前的日子一起漂走了
河边洗衣服的孤单老妇人，比我更爱这里
她留我们吃米饭，留我们喝甜水，留我们吃青菜

她的王冠上有无数星辰

2015 年 11 月

## 相　互

沿途的旧坟茔和漫山新绿
空山鸟鸣和人语喁喁
相互抵消
瀑布的轰鸣和山的静默，相互抵消
山涧奔泻而下，徒步者徒步往上，相互抵消
登顶的满足感和归途回望中的怅然若失
相互抵消
言说不知何起
一蓬野杜鹃
似绿色海洋中的火焰
废弃的古徽道
头尾皆无。山中徒步。无一物与我抵消
重新回到山脚的人
因恢复平静的呼吸而步履轻松
山峦镇定安稳，人世倾斜摇晃，相互抵消

2016 年 4 月

## 垂　柳

垂柳适合隔岸相望
故乡适合在纸上怀想

看着你年轻的脸。不忍说
——所有的，都将以失败告终

当然。一棵垂柳也终将涉过河流
我们必将隔着死亡
——“那弯曲的、低垂的、顺从的生与活”
是美的。也并非一种麻木的怡然自得

我们这样在世上活了几十年的人
我们这样不至于迷失在倒影里的人

2016 年 10 月

## 河　流

一个人
一生
至少，要深爱过一条河流
才能懂得悲伤
眼睛里，才能储满雨水

才能学会安静。慢慢雕琢心中顽劣的石头
跌倒的时候，才能弯腰看见自己
清洗双手
才能沿着它，回到童年
和久别的故乡

我常在一条河流边
独坐。徜徉。和远方隔岸相望
怀抱粼粼波光，一遍遍流淌

2017 年 2

## 属　于

这首诗，现在以至于永远
都会完全属于我

我将自由出入它，打碎它
拼接它，重建它，爱它，冷落它，恨它
给它生命。我要在它身上浪费许多的言辞

我现在暂时活在这一首诗里
将自己包裹在它的里面
我用它歌唱，活在我低声歌唱的喉咙里
我用它跳舞，活在我腾挪闪转的脚尖上

眼角的泪水，呼吸里的温度，胸腔中的心跳
都在这里。在这里
将它在我的伤口上推来推去
我们不再是这个世上无主之物

我们是快乐的诗人和悲伤的诗
我们是公开的诗歌和隐忍的诗人

2017 年 8 月

# 光子的诗(3首)

光子，安徽池州人，诗人、专栏作家、文化从业者。著有评论集《对话深圳》、随笔集《与一座城市擦肩而过》及诗合集《边缘》。

## 芦　苇

比风轻的是芦苇
一株芦苇，轻不过秋天

我的回忆比芦苇凝重
有时候像一阵微风
从芦苇丛中拂过
掀起的却是更轻的芦苇
比如你，和我迎面坐在手摇船上
你看到的是芦花纷飞
我分明看见人情淡薄，世事沧桑
轻如芦苇

众多的芦苇中，没有人能认出
哪一株是你，哪一株是我

2016年10月16日

## 你给了我一个虚幻的秋天

那条河，秋天没有结束就干涸了
一棵合欢树在河岸上眺望
它等候的一定不是流水
更不会是一个虚幻的秋天

那时候，合欢花热烈地开着
我在一河之隔的堤上给你读诗
一条河，它是我们之间最美的距离
你在水一方，面若桃花，浅浅地笑

秋天就突然来临了
水，流到了更低远的地方
河流和合欢树都沉默了
没有水的河床是一道无法逾越的沟壑
你面若桃花，浅浅地笑，背对我
给我的是一个虚幻的秋天

2016年10月18日

## 秋天最后的章节

忘记一只候鸟如何从很北的北方飞来
那些斑斓的叶子，就作为放手的礼物吧
树欲静，而风不止

秋天，陪伴裸露的河石，在一条河里发呆

这个季节阳光很少，草地很远
有一些陌生的事物介入
它们阻隔了情感的继续前行
颓废乘虚而入
盘踞在通往冬天的十字路口
桂花，被我的沮丧一粒粒打落
她们和河床上的石头有什么区别

如果有一次天晴的机会，有阳光
我会去那些曾经有过许诺的地方
感受，水落石出的寂寞

2016年10月23

# 包光潜的诗(3首)

包光潜，安徽池州人，作家，诗人，民间读画人。

## 傍晚，在铁佛禅寺

左边的树丛旁，几个少妇
争相晾晒甜蜜，发布幸福报告
右边的石凳上，两个男人
在不停地吹牛，仿佛西天的烂漫
都是他们一口气吹出来的
傍晚，我站在铁佛禅寺的小广场
挽留黄灿灿的秋阳，聊一聊
秋天的生育，冬天的养生
以至于春天，我们如何打着雨伞
到处感受一番生命的华丽
钟声，响了。一遍，又一遍
几个女人走了，大约去接放学的娃了
男人不见了，大抵趁下班的高潮
跑跑摩的，挣几个贴补家用的零花钱

秋阳已成夕阳，在我恍惚时
已然在长江的那一边招手
我依然站在铁佛禅寺的小广场
整理衣裳，掸一掸尘埃
礼拜心中的佛，为明天的生活清场

2015

## 钓，或胜于鱼

你该收起钓竿了
泡在温馨的时光中，等待
让鱼儿放弃警惕，安心地午睡
让水清醒，将鱼儿包围，水泄不通
让诱饵在昏暗中更加诱鱼
这个时刻，我们不必谈论
钓胜于鱼。你该回到
那片寂寞而充斥血腥的草坪
为你打开一瓶进口的香槟
将水陆两栖的幻象一饮而尽
放心吧，这个下午不会再有鱼儿
集体自杀，那种表演是有选择的
譬如水体的环境和检阅的时辰
我们发挥一下诗人的想象力
譬如鱼儿的天堂充斥玫瑰
遍地的红地毯，漫天的霞光

只有我们看得到的天空里
那些没有被时光炖烂的云朵
才会妒忌我们即将取得的战果
我们看到每条鱼儿的耳朵
竖得像发电厂里耸立的烟囱
而漂在水面上的浮子
多么像——哦，多么像伸缩的天线
在不停地调试接收信号的方向

2015 年

## 清明时节的某个下午

我坐着很久
对岸的一棵梨树和两棵李树
一直陪伴着
它们之间并不亲密
对我却非常友好
那些花朵显然开给我看的
娓娓河水都是新人
赶着鱼群，推着小舟
不要和陌生人说话
不要跟白云道别
它们一边走一边彼此叮嘱
我才懒得搭理
可我一直没有停止凝视

梨树与李树之间
那堆隆起却疑似塌陷的坟茔
枯草又青了，花儿又开了
荆棘像一床棉被
温暖又可防止入侵的野兽
想象他或她的后人
可能在什么地方，行色匆匆
譬如纽约，或曼哈顿？

2016

# 方群的诗(2首)

方群，1965年生，安徽石台人。

## 与秋天的对话

时间在下沉
窗台上的花开出秋色
怯懦的叶子，虚伪的花盆和
不可救药的泥土
能否安睡?
"尚能饭否"?
还未盛开的理想
沉默地坐在树上
鸟鸣围着它徘徊已久

天依然炎热
手拿着《诗歌月刊》
我看到　诗
汗流浃背　诗味

有些迷离
热浪一字排开
我在人群之中　也在人群之外
独享

车过风尘
卷起一道灰色的伤痕
揉碎了一波秋水的梦
对面有多远
天涯是多近
仅凭目光
怎能丈量流水的过往

不要轻信花盆里的春天
红尘老去　水漫阶前
与瓦上的霜一样自然
来　来　来
喝一杯下午茶吧
到这个时候
谁没有几根早生的华发

2011 年 9

## 五公斤的行囊

不能再装了

足有五公斤
怎么说　都
不是一个轻松的行程

那夜的星星应该是快乐的
虽然被天外的雨淋得透凉
我只带走两颗
我要将它的眼泪风干
制成水晶
照亮我的行程

我还要带走你的那本书
我会时刻拿在手上
用它呼吸
累时，在书中的树上歇息
我还没想好　如何让
书中的水活过来
让树开出花
让花结上果
给生命重新定义

书的扉页上
那枚五克的落叶
是我要常去看的
看它泛黄的速度
是否比我想象的要急

等我再也走不动
再也无力拿书时
我会把它放在最后一个路口的界碑上
也许　那时
已无人在意
无人在意是谁来取

2011 年 10

# 王宏权的诗(4首)

王宏权，笔名江南王子。著有诗集《隐在牧笛里的花朵》。

## 雨　中

当我再次碰触时
风，藏匿了一些事物
又把一扇窗打开
记忆的拼图碎裂
散成一朵一朵浮云

天空演绎着八卦
黑白交织。显然在暗示
一场雨将随之而来

行人，车辆，树荫下的
词语，越来越少
少到我是唯一等待雨点的人

高高的天上，密密的云层
开始闪电……

我在路上，一个人的视线外
脚尖踮起结痂的心口
且行且望
而远方仍由远到近
将一场雨，一幅水墨背影
愈来愈浓的留给了我

2010

## 起风了

本是青天丽日
但现在，起风了
翩跹在草丛间的紫蝴蝶
不知落向了哪里
空旷的村野
苜蓿花和狗尾草开始摇晃
眸子不安，紧盯着
风里滑过的痕迹

起风了，树枝，高压线
努力控制着情绪
躁动的小麻雀还是打破
它的平静

起风了，心如浮尘
忽上忽下无处安放……

终于在日落前，心事追上影子
饥渴中嗅到失去的体息
以为你会悠然转身
而你的漠然
恰如黄昏突起的雾霭
是一片提前到来的夜色
哦，漫漫孤途
我将面临更长的夜
以及比夜更深的黑

起风了，向前，向后
或就此停留
此时，没有谁告诉我
——起风了

2010年

## 远　了

一阵风被山丘阻断
一句话被时间推开
蓦然地
彼此就远了

以前，在没有山丘的地方
被风吹着，衣角碰着衣角
影子叠着影子
整个身体是暖和的。再冷
也是暖和的

那时，你喜欢把脸
埋在我怀里。数星星，看月亮
有时你不数，也不看
只听我的心跳。
或嗅着身上淡淡的烟草味
然后把脸，话语及你的
小幸福，埋得更深
小草一样安宁

现在，没有了
或者说，现在不是了
除了记得星子般散落的片断
或被一场闪电裁剪过的情节
我们都被丢在一座山丘
一截时光的后头

2010 年

## 敬畏或幻想

我惊悚你从大地的隆起

沟壑　断裂　悲怆
仍保持一座山的姿势
一个世界的静穆　淡定
不再仅是物式的表达
云雾的缠绕
让看得见的躯体　变得
更加虚幻　深不可测

合抱的古槐　恒久
立在那里　枝桠虬曲
上下或进退　显然
“与你看不见的时空　发生了
真实且不可掌控的碰撞”
枝叶葱茂
你唯一能把握的语言

婆娑世界　你是否真的
开始对一座山　一棵树
充满了敬畏或幻想——
请把你的钥匙（尽管已锈了）
你对世俗的小牵念　安静地
还给尘世　像秋天
把落叶安静地还给泥土
安静地走向苍茫

2012 年

# 王光龙的诗(4首)

王光龙，池州人。著有童话集《篱笆墙下的童话城堡》。

## 蝴蝶飞过的夜晚

何时你才不会，像蝴蝶一样飞入我的梦中
仿佛花儿般徘徊，张开翅膀就是一个故事
我低头走在小径上，看清秋天的纹理
慢慢地织满那些夜晚的窗帘，随风而动
你或许隐藏在某个下雨的街上，忘了带伞
把一缕缕的风景片段晾干，然后在我的梦里
播放着黑白相片。所以，我才会再次相信
你就躲在不远处的花蕊里，对着我露出微笑
我辗转，望着一地的落叶说你不会离开这里
走近秋天的最后一站，和灯光一起熄灭
当你的脚步声走近我的梦里，我就打开门
为你拍拍肩膀上的雪花，进来喝杯咖啡吧
一些失眠的羊羔迷了路，被赶进夜晚的圈
你知道很多的话我还没有说，你就转身

像一滴水融进我的眼中，一片深处的海
在南国的夜晚里激起层层的涟漪，飞过
一只蝴蝶的影子和慢慢冷却的夜

2013年4月

## 南方的冬天

在南方，雪花成了一厢情愿的
暗恋。那些棕榈、须榕和蒲葵
和一个在天桥上折纸鹤的女孩
都如此的静谧，我实在找不到一个理由
可以放肆地去拥抱

我走在一个叫作小洲村的城中村里
还能看到喝着酒的汉子和妖艳的少妇
一个河南的朋友曾和我在这里吃拉面
他要了一个泡馍，哗啦哗啦地喝着辣汤

2015年10月

## 无可奈何的事情

花儿无可奈何地谢了
河水一天天瘦下去，眼睁睁地看着

秋天被群雁簇拥着上了山
老去的终究会老去
最后一抹余晖掉进了咸菜缸里

秋风乍起后，日子渐渐被夜色霸占
我的睫毛也越加疲劳，盛不住月光
偷偷过来小憩的流萤也飞走了
我穿上那件白衬衫，走进人流
被夜灯照成了轻飘飘的影子
只是，偶尔想起少年事，
花儿在身边又开了一遍

2015 年 10 月

## 在秋天里回家

这个秋天，我走在回家的路上
两手空空，一阵秋风碾过雁影
我数着一排排旧屋，一排排
无人管教的芦苇
肆无忌惮地晃来荡去

这个秋天，我不关心粮食和蔬菜
父母早就已经安顿妥当
就像当年上大学的我，父亲背着行李
走在月光下，而母亲

则躲在月光里偷偷抹泪

一晃多年，我不断地来来回回
像刨了又种，种了又刨的田地
无论收成如何，父母总是弓着腰
把穗子一点点地捡回家。

2017年8月

# 芮武的诗(3首)

芮武，1965年生，安徽贵池人。著有诗集《遥远的门》《生命中的星辰》。

## 忧伤的歌谣

母亲的背影很亮
往事的尘土
在黎明的路上飞扬

走在母亲的身后
冬暖夏凉
泉水和阳光像路一样
深入我心房
母亲不再明亮的目光
像骨骼一样
支撑着我走四方

童年时
我来不及画完的蜡笔

在尘封多年的地方
被母亲随手摇了摇
白天和夜晚
就像一片片不同的树叶
瞬间落在母亲的头上
母亲的黑发就开始雪花飘扬

我走在远方
远方在母亲的汗珠里生长
走在花开花落的路上
我忘不了身后那低矮的山坡上
寒夜里　艳阳下
母亲
永远为我擎着一盏蓝色的烛光

1989年6月

## 在旱季写作

在旱季写作
显得多么苍白
我的笔尖
与农民的心尖碰到一起
是那么软弱无力

坐在星空下

星星不再是一串爱情神话
我的笔　笔下自由的文字
曾溅起万丈情感的水花
此时
却不能滋润一棵饥渴的庄稼

庄稼　庄稼
外婆丰收的梦想如画
而八月　八月火烧的天
看不见乌云的发辫

在旱季
阳光熄灭了禾苗的泪珠
我的笔无法抒情
无法描绘田野的身影
在旱季
我突然发现
庄稼才是大地上真正的花蕾
我看见乡村劳动的手掌
鸽子一般
衔着生命的水
在庄稼的周围
艰辛而娴熟地飞

在旱季
我的笔
远不如引水的锄那样灵巧 坚韧

我恨我迟钝的笔
无法割开诗歌的血管
流向村庄

在旱季写作
显得多么重要
旱季
蒸干了我诗中的水分

1994年2月

## 九五年

我想　是歌唱的时候了
明天的树枝
从我的体内斜出
打碎了冬天的寒冷

风啊　请不要打开沉默
我的面容　将被青草遮住
将被秋天的火焰映红

我从大地的中心走过
我惊动了时间
我无法想象时间的面孔
以多少种表情　对着我

九四年的果核不知扔在哪里
像我们正经历的夜晚
这白昼剩下的果核
有多少被埋进黑色的矿藏
又有多少抽出光明的芽
开思想之花
我转过身　触动了河流
我在河流上写下文字
这水中的文字即使如剑
也斩不断河的语言

真想叫九五年停一停
让我看清时间的倒影

1995年2月

# 洪德胜的诗(2首)

洪德胜，网名江南山民，1964年生，安徽东至人，著有诗集《丘陵之上》。

## 芝麻开花

芝麻开花
芝麻结荚
芝麻叶子便落了

芝麻又开花
芝麻又结荚
芝麻叶子更落了

芝麻长高
芝麻荚长大
芝麻叶子都落了

芝麻结草
芝麻搭架

芝麻喊着芝麻

芝麻开门
黑芝麻、白芝麻
芝麻开着花

2010年8月23日

## 向　晚

天色向晚
大楼里的人陆续下班了
我又看到
爱干净的太阳
一下把楼拽在怀里
就像拽着孩子
舀着光
从头沐到脚
那么静静的
又那么喃喃的——
多么像小时在老屋的土场上
把我洗澡的样子
只是风不解
顾自逐着风玩

2015年7月16日

# 徐照红的诗(6首)

徐照红，1964年生，安徽石台人。

## 贮木场

第一棵树
被砍倒的时候，贮木场
开始腐烂
空旷而幽深的贮木场
鸣叫的上空
斧子霍霍而来

贮木场安居水边
远离森林
荒草萋萋
许多的石块只枕着
几块树的腐骨
贮木场步入冬天
看不见一片树叶

树叶哗哗作响
那是林的叹息
从山顶飘到山脚下

贮木场在城市的边缘
面对城市的门
使许多很大的汽车
在城市的大街上
放牧木排
使河流的深处积满落叶
河流不知流向何处

从来没看见
伐木工人走进贮木场
贮木场没有纽带
等待在平静中
只听见斧子在上空
划动树叶　霍霍而来

1990 年 12 月

## 锯柴的人

在我的故乡
冬天是一段深刻的日子

有一双树皮样的手
拉扯着长锯
木屑潸潸而下
我抬头看见
远山树木葱郁
而在我起居的附近
一些树木　粗粗细细
像孩子稚嫩的四肢
一截截堆在地上
长锯呼啸。锯柴的人
像我的父亲，木然的脸
贴在冬天的风里
随树皮样的手
倏进倏退。拷问树木
升起四季的炊烟

那双手拉扯着岁月
使树木杨为火的骨骼
将树木和它的回忆
化作火焰　烤炙我的
脊梁。睁开的眼睛

锯柴的人，双手推进
或者拉出。仅用一锯
一锯的木屑，就锯断了
我曾经见到的

茂盛而色彩涔涔的路
使我头顶上的天空
在寒风里，像树叶样萧瑟

1990 年 12

## 柴被劈开

那些劈开的柴，堆积起来
堆积成高度，将成为一面墙
立在西北风与家乡的民房之间
把回忆置于暖和之中

寻巢的鸟，低低地飞翔。叫了又叫
天空裂开一道豁口
风雪就要来
山里的门就要打不开

柴被劈开。曾经粗壮的树木
现在像房屋倒塌样散落下来
被整齐地码放，等待晾干
它茂盛的绿色被掩埋

风雪就要来，风雪还没有来
等待风雪。我坐在劈开的柴上

1992 年 12 月

## 出入柴林的兄弟

三个月里的冬天，藏不住一场雪
一队兄弟在柴林中藏不住刀影
门前的山岗高出了秋天
收成和年景，流过檐下的菜园

多少座山头裂开火坑?
多少柴薪成为火魂，被种进火焰?
多少兄弟背负过这样的魂魄?
多少火窖里藏不住一个冬天?

山的褶皱和柴林合了又开
一队丰了羽的兄弟走下来
少了一人的一队兄弟，入冬也入山
照样把柴林放倒在母亲的围裙边

1995 年 10 月

## 霜落石梯

“一些枫叶落下屋檐
你栽的那株银杏刺破了秋天”
父亲在堂屋里给儿子写信
松节火把已经困倦

山路上的月光凉了好久
父亲在飘忽的火光里敞开着门
松涛在门外的山冈上滚动
冈上凉亭渡不回那个出山的人？

落地叶子被山风旋起。父亲
将嗓子眼的话咽回心里
他的布鞋　踩着一片树叶
风声停住。父亲听见霜落石梯

1998 年 12

## 薄薄的雪照我回家

从小学的操场上挥洒开去
洒到家门前。一棵老桂花树
由绿变灰，灰色越来越浓
浓成白。如同父亲头上的岁月

从青枝绿叶，到灰
到白。儿女们从这里成长起来
便走出二百年的木门
去看幽暗的天空下

飘下雪。第一片落在父亲的

咳嗽声里。落在弯刀的亮光里
父亲就是用这一道亮光
在南山收集光明和温暖

从门前的南山到屋后的
秋浦河，中间有一条小小的路
小到只有小孩能走
我背着书包从小学回家

我踩着最初的雪，也踩着父亲的
咳嗽声，看天空搓棉扯絮
我背着雪的沙沙声，将回家的路
越走越高。又一批雪花落下

落在我清晨的朗诵声里
落在父亲砍树的声音里
落在铅笔掉在铁锹上的声音里
这些声音将回家的路越铺越高

铺成一座山。四面八方落下雪来
声音的青枝绿叶变灰
再变白。声音堆成的山
被雪花覆盖，之后闭目无语

2007 年 8 月

# 二胡的诗(4首)

二胡，原名胡恩国，安徽池州石台人，著有长篇小说《行色》，诗集《不要在秋天里和我说话》。

## 老家的木门

松树木板打制的门，严丝合缝。可再怎么关
也关不住满山的花香满河的水声
关不住一里之外，庄稼地里发酵的香气
关不住跟着父亲鞋底跑回家的几两泥巴

淡淡的木香味，与门前的水，灶膛的火，菜园的土
一起精打细算，把农历过得没有一丝破绽
开门迎春，关门过冬
吱呀一声，就夹住了前来打探的风声

母亲关门的声音，总让我安心
她轻轻地一推，一场鹅毛大雪
就被远远地推到天边，推到她百年之后
才把我从暖暖的被窝里冻醒

## 杀　羊

白刀子进去之后，我没有看见红刀子出来
刀刃隐入暗处，像灯火，总想在黑夜里躲藏

你不要把刀抽出来，不要让血腥扩散
让木钉钉紧木门，像封住柔软的咽喉

吃下去的青草，还给你。留下蹄印，盛满雨水
挤出来的奶，你早已提走。提不走的，是咩咩声

羊羊羊，咩咩咩……春天来了，野花开了
去年的蹄窝窝里，亮起了一盏一盏的小灯

2016 年

## 秋天的望乡之诗

一只蚂蚁在洞穴里卸下比它更小粒的阳光
月光要迟一些才能坐上青瓦屋顶

一只枯叶蝶飞过了山岗
它是不是去寻找下一个春天

比一场秋霜更薄的是草木的心脏

鸟鸣挟裹着落叶离开村庄

秋风柔软，更像一把刀，可以割草，可以杀虫
也可以像绞索，把山河勒紧

2017年

## 途经慈云禅寺

烧香的人迟早还要回来
一扇朱漆庙门，留不住太多红尘

他们把身体在香火里荡涤半个小时
一炷香的时空，容得下一生和来世的祈愿
一炷香的时空里桃花开了十亩
蝴蝶和蜜蜂的赞美声里没有经文

烧香的人带回木鱼的余音
放生在寺外的河流和桃林里

2017年

# 程纲的诗(2首)

程纲，1977年生，安徽石台人。

## 轮回十四行

1977年的夏天，落地了，这时
一声啼哭叩响了门，也叩响了门外的事
从时间里走出的阳光表情若有若无
夕阳举起男人一样沉重的手势

一种命运平静如水
声音走过什么，鸟儿经过夏天
天空很高，有血或奶的元素
充实的季节，人和石头都是面具
夏日的空间里有人开放为花朵
一切陌生的地方都很熟悉
时间与时间面对面地感到孤独
往事在身后，门打开之后又关上
流水穿过事物与白昼

## 人无法走出夏天

人无法走出夏天
流水穿过事物与白昼
往事在身后，门打开之后又关上
时间与时间面对面地感到孤独
一切陌生的地方都很熟悉
夏日的空间里有人开放为花朵，
充实的季节，人和石头都是面具
天空很高，有血或奶的元素
声音走过什么，鸟儿经过夏天
一种命运平静如水

夕阳举起男人一样沉重的手势
从时间里走出的阳光表情若有若无
一声啼哭叩响了门，也叩响了门外的事
这时，落地了，1977年的夏天

2017年8月29日

## 对　峙

尼采：人生的幸运，就是保持轻度的贫困。

——题记

黑夜没有断裂　你度过许多河

你的外形永久地停留在一个人的脑中
你的爱谁倾注了什么
要打开的门最终没有打开
而你现在　接受空气或者水
反射的时间在黑暗中溶化
紫罗兰带着美丽的忧伤消失你的眼前
一个文字或一段故事充满悲伤
那白日的雾久住不散　鸟儿提供
足够的温柔　你在微弱的月光下
行走并沉默　那干枯已久的河流水面太宽
风景迷人　也许没有什么意义
陌生人与陌生人在镜子相识
令人窒息的空间　一个影子难以认出
你拥有你的一切　尽管无人理解
潮湿的石头的喧嚣　一种声音
陷入皮肤中　谁的血泪倒进无形的杯子
不息的掌声暗示着什么
来自秋天的某物　你要去何处
你知道谁在远方看你
夕阳西下　你
一个词一个词地走过蜿蜒的小路
空虚的形象覆盖裸体　你占据了一方空间
开始走向雪地

2017 年 10 月 13 日

# 刘向阳的诗(4首)

刘向阳，1967年生，安徽池州青阳人。

## 中秋月色记

那不是地上霜，是蛇
满地的银环蛇
群山孵出的赤裸的
精灵，从山月
那圆圆的洞窟纷纷
潜出，啾啾
争食山村的宁静

一阵山风
失落了松果
打碎碧潭的眼睛
夏季就在那涟漪上
自缢，不留痕迹
门前流水

淙淙然三千年
古旧的瓦堞
只是不言语
冷然等待天外的霜雪

我们是一群过客
只是过客
且无有故乡……

1992年9月

## 井

井把脚伸入土地
内心盈满水的德行
月影醉卧其中
不动声色

人们小心打探下去
总会得到甘洌的回报
井是一只丰乳
旱季里越发动人

那水淋淋的身子
在岁月的长河旁
坐稳自己的位置

同焦渴的心灵对话

使用水的言语
滋养游子的乡愁
并成了文明的商标
注册在历史首页

1997 年 1

## 指　纹

如一块石头投入湖心
漾开一圈圈涟漪，那指纹
是箕，清晰可辨，印在
脱釉的古老陶片上
先人无意留下的
一枚指纹，扰动我的心
几经几遭几劫，人已远去
罐也破碎。无名的工匠
你的姓名，容貌，无法知道
但指纹是你来过的证明
如今，你已远去
仿佛一切都没发生
而那指纹叫我惊喜感叹
阳光照你照我照后人
我能留下些什么

让他们怀想，如你留下
这圈圈涟漪打动我的心灵

2004年1月

## 柳孜遗址

一寸一寸，从今掘下去
见到明、元、宋、唐
及至隋朝，在泥土里
苏醒，面目渐渐清晰

沉舟侧畔，是破碎的
人生、富庶、奢华、精致
被石锚静静锁定
在干涸的历史故道里

我们穿越旧时光
探方之下，是疑问，是惊艳
木岸狭河，隋杨依依
瘦长的船舟，往来无尽

是什么吸引杨广下扬州
丝绸的图案、烹饪的手艺
还是美色的眼神、江南的风景
为此，丢了江山社稷与性命

石砌的桥墩也许知道
腐朽的木桩也许明了
黄河泥沙抹平所有的细节
为后人留下一些瓶、碗、碟

“立花白”“风花雪月”
“仁和馆”，空空如也
佳酿被谁悄悄饮尽喝干
史书只记下一声低沉的长叹

2015 年 2 月

# 吴先耀的诗(5首)

吴先耀，安徽宿松人。著有诗集《尘在我心》《指尖醒了》，散文集《宁静的抒情》。

## 我想你是黑暗的

我想你是背阴的
风到这里也是阴性的
根须是潮湿的
思念的叶片绿得有些无力
这凝固的暗
像一团湿泥

我想你是黑暗的
只有灯火才能　划开
黑暗的口子
我是小的，箭镞
在你幽深的凝眸里
只有飞翔是重的
当翅膀擦在隐约的光里

2014年6月

## 在龙川

都是时间的片羽
再丰满的，也熬不过
时光的锋刃
都刻在河流之上
连每一块石头
都镶上时光的秘笈

我来了
像一股微风
轻推一扇扇古老之窗
看那些羽毛
轻舞
一些沾满灰尘的梦
在时光的册页里
轻觞

2015年8月

## 和悦洲

岁月如浮萍
荣枯在一江之间
一个回眸之间

即便登上去了
也靠不了岁月之岸

和悦洲
一直在风雨里
隔着一条浅浅的江水
一条斑驳的老街
白云悠悠
摇曳着
那些支离破碎的梦

2017年9月

## 在湿地公园

若见芦花飞起
我何必轻扬忧伤
若现鹭鸶独立
我何必在人群中觅食

秋天有多远
芦苇有多黄
在低处，在暗处
总有一些蛐蛐的叫声
让这个寂寥的上午
多了一层湿润

2017年10月

## 在西塘

时光爬满了
斑驳的墙
还有一些　在水面荡漾

谁能绕开这时光的河流
谁能说得清
风雨中　这千年的守望

此岸与彼岸
我的思绪
弯曲成一座拱桥

2017 年 12 月

# 青青河边草的诗(5首)

青青河边草，原名陈学勤。池州市东至县实验小学教师。

## 早开的油菜花

二月　阳光还不熟
一畦绿地中　几棵油菜开花了
真像大家庭里的长女
总要起早点　推开门扉
试试风的清寒
再喊妹妹们醒来

2016年3月

## 母亲甩了自己耳光

妹妹要带着儿子去旅游

母亲打电话问　坐啥呢　是飞机还是大巴

妹妹说　火车
母亲说　小心呀　吴叔的孙子坐火车出事了

一旁的父亲发火了
你个鸡屁嘴

我的老母亲　一夜没睡
想想　甩自己一个耳光
想想　甩自己一个耳光

2017年2月

## 下雨了

每一滴都是我喜欢的
每一滴都让我的笔尖渗出薄薄的凉意

此时　你若出门　你在雨中
你若闭守内室　会有更沉的雨点落下
碎碎的小珠儿
将往事又送了回来

下雨了　我如此虚构你
偷偷高兴　像一个计谋得逞的小女巫
每一场雨都是我下的
每一滴雨都是我念的咒语

2017年4月

## 母亲节随感

母亲照例坐在小院里
佝偻着　像发胖的土豆
她在给手里的小土豆削皮

我宅在家中
照例搬弄旧文字
像一位初级职称的农夫
栽下拙劣的秧行

朋友圈里照例堆砌着
鲜花　锦袍和勋章
我和母亲
埋首日常　各自磨损
将各自的流水送走

2017 年 5 月

## 狗尾巴草

月下
我想为你重新命名
唤你　小狐仙

轻轻柔柔的音韵
仿佛那些活在笔记小说里的美眉们
就真的从眼前闪过了
衣袂仙举

荒山野岭　废庙弃宅
都是你们的好去处
赶考的书生　苦读的秀才
添香也添乱

唉　说来说去
每一部传奇的最后　你们都隐遁了
唉　说来说去
这人间　怎能容忍妖孽的存活

其实呢　你们一直都在
春风里　士子们打马归来了
山径边　溪流旁　密林中
你们招摇着细细绒绒的小尾巴
唤醒他们　那一夜的秀色记忆

2017年8月

# 陈秀的诗(2首)

陈秀，70后，安徽池州人。著有诗集《雨中听荷》。

## 河　流

解开两条缆索：清溪和秋浦
我们在熹微中启航。
亲人们的影子走向村庄。
苦栎树中的村庄
我用模糊的双眼
感受你的留恋。

我手执烛火轻轻地说出：
母亲的河流，我爱你至永恒
抚摸着柔软的细沙，
我解开了
绾紧美丽梦想的发髻
我入云的花腔女高音。

清溪河，秋浦河
我的父亲在这里
我爱的少年在这里
我童年的秘密
在小小的野花上
藏在她羞涩的蕊芯里

我知道我是这两条河流中的
一滴水做的女儿
流过苦痛而充满希望的沃野
声声雁鸣里，
我又是这两笔狂草中
奔跑的呼喊

2008 年 10 月

## 忧伤写满这个季节

原来你的忧伤写满这个季节
一个念头，又把春天打湿
我竟然不知道啊
傻傻地，在你的歌声里
孤独地鲜艳

我唯一的恋人，请给我以
虚空的时光

让我的手，握了又松
松了又握
像一朵花，开了又谢
谢了又悄悄盛开

请允许我无药可救
允许我用绳索，勒紧我
疼痛无比的骨头
请允许我像一条小青蛇
游弋在你
春风得意的脚的旁边

把你的忧伤
当作这个季节的涂鸦
只把你当作不懂事的少年
我将又一次原谅你
对着一朵花
向自己的身体告别

2012 年 8 月

# 韩赛平的诗(3首)

韩赛平，1961年生，安徽东至人，现居池州。

## 磨

磨石旋转着
发出声声叹息
浑浊　苍凉　迷茫
像奶奶蒲扇拍打的童话
如爷爷冷夜呢喃着的梦呓
是记忆深处妈妈唱着的童谣

磨石旋转着
碾出白的黑的紫的生活
碾出甜的苦的涩的生活
晴天放在太阳下晒
雨天放在晾箕里晾
清水一样的农家日子哦
就这样一天天

从磨眼里
　　漏掉

古铜色的磨架
犹如古铜色的胸膛
浸透了几代人的汗水
折射着岁月的幽光

粗糙的磨绳
犹如重担压出的经络
挂起了几代人的渴盼
承受亘古的拽扯

厚实的石磨
犹如厚实的性格
碾碎了几代人的时光
肩起沉重的生活

1988年3月

## 小木琴

睡醒时
总有小木琴的声音飘飞
从记忆中悠悠而来
如蝶影

撩拨慌乱的情绪

走进早晨的静谧
目光与晨曦交织
交织出纷呈的幻象
有你恬淡的笑
迷离的眼
诗一般站立的身影

目光总是让你的眼睛捕获
心神总是自投你笑靥的罗网
你那副身影
让我一千次地默读低吟

大山是早晨隆起的肚腹
正孕育那颗不安的生命
汩汩涌流的清泉
却描绘不出我的思念

一阵清风
一串飘飞如梦的琴音

1989 年 5 月

## 灵魂的逼迫

昧着良心
我曾活得逍遥轻松
衣食无忧之外
还能左右逢源
玉树临风

然而
赔笑尚未全部收回
握别的手温也未褪净
灵魂却常于不经意间
突然亮剑出鞘
一步步将我逼入
价值和意义的死胡同

旭日初升的早晨
或者皓月当空的夜晚
我每于无人之境
赤子一般　匆匆
又恣意地回归初心

不知道有多少人
被不值当的理由骗了一生
只知道
为了同样的理由

我曾经一次又一次
残忍地按下胸膛里活泼敏锐
又滚烫的心灵

2016 年 11 月

# 石泽丰的诗(5首)

石泽丰，1978年生，安徽宿松人，现供职于池州日报社。

## 青草抬来春天

父亲还在田间烧着草皮粪
风　像追赶着什么
不声不响就翻过了年的脊背

牛儿在栅栏里关不住了
哞声牵动着拔节的麦苗
一年的路
就这样开了头

那么多嫩绿的草啊
无论　根深根浅
伏身抬起的都是春天

2007年2月

## 临冬的方式

就这么简单。是谁
看雁南飞
寒冷的音符
被阵雁吐出

风从北方一路吹来
吹过田间、地头和山丘
临冬，霜一早伏在枯草上
寒湿了树的脚跟

走在菜畦上，母亲
一缕白发飘成霜的风景
老茧的双手，冻得
拢不紧一棵白菜根下的土

2008年12月

## 露枕夏草

在夏至，露水头枕清晨
晨曦从田野上一笔带过
梦中的故乡，原本稻禾丰茂
那些务工的热潮

却把抛荒栽进了田亩

露水光顾如初。夏草相迎
叶尖上的泪　被托起
那些失重的忧伤
蜻蜓点水
至今，我过目难忘

是谁抽空了盛夏的农忙
我一直担心　野草
肆意疯长　这个时候
如果有人老泪纵横
那定是我种田谋生的父亲

一场夏露，你
究竟还要打湿什么……

2014 年 6 月

## 一条河流在拐弯

不光地球是圆的，岁月也是
以年固定的圆内
春夏秋冬跑不出去

徒劳无功是常态，在一条河边

流水诉了千年
却敌不过摆渡的人，他们
不留倒影前赴后继
一个接一个地让篙子
反复试探回忆的深度

我在自己脱胎换骨的河边
看河流拐弯芦苇作揖
不敢抽身离去，怕
老天安排的相逢
误了我们结缘的初衷

2015年3月

## 柴　门

你用梦境坚守着空巢
时光沉沦其中
塌陷下去的
斑驳的记忆
被一阵破门而入的风
惊动

没有应门之声，你
却依着岁月还苦苦等待
结局是霜雪将至人未归

不说那些朝夕相处的篱笆
就连月亮　夜半
心也寒到了极点

好在竹子已成林
有鸟栖落　安身
它们用鸣声
为你——
把死寂砸破
形成了几个诗意的窟窿

2016年11月

# 周玉钦的诗(4首)

周玉钦，安徽宿松人，大学期间创办《季节风》文学期刊。著有诗集《行走的过程》。

## 北方的风

就这样走了吗
在那个没有雨丝飘洒的季节

我知道
北方的天空很开阔
北方的视野很透明
北方的树很伟岸
要走，就把一切都带上吧
连同那枚小小的错误
人们说有思念就不会有
真正的孤独
合上眼睛
合上记忆的时候
我的心在大片大片地湿润

那是留客不说话的江南雨啊

你说过 北方多雪
北方的冬天很冷
但我不怕
有你这雨的精灵

走惯了粗犷走惯了晴朗的你
下雨的时候
还会记起那细腻的江南吗

1989 年 5 月

## 也算表白

我无法逃脱
一种明证
一种言此及彼一种有口无心
远与近　高或低
打与骂爱与痛等等等等
都有中国式的辩证
既然把手心亮给了天空
那就无须再将手心翻成手背
袒露，也不失为一种美丽

1989 年 7 月

## 温习那片竹林

随手拾一片叶子
仅仅一片就够了

那个下午阳光很浓
风也很浓
阳光灼热我们的肌肤
风吹乱我们的头发
我们咀嚼橄榄一样咀嚼那片竹林
我们围绕那两个不规则的石凳
排列组合
（这是一盘简单又复杂的棋呀）

回来的路上
天飘起了小雨

1993年5月

## 在平天湖体验日全食

公元2009年7月22日
上午九时二十三分
天空渐渐暗下来
暗下来

一丝凉爽掠过周身
从白天到黑夜
震撼的情绪在黑暗中
疯狂地抽丝
我听出来了
不只是我一个
是的　静的时候最能听出
天籁的声息
短短的六分钟

2009 年 8 月

# 附　录

## 安徽部分民间诗社及社刊资料

### 合　肥

**若缺诗社**

该诗社成立于2006年3月，由陈先发、汤养宗联合倡议。首批成员有汤养宗、宋子刚、向武华、弥赛亚、蓝角、孟芊、杜绿绿、商略、郑小琼、公子秦、章凯、陈先发。该诗社主张，在传承汉诗传统特有品格之同时体现汉诗的当下性。既为若缺诗人，总是“若有所缺”。若缺诗人崇尚个性、自觉，甚至互否，他们要超越的是自然写作状态中最容易陷足的好、爱、死、悲、空等原始情结，而攀登于更高层次的精神支点。

**《抵达》诗刊**

该诗刊创刊于2008年，主编汪抒。该诗刊由抵达诗社主办，由汪抒、尚兵、冰马、宇轩等人发起，一年出一本年刊。目前已建立了抵达诗歌论坛，抵达诗群专辑发表于《诗歌月刊》《文学与人生》《中国诗歌》等刊物。

### 芜　湖

**江南诗社**

该诗社成立于1983年，当时是安徽师范大学唯一的纯诗歌性社团。2

世纪80年代与北京大学的五四文学社、复旦大学的复旦诗社、吉林大学的赤子心诗社并称为全国高校四大文学社团。该诗社在20世纪80至90年代的校园诗坛中拥有相当重要的地位，是这一时期大学生诗派的重要创作力量。这一时期的代表诗人有钱叶用（首任社长）、袁超、查结联、沈天鸿、祝凤鸣、方文竹、罗巴等。江南诗社先后培养出20多名全国著名诗人。

该诗社有社刊《江南诗刊》《冷风景》。其中，《冷风景》创刊于2002年，在全国的民间文学刊物中享有极高的知名度。《冷风景》在2005年8月被《诗歌月刊》评为全国民间40种有影响力的诗刊之一。经过30多年的发展，该诗社现已由最初的纯诗歌性社团发展为诗歌、散文、小说、戏剧、电影、文学评论兼备的综合性文学社团，被评为安徽师范大学六大“精品社团”之一。

**夹缝诗社**

该诗社由张应中、陈洁峰、梁震、徐春芳、胡太南5人发起，成立于1998年8月29日。该诗社编印了《夹缝派文学作品自选集》（张应中主编）。其后有一度、杨四平等加入。2004年，《夹缝派文学作品自选集》成为安徽师范大学中国诗学研究中心的内部刊物，至第10期更名《诗窗》，至2011年总第14期停办。夹缝诗社曾在民间产生过一定的影响。

**《诗窗》诗刊**

《诗窗》诗刊的前身为夹缝诗社的诗刊，1998年8月29日创刊，以刊登安徽作者的作品为主。最初由张应中单独出资主办，之后有梁震、李商雨、杨四平加入。改名为《诗窗》后，由安徽师范大学中国诗学研究中心主办，第13期为一度主编的安徽80后诗歌专号。

**《诗域》诗刊**

该诗刊创刊于2002年，主编梁震。该诗刊主要依托诗域诗歌论坛，第一期212页，刊发了100多位诗人的作品。

**《零号》诗刊**

该诗刊创刊于2001年，主编阿翔、梁震。主要编辑有阿翔、林子、李商雨、萧然、徐桥、梁震，主要作者有余怒、沙马、宋烈毅、小引、鲍栋、潘漠子等。

**《玄鸟》诗刊**

该诗刊创刊于2007年，主编黄运丰。

2007年7月，青年诗人潘建设和黄运丰共同创办了玄鸟诗社，并有社刊《玄鸟》。2008年4月，《诗歌月刊・全国社团民刊专号（百家）》选用《玄鸟》创刊号作品；2009年1月，《语文报・大学版》刊载玄鸟诗社成员（5人）作品；2009年6月，《诗选刊・中国民间诗歌报刊30年纪念专号》选用《玄鸟》第3期（4人）作品；2011年4月，《中国诗歌》刊载玄鸟诗社成员（10人）作品；2011年10月，《行吟诗人》刊载玄鸟诗社成员（1
人）作品。

**《大江诗潮》诗刊**

该诗刊创刊于2011年，主编崔后明，诗评家杨四平担纲顾问。该诗刊“立足芜湖，面向全国，打造诗歌品牌”，“关注名家，扶植新人，结交天下诗人”，分为“头条诗人”“群星闪耀”“本土诗人”“打工部落”四个板块。

**可能阵线**

可能阵线是诗人白鸦于2005年10月发起的泛诗歌群体，核心成员有白鸦、荣令、茧衣、张军、如是、曹野峰、肖水、任牧、杨庆祥、朱康、叶丹等。2009年6月15日，白鸦宣布可能阵线解散。

**过程诗学**

2010年，诗人白鸦结合中国传统文化观念与怀特海过程哲学，将过程主义思潮引入诗歌批评，提出过程诗学理念。2016年，白鸦修订发表《过程诗学提纲》，与多位青年诗人陆续发表系列《过程诗学对话录》，倡导中国诗人把过程哲学的创造、新颖、关联、历险、互动、价值、生态等理念与当下汉语诗歌写作立场相结合，以“过程之眼、生态之心、自由之笔”去建构后现代思潮下的汉语诗歌新图景，拓展人们对宇宙生命的深度认识，促进人与世界的关系和谐，提升人们参与公共文化生活的幸福感。

**平面写作小组**

2017年诗人北魏提出“平面写作”，强调“平面写作”是一种“去中心主义写作”。

平面写作小组核心成员有北魏、袁魁、阿尔、沙马、林黎、风儿等。平面写作小组有同仁诗歌平台——平面写作。

## 安　庆

**不解诗群**

该诗群由诗人余怒发起，成立于20世纪90年代中后期，大部分成员均为安徽诗人。

2001年春，不解诗群创建了“不解”BBS论坛，并创办《缺席》网刊，不解同仁活跃于网上论坛。2005年，第一届“不解”当代汉语诗歌奖在合肥“牧云人书吧”举行，沙马获奖；2007年，第二届“不解”当代汉语诗歌奖在北京“老故事吧”举行，本届诗歌奖设“成就奖”和“探索奖”两个奖项，车前子和魔头贝贝分获殊荣。

根据余怒的相关文章，这个群体最早的成员有余怒、沙马、宋烈毅、老黑、邵勇、潘漠子、大伟（张尔）、黑光，后来陆续有周斌、鲍栋、徐勤林、苍耳、胡子博、丁振川、陶世权、牛慧祥、冷丁等人加入，之后又有远人、韦白、贺林、阿翔、赵卡与广子等人加入。截至2007年，尚有夏春花、那勺、柏羊、路顺、雨人、吴橘、魔头贝贝、何冰凌、罗亮等加入。

迄今为止，出版过两期民刊，分别为《不解诗歌年刊2006》和《不解诗歌年刊2007》。

**《白鲸》诗刊**

该诗刊由安庆师范大学白鲸诗社（后改名为白鲸文学社）主办。1993年3月，白鲸诗社在安庆师范学院诞生，它是在沈天鸿、陈世庆和李凯霆等诗人的倡导和支持下成立的。当时在校参与创办该诗社的有黄庭松、李潇、王霆、何冰凌等，其印发的《白鲸》诗刊成为国内高校乃至诗坛极有影响的民刊，产生了一批诸如邵勇、周斌、鲍栋、夏春花、牛慧祥、李进、李大鹏、陈锐等的优秀诗人。其间，安庆诗人对白鲸诗社的成长给予了大力扶持，其中，沈天鸿、余怒、苍耳、宋烈毅、沙马、丁振川等人多次举办诗歌讲座，定期召开周末诗歌讨论会。

1997年秋，诗社更命为白鲸文学社。1999年，白鲸文学社在全国高校文学社团创作擂台赛中脱颖而出，勇夺“擂主”称号。一些著名诗评家是这样给“白鲸”下定义的：该社团人数众多，创作热情高涨，且在意象的选择和语言的驾驭上体现出较高的水平。2006年，安庆市《振风》文学杂志隆重推出《白鲸诗歌》专辑，同年白鲸文学社荣获安徽省高校“优秀社团”标兵称号。2008年春，白鲸文学社在安庆师范学院的支持下举行了隆重的成立15周年社团庆祝活动，新老“白鲸人”齐聚一堂，回顾白鲸文学社的过去，展望白鲸文学社的未来。省文联刊物《诗歌月刊》《安庆日报·副刊》及安庆市《振风》杂志分别推出“白鲸诗歌展”，成为白鲸文学社成长足迹中又一块新的里程碑。白鲸文学社成员至今已在《诗刊》《星星》《诗歌月刊》《校园文学》《中国青年报》《诗歌报》《诗选刊》等各级杂志上发表作品200余篇。

**《废址》诗刊**

该诗刊由路顺等人发起的废址诗社主办，创刊于2005年，路顺任主编。

**海子诗社**

该诗社经海子家人授权于2016年7月在怀宁成立，由海子胞弟查曙明先生担任理事长。作为民间诗歌机构，海子诗社致力于传承和延续海子精神，推广和发扬海子诗歌。该诗社在怀宁当地有会员100余人。诗人西川、杨炼、芒克、欧阳江河、翟永明、徐敬亚、王小妮、王明韵、胡弦等先后给诗社题词。2016年10月，该诗社举办首届金秋诗会，参会人员100余人，新华社、新华网、搜狐网、新浪网等全国多家媒体对其进行报道。

该诗社的主要成员：查曙明、甄文、刘毅、一度、何诚斌、孙大顺、陈桂生、何宏彦、柏羊、路顺、黄沙漫步、刘腊华、安澜、王炜、张庆、水晶、张霞、陈风兰、何黑虎、查贵琴、汪萍、何瑞霖、高云方、李春林、郭全华、余琳芳、程燕、曹传旭、陈荣来、余再根等。

该诗社于2016年9月创办了《海子诗刊》，由中国作家协会副主席、鲁迅文学院院长吉狄马加先生题词。至今已出版《海子诗刊》2016年创刊号、2017年春季号两期。

**宿松诗人群**

新时期以来，宿松诗人辈出，诗歌百花争艳。自1978年以来，宿松县先后有诗歌社团25个，有影响的民间诗刊及诗社有《芦笛》（张劲松主编）、《松滋诗选》（孟晋、王振鬟等主编）、《大别山诗报》（黄葵主编）、《南方诗歌》（高嗣照、刘鹏程、杨四平、遥岚轮流主编）、《宿松人》（吴忌、刘鹏程、邓声恒等主编）、《罗汉尖》（张向荣、刘升华等主编）、《信鸽》（刘鹏程、彭河、陈文丰等主编）、《野舟》（刘奇华主编）、《浮玉山》（司红艺等主编），以及杨四平创办的诗汇诗社、蔡照和周骎创办的犊文学社、石一龙和浪濯创办的太阳帆诗社、余立中创办的秋韵文学社等。

宿松诗人加入中国作家协会、安徽省作家协会、中国诗歌学会、中华诗词学会的诗人有50多人，其中有30余人正式出版新诗集57部，出版古诗词作品集102种，在当代中国诗坛产生了较大影响。从宿松走出去的宿松籍诗人和诗歌评论家有贺东久、祝凤鸣、杨四平、杨庆祥、周斌、石一龙、黄葵、石玉坤、叶臻、张弛、徐后先等，活跃于中国诗坛并发表大量诗作的宿松本土诗人有高嗣照、刘鹏程、司舜、张劲松、浪濯、刘升华、吴忌等50余人。2008年11月6日，中国诗歌学会“中国诗歌万里行”活动组委会授予宿松县“中国诗歌之乡”称号。

## 蚌 埠

### 《淮风》诗刊

该诗刊由原《诗刊》编辑刘钦贤老诗人1987年创办，是安徽诗刊发行期数最多的诗歌刊物，影响力较大。现任主编是宫蔚国，已发行88期。

### 《皖风文学》诗刊

该诗刊创刊于2010年，由安徽省炳烛诗书画联谊会蚌埠分会及粉团州诗社共同创办。主编刘文书，迄今已发行7期。

## 宣 城

### “三个人”诗歌小组

该诗歌小组前身为宣城三人行诗社，由北魏、周墙、郑文杰、丁翔（白丁）发起，成立于1983年8月。出版同仁诗集《诗23首》。

### 《门》诗刊

该诗刊由诗人方文竹、高月明、尹诗祥、韩庆成、万安伦等于1986年创办。

**《滴撒诗歌》**

该诗刊创刊于2011年，由方文竹、盛敏等发起。该诗刊前身是《门》诗刊，聚集了一批宣城及其附近区域的诗歌爱好者，建立了滴撒诗歌论坛，入选《中国诗歌》民刊专号。

**《鳄城文学》诗刊**

该诗刊创刊于2006年，由宣州区文联主办，主编田斌。该诗刊立足宣城，面向全国各地作者，大版面地对诗歌进行推荐。自2008年开始，每年举办一期全国汉诗大展。该诗刊对繁荣诗歌写作起到了一定的推动作用，迄今已发行20期。

## 六　安

**小南岳文学社**

小南岳文学社成立于1984年10月3日，是在当时的霍山县文化馆馆长张书圣的主持下成立的。有莫非、张书圣（顾问）、余方林（社长）、张震亚（副社长）、谢明（主编）、张宏雷（秘书长）、褚进龙、汪鸣、俞荣璋、王存忠、许建华、阎龙、沈俊峰等13人参加，同时通过了《小南岳文学社章程》。10月9日县广播电台对此做了报道。该社迄今已有上百名会员，形成老、中、青三代。

该文学社共出社刊7期，后停刊。1990年，以通讯的方式再次出刊。1985年，该文学社成员首次在纯文学刊物《安徽文学》上发表诗歌；1986年，在《安徽日报》副刊发表“小南岳文学社”专版；1986年，在《皖西报》上整版推出会员作品，又陆续在《文化周报》《诗歌报》《淮河文艺》《淠河》《映山红》《安徽文学》等刊物上发表和推出专版作品。该文学社至今已有10位会员出书。2009年，出版《25，我们正年轻》会员作品集。2012年换届，张颖任社长，社刊以年刊的形式每年出一期，还推出《霍山文学创作丛书（第一辑）》5本，同时以多种形式参加或开展文学活动。该文学社曾被授予“安徽省读书活动先进集体”称号，并有多人获得省内外诗歌奖。

**幽芳河文学社**

该文学社成立于1988年。当时共9名会员：张宏雷（社长）、金丛华（主编）、洪斌、汪光华、尹传玲、尹传俊、杨席桂（已故）、陈景春、张驰。有社刊《幽芳河》。会员作品发表于《诗歌报》《安徽日报》《皖西报》等。

**河畔诗社**

该诗社成立于2004年10月27日，由皖西学院主办。该诗社有力地推动了皖西文学尤其是诗歌的发展。目前，皖西学院已经成为全国高校诗歌的重镇，并且受到外界的关注。从该诗社走出的陈巨飞、孙苜蓿、小小唐、枫非子、叶落不扫、木贼、张落、抹园、樱粟粟、简翦翦等人，现已逐渐成为安徽乃至全国80后诗人的中坚力量。2009年，孙苜蓿获得“北京大学未名高校诗歌奖”。

**《大别山诗刊》**

该诗刊创刊于2007年5月，由陶玲策划，碧宇总编，重庆子衣、南岩、陈巨飞、张振旭、蔡启发、星儿叶子、溪边芳草、钱建淮、余锦等共同发起。该诗刊为六安文学史上第一份省内准印的纯诗歌刊物，现为安徽省六安市委宣传部主管、六安市文化局主办。“立足六安，面向全国”是该诗刊的一贯宗旨。

2006年10月，该诗刊在互联网“乐趣园”网站建立了以《大别山诗刊》为依托的关注时代、自然、人性、民生和草根的绿色诗歌主题论坛——大别山诗刊论坛。该论坛汇集了全国60多个城市的诗人，以其“民间性、开放性、包容性”为中国当代诗歌的创作提供了一个平台，同时也为诗歌评论界提供了诗歌文本。2010年3月1日，大别山诗刊网站开通，自此《大别山诗刊》凝聚了一批中坚力量团，并形成了以碧宇、重庆子衣、清荷铃子、若荷·影子、胭痕、海灵草、溪边芳草、星儿叶子、蔡启发、黄圣凤、程东斌、笑醉雪寒等为代表的大别山诗群，活跃在当代诗坛，影响和推动着中国诗歌的发展。

## 阜　阳

### 三月诗社

该诗社于1982年3月在阜阳师范学院成立，其主要负责人先后有谢洪杰、丁友星、陈传万、王春雷、桑布、胡云、管国联、王凤才等。该诗社创办了诗刊《三月》，并且成为阜阳现代诗歌的发源地。1984年，该诗社改名为三月文学社。1985年，三月文学社得到了《诗歌报》的隆重推介，推出了丁友星、陈传万等6人的诗歌作品。1986年，《绿风》诗刊再次隆重推介了三月文学社丁友星的诗歌。其《三月》诗刊代代传承，颇具影响，曾入选《诗歌月刊》提名的“十大有影响力校园文学刊物”。

经过“三月人”的共同努力，三月文学社继往开来，在延续文学厚重血脉的同时，也积极注入新时代清新的活力与气息。现在的三月文学社，下辖编辑部、实践部、宣传部、网络部和办公室5个部门，具有独立的活动能力，如举办征文比赛、文学讲座、诗歌朗诵会、文艺晚会等。与阜阳市文联、阜阳市作家协会、阜阳市诗词协会、淮北师范大学、安徽财经大学等单位或团体关系密切，曾被《中国青年报》评为“全国十三大有影响力的高校文学社团”。

### 青年诗社

该诗社成立于1985年，主要创始人有支峰、冯东来、丁友星、张雷、陈传万、蔡新安、方士平等，后有应连新、岳金友、范振友、李学良、王建华、王庆林、王恩福、刘其坤、张振亚、子童、苏刚、贺杰、蒋月洲、杨博等加盟。该诗社创办了《青年诗报》，支峰、冯东来、张雷等曾任社长，张雷、应连新、刘其坤等曾任主编。该社曾拥有会员数百人，是阜阳地区乃至安徽较大的诗歌社团之一。由丁友星执笔起草的诗歌宣言，富有激情，充满朝气，点燃了当时阜阳旺盛的诗歌热情，至今，宣言犹在，诗火不息。

青年诗社在阜阳地区曾多次举办诗歌研讨会、大型诗歌朗诵会，如1986年，与阜阳师范学院的三月诗社、酸杏诗社及阜阳教育学院的秋花文学社联合举办“颍州之春”诗歌创作朗诵会；1987年，与阜阳军分区联合举办“迎接台湾亲人回大陆探亲”诗歌朗诵会；1989年，与团市委联合举办“纪念五四运动70周年”诗歌朗诵会；等等。该诗社在阜阳培养出一大批青年诗人，他们先后在《当代诗歌》《诗歌报》《华夏诗报》《绿风》等刊物上发表作品。该诗社于20世纪末停止活动。

**蓝童诗社**

该诗社成立于1987年，是阜阳颇具实力的诗社之一，其主办的《蓝童》诗报，质量上乘。主要负责人有袁远、丁友星、支峰、雪涅、王常德、张昕、田恒强等。该诗社人员虽不多，但影响较大，除袁远英年早逝外，丁友星、支峰、田恒强等现在都已成为安徽很有影响力的诗人。1987年，应连新的诗歌《失眠》在《蓝童》发表后，被《诗歌报》以诗歌社团刊物新作在“崛起的诗群大展”中展示。

**美美诗社**

该诗社成立于1988年，主要负责人有岳金友、李华东、王军、张昕、刘丽萍等，创办了《美美诗报》。这份诗报从1988年到2001年，共印发20期，在全国各地交流。曾与台湾《秋水》诗刊、《葡萄园》诗刊形成固定刊物交流协作关系，双方互推成员作品。由于影响较大，广东省文联的《华夏诗歌》曾以四分之一版面对其予以介绍。

### 文峰诗社

该诗社成立于1988年5月，并创办了会刊《文峰报》。从1988年5月至1994年1月，6年间发展会员3000多名，会员遍及全国多个省市。《人民文学》诗歌编辑、《诗刊》常务主编商震，香港诗人蓝海文，桐城诗人陈所巨等都是文峰诗社的成员和《文峰报》撰稿者。《文峰报》共出报16期，每期印6000份。曾引起当代著名作家秦牧、冰心、柯蓝，著名诗人邹荻帆、刘湛秋、李瑛、白航、阿红、苗得雨、叶文福、严炎、蒋维扬等人的关注，他们或题词或担任顾问。梁如云任名誉总编，傅友君任会长兼总编，主编有朱子忠、王小蒙、连璞、刘坤庆等，成员有李华刚、李自成、胡广利、闫鲲、李跃、申永琨、张广杰、郝桂银、刘玮、时超等。该诗社曾被评为中国民间优秀文学社团，《文峰报》被评为优秀民间文学社刊。

### 《诗年华》诗刊

该诗刊创刊于2011年，老镜任主编，黄忱忱、杨守清、指尖沙等参与编辑工作。

## 亳　州

### 《民间》诗歌报

该诗歌报创办于1993年7月，截至2007年已发行30期。主要负责人有高家村、张凤鸾、段伟、李华杰、马帝尔等。

《民间》诗歌报坚持大气、厚重、抒情、个性的办刊风格，追求艺术的纯净和高度。其主要栏目《有诗江湖》（含言论、观点、视察等栏目）、《民间在线》（民间诗歌论坛作品）、《回车键》（网络诗歌作品）、《芳草地》（华语诗界有影响的诗人作品）、《新锐坊》（新诗人作品）、《好诗在民间》（自由来稿作品）、《民间文本》（民间诗歌刊物作品）、《海外诗风》（海外诗人作品）等。

## 马鞍山

### 太白诗社

该诗社成立于1984年，是全国较早成立的民间诗社之一。该诗社现有成人会员近200名，学生会员50多名。该诗社每年都会出一本诗集，201年《诗刊》第15期刊登了来自马鞍山市21位诗人的一组诗歌《钢城诗韵马鞍山——安徽马鞍山太白诗社作品小辑》，并大力推荐。该诗社创办了《太白诗刊》，主编鲁近修。

## 宿　州

### 红杏诗社

该诗社成立于1986年10月18日，是皖北地区民间团体组织成立的一个大型诗社，在砀山、萧县、灵璧、埇桥等地设有多家分社，现有会员300余人。该诗社于1990年创办《红杏报》，主编朝兰。

### 草根诗社

该诗社原名故道风诗社，因黄河故道而得名，成立于1988年。现任社长为刘跃兵，副社长为兵戈戈、王爱菏、陈华美，主要成员有倒影年华、吴朝标、阿尔、八零、侯四明、周清怀、梁兄、木朵朵、朝雪、红朵、碎笔、简素、李光明、苏末、王厚朴、黑风马、迷迭香等。该诗社成立之时出版油印小报《故道风》，2006年起改为铅印四开四版。2017年，发行《草根诗刊》，主编刘跃兵、陈华美。该诗社现有成员600多人，主要创作骨干30多人。目前《草根诗刊》已发行3期，并成功举办全国草根诗人诗歌大赛1次。

草根诗社立足底层诗歌爱好者，突出草根特性，以自然人性写作和地域性写作为基础，以底层视角表达对世界和内心的观察及感知感悟。

## 黄　山

### 《徽州佬》诗刊

该诗刊创刊于1990年，为油印刊物，郑小光任主编，苏铁、方琦、勇军、老岸参与编辑。

### 徽州诗社

该诗社2010年9月18日在黄山成立，目前拥有会员30余人，其中省级作家协会会员8人，安徽省文学院签约作家1人。该诗社会员先后荣获“在场主义散文奖新锐奖”、“安徽省政府文学奖”二等奖、人民文学征文二等奖等。该诗社先后主办过黄山高尔夫酒店朗诵会、舟山岱山群岛诗社联谊活动、黄山学院2011黄山诗歌节、夹溪河漂流采风活动、安徽省首届徽州诗会等。

《泛》诗刊是该诗社主办的半年期诗歌民刊，面向全国汉语写作诗人，集中展示汉语诗歌成就。该诗社于2011年7月出版创刊号，主编为程勇军。

## 淮　南

### 八公山诗社

该诗社成立于2013年7月。社长为王运超，有会员20人。创办了《八公山诗刊》年刊，总策划王运超，主编丁一，名誉主编刘斌、江耶、老井、雪鹰，顾问李恒瑞、金妤，执行主编李坤秀，常务副主编帖广水，副主编凡墨，编辑部主任杨启运。

### 长淮诗社

2016年，诗人雪鹰创办了“长淮诗典”诗歌公众号，面向中国诗坛，选稿不分流派，走高端、实力、前沿的办刊思路，并结合纸质年选打造出了一个诗歌知名品牌“长淮诗典”。同年，由雪鹰主导成立了长淮诗社（尚未注册），主要成员有杨启运、丁一、刘斌、高峰、竹篙、王运超等，其他成员遍布省内外。

长淮诗社依托“长淮诗典”公众号，每年制作一本诗歌年选。其中《长淮诗典2016年选》《中国当代诗人100家》已经正式出版，得到诗坛的一致好评；《中国当代诗人档案·典藏卷》《长淮同题诗选》也即将出版。长淮诗社从2018年秋季起，用以书代刊的形式，制作出版季刊《安徽诗人》。该诗社自成立以来连续举办了3届“中国长淮元宵诗会”，推动了现代新诗在民间的传播。长淮诗社将继续以高效、务实的作风，持续地为安徽乃至中国诗歌做出最大贡献。

## 滁　州

### 谷雨诗社

该诗社成立于1990年，由孙善鸿等发起。该诗社先后发行社刊《诗友报》《谷雨》诗报10期、《谷雨》微刊26期。现有会员38人，其中安徽省作家协会会员10人、滁州市作家协会会员30人。其会员在国内多家报刊公开发表作品1000多件，《农村青年》《诗潮》《农民日报》《中国新闻周刊》及安徽人民广播电台等多家媒体对诗社活动进行过宣传报道或转载了会员作品。该诗社主要成员有孙善鸿、梅道文、谢道所、李广凌、郭婷、章明怀、李荣厚、盛桥。

## 其他诗歌刊物简介

1. 安徽诗人陈韶华创办的《诗家》，已发行18期。

2. 安徽洁爱诗社创办的《现代诗报》，已发行13期。

3. 安徽铜陵诗人王唯唯创办的《青铜诗报》，已发行5期。

4. 安徽濉溪范为民主编的《天鹅湖》。

5. 乡村诗人凡夫主编的《绿草诗歌报》。

6. 丁学雷主编的《淡水河》。

7. 安徽含山的《三色堇》诗刊。

8. 方子昂主编的《长线》诗刊。

9. 安徽桐城的《龙眠》诗刊。

10. 安徽旌德县一点诗社左靖主编的《一点》诗刊。

11. 安徽泾县星潭诗社王东任主编的《星潭》诗刊。

12. 安徽砀山县化工厂梨乡诗社李怀光主编的《梨乡》诗刊。

13. 安徽怀远县太阳碑诗社罗利民主编的《太阳碑》诗刊。

14. 安徽淮南萤火虫诗社创办的《萤火虫》诗刊。

15. 安徽太和县郝庄乡万福诗社张俊学主编的《万福》诗刊。

16. 安徽安庆石化总厂江心岛诗社1985年创办的《岛》诗刊。

17. 安徽铜陵的《抒情诗特刊》。

18. 安徽金寨县史河诗社1984年创办的《史河》诗刊 。

19. 安徽凤台县晨曦文学社创办的《晨曦》文学月报。

20. 安徽肥西县清风文学社段启旺主编的《清风》文学丛刊。

21. 张铁建主编的《冰咖啡》。

22.《诗风》，2001年3月创刊，主编蓝天、陈忠村。主要作者任洪渊、十品、金发、岩鹰、张铁建等。

23.《诗歌参考》，主编张小山。2000年后改为杂志。

24. 黄山徐卫新、郑小光、马鸣、洪少锋编印的《黄山诗歌报》。

25.1987年，黄山老岸主持编印《清凉峰》。

26.1987年，阿黑依托原屯溪机床厂文学作者，主持编印《江南岸》。

# 后　　记

2017年夏天，我倡议编一本不一样的、宽泛的、相对客观的、兼顾不同风格的、能够呈现新时期40年以来安徽诗歌现状的书。我不知道当时是怎么想的，可能是安徽目前还没有一本这样的书吧。我的倡议出乎意料得到各地诗人的一致赞许。经过查看、比较和分析其他省份已经出版的类似图书之后，我编纂这本书的信心倍增。2017年9月26日，我拿出了本书的编纂实施细则，同时建群发布，事情就这样开始了。还算顺利，大约两个月时间，征集到全省近700位诗人的上万首诗歌作品（有少量约稿），可见安徽诗歌基础雄厚的一面。这样一来，编纂这本书就是一个大工程了，之前也想过这会是一个大部头，结果还是超出了预期。这里面有信任，有期待，也有责任。之后，各地区征稿负责人对稿件进行了一审、二审和交叉审阅（为了确保这本书的质量，交叉审阅指合肥的稿子由宣城负责人审阅，芜湖的稿子由宿州负责人审阅，如此等等，全省16个地市全部实行了交叉审阅），最终保留了近400位诗人的作品。这虽然不能说完全杜绝了人情稿、关系稿，但从多维审美角度、从公平对待每一位诗人的出发点上看，可以说编纂这本书基本上是在诗歌的范畴内开展的，这是我想要的，也是大家的共识。

在制定编纂实施细则时，我特别强调“文献、文本、文存”的重要性，以对历史负责的态度，让本书多种风格并存，坚决杜绝人情稿、关系稿。跨越40年，有近400位诗人作品入选，尤其未名诗人作品入选为绝大多数，这是前所未有的，公平对待和充分尊重每一位诗人，是本书的亮点和重点所在。有一个基本理念在支持我这么做：深究安徽诗歌的内在动因。安徽诗歌长盛不衰，除了传统的人文因素外，我以为“敢为天下先”，也就是近代以来安徽人在“求变”上的不懈努力起到了重要作用。归结到诗歌上，这种“求变”就有了落实：远的不说，在新时期以来，我们看到安徽诗歌在先锋性、探索性方面的倡导，一度引领了中国现代主义诗歌，并通过这种引领改变了中国诗歌的走向。我说的安徽诗歌，就是在这个意义的安徽诗歌，也是在这个意义上，我生发了要编一本不一样的、在历史重要节点上重现诗歌精神的书。这种诗歌精神，可以预见诗歌在安徽这个“诗歌大地”上蓬勃发生和发展的走向，这种发生、发展和走向，不是单一生发的，而是多维格局，它们互为对立，又互为相生。这种诗歌精神，远不是表面上我们所看见的那么简单。我是这样理解的：散落在各地，不少诗人和他们的诗，如果单凭诗，它们完全可以说是一流的，但由于这样或那样的原因，如果个人不占天时地利人和，其人其诗想为人所知是很难的。本书只是一个规模大一点的选本，但我们在做一件事，我想用“打捞”这个词来形容它，这种“打捞”既不是补救也不是安慰，我愿意把它看作“证明”。这样的“证明”作为一种呈现是带有历史意味的，但我仍然不能保证它就是历史了。有一个事实在这里可以指明：正是由于安徽众诗人的默默写作，安徽诗歌在更广泛的地理领域成为中国诗歌的高峰之一。

这里交代一下，我为什么主张选择1977年而不是1978年作为这本诗选的开始年，我是这样考虑的：1978年作为新时期元年，其原因多是政治上的。而1977年作为高考恢复年，其实已经意味着新的时期来临，人的精神和社会都在和过去告别，思变成为共识，整个社会做好了迎接新的时代的准备。诗歌作为表达感情和人生感遇的主要形式，走在了时代的前面，这是我选择1977年作为这本书开始年的主要原因。另外，1977年也是新诗60年的开始年，截至2017年，整整40年，也比较完整。

我在编纂实施细则中提出一个现代主义诗歌的问题，作为这次征稿明确要求之一。这是时代的要求。一个时代有一个时代的诗歌。尽管我也提出包容，我想这个包容应该在“现代性”这个更大前提下兼顾不同风格的共存，但我还是要强调新时期有别于过去。在改革开放的鼓舞下，中国社会由传统的农业社会向工业社会快速转换，这时一些先知先觉的人发现，以抒情和颂歌形式为主的诗歌已经落伍了，它既不能真实反映，也不能引领新时期人们在改革开放思想下的多维精神生活和情感需求。改革开放开拓了巨大空间，谁也不能预测，这为新时期诗歌各种可能性的实验文本提供了场域，诗歌已经跨越了“诗言志”的紧箍咒，我们这次要做的就是发现，并充分展现这个跨越。

在编纂这本书的过程中，我发现在安徽各地，活跃着上百个不同时期的民间诗歌社团，有很多自费出书或出同仁诗刊的，我突然有了这样一个认识：它们才是安徽诗歌薪火相传的种子。何不趁这次机会，把它们收集上来作为附录放在本书的后面，以供查阅。这只是一个方面，另一方面，我想通过它们让更多的后人重新认识安徽诗人和安徽诗歌。我把这个想法说了出来，在各地诗友的帮助下，很快收集到几十个民间诗歌社团及诗刊。不过，由于时间仓促和信息欠畅，肯定还有不少没有收集到，有些遗憾！

由于篇幅较大，本书分为“北卷”和“南卷”，这是以安徽地域来分的，以长江为界，江北为“北卷”，江南（含江边地市比如安庆）为“南卷”。这里没有什么特殊所指，或文化归属，只是觉得一南一北，既是地理方位，又暗合书名，相互呼应，叫起来方便，看起来也方便，就这样用了。

最后要说的是，当时倡议编纂这本书时，我并没有与出版社事先联系好，也不知道有没有出版社愿意出版，之后发现出版是一个大问题。我也找过人谈赞助，最后都不了了之。所以在此，我由衷地感谢安徽师范大学出版社和社长张奇才先生的慧眼，使这样一本朴实厚重的书，以这样一种精美庄重的形式如期出版，谢谢！

北　魏

二〇一八年十一月于芜湖中央城